大碛口

杨秀春　陈春兰　杨　颖　著

中国文联出版社

图书在版编目（CIP）数据

大碶口 / 杨秀春，陈春兰，杨颖著 . -- 北京：中国文联出版社，2016.8（2024.6 重印）

ISBN 978 - 7 - 5190 - 1866 - 5

Ⅰ.①大… Ⅱ.①杨…②陈…③杨… Ⅲ.①长篇小说—中国—当代 Ⅳ.①I247.5

中国版本图书馆 CIP 数据核字（2016）第 187609 号

著　　者　杨秀春　陈春兰　杨　颖
责任编辑　蒋爱民
责任校对　李海慧
装帧设计　中联华文

出版发行　中国文联出版社有限公司
地　　址　北京市朝阳区农展馆南里 10 号　　　　邮编　100125
电　　话　010 - 85923025（发行部）　　　　85923091（总编室）
经　　销　全国新华书店等
印　　刷　三河市华东印刷有限公司

开　　本　710 毫米×1000 毫米　　1/16
印　　张　20
字　　数　705 千字
版　　次　2024 年 6 月第 1 版第 2 次印刷
定　　价　95.00 元

故事梗概

民国十五年（1926），从清乾隆年起依靠黄河天堑成为北方著名货物集散基地、水旱大码头的碛口古镇，镇上两家最大的商号，同时兼任商会会长、副会长的陈天儒与李映真两家联姻。婚礼当天，在太原府进过学堂的新郎陈秉恭嫌新娘李蓝玉不识字而逃婚。不知情的李蓝玉被陈秉恭的奶弟秋生顶包娶回家。李蓝玉知悉陈秉恭对自己的嫌弃后，向西湾陈家提出两个条件：其一，请先生教自己识字；其二，到镇上开自己的店铺。理屈的陈家老爷顶着长子秉温、次子秉良的反对，答应了李蓝玉的条件。

李蓝玉拿出娘家的陪嫁请来私塾先生教自己识字，并在碛口镇上以丈夫秉恭的名义开了一家货物过载店——秉恭居，以等秉恭回心转意。陈家亦张榜告示，延请来陕西掌柜霍俊山，替李蓝玉打理店铺事务。李蓝玉开店接手了宁夏商人马中诚的皮毛生意。马中诚因交货日期延误，拟将皮毛低价出手。李蓝玉垫付船资，霍俊山请来自己的远亲、船家老大李老艄冒险闯碛，获得成功，使马财主如期交货，免遭损失。心存感激的马中诚从宁夏定制两个招财进宝的石狮子送到秉恭居，李蓝玉一举成名。

镇上的混混牛二偶见李蓝玉的美色，一时计起，将李蓝玉的情况告知了新来的厘税局局长贺其瑞。天津籍官员贺其瑞以给李蓝玉送"兰芳玉洁"牌匾的借口，以此亲近李蓝玉。蓝玉父亲李映真听了人们的风言风语，又受了贺其瑞上门送麻花的羞辱，欲与亲家陈天儒商量对策。在陈家，李父偶获陈家遍寻不着的秉恭的信，方知女婿秉恭并非如前所说去俄罗斯做生意，而是逃了婚。性急的李父突发中风，几日内离世。李蓝玉欲摘匾在老父坟前焚烧，被霍俊山劝阻。

半夜时分，霍俊山护送李蓝玉回家奔丧，路遇劫匪，被镇上"十义镖局"镖师老六所救。李蓝玉诀别父亲，回到镇上，遭到贺其瑞百般纠缠。蓝玉心意坚决，冷面相对，贺却慕其风骨，倾心更甚。李蓝玉父亲过世，副会长一职空缺，陈老夫人受人所请，欲为他人谋职，而贺其瑞生计，欲让李蓝玉顶替其父空缺的副会长一职。陈天儒不答应贺的提议。贺其瑞以取消碛口商家包税政策要挟，迫使陈天儒让出会长一职。李蓝玉为护全碛口四百多号商家利益，无奈接替会长职务。

李蓝玉刚上任，"万益成"过载店忽然失火，老板重赏银洋让人们抢出丝绸，被及时赶来的李蓝玉制止，避免了人员伤亡。失火使李蓝玉思考组建碛口商团。霍俊山找到"十义镖局"，动员老六牵头成立了商会自己的武装。牛二找到贺其瑞，请求推荐商团团长一职，贺未答应。不死心的牛二擂台赛上给老六的水里下了"麻沸散"，被赶来的霍俊山破解了其阴谋，老六就任商团团长。为推出商务革新，李蓝玉想出了控制总额、印制银票的办法，获得商会通过。此时，李蓝玉的不甘寂寞的四姨娘来到镇上，千方百计接近贺其瑞，而霍俊山陕西的一个"舅舅"，也来到碛口镇找霍俊山进货。

失火的"万益成"过载店在废址上重建，牛二在前面挖了一条水渠阻止工程，并欲将地基抢夺。李蓝玉拆穿了牛二的阴谋。贺其瑞对李蓝玉又爱又恨，欲罢不能，四太太却赖在镇上李蓝玉的住处，拼命追求贺其瑞。霍俊山向李蓝玉推荐"舅舅"的主意，在镇上张贴商家海报，以此宣传各家店铺特色。海报一条街的新潮做法，促进了当地商业的繁荣。贺其瑞从碛口街上发现了共产党的秘密传单，心生怀疑，威胁李蓝玉就范。李蓝玉义正词严，贺其瑞苦于无证据，只得作罢。住在秉恭居的一草原客商半夜丢失银票，霍俊山先斩后奏，将银票悉数补给客人。三个月后，被平遥商家逮着的掉包贼落网，草原客商的银票失而复得。李蓝玉"好店不留针"声名大噪，客源货源不断。

西湾陈家大少爷秉温不服李蓝玉独占商业鳌头，将镇上三十六家麻油店的钱拢到一处，北上包头河套地区"买树梢"，却得知平遥冷家捷足先登。秉温和冷家小少爷及冷家赵掌柜言语不合结下"梁子"。陈家大少爷动员奶弟秋生暗中纠结人马去包头火拼，获知信息的李蓝玉苦劝秉温无果。大雨夜，秉温带着一心想陈、冷两家通吃的牛二奔赴包头，路遇兴县黑茶山，遭遇山贼。山大王认出一脸上有痣的汉子乃是多年前的恩人，于是怀着报恩心理一同前往包头。李蓝玉获悉秉温出走，和霍俊山一起，也毅然北上包头。

到达包头的牛二半夜摸到冷家的"通兴店"，向冷家少爷出卖了秉温带着山大王的消息，欲以此渔利，冷家少爷却将牛二及秉温一伙报了官府，使其以私通土匪的罪名全部入牢。赶到包头

1

的李蓝玉找到自家多年前的掌柜、如今冷家"通兴店"的赵掌柜要求与小少爷通融，遭到婉拒。霍俊山买胡麻油之时灵机一动，萌发了垄断当地油篓市场的念头以迫使冷家就范，相救大少爷。而在碛口，接到包头发来电报的陈老爷气急攻心，三十六家麻油店铺的老板闻说秉温被打进死牢，都上门和陈老爷要银子。老爷让人去镇上找蓝玉，却被追求贺其瑞无果的四太太告知李蓝玉和贺其瑞私奔回了天津。

李蓝玉当铺里典当出父亲送给自己的玉镯，于无声处将当地的油篓全部买断。李蓝玉以此为手段，迫使冷家撤诉，救出大少爷。冷家欲与李蓝玉共同抬高油价，李蓝玉却晓之以理，平抑油价，还市场和老百姓一个公道，冷家只好服从。李蓝玉和霍俊山随后去伊克昭盟，找到店里曾丢失银票的草原客商，在其帮助下购买回两队骆驼。回到碛口的李蓝玉，在船头就遭到众商家包围，说大少爷秉温已将银子花完，让他们向会长要钱。霍俊山将自己的银两垫付给商家，替李蓝玉解了围。

逃婚的秉恭拍电报欲回碛口，陈老爷和太太找回蓝玉打开祠堂，等待秉恭。秉恭却带着一个大肚子女人文秀来到家人面前。蓝玉气极而走。无奈的太太出主意，让蓝玉为大，文秀为小，遭到蓝玉和文秀的各自反对。从霍俊山身上间接接受了新思想的蓝玉自愿和秉恭离婚。李蓝玉一方面顶着离婚带来的流言蜚语，一方面号召商会重修孟门至碛口的古栈道。而离婚的李蓝玉却遭到秉温和秉恭的算计，弟兄两个让李蓝玉放弃"秉恭居"的招牌净身出户，李蓝玉将"秉恭居"招牌还给陈家，自己的店易名为"秉公居"。

伤心至极的李蓝玉来到黄河岸边，找来当地的唢呐手在黄河边吹奏，为死去的自己、过去的那个"三少奶奶"送行。贴身佣人王妈和霍俊山遍寻之后，终于找到了李蓝玉。闻知李蓝玉离婚消息的贺其瑞，更加前来纠缠，并要与李蓝玉联手做生意挣钱，遭到李蓝玉的严词拒绝。贺其瑞为逼迫李蓝玉就范，擅自将碛口的河漕税由值百抽五改成值百抽十。而在西湾村，秉温的媳妇以长房的身份提出和秉恭、文秀私分李蓝玉给了秉恭的银钱。秉恭和文秀借去太原生孩子之名再次从陈家出走。北上包头和冷家联手做胡麻油生意的霍俊山回到碛口，从李蓝玉口中得知贺其瑞在陕西订了一批货，并将把这批货物强行放到"秉公居"。警觉的霍俊山渡黄河访消息，遇上大浪，船毁人不知所踪。正在李蓝玉为霍俊山打点后事时，霍俊山却出现在李蓝玉面前。

原来，霍俊山被船家救起，找到"舅舅"，不仅查清了贺其瑞在陕西定了一批药材，还从"舅舅"口中得知自己在碛口建立地下党支部的任务已经完成，组织拟将自己撤回的消息。爱上李蓝玉的霍俊山请求自己继续留在碛口，组织上同意了霍俊山的请求，但要求他在李蓝玉面前尚不可暴露自己的身份。霍俊山背诵了秘密文件，借做生意之名到离石传达党的会议精神。碛口的李蓝玉住处，多日不见的四太太突然从太原回来，恰好贺其瑞来秉公居纠缠蓝玉，四太太拿着一个玉石烟嘴向贺其瑞大献殷勤，贺却王顾左右而言他。听说贺其瑞要给李蓝玉库里放货，四太太心生一计，找到陈家大少爷秉温，两人商谋，四太太打探买卖消息，秉温给四太太抽头。为阻止贺其瑞和李蓝玉做生意，四太太从牛二那里得到了贺其瑞在天津的地址，让书信先生给贺其瑞的太太张西亚写信，透露贺其瑞对李蓝玉一片倾心。接到张西亚来信的贺其瑞理不出头绪，拗不过四太太纠缠，终于和四太太混在一起。贺其瑞听从四太太的建议，将货物放到秉温的库房。梦想发大财的秉温正在给贺其瑞的内线、放货的商人提货，突然遭到缉私队的抄查，从货物里查出走私的烟土。商人假装害怕，劝秉温花钱消灾。明知遭贺其瑞暗算的秉温无处诉冤，只得在贺其瑞事先写好的一万块大洋的欠条上按了手印。

贺其瑞让四太太一口咬定货物不是他的并要四太太自己也不能应承货物跟自己有关，让四太太出去躲避几天。找四太太作证却遍寻未着的秉温找贺其瑞，说等找到四太太弄明白再还钱，遭到贺其瑞暴打。秉温在梦里呼喊四太太，被媳妇误解告到陈家老爷面前。百口莫辩的秉温扛不住巨大的心理压力，在自家的柴房上吊自杀。贺其瑞得知消息，拿着欠条赶来陈家与陈老爷要钱。蓝玉拿出银票，兑出现银，还了欠债。绝望的大奶奶也吞金而死。二奶奶乘机提出分家，遭到陈老爷拒绝。蓝玉将秉温的女儿淑媛带到自己身边，教她识字读书。而此时，霍俊山在离石深入矿区，给工人们传输革命思想。回到碛口后，霍俊山和李蓝玉商议，联合商会商家，抵制贺其瑞增加河漕税的无理要求。

为弄清秉温的死因，李蓝玉回了一趟娘家李家山，从二娘口中得知秉温生前曾找过四太太，而四太太一直不在村里。霍俊山觉得秉温的死、四太太的突然不见肯定和贺其瑞有关，但苦于无证据。面对马上要增加河漕税的紧迫局面，霍俊山和李蓝玉商量，由李蓝玉组织商会罢市，由李老艄组织码头工人罢工，由霍俊山组织碛口中学学生罢课。"三罢"开始后，贺其瑞将几名带头的船主和商家带回警所扣留，以此震慑商家。关键时刻，"舅舅"从陕西来到碛口，协助当地的"三罢"运动。面对声势浩大的游行队伍，贺其瑞换上牛二的衣服，化装溜之。经过五天静坐，区公所召集会议，放了被抓的船家和商人，不增加碛口的河漕税，斗争取得了胜利。落败的贺其瑞得到牛二的密报，对霍俊山起了疑心。

在外放高利贷受骗的四太太突然出现在碛口，回到李蓝玉的住处。当听说秉温上吊后，四太太顿生失常态。李蓝玉再三追问，四太太坚决不说。得知四太太回到碛口，贺其瑞让牛二传话，让四太太来见。四太太欲与贺其瑞要钱，受到贺其瑞的狰狞威胁。因"三罢"运动被免去厘税局局长的贺其瑞来见李蓝玉，软磨硬泡与李蓝玉纠缠。隔窗听音的四太太听见贺其瑞要给李蓝玉库房放货，惊慌狂乱。李蓝玉和霍俊山为阻挡贺其瑞放物，将货物堆满库房。四太太私下去找贺其瑞，求他放过李蓝玉，贺其瑞再次威胁四太太不要多管闲事。

贺其瑞让牛二找蒙汗药，筹划找个机会占了李蓝玉的身子。四太太出于花了李蓝玉很多钱的报恩心理，求告贺其瑞不成，托识字先生给天津写信，告诉张西亚贺其瑞把货物送给了相好李蓝玉。贺其瑞强行将三包棉花放进李蓝玉的库房，并搬走了李蓝玉的三包丝绸。料定李蓝玉库房货物堆积如山，肯定走货，还兼任缉私队队长的贺其瑞在码头上严加盘查。李老艄及时将消息告诉了霍俊山。当四太太从贺其瑞口中得知贺要将李蓝玉与霍俊山两人以夹带烟土的罪名置于死地时，哀哀求告的四太太被恼羞成怒的贺其瑞掐死碎尸。而贺其瑞为达到霸占李蓝玉的目的，拜一位擅长催眠的胡大师为师，学会了令人迷失心智的"拍肩法"。当李蓝玉被贺其瑞设计骗到牛二一孔烂窑洞里并被施以迷药时，张西亚按照信上的指点，找到"秉公居"，提出了贺其瑞存放的货物。霍俊山从王妈口里知道李蓝玉的去向，循迹追去。张西亚也突然出现在牛二的窑洞前。半裸的李蓝玉浑然不觉，好事未成的贺其瑞有口难辩，恼羞成怒。

语无伦次的贺其瑞称牛二给自己也下了药，搪塞张西亚，霍俊山及时救出羞愤交加的李蓝玉并予以安慰。贺其瑞对张西亚说出了自己和李蓝玉是对头并用棉花包设计陷害她，张西亚转怒为笑。李蓝玉受此打击，大病一场。"舅舅"从陕西来，带来了组织上同意霍俊山与李蓝玉以恋人相处的请求。为解除此前霍俊山"有家室"的身份，组织将虚拟一份霍妻病故的电报，让霍俊山回家奔丧。借奔丧之名，"舅舅"将汾阳特委搞到的一百支盘尼西林针剂，要霍俊山想方设法带到陕西。在霍俊山积极筹措药品的同时，在张西亚的活动下，贺其瑞易府做官，当上了省府驻碛口警察所所长兼离石府四区区长。霍俊山和李蓝玉向警所报四太太失踪案，贺其瑞冷言相向。霍俊山接到"妻子病逝"的电报，从地下联络站碛口澡堂取到盘尼西林，将针剂藏入蒸好的祭品"枣山"中，渡船过河。而此时，下属向贺其瑞汇报，黄河里发现一具装在提包中的碎尸。

碎尸手上的银镯背面梅花图案里刻着死者四太太的名字，贺其瑞以提包是"秉公居"的包装为由，将李蓝玉关进大牢，继续威逼引诱。李蓝玉抵死不从。碛口商家联名取保李蓝玉。"奔丧"返回的霍俊山托胡掌柜找到警所的验尸官王警官，寻找四太太遇害的蛛丝马迹，李老艄也发动船家打捞四太太的头颅。四太太的头颅找到后，王警官不为贺其瑞的导引所动，出具了死者生前被掐窒息而死、凶手应为男性的报告，贺其瑞只得放人。贺其瑞听从牛二的建议，让不识字的死因犯"草上飞"画押签字，了结此案。贺其瑞接到太原府的密电，碛口澡堂刘老板为共党，且澡堂为共党重要联络点。夜晚，贺其瑞带领人马突袭澡堂，刘掌柜为掩护霍俊山，抢过霍俊山藏着情报的灯笼跳入黄河，被贺其瑞手下开枪打死。贺其瑞怀疑霍俊山，但在霍俊山身上一无所获。危急时刻，"舅舅"再次奔赴碛口，传达了因叛徒出卖，离石和三交的两个联络点也都已暴露的消息，要霍俊山想方设法除掉叛徒朱文。

从"舅舅"处得知，"十义镖局"的老六亦是我党成员，平时肩负保护霍俊山安全的职责，并任这次锄奸小组组长。闻知叛徒朱文是交城合心皮店高东家的内弟，且高东家将在阴历十一月二十七也就是皮货节开幕前一天做七十大寿，而高东家与李映真为拜把兄弟，霍俊山巧妙说服李蓝玉组织一批货源前去贺寿。李蓝玉安排好修路、办义学之事，与霍俊山、老六一起去交城贺寿。寿宴上，蓝玉被交城的韩会长看上，托高家老太太说媒，遭到蓝玉拒绝。而叛徒朱文没来高家赴宴，使老六无从下手。夜晚，有人给老六送来一盒调料，盒子底部藏有纸条，写着皮货节上朱文将出席的位置。第二天，朱文的位置挨着蓝玉，老六的飞镖无法发出。锄奸组再换方案，老六跟踪朱文到合心店皮货南院拐角处，将朱文就地刀决。

警察询问所有住店客人，霍俊山要李蓝玉一口咬定他们从未离开，使老六顺利脱险。李蓝玉似有警觉，但未深究。李蓝玉等霍俊山自己挑明身份，霍俊山却因组织纪律缄口不言。腊月，"舅舅"再次来到碛口，年前将在碛口白龙华医生开的西医诊所，重新建立新的联络点。日益亲密的接触中，霍俊山终于向李蓝玉敞开心扉，倾诉了自己的真实感情，王妈深为两人高兴。白医生以给霍俊山看皮肤病的由头，以药品降价为暗号，向霍俊山传递了恢复碛口地下党支部活动和组织上批准他和李蓝玉结婚的消息。李蓝玉回了一趟李家山，同父异母的兄弟听说蓝玉将于明年结婚的消息，敷衍一番后，自去听书。早年丧失亲母的蓝玉也没见到疼爱自己的二娘，快快回到镇上。西湾陈家老爷却给老太太出主意，让蓝玉从西湾以女儿的身份出嫁。

蓝玉出嫁之前坚持要去陕西给霍俊山"死去"的老婆坟前烧纸，在白医生的信息传递下，"舅舅"来到碛口，以霍俊山长辈的身份劝阻了李蓝玉。贺其瑞偶进镇上的裁缝铺，看见了霍俊山的结婚礼服，心生一计，要裁缝给自己也赶制一身。农历三月二十九，霍俊山与李蓝玉在镇上的黄河饭店成婚宴客。贺其瑞身着礼服、坐着喜轿前来，放炮的见轿子到，开令迎接新郎，下轿来的却是贺其瑞。霍俊山的喜轿随后来到，迎亲的炮仗却已放完。贺其瑞的做派，受到上司赵区长的奚落。而当天夜里，正准备熄灯休息的霍、李二人，突然听见有石头扔进院子的声音，霍俊山出门察看，被人捂住嘴巴，架起就走。

原来陕西一位资料员遇害，部分文件失窃，其中包括霍俊山到碛口、孟门一带建立中共吴堡县河东区委的决定。组织上让涉及的同志，第一时间无条件撤回。霍俊山放心不下蓝玉，蓝玉也在揪心痛苦中度过了新婚之夜。霍俊山再未有任何消息，蓝玉托老六打问。单线联系的老六也不知霍俊山出了什么事。组织上牵挂蓝玉，在霍俊山的再三请求下，闻听碛口并无其他动静，派一交通员给蓝玉送去霍俊山的亲笔信。而此时，贺其瑞也写了一封信让牛二给李蓝玉送去。从王妈手里拿过贺其瑞的信，李蓝玉看得浑身发抖，见另一封信和此封一模一样，蓝玉吩咐王妈一起投入火炉予以焚烧。尚未解除危险的霍俊山无法回到碛口，被组织委派去江西宁都的苏区工作。六年后，国共合作，霍俊山跟随贺龙的120师开赴山西抗日前线重返碛口。他的突然出现，令李蓝玉百感交集，然又有隐隐的隔阂。李蓝玉要霍俊山解释，为什么他所说的丢失文件的危险一直没出现，也没有人来询问李蓝玉，霍俊山因知情人"舅舅"调往东北工作，无法予以回答，李蓝玉心存疑虑，不愿意和霍俊山在谜团解开之前生活在一起。

老六的商团整编到抗日游击队，积极开展抗日工作。和霍俊山同在离石四区办公的贺其瑞为缓和关系，将一个"油点花瓶"送霍，被霍拒绝。二战区司令阎锡山扣了贺龙120师的军饷，霍俊山带头为战士们筹集过冬的棉衣。老六带游击队北上兴县黑茶山打回染色的树叶，李蓝玉走了一趟义居寺，通过二娘说服住持师父，在义居寺开设了被服厂，终于为八路军筹集到了一万多套棉衣。李蓝玉的进步举动，受到组织的肯定，组织推荐蓝玉去离石举办的抗日救国培训班学习。当李蓝玉正要启程时，从太原逃难回来的秉恭妻子文秀，以自己进过学堂为名，要求也去离石学习，霍俊山向文秀解释了上学习班的条件。

李蓝玉在学习班，得到了郭教官的帮助。郭教官向蓝玉宣讲革命道理，两人结成革命姐妹。结业后，李蓝玉投身革命的热情更加高涨，组织妇女编排抗日小剧。日本人加紧进犯，离石失守。碛口岌岌可危。李蓝玉解散妇女戏社，发动妇女们把破铜烂铁都捐出来，支援抗日。眼见日军进犯，秉恭的老婆文秀赌气向秉恭提议，让陈家挖地道躲避日本人，陈老爷听从了文秀的建议，开挖地道，未曾想挖出了银窖。深明大义的陈老爷在此节骨眼儿上，将三千大洋捐给抗日政府。陈老爷此举，引起文秀极大不满，认为陈老爷处处向着蓝玉。霍俊山发动李老艄，让碛口寨子山的几户船公腾出住房，做兵工厂，组织另外给船工租赁住房。手榴弹缺木柄，霍俊山让镇上的胡掌柜盯上兴盛昌门板店神秘的店主。老六派手下的游击队员跟踪门板店请来的说书先生韩先生，适当时机，霍俊山面见门板店老板，成功策反他，解决了手榴弹所用的木材问题。老六从招贤铁厂引进可靠的技术工人刘能荣，短时间内研制出手榴弹外壳和手绞的旋床，生产出了手榴弹和日式地雷。正在碛口的军工技术成熟之时，驻扎离石的日军大举侵犯碛口，刚建起的兵工厂被迫转移。贺其瑞见日本人进犯，将手里的古董委托牛二藏匿，牛二思来想去把古董藏到陈家暗窖。坚守家园的陈家老爷和太太将不愿离乡背井的乡亲们引进地道。深知西湾富裕的日本鬼子一到碛口，直奔西湾而来。日本人用枪托砸开陈家大门，搜寻一番之后，终于发现地道入口。日本人采用在洞口烟熏、再往火上撒辣椒面的办法，将二十八个老人活活熏死，贺其瑞的古董也被悉数毁坏。日本人对碛口的扫荡，使碛口群众的抗日情绪更加高涨。义居寺内，纺花织布的妇女们在李蓝玉的带领下，加紧干活，生产出了著名的"义居牌"土布。碛口镇上，老六和霍俊山碰头，有一份重要的情报需渡过黄河送往陕西。船只封航，老六自告奋勇前往。霍俊山将温热的糯米粥装在铁饭盒里，裹在老六和另一个队员的前心后背上。老六和队员抱着羊皮做成的浑筒跳入冰冷的黄河之中。上岸后，老六受冻牺牲，游击队员将情报送到组织手中。

4

黄河岸边，日本人的飞机不停地轰炸，面对破碎的山河，人们开始逃亡。贺其瑞提着箱子开溜，被路上的伪军抢了东西，落魄的贺住到离石一家店里，和到离石开会而来的霍俊山不期而遇。贺其瑞感谢霍俊山给他交了店钱，两人却在抗日的看法上无法融合。一心想回天津躲进租界的贺其瑞一出门就被日本巡逻兵打死，而日本人的飞机，依旧在碛口上空轰炸。面对日本人的突然扫荡，王妈隐藏好蓝玉和日本人让其看管的两个姑娘，谎说两个姑娘逃跑了，被恼怒的日本人开枪打死。西湾，文秀逼迫秉恭回太原。逃亡途中，路遇日军。文秀认出翻译官是昔日同学、恋人，得以侥幸逃生。碛口镇上，霍俊山向大家传达了120师连续收复岢岚等七县的动人消息。蓝玉积极为八路军筹集小米，并把粮食送到日本人尚未发现的李家山。抗日紧要关头郭教官秘密来到碛口，向李蓝玉揭开了霍俊山身上多年的谜底，并在义居寺观看了妇女们现场织布的情景，把李蓝玉的快机织布技术带回去以推广。

日本人又来碛口，在街上把碛口著名的送炭毛驴烤火吃，随后召集群众照集体照。大献殷勤的牛二跑向照相机，却发现蒙着黑布的照相机原来是藏着的机关枪，牛二临死之前扑上去咬下了一个日本人的耳朵，众日本人开枪打死牛二。当年给李蓝玉送石狮子的回族大哥马中诚此时亦来到碛口，昔年的客商如今加入了马本斋的回民义勇队，这次从碛口过黄河去陕西延安向党中央汇报工作并听取党的指示。霍俊山和李蓝玉负责把他安全送过黄河。而此时，霍俊山得到组织指示，离石兴隆五金厂的一个工厂主，带着捐献的两台车床和报名参军的六个熟练工，明天抵达碛口，要求霍俊山和李蓝玉一起护送此批人员抵达延安。李老艄掌舵，带着自己一直要求参军的儿子，将一船人护送到对岸。船快靠岸时，头顶上空有飞机掠过，一颗炮弹落下，炸弹在船中开花。霍俊山倒在血泊中，从胸怀里飞出的结婚照在血色的水面上漂流，天地一片殷红。

霍俊山牺牲后，李蓝玉按照霍俊山的遗愿，到达延安，和李老艄的儿子一起上了军政抗日大学。

重要人物表

李蓝玉——碛口李家山人，碛口商会副会长李映真之女，早年丧母，长大成人后嫁入西湾陈家，遭遇陈家三公子陈秉恭逃婚。后担任碛口商会会长，为地下党霍俊山之恋人、伴侣，最终走上革命之路。

霍俊山——潜伏在碛口古镇的地下党员，为革命筹措军用物资。公开身份为李蓝玉开设的店铺"秉公居"掌柜，李蓝玉的恋人、丈夫，也是李蓝玉革命路上的引路人。

贺其瑞——碛口厘税局局长兼缉私队队长，后任省府驻碛口警察所所长兼离石府四区区长，天津籍官员，李蓝玉的倾慕者。

牛二——碛口镇上的混混，贺奇瑞的耳目。

王妈——李蓝玉的贴身老女佣，后李蓝玉以母待之。

四太太——李映真第四房太太，李蓝玉之姨娘，贺其瑞之情妇。

舅舅——霍俊山单线联络的上级，中共陕西吴堡县河东区委书记。

老六——碛口"十义镖局"镖师，地下共产党，坚定的革命者。

李老艄——码头工人领袖，穷苦的革命者。

刘掌柜——地下共产党的重要联络人，以碛口澡堂为掩护联络传递情报，后被叛徒朱文出卖，为掩护霍俊山而牺牲。

陈秉恭——陈天儒三子，李蓝玉名义上的丈夫，结婚当天逃婚。

文秀——陈秉恭之妻。

陈秉温——陈天儒长子，被贺其瑞设计陷害，上吊自杀。

陈秉良——陈天儒次子，无心经商，流连物外。

二娘——李映真第二房太太，李蓝玉之姨娘，与李蓝玉感情甚笃，后皈依佛门。

冷少爷——平遥通心店老板之少爷。

赵掌柜——李映真多年前聘用的掌柜，李映真过世后，受聘于平遥冷家。

张西亚——贺其瑞老婆，天津十里洋场著名的交际花。

陈淑媛——陈秉温之女。父母双亡后被李蓝玉收养。

白龙华——地下共产党。"舅舅"调往东北后霍俊山新的单线联络人。公开身份为碛口西医诊所医生。

郭教官——离石抗日救国培训班教官，与李蓝玉结为革命姐妹。

马中诚——回族人，早年李蓝玉的客商，后加入马本斋的回民义勇队。

朱文——交城合心皮货店高老板的内弟，出卖碛口地下联络点的叛徒，被老六锄奸。

《大碛口》剧本编剧简介

杨秀春，女，祖籍河北容城。山西省作家协会会员、山西诗词学会会员。曾获全国"星光杯"第一届、第二届诗歌奖，2008 年山西省《黄河》年度诗歌奖。在《北京文学》《飞天》《山东文学》《黄河》《山西文学》《都市》等杂志发表中短篇小说多篇。出版有诗集《一个人喝茶》《对岸》《比遥远更遥远的地方》、中短篇小说《天堂之旅》、长篇小说《胭脂云》。电影故事片《黄河传人》编剧之一。曾供职于临县县委宣传部。

陈春兰，女，笔名：陈春澜。祖籍：山西临县碛口。中国作家协会会员，鲁迅文学院第十七期高研班结业。曾获 2007—2009 年度赵树理文学奖、2010—2011 年《广州文艺》首届都市小说双年奖以及多种报刊奖。在《小说月报（原创版）》《小说界》《北京文学》《青年文学》等杂志发表中短篇小说多篇，并有作品被《小说选刊》《中篇小说选刊》等选刊转载。出版有个人中短篇小说集《喧夜舞马》。现为太原第一监狱主治医师，一级警督。

杨颖，女，祖籍河北容城。前媒体人，现自由撰稿人。电影故事片《黄河传人》编剧之一。

目录

第一集

一、黄河，碛口明清一条街，日，外

（闪镜）浊浪滔天的黄河、碛口五里长街店铺林立，人欢马叫。

（画外音）从清乾隆年起依靠黄河天堑成为北方著名货物集散地、水旱大码头的古镇碛口，素有"九曲黄河第一镇"的美名，其中最大的两家商号分别属于商会会长陈天儒和副会长李映真。民国十五年（1926），两家联姻，镇上四百多家商铺的东家和掌柜都分别去陈李两家贺喜，婚礼在当地轰动一时。

二、李家山李财主家院，日，外

〔李财主家依山就势，高下叠置的九层明柱厦檐四合院，到处张灯结彩，沉浸在出汝（嫁小姐）的喜悦中。院内人声鼎沸。前来贺喜的客人络绎不绝。李财主身着簇新的长袍马褂微笑着站在院的中门上迎客。

客人甲：（作揖）李东家，什么时候和西湾陈家攀的亲，不声不响就给闺女说下了好人家。

客人乙：（打趣的口吻）不光是好人家，陈家在碛口，踏得地皮响，没听人说："乔家一个院，陈家两条街。"

客人甲：那是自然，晋西首富的帽子不是白戴的。

李财主：（抱拳还礼）两位东家玩笑，小女和陈家三公子是指腹为婚。

客人丙：指的好，李东家，门当户对。

（特写）客人丙指着李财主家门上的门当和户对。

李财主：（微笑抱拳）过誉过誉，里边请。

三、小姐闺房内，日，内

〔李家小姐蓝玉身着新娘服饰，在里面的套间里端坐床上，羞口闭言。套间外面，丫鬟香雪和春燕不放心地又理一遍嫁妆。香雪把两个红包袱皮打开，一个包袱皮里包着两个圆朴楞子，每个朴楞子里放六双各种式样的绣花鞋，总共是二十四双，数了数又包住。

香雪：（自言自语）没错，二十四对"放鞋"，四个圆朴楞子，齐齐整整。但愿小姐事事如意，夫妻两人出双入对。

〔丫鬟春燕拿起一个红布缝的"红肚肚"，细细地摸着上面的针脚。

春燕：（由衷地）咱们姑爷怕是全天下最有福气的人了，你看这细针密线的，小姐的女红，怕是他们陈家的任何一个女人都比不上的。

香雪：那当然了。不光是女红，就说人样，咱们小姐也是最最惹亲的好模好样。没听人说嘛，李家山的女子，白家山的汉，招贤镇的瓷器，南沟里的炭。

春燕：不光人样好，咱们小姐大门不出，二门不迈，说话不起唇，走路不起尘。能娶上咱们小姐也是他陈家几辈子修的福。

香雪：时辰不早了，咱俩不能光顾说话误了事。你记得把"红肚肚"里装上两个火烧，四块冰糖。再叮嘱小姐，进洞房后，她和姑爷要一起吃呢。

春燕：香雪姐姐，你比我大，吃这个是什么讲究。

香雪：（用手轻刮春燕的脸）不害臊，你才多大，看小姐出阁，你也着急地想嫁了不是，人家这是寓意夫妻团圆，甜甜蜜蜜。

四、西湾陈家城堡式庄院，日，外

〔庄院明柱上都缠着红绸，门上挂着红灯笼，窗户上贴着喜字。院中站满了人，牵喜驴的小花童、抬花轿的轿夫、吹打的响工，娶亲的队伍齐齐整整，只等吉时，主家一声启程，就出发。

婚宴主持人： 今早上头喜苍苍，陈李两姓结成双。

众人： 好！

婚宴主持人： 夫妻好合鱼得水，举案齐眉效孟光。

众人： 好！

婚宴主持人： 今早上头天地喜，只等吉时把轿起。

众人： 好！

五、陈家养心楼正面一间窑洞，日，内

〔陈家老爷和前来贺喜的众客，分主宾落座谈笑。管家走来，神色匆忙，附在老爷耳边耳语。老爷面色大变，随之又平静下来。管家退出。

老爷： （和众客人抱拳）失陪一会儿，诸公暂请自便，老夫去去就来。（高声）王妈，续茶，续新茶。

六、陈家院内僻静处，日，外

老爷： 冯管家，秉恭他真跑了？

管家： 这天大的事哩，谁敢胡言。

老爷： 秉恭这个候（小）爷爷真要上天了，这种辱门风、羞先人的事也能行下。就是跑到天边外，也要把他找回来。

管家： 老爷，你是急糊涂了，现在去哪找？眼看吉时就要到了，这亲娶还是不娶？

老爷： 娶亲不到羞主人，李东家也是场面上的人，都到这时候了，能说不娶？

管家： （沉吟片刻）老爷，我倒有个主意，不是都说秉恭和他奶弟秋生长得像，就是刚才还有人把秋生错认成秉恭。何不让秋生假扮新郎，把这个亲先娶回来。

老爷： （当机立断地）到山吹柴，遇河脱鞋。冯管家，你去和秋生说，让他顶包。注意叮嘱家下老小，谁也不许走漏风声。

七、西湾陈家城堡式庄院，日，外

〔三声礼炮过后。

婚宴主持人： 吉时到，起轿！走起！

〔喧天的锣鼓中，顶包的假新郎冯秋生坐的花轿走在最前面，后面紧跟着陈家浩浩荡荡的娶亲队伍。

八、陈家庄院，夜，外

（空镜）挂着红绸红灯笼的陈家庄院夜景。

九、黑龙庙，夜，外

〔陈家请的戏班子，正在唱戏，看戏的人山人海，一边听戏，一边悄悄议论陈李两家的婚事。

观众后生甲： 听说没，陈家为三公子的婚事，请的戏班子要连唱三天哩。

观众后生乙： 值，听说新媳妇长得可美气了。

观众后生丙： 不要说话，好好看戏，看完了，陈家公子入洞房，你们两个入梦乡，梦里娶媳妇也挺美。

十、洞房，夜，内

〔喜床上铺着龙凤呈祥的大红喜单，蓝玉小姐盘着双腿坐在床边。炕桌上放一个大的"灯斗"，斗内放一盏麻油灯。盖着红盖头的蓝玉，坐在灯下，等着新郎来揭红盖头。春燕站在一旁侍立。陈家佣人王妈走进。

王妈： 春燕，这盏麻油灯是"长命灯"，我交到你手上了，三日不能熄。

春燕：（点头）知道了，王妈。

王妈： 我把捻子调得够长，五日也烧不尽，你只管明天一早添油就行了！

〔王妈和春燕一起走出洞房。（特写）出门时，王妈回头怜惜地看了眼盖着红盖头的蓝玉，想说什么，欲言又止，退出。

十一、陈家鸡窝，夜，外

夜暮中，管家带着一名男家丁，男家丁手里提着鸡笼子。走到鸡窝前，男家丁麻利地从鸡窝中抓出一只大胖公鸡，塞进笼子里。

十二、洞房，夜，内

〔洞房内，蓝玉小姐盖着红盖头，独坐床上。麻油灯下，红盖头和窗户上的大红喜字交相辉映。门咯吱响了一声，隔了一会，又咯吱响了一声。

（闪镜）开门，关门。

〔洞房里突然响起鸡在笼子里扑腾的声音。受了惊吓的蓝玉猛地揭开了盖头。（特写）一只五彩斑斓的大公鸡正在笼子里扑腾来扑腾去。

十三、婚礼上，日，外

（闪回）

〔一位衣着鲜艳的新娘正在和一只大公鸡拜天地。人群中的小蓝玉，好奇地指着大公鸡，问身旁拉着她手的母亲。

小蓝玉： 妈妈，姐姐怎么和公鸡拜天地？

母亲： 小孩子，不要多嘴。

身旁人甲：（小声地）听说新郎病得起不来了，只能用公鸡顶替。

身旁人乙：（小声地）那可惨了，今晚新娘还得和公鸡入洞房呢！

（闪回完）

十四、洞房，夜，外

蓝玉：（跑出洞房，边跑边喊）春燕！春燕！

〔黑暗中，（主观视角）远远地看见太太和贴身丫头着着急急地跑来。太太听到叫声，急步赶到蓝玉身边，一把拉起她的手。

太太： 蓝玉，回屋说。

十五、洞房，夜，内

〔太太拉着蓝玉的手，走到炕边，把蓝玉拉到自己身边，坐下。

太太：（面有不忍和难色）我的儿，我们不该上下欺瞒你，我们也是没办法，秉恭他有福不享，今早上突然跑了，也不知他跑到哪里去了。没办法，我们才叫他的奶弟秋生顶他，为的是在众人面前保全咱们俩家的脸面。

〔蓝玉和太太一起流泪。

太太：（帮蓝玉拭泪）蓝玉，你也是大户人家的孩子。秉恭他跑了，是他没福。

〔蓝玉流泪不语。

太太：原本是我们的错，秉恭他打头就不愿意这门亲事，他在太原府的学堂把心上大了，也上野了，嫌你不识字哩。

〔蓝玉仍流泪不语。

春燕：小姐，你不要哭，我们现在就回李家山。

蓝玉：春燕，不能在太太面前无礼。

太太：好蓝玉，我陈家是几辈修的，别说春燕了，你有什么话，也不要憋着，你和娘说。

蓝玉：（坚决地）娘，我等秉恭，他一辈子不回来，我等他一辈子。就算休我，也要让他当面锣对面鼓地给我写下休书，亲手交到我手里。

春燕：小姐，等不等都是后话，先说眼下的事，后天回门怎么办？

蓝玉：（若有所思地）娘，我不想让三个姨娘看笑话，回门我还想让秋生和我一起回。

太太：行，我再吩咐秋生。

十六、陈家祠堂，日，内

〔老爷和太太分别坐在窑正中的两张太师椅上，中间是一张长条桌子。桌子上方挂着一副对联："俎豆一堂昭祖德，箕裘千载振家声"。屋顶悬挂着同治皇帝所赐圣字灯笼一对。还有祖宗牌位若干。大儿秉温、二儿秉良坐一侧，大儿媳、二儿媳和蓝玉坐一侧。

老爷：蒙祖上阴德，我们陈家不仅是商家还是世袭的官宦人家，秉温、秉良，你们都抬起头瞧瞧，这屋顶上的圣字灯笼可是同治元年，同治爷赐与你们太爷爷的，同时还赐有轿子一顶。你们太爷爷官拜"钦加军功都司五品"，是踏得地皮响的蓝顶老爷，出州过县，都打着圣字灯笼，文官下轿，武官下马，好不威风。

太太：（看着老爷）老爷，咱们今天是说秉恭和蓝玉的事，就不用拉扯这些瓜长蔓短的事了。

老爷：（不高兴地）你以为这是扯闲篇儿，家门不幸，已经跑了一个秉恭，你还想让秉温、秉良也有样学样。

太太：（低下头）老爷说得有理。

老爷：（咳嗽）秉恭跑了，蓝玉愿意在我们陈家死守。蓝玉，是我们陈家先负了你，今天对着列祖列宗，我答应你，只要你提出的条件，我和太太都答应。你的二位兄长和嫂嫂也不许有异议。

蓝玉：爹，娘，蓝玉只有两个条件，一要识字，二要在碛口街上开个商号，自己做东家。

秉温：爹，秉温以为不妥，一则，女子无才便是德，二则，碛口街上四百多家商号，还没有一个女人参与经商。

二嫂：爹，娘，这万万使不得，这不是变相分家吗？蓝玉她是不想和我们在一个锅里搅稀稠。

蓝玉：大哥，二嫂，我识字并不要家里的一分钱，开商号也是为了我自己挣钱请先生教我读书识字。只要二老恩准我的请求，我明天就搬到碛口街上，所有盘铺子的费用和我个人的开销，我也想好了，我把从娘家带来的陪嫁，全部折变成现银也够兑付的。

老爷：蓝玉，你主意已定？

蓝玉：（坚决地）是，爹，还请您替我在我们李家遮掩，就说秉恭到俄罗斯做大买卖去了，三年五载回不来。我的商号就用"秉恭货栈"。

老爷："临事"必以"事变"为要，舜可以不告而娶，武可以不葬而兴。

秉良：（着急地）父亲！

老爷：（摆手）都别说了，一句话卖了江山也不能出尔反尔。更何况现在是民国了，陈家是开明人家，就在碛口街出这个头也不妨。但只是，第一，蓝玉，你只能当东家，掌柜的还需我们陈家替你挑选；第二，私塾先生也不用外找，就用我们陈家现用的冯老先生。

蓝玉：（恳求地）父亲，因我要搬出西湾，在碛口街上住，用咱们家的冯老先生，多有不便，可请冯老先生另寻一位老先生。蓝玉说过的，请先生的钱，蓝玉自己出。

太太：老爷，蓝玉去碛口住，我的意思是把王妈也派给蓝玉，春燕就留在咱们家里。

蓝玉：母亲想得周全，王妈能拨给我使，甚好。

老爷：家有千口，主事一人，就这样先定了，蓝玉去碛口住，王妈跟着。不过，蓝玉，你既然有等的心，那么，你的商铺也不用叫"秉恭货栈"，我看叫"秉恭居"更妥。另外，太太，按房给蓝玉的月钱，一分也不能短下。

蓝玉： 谢爹和娘对蓝玉的顾惜，蓝玉说过的，陈家的钱一分也不要，秉恭因我出走，我理当替秉恭尽这份孝，所以，我不但不要陈家给我的月钱，就连王妈的钱，也不用再从家里支。另外，不管我的买卖挣不挣钱，我都会按月拿出一份钱孝敬二老。

十七、碛口街上，日，外

〔"秉恭居"招掌柜的榜示。人群围着看。有人出声读榜示。

榜示： 犬子秉恭铺面不日开张，囿于家学浅薄，柜面乏善经营，恳纳明事晰理、敦厚重义之士不吝室陋薪薄，洽和奉应柜面董事一职。

西湾陈天儒奉延。

（特写）碛口澡堂掌柜老孙头从人群中挤到最前面，认真看榜。

十八、碛口街，日，外

〔蓝玉的"秉恭居"开张大吉，爆竹连天，鼓乐齐鸣。

路人甲： 听说，这个商号的东家是陈家的三少奶奶，不想，咱们碛口街上还出了位巾帼英雄。

路人乙： 可不是，商号用的是她男人的名字，但她男人不在，实际的东家就是她。

路人丙： 这个女人不简单，能在碛口街上当东家的女人有几个？

路人甲： 还几个了，碛口镇上四百多家商号，就出了她一个女东家！

路人乙： 不是一般的气魄，男东家都不在碛口街上住，她就要住。

路人丙： 这不是要拔头筹吗？

路人甲： 还拔头筹呢，我看是要乱套了！坏了规距。

十九、秉恭居商铺前，日，外

〔陈家老爷、李家老爷和蓝玉站在商铺前，恭迎前来祝贺的各路商人。

商人甲： 祝贺祝贺，陈老爷、李老爷，今天您两位可不只是商会会长，还是蓝玉东家的家长哩。

李老爷： 小女要强任性，也是陈老爷度量大、眼界宽，她这个东家是虚名，实是没事找事消磨时间，等她夫婿从俄罗斯回来哩。

陈老爷： 亲家翁，谬爱过奖，不是我度量大，倒是蓝玉的见识不一般，能娶到如此有个性有气量的儿媳，也是我陈家的福气，况我又担着商会会长的名头，理当支持所有新老商号，以共成碛口之商务大业。

陈老爷： （站上高圪台，面向众人）大家静一静，今天我以碛口商会会长的身份，在这里宣布，"秉恭居"货物过载店，今天正式挂牌成立。东家是李蓝玉。不瞒大家，蓝玉是鄙人儿媳，也是李映真先生的掌上明珠，她有志经商，我和李会长，举贤不避亲，也请大家以后能看在我们两人的薄面上，多多关照蓝玉。所聘掌柜是外路高人，从陕西请来的霍俊山先生。

〔霍俊山从人群中走来，稳步走上高圪台。向陈老先生抱拳施礼，然后，面向众人。

霍俊山： （抱拳）久闻碛口是水旱码头小都会，今天眼见了碛口的繁华兴盛，霍某不才，有幸能在碛口找下个端碗的地方，全仗陈老爷和众位商界高人的抬举，还请诸公以后都能伸把手，帮我替东家打理好"秉恭居"。霍某在这里先谢过大家了。（鞠躬下）

二十、秉恭居账房，日，内

蓝玉： 打小就听父亲说"本钱容易掌柜难"，以后，"秉恭居"就全靠你了。

霍俊山： 东家放心，在其位，谋其政。我会尽心的。

二十一、蓝玉书房，日，内

王妈：三少奶奶，先生还没来呢？你这么早坐在这里等，多不舒展。

蓝玉：王妈，读书最是吃苦，现在能吃上读书的苦我高兴哩，不图舒展。

王妈：听说教三少奶奶的老先生，是前清的秀才呢，比咱们家的冯先生还老。

蓝玉：不拘老少，能教我识字就好。王妈，你说我行吗？十八岁成人啦才开始从"赵钱孙李"起头，正经学字哩。

王妈：可不是，都是学堂闹的，秉恭若是不去太原府上学耽搁，也不会让你等这么多年。（见蓝玉面色黯然，王妈突然停了嘴，面有愧色）

王妈：（不好意思地）看我一大早说甚了，有的说，没的道。

蓝玉：王妈，不要多心，蓝玉知你是为我好。

王妈：三少奶奶不容易，开弓没有回头箭。师父领进门，修行在个人。王妈信你能学成。

蓝玉：王妈偏我，你去门上瞭瞭，吴老先生来了也好接应进来。

二十二、碛口街上，日，外

〔碛口镇上有名的私塾先生，吴老先生急匆匆地走着，怀抱几本书。

路人甲：吴先生，听说又收了个女弟子。

吴先生：此话不假，老朽这就是去秉恭居。

二十三、蓝玉住处后门，日，外

〔王妈站在门槛里，（主观角度）看见吴先生口中念念有词地走来。王妈紧走几步出门，趋前迎上。

王妈：（谦下地）您可是陈家请的秀才，吴先生？

吴先生：（儒雅地）在下吴经纶是也。

王妈：（忍住笑）三少奶奶在书房等待多时。跟我走。

二十四、蓝玉书房，日，内

〔吴先生走入，蓝玉站起问好。

蓝玉：吴先生好！小女妄想，让您见笑了。

吴先生：小地方也有大景致。咱碛口为什么不能出个女相公！

蓝玉：（跪下磕头）吴先生在上，请受小女一拜。

吴先生：不拘俗礼，王妈，快把三少奶奶扶起。

〔蓝玉站起，重又坐定。吴先生从书包里拿出几本书摆下。有《女儿经》《千字文》《三字经》《百家姓》和《论语》。

吴先生：你是女子，咱们就从《女儿经》和《千字文》学起。

蓝玉：吴先生，请允小女敬一言。

吴先生：（一怔）当讲。

蓝玉：小女自从当东家的那天起，走的就不是寻常的女子路，请吴先生先教蓝玉做商人，而不是做女人。

〔吴先生表情震惊地呆了一会。然后，沉默不语地把《女儿经》《千字文》《三字经》《百家姓》收起，一并装进书包。单把《论语》摆在桌上。

（特写）《论语》的特写镜头。

吴先生：好，老朽每天都身带一本《论语》，原是我每天闲暇之时，个人翻看的。你成人了才学字，不能按部就班地从头学起，从实用上讲，咱就从《论语》学起。宋代开国功臣、后官拜丞相的赵普云："半部论语治天下。"贺少陵又有诗云："小儿学问止论语，大儿结束随商旅。"咱们就用《论语》，让你打碛口的天下。

二十五、蓝玉住处、待客窑洞，日，内

〔蓝玉端坐屋内主座上，单等霍掌柜进来议事。王妈在蓝玉的身边侍立。

霍俊山：少东家，你找我？

蓝玉：是，霍掌柜，坐下说话。

〔王妈搬来一把椅子，霍俊山撩起长袍落座。

蓝玉：霍掌柜，虽说你是我爹爹们请的掌柜，但秉恭居的东家是蓝玉，蓝玉虽说是女流之辈，但商场如战场，何说男女。开了这个店，路要自己走，业要自己闯，咱们可不能让人把秉恭居看低了。

霍俊山：李东家，不管我是谁聘的，我的东家都是三少奶奶。

蓝玉：好，霍掌柜，叫什么无所谓，关键看行事哩，以后，你还叫我三少奶奶。但做起事情来，别把我当少奶奶。

霍俊山：三少奶奶，有话明说。

蓝玉：好，听说从宁夏来了一支船队，九艘长船都装着满满的皮毛，因不敢闯"二碛"，要在碛口镇上让利抛售。

（画外音）蓝玉口中的二碛，是发源于临县北部黑茶山的湫水河，与黄河汇聚形成的一处险滩，因它比下游壶口的碛稍小，故而当地百姓把它叫作二碛。

霍俊山：三少奶奶，这个不假，船家是回族人，货在碛口码头上已经停放两天了。人就住在我们店铺里，看上去是个和善的好人，姓马，他也和我说过抛售之事，当时，我一听就知道这是一桩不小的好买卖，但一核算，需白银上万两，咱们秉恭居一下子哪能凑齐这么多银子。

蓝玉：你误会我的意思了，霍掌柜。我小的时候，常听我爹教导我的几个兄弟，做生意最讲究"寸厘尺分"，赚的是良心钱，取的是公平利，咱们现在低价收购回族人的皮毛，是趁人之危。就是赚了钱，良心上也会过不去。

霍俊山：三少奶奶说的是。他因不敢闯碛，走旱路时间又不够，才出此下策。

蓝玉：我正是为这个把你叫来的，我想请人闯碛，帮他把这批货，从水路运到军渡，这样，他再雇骆驼，走旱路，水路省出的时间，足够他旱路耽搁，如期到郑州，没问题。

霍俊山：当然这是最好的办法，闯碛成功，他一不用误期，二不用在碛口贱卖。

蓝玉：那还说什么，我们闯。

霍俊山：可二碛的河床是一条狭窄的石槽，原本数里宽的水流，经过这块石槽时，险象环生，经常会掀起几层楼高的巨浪，这时，不要说别的，光河水的怒吼声，就能把数里之外的人听得吓死，所以，我并不敢轻易提闯碛。

蓝玉：你的担心不无道理，但马老板是我们秉恭居开张以来，住的第一个大客商，帮他就是帮我们。

霍俊山：有三少奶奶的这句话，一切好办，我尽全力帮他闯"二碛"。说到底，这桩买卖，行的是义，拼的是胆，赚的不仅是看得见的钱，还有看不见的义。只是闯不好，折了银子……

蓝玉：这个你不要担心，有我呢。只是这件事得找个靠实的老艄。

霍俊山：碛口街上有个闯险过河的好把式—李老艄，原是我们本家的一个远亲，不知三少奶奶听说过没有。此人祖籍是黄河对岸拐上村我们陕西人。

蓝玉：（高兴地）好像听我爹说过，这个人是个闯碛的大把式。霍掌柜，你去和李老艄说。我们助马东家闯碛，让碛口街的商家也看看咱们秉恭居出手的气度。

二十六、秉恭居客栈一间窑内，夜，内

〔宁夏回族船家马财主，在客栈一间窑内，焦急地在地上走来走去。炕桌上放着吃了一半的干馍。一阵敲门声传来。

马财主：（惊觉地）谁？

霍俊山：我，秉恭居掌柜霍俊山。

〔门开，霍俊山进来。

马财主：霍掌柜，这么晚造访，莫非有意买我的皮毛？

霍俊山：马东家，难道你真心想把这么多上好的皮毛都扔在碛口？

马财主：这不是老虎骑在狼脖子上了，没办法嘛。

霍俊山：不用愁，我们东家要帮你闯碛。

马财主：闯碛，不敢，不敢，这个成本更大，闯不过，砸船蚀本，我赔不起啊！

霍俊山：我们东家有言在先，如惹出事故，不论大小，我们东家愿负全部责任，所有损失，秉恭居也全部承担。

马财主：如果闯碛成功，你们要抽多少？

霍俊山：我们又不是帮你代卖，分文不取，你只需按市价付老艄公的钱，秉恭居只尽地主之谊。

马财主：这是为的啥？

霍俊山：为你是住我们店的客。一个义字值千金。情义无价。诚信无价。

马财主：（激动地）原以为出门不利，只遇难了，不想还遇上贵人搭救。

霍俊山：马东家，别说了，明天一早，我就去寻过碛老艄，你今晚就安心睡个好觉吧！

〔霍俊山转身正要出门。

马财主：（面有难色）霍掌柜再请留步。

霍俊山：怎么，反悔了？

马财主：大丈夫一言既出，驷马难追。只是一分钱难倒英雄汉。我的钱全压在货上，到了天津才能收回，此时叫我如何拿得出闯碛的钱，我自去和我们东家说。算我们借给你的。

霍俊山：（微笑地）这个好办，区区闯碛的钱，我自去和我们东家说。算我们借给你的。

马财主：好！来时就听人说，碛口柳林子，家家有银子，一户没银子，旮旯儿扫出几盆子。百闻不如一见，来了才知道，这里买卖稠，人心好。转告你们东家，我以后就是秉恭居的常客了。

霍俊山：（拱手）谢马东家关照！

马财主：我初次来碛口，人生地不熟，一切有劳霍掌柜！

霍俊山：尽可放宽心。

二十七、碛口街一家酒店，夜，内

〔霍俊山请来李老艄，两人分坐在一张酒桌前，桌上是一壶烫过的烧酒和几个下酒小菜。

霍俊山：李老伯，论起家族的辈分，你是我的长辈，我是你的侄孙子辈儿。

李老艄：知道你如今出息了，做大掌柜了。

霍俊山：老伯，我不过是替东家操心受累，您老穿绸摆缎，整天在碛口街上走，一定知道我店里现住下一个宁夏来的回族客人，他有一批货想请您老掌舵过二碛。

〔李老艄闭着眼，不语。睁开眼仍不语，看着桌上的酒。霍俊山赶忙拿起酒壶，又给李老艄跟前的酒杯里满上。

霍俊山：酒家，再温壶烧酒。

〔小伙计闻声跑来，高喊：来了。

〔霍俊山端起自己的酒杯敬李老艄，两人干杯。

李老艄：霍掌柜，黄河是一条神路，沿途千险万关。

霍俊山：正因为险，才请您老掌舵。

李老艄：有河就有碛，有沟就有煞，黄河行到了晋陕峡谷，十里八里不是碛就是煞。光咱碛口的大同碛，落差就有一丈多（3.5 米），再加湫水河冲来的大量泥沙巨石，碛口就成了黄河上除壶口外吃人的第二险关。

霍俊山：虽说险，但看谁过。难者不险，险者不难。

李老艄：我老了。

霍俊山：你们船家不是有句行话："船烂了也有三千六百根钉子。"

〔李老艄又喝了口酒，站起来，拍了一下手。

李老艄：船家规矩，船上不能拍手，我一辈子也没敢随便拍手，现在拍手为约，这个买卖我接了。

霍俊山：（拱手）谢老伯。

李老艄：谢的太早，我要亲见你们东家。

二十八、蓝玉住处、待客窑洞，日，内

〔蓝玉面朝墙，手里拿着《论语》，口中念念有词地背诵"子曰：学而时习之，不亦乐乎"，王妈在一旁坐着做针线。霍掌柜领着李老艄走进。王妈喊了几声少奶奶，蓝玉都没听见，王妈只好放下手中的针，走到蓝玉跟前，推了推她。蓝玉如梦初醒地放下书。

蓝玉：（陪笑）李叔来啦，快请坐。家父常说起你。

李老艄：真正老子英雄，汝也好汉。我今天来不单是为这桩买卖，更是要亲眼见识见识我们碛口镇上第一个敢挂帅的穆桂英。

蓝玉：（谦虚地）我夫秉恭远道做大买卖，我不过是替他在此打理个小买卖。

〔李老艄看着蓝玉放在桌上的书。

李老艄：（吃惊地）你识字？

蓝玉：（轻描淡写地）原也不识，这不为看账本嘛。

霍俊山：东家想识字是好事，洋学堂里的女生不仅识字，还自己写书呢。

李老艄：我家祖祖辈辈当船工过日子，没有出一个念书人，我打小就高看识字人哩。

蓝玉：蓝玉也是闲得无事才看，李叔，咱谈正事。

霍俊山：李老伯，你有什么要求，就和我们东家一五一十地实说，东家虽是女子，但也是个不逊男子的明白爽快人。

李老艄：船是木龙，越小越灵。宁夏来的可是九艘长船。

蓝玉：李叔，有话直说。

李老艄：这钱是靠命赌呢！

蓝玉：李叔，按常规是开船前先付一半的银子，这次危险，我开船前就全付给你，你开个价，让霍掌柜去店里账房现给你支。

李老艄：（吃惊地）蓝玉东家，这，这……

蓝玉：李老伯，就拜托您了。

王妈：（着急地）李老艄，你老糊涂了，还不赶紧谢过三少奶奶。

蓝玉：不用谢，你们快去客栈见马东家当紧。

二十九、秉恭居客栈一间窑内，日，内

〔霍俊山领着李老艄来见宁夏回族船家马财主。

霍俊山：两位认识一下。这是碛口码头有名的老艄，李老伯。

李老艄：（拱手）马东家好。

马财主：（拱手）有劳老艄的大驾。

李老艄：（拱手）不敢，谢马东家抬举。

马财主：能请老艄掌舵，全仗霍掌柜周旋。

霍俊山：哪里，实是我们东家的美意。

〔三人分别落座。

李老艄：马东家，为事成，当着霍掌柜的面，你答应一切听我的。

马财主：这是一定，到了贵地，入乡随俗，过碛你是大把式，当听你的，我只要货物安全。

李老艄：此次闯碛，只用我挑的船工。

马财主：这个容易。

李老艄：货物也按照我的办法走。

马财主：这个也没问题。

李老艄：咱们先找一只空船，然后把少许货转放上去，冲过碛，然后牵着空船逆水而上，这样往返几次直到将现有货物运下大半，再轻舟直下，保证安然无恙。

马财主：好主意，就这么办。今天就开船。

李老艄：今天不行，今天只能往空船上倒货。黄河是条神路，不能不敬，明天吉时拜了河神再启程不迟。

三十、碛口水旱码头，日，外

（特技）黄河上浊浪翻腾。渡船、长船、筏子，川流不息。
（字幕）民国年间，碛口水旱码头，船筏天天来，驼铃昼夜响，货物大多靠水路运输。
〔李老艄换上行船的衣服，神情严肃地从河滩上走来，后面跟着一排船工，船工甲紧走两步附上前。
船工甲：（小声地）叔，我心里还是不踏实。你觉得真行？
李老艄：（自信地）白跟了我三年了，此是仲夏季，表面惊涛骇浪，实际有惊无险。
船工甲：有您老这句话，我肚里的石头就掉到地上了。
〔李老艄不屑地看了他一眼。
李老艄：肚子是记事的，不是光吃饭的。
〔船工甲不好意思地赔起笑脸。李老艄并不看他，径自往前快步走去。

三十一、黄河岸边，日，外

〔马财主、李老艄和全体船工都跪在河滩里，烧香磕头，祈求河神保佑平安闯过二碛。
霍俊山：（拱手）李老伯，行船容易分水难，全靠你了。
李老艄：（自信地）霍掌柜，尽可放心回去等好消息。
马财主：（拱手）我和我的船工，就都走陆路了。李老先生，一路小心。
〔李老艄抱拳还礼，船工甲背起李老艄走上船去。

三十二、黄河上，日，外

〔李老艄一声开船令下，装着少许皮毛的长船拨浪前进，李老艄站在后舱尾上掌舵。李老艄雄浑的号令，不时回荡在黄河上。
李老艄："棹！"（两面都搬）
船工众："搬啊！"
李老艄："哎！"（两面都停）
船工众："停啊！"
〔船渐行渐远，船在黄河行的远景。李老艄"上棹搬，下棹埋"的声音隐隐地飘荡在黄河上。

三十三、蓝玉屋内，夜，内

〔蓝玉盘腿坐在炕上，手里捧着书看，可是看不了一会儿放下，又拿起，再看，再放下。王妈端来一碗钱钱红枣小米稀饭。
王妈：（心疼地）三少奶奶，读书也不在一时，天天这么没明没夜地工夫里熬，就是铁打的人，也要倒了。
蓝玉：王妈，这不当紧，当紧的是我担心宁夏马东家的货。
王妈：这个，三少奶奶是自己吓唬自己。听说李老艄今天闯的就很顺利。
蓝玉：可是，九艘长船的皮毛呢，才运过碛不到一半。
王妈：不怕嘛！闯开就很顺了，越闯越顺。
蓝玉：谢天谢地，今天总算是闯过去了。就看明天和后天了。
王妈：明天和后天更是一顺百顺。
〔蓝玉感激地笑笑，接过王妈手中的碗，喝稀饭。
蓝玉：王妈，你这么大年纪跟着我，操心受累，不要光管我，你也一起吃。
王妈：天旱三年也饿不死伙头军，还能少下我吃的，你放心吃吧。

三十四、碛口码头边，日，外

〔碛口码头边油船靠岸，船工们七手八脚抬着用红布裹的两个重物，上了岸。同时上岸的还有马财主，他指挥着船工们把两个重物轻轻地放在地上。河滩上，等待扛包子的码头工人，极有秩序地排成一队，等待着搬运东西。马财主走到一个管事的码头工人跟前，指指岸边红布包的重物。

马财主：这是送往秉恭居的，不怕碰，但石头的，重，多找两个人抬。

队长：可以把红布揭了抬吗？

马财主：不行，到秉恭居商铺前，自有人揭。

队长：不是什么不吉利的东西吧？

马财主：吉利得很呢！你找人放心抬吧，我多给你们些钱。

队长：（严肃地）就是你多给，我们也不能要，行有行规，别小看了我们这些"爬河滩的野鬼"，人穷志不短，凭苦力挣的也是良心钱，按件论价。

〔商人面露愧色，队长叫来十二个人分两组，抬起重物往秉恭居走。

三十五、秉恭居商铺前，日，外

〔抬着刚才从船上搬下的两个重物，仍用红布裹着，来到秉恭居商铺前，把重物放下，随后赶来的一班吹鼓手，敲锣打鼓地吹打起来。排山倒海的声浪，惊了碛口一条街，众商家的掌柜、能走开的伙计都纷纷走出店铺，来到秉恭居商铺前看热闹。霍俊山和部分伙计也闻声从秉恭居跑了出来。

马财主：霍掌柜，我们又见面了。

霍俊山：（抱拳）马东家好。

马财主：霍掌柜，这是我特为贵商号定做的两个石狮。霍掌柜，请揭红布。

霍俊山：不行，不行，这种上台面的事，非我们东家出面不可。

霍俊山：（和小伙计说）去请咱们东家。

〔小伙计闻声一路小跑着去请。

三十六、蓝玉书房，日，内

〔蓝玉独自温习功课，桌上是宣纸、毛笔，还有一本展开的《论语》。

王妈：吴老先生又告假了，家里老是有事，我看就是你不扣他的工钱，他才老是告假。

蓝玉：吴老先生也不容易，家里两个老婆，生的一堆小孩，全指望他一个人教书挣的那点儿钱，祖上到他手里又没有留下半分家产，民国了，请他的人越来越少，我们何苦再扣他的这两个钱。

王妈：（不好意思地）三少奶奶人心最好。我不过是怕你学不会。

〔蓝玉走神的样子，并没有马上接王妈的话。

蓝玉：（醒过神）王妈，你刚才说什么？

王妈：听不见就算了，我知道你是又在想三少爷。

蓝玉：倒没有，眼前的愁还愁不过来呢？碛倒是闯过去了，谁知道能不能顺利地运到郑州。闯碛过后也快一个月了，不但没信儿，连李老艄和他的船工也不见回来。

三十七、蓝玉住处大门，日，外

〔小伙计把门拍得山响。响声传到书房，蓝玉和王妈听了一怔。

蓝玉：（着急地）你快去门上看看，听声音来势不好，记得把看家护院的男工叫上。

王妈：（强做镇静）不当紧，三少奶奶别怕，我一个人去就行。

小伙计：开门，快开门。

〔王妈一听是店里伙计的声音，神情马上松懈下来，边开门边骂。

王妈：是你龟孙子，门也让你打烂了，把我和三少奶奶没啦吓死。

〔门开，小伙计一头撞了进来。

小伙计：天大的好事哩，回族马东家送宝来啦，霍掌柜让我叫东家去揭红布。

王妈：（高兴地）龟孙子，这是好事嘛，不早说。

小伙计：（委屈地）你还嫌我打门哩。

三十八、蓝玉书房，日，内

〔王妈领着小伙计进入。

小伙计：（拱手施礼）见过东家。

蓝玉：什么事，如此慌张。

小伙计：（拘谨地搓着双手）我也是高兴的，东家，满碛口街的人都跑到咱商铺前，咱秉恭居这一下可出了大名了。

蓝玉：你还是没说，找我什么事？

王妈：我替他说，三少奶奶，你的愁帽摘了吧。马东家感谢咱们来啦，现送来盖着红布的石狮，霍掌柜让你去揭红布。

蓝玉：（高兴地）这么好的事，王妈，你另叫个靠实的家人，去商会报信，告诉我的两位爹爹，让他们也去热闹热闹。

小伙计：不用，霍掌柜已经派人去商会请了。

三十九、蓝玉住处大门外，日，外

〔蓝玉刚要起轿，往秉恭居赶，突然，一个人扑通一声，跪在轿前。蓝玉忙从轿里探出头来。见是一个并未谋面的后生，船工打扮，手里还提着两盒子碛口"天元居"的糕点。

后生：李东家，我爹让我代他上门谢你。

蓝玉：不知你爹为何人？

后生：就是前些日子，贵号请闯碛的李老艄。

蓝玉：哟，是李老伯的儿子，快起，你爹为什么不来？

后生：本来闯过碛，从水路回来后，他就要来报您，可是，宁夏客人不让，说他要谢在头里。父亲只好躲着不见你和秉恭居的人。这不，回族人送宝来谢，事情也说明了。父亲才让我赶紧来见东家，一来谢东家，这次闯碛成功，让我父亲赚了一大把银子，够我们家半年的开销，二来也谢回来不报之罪。

蓝玉：你父亲言重了，闯过碛他就是功臣，快请他，也去秉恭居，我们一起去见宁夏客人。

四十、秉恭居商铺前，日，外

〔蓝玉坐的轿子刚到，陈老爷的轿子和李老爷的轿子也同时赶到。蓝玉下轿，看见两位爹爹从轿里走出，忙迎上去施礼。

蓝玉：劳动两位爹爹为我捧场。

李老爷：不是为你，是为秉恭居。

陈老爷：亲家翁说得不错，秉恭居虽是你蓝玉经营，但也是我碛口商会所属商号之一。

蓝玉：多谢两位爹爹教导。

〔霍掌柜走到蓝玉跟前。

霍掌柜：三少奶奶，马财主问，由谁主持揭幕。

蓝玉：就让陈会长吧。

霍掌柜：（拱手）陈会长，还请您主持揭幕。

陈会长：马财主和前来看热闹的人，都等待多时。李会长，我们既来了，倒也不必推辞，你和我就一人揭一个吧！

〔陈老爷和李老爷在众人的簇拥下分别走到两个石狮前，揭下红布。

（特写）两个石狮上，分别骑着一个人，两个人怀里，都分别抱着一个大元宝。众人见了，都凑近前，抚摸，观赏，无不称奇。

（闪回）石狮镜头和众人的沸腾场面。

（特写）蓝玉突然背转身，低下头，拿出手帕，悄悄拭了一下泪。

（特效）人群像潮水一样散去，蓝玉原地不动，空荡荡的大街上，只有蓝玉一个人面对两个石狮！

四十一、秉恭居商铺前拐角处，日，外

〔人们都在往石狮前热闹处涌，只有一个人，无赖打扮，不怀好意地躲在拐角处，眼睛却一眨不眨地瞅着人群中的蓝玉。

牛二：（自言自语）哎，早听说秉恭居的东家好看，果然天人！厘税局局长贺其瑞初来乍到，他还不知道我们碛口镇上也有这样的绝色女子！

〔牛二突然小眼睛一转，艳羡的眼神中闪过一丝阴冷，不怀好意地奸笑。

（第一集完）

第二集

一、厘税局局长室，日，内

（特写）厘税局局长室，门上局长室的牌子。
〔牛二没有敲门，悄悄地推门走了进来。
〔贺其瑞正伏在桌上看材料。牛二走近，嘴里吹着口哨，同时抬起手指敲了敲桌子。
〔贺其瑞抬头见是牛二，面露不悦，又低下头看手里的东西。
贺其瑞： 我和你说过多少遍，第一，非有要事，不要随便来我办公的地方；第二，进门要先敲门。
牛二： （坏笑）粗人，又忘敲门了。不过，有好事哩。
〔贺其瑞没有接茬，皱着眉头，半晌不语。

二、碛口街酒店，夜，内

（闪回）
〔只身一人在酒店喝酒的贺其瑞，喝得大醉。倒在酒桌上。店家愁得在他身边搓着手走来走去，正没办法时。牛二走进，他看到醉酒的贺其瑞，怔了一下。
牛二： （自言自语）好鸟！撞到我枪口上了。
店家： （讨好地）二哥，来啦，喝点什么？
牛二： （虚张声势地）喝你的头，你多大的胆，敢把贺大人灌倒。
店家： （无辜地）好我的二爷爷哩，你可不能冤枉好人，我并不晓得他是谁。他是自个儿要喝的，人家拿银子买酒，我能不卖？
牛二： （笑）看把你慌的，我做个好事，你去碛口街上雇几个人，我领着人，把贺大人抬出去，你不就万事大吉了吗？
店家： （拱手）那是最好。
牛二： 不过，你给我听着，以后我牛二来喝酒……
店家： 好我的二哥哩，一家人说的两家话。这酒店还不和你家开的一样，碛口街上谁敢和二哥说个钱字。

三、碛口街上，夜，外

抬贺雇工甲： 二哥，走错了，那是往二道街走的方向。
牛二： （生气地）不往二道街抬，往你家抬？贺大人喝成这个样子，抬回衙门，不是成心丢他的丑。往二道街抬。

四、碛口二道街妓院，夜，内

贺其瑞： 张西亚，算你狠，把老子从天津发配到碛口。你个不要脸的臭婊子！我来碛口了，你称心了吧！你如意了吧！你不是我老婆，老子远在碛口，从此，才不管你和什么狗屁亨特的那点破事！
〔听到贺其瑞在说醉话，牛二笑着在妓女小元宝的脸上拧了一把。
牛二： （嬉皮笑脸地）快进去，他叫你呢。
〔小元宝翘起兰花指，打了一下牛二。
小元宝： 聋塌你的耳朵哩，明明是叫姓张的老娘，醉成那样，要我这小娘也是多余。

五、碛口二道街妓院，日，内

〔贺其瑞醒来，一脸迷茫地看着身旁的陌生女人。

贺其瑞：（惊问）你是谁，我这是在哪？

〔一直候在门外的牛二这时撞门进来。

牛二：不用管她是谁，大人昨晚在花柳巷二道街过的夜，她是二道街上的女人。

〔贺其瑞闻言，满面羞红，又惊又恼，低下头。过了一会儿，定了定神，抬头对牛二。

贺其瑞：（愤怒地）你又是谁？我怎么会来这里？

牛二：大人连我都不知，难怪你稀里糊涂地就到了二道街，说到我嘛，名声和二道街一样，可不大好，我就是碛口街上专吃浮食的混混牛二。

（闪回完）

六、厘税局局长室，日，内

贺其瑞：（无奈地）牛二，说，你今来找我，嘛事？

〔贺其瑞问完牛二找他何事后，心虚地靠在椅背上，闭上眼。

牛二：（挤眉弄眼地）贺大哥，那晚小元宝咋样，可叫大人开心？

贺其瑞：一派胡言，休要再提此事。

牛二：（自己打脸）对，对，对，看我这不长记性的灰孙子，老说大哥不爱听的话。

贺其瑞：（厌恶地）行了，今天你又来，到底有嘛事？

牛二：都是自家兄弟，没事还不能来看看大哥。不让说小元宝想你，还不让说小兄弟牛二我想大哥吗？

贺其瑞：（正色地）牛二，你要没事就走人，看不见我在这还忙吗？

〔贺其瑞说完后，故意不理牛二，又低下头写起来。

牛二：（讨好地）大哥，都说我牛二吃浮食，可自打攀上大哥你，我可就掏心掏肺地想在你面前当上有用的耳目呢。贺其瑞抬起头，半晌不语，盯着牛二看。

贺其瑞：（故作正经）谁封你为我的耳目了，我要耳目嘛事？

牛二：对对对，大哥不要耳目，可我今儿就是来当耳报神的。

〔牛二猫着腰紧走两步到贺其瑞身旁，凑近他的耳朵，贺其瑞躲了一下，躲不开，因为他躲开，牛二就像苍蝇一样嗡嗡着又贴了上去。

牛二：大人，那天宁夏人给秉恭居送一对石狮子，这事，你不知道吧？

贺其瑞：告诉我这个有嘛意思。

牛二：大哥，不是有嘛意思，是大有意思。秉恭居的东家是李蓝玉，她不仅是碛口头一个女东家，而且，生得那个好呀，怎么说呢？"盖八县"呢！这可不是小弟我说的，这是人们背后给她起的绰号。

贺其瑞：（怀疑地）碛口还有女东家？不是牛二你梦见的吧！

牛二：大哥，你还说谁封我为你的耳目，我看呀，赶紧的，你现在就正式下个文书，封我牛二为你的左膀右臂，要不，大哥，你呀，被碛口商会的人卖了吃了，你还得跟在人家身后数钱哩。

贺其瑞：不要卖关子，女东家的事到底嘛样？

牛二：不是嘛样，是这样，秉恭居顶着陈会长三少爷秉恭的名，实际的东家是秉恭的新媳妇李蓝玉。大哥有所不知，这个李蓝玉还是碛口商会副会长李映真唯一的闺女。

贺其瑞：听你这么说，倒是个奇女子。

牛二：可惜，你觉得人家奇，人家可没觉得你奇，那天送宝那么大的场面，怎么就没请你贺局长到场？我都替大人叫屈哩。

贺其瑞：牛二，我不是初来此地嘛，你的好意我领了，累了，想歇会。

〔贺其瑞说完就闭上眼，靠在椅背上。

〔牛二见好就收，识趣地猫腰退出。

七、碛口街，夜，外

〔寂静的街道，更夫敲着一面铜锣在打更，梆、梆、梆，过一会敲三下，告诉人们夜定了，三更了。

八、蓝玉窑内，夜，内

〔蓝玉睡在床上，听着街上打三更的声音，想睡，却辗转反侧，不能入睡。她索性坐起来，喊在另一个炕上睡的王妈。

蓝玉：王妈，睡着了没？
王妈：三少奶奶，人老了，睡在枕头上才盼黎明呢，哪能这么快就睡着呢？
蓝玉：那拿算盘来，你看着我打会儿算盘。
王妈：不是王妈懒得不想起来，是心疼你了。王妈知道你心里不好活，咱秉恭居在碛口街一炮打响，秉恭他终有一天听见了，要回头。
蓝玉：（苦笑）王妈，不说秉恭了，我真的想再练习一会儿打算盘。

〔王妈起，拿来算盘，放到炕桌上，蓝玉在炕上盘腿坐着打算盘。
〔蓝玉边打边念珠算口诀："三下五去二、四下五去一。"

九、蓝玉住处，日，外

〔上午九时左右，秉恭居小伙计，急急忙忙地跑到蓝玉住处，和在院子里拿着一个砚台往书房送的王妈撞了个满怀，砚台差点落到地上。

王妈：（把砚台捂在胸口上）好我的神神，大早起的，你这是猛张飞来砸我的砚台来了。
小伙计：王妈，三少奶奶在哪？
王妈：能在哪，一早就去了书房。
小伙计：快领我去见，又有喜事哩，霍掌柜让我请三少奶奶速去。

〔王妈一听喜事，满脸笑意。
王妈：（打趣地）原说来了个猛张飞，不曾想还是个报喜鸟。

〔王妈领着小伙计一路说笑着进了书房。

十、蓝玉书房，日，内

小伙计：（施礼）三少奶奶好，霍掌柜让我来请三少奶奶，厘税局局长贺其瑞领着一伙人给咱秉恭居送来一块匾。
蓝玉：告诉霍掌柜，让他做主，收起就行，我就不去了。
小伙计：三少奶奶，霍掌柜让我转告你，贺局长要亲自见你。
蓝玉：他人现在哪？
小伙计：霍掌柜陪着在店后院窑内喝茶，人家贺局长说今天非见你不可。

〔蓝玉起身。
蓝玉：（无奈地）王妈，看轿，咱们去秉恭居。

十一、秉恭居商铺后院窑内，日，内

〔霍掌柜正陪着贺其瑞聊天，蓝玉进。
蓝玉：（施礼）并不知道贺局长亲临敝店，蓝玉迟来一步。

〔贺其瑞上下打量蓝玉，呆着，半晌不语。
贺其瑞：真是应了那句话"深山出俊鸟"，想不到碛口还有如此端庄出众的美丽女子。

〔霍掌柜见贺其瑞如此失态，又见蓝玉万般尴尬，急忙站起来，亲给贺其瑞续茶倒水，一边用言语替蓝玉解围。
霍掌柜：贺局长贵人语迟，还没把送匾之事和我们东家说呢。

　　〔贺其瑞被霍掌柜这样一提醒，不好意思地端起茶杯，喝了一口茶。

贺其瑞：（故作镇静地）久仰碛口人杰地灵，见了蓝玉小姐才知道，天地灵秀都被蓝玉小姐独占了去，你看这蓝玉小姐，嘛样也不输给我们天津美女啊！

蓝玉：贺局长言重啦。

贺其瑞：嘛重，放到美的秤上，蓝玉小姐会把秤杆压折的。

　　〔蓝玉不想接贺其瑞的话，用无奈的眼神看了一眼霍掌柜，霍掌柜心领神会，把话题从蓝玉的身上转到了送匾的事情上。

霍掌柜：（微笑地）贺大人初来乍到，有所不知，我们东家女儿身，男儿心，心思全在买卖身上。还请大人言归正传。

贺其瑞：（笑）言归正传，言归正传。咱们一同挂匾去。

　　〔贺其瑞在前，蓝玉和霍掌柜在后，一同走出后院窑内，穿堂过院，往店铺的前面走。

十二、秉恭居商铺门前，日，外

　　〔贺其瑞站在秉恭居商铺门前春风满面。跟来的两个随从把匾呈上。贺其瑞亲自上前把蒙匾的红绸子揭开。

　　（特写）匾上四个鎏金大字："兰芳玉洁"。蓝玉和霍掌柜看着这几个字面露尴尬。

　　〔贺其瑞指着匾上的字，看着一脸尴尬的蓝玉和霍掌柜，得意地笑。

贺其瑞：（大声地）把匾挂上。

　　〔贺其瑞带来的几个随从，一拥而上就要举着"兰芳玉洁"的匾往上挂。

霍掌柜：贺大人，且慢。此匾寓意甚好，而且拜贺大人所赐，更是弥足珍贵。碛口商家素来宝不外露，霍某以为秉恭居也应把此匾当无价之宝收在密室，永久珍藏。

贺其瑞：（面露不悦）霍掌柜分明是看不起贺某。区区一个匾，只要本官愿意，别说一个，就是一百个，也是一句话的事。

李蓝玉：贺大人，蓝玉也以为霍掌柜说得极是。

贺其瑞：（转而微笑地）这么说，蓝玉小姐，也不愿我的美意示人啦。

李蓝玉：别说蓝玉，碛口这么多商家，那个敢不承贺大人的情。

贺其瑞：还是蓝玉小姐懂这个理。霍掌柜，你看看，碛口明清一条街上，商家无数，独秉恭居挂上我送之匾，岂不是一件有脸有面的光彩之事。

霍掌柜：贺大人，您赐之匾，就是挂也要挂在显赫位置，可敝店门面正中位置，已被店号之名所占，大人的匾实在找不出合适的位置。

　　〔贺其瑞抬头看了看店面。

贺其瑞：嘛就没合适位置，我看挂在秉恭居的上方，就是最合适的位置。

　　〔贺其瑞的手下，听了贺其瑞的话，一哄而上，就把"兰芳玉洁"的匾钉在了字号"秉恭居"的上方。

　　〔牛二领着五个歪七扭八的中年男人，气喘吁吁地跑了过来。四个男人是乐器手，分别拿着锣、鼓、铲、镲。另一个歪嘴的男人，手里举着一把花伞。牛二跑在最前面，边跑边用白毛巾擦汗。

牛二：（气喘吁吁地）贺大人，牛二来迟了，来迟了。

十三、秉恭居商铺门前一块空地，日，外

　　〔来迟的牛二，在贺其瑞、蓝玉和霍掌柜错愕的表情中，拨开众人，腾挪出一片空地，招呼着他带来的五个男演员走进。

牛二：（大声地）还不快开场表演。

　　〔演员甲右手举着一把花伞，左手摇着虎衬走到空地中央。另外四个男乐手举着乐器，也呈伞形排开了秧歌阵势。虎衬响起，人们纷纷从碛口街上的商铺里涌出，围观的人越来越多。

演员甲：蓝玉小姐生得美，花眼四碧樱桃嘴。走路如同船行水，貂蝉在世也比不上你。贺大人专程送金匾，金匾字字配小姐。碛口的商家万万千，秉恭居家最长脸。

　　〔人群中发出哄笑声。演员甲兴致勃勃地对着蓝玉唱得更起劲了，多少双眼睛一齐射向蓝玉。蓝玉忍住泪，扭身躲进秉恭居。霍掌柜有心跟上蓝玉安慰几句，无奈贺其瑞在身边，又不敢失礼

走开。
观众甲： 谁是蓝玉？
观众乙： 快看，快看，那个刚刚躲进去的小媳妇就是。
观众甲： 碛口商家不是有规矩，不允许带女眷吗？
观众乙： 看你也不是本镇人，我们本镇人谁不知道李蓝玉。人家哪里是女眷，她是碛口街上唯一的女东家。
观众甲： 这就奇了，这么年轻就有这么大的资本？
观众乙： 你当她是谁，她亲爹和公爹都是坐在金山银圪堆上的大有钱人，亲爹是副会长，公爹是会长。
观众甲： 原来是这样，不过，我怎么看着这个伞头秧歌里唱的匾，挂在那里，越看越别扭。
观众乙： （捂嘴笑，别有意味地）怕是还有比这更别扭的呢。这女人出头还有好，况她男人又不在身边。
观众甲： （若有所悟）原来如此。

十四、秉恭居商铺门前高台上，日，外

〔在热闹的伞头秧歌声中，贺其瑞因蓝玉的不辞而别，面露失望。偏偏这时牛二凑到跟前。
牛二： （讨好地）哥，牛二给你捧的这个场如何？要不要再来两首？
贺其瑞： 还来嘛样，还来嘛样，人都被你来跑了，还来嘛样！
牛二： （不解地）哥，围的这么多人怎么就说跑了呢？
〔贺其瑞气呼呼地看着牛二，牛二这才发现贺其瑞的身边只有霍掌柜陪着，蓝玉小姐早不知道去了哪里，牛二急忙扭身下台，冲到人群中。
牛二： 收，收，收，收起你们的破锣烂鼓，赶快给老子滚。
男人甲： 我的好二爷哩，我们还没拿上赏钱哩。
牛二： 赏你个头，滚，滚，滚，滚到天边外要赏钱去。

十五、秉恭居商铺后院窑内，日，内

〔蓝玉独自垂泪，王妈在一旁解劝，霍掌柜走进。
王妈： 三少奶奶，霍掌柜看你来了。
〔蓝玉收泪抬头，强作笑脸。
霍掌柜： 三少奶奶，他们走了。
蓝玉： 他们走了，麻烦来了。
霍掌柜： 活人就有麻烦，何况要活成个像样的人。
蓝玉： 我毕竟是个女人。
霍掌柜： 这倒不像三少奶奶说的话，我只记得吴老先生常赞叹你的，做商人，不做女人。
蓝玉： 可贺其瑞这样一搞，不要说做女人，就是人都没法做了。
霍掌柜： 活人有万变，唾沫淹不死个人。
王妈： 霍掌柜，我虽不清楚出了什么事，但李老爷吩咐过我，有事就去找他。
蓝玉： 不用去找，以我爹的急性情，用不了一个时辰，他自会找上门来。
霍掌柜： 胳膊拧不过大腿，怕是李老爷也奈何不了姓贺的。对贺其瑞这种人，我们只能忍着，静观其变。蓝玉小姐要放宽心胸，你不倒，秉恭居就不会倒。

十六、蓝玉住处，黄昏，外

〔王妈扶着蓝玉一下轿，一个小家丁跑来。
小家丁： （着急地）三少奶奶，李老爷来了。发得大火，就等你们回来了。
蓝玉： 知道了，你下去吧。
王妈： 蓝玉，要不你先躲躲，等老爷气消了，你再见他。
蓝玉： 不用，我连累了爹，该让爹在我身上出气。

十七、蓝玉窑内，黄昏，内

〔王妈挑帘，蓝玉轻移步走入。

蓝玉： 爹来了，蓝玉见过爹。

李老爷： 你还有脸见我，我的脸都跟上你丢尽了。

蓝玉： 爹，蓝玉自打来了碛口街上，行得正，站得稳，并没有干有辱家门之事，何就丢了爹的脸？

李老爷： 你不找事，事找你，你以为买卖是那么好做的。

蓝玉： 蓝玉的第一桩买卖并没有做坏，宁夏人不是还送宝来吗？

李老爷： 贺其瑞还送匾呢！现在全碛口街上都在议论这件事。这是什么好事，他一个单身男人，送你这么个匾，明摆着就是黄鼠狼给鸡拜年，没安好心。

蓝玉： 他有什么心，是他的事，我没有心就行。

李老爷： 能得你上天呢？他是谁，他是贺其瑞，是厘税局局长，我和你公爹两个绑起来，也吃不倒他。

〔王妈听声音不好，端一壶茶进来，给李老爷和蓝玉各倒一杯，又把一块小点心端给李老爷。

王妈： 李老爷，请吃块点心，这是厨房里刚做的。

李老爷： 不吃，气就气饱了。

王妈： 老爷也不必太过气大，小姐的行事，我都看见了，没有弯儿邪的地方。

李老爷： 邪不邪，蓝玉是不能在碛口街上待了，把秉恭居关了，回西湾她婆家安安心心地度日月。

蓝玉： 爹，你不常说，好马不吃回头草，西湾我是高低不回的。

李老爷： 不回西湾，我和你公爹说，我们李家出盘缠，你去俄罗斯找你男人秉恭去。

蓝玉： 爹，我也不去俄罗斯。

李老爷： 这次由不得你，我明天一早就找你们陈家老爷去。

王妈： 三少奶奶，你就把实情和老爷说了吧！

李老爷： （着急地）什么实情，蓝玉，你还有什么事瞒着爹？

蓝玉： 爹，并没什么事，秉恭去俄罗斯，是蓝玉同意的，开秉恭居，也是陈家敬您老的名望，由着蓝玉的喜好开的。爹不要为蓝玉操心。

李老爷： 我说不过你，时候不早了，爹今天还得回李家山去，反正你的事，爹不能不管，还得当个紧事办。

十八、李家山四太太卧房，日，内

〔李老爷和四姨太睡在床上说话，下人敲门声响起。

四太太： 准是三太太的人，不要理他。

下人： 老爷，快起，官府来人啦！

〔李老爷推开四太太的手，忙起身。四太太紧跟着也出来了。快走到客厅时，李老爷猛然扭头看见跟在后面的四太太。

李老爷： 你怎么也来了？回去。

〔四太太不高兴地哼了一声，把手里的手帕扬了一下，丢在了地下。

（特写）四太太弯腰拾起手帕的瞬间，和贺其瑞的目光撞到一起。

十九、李家客厅，日，内

〔下人揭开帘子，李老爷进门。正在椅上坐着喝茶的贺其瑞站起施礼。李老爷拱手还礼。

李老爷： （表情冷淡地）不知贺大人光临寒舍，有失远迎！

贺其瑞： 不拘俗礼，李家山凤凰村嘛，好地方，贺某以后免不了常来常往。

李老爷： 徒有虚名，观景不如听景。

贺其瑞： 不入福地，焉得一饱眼福。昨天有幸目睹蓝玉小姐芳容，今天特来看望李老爷，更主要的是看看是什么风水，养出蓝玉小姐这么一个天仙。

李老爷： 贺大人客气了，应该李某去拜见你才是正理。

贺其瑞：哪里，哪里，我还给李会长特意带来了天津十八街的大麻花。

〔贺其瑞摆手示意随从把麻花放在李老爷的桌上。

李老爷：谢贺大人一番苦心，恐怕大人您的苦心用错了地方，麻花这种东西，我们碛口人吃不下。

贺其瑞：吃下吃不下，你得留下。

二十、李老爷家大门口，日，外

〔李老爷站在大门里，满脸冷漠，贺其瑞一脸得意，摸着自己的下巴，恋恋不舍。

贺其瑞：好地方、好地方！一方水土养一方人。

李老爷：（大声地）轿子备好了，贺大人，请上轿！

二十一、李家院内，日，外

〔李老爷疾步往回走，直奔客厅，边走边喊。

李老爷：（愤怒地）把狗日的麻花都给我扔到阴沟里！

二十二、李家客厅，日，外

〔李老爷走进客厅，看见桌上的麻花早已没有踪影。

李老爷：（狂怒）是哪个不长心的把麻花拿起来了？

下人：（小心地）老爷，四太太才进来，让告诉你，回她屋里吃麻花。

二十三、四太太卧室，日，内

〔李老爷掀帘进入，正在兴致勃勃地解麻花纸的四太太，忙起身迎接。

四太太：老爷，看来咱们李家要发达了，贺大人亲自上门送礼，这在我们李家还是头一遭啊！

李老爷：（瞪着四太太）你懂个屁！

四太太：（撒娇地）老爷，人家不懂什么，还不懂天津的麻花好吃嘛，不信，你尝尝嘛。

〔四太太拿着麻花扭着身子，递到老爷嘴边。李老爷扬手打落在地，再紧走两步，把桌上的麻花都扔到地上，跳上去，猛踏几脚。然后，一掀帘子，扬长而去。四太太吓得倒退几步。

四太太：（不解地）这是唱的哪一出？

李老爷：备轿，去西湾！

二十四、西湾陈老爷窑内，日，内

〔陈老爷从望台里看见李老爷的轿子到。陈老爷从望台上走下，带领家人出门迎接。

陈老爷：（自言自语地）这个霹雳火，知道他今天就会来。

二十五、西湾陈家门外，日，外

〔陈老爷迎出，李老爷下马车，两人相互施礼。

李老爷：亲家，事情紧急，回屋说！

陈老爷：逢山开路，遇水搭桥，没有过不去的火焰山。

李老爷：病不在谁身上谁不疼，蓝玉虽说是你的媳妇，可身上流的是我的血，我肯定比你着急。

陈老爷：同病相怜，同病相怜。

〔两人并肩走进院内。

二十六、陈家院内，日，内

（主观视角）秉温和秉良的媳妇都从各自的门缝里向外张望，看见李老爷气急败坏的样子，掩嘴嘲笑。等李老爷和陈老爷进了屋后。秉良的媳妇迫不及待地跑向秉温媳妇的屋内。

秉良媳妇：（兴灾乐祸地）大嫂，秉恭媳妇这下不逞能了吧，仗着她娘家比我们两个的娘家有钱，出尽了风头。

秉温媳妇：（附和地）谁说不是呢，当初咱们就劝爹，不能由着她李蓝玉胡来，又是识字，又是做东家，还住到碛口街上。碛口街上什么女人才住，不是妓女，就是老妈子。

秉良媳妇：（嘲笑地）大嫂，我看她李蓝玉也快搬到二道街住了，你没听说贺其瑞给她送的匾上又是兰又是玉的，真是一个窝头掰两半，有多少眼儿，现多少眼。

秉温媳妇：我听我们家秉温说，霍掌柜拦也拦不住。贺其瑞还让把这块丢人现眼的匾挂在字号的上面，全碛口三条街上，也找不出第二家这么挂匾的。

秉良媳妇：都怪爹偏心，照我的意思，秉恭不要她，就让她趁早滚回她李家山，她家不是有钱吗，让她家养着去。

秉温媳妇：就是，她李蓝玉赖在咱们家，她开秉恭居，说是不要陈家的钱，可陈家的钱，你老大家掌着，还是我们老二家掌着。谁知道老爷和太太背着咱们给了她多少钱。

二十七、陈老爷书房，日，内

〔李老爷和陈老爷按主宾分别落座。

李老爷：他贺其瑞欺人欺到我头上哩，昨天羞辱了蓝玉，今天一早就跑到我的门上，我实在是咽不下这口气。

陈老爷：司马昭之心，路人皆知，蓝玉怎么也是我陈家的媳妇，这是连我们陈家也一并羞辱了。

李老爷：不是我说你，亲家，我们两人也是多年生意上的朋友，你一世英明，就这件事办得糊涂。蓝玉她小，没见识，不知天高地厚，就是她要到碛口街上做生意，你也该拦住。

〔陈老爷有苦难言，摇头叹气。

李老爷：（着急地）你不能只叹气，不说话，咱们得赶紧想办法。以蓝玉的脾气，回西湾她是不会同意的，咱们只能把她送到俄罗斯找秉恭去。我就是见不上她，也不能看着她被人家坏了名声。

陈老爷：人说条条道路通罗马，可蓝玉到俄罗斯好歹没路。

李老爷：亲家，你不要怕，要多少银钱，我这个亲爹全出，她娘走得早，为她也是为她娘，我舍得。

陈老爷：（叹气）看你说的什么话，要是钱的事倒好办了。

李老爷：当初，我同意把蓝玉给秉恭，多半也是看上秉恭是读书人。咱碛口人常说："嫁汉不嫁买卖汉，一辈子的夫妻两年半。"谁曾想，蓝玉到底还是嫁了个买卖人。

陈老爷：（仍叹气）亲家翁啊！

李老爷：（摆手）不是我多管你们的家事，蓝玉才结婚，你就让秉恭去那么远的地方，秉温和秉良也都能去。非把她们小夫妻拆散。

〔陈老爷站起，背着手踱步，正不知如何回答时，突然家人来报。

家人：老爷，太原府有官人来访，在前厅等着。

陈老爷：亲家翁稍候，我去去就来。

〔李老爷心烦意乱地站起，坐下，又站起。走到书柜前，随手抽出一本书，刚要翻看，突然"哗"的一声，一页写满字的信纸掉到地下。李老爷俯身捡起，看完信后，脸色大变。
（特写）拿着信的两只手不停地抖。要一把撕碎信，想了想，又一下揣进怀里。

李老爷：（手指外面）好你个陈家！
（画外音）李老爷无意中读到陈家太原商号新近寄回的一封信，才知道秉恭并没有去什么俄罗斯，而是结婚当天就逃婚去了太原府，无奈太原之大，商号掌柜苦寻多日，至今无果。

李老爷：（大叫一声）可怜我要强的蓝玉！

〔说完后，一口血吐出，晕倒在地。

二十八、陈家院内，日，内

〔陈老爷从外面走进屋内，一看见倒在地上的李老爷，万分惊慌。

陈老爷：（大声呼喊）快来人，快来人，叫郎中，叫郎中。

二十九、陈家客厅，日，内

〔人们围着李老爷，有的掐人中，有的在其背上拍打。
家人甲： 郎中来了。
〔大家自动散开，郎中上前抽出银针，给李老爷头上，脸上扎针若干。
〔李老爷一会儿就苏醒过来。睁开眼看了看。
李老爷： 我要去见蓝玉。
〔李老爷说完见蓝玉后，又昏迷过去。
〔陈老爷悄悄地叫过郎中。
陈老爷： （小声地）你和我说实话，人能不能救过来。郎中：（摇头）我看不好，救过来，也是几天的事。
〔陈老爷一听急了，赶紧叫下人，备好陈家的车，和李家的车一同前往，亲自护送李老爷往李家山走去。

三十、李家门外，夜，外

〔李老爷的马车停下，同车的李家下人扶陈老爷下车，然后，李家四个家丁抬着昏迷的李老爷下车。李家请的郎中和家人若干着急地围上来。众人大呼小喊，有的叫爹，有的叫老爷。陈家带的郎中和李家请的郎中在车前耳语，李家郎中点头。李家郎中走到众人面前挥手示意大家保持安静。
李家郎中： 大家都不要挡在这里，先把老爷抬进去救治要紧。
〔众人分开，家人重新又抬起老爷进。

三十一、李家院内，夜，外

〔李家家人抬着老爷走到放灯笼的地方，自动停了下来。
管家： 大少爷，把老爷抬到哪房太太屋里？
大少爷： 近来，老爷在四姨娘的屋里睡的时候多，就抬到四姨娘屋里。
〔家人闻言提着红灯笼就要往第四个放灯笼的石桩子上挂。
〔四太太从人群中急闪出，上前阻拦。
四太太： 大少爷，这话怎么说，平时老爷在我屋里过夜的时候多，这不假。可是，我年纪最小，哪见过这种阵势。
大少爷： （生气地）平时睡哪屋是爹说了算，那你让爹说，他说不去你屋睡，我就不让往你屋抬。
管家： 大少爷，现在不是置这种气的时候，况陈老爷也在场。
陈老爷： 家家有本难念的经。你们定，我先去窑内歇歇脚。
〔陈老爷和陪同的家人往院深处走去。
二太太： （对大少爷）儿子，虽说老爷已经多年不到我屋里，但大太太不在了，我最大，就让把老爷抬到我屋里，我愿意一人伺候老爷。
大少爷： （心疼地）娘，爹这样，你行吗？
二太太： 把老爷抬到我窑内。

三十二、李家二太太窑内，夜，外

〔陈家老爷走到李家老爷床前。
二太太： 陈家老爷来了。坐。
陈家老爷： 给我把椅子放到李老爷跟前，我不让他睡，要让他起来，和我一同管理商会。
〔下人搬把椅子放在床前，陈老爷落座。
陈老爷： （握住李老爷的手）亲家翁，你这个霹雳火啊！睡一会儿，火消了，就睁开眼和我说说话嘛，蓝玉离不了你，咱碛口商会更离不了你。好些事，让我一人撑，撑不起啊，老伙伴，独木难行，你得一直陪着我才行啊！

李家郎中： 陈老爷坐坐请出，让病人安静。

陈老爷： 这里忙乱，我也就不添乱了，一会儿就坐我的马车回西湾。

〔陈老爷站起来，往外走。突然听到李老爷的喉咙里有声音发出。

〔陈老爷高兴地重新又坐下，并握住李老爷的手。李老爷声音微弱，谁也听不清他说什么。

二太太俯下身听了半天。抬起头看着众人。

二太太： 老爷好像说要见蓝玉。快传管家，明天一早就派人去碛口接蓝玉。

三十三、蓝玉住处，夜，内

王妈： 三少奶奶，就这么个事，不要想了嘛。一块匾，官家要送，咱们有什么办法，我看挂在那里，也不难看，成双成对。再说匾上的四个字嘛，我虽不识字，但也看着不丑，好看着呢。

蓝玉： （苦笑）王妈，我要和你一样不识字就好了。难怪书上说："人生识字忧患始。"

王妈： 就是嘛！为四个小字，李老爷也值得气成那样。一会儿要你回西湾，一会儿又要你去俄罗斯。以我的主意，你哪也不去，回了西湾，你那两个大伯子还好说，两个嫂子，我还不晓得，一个比一个厉害，你心善，吃不倒她们，不听人说，人善得人欺，马善被人骑，她们哪个都能欺负住你。

蓝玉： 王妈，我娘走得早，你跟着我，就像我娘一样疼我。

王妈： 可怜三少奶奶也是苦命人，老爷还让你去俄罗斯，要不是你拦着，那天，我就把秉恭的事实说了。

蓝玉： 我爹好暴的脾气，一个匾就气成那样，哪敢再说秉恭的事。对了，王妈，我爹为我的事着了气，我想过了这两天气头上，你和我回李家山看看我爹，他最爱吃碛口镇上天元居的"枣泥糕"。我这几天是没脸出门了，你去让小伙计多买上几盒，我们提上去看他。

王妈： 行，我再给他赶着做上双鞋，一并拿上。

三十四、蓝玉住处，日，内

〔一大早，李家的马车就来到蓝玉住处。王妈听到李老爷病重的消息，领着李家传话的人急急忙忙，去见蓝玉，边走边小声嘱咐着。

王妈： 记得，见了三少奶奶，一定不要说李老爷病重，只说老爷想她，要她回去。

报信家人： （点头）是。

王妈： （装开心地）三少奶奶，我们昨夜还商量着要回李家山，今天你爹就让把你接回去。

蓝玉： 我爹疼我，他是怕我一个人想不开。王妈，你快让小伙计去天元居，买上几盒"枣泥糕"。没有现做的，让他等一会儿，宁肯迟走一会儿，也要买上现做的。

〔报信家人为难地看着王妈。王妈给他们使眼色。

报信家人： 小姐，老爷走时吩咐，并不要小姐买什么东西，只要小姐速回。

蓝玉： 爹不要，我不能不买。

王妈： 三少奶奶，王妈怕你着急，是你爹身上不舒服了，咱们得快走。

蓝玉： （着急地）我爹他怎么了？我爹他怎么了？

王妈： 不拘怎么，当紧的是快走。

三十五、李家二太太窑内，日，内

〔李老爷时清醒时糊涂，清醒的时候，什么也不说，就是叫蓝玉。

〔蓝玉进门，先跪在床前，后又哭着扑到李老爷身上。

蓝玉： 爹，爹，是蓝玉害了爹，爹，你醒醒，蓝玉来了。

〔李老爷睁开眼睛，无限怜爱地看着蓝玉。

〔李老爷想坐起，蓝玉扶着，把爹抱在怀里。李老爷示意家人全都出去，二太太领着窑内所有人等退下。李老爷指了指自己怀里。蓝玉从老爷内衣里掏出那封信，看信后，面色大惊。

蓝玉： 爹。

〔李老爷看着蓝玉，老泪横流。嘴嚅动着，却发不出声音。
（特写）蓝玉拉起爹的手，泪流满面，眼泪全都落在父女两人的手上。

三十六、李家二太太窑内，夜，内

（字幕）李老爷生病三日后，夜里，在二太太的屋里过世。
〔听到老爷归西的消息，众人从各个窑内齐涌向二太太窑内。
二太太： 老爷，你就闭上眼走吧！
大少爷： 我来给爹把眼硬合上。
〔李老爷死不瞑目，蓝玉看着爹始终合不上的眼，咬着嘴唇，双手扶面，心如刀绞。

三十七、李家山村，夜，外

〔李家孝子若干，身穿孝服，每人手里举着火把，沿路往下摆灯。
（画外音）李老爷去世后的第六日，按碛口当地风俗，出殡的前一天晚上，要举行收家祭仪式，也叫摆路灯。
李家摆路灯的家人中独不见蓝玉。
管家： 大少爷，摆路灯的仪式，就要开始了，可是哪也找不见蓝玉小姐。等，还是不等？
大少爷： 家门不幸，出了这么个败家的货色，老爷一半是被她气死的，她不在，更好。
二太太： 儿子，积点口德吧，她怎么也是你姐姐哩。
大少爷： 我没有这个姐姐，一结了婚变得这么不安分，惹得我跟上她，在众人面前都抬不起头。
二太太：（正色道）越说越离谱，娘嘱咐过你，你姐姐的事不允许你在背后瞎议论。
大少爷： 娘，你不要谁的孩子也护。贺其瑞给蓝玉的匾，全碛口的人都笑话哩！
二太太：（白了大少爷一眼）没大没小，你还是我生的嘛，不快给我住嘴。
四太太： 二太太不要拦着大少爷，我倒想听听，咱们家敢挂帅的穆桂英，又惹下什么笑话了。
三太太： 四太太是老爷身边的红人，难道老爷没有和你说贺其瑞看上咱们蓝玉小姐了，还送了一块赞美小姐的匾，就挂在她的字号门上吗？

三十八、四太太窑内，日，内

（闪回）老爷把贺其瑞送的麻花，一把扔在地上，还用脚把麻花踩得粉碎。
四太太望着李老爷的背影，怜惜地看着地上的麻花。
（闪回完）

三十九、李家山村，晚上，外

（四太太旁白）难怪这死鬼老头子，那几天上蹿下跳的，原来是为蓝玉。四太太想，还是有儿子好，二太太和三太太跟前都有儿子，能在碛口街上串，听得什么风声，自会告诉他们的亲娘。我和老头子，一儿半女也没有留下，老头子不说，我当然什么也不知道。
四太太： 看三太太说的，老爷当然和我说过，我还劝她，蓝玉年轻，有人喜欢是好事，就像我，老爷喜欢我，当然比喜欢姐姐多啦。没办法，男人嘛，总是喜欢年轻的，你说，不是嘛，三太太。
〔三太太鼻子里哼了一声，不再言语，扭过身去。
二太太： 二位妹妹都别说了。（对管家）再等等蓝玉，一则，老爷活着时最亲她，二则，大房里也只留下她一根独苗。
四太太： 二太太能等行，我们可等不行了。
〔这时，四处寻找蓝玉的家人来报。
家人： 大少爷，各位太太，蓝玉去碛口了。
管家老爷： 大少爷，你看。
大少爷： 娘，我们不等了。

二太太：（无奈地）真去了碛口，想等，也等不来了。

管家：摆路灯仪式开始。

〔二太太在前，依次举着路灯，开始摆路灯。

四十、秉恭居门前，夜，外

〔蓝玉让店内伙计，往下摘"兰芳玉洁"的匾。二掌柜苦劝，蓝玉执意要摘。

二掌柜：三少奶奶，霍掌柜交代过我的，这块匾谁也不能动。就让它挂着，我们全都当看不见。街上的人议论，秉恭居的人也只当听不见。

〔蓝玉不语，硬要摘。

二掌柜：霍掌柜还说，谣言止于智者，让我们都做智者，不看，不听，不说。

蓝玉：说到这里，更得摘。

〔二掌柜悄悄地把一个小伙计叫到跟前。

二掌柜：去二道街澡堂叫霍掌柜的小伙计回来没有？再去一个人叫！

四十一、碛口街一家澡堂内，夜，内

〔秉恭居小伙计急急忙忙进，澡堂卖票的男人，四十岁上下，宽脸，大眼，好说笑，好像和每一个来洗澡的人都有说不完的话。

小伙计：王掌柜，快把我们霍掌柜喊出来。

卖票男人：（打趣道）他出来，也轮不上你个候戏（小孩）进去洗，着什么急。

小伙计：好我的王掌柜了，现在不是打趣我一个小劳金（小伙计）的时候。

卖票男人：说出个原因，我才进去给你叫。

小伙计：怪道都说王掌柜话长。

〔小伙计俯在卖票男人的耳边耳语，卖票男人点头，走进澡堂。

四十二、澡堂前台，夜，外

〔小伙计着急地坐也不是，站也不是，伸长脖子，一会儿往里张望一次。

小伙计：（自言自语地）这个霍掌柜有什么病不好，偏有皮肤病。澡堂成他家了，动不动就来这里洗澡上药

〔霍掌柜头发湿着从澡堂出来。

四十三、秉恭居，日，内

（闪回）

〔陈家管家向众伙计介绍霍掌柜，众伙计排成两列垂手听。

管家：这是你们的大掌柜，大掌柜嘛，当然也有和众人不同的待遇。霍掌柜因打小就有先天的皮肤病。这病一犯，全身奇痒，所以，他可破例随时去二道街的澡堂子洗澡，上药。

〔众伙计忍不住笑。

霍掌柜：（抱拳）打小的怪病，让人见笑了。说来就来，以后，还请大家多担待。

（闪回完）

四十四、秉恭居门前，夜，外

〔眼看店内伙计就要摘下"兰芳玉洁"的匾。霍掌柜紧跑两步，走近，从高处拉下摘匾的伙计。蓝玉上前，挡住不让下。

蓝玉：我是东家，你是东家，你得听我的。

霍掌柜：听谁的都是为事成，不是为事败。不能逞一时之勇。

蓝玉：（咬牙切齿地）明天我爹出殡，我要在我爹坟前，烧了它。

霍掌柜：匾烧完了，事还在，不但在，又给人们多了一层在匾上的说道。

〔蓝玉走开，坐在店外高坎台上，掩面哭泣。霍掌柜走近蹲下。

霍掌柜：人生在世，端得一个忍字，只有忍下难忍之事，才能行难行之路。霍某犹记得三少奶奶刚开秉恭居的豪气，区区一个贺其瑞就把三少奶奶搞得这样不理智，那算我眼拙，错认了东家。

蓝玉：我爹的病因匾而起，我咽不下这口气。

霍掌柜：就是烧一百个匾，你爹也活不过来。和姓贺的斗，我们是宁绕十步远，不走一步险。这个匾就是摘，也得顺顺利利地摘，不能硬摘。

蓝玉：我不想低着头活着，你是掌柜，头上有我，我是东家，我不能一再向姓贺的低头。

霍掌柜：不拘是谁，学会低头，最终才能抬头。终有一天，天会变，天一变，我们就不怕贺其瑞这些人啦。

〔蓝玉沉默，若有所思。

霍掌柜：我也是希望像你爹这样本分的生意人，再不受贺其瑞这等人的气，才这么说的。

王妈：我就说别摘，别摘，三少奶奶，听人劝，吃饱饭，咱们回李家山去吧，今天已经误了给你爹"摆路灯"。明天不可再误了出殡。

霍掌柜：拉马，我再叫个伙计，送你们一程。

四十五、回李家山的路上，夜，外

〔霍掌柜和下人骑马在前，蓝玉和王妈坐在马车后，一路驰去。正走着，突然从山的背后，跳出七八个蒙面大汉。

蒙面人：哈，哈，老子们等候多时了。终于来了送银子的。

（第二集完）

第三集

一、李家山路上，夜，外

〔蓝玉和王妈在马车内，听见贼的声音，两人紧张地抱在一起。

〔下人也因惊吓从马上跌下。霍掌柜仍安然坐在马上。

霍掌柜：（厉声喝道）什么人，有种脱掉面具，先把我霍某人拉下马，再说后话不迟。

〔一蒙面人冷笑着靠近。说时迟，那时快，霍掌柜飞起一脚，蒙面人被踢出几步远，应声倒下。其他几个蒙面人见状，一哄而上，齐涌向霍掌柜。正在这时，两支飞镖，贴着两个蒙面人的耳朵飞也似地擦了过去。同时，空中传来一个浑厚低沉的男声。

男声：弟兄们，没钱花了，到碛口十义镖局来讨，何必干此勾当！

〔七八个蒙面人一听是碛口十义镖局的人，纷纷退去。

蒙面人一：（边跑边喊）不好，是夺魂镖，弟兄们，快跑。

〔霍掌柜飞声下马，四下张望，却不见救命恩人。

霍掌柜：（抱拳）谢义士出手相救。

男声：仗义行侠是十义镖局份内之事，何言谢字，后会有期。

二、老树，夜，外

〔霍掌柜寻声望去，（主观视角）一个身影倒挂在树上，树叶晃动之间，人影倏忽不见。

三、回李家山路上，夜，外

〔蓝玉掀起马车帘子，探出头来。面露佩服之情，望向霍掌柜。

蓝玉：霍掌柜，没想到你还是习武之人。

霍掌柜：（淡淡地）少时练过几天拳脚，一正压百邪。还好，正巧遇上十义镖局的人。

蓝玉："十义镖局"是碛口镇周边村子十个从小习武的结义兄弟开的，料理完我爹的事后，你一定代我去镖局面谢他们。

霍掌柜：好。

四、李家山李老爷院内，夜，外

〔蓝玉穿着孝服，独自站在院内，呆望着爹和娘住过的屋子。屋子前的红灯笼也因李老爷的过世，换成了白灯笼。四太太走近。

四太太：哎，蓝玉啊，我当是谁呢，真是：若要俏，一身孝。看你穿这么一身孝服，多惹亲，要是让贺大人看见，还不知又会给你送个什么匾呢？

蓝玉：四姨娘，今天我爹刚下葬，后天，复完三后，我就回碛口街了，我想一个人待会儿。

四太太：我这个做姨娘的，自然是不配和小姐多说的，不过，我再低贱，也没有把自己的爹气死。

蓝玉：四姨娘，你既知爹是我气死，那就更该罚我一人，独站在这里看着天上的爹悔过，四姨娘请回屋歇息。

〔四太太面露不悦，扭身走去。蓝玉不看她，抬头看天。

五、李家山李老爷院内，日，外

（闪回）七八岁的小蓝玉倚在母亲怀里，母亲摸着她的头。小蓝玉生气地噘着嘴。

蓝玉：娘，她们跟前的孩子就都能上学，我为什么不行？

蓝玉母亲：唉，你二姨娘和三姨娘生的都是小子，怨娘没本事，把你生成了个汝子。娘只盼你快快长大，长大了嫁个识文断字的男人。

蓝玉：娘，我不要男人，就要娘，一辈子不离开娘。我要识字，长大了，像爹一样到碛口街上自己做东家，挣下银子，全给了娘。

蓝玉母亲：可惜你和我一样，都是女人，女人就没有识字和挣钱的福气。

六、蓝玉母亲窑内，夜，内

〔蓝玉母亲病在床上，奄奄一息，已经长到十六岁的蓝玉守在床前。

蓝玉母亲：蓝玉，去四娘屋里把你爹叫出来，就说娘不行了。

〔蓝玉出，一会儿，蓝玉爹进。

〔蓝玉爹着急地一屁股坐在炕边，拉起蓝玉母亲的手。蓝玉站在炕边。蓝玉爹：蓝玉，赶快叫管家请郎中。

蓝玉母亲：（摆手）不中用，蓝玉就是我的病。蓝玉爹：这你放心，蓝玉的事，我心里有数。

〔蓝玉母亲拉起蓝玉的手，把蓝玉的手交到李老爷手里，倒头就咽了气。

（闪回完）

七、李家山李老爷院内，夜，外

〔蓝玉抬头呆望着天。

蓝玉：（小声地）娘曾说地上死一个人，天上就会多一颗星。哪颗星是娘，哪颗星是爹。

二太太：蓝玉，人死如灯灭，你爹走的时候，是从你二娘的屋里走的，想你爹了，这两天就回二娘屋里，和二娘睡。

〔蓝玉拭泪，点头，二太太拉着蓝玉的手，一同回屋。

八、李家二太太窑内，夜，内

〔二太太和蓝玉睡在一个大炕上。

蓝玉：二娘，我爹好好的个人，说走就走，全是我害的。

二太太：不要听他们瞎说，你出嫁后，你爹身子就突然不舒服过，请的郎中还说怕中风，只是没有告诉过你。生有时，死有地，你不要往自己身上揽。

蓝玉：（握住二太太的手）二娘，谢谢你。

二太太：二娘心里明镜似的，你叫三太太、四太太姨娘，虽说多年不称呼我，可你出嫁的前一天晚上，当着那么多人的面，脱口叫出的竟是二娘。为这个二娘，我流了一夜的泪，我要当得起这个二娘。

蓝玉：二娘慈心向善，爹走后，这个家自然是二娘主事。

二太太：蓝玉，自打老爷娶回四太太，家里就没有安生过，三太太和四太太明争暗斗，先是你娘灰了心，你娘走后，她们俩人怕老爷扶我为正，俩人又一齐挤兑我。我也灰了心，可人的心里受不了什么都没有，不瞒你说，老爷在世时，我就皈依了佛门。

蓝玉：难怪我娘走后，二娘明的暗的处处护着我。

二太太：不要说这些，这些二娘都看淡了。佛家有言：但做善事，莫问前程。二娘想让你在你爹头七过后，陪着我去义居寺，请那里的高僧给你爹做一场法事，也不枉我和你爹夫妻一场。

蓝玉：为什么单要蓝玉陪。大少爷是二娘所生，又对二娘极孝顺，为什么不让大少爷陪？

二太太：蓝玉，二娘要你去义居寺，不光为你爹，也为你。你心里的苦，二娘看得见。

蓝玉：二娘，这么说，不是我陪你去，而是你陪我去了。

二太太：佛度有缘人，你能喊我一声二娘，也是几世的缘分，何说谁陪谁。

九、碛口义居寺，日，外

阳光下，义居寺三进院建筑群体，气势雄伟。
〔蓝玉和二太太分乘两辆马车，带少量家人，下。

十、碛口义居寺，日，内

〔二太太在前，蓝玉在后，分别在天王殿、大雄宝殿和文殊殿上香。
（特写）万佛洞内万尊金佛。

十一、义居寺经堂，日，内

〔供桌上摆好坛城，坛城上供各色时鲜水果、干果供、酥油灯。
〔出家师父分坐大殿两侧，念《大毗卢遮那成佛神变加持经》。
〔蓝玉和二太太在大殿中间的拜垫上磕头。

十二、舍利塔下，日，外

〔法事做完后，二太太又拉着蓝玉绕塔，绕完塔后，蓝玉欲走，二太太拉住。
二太太： 蓝玉，要不二娘再领你去见见师父？
蓝玉： 二娘，不见了，给爹多做法事，二娘是尽心，蓝玉是尽孝。
二太太： 也好，随缘吧。不过，蓝玉，二娘领你来这，也是希望你凡事往开想。
蓝玉： 二娘，蓝玉心里有秉恭居，住在碛口街上，面对黄河，蓝玉的心没死，我天天都在等秉恭回来。蓝玉和二太太从寺院里往出走，二人边走边说。
蓝玉： 二娘，爹冷了你许多年，你今天还能想着超度他，蓝玉不仅感激你，也从心里敬重你。
二太太： 一家人说什么感激，只要我在一天，李家山的家就还是你蓝玉的家。
蓝玉： 二娘，原谅我小时不懂事，那么对你。
二太太： 都过去了。别说一家人，就是人和人也有不对付的时候，常记着别人的好，才能常相处。

十三、李家大太太屋内，夜，内

（闪回）
〔点着红灯笼，五岁的蓝玉钻在娘的怀里，高兴地搂着娘。
蓝玉： 娘，是不是以后，蓝玉每天都能和娘睡了。
〔大太太暗自流泪。
大太太： 蓝玉，娘以后就全指你了。
蓝玉： 娘，你怎么哭了。我想起来了，奶娘今天和我说，你爹有了二娘，就不要你娘和你了。是不是啊，娘！
大太太： 不要瞎说，你爹怎么会不要你了，睡吧！

十四、李家院内，日，外

〔二太太看见小蓝玉，高兴地站住，招手逗她玩，蓝玉不理她。
二太太： 蓝玉，到二姨娘跟前来。
蓝玉： 我不叫你二姨娘，就叫你狐狸精，我奶娘说了，你是来害我和我娘的狐狸精。
（闪回完）

十五、十义镖局，日，外

（特写）十义镖局牌匾。

〔霍掌柜从牌匾下走进，手提两盒点心和酒。十义镖局大当家见霍掌柜进来，并不热情相迎。

大当家：（坐着）霍掌柜怕是走错了地方，我这里可不是澡堂。

霍掌柜：（笑）霍某今天来是为面谢镖局兄弟救命之恩。

大当家：十义镖局和秉恭居桥归桥，路归路，并没有交集，救命之恩从何谈起？

霍掌柜：李老爷出殡那天晚上，我和我东家连夜回李家山，路上遇劫匪，幸遇贵镖局一义士，倒挂在树上，甩出飞镖，吓跑了那伙毛贼。

大当家：（恍然大悟地）听你这么说，一定是我们老六。

老十：跑不了，一准是他。我们十义兄弟里，六哥的绝活就是"珍珠倒卷帘"和"夺魂镖"。

霍掌柜：他人在哪里，请当面受霍某一拜。

大当家：他前天走镖去了榆次。

霍掌柜：这些礼物是我东家让送的，不成敬意，请代为收下转交给他。

大当家：霍掌柜请收起这些东西，我会把你的心意转达到。

霍掌柜：多谢！镖局十兄弟，为保碛口一方平安，出生入死。就是我们秉恭居以后也免不了要用贵镖局保驾护航。

大当家：（站起）话说到这，我们就是朋友了。霍掌柜请去后院小坐。

霍掌柜：（作揖）今天六当家的不在，霍某先告辞，改日再来。

十六、蓝玉私垫房，日，内

戴孝的蓝玉，凝神听吴老先生讲《论语》。

吴老先生：子曰："慎终追远，民德归厚矣。"李老先生刚刚驾鹤西游，老朽突然想起曾子的这句话。他这句话的意思，就是教导我们要谨慎地对待父母的去世，虔诚地追念久远的祖先，这样，老百姓的道德风尚就会日益醇厚。

蓝玉：吴老先生，这话用在蓝玉身上，当何解？

吴老先生：无解。现在是民国了，一切都在变，三少奶奶出来做事，自然没法像清朝以前的人一样，服三年之丧。

〔蓝玉正要再开口请教。突然王妈急急忙忙走进，俯在蓝玉耳朵上小声说话。

蓝玉：吴老先生，蓝玉有事，和先生告假一会。

吴老先生：去吧，难得还有你听我讲经书，民国了，学堂不准讲《四书》《五经》，老朽又讲不了新学，没用了。

蓝玉：先生讲得好，蓝玉爱听。

吴老先生：人生得一知己足矣！我有一女弟子也知足了。老夫现在是"敲钟只为稻粱谋"。

十七、蓝玉住处会客窑内，日，内

〔贺其瑞拄着文明棍，嘴里叼着香烟，坐在正面的椅子上。王妈挑帘，蓝玉走进。

贺其瑞：（急站起，夸张地上下打量蓝玉）蓝玉小姐真是天生丽质，穿着孝服也是楚楚动人啊！

蓝玉：贺大人说正事，不知大人为何事而来？

贺其瑞：（坐下）没事难道就不能来看看你。

蓝玉：请贺大人说正事。

贺其瑞：（嘻皮笑脸地）好，听你的，说正事。李老先生走了，这个副会长的位置，不能空着，我以厘税局局长的身份，举荐你接替你爹的位置，嘛样？

蓝玉：（冷冷地）不好。

贺其瑞：嘛样不好！我贺某人心里可是时时想着你蓝玉小姐啊！

蓝玉：蓝玉承受不起。

贺其瑞：蓝玉小姐，聪明的人都是识时务的人。

蓝玉：蓝玉天生愚笨，喜欢一条路，走到黑。

贺其瑞：嘛样这么不开窍，亏你还是黄河边上的人，黄河还九曲十八弯呢？

蓝玉：可黄河水不会倒流。

贺其瑞：蓝玉小姐，还有一句话："不到黄河心不死。"我们俩不会都走到黄河吧！

蓝玉：另，说走，就是该蓝玉跳的时候，蓝玉眼不眨就跳了。

贺其瑞：好，嘛样刚烈，我贺某就喜欢你这种女人，有个性。

蓝玉：王妈，沏茶，送客。

十八、陈老爷卧室，夜，内

〔陈老爷和太太睡在一张大炕上。太太突然坐起，推睡在一旁的老爷。

太太：老爷，蓝玉的爹走后，商会副会长的位置一直空着，今晌午，有个商号的东家托我姑表兄，让和你说说，想顶这个缺。

陈老爷：这事得商会会董共同选，不是我一个人说了算。

太太：你当上会长，我娘家人还是第一次开口你可不能让我的脸跌到地上。

陈老爷：睡吧，思谋这个位置的人多着呢。

十九、厘税局贺办公室，夜，内

〔办公室，贺其瑞皱着双眉，抽着香烟，向空中吐烟圈。（特写镜头）对着层层烟圈发呆。牛二歪戴帽子，嘴里吹着口哨，到了门口，停了口哨，把门推个小缝，从门缝里把头探进去。（主观视角）黑暗中贺其瑞的烟头一明一暗。牛二鬼头鬼脑地侧着身子悄悄走进。

牛二：（拍贺肩膀）哥，发什么呆？

〔贺其瑞扭头看了一眼是牛二，又把头扭过来，不屑的表情，鼻子里轻轻地哼了一声。把烟灰弹在桌上的烟灰缸里，烟灰缸里已经是满满的烟头。

牛二：（凑上去）哥，又有什么烦心事啊！抽了这么多洋烟。

贺其瑞：饱汉不知饿汉饥。

牛二：要不，哥再去二道街耍一会，听说从省城新来了个小妞，小腰细得一把把，人送绰号"软油糕"。

贺其瑞：牛二，你还敢跟我提二道街。

牛二：（自打耳光）瞧我这不长记性的脑子。不提了，不提了，哥的心里只有那"盖八县"的女东家李蓝玉。

贺其瑞：（吐了口烟）这个女人，有风骨，我喜欢。

牛二：这还用说，自从你送那个匾，全碛口镇谁不晓得大人喜欢李蓝玉。

贺其瑞：小见识，嘛样叫喜欢，是赏识，我还要让李蓝玉接他爹的班呢！

牛二：我虽没文化也懂哥的心。哥让李蓝玉当副会长，小九九在这里。（凑过去挤眉弄眼地唱）常和妹妹在一搭里坐，不觉得天长不觉得饿，山顶上盖庙还嫌低，面对面坐下还想你。

〔贺其瑞抽出一支烟，牛二赶紧凑上去，点着烟。

贺其瑞：（嘲笑）小见识，我贺某是一箭双雕。

牛二：什么雕了鹰了，男人追女人，最好的办法，就是脸皮厚。

贺其瑞：牛二，你说，我再送她点东西好不好？

牛二：可不敢再送匾了，哥。要送就送点女人喜欢的小玩意儿。

贺其瑞：俗！

牛二：对，哥说得对，碛口街上卖的桃桃粉、樱桃红、洋瓷盆子洋袜子，还有洋胰子什么的都俗，只要碛口街上有的，都不行！

贺其瑞：那送什么好呢？

牛二：（一拍大腿）哥，你这是骑上毛驴找毛驴。现在全碛口，就大人有一把手电筒，你送给李蓝玉，保准她喜欢。

贺其瑞：（摇头）虽说这把手电筒是国外进口的洋货，但我觉得还是俗。"君子授人以言，小人授人以物。"

牛二：真是秀才造反，十年不成。什么授这授那的，麻烦，你就听我的，把手电筒送她，没错，稀罕。

贺其瑞：也行，不过，得配上首藏头诗一并送去，你说，嘛样？

牛二：这还用说，好样！蓝玉小姐现是独身，黑夜，她躺在被窝里，用手电筒照着，看着大人送的文书，大人的话，嘛样情调。

贺其瑞：没文化！是诗，不是文书。

〔牛二摸着头不好意思地笑。

牛二：粗人，反正是四六句乱飞。

贺其瑞：对了，我突然想起宋词里的一句"云中谁寄锦书来"。有情调，我这个诗和手电筒，我自己不能送去，不好，没情调。

牛二：这还不好办，现成的人手在这，我替哥送去。

二十、贺其瑞办公室，夜，内

〔贺其瑞俯案挥毫，写下一首藏头诗：蓝田日暖月上梢，一帘春风在玉钩。软莺燕语歌其祥，瑞色今上美人头。贺其瑞捧在手里念来念去，越念越得意，情不自禁地把纸铺在桌上，用手指着诗中的蓝玉其瑞，心花怒放的表情。

贺其瑞：（小声自语）不错，嘛样情调。

二十一、蓝玉住处院内，日，外

〔牛二进，王妈在院内捣钱钱。

牛二：王妈，又捣钱钱呢？多会儿请我喝你家的碗钱钱稀饭。

〔王妈抬起头来，看了一眼牛二。

王妈：牛二，你每天背起两只脚后跟乱跑，跑到我这儿，做啥？

牛二：做啥？我是奉贺大人之命，给你们东家送东西来了。

王妈：东西给我，你走吧！

牛二：不说，我也不会在你家住下。

〔牛二把手电筒和写好的诗，递给王妈。

牛二：收好，这是贺大人给小姐的文书，还有这，手电筒，洋货，国外来的，全碛口就这一把。贺大人让我转告你们东家，这文书，要在天黑了，睡在被窝里，打着他送的洋手电筒看。

〔王妈拿着手电筒左看右看。

王妈：哎哟，好稀奇，你刚才说这是个啥？

牛二：啥，小电灯哩。

王妈：神神，这不是人常盼的，耕地不用牛，点灯不用油。不用油的灯还能拿在手里。

牛二：不用光顾看稀奇，还有那个文书。

王妈：走你的吧！我们三少奶奶识字，还用你教。

二十二、蓝玉窑内，日，内

〔王妈拿着手电筒和诗给蓝玉，蓝玉没接。

王妈：贺大人让牛二刚送来的。

蓝玉：牛二他人呢，让他原封不动地拿回去。

王妈：走了，就是不走，他也不会拿。三少奶奶，霍掌柜也劝过你，咱不能和贺其瑞硬闹，咱硬不要就是打他的脸。

〔蓝玉展开信看了一眼，马上递给王妈。

蓝玉：这个烧了，东西给你。

王妈：（惊喜地）这个小电灯给我？

蓝玉：给你。

二十三、蓝玉住处院内，夜，外

〔王妈打着手电筒，四处照着，走来走去。想熄灭，却怎么也熄不灭，又用手晃，又用嘴吹，就是熄灭不了。

二十四、厨房，夜，内

〔王妈急急忙忙跑进，一下子揭开水缸上的盖子，把手电筒一把插在水缸里。（特写）手电筒在盛满水的水缸里站着，王妈双手捂着胸，嘴里吐气，如释重负。

二十五、陈家会客厅，日，内

〔贺其瑞和陈老爷分坐在桌子两边，下人进来倒茶。

贺其瑞：陈会长，知道我今天为嘛样来吗？你看，李会长过世也有一些日子了，这个副会长的位置不能一直空着，我想，就让他的女儿——秉恭居东家李蓝玉接了他爹，当这个副会长如何？

陈老爷：蓝玉是我们陈家的儿媳，蒙大人抬举，老夫先代蓝玉谢过大人。但老夫以为她还年轻，不可谬爱。

贺其瑞：这么说，陈会长不答应啦。

陈老爷：岂敢，岂敢，只是老夫觉得实在不妥。

贺其瑞：嘛样不妥？我倒觉得自本官到任后，陈老爷作为商会会长，处处不与贺某方便。

陈老爷：贺大人误会了。这个不妥明摆着，我们翁媳，一个当会长，一个当副会长，您觉得合适吗？

贺其瑞：（假装恍然大悟）姜还是老的辣啊！要不是陈老爷提醒，我倒忘记这一茬儿了。

〔贺其瑞旁若无人地笑，陈老爷不语，片刻冷场。

贺其瑞：要不，这样，陈会长可否让贤？就算李蓝玉出任会长，商会不是还在你们陈家手里。

陈老爷：老朽从民国4年，碛口商会成立以来，一直担任会长。十几年来，慎于商务，一直勤勤恳恳，从不敢以手中之权为家人谋半点私利。所以，老夫就是让贤也不能让给蓝玉。

贺其瑞：（不耐烦地挥手打断）陈会长，这就是您的格局太小了，举贤不避亲吗？

陈老爷：贺大人，如果老夫愚顽不化呢？

贺其瑞：不要把话说死，我可以给你三天的时间！

〔贺其瑞说完后，冷着脸站起。

贺其瑞：告辞。

陈老爷：不送！

二十六、陈老爷卧室，日，内

〔陈老爷气呼呼地走进来，还没坐定，太太就推门走入。

太太：老爷，刚才走了的是厘税局局长贺大人吧，你没和大人说我姑表兄的事，要是让人家别人抢了先，把这个副会长的缺顶了，不光我，连你的脸上也没光彩。

陈老爷：（没好气地）还说副会长了，连我这个会长的位置也快保不住了。

太太：（着急地）怎么了，贺其瑞不让你当了？

陈老爷：想把我拉下马，没那么便当。

二十七、碛口澡堂，夜，内

霍掌柜手提写有"秉恭居"字样的红灯笼，走进。

霍掌柜：王掌柜的，我这不争气的老毛病又犯了，就像在手里握着一样，说来就来，池堂的水可还热着？

王掌柜：放心吧！霍掌柜，才添了热水，保你洗得舒服。

二十八、西湾陈家，日，内

〔三日后，贺其瑞带着厘税局下属的禁烟队数十人，身佩长枪，来到陈家，猛砸陈家大门。

〔护院家丁从瞭望台上看到荷枪实弹的官家人，赶紧跑进去报告陈老爷。

陈老爷：什么，禁烟队来了？岂有此理。

〔话音未落，禁烟队的人已经冲进陈家各房开始搜查。陈家后院乱作一团，各种女人惊叫的声音传出。

陈老爷：（气呼呼地）王法何在？王法何在？

贺其瑞：陈会长，失敬了，有人举报你们陈府私藏烟土。

陈老爷：（冷笑）大人尽可细搜。只要搜出指甲盖大小的一块来，你就把老夫绑到太原府，交给阎督军。

〔身着禁烟队衣服的人，跑到贺其瑞身边，小声说话。贺其瑞扬手令其下去。

贺其瑞：所有的人都给我到大门外，候着。

陈老爷：贺大人，要不要把老夫绑上。

贺其瑞：陈会长，息怒，气大伤身。一场误会，贺某也是公务在身，身不由己。

二十五、蓝玉住处，日，内

〔霍掌柜急步走入，王妈迎上。

霍掌柜：快叫三少奶奶去西湾，出事了。

〔蓝玉闻声从窑内跑出。正好和要进门的霍掌柜撞了个满怀。蓝玉脸飞红。霍掌柜并未察觉。

霍掌柜：（小声地）快进窑内说。

蓝玉：出什么事了？

霍掌柜：贺其瑞放出口风，要取消包税的优惠政策，现在全碛口乱了套。

蓝玉：看来，这个会长，我是不干也得干了，霍掌柜你请先回。

霍掌柜：是，我也希望三少奶奶为了碛口的大局，该站出来，就站出来。贺其瑞是一箭双雕，我们是将计就计。

蓝玉：好，事情紧急，我先去西湾见我公公。王妈，备轿，我们去西湾。

三十、西湾陈家，日，内

〔蓝玉和王妈带着礼物，去了老爷和太太窑内。

〔陈老爷和太太坐在炕上，蓝玉进门，跪下行礼。

蓝玉：不孝儿媳见过爹娘。

〔太太站起，扶起蓝玉。

太太：家门不幸，竟让官家来人抄了一遍。让祖上蒙羞啊！

陈老爷：说什么呢？姓贺的看低了咱碛口人，查得好，查出了我陈天儒的清白。

蓝玉：（小声地）都是蓝玉给爹惹的祸。

陈老爷：爹顶得住。

蓝玉：可是，爹，贺其瑞现在要把碛口的包税政策取消。

陈老爷：（站起）何等居心，竟然用碛口众多商家利益来要挟老夫！

蓝玉：爹，你不是生蓝玉的气吧！

陈老爷：爹知道你的难，如果秉恭在，我也不会放你出去。出去了，什么事都会遇到，什么人都会碰上。贺其瑞让你当会长，是借刀杀人。可叹的是为了全碛口商户的包税优惠，老夫只能不战而退。

蓝玉：爹！

陈老爷："顺以动豫，豫顺以动"，事情逼到哪步，就走哪步的路。

蓝玉：爹既这么说，蓝玉也想好了。舍得一身剐，敢把皇帝拉下马。我当这个会长，我爹不能白死，别以为女人都是软面团，任他团弄，我明的斗不过他，暗的也不会让他可心顺意。

陈老爷：好，像我陈家的媳妇。但是，蓝玉，一切要三思而后行，好自为之。

蓝玉：放心，爹。蓝玉不会做辱没陈家的事。

三十一、秉恭居店内，日，外

〔众伙计忙上前问蓝玉："东家好！"

〔蓝玉微笑点头。

王妈： 快叫霍掌柜，就说三少奶奶来了。

伙计甲： 霍掌柜在后院账房。

蓝玉： 王妈，我们去后院。

三十二、秉恭居后院账房，日，内

〔霍掌柜手里正在看一本杂志，听说蓝玉来了，（主观视角）他拿着书，犹豫片刻，复又站起，压在炕上褥子下。蓝玉和王妈进。

王妈：（气愤地）霍掌柜，你说有人就是吃自己的饭，操别人的心，我们三少奶奶多么善心善意的一个人，就为一个挂在门上不说话的匾，他们编排起来没完没了。

蓝玉： 王妈，我娘在世常说，家有千只手，挡不住万人口。匾的事谁想说啥就说啥，身正不怕影子歪。

霍掌柜： 三少奶奶，不说这些，你公公的意思？

蓝玉： 我公爹果然大义，他为了碛口众商家的利益，决定让出会长。

〔霍掌柜听了，沉吟片刻。

霍掌柜：（果断地）好，三少奶奶，你现在就去见贺其瑞，告诉他，你同意出任碛口商会会长，但交换的前提条件是他必须同意摘了"兰芳玉洁"的匾。

王妈： 霍掌柜，我觉得你是在外面滚打出来的人，要不，你和我们三少奶奶一起去。两个人对付一个人，总是办法多些。

霍掌柜： 不妥，王妈，还是你陪着去为好。

王妈： 那还用说，太太嘱咐过我的，不用春燕了，我干的就是春燕的活儿，要时刻贴身陪着三少奶奶了。

三十三、厘税局大门，日，外

（空镜）厘税局大门。

〔蓝玉的轿子停下。（主观视角）贺其瑞推开窗的一扇窗，关住，又推开，留下一个小缝，眯着眼，从缝里欣喜地看着蓝玉和王妈从轿中走出。

三十四、贺其瑞办公室，日，内

〔贺其瑞看着李蓝玉快走到门口时，赶紧从窗户旁跑回桌子后面的官帽椅上坐定，一阵敲门声响起，贺其瑞故意咳嗽两声，清了清嗓子。

贺其瑞： 请进！

〔李蓝玉和王妈进。贺其瑞局促不安中透着从心里散发出的高兴劲儿。眼睛一刻也不舍得离开蓝玉。

贺其瑞：（高兴地）我说嘛样一早喜鹊就叫上个没完没了，原来是蓝玉小姐要来。蓝玉小姐幸临陋室，真是满室生辉。

蓝玉： 蓝玉是无事不登三宝殿。

贺其瑞： 这话见外了，像蓝玉小姐这样的佳人，我是一日不见，如隔三秋啊！

蓝玉： 贺大人请自重，我忍大人多时，蓝玉自有夫，大人自有妻。

贺其瑞：（沉下脸来）休提我妻。

蓝玉： 贺大人也是饱读诗书之人，每个人都有自己不愿提及的人和事，孔子有言："己所不欲，勿施于人。"难道蓝玉就喜欢大人把所送之匾挂在字号门上？

贺其瑞： 这么说，蓝玉小姐是真心不喜欢这个匾挂在你们门上啦？

蓝玉： 不瞒大人，我此次来，就是想和大人讲，我可以当商会会长，但前提是大人同意把"兰芳玉洁"的匾摘下。

贺其瑞： 嘛样好！我说嘛，你是碛口镇唯一的女东家，是碛口镇的一块金子，岂能久藏深巷。

蓝玉： 藏与不藏，全看大人同意不同意摘匾。

贺其瑞： 如果不同意呢？

蓝玉： 那我现在就走，我把它摘下来，扔到黄河里。

贺其瑞： 何必何必，不过，我倒喜欢蓝玉小姐这样的性格，不然，我也不会力荐蓝玉小姐出任碛口商会会长。

蓝玉： 大人，我还是那句话，不摘匾，我就不当这个会长。

贺其瑞： 摘匾，你现在就回去摘匾。别说匾的事，只要你蓝玉小姐开了尊口，就是再大的事，只要我贺其瑞能办到，绝不说个"不"字。说个"不"字，你把我头割下来。

蓝玉： 贺大人话说重了。

贺其瑞： （略一迟疑）不重，就是你李蓝玉要贺某的心，也现摘去。对了，牛二曾给蓝玉小姐送过一首我的拙作，不知蓝玉小姐看过感觉如何啊！

蓝玉： 对不起大人，蓝玉并不喜欢吟诗论词。

贺其瑞： 现在不喜欢，并不等于以后也不喜欢，以后，你是会长，我是局长，我们免不了要常在一起，天长日久，日久天长，你会喜欢的。

〔贺其瑞站起，走到蓝玉身边，蓝玉躲开。王妈在一旁大声咳嗽，贺其瑞笑着耸了一下肩，又坐回自己原来的位置。

蓝玉： 贺大人，告辞！

〔贺其瑞站起，亲送到大门外。

贺其瑞： （满脸堆笑地）欢迎常来！欢迎常来！

三十五、陈老爷窑内，日，内

〔下人伺候陈老爷穿外出的衣服，太太在一旁。

太太： 老爷，你不是说今天商会开的是让老爷下台的会，这种会，老爷就不去了吧！

陈老爷： 我为什么不去，我还要第一个去，让他姓贺的看看，我陈天儒的心胸就是黄河水，横能过渡船，竖能漂长船。

三十六、碛口商会，日，外

（空镜）碛口商会大门外景。

（特写）商会牌匾。

〔陈老爷的花轿第一个到，人们纷纷上前作揖问好！陈老爷昂首挺胸走入，人们望着陈老爷的背影，都悄悄竖大拇指。

三十七、碛口商会会议厅，日，内

〔商会会长陈老爷、商会十名会董、评议员五名悉数到齐，蓝玉走进，众人哗然，做交头接耳状。贺其瑞以厘税局局长身份和三区区公所孟局长最后步入大厅，喧哗声停。众商人纷纷站起，给贺局长和孟局长作揖。

陈老爷： （平静地）大家安静，开会。先介绍今天出席会议的人员，除了我们董事会的十名会董、董事会聘请的五名评议员外，还荣幸地邀请到了常驻碛口镇的临县三区区公所局长孟大人和永宁州驻碛口厘税局局长兼禁烟队队长贺大人。

〔人们纷纷鼓掌，孟大人和贺其瑞站起，拱手！

陈老爷： 按商会以往惯例，首先向仙逝的商会同人，李映真副会长默哀三分钟。

〔众人站起，低头垂手，默哀，默哀结束。

陈老爷： 另外，李映真副会长的女儿，我的儿媳李蓝玉，今天也出席了我们的会议。

〔蓝玉站起，给大家鞠躬。

陈老爷： 会议正式开始，恭请贺局长和孟局长两位大人讲话。

〔孟局长看了贺其瑞一眼，贺其瑞做请状，孟局长会意。

孟局长： 碛口镇自古就是多头共管的重要商贾之地，上有汾州府、中有永宁州、下有临县，临县还有招贤都，在座的我们厘税局局长贺大人就是汾州府下派官员，不论哪级衙门和官员，

36

在碛口，都担负着给国家征办税务的重任。而碛口商会，不论在调节金融市场，还是在组织纳税上都起到了重要的作用。商会组织在碛口商界拥有崇高的威望。会长陈先生和副会长李先生都做出了卓越的贡献，不幸的是李先生因病仙逝，陈会长又急流勇退，我正式提议，碛口商会会长就由秉恭居东家李蓝玉接任。

贺其瑞：好！（带头鼓掌）

　　〔大家沉默片刻后，响起稀稀拉拉的掌声。

孟局长：（尴尬地）我的话讲完了。

陈老爷：下面请贺大人讲话。

贺其瑞：不必了，请大家就孟局长的提议，表决通过。

　　〔两位董事，站起反对。

董事甲：我是今天才从外地赶回，我以为陈老爷让得莫名其妙，陈老爷，你不能让！你是我们碛口商会的一杆旗！就连刚来碛口的小劳金都知道："一拨贡，二举人，不如西湾的陈天儒。"

董事乙：我也是刚从榆林进货回来，明人不说暗话，今当着蓝玉和陈老爷的面，我打开天窗说亮话，蓝玉年轻，当不起。

孟局长：（居高临下地）你是说孟某提错了？

董事乙：错不错，我就是不同意。蓝玉毕竟是妇道人家，你问问咱碛口黄河边的艄工，行船都不让女人坐中间。

贺其瑞：嘛样女人就不行，都民国十六年了，你还说的前清的话。

贺其瑞：（一拍桌子站起来）我看你就是袁世凯，想复辟。李蓝玉名声在外，你倒是活眉活眼的，看上去最能，可宁夏人送的一对狮子，怎么不摆在你的店前，他们都同意，你有什么不同意？

三十八、碛口商会院内，日，外

　　〔有人把董事甲和董事乙悄悄叫出，低声耳语。俩人点头，相对感叹。

董事乙：原来如此！

董事甲：满门忠义啊。

三十九、碛口商会会议厅，日，内

　　〔董事甲和董事乙走进，把敬佩的目光投向陈老爷和蓝玉。

陈老爷：蓝玉虽说是女流之辈，但自古杨门有女将，从军花木兰，唐朝还出了个武则天，步入商界，就不论男女，只说本事。

贺其瑞：陈会长说得好，我提议同样年轻有为的"义信诚"王掌柜出任副会长，和蓝玉小姐共同管理商会。

孟局长：我看大家也不要再在这浪费时间，摇头不算，点头算，咱们表决吧！

陈老爷：同意的举手。

　　〔大家全部举手，通过。

陈老爷：下面由孟局长宣布新任会长和副会长。

蓝　玉：（站起）且慢，蓝玉有话要说。碛口商会会长的名字不能写上我李蓝玉，要写陈秉恭，和秉恭居一样，我不过是代夫行职。

董事乙：这样好，我赞成。

贺其瑞：好，蓝玉小姐的个性就是让贺某佩服。

四十、蓝玉住处，夜，外

深夜，蓝玉和王妈在套窑内安睡，外面，风很大，窗户纸吹动的声音。

突然从街上传来"走水了，走水了，万益成过载店走水了"的呼喊声。

（第三集完）

第四集

一、万益成过载店门前，夜，外

〔蓝玉和王妈俩人一前一后，跑来，店门前，老远就能看见过载店内火光冲天，门上写着"万益成"三个字的匾和木头窗户，全部烧着火。

（主观视角）霍掌柜看见手里提着水桶的蓝玉和王妈，三步两步从人群中冲出，一把拉住也往里冲的蓝玉。

霍掌柜： 三少奶奶，这不是你待的地方，快回去。

蓝玉： 我不能回去，我现在不是三少奶奶，我是碛口商会的会长。

霍掌柜： 这里有我，我替你救火还不行。

蓝玉： 替不了。

〔万益成过载店的胡掌柜手里拿着一钱袋，正在鼓动人们冲进火场救东西。

胡掌柜： （高声地）散大洋了，散大洋了，谁抢出一包丝绸，就现给一块大洋。

〔人群开始骚动，但看看火势，又摇头犹豫不前。

胡掌柜： 怎么，一块太少，两块，两块谁去？

〔蓝玉听见胡掌柜的喊声，着急地一把拨开人群，从霍掌柜身边穿过，跑到一个高圪台跟前，跳上去。蓝玉站在高处，手搭成喇叭状，对着底下的人群高喊。

蓝玉： （高声地）我是碛口商会会长李蓝玉，大家听着，火太大，谁也不许再冲进去救东西，先灭火。

〔胡掌柜着急地也跳到高圪台上，想把蓝玉拉下来。

胡掌柜： 好我的李会长啦，烧的不是你秉恭居的东西，仓库里还有昨儿早上刚从黄河水路来的几十包江南丝绸。都烧着，你让我拿脑袋赔东家呀！

蓝玉： 糊涂！你的丝绸值钱，还是人命值钱？

胡掌柜： 这不是烧仓库，是烧我这颗活人的心呢！

蓝玉： 我也是商家，我能不心疼货？可我更心疼人。

〔胡掌柜还是挡着不让蓝玉对大家喊话。

蓝玉： 胡掌柜，我求你了，损失的东西，商会赔，你走开。

〔胡掌柜见蓝玉执意不准往出抢丝绸，竟跑到圪台一角，蹲下，抱着头，掩面哭泣。

〔蓝玉重又对着台下众人。

蓝玉： 父老兄弟，火势太大，听着，谁也不准往里冲，先救火。

〔蓝玉话还没说完，就看见着火的窑洞轰的一声倒塌了。

众人惊叫，好险！好险！

王妈： （吓得捂住眼）我的神神啊！

众人甲： 李会长，不好救了，各家把水瓮里的水都掏干净了。

蓝玉： 守着天河，还怕没水，到黄河里去挑。赶快，不要把旁边的窑也燃着。

二、万益成过载店门前，日，外

〔黎明，一缕朝霞照在蓝玉的脸上，蓝玉一脸疲惫，听众人说，火灭了，火灭了。微笑，然后，一下子晕倒在地。王妈着急地摇着蓝玉的手。路人甲给端过来热水，王妈喂着喝了，蓝玉苏醒过来。仍躺在王妈的怀里。

王妈： 可怜我们三少奶奶，哪里受过这种罪。要这样当会长，我看就是活受罪。

路人甲： 多亏李会长来了，才阻止住万益成的人进去抱东西，人，一个没事。

路人乙： 是啊！李会长做得对，马棚倒了，孔子都是说："伤人乎？"不问马。

路人丙： 就是，关键时候见人心，从这件事上，就能看出人家李蓝玉有公心，又不是秉恭居着的火。可不光她来救火，秉恭居霍掌柜也来了，就连跟的老妈子都一夜没回去！

路人甲：从这件事上，就能看出咱碛口镇人心还是齐的，几乎家家都出来救火了。

　　〔李蓝玉站起，面对众人。

蓝玉：我没事，谢谢众父老兄弟，大家先散了，都回家歇息吧。

三、李蓝玉门前，日，外

　　〔蓝玉和王妈提着水桶走来，（主观视角）蓝玉远远地看见自家门前围满了人。

蓝玉：王妈，快，看看又出了什么事？

　　〔蓝玉和王妈加快脚步向人群走去。人们看见蓝玉来了，也都跑着涌向她。

来人甲：不好了，李会长，我救完火后，回了家，发现家里进了贼了，我抽斗桌里放的100块现大洋全不在了。跑到店铺里一看，昨天晚上三架算盘打过的十几万银票，也全被人偷了。

来人乙：我们店里也一样，不但大洋和元宝没有了，所有值钱的东西，让人悉数偷光。

路人丙：李会长，我的老家丁为看护东西，人都被打得起不来了。

　　〔霍掌柜也急匆匆地赶来，人们着急地上前询问。

来人甲：霍掌柜，我们正说被盗之事，你们秉恭居怎么样？

霍掌柜：我来的路上，问了几家路过的店，几乎家家都进了贼，损失有轻有重，我们秉恭居也未能幸免。

蓝玉：我都听见了，一场大火，损失的不是万益成一家，看来，我们碛口镇光有商会还不行，我们还得再想别的办法，保碛口一方平安。

　　〔众人应声附和，是啊，李会长，你得给我们大家想想办法了。

蓝玉：这样，大家先把各自损失都让霍掌柜记下，我们碛口商会给大家统一报官。

来人甲：个人报官不中用，一根绳易断，大家还是要靠商会拧成一股绳。

霍掌柜：大家说得是，碛口，说是三府共管，其实是都舍不下这块肥肉。我们商会要自己武装自己。

蓝玉：（点头）商会会尽快召集会董商议此事。大家请先回。

　　〔人群纷纷散去。

四、碛口澡堂，夜，外

　　（闪镜）霍俊山挑着灯笼进，霍俊山挑着灯笼出。

五、蓝玉住处客厅，日，内

霍掌柜：三少奶奶，你那天说我们得想办法，保碛口一方平安。我这几天想了又想，咱碛口商会可否出面，自行筹资，组织碛口商团武装。

蓝玉：我也正有此意。过几天，我就在商会议事时，正式提议成立碛口商团武装。

六、碛口商会会议厅，日，内

　　李蓝玉端坐在商会会长位置上、副会长、商会十名会董、评议员五名各自坐在自己的位置上。

蓝玉：各位会董，还有特意请来的五名评议员，今天我们大家要商讨的问题是成立碛口商团武装之事。这件事的起因，大家都知道，就是因为万益成载店失火后，碛口众商家忙于救火，给了盗贼可乘之机，致使众商家都或多或少失了银子。

董事甲：我们这些东家，除了蓝玉小姐，大家全不在碛口街住，那夜失火时也不在现场，到底是为什么失火，损失有多少，愿闻其详。

蓝玉：这个自然要和大家有个交代。今天请的人里还有万益成的掌柜，胡掌柜，你给大家说道说道。

　　〔胡掌柜站起，先给大家鞠了一躬。

胡掌柜：也怪胡某大意，起火当天，刚好黄河水路上运来一批江南丝绸，委托本店帮助出售。因北边仓库放不下，就把一部分放到南边仓库，不巧的是南边仓库里还有从平遥来的几包洋炔灯（火柴）。因那天风大，我临睡前还特意找了两个伙计去检查了门窗。但是，不知怎么，这些火柴让老鼠啃得着了火。一场大火就这么燃起了。

董事甲： 说来说去，还是你们防范不够，洋炔灯（火柴）怎么能和其他货物存放在一个仓库。

胡掌柜： （沉痛地）说得极是，都怪我失责。

蓝玉： 我们商会今天开会的议题不是讨论失火原因，本来，一家有难，大家相帮，是我们碛口商家一贯的传统，可是这次失火后又遭贼偷，还伤了信运来的老家丁，所以，商会这次就不组织为万益成捐款捐物。

董事甲： 蓝玉小姐新任会长，有所不知，以前所有事项都商会先议。我怎么听说，你在救火的当夜，曾经许诺万益成过载店，损失商会赔。你虽说是会长，也不能代表了我们碛口商会。俗话说得好："当官不乱说，乱说不当官。"你现是会长，怎么能想说什么就说什么呢？

董事乙： 这话不厚道，我们没去救火倒没事，蓝玉会长救火倒救出错来了。水火无情，在火场，只要对救火有利，说什么都不为过。

胡掌柜： 我得站出来，为蓝玉会长说个公道话，那天，我的脑袋让麻油糊住了，光想着我的丝绸，要不是蓝玉会长制止，说不定，现在早摊上了几条人命。现在回想起来，窑倒塌的那一刻，我的心里那个后怕啊！另外，我得和大家说清楚，失火的第二天，蓝玉会长就让霍掌柜给我们万益成送去 1000 块大洋。会长说是代表商会捐的。

〔蓝玉站起打断了胡掌柜的话。

蓝玉： 胡掌柜还想说什么吗？如果就说这些，胡掌柜就不要说了。都是蓝玉年轻，在各位前辈面前见笑了。那天在失火现场，一着急说出的话，无意中伤了大家。但是人走了能追回来，话走了追不回来。我爹在世时，最爱说，商家一句话，如同笔写下。蓝玉记下了，所以，这次捐赠一事，我们秉恭居代大家捐了。这件事也就不再讨论了。

〔李蓝玉坐下。喝了口水。

蓝玉： 接下来，我们还是再说成立商团武装之事。

七、秉恭居，日，内

〔一个采买打扮、五十上下的男人操着陕西口音，背上背着褡裢走进。霍俊山正好和来人打了个照面，俩人对视了一眼后，霍俊山走出。
〔小伙计快步迎上。

小伙计： （作揖）这位客人可要住店？

来人： 并不住店，是来看我外甥霍俊山。

小伙计： （笑说）刚才和您打了个照面的人就是霍掌柜。难道你们不相识？

〔来人迟疑了一下，取下褡裢，坐定。

来人： （也笑）我的亲外甥，我岂有不认识之理。虽说我还是他小的时候见过，但他和他母亲——我的妹子长得像，刚进门时，我看着他就像。

小伙计： 他现如今是我们的大掌柜了。我给您上街把他找回来，他有个毛病，经常去澡堂。

来人： 正因为知道他当了大掌柜了，我才要考他一考。你们可听说过你们碛口街里四掌柜不认父的故事。

小伙计： 并不知晓，请老人家讲来我们听听。

来人： 话说汾阳"利路通"是骡马过载店，总号在汾阳，在碛口开有分号，光碛口分号，东家就请了四个掌柜，其中四掌柜是你碛口本地人。有一年冬天，四掌柜坐着轿车去汾阳总号，东家见车夫冷得直打哆嗦，就让车夫到厨房吃点饭，身子暖和了再走。不想四掌柜拦住说："并不用，他家有事，让他回去吧！"说着，就把车夫推出了门。后来，东家知道车夫竟然是四掌柜的父亲，马上就把他开了。四掌柜不解，自己买卖做得没差错，也没犯号规，怎么好好的就让开了？东家说："你头上才顶了四厘生意，就连你父亲都不认了，你若当了大掌柜，还能认下我！"听了东家的话，四掌柜只好屎壳郎搬家一滚蛋了。

霍掌柜走进，来人看了他一眼，故意提高了嗓声。

来人： "骆驼下场船避伏"，也只有这个时节，才得闲坐在这里，和你们谈古论今。

霍掌柜听到"骆驼下场船避伏"，惊诧状，瞬间又镇定下来。朝着来人，"扑通"一声，跪倒在地。

〔来人笑着走到霍掌柜跟前。弯腰大笑着做扶状，同时故意把耳朵凑近霍掌柜。霍掌柜站起。

霍掌柜：（小声地）"杏黄麦熟买卖稀。"

来人：我说嘛，我亲亲的外甥，怎么会不认我这个舅舅呢。

霍掌柜：舅舅多担待，实是分开时间太久，外甥那时年幼之故。

来人：情理之中，情理之中。

霍掌柜：舅舅，还请后院窑内拉话。

〔来人笑着辞别众人，和霍掌柜一起走向后院。

八、碛口十义镖局，日，内

〔门前侧放着一个一米五见方的悬观，悬观上绷一块红布，红布中一个黄底圆圈，圆圈中一个黑体大字——镖。霍掌柜从悬观前走进。

镖局老大：（笑着）霍掌柜，来得早，不如来得巧，昨儿，老六刚从包头走镖回来。

霍掌柜：（抱拳）谢大哥，今天不单是谢老六，还有一事要求大哥。

镖局老大：何必客气，商不离镖，镖不离商。霍掌柜，有事请讲。

霍掌柜：此番来，是想请贵镖局运动碛口"兴胜圆"的东家同意建立碛口商团。

镖局老大：这个容易，老六在他身上有救命之恩。你去和老六说。老六正在后院习武。

〔霍掌柜进后院。

九、碛口商会会议厅，日，内

（闪镜）开会。

（字幕）1926年9月，碛口商会，正式组建起了一支六十余人的"碛口商团"。

十、秉恭居，日，内

〔霍掌柜送舅舅从后院走出，在店铺里，柜台里的众伙计迎上。

伙计甲：伯父，您这是起身回陕西呀？

舅舅：回呀，回呀，住了几日，也到碛口各处看了看，不错，好地方。真是"填不满的吴城，拉不完的碛口。"回去和东家说，我以后就常来碛口采买，好赖有我的外甥在这里，肥水不流外人田嘛。

霍掌柜：多谢舅舅照应，以后望常来。

〔霍掌柜和舅舅站在大门上话别，霍掌柜把手中的褡裢背在舅舅肩上。

霍掌柜：舅舅，回了河那边，代问娘家老少都好，还请舅舅常来碛口。

舅舅：（抚着霍掌柜的肩）孤身在外，多多保重！

〔霍掌柜再拱手，依依不舍状。

十一、贺其瑞办公室，夜，内

〔贺其瑞坐在桌子后的椅子上。牛二坐在桌子前的板凳上，哈着腰。用巴结的眼神看着贺其瑞。

牛二：大哥，你就给我想想办法嘛？我不就是想当个商团团长吗？

贺其瑞：开玩笑，你会什么功夫，会舞枪还是会弄棒。

牛二：谁是从娘胎里爬出来就带着功夫的，我不会可以学嘛。

贺其瑞：学，你以为这是在碛口街上耍赖皮，吃浮食，凭个狠劲就行？

牛二：大哥，人家以前不是家穷，爹娘死得早，没人管嘛。现在，有了大哥照应，人家想上进，你还不拉小弟一把吗？

贺其瑞：牛二，大哥不是不想帮你，可这是商会自己的事，哥嘛样好插手？

牛二：李蓝玉的事……大哥不是就……

〔贺其瑞把烟头用力地弹在烟灰缸里，抬眼看着牛二。

牛二：大哥，我说错了，我本来是想说，这件事，你可以找李蓝玉说说嘛，我说李蓝玉的事，就是这个意思，这明摆着是她手上的事，她是商会会长，商团是商会的。

贺其瑞：牛二，你以后不要想说嘛样说嘛样，说话过过脑子。

牛二：对，过过脑子，过过脑子。要不这样，大哥，你去和李蓝玉说，不，和商会说，设个擂台，选团长，我牛二也上擂台和他们比试比试。

〔牛二说着就在地上比画起来。嘴里还煞有介事地喊着："吃我一个扫堂腿。再接一个凌空掌。"贺其瑞手里端着一杯水喝，眼看着牛二，牛二在地上自顾自地比画来比画去，一个倒栽葱，跌倒在地。贺其瑞不由得大笑，把含在嘴里的一口水喷了一桌子。

贺其瑞：（大笑着）行了，行了，牛二，咱们擂台上见。但大哥我有言在先，输了，可怨不着大哥我不帮忙。

十二、去擂台路上，日，外

人们听说摆擂选商团团长，都从四面八方涌向黄河边沙滩里摆起的擂台前。

路人甲：商团选团长，我看非十义镖局的人莫属。

路人乙：说得是嘛，本来十义镖局推六当家的当商团团长，就很能服众，可是，你听说没，失笑死人哩，敢跳出来和六当家的叫板的竟然是牛二。

路人甲：牛二这个灰孙子，有了贺其瑞这个硬气仗腰子的，越来越不知天高地厚了。

路人乙：可不是，听说，十义镖局的人也起火了，今儿摆擂一个不少全来替他们老六助威来了。

路人甲：有好戏看了，咱们快走。

十三、擂台，日，外

黄河边沙滩上新搭的擂台，擂台用粗大的圆木搭建而成，台上铺着木板，支撑擂台四周的圆木，用红黄蓝绿各色土染布，扎成彩柱。台中央背后一根笔直的杆子上飘着一面旗："碛口商团"和丝绸大红横幅："提倡国术，发扬民气。""十义镖局"十名兄弟，一字排开，都在台上站着。

擂台主持：开擂时辰到。今天守擂的是碛口十义镖局六当家的，打擂的也是碛口街名人牛二。

〔牛二听到叫他的名字，不等请，就往台上蹿。上台时一个鹞子翻身，没翻对地方，一个趔趄，差点从台上掉下来，还是已经站到台前的老六眼疾手快，上前把他扶了上来。台下哄笑声一片。牛二站定，嬉皮笑脸地和台下人抱拳。

牛二：捧场，捧场，都给我牛二捧场啊！

老六：（双手抱拳）失敬！

〔老六退后一步凝神用气，一口真气提将上来，目视牛二，并不占先出手。牛二本不会武功，花拳绣腿，在原地比画一气，毫无章法地冲将上去。老六挥手格开来掌，身形飘动，东闪西避，牛二虽像饿虎扑食一般，但其挥舞的手脚始终落不到老六身上一寸。几个轮回下来，明显不是老六对手的牛二，突然蹲下，抱着头大叫。

牛二：肚疼，肚疼。

〔裁判急跑向台中，来到牛二身边，俯下身。

裁判：牛二，怎么了，还能不能比了。

牛二：急症，肠子拧住了，一会拧过来就好了。

〔老六退向台角一方，有人递上一洋瓷水缸，（特写）老六仰起脖子，一口气喝下一缸水。

〔人群攒动，高呼：打擂！开始，打擂！开始。牛二向台下望去，站在前排的一个戴鸭舌帽子男人，悄悄地向牛二使了个眼色。牛二站起，揉了揉肚子，面向裁判。

牛二：来，来，来，好了，再比画起。

〔牛二还不等老六准备妥当，就又扑了上去。

〔牛二和老六再次开打，但老六和休息前的表现，判若俩人。台上十兄弟面露惊奇，老六虽然招数不错，但出手出脚，竟像面条似的毫无力道。最后，老六竟被牛二从后扳倒。台下哗然。台上的十兄弟紧握着拳头，齐望向大哥。大哥双手下压，做安抚状。

老二：大哥，我来对牛二。

老大：不可，看老六今天的拳脚，大有蹊跷，我们不能轻举妄动。况十义镖局轮番和一个混混对打，岂不是脸面无存。

〔老大走到老六跟前，轻抚其肩，用目光安慰着他。

老六：（面露惭愧）大哥，我……

〔牛二跳到台前，向台下众人。

牛二：我胜了，我胜了。别看十义镖局名头响，大家也看到了，全不是我牛二的对手。商团团长非我莫属非我莫属。

〔哈，哈，哈，牛二大笑，笑完，又在台上吹起口哨。裁判走到台子中央，一手拉着老六，一手拉着牛二，把牛二的胳膊举起一半，嘴里高呼牛二胜，胜字还没出口，这时猛然听到台下人群中一声喝呼。霍掌柜站在人群中，喝举着手。

霍掌柜：（高呼）慢！

〔霍掌柜喊完这声慢后，一步就跨到台子上。

十四、秉恭居，日，内

〔兴胜韩药店韩掌柜急匆匆走进。

伙计：（恭敬地）韩掌柜，您早办！

韩掌柜：霍掌柜在后面窑内？

伙计：在。

韩掌柜：带我见霍掌柜，有急事。

〔伙计急步跑上前，用手做请状，然后，带韩掌柜向后面窑内走去。

十五、秉恭居后院窑内，日，内

伙计：（敲门）霍掌柜，兴胜韩大掌柜来访。

〔霍掌柜应声开门。韩掌柜进门，见伙计走远，赶紧转身关住门，压紧。

韩掌柜：霍掌柜，出大事了，我们药店库存的四肢麻沸散丢了一包。

霍掌柜：怎么回事，慢慢说。

十六、兴胜韩药店，夜，外

（闪镜）牛二在药店门外，装狗叫，连叫三声，汪、汪、汪。三声后，药店的门悄悄打开，一个人影闪了出来，这个人影和牛二来到背静处，人影迅速地把一包药交到牛二手里。

十七、秉恭居后院窑内，日，内

霍掌柜：韩掌柜，这一幕你是如何看到的？

韩掌柜：我哪能看到，家贼难防！事有凑巧，今儿晌午，有人来抓两副药，开的药方奇，尽是不常用的补药，柜上没有，我自去库房取，发现库房钥匙有人动过，我平时放的时候，怎么放都做着记号。进去一查，别的药倒没丢，就是丢了一包四肢麻沸散。

霍掌柜：后来呢？

韩掌柜：还用后来，我赶紧地就一个不落地查我店里的人。果然，一个小伙计，一问就招了，他说牛二和他要的。牛二还说，如果不给，就要去孙家沟祸害他的妹妹。

霍掌柜：不好，老六要遭牛二暗算，我们赶紧往擂台跑。

韩掌柜：行，我跟你去，十义镖局有恩于我们兴胜韩药店，只是那个小伙计再三嘱咐不要拔萝卜带出泥把他卖出来

霍掌柜：这个你放心，连你也不用出面，我们虽都在碛口街当掌柜，可你的家小都在碛口周边的村子，我孤身一人，量他牛二也不敢奈何我。况我的东家现是商会会长。

韩掌柜：这样最好。

韩掌柜：没时间了，我们快走，有话路上说。

十八、路上，日，外

〔霍掌柜和韩掌柜边快步走，边说话。

霍掌柜： 韩掌柜，这四肢麻沸散有解药吗？

韩掌柜： 倒不用解药，因为吃上并不会伤人性命，只是会四肢无力，这药有个特点，吃上起效时间快，只要三五分钟，就起效，半小时后，药效就自行消退。一个时辰后，就和没吃一样，彻底不碍事了。

霍掌柜： 这个药效的问题，小伙计知道吗？

韩掌柜： 不知道，这个只有我和东家知道，连二掌柜和三掌柜都不知道，何况他一个才来不久的小伙计。

霍掌柜： 好！听你这一说，我有主意了。

十九、擂台，日，外

〔霍掌柜站在台子前。

霍掌柜： 众乡亲们，打擂台不是拍卖场，讲究的不是一锤定音。要不要老六和牛二再打两轮，来个三局两胜，再定输赢，要不要？

台下众人： 要！要！要！打三局。打三局。

霍掌柜： 我还想替台下的众看官再说两句，难得十义镖局的兄弟，今天来得这么齐整，让他们其他几个兄弟也给我们表演一下，好不好？

台下众人： 好，好，先表演，后比武。

众人热烈的表情和牛二无奈的表情叠映。

〔霍掌柜往台下走时，故意转身先走到牛二身边，拍了拍牛二的肩膀，大声说：好好打！又走到老六身边，拍了拍老六的肩膀，小声说：别再喝水，千万！

擂台主持人：（看着牛二）你同意再打吗？

牛二： 打，不敢再打的是龟孙子，老子我正打得上了瘾啦。

〔擂台主持人转而问失败的老六，老六和站在前排队的霍掌柜目光对视了一下，沉默地点头。

台下众人： 十义镖局，走一个！十义镖局，走一个！

二十、擂台，日，外

〔十义镖局老大陈宝龙双手抱拳走到台前。

陈宝龙： 诸位父老乡亲，蔽号开张以来，仰仗衣食父母厚爱，生意顺风顺水，在这里宝龙代表十义镖局的所有兄弟先谢过大家。现在就由我们另外的九兄弟轮番献丑。

〔老二提一根长棍，老三舞一把大刀，棍子光滑轻巧，大刀沉稳厚重。两路风格迥异，却被他两个打得千回百转，台下轰然喝彩。老四和老五的金花枪和碧血剑。老七的地趟功，老八的少林拳，老九的轻功，老大的黄河推手掌。个个拿出看家本领，台下喝彩声一片。

二十一、擂台下，日，外

〔王妈着急地在人群中找到霍掌柜。

王妈： 霍掌柜，三少奶奶让我问你，再打，老六能不能赢？

霍掌柜： 请转告三少奶奶，尽可放心，胜券在握。

王妈： 好我的霍掌柜，我记不下这么多话，就问你老六能不能赢？

霍掌柜： 能赢。

二十二、擂台，日，外

擂台主持人： 表演结束，比武开始。

〔老六和牛二再上。牛二和恢复体力的老六，根本是一个地上，一个天上，老六三拳两脚，就把牛二放倒在地。都只一个轮回，就把牛二打得跪在台上，出尽洋相。牛二灰头土脸下台。老六下台，在人群中找到霍掌柜，上前施礼。

老六： 谢霍掌柜。

霍掌柜： 要谢的人在这里。（把韩掌柜推到老六前。老六向韩掌柜施礼）

韩掌柜： 也不要谢我，老天自有公道。

二十三、黑龙庙下空地，日，外

（字幕）三日后。

碛口街，黑龙庙下空地摆着两个空碗，旁边放着一小桶绿豆。

〔人们排着队用绿豆投票，选举碛口商团团长。

（特写）蓝玉在写着老六的碗前，郑重放进去一颗绿豆。

老六习武装扮，理小平头，干练、英俊。

老六： （抱拳）谢李会长抬爱。

〔霍掌柜也跟着给老六放了一颗绿豆。

（特写）老六的碗里绿豆多，牛二的碗里绿豆寥寥无几。

〔人群欢呼，老六当选，并把老六抬起，朝着天空抛上，接住，抛上，接住，以示庆贺。

二十四、贺其瑞办公室，夜，内

〔贺其瑞手里抽着烟卷，笑看着牛二。

牛二： 大哥，你还有心笑，我的团长泡汤了。可惜我白扔了银子，还专门去碛口前街的容德照相馆，照了个走马上任的标准照。

〔牛二从口袋里掏出六寸的黑白标准照，照片上的牛二志在必得的神气，贺其瑞拿过来端详后，看得笑弯了腰。

贺其瑞： 不错啊，嘛样神气！

牛二： （央求地）大哥，不要笑了嘛，民国十四年，碛口就开了照相馆，算起来也有两年了，我牛二，眼瞅着那些穿绸摆缎的有钱人进进出出，眼睛都瞅得滴了血，这次为了当商团团长，一咬牙，一跺脚，扔了两块大洋，照了这么一大张，可惜当不上团长，也没用了嘛。

〔牛二从贺其瑞手里拿过照片，做撕状。贺其瑞站起，走到牛二跟前，拍了拍他的肩膀，诡异地笑看着他。

贺其瑞： 牛二，先不撕照片，这张照片，嘛样好，摆到别的地方，也不错嘛。我倒是想问你点别的。

牛二： 大哥想问小弟啥，敞开问。

贺其瑞： 听说你小子打得不赖嘛！居然还扳倒老六一局。和大哥说实话，用了嘛样损招？

牛二： 大哥，真神面前不说假话，打的半中间，我假装肚疼，手下的小兄弟找机会，在他喝的水里，下了药，可是，谁知道那个药就管那么一会儿用。

贺其瑞： 我想凭你那两下花架子，怎么能打得过镖局的人。算了，大哥我还是帮你打别的主意吧，商团这个饭，得真功夫，你吃不了。

牛二： 那我能干啥，不会写来，不会算，想开店铺做个买卖，又没本钱？

贺其瑞： 你不会借鸡生蛋。把你的标准照挂在新盖的店铺里岂不更好。

牛二： 大哥逗我，我牛二，别说盘店铺，就是店铺的门板也没有一块。

贺其瑞： 听说，火烧了的万益成过载店，又要重盖。

牛二： （眼睛乱转）大哥的意思是，咱们想个办法，把万益成过载店搞到咱们手里。那你一句话，说他欠税不就成了。

贺其瑞： 猪脑子，嘛样简单倒好了，是你牛二要强占他们的店，不是我。

牛二： 我的还不是你的，我明白，大哥，你不好出面，借我的名，实是你的。

贺其瑞： 我也不会连骨头带肉都吃了，汤也会给你喝一口嘛。

牛二： 是，是，我喝汤，我喝汤，跟大哥喝的汤，不管什么汤，都叫一个名，香汤。

二十五、操练场，日，外

六十多人的商团，穿着统一的服装，服装的后背上印着大大的两个字—商团。老六带着六十多人的商团操练。

二十六、秉恭居后院窑内，日，内

〔蓝玉和霍掌柜分别坐在长桌两边，王妈一旁伺候，蓝玉面有愁容。

霍掌柜：（打趣地）人说新官上任三把火，三少奶奶上任的第一把火，就烧出了个商团武装，这是开局大好，三少奶奶为何还不开心。

蓝玉：亏你还有心开玩笑，虽说商团也成立了，镖局老六也当了团长，合该高兴，可眼下各商家都还用现洋交易买卖，终不安全。

王妈：真是按下葫芦，起了瓢，不过，掌柜的都是诸葛，脑筋转得快，霍掌柜快替我们三少奶奶谋划谋划，这女人做事就是难。

蓝玉：我当会长后，一直谋划着，不能走老路子，这商务革新，霍掌柜，你看能不能从不用现洋，用银票上想办法？

霍掌柜：我看这个可行，现今中国，军阀混战，现洋拿来拿去，多有不便。

蓝玉：那我们碛口商会，可不可以让碛口所在地的大字号都印制自己的票子，但谁家能印，谁家不能印，都要在商会摸了他家资产底后，批准了才能行。

霍掌柜：可以考虑。但一定要注意控制各家的印制总额，太低了起不到调节市场的作用，太高了，又会扰乱碛口金融市场秩序。

二十七、蓝玉窑内，夜，内

〔夜半，蓝玉睡着后，突然坐起，披衣下床，坐在桌前，拿出一张纸，在纸上写下（特写）"董事会上提，控制各大字号的印制总额！"

二十八、碛口商会会议厅，日，内

蓝玉：现在，诸位会董都同意各大字号印制自己的票子，但就印制总额，各大商家代表意见不一，各位会董还要再就此多议议。

董事甲：我看5%就合适。

董事乙：我看提到10%更为妥当。

众人吵吵，还有说3%的，还有说8%的。

〔李蓝玉抬头看坐在一边的副会长。副会长并不站起，示意李蓝玉定。

蓝玉：听各大商家的意思，同意5%和10%的人居多数，要不，咱们就按5%到10%先报官府如何？

大家齐声：好！

二十九、蓝玉住处，日，内

蓝玉：王妈，今儿吴老先生又告假了，正好，你找个人把霍掌柜请来，字号印票子的事，商会通过了，我得告诉他这个好消息。

王妈：并不用再另找人去，我纳草鞋的细麻绳没有了，多粗多细怕他们买差了，我得自己去买，顺便到咱店里绕一遭，把霍掌柜喊来就是。

三十、蓝玉住处大门，日，外

〔王妈刚走出来大门，老远就看见霍掌柜迎面走来。

王妈：（自言自语）真是说曹操，曹操就到，倒省了我绕道的麻烦。王妈站定，等待霍掌柜。

霍掌柜：王妈，你老人家这是去哪？

王妈：去寻你。三少奶奶找你有事，快进去吧！
霍掌柜：我也正有事要找三少奶奶，可你老不在？
王妈：你来了，我就不走了，还是我在旁边给你们端茶倒水最应手。
〔霍掌柜笑，然后和王妈同进。

三十一、蓝玉住处院子，日，外

〔王妈在前，霍掌柜在后，一前一后走进。
霍掌柜：三少奶奶在哪？
王妈：还用说，除了吃饭睡觉，人就长在书房里，眼也长在书里拔不出来了。

三十二、蓝玉书房，日，内

〔王妈和霍掌柜走入。蓝玉低头看书，并没看见。王妈示意霍掌柜不要出声。自己悄悄地站在蓝玉身后，突然咳嗽一声。蓝玉惊得站起来，把手上的书也掉在地上。
王妈：（对霍掌柜）看看我说得没错吧，读起书来，耳也听不见了，眼也看不见了，就和字最亲。
蓝玉：吓死我了，怎么这么快？
霍掌柜：我和王妈在你门上遇见的。
蓝玉：怪不当这么快。霍掌柜，有事？
霍掌柜：可不是，又有麻烦了。

三十三、碛口街上小酒店，夜，内

（闪回）
〔霍掌柜和胡掌柜面对面坐在一张小酒桌上，桌上摆着一盘油炸花生米、一盘麻油豆腐，还有一壶烧酒。胡掌柜拿起酒壶，给霍掌柜面前的酒盅斟满，又给自己倒了一盅。胡掌柜先举杯，敬酒，霍掌柜亦端起酒杯。
胡掌柜：不要笑话胡某寒酸，本来有求于你，应该到体面一点的地方，可这一场火烧得，"落架的凤凰不如鸡"。
霍掌柜：胡掌柜想多了，你我一条街上当掌柜，何必如此多礼。有用得着霍某的地方，请敞开说。
胡掌柜：这话好说，不好听啊！
霍掌柜：什么话，让胡掌柜如此作难？
胡掌柜：这贺其瑞是色胆包了天了。简直是属老鼠的，有个缝缝就要钻。他是迷上你们蓝玉东家了，你看宁夏人给送个狮子，他马上借机送个匾，这个匾如果是就着宁夏人的话题说事，写个"德泽两省"之类的，那也就没什么可说了，偏偏他说人，还把人家蓝玉的名字编排进去。
霍掌柜：说了这么多，我不懂你到底要说什么？胡掌柜，现匾也摘了，这件事也就过去了，你干吗还提它。我倒要送胡掌柜一句话："谣言止于智者。"
胡掌柜：霍掌柜，你看我，觉得和你不错，话说多了。
霍掌柜：胡掌柜，那天救火，我们东家，一个女人，可一点不比咱爷们出力小啊！
胡掌柜：霍掌柜，我哪是不知好歹之人，只是牛二挡着不让我们重盖烧了的窑，还抬出贺其瑞吓唬我们，牛二扬言，不和我们多话，要想说清楚，只能让商会的人去说。那是明摆着让你们东家去求贺大人。可我不能为我们的事，把羊往虎口里送啊！
霍掌柜：胡掌柜，你多虑了，这个事，我去和我们东家说。
胡掌柜：（站起）我也是实在没办法，眼看着上冬后，就不能动土了。
霍掌柜：（点头）放心，我们一起想办法。
（闪回完）

三十四、蓝玉书房，日，内

蓝玉：胡掌柜真是这么说的？

霍掌柜：（点头）没错，看来这个事只能你出面了，你现在毕竟是碛口商会会长。

〔蓝玉咬着嘴唇，想了想，和霍掌柜点头。

蓝玉：以后少不了和姓贺的打交道，倒也不差于多这一回，我去说。

霍掌柜：（不放心地）三少奶奶，还是让王妈陪着你去。

蓝玉：那是一定。王妈就是我的护身符。

三十五、贺其瑞办公室，日，外

贺其瑞拿着一张麻纸，麻纸上用毛笔写着：（特写）《关于碛口有关字号印制自己商号代金券之报告》，落款：碛口商会。

〔贺其瑞边看边笑，从烟盒里拿出一支烟点燃，照天空吐着烟圈。

贺其瑞：（自言自语地）想不到这个李蓝玉，在商务上还蛮有想法！嘛样好，有点意思。

三十六、蓝玉住处，日，外

一顶轿子抬到门口。

下人：（大声地）李家山四太太到。

〔王妈闻声快速跑向蓝玉窑内。

三十七、蓝玉窑内，日，内

〔王妈急急跑入，附在蓝玉身边耳语。

蓝玉：（警觉地）她来这里做什么？

王妈：三少奶奶，你见还是不见，不见，我就说你不在。

蓝玉：说不在，她不会信的。让她进来，不看僧面，看佛面，她怎么也是我爹娶回来的人。王妈走出，一会儿领着四太太进。

四太太：哎哟，我就说嘛，这女人关在屋子里，就像小鸟锁在笼子里一样，再有多硬的翅膀，也飞不起来了。看看你，蓝玉小姐，多好，自己一个人住这么大的院子，抬脚就了碛口街上，多好！多好！哪像我，圈在李家山，进去了，知道里面住着人，不进去，远看，荒凉得就像一座古墓。

蓝玉：王妈，给四姨娘倒碗茶。

王妈：（倒茶）四姨娘，请喝茶。

四太太：哎哟，蓝玉，不忙喝你的茶，以后，我闷了，你这里是要常来走动的。虽说我是你的姨娘，可论岁数也比你大不了一两岁。

蓝玉：四姨娘，你今儿来不是为和我拉闲话的吧！

四太太：我今儿来，倒是有个正事，听说碛口新开了家镶牙馆，我想让蓝玉小姐陪我去镶它两颗金牙。

〔四太太走到窑中间，边唱边舞秧歌："宽裤腿打在胳膊盖，洋袜子绷上松紧带，红丝裤带露在袄襟外，嘴上又把金牙配。"

王妈：想不到四太太还会编小曲。

四太太：哪是我编的，是赶集时，听伞头陈二大唱的。唱的人家心里痒痒的，这不，才来让蓝玉小姐陪我去镶牙馆嘛。

蓝玉：四姨娘，我劝你还是不要镶了。好端端的牙上，镶上铜壳子，有什么好看，把自己的牙还弄坏。

四太太：蓝玉小姐，我这也是为赶个时兴。我已经打问好了，可以镶好几种样式呢：两边镶两个的叫"二鬼把门"；中间还夹一条线的叫"二鬼把门一道缝"；门牙虎牙都镶的，叫"满天星星忽眨眼"。我想镶"满天星星忽眨眼"的这种，你去和我看看。

蓝玉：四姨娘，不是我不和你去，只是，我有点闲时，还要识字看书。就让王妈陪你去吧。

〔四姨太面露不悦，但转而又笑向蓝玉。

四太太：好吧，蓝玉小姐，不和我去镶牙倒也没啥，只要以后，常让我来找你一起玩耍就可。

〔蓝玉笑而不答。王妈和四太太一起走出。

三十八、碛口街上，日，外

〔王妈和四太太走出大门。

四太太：（抬头看天）今儿天气大好，轿子就停在这里，王妈，我们走着去。

〔王妈和四太太边走边聊。

四太太：王妈，我在小姐窑内待了这半天，也没见有人来找她啊。

王妈：每日家，就我和三少奶奶在一搭，并没外人。

四太太：那贺大人也不来吗？

王妈：（没好气地）不来。

三十九、厘税局门前，日，外

〔四太太和王妈路过厘税局门前，四太太脚步放缓，头扭过去，看着厘税局大门。

四太太：王妈，我虽不识字，可也听人说贺大人就在这个门里当大官儿，要是贺大人现在正好走出，你和他可曾面有相识。

王妈：相识怎么样？不相识又怎么样？

四太太：相识的话，我也想和他站下，拉上几句话。

王妈：以我的主意，你还是离得他越远越好，少和这种人打搅。

四太太：我又不是你们家三少奶奶，金枝玉体，我一个寡妇人家，我怕什么。

〔王妈看了四太太一眼，不再接话，昂首自向前走去，四太太着急地在后跑着追。

四太太：王妈，等等我。

四十、秉恭居后院窑内，日，内

〔王妈和蓝玉进。

蓝玉：霍掌柜，这两日，我思谋来思谋去，我不能再去找姓贺的。

霍掌柜：三少奶奶是觉得不值得为别的商号求人？

蓝玉：不是，当了会长，还说个你家我家，不管哪家商号的事，都是自家的事。关键是求也得讲个策略。

霍掌柜：容我再想想。

〔霍掌柜站起在地上踱步，后又站在窗前，做沉思状。

霍掌柜：三少奶奶，你说得对，我们不能老让别人撵在屁股后跑，我们也要学会自己在前面跑，让别人跟着我们跑。

四十一、小酒馆，夜，内

〔霍掌柜和胡掌柜在小酒馆不显眼的暗处。边喝酒边聊。

胡掌柜：你确定这样行，我心里还是有点底虚。

霍掌柜：也只能硬着头皮，死马当作活马医。

胡掌柜：到时，你们东家蓝玉可得在现场啊！

霍掌柜：那是一定。

四十二、万益成过载店，日，外

炮仗响起，破土动工的场面。蓝玉和商会的人均站在前排。

〔蓝玉剪彩。牛二赶到。牛二一步跳到动土开工的地界，老远就传来牛二的喊声。

牛二： （气急败坏地）好你个胡掌柜，你是吃上豹子胆了吧，敢在老子的地界上动土！

（第四集完）

第五集

一、万益成过载店，日，外

〔牛二咋咋呼呼地叫骂着跑来，冲到胡掌柜跟前，一把揪住他的领子，就要抽其耳光。蓝玉走到牛二跟前。

蓝玉：牛二，放开胡掌柜，万益成破土开工，与你何干？

〔牛二抬头看是李蓝玉，一下子松了手，笑着转向蓝玉。

牛二：原来李会长也在此，我可是有眼不识泰山，没看见您老人家。

〔蓝玉不再理他，转向胡掌柜。

蓝玉：胡掌柜，开工的响炮已经放过，你还等什么，破土动工！

〔胡掌柜拿着铁锹朝地上挖土，牛二冲上前，抢过铁锹，把铁锹狠狠地扎在地上，一手叉腰，一手扶铁锹。

牛二：（抬着头）要开工，也得等贺其瑞局长、贺大人来了再说。

〔牛二说完后，洋洋自得地开始吹口哨。众人气愤的表情。胡掌柜着急地跑向蓝玉。

胡掌柜：李会长，我说不敢动，不敢动，你说这可怎么办？

蓝玉：不要怕，青天白日，谁来了也得说理。

〔贺其瑞坐着轿子赶到，贺下了轿，环视一周后，特意看了看蓝玉，和蓝玉笑，又看了看牛二。牛二赶紧扔下铁锹，跑到贺其瑞的身边。

牛二：贺大人，你说万益成过载店的胡掌柜……

〔贺其瑞看了牛二一眼，用眼神制止住他，牛二闭嘴。

贺其瑞：牛二，胡掌柜姓胡，可以犯糊涂，你姓牛，嘛样也跟着犯糊涂！

牛二：（点头）是，是，是。贺大人，我听你的，不糊涂，不糊涂。

贺其瑞：好，嘛样好，大家有话好说，何必如此大动干戈，剑拔弩张。你说不是吗？李会长。

〔贺其瑞讨好地笑看李蓝玉。

蓝玉：不仅是好说，而且是很好办的一件事，就因为牛二的无故阻拦，搞得不但不好办，连说都不好说了。

贺其瑞：是吗？我倒要听听有什么不好说的。

蓝玉：贺局长，您说万益成过载店在自家的地皮上盖自家的窑，有什么不可以？

贺其瑞：是吗？如果真像蓝玉会长说的，嘛样不可以，可以。

〔牛二闻言，一步跳到贺其瑞面前。

牛二：贺大人，您不是说万益成过载店还欠税没交吗？

贺其瑞：（愠怒地）牛二，没鬼打着你胡说吧！我什么时候和你说过税的事。不是因为万益成房檐上的水，要流经你新挖的水渠，你才拦着不让盖吗？

二、水渠前，日，外

〔贺其瑞缓步走向牛二在万益成门前强挖的一条浅的水沟。牛二快步跟上。

牛二：（悟然大悟地）对，对，对，我怎么把这茬儿忘了，贺大人说得对，万益成在他自家的地界上起窑，可以。但是，他新起的窑要从我新挖的水渠里排水，不行，万万不行。

贺其瑞：牛二，你这样说话就对了，自古"借山不借水"，有两家共用一堵墙的，没有两家共用一道水渠的。

蓝玉：贺局长，万益成新起的窑，房檐排水要流经牛二的水渠不假，但万益成的窑虽说是新盖，但是这个新盖和牛二的新挖，一字之差，谬之千里。

牛二：李会长，不要和贺大人咬文嚼字，在我牛二眼里，不管是新盖的窑，还是新挖的渠，反正窑是他的，渠是我的，他窑上的水就是不能流经我的渠。

贺其瑞：牛二，怎么和蓝玉会长说话呢？嘛样没礼数！

蓝玉：贺大人，这万益成几间窑的地契比牛二的年龄都大，牛二在人家门前强挖一条渠，就要挡住人家盖窑，这不是活抢，这是什么？如果理可以这样歪着讲，那么，胡掌柜，拿几块木板来，放到渠里，你房檐上的水自会从你自家的木板上流过。

　　〔胡掌柜跑到窑跟前，拿起几块木板，递给蓝玉，蓝玉往水渠里扔，被贺其瑞挡住，贺其瑞趁机抓蓝玉的手，蓝玉闪开，并把木板放在地上。贺其瑞搓着双手笑。

贺其瑞：蓝玉会长，这事本就是个误会，如果你早出面和我说，我当然支持你啦。你是我贺某力荐的新会长嘛！牛二他也是一时兴起，既然你说这条渠不应该挖，那么填渠还得挖渠人，牛二，拿铁锹来，怎么挖的，怎么填上。

　　〔牛二听贺其瑞这样说，着急地又跳到贺其瑞跟前。

牛二：哥，哥，哥！

贺其瑞：（佯装生气）这哪有你哥，牛二，填渠。

　　〔牛二拿着铁锹，低头铲土填渠，铲一锹，嘴里小声骂一句。

牛二：（小声地）铲你个软骨头，铲你个没骨头，铲你个墙头草。

　　〔贺其瑞笑着走来，牛二赶紧闭嘴，贺其瑞俯下身，拍了拍牛二的背。

贺其瑞：（小声地）兄弟，委屈你了。

三、万益成过载店，日，外

贺其瑞意味深长地看着李蓝玉，蓝玉扭过头去，看牛二一个人低头填土，心有不忍，招呼胡掌柜到跟前。

蓝玉：胡掌柜，找几个伙计，去帮牛二。

四、水渠前，日，外

　　〔胡掌柜带着几个小伙计，手拿铁锹走到牛二跟前。

胡掌柜：牛二，让他们和你一起干。

　　〔牛二赌气地抢过众人手中的铁锹，一把一把，用力扔到地上。面朝众人，拧着脖子大喊。

牛二：（怒声地）不用，谁也不准动，我看谁敢动一铁锹。

　　〔贺其瑞听到牛二的喊声，看着李蓝玉笑，李蓝玉佯装不见，贺其瑞耸了下肩，摊着双手。

贺其瑞：这个牛二，嘛样一根筋！

　　〔万益成破土动工。贺其瑞正要上轿走，突然听到一个尖锐的女声。

五、轿前，日，外

四太太：蓝玉小姐，你不要走。

　　〔四太太嘴里叫着蓝玉小姐，却朝着贺其瑞的方向跑，跑到贺其瑞轿子前，故意一个跟跄，摔倒在地。四太太坐在地上，捂着脚，嘴里娇柔地哼着。

四太太：（大叫）哎哟嗨，痛死我啦，痛死我啦。

　　〔蓝玉赶紧地跑过来，蹲下。贺其瑞面向蓝玉，一脸茫然地指着摔倒在地的四太太。

贺其瑞：蓝玉会长，这是谁啊！如此大呼小叫。

　　〔四太太闻言，赶紧抢着接过话头。

四太太：哎哟，贺大人，您真是贵人多忘事，人家心里可记着您呢。

贺其瑞：嘛样奇怪，蓝玉小姐，我怎么不认识她？

蓝玉：这是我四姨娘。

四太太：哎哟，蓝玉啊，我可比你大不了一两岁，别姨娘长姨娘短的。

　　〔蓝玉没吭声，和跟着四太太的小丫头一起把四太太扶起。四太太一站起来，就甩开蓝玉和小丫头的手，冲到贺其瑞跟前，腰一弯，手一搭，行了个万福礼。

四太太：（娇声地）小女问贺大人好！

贺其瑞：原来是李老先生的四太太，我倒是去过府上，可没记得见过你啊！

四太太：原是见过的，只是大人没在意小女罢了。

〔贺其瑞笑看李蓝玉。然后抬头看天。

贺其瑞：（忘情地）弱水三千，只取一瓢耳！

〔贺其瑞说完后，又看了眼李蓝玉，笑着上轿离开。

六、蓝玉住处客厅，日，内

蓝玉：四姨娘，你的脚还疼吗？我让王妈去给你打盆冷水，用冷手巾敷上。

四太太：蓝玉，我要是你就好了，能住在碛口街上，什么人也能见上。

蓝玉：四姨娘，你今儿慌慌张张地找到我，有急事？

四太太：可不是，蓝玉小姐，你看我的金牙都配得戴上几天了。

〔四太太张大嘴，露出一口牙。（特写）四太太两边的虎牙都镶成金色。

四太太：好看吧！蓝玉小姐，我本来要把门牙虎牙都镶上，咱也来个"满天星星忽眨眼"，不就是多花两个钱吗？你爹他别的没给我留下，钱倒是留下两个，为了好看，我不可惜钱。可是，人家镶牙的医生说，照我这长相，不镶挺好看，要镶，就镶两个，点缀一下，配我的脸，那就是锦上添花。王妈端着盆冷水进来，正好听见，把盆咚的一声放下。

王妈：我的神神，还"锦上添花"呢，我可听得真切，你上次来说，镶两个就叫"二鬼把门"。

四太太：（愠怒地）王妈，我可是和你们家三少奶奶说话！

蓝玉：四姨娘，王妈话糙理不糙，你上次是这么说的。不过，不管叫什么，只要你个人喜欢，自个儿看着好，就是好。

四太太：还是我们蓝玉小姐会说话。蓝玉，可不是我赖着想留在你这，实在是脚疼，这就像天下雨一样，那句话怎么说来着，人不留客，天留客。用在咱们现在，就是你不留我，脚留我，反正，我得在碛口街上和你住几天。

蓝玉：四姨娘见外了，就是脚不疼，你想住，也可尽管住。

七、蓝玉窑套窑，夜，内

〔蓝玉和王妈分别睁着眼睡在被窝里。

王妈：三少奶奶，你睡着了没有，我想和你拉呱儿个话。

蓝玉：王妈，你说。

王妈：三少奶奶，我看四太太不对，老爷才走了几天，她疯了一样往碛口街上扑，哪是扑你，是扑那个姓贺的。

蓝玉：四太太也可怜，比我爹小那么多。

王妈：（没好气地）卖铜的自找的。

蓝玉：王妈，你不知道，她是我爹在米脂县进货时，遇上的。当时，她头上插着个稻草，要卖身葬父呢。我爹替她打发了她父亲后，并没娶她的意思，是她看我爹出手阔绰，是个有钱人，就死活跟上我爹回来了。

王妈：你爹活着，她当然不会跑，吃香的喝辣的，穿绸摆缎，可你爹走了，她是一天也闲不住。你看她见了姓贺的，恨不得变成一股风，变着法子往人家身上刮。三天两头的往咱这里跑不说，现在倒好，索性赖在这里不走了。

蓝玉：不说她了，好歹跟过我爹一场，怎么也是我的姨娘了。

王妈：就是，不说她了，还是说你吧，秉恭怎么还没消息，好歹陈家是不允许娶二房的，量他秉恭在外也不敢找别的女人。

〔蓝玉翻了个身。

蓝玉：王妈，咱谁也不说了，睡吧。

八、蓝玉住处，夜，外

（空镜）蓝玉住处夜景，打更声响起，更显出夜的寂静和冷清。

九、厘税局办公室，日，内

〔贺其瑞坐在桌前，抽烟，想心思。一阵轻轻的敲门声响起。

贺其瑞：（漫不经心地）进来，进来。

〔下属抱着一堆文件进来，放桌上。（特写）贺其瑞把碛口商会申请大字号印制自己票子的报告，递给下属。

贺其瑞：（看着下属）把这个发下去，记着，以后只要是碛口商会的报告都第一时间送给我。

下属：好！

〔下属退下。

贺其瑞：（自言自语）精诚所至，金石为开。

十、秉恭居，日，内

〔蓝玉和王妈走进，小伙计快步迎上。

小伙计：（作揖）李东家好！

蓝玉：好，霍掌柜在吗？

小伙计：他的老毛病又犯了，去澡堂上药去了。李东家，要不，我去叫他回来。

蓝玉：（眉头不经意地皱了皱）又去澡堂了，不用叫，我去后面窑内等。

〔蓝玉和王妈往后窑走，边走边聊。

王妈：这个霍掌柜，挺老实诚稳的一个人，偏有这么个怪病。澡堂是个什么好地方，又在个二道街。

蓝玉：王妈，别说了，得病不由人。

十一、秉恭居后院窑内，日，内

〔霍掌柜走进，见过蓝玉。

蓝玉：霍掌柜，你的皮肤病还不见好？

霍掌柜：怕是一辈子也好不了了。你不听人说，大夫想砸了饭碗，就改治皮肤病吗？没办法，用了多少药也不见好，浑身痒起，就得去泡热水澡，泡完，才能全身抹药。三少奶奶，我也知道，这是个不招人待见的毛病！

蓝玉：霍掌柜不要多心，我今儿来，是有好消息告诉你。

霍掌柜：什么好消息？

蓝玉：商会申请大字号印制自己票子的报告批下来了。

〔霍掌柜高兴地站起，边走边说。

霍掌柜：好，这一下我们就可以大干了。

蓝玉：怎么个干法？愿闻其详。

霍掌柜：三少奶奶，你还记得前些日子来看我的那个舅舅吗？

蓝玉：倒还记得，他不是个采买？走时，我让王妈送他那么多东西，他高低不要，只要了王妈做的一双布底子鞋。

霍掌柜：他就是这样的人，做人贵气，做事有想法。

蓝玉：看得出来，是个好人。

霍掌柜：听我娘说，我这个舅舅，小小的就离开家，走南闯北，最是见多识广。

蓝玉：那他上回来了，你没和他拉呱拉呱咱商会的事。

霍掌柜：怎么没说，是没少说。他在碛口街转了几圈，不但把咱山西人开的店转了个遍，而且把天津草帽店义诚信，汉口海味店丽源通都考察了一遍。

蓝玉：他怎么说？

霍掌柜：他说，好酒也怕巷子深，咱碛口这么多新老字号，在对外宣传上都不成气候。他建议咱们商会在宣传自己的海报上多下点功夫。

蓝玉：这倒是个好主意，具体怎么搞，你想过没有。

霍掌柜：我想趁各大商号印制自己票子的机会，再同时让各家推出有特色的海报做宣传。注意，海报在设计上可以有特色，但不能各自为阵，要商会统一搞，集中推出。

蓝玉：好，这个主意好，我记得我小的时候，一到过年，我爹就领着我来碛口的画市巷买年画。那时，跑生意人从天津、北京、上海贩回的洋画，挂满一条街，整条街上，挤得人半天走不了一步。

霍掌柜：是啊，这海报就好比年画，识字的不识字的，一看就明白这家店铺是卖什么的。就是不买东西，单为看海报，也会给咱添个人气。

蓝玉：（点头）可是，海报得找会画会设计的人，据我所知，咱碛口并没现成的人才可用。

霍掌柜：这个，三少奶奶并不用发愁，我可以试试。

蓝玉：（吃惊地）人说，没有金刚钻，不敢揽瓷器活。霍掌柜，我虽没见过你画画，但我相信，只要你敢揽，你就有这能耐。

霍掌柜：我先给咱秉恭居画两张，你看看。

蓝玉：行，可这么多家都让你一个人画，也太累了。

霍掌柜：我可以到碛口中学发动会画画的同学和我一起画。

蓝玉：好啊！海报的事就靠你了。那各家印的票子，怎么个用法，也不能死死板板地单在一家用吧！

霍掌柜：这个我也有主意，碛口的商务要想呈现新的繁荣，不能各自为阵，要联动，一家的票子，几家通用，优惠共享。比如：顾客买了天元居糕点店铺的票子，不但在天元居可以打折买糕点，用余下的钱，到我们秉恭居住店也可享受打折优惠。

蓝玉：好，这个主意好，我在商会里动员各大商号都参与进来。

十二、碛口商业街，日，外

各式海报挂满整条街，街上人来人往，熙熙攘攘，一派市场繁荣的景象。

〔蓝玉、王妈，还有四太太相跟着在街上，高兴地闲逛，不时地停下来，在海报前驻足、赏评。

四太太：蓝玉小姐，此处甚好，我真的不想回李家山了。

王妈：四太太，此处再好，也不是你久留之地，我看你脚也好了，能回，就早些回去，家下人也放心些。

四太太：王妈，蓝玉小姐还不嫌弃我，你多什么话？再说，李家山我还有什么亲的近的，倒不如和蓝玉小姐长住在碛口。

王妈：三少奶奶哪像你在碛口闲住，人家是有正事的人，又要管商会，又要看书识字，你住下打搅得三少奶奶什么也做不成。客走主安，我看你还是早点回你李家山吧！

四太太：（没脸没皮地）王妈，你要这样说，我还真要住下不走了，我和蓝玉小姐是一家人，我是她的姨娘，怎么就成了客了。

蓝玉：四姨娘，你要住就住，不要和王妈老拌嘴。

〔四太太走近一步，搂住蓝玉的肩。

四太太：这么说，你同意我长住了。我就说嘛，我们蓝玉小姐和我同年仿岁，有什么体己话和我说多好。（看着王妈，故意挑衅地）和一个七老八十的人有什么好说的。

〔王妈闻言，虽气但也着实懒得和她一般见识，鼻子里不屑地轻"哼"了一声。

蓝玉：四姨娘，你住可以，吃可以，但不能欺负王妈。我娘不在了，我把王妈当娘呢。四太太放开蓝玉，又走到王妈身边，亲热地挽起王妈的胳膊。王妈推开，并不让她挽。

四太太：谁说不是呢，我也把王妈当娘呢，但这个娘只管我吃住就行，不要管我疯跑，蓝玉小姐有正事拴着，我没事，成天就得到碛口街串着散心。

王妈：我看你整个就是个胡同串子。

四太太：（决绝地）宁当胡同串子，也不在李家山那座"汉墓"里等死。

十三、天元居，日，内

〔蓝玉走进，大掌柜拱手迎上。

蓝玉：大掌柜，近来生意可好？

大掌柜：谁敢说个不好，自从各家印的票子，几家通用后，家家都受益，天天一关门就数钱，数都数不过来。晚上出门去听听，哪家字号的算盘不是打得山响。

蓝玉：这样最好，海报再挂一段时间。让十里八乡的人都知道咱碛口有个海报一条街。

大掌柜：那是，我们也没想到这海报的用处这么大，我们东家说了，还要请霍掌柜再画几张，把我们在太原和汾阳的分号里也都挂上。

十四、蓝玉住处大门，日，外

〔贺其瑞着着急急地进，身后只跟着一个随从。家下佣人想拦，没拦住。

十五、蓝玉住处书房，日，内

〔贺其瑞挑帘走进，正在练习打算盘的蓝玉警觉地放下算盘，站起。

蓝玉：贺大人，何事？

贺其瑞：还何事，大事，你自己看！

〔贺其瑞说着，就把一摞粉红色的宣传页从随身带的书包里掏出来，递给蓝玉。

贺其瑞：共党的秘密传单，怎么传到碛口街上的？蓝玉看着手里的传单。半晌不作声。

贺其瑞：好在这个东西，不多，而且，我让牛二见一张给我揭一张。

蓝玉：我不懂贺大人和我说这话是什么意思。

贺其瑞：蓝玉小姐，我的话你不懂，我的心你总能懂得吧。不是我，你能当上商会会长？当了商会会长，就要听我的话，我对你是一片冰心在玉壶。

蓝玉：贺大人有妻，蓝玉有夫，这话不当讲。

贺其瑞：当讲。我们谁也不用藏着掩着，我的妻是别人碗里的肉，你的夫也不是什么好鸟。我们才是天造地设的一对。你当了会长，干啥啥顺，难道不是因为我在背后照应着你吗？

蓝玉：贺大人今儿来，到底是要说什么呢？你如果觉得这些传单和我有关，尽可把我捉拿报官，何苦在此浪费口舌。

贺其瑞：说得好，我就喜欢你这性格，嘛样刚烈。我如果真舍得把你报官，何苦多此一举。以后你的就是我的，我的也是你的。

蓝玉：贺大人，桥永远是桥，路永远是路。王妈，送客！

十六、秉恭居后院客栈，夜，外

〔后半夜，月色很好，一排排客房都熄着灯，客商都沉浸在熟睡的梦境中。突然，有个身着草原服装的中年汉子，从自己的客房中冲了出来，在院中大喊大叫。

中年汉子：（着急地）丢钱了，丢钱了！

〔霍掌柜闻声跑来。好多客人也从各自的客房陆续涌出。

霍掌柜：客家，你先别急，要不先回房内，在灯下再找找。

中年汉子：不用找了，我把褡桂都翻烂了。可十张百元的银票，一张也看不见。

霍掌柜：有没有可能，你放在了别的地方。

中年汉子：（生气地）绝没可能，我记得千真万确，就放在这个随身背的褡桂里。

霍掌柜：（安慰地）客家，你是初次住我们的店吧。

中年汉子：（没好气地）你这种店，我住一次就够了，还住几次。不但我再不会住你们的店，我回了我们内蒙巴彦浩特，还要告诉草原上的兄弟，都不住你们的店。

霍掌柜：（安慰地）客家，我说您初次住我们的店没别的意思，只是说这种事情，在我们店以前还没发生过。

中年汉子：这话怎么讲，难道我讹你们不成？

众客甲：霍掌柜说得不错，我们都是秉恭居的常客。知道这个店别说银子，就是漏下个针也丢不了。

众客乙：是啊，是啊，我也是常客。

众客丙：我也是。

霍掌柜：（抱拳）感谢大家的好意。不过，将心比心，我更理解这位草原兄弟此时此刻的心情。

你既然确定这钱是在我们秉恭居丢的，那么，什么也别说了，现在，当着众人的面，我让账房把你所丢的钱全部补上。

中年汉子： 什么，什么，你刚才说的话可当真？

霍掌柜： 在碛口，商家一句话，如同笔写下。（向站在一旁的账房先生）现拿十张百元银票来。

账房先生： （探询地）霍掌柜，要不要先秉报李东家？

中年汉子： （着急地）霍掌柜，我可是天不明就得赶路了。

霍掌柜： （点头）明白。

霍掌柜： （大声地）掌柜掌柜掌钱柜，这个主我替东家拿了。再说，我们东家的为人，我就不用说了，俗话说得好："家有千斤石，外有百杆秤。"我们东家的好坏，站在这里的老客心里都能掂出来。

〔众客你一言，我一语，盛赞李会长好人品。

十七、蓝玉住处院内，日，外

〔王妈又在捣钱钱，霍掌柜走入，王妈示意蓝玉在窑内。霍掌柜坐下，接过王妈手里的活儿。

霍掌柜： 王妈，你去把三少奶奶喊出来，院内凉快，我们坐在院里说事。

王妈： 行，这点活儿，我闭着眼也干完了，并不要你做。

〔霍掌柜笑，仍不停手。

〔蓝玉搬着板凳和王妈一同走出。霍掌柜见蓝玉走出，忙站起，同时拿起刚才坐的板凳，做背状。

霍掌柜： 三少奶奶，霍某权当板凳是荆，负荆请罪来了。

蓝玉： 秉恭居能有今天，全仗霍掌柜，我感谢都来不及，哪有罪可请。快快放下板凳，坐下说话。

〔霍掌柜放下板凳，蓝玉和王妈同时坐下，王妈又坐回捣钱钱的位置，低头捣钱钱。霍掌柜把昨儿发生的事一五一十地秉报李蓝玉，蓝玉不住地点头。

霍掌柜： 事情紧急，我实在来不及找三少奶奶拿主意，并不是我托大，眼里没有三少奶奶，是我深知三少奶奶的处事风格，才敢先斩后奏。

蓝玉： 你做得对，就是我在场，也会这么做。一则，救人之难，不管那个草原客商在哪丢的钱，没钱是回不了家的。二则，一客失信，百客不来。我们宁肯损失金钱，也不能丢了信誉。

霍掌柜： 是啊，秉恭居自开业以来，全靠一个信字，客人口口相传，才门庭若市，表面看，宁夏客人送了我们一对石狮，实质上，他还源源不断地给我们带来了无数住店的客商，客商又带来买卖。一笔买卖我们过载店抽2%的佣金。

蓝玉： 是啊！昨儿夜里，我还想，去年，光宁夏一路的买卖，我们就挣了8000块大洋。

王妈： （站起）霍掌柜，时候快晌午了，我让厨房多做一个人的饭，你在这吃。

霍掌柜： （也站起）谢王妈，我回店里吃，那边还有事。

〔霍掌柜转身要走，蓝玉犹豫地叫住。

蓝玉： （犹豫地）霍掌柜，你跟我进屋，有个事想和你说。

〔俩人走进，蓝玉看了一眼王妈。

王妈： （识趣地）你们去，我去厨房催饭。

十八、蓝玉住处窑内，日，内

〔蓝玉从床上褥子底下拿出贺其瑞给的粉红色传单。霍掌柜接过，同时用眼角扫着蓝玉脸上的表情。

蓝玉： 这是贺其瑞拿给我的。

霍掌柜： 你我都是经商的买卖人，他给你这个是什么意思？

〔蓝玉抬头看着霍掌柜，霍掌柜表情平静，一脸事不关己的无所谓。

蓝玉： 我爹死后，我在这个世上就再没亲人，你我虽说是东家和掌柜，但你为人厚道稳重，我也没个兄长可靠，我从心里一直把你当兄长看待，我也没别的意思，只是想给你提个醒，不希望你有什么危险。

霍掌柜： 谢三少奶奶，相信我是个干正事的人。

蓝玉：前些日子，读一本书，看到一句话说得好，不管行商还是做人，小胜靠智，大胜靠德。

十九、平遥一家客店，日，内

〔一位近 20 岁的年轻人，油头粉面，一身簇新的衣服，（特写）身上背着一个当地做的灰布褡裢走进。
年轻人：店家，开个好房，我有银子。
店家：（热情地）来啦，要单间独炕，还是要大房通铺？
年轻人：废话，老子现在是有钱人了，怎么能睡通铺。
店家：（疑惑地打量来人）有单间，有上好的单间。
店家叫小伙计把年轻人打发到后边客房。

二十、平遥客店客房，日，内

〔小伙计领着年轻人走进，小伙计详细地介绍房内设施，年轻人不耐烦地摆手，示意小伙计出去。小伙计还没走出，年轻人就慌忙转身关门，门没关好，夹住了小伙计的脚后跟。小伙计疼得哎呀一声。年轻人也不理，仍硬关了门。

二十一、平遥一家客店，日，内

〔小伙计坐在板凳上一边揉脚，一边和店家抱怨。
小伙计：掌柜的，我看这个年轻人不对劲儿。
店家：怎么不对劲得？
小伙计：穿得不对劲儿，不过时不过节的，一身新，另外，神色慌张，不敢正眼看人，反正我也说不上来，就是直觉这个人不对劲儿。
店家：你不觉得这个人仔细看，有点眼熟吗？
小伙计：你这样一说，我倒想起来了，前十几天，在咱们另一个字号里，他和一个草原汉子一起住的店。
店家：没错，我还问那个草原打扮的商人，这个人可是他带来的伙计。他说，不是，是他临时雇的脚夫。我怀疑这里边有诈，我来稳住他，你去报官。

二十二、平遥客店客房，夜，内

〔年轻人在房内床上睡下，突然房门被人一脚踹开。身着衙门服的四人一涌而进。年轻人不等询问，就坐起，将被子裹住身子。
年轻人：（战战兢兢地）我全招，我全招！

二十三、秉恭居，日，内

（字幕）三个月后。
〔草原汉子背着那个失而复得的褡裢，神色激动地走进。一进门就大声喊着："好店！好店！"正在店内坐着的霍掌柜忙拱手迎上。
草原汉子：（一把握住霍掌柜的手）好人哪，还记得这个褡裢吗？
霍掌柜：怎么不记得，这不是那晚上害你丢钱的褡裢？
草原汉子：（大笑地）看似一样，但此褡裢非彼褡裢也。
霍掌柜：怎么回事？
草原汉子：坏就坏在这两个褡裢长得一样上。歹人利用了它们的一样，我也被这个一样蒙蔽了一双原本明亮的眼睛，更主要的是还白白地冤枉了你们。
霍掌柜：（高兴地）钱找到了？
草原汉子：可不是，不仅找到了钱，还抓到了坏人。

霍掌柜：怎么回事？愿闻其详。

二十四、黄河船上，日，外

（闪回）

〔草原汉子解下褡裢，掏吃的，吃完后，往背上背时不小心把褡裢掉在了水里。跟着的脚夫，眼疾手快，一把从水里捞起。

草原汉子：这次出门，找的你这个脚夫，真是找对了，机灵得很呢？这个褡裢要是被黄河水冲走，那可就不好办了，钱全在这里。

〔脚夫听到最后一句话，钱全在这里，愣了一下。（特写）脚夫出神地看着草原汉子背上的褡裢。草原汉子并没注意到脚夫的目光，他看着黄河边上的"水蚀浮雕"。手舞足蹈地指指这，指指那。

草原汉子：小伙子，你看这个像不像牛郎和织女？那个像不像狗爬山？

脚夫：（心不在焉地）像，像。

二十五、黄河水蚀浮雕，日，外

（空镜）"浮雕"镶嵌在高山绝壁间，足下是缓缓流淌着的黄河，可听到潺潺的流水声。

（画外音）"黄河起大蛟，沿岸一水漂。"蛟是传说中的一种无角的龙，能发洪水。黄河发洪水时，水量猛增几十倍，浊浪滔天，河水在岩石上积年累月冲刷，形成了巧夺天工的"黄河水蚀浮雕"。

二十六、碛口街，日，外

碛口街上鳞次栉比的店铺，街上熙熙攘攘，人流如织。

（特写）草原汉子背上的褡裢老是往下掉。

草原汉子：（自言自语地）这个褡裢，也应该换换了，老是背不住。

〔脚夫听了，没言语，俩人一路走到一个店铺前。

脚夫：（指着卖的褡裢）店家，来一样的两个。

〔店家拿出两个褡裢，脚夫也不挑，随手把一个递给草原汉子。

脚夫：送你的，拿起。

〔草原汉子推辞不要。

脚夫：掌柜的，咱们相跟了一路，眼见要分手，就算做个留念吧！

草原汉子：好，我的这个也的确不中用了，现在就换上新的。

（特写）脚夫看着草原汉子把旧的扔了，背起新褡裢。

店家：客家，旧的不要了。我就给你扔了。

草原汉子：扔了，扔了，旧的不去，新的不来。

〔草原汉子背着新褡裢，大笑走出，脚夫心怀鬼胎地跟随在后。

二十七、秉恭居，日，内

〔草原汉子在前，背着新褡裢，脚夫背着一堆东西进。

伙计：客家，可要住店？

草原汉子：住店。

伙计：俩人？

草原汉子：不，就我一人。

〔草原汉子从褡裢里掏出钱，办了手续。

草原汉子：（向脚夫）你可以走了，咱们就此别过，我把带来的货托给这家过载店，我住一晚，明儿一大早也就要离开此地了。

伙计过来帮着拎东西，脚夫不让。

脚夫：帮人帮到底，送佛送到家。我再给你提到后面窑内，帮你安置好。

草原汉子：（高兴地）好小伙啊，一路替我操心。

二十八、秉恭居客房，日，内

〔伙计领着草原汉子先走时，脚夫也相跟着走进，伙计给草原汉子端茶倒水。草原汉子放下褡裢，端起茶碗喝水。脚夫趁人不注意，把自己的褡裢和草原汉子的褡裢掉了包。

草原汉子：（向伙计）你们这个茶不好喝，我们还是喜欢喝我们自己煮的酥油奶茶。（向脚夫）你去了我们大草原，我也一定请你喝我们的酥油茶。

脚夫：掌柜的，没啥事，我就走了。

〔草原汉子想上去拥抱脚夫，脚夫谢绝，一溜烟地跑了。

草原汉子：小伙计，吃饭可要现交钱？

小伙计：不要，明儿走时，一并算。大师傅把每顿饭都会端进客房，白天，也有伙计进来给你端茶倒水，清理客房，晚上，我们也有小伙计给你进来铺被褥、提尿壶、打洗脚水。

草原汉子：这么多人进来，我的东西不怕丢吗？

小伙计：放心，这里的伙计如果因为手脚不稳失了饭碗，在碛口街上就再也别想找个端碗的地方。

（闪回完）

二十九、秉恭居，日，内

霍掌柜：（恍然大悟地）原来是这样，可是，你是怎么发现自己的褡裢被他掉包的？

草原汉子：好人哪，我要是有那么多心眼，就不会被他掉了包。是他自己跑到平遥，被人认出报官后，才追赃追回我的钱。

霍掌柜：有道是天网恢恢，疏而不漏。

草原汉子：我此次来，有三件事：第一，送回你们的钱；第二，收回我不应该说的话，我们草原汉子做事一向光明磊落，对了不服输，错了也能改，我向你郑重赔礼道歉，我错了，大错特错了。

〔草原汉子抱拳，单膝下跪，霍掌柜慌忙弯腰扶起。

霍掌柜：你是我们秉恭居尊贵的客人，你这样，让我怎么受得起。

草原汉子：（固执地）好人，你不要说话，你听我把话说完。我上次说，再不住你们店，上次我说错了。这次我是来告诉你，我以后就住你们店，所有的买卖都只和你们秉恭居一家做。

霍掌柜：好啊！我们秉恭居正想从你们草原上进一批骆驼，成立自己的驼队。

〔草原汉子听了霍掌柜的话，一下子冲过来，手搭在霍掌柜双肩上，不停地摇动着。

草原汉子：（激动地）我们想到一块去了，我这次来，就是和你商量卖骆驼的事。如果你们秉恭居自己要，那我白送你们一练，六峰骆驼。

霍掌柜：你的好意，我心领了，谁都不容易，我们东家定不会白要你的骆驼。我们按市场价公平地买你的骆驼就行。

草原汉子：放心，你们也别去，我把我们草原上最好的骆驼一定都给你们赶来。

霍掌柜：我代我们东家先谢你。

草原汉子：（摇头）好人，错了，是我谢你，还有你们的东家，你们都是好人。

〔草原汉子拿出一面锦旗，展开，（特写）锦旗上用蒙语和汉语写着"德泽两省，蒙汉友好"八个大字。

三十、蓝玉住处，日，外

〔蓝玉在书房跟吴老先生上课。

〔四太太悠闲地在院子里晃来晃去。

〔王妈低头纳鞋底，并不理她。

〔四太太走到王妈跟前蹲下，没话找话。

四太太：王妈，你说，你们三少奶奶也是，放着省心的好日子不过，挣下那么多钱，想吃了是想穿了，偏偏放着好活不好活，念什么书！劳心费神。

王妈：（没好气地）好活不好活，人家是靠自己活的人。

四太太：（不屑地）那叫没命，嫁汉嫁汉，穿衣吃饭，如果我是她，我就赖在你陈家，管你秉恭在不在，我是吃定你陈家了。

王妈：人活脸面，树活皮，我觉得我们三少奶奶活得挺好。不靠男人也活得有脸面。

四太太：你现在每一句话都向着你们三少奶奶。（阴阳怪气地）谁让人家蓝玉现是大有钱人，又是你的主子。不像我，老爷一死，没人疼没人爱的，住在人家姑娘家里，连下人都瞧不上我。

王妈：这个地方本不是你住的，照理，你应该在李家山给老爷守节才是。

四太太：（生气地）王妈，这可都民国了，妇女连脚都改良了，小脚变成了解放脚，你还和我说守节的旧话。

王妈：（没好气地）是你要和我说的，咱们说不到一起就不要再说了。

四太太：（故意地）不说就不说，王妈，你不要纳鞋了，你给我揉揉肩膀，昨儿睡觉时没盖好被子，吹着了。

〔王妈用力把鞋放在一边，不情愿地给四太太揉肩膀。

四太太：（夸张地）好舒服，好舒服。

王妈不理她，仍旧给她揉着。

四太太：王妈，我住了这么久，怎么也没见贺大人来找蓝玉啊。

王妈：人家来不来，我怎么知道，我又不是他肚里的蛔虫。

三十一、蓝玉住处大门，日，外

〔贺其瑞坐轿而来，轿子停下，贺其瑞下轿。

三十二、蓝玉住处，日，外

〔门上家人看见贺的轿子停下，快步跑进院内，跑到王妈跟前。

家人：（着急地）王妈，贺大人又来了。

四太太：（高兴地）真是说曹操，曹操就到。

〔王妈看着在一边又拢头发，又整衣服的四太太。

王妈：（小声地）公狗还没来，母狗就摇上尾巴了。

家人：王妈，您老说什么呢？

王妈：候戏（小孩子）家，我说什么也与你无关，你走吧，我去告诉三少奶奶。

四太太：慢着，我和你一起去门上迎迎贺大人。

王妈：（气愤地看着四太太的背影）着你的先人，老爷看见了，得重死一回。

三十三、蓝玉住处大门，日，外

〔贺其瑞下轿后并没有进去的意思，站在门口抽起洋烟。随从快步跑入。

随从：谁是管事的？

家人：官家，有什么事我可以转告我们东家。

随从：好，告诉你们李蓝玉会长，我们贺大人在门口等着她呢？

家人：贺大人不进来坐坐？

随从：废话，要进来早进来了，还用你操心？

〔四太太失望地看着家人。

四太太：（哀求地向家人）小五，你去求求贺大人嘛，进来坐坐还犯法吗？

随从：谁在这废话，大人不进来就是不进来，赶快去叫你们李会长。

三十四、蓝玉书房，日，内

〔王妈急走进，吴老先生放下书，皱眉。

吴老先生： 世风日下，全没礼教。

〔王妈不理，走到蓝玉身边，俯下身子耳语。

蓝玉： 吴老先生，我和王妈出去一下。

吴老先生： 出去就出去吧，我也歇会儿。

〔蓝玉拉王妈走到院子背静处。

蓝玉： 王妈，姓贺的又来干什么？

王妈： 谁知道，现在外面，你是见他不见。

蓝玉： 自然能不见就不见了。

王妈： 那好办，我就说你去了西云寺。

蓝玉： 行。

三十五、蓝玉住处大门里，日，外

〔王妈走到大门旁，给家下人示眼色，家人走近王妈。

王妈： （小声地）小五，三少奶奶不要见他，你去和他讲，就说三少奶奶去了西云寺了。小五：
行，我去说。

〔四太太一把拉住小五。

四太太： （大声地）哎呀，人家来都来啦，好狗还不打上门的客呢，这样吧，小五，三少奶奶不
见他，我见，我早就想去衙门里转转呢。

〔四太太边说边往外跑，生怕王妈和小五把她拦住。
小五吃惊的表情，王妈鄙视的表情交相辉映。

三十六、蓝玉住处大门外，日，外

〔站在门口抽洋烟的贺其瑞，看着从门里跑出的四太太，先是奇怪的表情，后又耸肩诡异地笑。

贺其瑞： （自言自语）上帝为了加深人们的痛苦，往往就是这样安排的，想的不来，来的不想。

随从： 喂，你谁啊，我们贺局长要找的可是李蓝玉会长。

四太太： 哎哟，看你这个小长官说的，谁来不一样。

贺其瑞： 你怎么在这里？蓝玉小姐呢？

四太太： 她呀，和大人你没缘分，今儿一早就去了西云寺了。我呢，择日不如撞日，早就想随贺
大人去您的衙门见识见识，今儿，您可要了了我这个念想。

贺其瑞： 嘛样有意思，四太太，如果见识也是白见识，我倒劝你还是不要见识为好。

四太太： 哎呀，贺大人别这样说嘛，反正蓝玉又不想见你。

贺其瑞： 终于说实话了，我就不信蓝玉小姐不在。四太太，你回去告诉她，在与不在不重要，重
要的是我又来过了。

〔贺其瑞上轿扬长而去，四太太气得跳脚大骂：

四太太： 活该不见你，活该不见你！

〔四太太返回。躲在门后的王妈捂嘴笑。

王妈： 四太太，没跟上贺大人去衙门见识见识？

四太太： （气愤地）狗拿耗子多管闲事，给我倒水去，我要洗脸，今儿什么日子，晦气。

王妈： 这就对了，你这个脸啊，可应该多洗洗。

三十七、秉恭居，日，外

〔艳阳高照，蓝玉、霍掌柜、手拿锦旗的草原汉子还有店里所有的伙计一起站在店铺门前准
备照相，专门请来的碛口"容德照相馆"的摄像师，招呼人们前排坐，后排站，喊叫着人们："看
镜头。"草原汉子把霍掌柜拉到蓝玉跟前。

草原汉子：女东家，你好眼力，霍掌柜，（竖着大拇指）这个。

蓝玉：（微笑地）也谢谢你的实诚厚道，你千里迢迢给我们送回来的不仅是大洋，更是信誉，只有信誉才是无价的。

草原汉子：是啊，我坚持照这张相，就是要把我和贵店的这段经历记录下来，挂在墙上。我还请你们当地的伞头编了四句顺口溜："住店要住秉恭店，店家厚道吃喝贱，货物堆下多半院，丢不了你的一针线。"要把四句话也挂在墙上，还要给这张照片起个名字"好店不留针"。

蓝玉：想不到草原大哥心细如发。

草原汉子：恩怨分明，重情重义，这就是我们蒙古人。

蓝玉：草原大哥，听说你这次要在碛口多住几天？

草原汉子：是啊，我以前只和吴城的骆驼店有来往，现要把买卖直接移到碛口，我就看重了你秉恭居。你想和我做也得做，不想做，也得做。我们草原人，别的没有，就有一根通到底的热心肠。

蓝玉：哪有不想之理，是求之不得。碛口在黑龙庙每年举办两次骡马大会，你想来，我们碛口商会届时请你来指导。骡马大会上，就缺你这种会看牲口好坏的行家呢。

霍掌柜：对了，我可以先领你去黑龙庙转转。

三十八、黑龙庙，日，外

霍掌柜领着草原汉子在四处驻足、欣赏。

三十九、秉恭居后院，日，外

枣树下，蓝玉和霍掌柜站着说话。
〔突然一个伙计神色慌乱地跑来。

伙计：不好啦，不好啦。李东家，霍掌柜。
〔霍掌柜看了眼蓝玉，走过去，拍着小伙计的肩。

霍掌柜：不急，怎么了？慢慢说。

（第五集完）

第六集

一、秉恭居后院，日，外

〔蓝玉和霍掌柜面向跑进来的伙计。伙计大口喘着粗气，半天说不成话。

蓝玉： 怎么了，是有人欺负你？

伙计：（摇头）不是，是你们西湾陈家大少爷要私自带商团的人，去包头和平遥的冷家火拼。家伙都准备好了，还带了好几杆自己造的土枪。

蓝玉： 这么大的事，你可不敢瞎说。

霍掌柜： 东家有所不知，别看他年龄小，但办事极稳妥。

蓝玉： 听霍掌柜这样说，你的话一准没错，你听谁说的。

伙计： 不是听说，是商团团长老六专程让我来报信的。

蓝玉： 老六怎么不拦？

伙计： 他说，他拦得住明的，但拦不住暗的。

霍掌柜： 据我所知，商团的好多兄弟以前都在陈家当过差，这次，大少爷叫去，没有敢说不去的。

伙计： 对，对，领头要去的就是陈家三少爷秉恭的奶弟秋生。

二、西湾陈家，日，夜

（闪回）蓝玉婚礼当天，蓝玉盖着红盖头，秋生则像木偶，一声不响，麻木地被牵来牵去，心甘情愿地做冒名顶替的新郎。
（闪回完）

三、秉恭居后院，日，外

蓝玉： 这个秋生，一点脑子也没有，陈家指东不朝西，让他打兔不撵鸡，什么事他也敢上。

〔霍掌柜闻言，用奇怪的眼神看了眼蓝玉。

霍掌柜：（奇怪地）你认识这个秋生？

蓝玉：（苦笑）就算认识吧。不说这些了，事情紧急，霍掌柜，我们一起去商团见老六。

霍掌柜： 三少奶奶，我看眼下最当紧的不是去商团，是你得回西湾陈家走一趟，老六说得对，明的好挡，暗的难防，也许只有陈老爷出面，才能拦住这件事。

霍掌柜：（向伙计）老六没和你说陈家大少爷是为何事闹这么大动静？

伙计： 没有，就是让我赶紧给你们报信。

蓝玉： 不行，霍掌柜，我看还得先见老六，我这样稀里糊涂地回西湾，回去和老爷说什么？

霍掌柜： 事情紧急，就是见了老六恐怕也没大用，他得到的只是外围消息，具体原因，他不会太清楚，你还是先回西湾。

蓝玉：（点头）行，我现在就和王妈回西湾。

四、包头河套地区，日，外

（空镜）一望无际的大草原，广袤无垠，沃野千里，风吹草低见牛羊的美丽风光。（特写）油料作物胡麻，长势喜人。一队骑马的人群渐渐走入镜头。大少爷坐在最前面的一匹高头大马上，一脸的踌躇满志。

随从： 大少爷高见，您看这油料作物长得多好，秋天一定油料大丰收。

大少爷： 可不是，要不我敢千里迢迢，把碛口36家麻油店的钱拢到一起，来"买树梢"。

64

随　从：大少爷，这笔生意做成了，老爷就不会再在我们面前夸三少奶奶了。

大少爷：哼，世无英雄，遂使竖子成名。都怪秉恭，使蓝玉一个女流之辈抢了我们陈家的风头。

随　从：大少爷，你一路说买树梢，买树梢，不怕你笑话，我真不懂什么叫"买树梢"？

大少爷：（笑）你知道我为什么喜欢你吗？

随　从：（也笑）因为我们是拐弯亲戚嘛，我叫你叔哩。

大少爷：这话不假，论辈份是叫我叔哩，但叫叔怎么样，在咱碛口，乡里乡亲的随便拉出一苗人，往上数八代，都沾亲带故，还有人一生下来，我就该叫他爷的，可那又怎么样，看不上就是看不上。

随　从：（不好意思地）大少爷和我对眼窝。

大少爷：不是对眼窝，也不是当面夸你，你啊，心眼活，有眼色，腿跑得快，嘴巴甜，不懂不蛮干，好问一二三。

随　从：大少爷，我是真不懂这个"买树梢"？

大少爷：所谓"买树梢"，就是提前支付了农民种油料作物的开支，再商定收购价格，这样，秋后所产的油料作物，就只能由我们来收购。

随　从：大少爷，真是这样，我们可就能大赚一笔了。

大少爷：那是自然。

〔大少爷说完，情不自禁地大声念了一首唐诗："极目青天日渐高，玉龙盘曲自妖娆。无边翠绿凭羊牧，一马飞歌醉碧宵。"

〔大少爷仰天开怀大笑，然后，得意地挥动马鞭，马儿在草原上欢快地扬蹄驰骋。

五、包头"德来泰"陈家分号，夜，外

（镜头渐推渐近）"德来泰"分号挂的红灯笼上，大大的"陈"字特别醒目。

〔大少爷一行下马，伙计们早早地候在门口迎接。

伙计甲：大少爷，一路辛苦，店里把热炕、热水都烧好了。

大少爷：还好，一路都住在咱陈家自己的店里，并没觉得累。

伙计甲：是的，我们杨掌柜算见东家今儿到，早早地就让我们把饭菜备上，连酒也温上了。

大少爷：杨掌柜呢？

伙计甲：说是去路上迎大少爷了，也可能走岔啦。

大少爷：一会儿他回来，让他先到我房里，我有紧要事和他商量。

伙计甲：好的。

六、"德来泰"客房，夜，内

〔大少爷在炕上睡着，抽着旱烟袋，神情悠闲。杨掌柜急步走入。

杨掌柜：大少爷，不好意思，没接上您。

大少爷：没关系，我们走了另一条道。

杨掌柜：大少爷，饭菜还合您的口味吧。

大少爷：吃什么无所谓，我此次来是办大事的。

杨掌柜：（赞叹地）大少爷本来就是陈家长门，陈家顶门立户将来一准靠大少爷。

大少爷：（不平地）可惜，老爷现在看重的人并不是我，而是秉恭的媳妇！

杨掌柜：是啊，我虽在包头分号，可也听说了，老爷把商会会长的位置也让给了她。

〔大少爷不屑地"哼"了一声。

大少爷：不提她了，不提还不气，一提就来气。

杨掌柜：是啊，是啊，远道而来，咱说点儿高兴的。

大少爷：就是，说正事。（看着随从）把咱们这次带来的现大洋，给杨掌柜看看。

〔随从把几袋银钱，一一提到炕上。

杨掌柜：大少爷带这么多现大洋？是来做什么买卖的？

大少爷：杨掌柜，有所不知，我是专门来"买树梢"的。因为要直接和当地农民交易，所以，没带银票，怕他们不认，我专门雇了十义镖局的两个兄弟，拿的全是现大洋。

〔杨掌柜半晌不语，面露忧虑。

大少爷：杨掌柜怎么不说话了，你怀疑我的判断错了，难道今年河套地区的油料会歉收？

杨掌柜：（摇头）大少爷判断的没错，今年雨水少，胡麻油料丰收在望。然而，我们想"买树梢"，操之晚矣！

大少爷：这话怎么讲？

杨掌柜：大少爷可知平遥王家今年也在包头开了个分号，叫"通兴店"。店里请了咱碛口出来的掌柜姓赵。

大少爷：这个姓赵的掌柜，我知道，原是秉恭媳妇他爹手下的二掌柜。

杨掌柜：那是以前，现在这个人可出息了，不但被平遥冷家聘为"通兴店"的大掌柜，而且，上观天文，下知地理，早一个月前就把现洋交到了农民手里。等我知道，他们已经和包头附近的油坊都立了字据，届时榨成麻油，由他们"通兴店"统一经销。

大少爷：这可怎么好，我把碛口所有卖胡麻油店的商家，暗中全联合起来了，这要办不成，赚不了钱事小，我这个脸面可往哪放？

杨掌柜：是啊，是啊！往大家嘴里送不说，更主要的是在老爷面前，你这个大少爷如何抬头，难道连一个小媳妇也不如？

大少爷：事已至此，不管用什么办法，只能成，不能败。我就不信，李蓝玉能闯碛成功，我难道连买个树梢都行不通。

杨掌柜：大少爷，容我们都再想想。庄稼怕干旱，商家怕蛮干。

大少爷：（气愤地）不用想了，明儿一早，我就去"通兴店"，我也不找那个姓赵的掌柜，我们陈家算是倒了八辈子的霉了，只要沾上和李家有瓜葛的人，总没好事。

杨掌柜：不找姓赵的也好，听说冷家的少东家这两天也在包头，咱们陈家和冷家是世交，陈家祖上还有恩于冷家。正好，你去和他们的少东家商议，一笔写不出两个晋字，这个买卖平遥碛口咱们两地联手做。

七、"通兴店"，日，内

〔大少爷跟着随从若干，气宇轩昂地走进"通兴店"。在柜上坐着的赵掌柜，和陈家大少爷原本相识，赶紧起身，趋步迎上。

赵掌柜：想不到陈家大少爷光临敝店，真是小店之幸啊！

〔陈家大少爷用眼角的余光，扫了一眼赵掌柜，并不接话，傲慢地背朝赵掌柜坐下。赵掌柜笑笑，仍满脸堆笑地亲自捧来一杯茶。

赵掌柜：陈大少爷，这是我们冷东家今年才从杭州进回来的新茶，您请慢用。

大少爷：（表情高傲）请你们少东家出来说话。

赵掌柜：陈大少爷有所不知，本店是敝人说了算，冷家的少东家在此也不过是从劳金（伙计）做起，并不主事，有事，您请和我讲。

大少爷：（一拍桌子站起）你算个什么东西。不过在碛口给李家当过几天狗罢了。

赵掌柜：陈大少爷知文识礼，为何出口伤人？

大少爷：我还就伤你了，怎么了，人能和狗对话吗？

赵掌柜：狗也不会和不说人话的人摇尾巴，陈大少爷，请回。

大少爷：我还就要住下等呢，看你能把我怎么样？

〔话音未落，一个风度翩翩白衣少年，边从后院走进，边接过话。

少年：欺我们无主吗？他不敢把你怎么样，我敢！伙计们，把这个人给我打出去。

赵掌柜：（力劝）少东家，老东家可是让你来做学徒的，不是让你来惹事的。

少年：赵掌柜，你不用拦我，我在后院全听见了，他陈家财大气粗，我们冷家也不是软柿子，谁想捏就捏。伙计们，操家伙上。

〔"通兴店"的伙计一哄而上，陈家大少爷的随从，摩拳擦掌，两家下人从店内打到店外。毕竟，"通兴店"人多势众，陈家明显占了下风，最后，陈家大少爷被打得头破血流，被人抬着，狼狈而归。

八、西湾陈家，日，外

（空镜）残阳映照，门前冷落，在年轻人的眼里，是一派今不如昔的寂静，在成熟的人眼里，倒也不失寂静中的淡定。

九、陈老爷书房，日，内

〔陈老爷在书房里写毛笔字。

〔蓝玉和王妈，还有秉恭的妈妈三人一同走进。

蓝玉：爹，我回来了。

〔陈老爷放下手中的笔，让蓝玉坐下。老爷和夫人坐上首，蓝玉坐下首。王妈一旁侍立。

陈老爷：商会事情多，我和你娘身子骨都还硬朗着，你就不用老往回跑了。

蓝玉：爹，秉恭不在，我常回来看看爹娘也是应当应分之事，家里人可都好？陈老爷还好，就是你大哥不在，说是去太原府咱们的分号了。（面向夫人）老大走了也有些日子了吧！

夫人：是有些日子了，不过，他说，这次他要在太原多住些日子。我也同意了，蓝玉，我特地嘱咐你大哥，见着秉恭后，一定把他带回来。

蓝玉：（婉转地）爹，你可听说平遥冷家和我们陈家的事？

陈老爷：（大笑）冷家和我们陈家能有什么事，难道你听说了什么？

蓝玉：（掩饰地）并没听到什么，只听说我们两家是世交。

陈老爷：岂是世交，是过命的交情，说来这是上几代人手上的事啦。

十、黄河，日，外

（字幕）清道光二十二年（1842），六月，黄河水暴涨。

（闪回）

〔冷家祖爷爷坐的船，突然被河水打翻，冷家祖爷爷在水中举着双手呼救，但黄河水势凶猛，无人敢救，眼看着人就要被水卷走，这时，陈家祖爷爷坐的船，正好赶到。

陈老爷：不好，落水的是冷家老爷。

船家：陈老爷，不管是冷家还是暖家，现在黄河水暴涨，我们也得赶快往岸上划。

陈老爷：说的什么话，救起救不起，我们得救一下。往人跟前划，到岸后，我翻倍给你银子。

〔船家奋力往前划，划到冷家老爷跟前时，陈老爷忙伸出一根船桨，冷老爷抓住桨，被众人拖上船。

十一、黄河岸边，日，外

〔冷老爷浑身打着哆嗦，陈老爷脱下自己的衣服，给冷老爷穿上。

陈老爷：冷东家，奇怪，怎么船上就你一个人？

冷老爷：都怪我舍财不舍命，船家都弃船逃了，我不舍得啊，一船的货呢，我想随船漂到哪算哪，货在人在。谁曾想，船翻了。

船家：也是你命大，遇上好心的陈东家。不是他硬坚持着，我肯定不敢冒险去救你。

〔冷老爷感动得一句话也说不出，把手伸给陈老爷，用力握着陈老爷的手。

（闪回完）

十二、陈老爷书房，日，内

蓝玉：爹，我们陈家原和冷家有救命之恩。

陈老爷：是啊！平遥冷老东家还经常捎话来，要我去平遥喝汾酒。怎么，你商会里有事，要托冷家？有事就说，爹提笔写句话的事。

蓝玉：爹，眼下没事，真有事，还得靠爹出面。

夫人：就是，你爹当会长的那会儿，给多少人求过情，说合过事，你有事就和你爹说。

蓝玉：娘，我知道了，时候不早了，我和王妈就先回去了。

十三、陈家大门，日，外

〔夫人挽着蓝玉的手，送出大门。
夫人：蓝玉，苦了你，如果老大这次把秉恭找见，你就搬回来住。
蓝玉：（点头）娘，我知道了。你回吧！
〔蓝玉和王妈上轿。
轿夫：去哪？
蓝玉：去商团。
王妈：三少奶奶，时候不早了，眼看天就要黑了，我们要不先回咱住处，明儿一早，让霍掌柜去
　　　商团。
蓝玉：不行，事情紧急，现在就去商团。

十四、碛口商团，夜，内

〔蓝玉和王妈进。
〔看门的老人，见是蓝玉，忙施礼。
看门人：李会长好。
蓝玉：路大爷好，你们商团团长老六在吗？
看门人：刚才你们秉恭居的霍掌柜还来找他，也没找见，他回镖局了。
蓝玉：那秋生在吗？
看门人：秋生也才出去了？秋生以前没地方住，老在这里打更下夜，最近这小子，不知怎么了，
　　　　黑天半夜的头红的老是往外跑。
〔蓝玉闻言，无奈地和王妈往回走。
王妈：三少奶奶，惹要办，吃了饭，再紧要的事，也不能不吃饭，跑一后晌儿了，咱们还是先回
　　　家吃口饭吧。

十五、蓝玉住处窑套窑，夜，内

〔蓝玉面对王妈端进来的饭，愁容满面。
蓝玉：王妈，端走吧，我吃不下。
王妈：吃不下，也强吃，这是个什么事，以我的主意，大少爷的事，你根本就不该管，他那个人，
〔高傲的得很，谁也不在他眼里，早该遇上个能吃倒他的主儿，给他点颜色看看。
蓝玉：王妈，这不仅仅是大少爷一个人的事，他一个人蛮干，坏的是全碛口商号的名声。可惜，
　　　老爷和太太都还被蒙在鼓里，以为他在太原府。
〔蓝玉和王妈正在说话，四太太照直闯了进来。
四太太：蓝玉小姐，我都等你一天了，你看我在碛口新开的一家绸缎庄，买了一块洋红色的布料，
　　　　快帮我想想，做个秋天穿的夹袄，好不好看呀？
〔四太太把布披挂在身上，在地上扭来扭去。
蓝玉：四姨娘，这个水红的颜色很衬你的面色，我看挺好看。
四太太：王妈，你看呢？
王妈：（没好气地）我七老八十的，不会看。
〔王妈看不惯四太太，顶她一句后，径直走了出去。
四太太：哼，不识抬举，走了更好，蓝玉小姐，我们说会儿话。
蓝玉：四姨娘，我累了，想睡。
四太太：别睡，别睡，我有话要问你。
蓝玉：什么话？四姨娘，快问，我真要睡了。
四太太：也没什么话，就是想问你，明儿能不能带我到贺其瑞大人的衙门看看。
蓝玉：四姨娘，按说，我在你面前是小辈，有些话是不当讲的，可你口口声声说我们岁数相仿，

我也就不避讳什么了，我提醒你贺其瑞在天津是有妻子的。

四太太：蓝玉小姐想多了，我哪是那种人啊？不过，话又说回来？我认识你爹的时候，你爹他还有三房太太呢，不是照样把我娶进门。

蓝玉：我说四姨娘，现在都民国了，你看看报上整天讲的都是妇女解放，你怎么还想着给人做小啊！

四太太：做小有什么不好，跟了你爹，吃穿不愁，我倒觉得过得蛮舒坦。不怕你笑话，我生在小门小户，从小穷怕了，见了有钱人，就喜欢。

蓝玉：喜欢，那也要看什么人，我爹走了，二娘让你和三姨娘想守，守，想走，走，你再走一步，我们李家的人都不反对，但，你也不能整天打贺其瑞的主意啊！

四太太：蓝玉小姐，话说到这，我也就不把你当外人了，人往高处走，水往低处流，我还真就看上贺其瑞了，你想，先嫁你爹是副会长，后嫁姓贺的是局长，多好！

蓝玉：四姨娘，你和我说实话，你住在我这里不走，是不是就为见贺其瑞？

四太太：（恬不知耻地）其实，我这样做，也全是为了咱们李家，一则，替你解了围，我缠住贺大人，他就没办法缠你。你想，你爹是为什么死的，追到根上，还不是因为姓贺的。二则，我攀了高枝，还会让咱李家吃了亏。说来说去，我这样做，也算是自我牺牲，报答你爹了。

蓝玉：（哭笑不得地）四姨娘，你想再嫁谁，是你自个儿的事，可千万不要为了我们，白白牺牲了你自己。

四太太：想牺牲还得你帮助？人家贺大人看上的是你。蓝玉，你明儿就领我去他衙门看看嘛！

蓝玉：四姨娘，你要飞蛾扑火，我也管不住，但你毕竟是我的姨娘，我是不会把你往火坑里推的。我明儿还有正事要做，你睡去吧。

四太太：那明儿不行，后天，后天不行，大后天，反正，这个事，我就赖住你了。

蓝玉：王妈，回屋里睡觉来。

〔王妈进，四太太出。

十六、蓝玉住处院子，夜，外

〔四太太手拿手帕，在院子里站着，看了一会月亮儿，然后，一扭一扭地走着回到自己的屋里。

十七、蓝玉住处窑套窑，夜，内

〔四太太出去，王妈用力关门。

王妈：（指着四太太背影）人活脸面，树活皮，抹掉脸面还不如驴。三少奶奶，对这种没羞没臊的人，我看趁早把她撵回李家山好了。

蓝玉：她要是有脸，就不会住下。住下了，怎好撵走。由她吧！反正咱现在也不缺她点儿吃喝。再说，现在最让我头疼的不是她，是秉恭的大哥。

十八、秉恭居，日，内

〔霍掌柜出、蓝玉、王妈进，两厢在门口遇上。

霍掌柜：三少奶奶，我正要去找你。我昨儿在商团没见着老六，又到了镖局，在镖局找见他了。

蓝玉：他怎么说？

霍掌柜：他说，陈家大少爷现在肯定就在碛口，只是他还摸不清人到底藏在哪里？

蓝玉：我昨儿回西湾了，我公公并不知我家大少爷的事，说到平遥冷家，他还说，我有事，他可出面和冷家说。

霍掌柜：这就更麻烦了，我们必须找到你们陈家大少爷，只有说服了他，才能避免晋商在包头的这场内讧。可是，到哪去找呢？

蓝玉：霍掌柜，这个不难，昨儿听商团看门的老头说，秋生这几天每天在商团一下也待不住，老往外跑，我看，他是去会陈家大少爷的，咱们只要派人跟上秋生，就能找见我家大少爷。

十九、一间破旧的窑外，夜，外

〔秋生疾步走到院子门口，进门时，转身回头，用警惕的眼神四顾张望。后面一尾随的黑衣人，见秋生回头，赶紧躲在拐角处，秋生见四下无人，放心地敲门进入。

二十、一间破旧的窑内，夜，内

〔大少爷躺在柴堆上，头上缠着纱布。

大少爷：（不悦地）怎么才来？

秋生：有一味药抓不上，跑了好几家。又不敢白天去。

大少爷：好啦好啦，我和你说过多少次了，我身上的伤不是病，心里的火出不去才是病，又闹下几杆枪了？

秋生：还是那几杆打猎用的土枪，正经的好枪，老六看得紧，一枝也拿不出来。

大少爷：枪闹不上，那人呢？又动员了几个愿意去的？

秋生：本来答应去的十几个人，也有好几个不能去了。

大少爷：怎么，嫌给的钱少？

秋生：不是，是商团的人要分批去离石商团集中受训，还有一个陕西来的货商，要往老家送一批货，点名要商团老六亲去护送，货多，老六要带十几个兄弟走。

大少爷：说了半天，就是个不行，我看你也动摇了，我们陈家算是养了一群白眼狼。

秋生：大少爷，先不要生气，听我把话说完，包头，谁不去，我也是要跟你去的，还有几个在老爷跟前或者是在陈家当个差的，也都要去的。只是等老六走后，我们才好走，说不定，那时候，老六不在，咱们还能多运动几个人。

大少爷：也只能这样了。那就再等两天吧！

二十一、秉恭居，日，外

〔一大早，店铺的门板还都紧闭着。蓝玉和王妈坐着轿子，从后门进。

二十二、秉恭居霍掌柜窑内，日，内

〔霍掌柜在窑内听见蓝玉和王妈的声音，赶紧把手中正看的一本书，掖到床上褥子底下。

蓝玉：霍掌柜，昨儿跟踪秋生的人，可曾发现大少爷藏在哪里？

霍掌柜：昨儿那人来报的太晚，不方便去告诉你。大少爷果在碛口。

蓝玉：那我现就去找他。

霍掌柜：不可，他正在火头上，你去了是火上浇油。

蓝玉：那怎么办？又不敢告诉我公公。

霍掌柜：我倒是有个办法，让他老婆来劝说他，毕竟枪不长眼，不让他去，也是为他，不是害他。

〔蓝玉面有难色，迟迟不开口。

蓝玉：你不知道，我大嫂不是个压事的人，她不一定会听我劝。倒不如我先和我大哥说，不行，再想办法。

霍掌柜：（点头）那你和王妈同去，王妈也是他们陈家的老家人了。

二十三、一间破旧的窑内，日，内

〔蓝玉和王妈站在门前，王妈上去敲门。

蓝玉：（小声地）王妈，大少爷问谁，你就说秋生叫你来的。

〔王妈点头。

〔正说话间，门开了，大少爷以为是秋生，并没问谁就打开了门。也不看谁，转身往窑内走，边走边问。

大少爷：秋生，你怎么大白天就跑来了？

蓝玉：大哥，是我。

大少爷：（吃惊地）你怎么知道我在这里，秋生告诉你的？

蓝玉：大哥，我并没见秋生，听人说你在这，就赶过来看看你。

大少爷：怕不是一个看字这么简单吧！

〔大少爷说完，站在窗前，背对蓝玉。

蓝玉：大哥果然是明白人，蓝玉是不想见我们陈家再流血。

大少爷：流血，就是拼上我这条命，我也要和冷家见个高低，还有你们李家养的那条狗一赵掌柜。

蓝玉：我知道我接爹当了会长，大哥心里不服，我也知道大哥虽是读书人，但作为陈家的长子，大哥在商务上不可能没有大的抱负。

大少爷：哼，你还知道我是陈家的长子，你现在是老爷跟前的红人，抢尽了风头。

蓝玉：大哥，我走到这一步，别人可能不清楚，陈家老少，心里应该最明白。

大少爷：行啦，行啦，不就是三弟逃婚吗？那我们陈家也没说不要你，是你自己和自己的命赌上了。

王妈：大少爷越说离谱，三少奶奶今儿来可是为你好！

大少爷：（不屑地）王妈，这哪有你说话的份。连蓝玉，也是看在三弟秉恭的份上，否则，我早把她轰出去了。

〔蓝玉用眼神示意王妈不要再说话，自己趋步向前走了几步，也站到窗前，和大少爷并排站着，面向大少爷。大少爷气呼呼地把头扭向一边。

蓝玉：大哥，我命不好，赌不赌就不说了。现在是说咱陈家在包头的事，我虽不知道事情的原委，但大哥在包头受了委屈，我心里也难受。不管怎么说，我现在也是陈家的人，相信我，胳膊肘不会向外拐。你刚才说，这事里，我们李家曾用过的赵掌柜也有掺和。

〔大少爷打断蓝玉。

大少爷：不是掺和，是主谋。

蓝玉：这就更好办了，我亲去包头，让他来碛口给你赔礼道歉。

大少爷：蓝玉，你也太聪明了，拿我当三岁的小孩子哄着耍呢！我不仅是去约架，还是去抢回他们手里的买卖。

二十四、商团，夜，外

晚上，秋生在商团值夜。

〔牛二悄悄地在窗台底下吹口哨。秋生听见口哨声，走出来查看。

〔牛二从背后，双手卡住他的脖子。

牛二：（开玩笑地）拿钱来，绑票的。

秋生：原来是牛二你个灰孙子，吓我一跳。

牛二：哎，秋生，给我填袋烟抽。

〔牛二把手里的旱烟袋扔给秋生，秋生不情愿地拿出自己的烟丝，给牛二装烟锅子。

牛二：听说老六去了陕西那边。

秋生：也就是走的几天，你找他有事？

牛二：（边抽烟边说）我，我和他是前世的仇人，今世不见才好。他抢了我的团长，我再有事，也不找他。我今儿来是专为投你的。

秋生：投我？我又不是团长。

牛二：这个事，用不着是团长。听说西湾陈家大少给了你不少好处。

秋生：你听谁说的，没影的事。

牛二：秋生啊，想不到你到了商团，长本事了，这么老实的人也跟我玩起花花肠子来啦。

〔秋生憨厚地笑着，不愿出卖大少爷，也不敢接牛二的话。

〔牛二走过去，一把提起秋生的领子。

牛二：别看你到了商团，可我有贺大人撑腰，识相点，秋生，老子找你，是看得起你。说，陈家大少爷，是不是正在召集人去包头，和平遥冷家干架？

秋生：你放开我，我说。

〔牛二放开秋生，秋生附在牛二耳边，小声说着，牛二专心听着。

牛二：　奶奶的，告诉你们大少爷，我牛二带几个兄弟去给他出头，咱碛口人不是好欺负的。在碛
　　　　口，有贺大人压着，好久没生事打架了，手早就痒得不行了，到包头，和他平遥家开一仗。
秋生：　可是，你不要和陈家大少爷说是我说的。钱，我不要，他给我多少，我都给你。
牛二：　行，我们搞他一票，不但要陈家的钱，还要冷家的钱。

二十五、秉恭居，日，外

　　　〔蓝玉和霍掌柜相对而坐。
蓝玉：　霍掌柜，果然如你所料，大少爷执意要带人去包头。
霍掌柜：想也是这么个结果，这种世家子弟吃不得一口烧人饭，让他咽下这口气万难。
蓝玉：　不过，听他说，他要对付的不仅是冷少东家，还有以前跟过我爹的人，现在是冷家的大掌柜。
霍掌柜：那这样，我们秉恭居正好有一批货想销到包头，你给赵掌柜捎封信，我拿着你的信去找
　　　　赵掌柜，解铃还得系铃人，赵掌柜一定知道个中曲折。
蓝玉：　不行，我爹已经过世，他未必会给这个面子，要是我去了，还好说些，人总有个见面情呢。
霍掌柜：三少奶奶是蜜罐罐里长大的，怕你受不了塞外草原的风吹日晒。
蓝玉：　现在谁还把我当娇小姐，人世间的刀光剑影可比自然界的狂风暴雨更吓人。况我也想到草
　　　　原上看看，不仅是看草原风光，也看看那里还有什么新的商机。
霍掌柜：倒也可以，我们再去草原兄弟那里，牵几峰骆驼回来，咱的骆驼队也要壮大起来了。

二十六、蓝玉住处大门外，夜，外

　　　外面狂风大作，雷声阵阵，天空中不时划过一道道电光，大雨如注。
　　　〔霍掌柜披着雨披，在倾盆的大雨中着急地用力打门。

二十七、蓝玉住处窑套窑，夜，外

　　　〔蓝玉在熟睡中，突然听到一阵急促的敲门声。黑暗中，坐起。
蓝玉：　（连声唤）王妈，王妈。
　　　〔王妈急穿衣。
王妈：　大半夜的，这是又出了什么事了。三少奶奶，你先睡着，我去看看。
　　　〔俩人正说着，家下人也披着雨披，在门上，隔着门缝禀报。
家下人：三少奶奶，霍掌柜在前面客房等着，说有急事，等不到天明了。
三少奶奶：你告诉他，马上就到。

二十八、蓝玉住处院子，夜，内

　　　〔蓝玉和王妈开门走出一步，又跑回。
蓝玉：　王妈，不行，雨太大，得找个雨披披上。
王妈：　正好窑内放着贺其瑞新送的两把洋伞，咱打上。
蓝玉：　不是说过了，不要他的东西，他什么时候又来，我还以为是你买的。
王妈：　不是我接的，是四太太接下的。送来好几把，她还留了两把。
蓝玉：　那不要打了。
王妈：　这么大的雨，为什么不打。
　　　〔王妈硬撑开一把洋伞，给蓝玉打着。俩人打着伞，在院中急走。

二十九、蓝玉住处客房，夜，内

　　　〔霍掌柜和蓝玉分别坐在桌子两旁。
霍掌柜：三少奶奶，刚有人报信，说陈家大少爷已经连夜带人走了，还说领头的不是秋生，是牛二。
蓝玉：　牛二去了更是火上浇油，没事他还想生事，有事还闹个天翻地覆。

霍掌柜：我也是这样想，我们是不是明天一早也动身，就是赶不上他们，也能前后脚赶到包头。
蓝玉：行，你先回去，我这里连夜准备。我们明天一早就动身。

三十、兴县烧炭山，日，外

（空镜）山上层峰叠峦，丛林茂密，看不见一个人影。

三十一、山顶小酒店外，夜，外

〔山顶唯一一家小店，（主观视角）远远地就看见高高地挂着的一个写着酒字的白布酒幌。旁边写着"开坛香十里，酒仙也要醉"，陈家大少爷骑着高头大马，领着牛二、秋生、商团人一行近二十人，从山上走近酒店。
牛二：陈家大少爷，这一路人困马乏，好不容易遇见个酒家，你可要让兄弟们好好地喝它几碗。
陈家大少爷：那是一定。
〔陈家大少爷飞身下马走进酒店，牛二紧随其后，也下马走进酒店。

三十二、山顶小酒店内，夜，内

牛二：店小二，店小二。
〔店小二和掌柜一起点头哈腰从后厨跑出。
掌柜：众客家一路辛苦，吃点什么？
陈家大少爷：有好酒吗？
掌柜：自家酿的酒，顶好喝的。
牛二：管你自家酿的还是买的，赶快给爷爷们端上几碗，还有，大块肉也大碗端上。
掌柜：没问题，好酒好肉，一会儿就来。
〔掌柜的转身和身旁的店小二说话。
掌柜：（向店小二）好酒好肉快快伺候。（压低声音）大大的格唠米子。
〔陈家大少爷听大大的格唠米子，眉头一皱，觉得不是好话，快步走到牛二跟前，暗拉牛二到外边说话。

三十三、山顶小酒店外，夜，外

陈家大少爷：牛二，我们是不是别在这里歇脚吃喝，我觉得不大对劲，刚才，掌柜的和店小二讲的分明是黑话。我们还是不要在这里吃喝为好。
牛二：有什么不对劲，陈大少爷，你不是舍不得你的银子吧！
陈家大少爷：放心，你为我卖命，我岂会可惜几个银子。
牛二：那还说什么吗？我牛二常抓老鹰，还能被老鹰啄瞎眼，没事，让兄弟们放开肚子，喝酒，吃肉。
〔牛二和陈家大少爷一前一后，又走进酒店内。

三十四、山顶小酒店内，夜，内

〔陈家大少爷、牛二、秋生一行坐下，（特写）端起碗来，大碗喝酒，大口吃肉。三碗过后，横七竖八，在地上躺倒一片。店小二，叫出几个伙计打扮的人，把地上躺着的人，个个像扭麻花一样五花大绑起来。
〔一个腰圆膀粗，山大王打扮的黑脸大汉，笑着走进来。
黑脸大汉：兄弟们干得不错啊，我刚才一上山就听说了，来货不少啊！
掌柜：大王，验验货？
〔大王并没答言，背着手，踱着方步，低下头，挨个查看被绑的人。突然，他在一个右腮上有黑痣的男人跟前，蹲了下来。

大王：（左看右看，自言自语）没错，没错。（向掌柜）这些人听口音，是哪里人？

掌柜： 像是临县人。

大王： 蠢货，临县大下了，我是问，他们是临县哪里人？

掌柜： 他们刚一进店，我就和店小二说了暗语，大大的格唠米子。然后，店小二就给酒里，饭里都放了蒙汗药。

大王： 其他人不用管，单把这个脸上有痣的人抬到后面我窑内炕上。等他醒后，我有话要问。

掌柜： 那咱们现在要不要动手把他们身上带的银钱，全搜刮完。

大王： 不急，等那个人醒来，我问问清楚，再动手也不迟。

三十五、山上大王窑内，夜，内

〔黑漆漆的夜色，山上怪石耸立，寂静无声，只有山风吹过的声音，特别刺耳。脸上有痣的汉子，半夜醒来，睁开眼，左顾右盼，四下打量。想动，无奈手脚都被绑着。

大王： 你可醒了，大哥哪里人氏，你是不是曾经在碛口卖过枣糕？

脸上有痣的汉子： 老子是碛口商团的弟兄，年轻时卖过枣糕又不丢人！

大王随从：（挥拳要打）我看你活腻歪了，也不看看和你说话的是谁，还敢开口当老子？

〔大王轻轻咳嗽一声，随从举起的拳，停在半空中。

大王：（向随从）休得无礼！

〔大王亲自给脸上有痣的汉子松绑。

大王： 恩人，你还记得我吗？

三十六、碛口兴胜韩药店，日，外

（闪回）

〔年轻时的大王，衣着褴褛，一脸焦急的神情，疾步走进药店。

大王：（着急地）掌柜的，我要抓药。

店小二：（冷漠地）拿方子来。

〔店小二拿过方子，算盘打了一遍。

店小二： 总共三块大洋。

〔大王摸着手里捏着的两块大洋。默默地接过方子退了出来。

三十七、大王家，日，外

〔母亲送大王出门，走到门口时，摸着大王的头，千叮咛万嘱咐。

母亲： 儿啊，快去快回，钱不够使了，把妈的这件棉袄送到当铺当了，好坏要把这救命的药给你爹抓齐了。

大王： 知道了，娘，你回吧！我小腿跑起来，比骑驴还快！

〔母亲把儿子身上背的放棉袄的包袱，又整了整。

母亲：（小声地）儿啊，就是把娘的棉袄当了，也千万别和你多说。

儿子：（点头）娘，你不用怕，等爹病好了，我到碛口码头上，找个扛包子的活儿。挣下钱了，我给娘把棉袄再赎回来。

〔母亲背转身，偷偷地擦眼泪。

母亲： 好儿子，娘没有白亲你，时候不早了，你快起身吧！

三十八、碛口当铺，日，内

〔年轻时的大王，走进去又退出，又走进去又退出，（叠化）冬天，母亲衣着单薄的身影，在冷风中冻得发抖。几次三番后，终于，他把母亲的棉袄，递到柜上。

大王： 当了。

店小二： 这件棉袄不新了，只能当一块大洋。当不当？

大王：当。
　　〔大王接过大洋，跑出当铺，又跑向药店。

三十九、碛口兴胜韩药店，日，内

　　〔大王走进，跑得满头大汗。
大王：（喘着粗气）这是三块大洋，这是刚才的方子。
店小二：着急什么，离天黑关门早着呢？
　　〔大王咬着嘴唇不说话，等着抓药。然后，接过药，又疾步走出。

四十、碛口街，日，外

　　〔年轻的大王，又饿又累，这时，脸上有痣的汉子挑着一担枣糕，迎面走来。年轻的大王走上前去，看着枣糕欲言又止，摸摸空空如也的口袋，终不敢开口。脸上有痣的汉子停下脚步，放下担子。
脸上有痣的汉子：想吃糕？要多少？
　　〔大王用力点头，同时却生生地伸出两个手指。
脸上有痣的汉子：要二斤？
　　〔大王仍不开言，还是用力点头。脸上有痣的汉子割下二斤，传递给大王，大王狼吞虎咽三口两口就吃下肚。
脸上有痣的汉子：还想吃吗？
　　〔大王仍不开言，还是用力点头，又伸出两个手指头。
脸上有痣的汉子：给，这又是二斤，吃吧！
　　〔大王还是狼吞虎咽，不一会儿，就又把二斤枣糕吃了个干干净净。
　　吃完后，大王屈膝"嗵"地跪下。
大王：叔叔，我没有钱，家父病重，钱全抓了药了。
脸上有痣的汉子：快起，早看出来了，你没钱买糕。念你手里提着药，又是为你爹抓药，看来，你还是个孝子。这枣糕，我送你吃了。
大王：叔叔，恩将后报。我还有三十里地的路要赶，我爹还等着吃药呢。
脸上有痣的汉子：都不容易，孩子，我也不多给，再给你多娘带回去二斤枣糕，就说碛口卖糕的卖剩下地送他们了。
　　大王接过枣糕，"嗵"地又跪下，磕了个头。站起，跑走了。
　　（闪回完）

四十一、山上大王窑内，夜，内

大王：恩人啊，那次我爹吃了我抓的药后，仍不见好，那几副药还没吃完，就过世了。我娘连气带病，没多久也过世了。我想到碛口码头扛包子，自己养活自己，可没人引荐，连扛包子的饭碗也端不上。后来，就上山当了响马。
脸上有痣的汉子：早听说烧炭山有一伙响马，挺厉害，官府也一直在捉你们，可万没想到，竟然你是王。听说你们不伤良民百姓，只劫富济贫。
大王：惭愧，惭愧，看来，你们这一伙人里，有一眼看上去，就是有钱人的。
脸上有痣的汉子：那倒是，我们这次去的人里，有陈家大少爷。
大王：他跟你们干什么去？
脸上有痣的汉子：不是他跟我们，是我们跟着他去包头，收拾平遥冷家的少东家。上次，陈家大少爷被打得几天都下不了床。
大王：恩人，我不管他陈家大少爷让不让去，你的事，就是我的事，我们一起去包头，人多势众，我拉几个兄弟，给你添个人手。
脸上有痣的汉子：那是最好，我和陈家大少爷说去，我们领头的是个吃浮食的混混牛二，正经打起来不中用。

大王：哎对了，他们的药劲也应该醒过来了。你先睡着，我叫上几个人，把他们的绑松了。

四十二、山顶酒店，夜，内

〔刚才横七竖八被蒙倒的陈家大少爷一行，都陆陆续续地醒了过来。

〔大王叫手下，赶紧给他们全部松开绑。脸上有痣的汉子和陈家大少爷在耳边嘀咕着，陈家大少爷微笑地听着，面露得意。脸上有痣的汉子把陈家大少爷带到大王跟前，相互做了介绍。

大王：我给陈家大少爷赔罪，明儿一早重摆酒席。吃好喝好，我们一起去包头。

陈家大少爷：（也施礼）不必，不必，不打不相识，我们打到包头去。

（第六集完）

第七集

一、山顶酒店外，夜，外

〔陈大少爷的随从，见人们各自回屋睡去。又敲开陈大少爷的门，悄悄进入。

随从： 大少爷，我看不能让这个占山为王的草寇跟我们一起去包头。

大少爷： 为什么，一山不藏二虎，是牛二让你和我说的？

随从： 不是，是我自己瞎想，大少爷，咱叫商团的人去包头也不过是敲山震虎，商团保护商家利益，师出有名，叫上他们，性质可就变了，他们可是官府捉拿的人。

大少爷： 我还不怕，你怕啥，他们头上又没有刻"草寇"二字，人多势众，打架还怕人多。打完之后，给了银钱，各走各的，你不用替我瞎操心。

二、郊外，日，外

（字幕）去包头的路上。

〔蓝玉和王妈坐着马车，霍掌柜和手下伙计骑着马，日夜皆行，火速赶往包头。蓝玉因水土不服，生病，一路呕吐。

霍掌柜： 三少奶奶，不行，我们就找个店住下，等好点啦，再走。

王妈： 也是，三少奶奶小姐的身子，那能吃住这么颠簸。

蓝玉： 你们不用担心我，吃点咱自己带的火烧，喝点水就好啦，快点赶路要紧。

王妈： 以我的主意，不管也罢。

蓝玉： 临走时副会长才和我说，大少爷拿了碛口36家麻油店的钱，这36家中，就有他家，牵涉这么多碛口商家利益，我这个会长不能不管啊！

王妈： 这个会长当的没意思，把自己都弄病了。

蓝玉： 王妈，别说这些啦，我想躺在你怀里，你给我压压头两边的太阳穴。

〔王妈把蓝玉抱在怀里，双手揉着她的太阳穴。

霍掌柜： 你们慢行着，我策马前去沟里采点药，我知道前边山崖上长得一种草药，碾碎后，敷在头上，治头痛感冒，最好。

〔霍掌柜说完后，不等别人回话，扬鞭策马飞奔向前。不一会儿，他怀抱一大捧草药回来。

霍掌柜： 王妈，把这些草药收好，今儿晚间睡时，碾碎，给三少奶奶敷在整个额头上。完了，再多喝些水，发发汗，明儿早上一准好见。

〔王妈接草药时，看见霍掌柜右手臂内侧擦破一大块皮。

王妈： （惊叫）我的神神，你这是不是采药时摔的？

蓝玉： 摔着哪了，霍掌柜，我看看。

〔霍掌柜把袖子往下挽了挽，走开。

霍掌柜： （边走边说）放心，不碍事。

蓝玉： 霍掌柜，你本来就有皮肤病，再摔上一下，可怎么好，对了，霍掌柜，这一路，我都注意着呢，我们歇息的地方，也没看见个澡堂子。

霍掌柜： 说也怪，这次出门，带着药，可病没犯。

王妈： 我看是换水换好了。

霍掌柜： 也可能是跑得太着急，心不在皮肤上了，倒没觉着痒，不说它了，反正，你们别担心，没事。（主观视角）霍掌柜的背影，渐渐地走出蓝玉的视线。

王妈： 唉，人不得全，车不得圆，蓝玉，要是咱秉恭像霍掌柜这样实心实意待你，该有多好！

蓝玉： 王妈，你说什么呢？我不是早和你说了，霍掌柜在老家有老婆的。

王妈： 知道知道，当初陈家用他，就因为他是有家室的人。我是说谁找了他，谁有福，他的老婆也是个有福的女人。

三、陈家包头分店"德来泰"，夜，外

〔陈大少爷一行骑马来到自家店号。大掌柜迎出，哈着腰老远就和陈大少爷作揖。

陈大少爷：（抱拳还礼）这次来的人多，你安顿得住好吃好。
大掌柜：你放心，来到自家店了，不比外人的店。

四、陈家"德来泰"，夜，内

半夜三更，夜色黑漆漆的，大家旅途劳累，都很快地进入了梦乡。
〔牛二悄悄地摸了出去。

五、平遥冷家"通兴店"，夜，外

〔牛二打门。

看门人：谁啊！半夜三更的，也不让人睡个好觉。
牛二：快起来开门，我要见你们少东家，你们老东家生病了。
〔看门人一听此话，不敢怠慢，赶紧披衣来开门。

六、通兴店冷少东家屋内，夜，内

少东家：你是谁，你怎么知道我爹生病啦？
牛二：我是谁你不用管，你爹也没病，是我有急事相告。
少东家：什么事？
牛二：先不要问什么事，先说给多少银子吧！
少东家：商人看货论价，你不说事，我怎么好说价？再说，我爹让我从劳金做起，并不敢以少东
　　　　家自居，店里的事我做不了主。
牛二：打碛口陈家大少爷的事，难道不是你做的主？
少东家：你是何人，陈家委派你来做什么？
牛二：陈家委派就不用这么半夜三更，偷偷摸摸地来见你啦。实说吧！我拿了陈家的银子，本来
　　　　是我挑头来和你们冷家干，可是，半路上杀出个程咬金。刚走到兴县烧炭山上，就又把山
　　　　上的贼大王也叫上，他自然武功比我好，挑头的不用说就成了他。
少东家：那你的意思是你要倒戈来帮我打？
牛二：那不行，那样，我就不是碛口人了，回去也要让碛口人用唾沫把我淹死。
少东家：这就有意思了，你来告诉我到底是想干什么？仅仅是为了钱？
牛二：当然，我不能白告你，你得给我钱。不过，我告诉你是让你报了官，把那个草寇让官府先
　　　　拿走，然后，就由我来挑头和你们干。
少东家：（失笑地）你想得不错，不过，能想出这种办法的人不多，我要大大地赏你。你等着，
　　　　我去账房给你支现钱。
　　　　〔牛二得意地坐在板凳上，晃着腿，嘴里吹着口哨。猛然听到门被撞开，说时迟，那时快，
他就被少东家带来的一伙人结结实实地捆绑起来。
牛二：（跳脚大骂）冷家小子，你说话不算话。你不是人，你不是人！
少东家：把他拉到后院，嘴用毛巾堵上。连夜报官，到"德来泰"抓人，到时，把他也一同拖去见官。

七、陈家"德来泰"，黎明，内

官府的人提刀带枪，把"德来泰"围了个水泄不通。人困马乏的陈家大少爷一行，还在睡梦
中，就全被生擒活捉。
陈大少爷：我是碛口陈家大少爷，是正经的买卖人，并没干犯法之事，凭什么抓我？

〔一位满脸杀气的小官吏，走到陈大少爷跟前，猛地抽了他两耳光。

小官吏：抓的就是你，知道不，到衙门说话。

小官吏：给我押好了，一个不落全带回衙门大牢。

（闪镜）陈大少爷一行悉数被押走。

八、包头，夜，外

包头夜景。

霍掌柜：三少奶奶，到包头了，我们住陈家的店，还是自己找个店住？

蓝玉：不能住陈家的店，陈大少爷肯定已经住下了，我们还是不要让他知道我们也来了为好。

霍掌柜：行，我去问个店住下。

蓝玉：也不用多么贵的店，干净就行。

王妈：三少奶奶是对别人大方，对自己小气，依我看，穷家富路，我们住个贵店也无妨。

蓝玉：什么店无所谓，关键是要离平遥冷家近些的店，我找起他们来，方便。

九、冷家"通兴店"，日，内

〔蓝玉和王妈提着礼物走进。赵掌柜迎出，看着她们手里的东西，以为是来住店的。

赵掌柜：两位女客，我们这里没有女人住宿的房间了，请另择别家去住。

蓝玉：听口音，你不是平遥人，倒像是汾阳人。

赵掌柜：女客听的不错，我正是汾阳杏花村人。

蓝玉：那您可是贵号赵大掌柜？

赵掌柜：不敢，不敢，敝人正是这里的掌柜赵宝成。

蓝玉：赵叔，你不认识我了，我是碛口李家山李映真的汝子（闺女）李蓝玉啊！

赵掌柜：是蓝玉啊！我离开碛口也有八九年了，你那时还小，现在变样了，真是女大十八变，越变越好看，不是你说，我哪敢认！

蓝玉：是啊！我那时小，但也记得，你走后，我多常念叨起你，他常说，是一根头发害得他失了你这么个好掌柜。

〔赵掌柜笑笑，喊出二掌柜照看店铺。赵掌柜请蓝玉和王妈到后边账房喝茶叙旧。

十、碛口李家转运店，夜，内

（闪回）

（字幕）八年前，碛口李家转运店。

〔蓝玉父亲在店里背着手，走到大掌柜赵宝成跟前。

蓝玉父亲：赵掌柜，你看这雨一时半会儿也停不了，我今晚就不回李家山了，和你睡一眼窑。

赵宝成：好啊，李东家，下雨天，睡觉天，咱早些睡。

十一、赵掌柜窑内，夜，内

〔蓝玉父亲和赵掌柜一同脱衣上炕睡下，蓝玉父亲不一会儿就鼾声如雷。

赵大掌柜却在炕上，烙烙饼一样，翻腾过来，翻腾过去。

他索性披起衣服，开门走到外面，从后院找来一个小伙计。

赵掌柜开门声，惊醒了蓝玉的父亲，他睁开眼看赵掌柜睡的炕，（主观视角）炕上空被褥。

蓝玉父：这个赵掌柜，窑内就放着夜壶，还要出去撒尿，把我当外人哩。

〔赵掌柜和小伙计推门走进。

小伙计：赵大掌柜，哪是你睡的褥子？

赵掌柜：（指着炕褥）这个就是，老觉得身下有东西硌人，怎么也睡不着。

〔小伙计俯下身子，在褥子上，用手摸来摸去。

小伙计：（举着一根头发）找到了，找到了，赵大掌柜，是一根头发。

赵掌柜：（一本正经地）就是根头发扎得我睡不着。

〔小伙计走出，赵掌柜重新上炕睡下。

他刚睡下，却见蓝玉父亲猛地坐起，看着他一阵冷笑。

蓝玉父亲：（嘲笑地）赵大掌柜，你可比我还抖得牌子大。

赵掌柜：（笑笑）让李东家见笑了。

十二、碛口李家转运店，日，内

蓝玉父亲：（对二掌柜）我决定把赵大掌柜辞了，把你升为大掌柜，何如？

一掌柜：我愿意一试。

（字幕）一年后。

〔二掌柜主动找到蓝玉父亲。

二掌柜：李东家，我不行，经营一年，出力多，赔本多，还是应该请回赵大掌柜。

十三、赵掌柜家，日，外

〔蓝玉父亲拿着厚礼，坐着轿子亲自来到汾阳杏花村赵掌柜家。蓝玉父亲走进赵家，只有两个小儿子在家。他从带来的食品盒子里，抽出糖果，拿给两个小儿子。

蓝玉父：你父亲哪里去了？

小儿：和我娘一同锄地去了。

蓝玉父：那你能领上伯伯去地里找你爹吗？

小儿：我去。

另一小儿：我也去。

〔两个小男孩儿在前面蹦蹦跳跳，蓝玉父在后面紧跟着走出家门。

十四、田间地头，日，外

蓝蓝的天空飘着白云，田地两旁开满了不知名的花草，地里小麦苗碧绿一片。赵掌柜在田间地畔一块干地上，右侧卧着，身体弯得像一张弓，头枕在一块土疙瘩上，睡得正香。俩小儿，齐声唤爹，却叫不醒赵掌柜。蓝玉父亲走上前去用力推了他一把。赵掌柜仍不睁眼，他翻了个身，嘴里嘟囔了一句"不要惊扰了我的好觉"。蓝玉父亲拿起一块土疙瘩，开玩笑地砸在他身上。

蓝玉父：（开玩笑地）你个灰孙子，一根头发都扎得你睡不着，在这坑坑洼洼的土地上，你倒睡得这么香。

〔赵掌柜听见蓝玉父亲的声音，先坐后站，双手作揖施礼。

赵掌柜：（不好意思地）不知老东家远道而来，失礼，失礼！

蓝玉父：赵掌柜，我这是负荆请罪，请你回去，看来大掌柜的位置非你莫属啊！

赵掌柜：（哈哈一笑）谢老东家美意，我还想在这田间地头睡两年好觉。

蓝玉父：（生气地）你这是什么命，店里给你准备的好铺好盖，你睡不着，在这土疙瘩上，你倒能睡成好觉。

赵掌柜：睡不着，是操心的命，睡得香，是省心的命。我在贵号里，一心操在生意上，几十号人的吃喝拉撒，买卖的亏赢，全装在心里，思来想去，很难睡好觉。现在，什么心都不操，在这杏花村里，日出而作，日落而息，独来独往，只知有汉，不知魏晋。

〔蓝玉父亲无奈上轿。赵掌柜把手里捧的玉米、汾阳核桃给蓝玉父亲放在轿里。

赵掌柜：李东家，你我东家掌柜一场，人散了情没散，庄户人家没什么好吃的，这点东西，你拿着。

〔蓝玉父亲和赵掌柜挥手告别。

（闪回完）

十五、冷家"通兴店"账房，日，内

蓝玉：赵叔叔，以前光听我爹说一根头发，不知道背后还有这样的故事。

赵掌柜：这都是我们上一辈人的事了，虽说这事过去不到十年，可再说起来，真的和讲别人的故事似的。

蓝玉：赵叔叔，您是什么时候到冷家通兴店做的大掌柜？

赵掌柜：是听说你爹下世一年后。那次，你爹亲去汾阳杏花村找我，我和你爹发过誓，只要你爹在一天，我就不会在到别家当掌柜。

蓝玉：赵叔，别这么想，人都有自己的活法。我爹在天之灵也愿意看见你发达。

赵掌柜：再发达也记得最早是你爹给了我在大掌柜上操磨的机会。

蓝玉：赵叔，您能念旧最好，我此次不是无故而来，是有事求您老人家帮忙。

赵掌柜：什么事，只要你开口，我能帮忙肯定帮。

蓝玉：赵叔，不知你知道否，我嫁到碛口西湾的陈家，现是陈家的三少奶奶，这次就是为我大哥和冷家少爷的事而来。

赵掌柜：晚了，蓝玉，两天前，我们少东家不知从哪得到的消息，陈家大少爷一到头，就被我们少东家告到官府，说他私通草寇，聚众闹事。听少东家说，他们现全被押在衙门的牢里。

蓝玉：（着急地）怎么弄成这样，赵叔，您能不能带我去见你们少东家？

赵掌柜：蓝玉，不是我不念旧，也不是我不帮你，是我现在这个身份，不好出面啊！

〔赵掌柜面露难色，同时，伸出手，指着墙上挂的关公像。

十六、平遥冷家老宅院门外，日，外

（闪回）

（字幕）平遥冷家。

〔在平遥冷家老宅院门外，冷老东家携全家老小把赵掌柜和冷少东家先送出院门，后又送了一程又一程，迟迟不肯分手。

赵掌柜：（抱拳）冷老东家请留步。

冷老东家：（作揖还礼）赵掌柜，赖我祖上阴德，不仅给我冷家这辈人留下田产，还留有银两，今老朽拿出大部家资，在包头开分号，我冷家老少衣食，系于君手矣！

赵掌柜：东家放心回去，吾当鞠躬尽瘁，在商言商，绝不做背信弃义之事。

〔赵掌柜再三告辞，冷老东家迟迟不愿分手，冷老东家携全家送至村口。

十七、平遥冷家村口，日，外

〔冷老东家和赵掌柜相对而立，冷老东家送赵掌柜一幅图。

赵掌柜：冷老东家，已到村口，不能再送了，请回。

冷老东家：不急，送你一幅财神图，路上不要打开，开业后悬挂号内。

十八、冷家"通兴店"账房，日，内

少东家：赵掌柜，我爹临行时送你一幅财神图，你快拿出来挂起。

赵掌柜：我记得的。（向伙计）把我房间里柜顶上的那幅财神图拿下来，挂上。

一会儿，伙计手拿图走进，展开后，并不是财神图，而是关云长画像。

（特写）赵掌柜看着画意味深长的表情。

少东家：赵掌柜，我爹老糊涂了，明明我听他告诉你说是一幅财神图，怎么变成关云长画像了？

赵掌柜：少东家，你爹不糊涂，他的意思我明白，是要我对你们冷家像关云长一样忠心耿耿。关公，乃我山西河东人氏，历代把他奉为忠义之神，忠义树立，百业无不兴矣。

（闪回完）

赵掌柜：蓝玉，我给你们李家当掌柜，是李家的人，现在给冷家当掌柜，就是冷家的人。端谁家的饭碗，给谁家碗里舀米舀面，实乃当掌柜的职业操守。

蓝玉：赵叔，你的意思我明白了，不难为你，我另想办法，只当侄女来看你一回。

赵掌柜：蓝玉，自当保重，我们后会有期。

十九、包头蓝玉住的小店内，日，内

蓝玉：王妈，快看霍掌柜在不在他房里，让他赶快来。

　　〔霍掌柜走进，拉把椅子坐下。

蓝玉：霍掌柜，事情比想的麻烦，听赵掌柜说，陈家大少爷带了草寇，来包头的当天夜里就被冷家少爷报了官，现全在衙门的牢里关着！

霍掌柜：就算是带着草寇，官府也不可能出手这么快，定是这个冷家少爷使上了银子，先下手为强，要治陈家大少爷于死地。

蓝玉：我们是先去陈家的"德来泰"问问情况，还是直接去衙门想办法救人？

霍掌柜：还是先去陈家的"德来泰"吧，毕竟是你们自家的店铺，有什么也能交个底。对了，你不是不愿意让陈家知道你来了吗？

蓝玉：不愿意也没办法了。

霍掌柜：要不这样，三少奶奶，你刚病好，身子骨不舒服。见赵掌柜是没办法，非你去不可。陈家的店，我和王妈先去，我虽是你的掌柜，但原是陈家聘的，王妈也是他们陈家的老家人啦。

蓝玉：行，你们先去摸个眉目。

二十、陈家"德来泰"，夜，外

　　〔街市上各个字号都还灯火闪亮，唯有陈家"德来泰"黑灯瞎火，早早就闭门打烊。霍掌柜和王妈绕到后面小门，敲门。

看门人：谁？

王妈：开门，我是陈家的老佣人王妈。

　　〔看门人打开门，霍掌柜和王妈走进。空空的院子，和黑漆漆的房间，一片不景气的样子。看门人上下打量霍掌柜。

看门人：（警惕地）王妈，你，我认识，这个人是谁？

王妈：他是咱陈家为三少奶奶的店请的大掌柜。

霍掌柜：这么大的客栈，怎么没住着人？

看门人：都跑了，出了这么大的事，谁还敢住，通匪的罪名谁担得起？

霍掌柜：这里的大掌柜呢？

看门人：也抓起来了，说窝藏草寇。

王妈：那还说啥呢？霍掌柜，我们也不用进去了，就站在这里，你要问他啥，问吧！

看门人：我也不知道什么，只知道那天晚上，先是大少爷带着一伙人来了，到天快明时，门被官府的人捣开，眼看着提刀拿枪的官家人，把他们一个个从睡梦中提出来，手捆到后面，就一字排开带走了。对了，陈家大少爷分辩时，还被抽了两个大嘴巴。

霍掌柜：那大掌柜被抓，还有二掌柜、三掌柜，他们呢？

看门人：他们都是商人，哪见过这阵势，二掌柜第一个就溜了，说是给碛口镇陈家老爷拍电报去了，再没见人回来，也不知这电报拍了没有？

霍掌柜：官府再没来人？

看门人：来了，说再有人来找大少爷，要及时报官。对了，你们快走，你们是来找住店的，可不是来找大少爷的。

　　〔看门人边说边把霍掌柜和王妈一齐推出去，又伸出头来，看见四下无人，才赶紧地走进去，沉重地关门声响起。

二十一、包头蓝玉住的小店内，夜，内

　　〔蓝玉着急地在窗户玻璃上几次往外张望。（主观视角）看见霍掌柜和王妈相跟前走进。蓝玉跑出迎上。

蓝玉：情况怎么样？

霍掌柜：回屋说。

〔三人走进屋子。

霍掌柜： 陈家"德来泰"的客人全吓跑了，大掌柜也以窝藏草寇的罪名被带走了。二掌柜借给陈老爷拍电报的名义也溜了。

蓝玉： 就算我家老爷接到电报，也是远水解不了近渴。他只能去求冷老东家，人老不捉鬼，冷老东家就是真的念旧情，冷家少爷也未必肯听他的话。我还是自己亲去会会这个冷少东家。

霍掌柜： 赵掌柜不是不肯引见吗？

蓝玉： 他有他的难处，我们自己去，一回不见，两回，两回不见，三回，终有他见的时候。

霍掌柜： 三少奶奶，冷东家年少气盛，按晋商的习惯，就算东家的少爷在自家的店铺经商，也得从劳金（伙计）做起。可看他现在的行事，哪是一个小劳金的做派，就算是我们见了他也是白见。与其求见他，不如想一个招，能让他自己主动来见我们。

蓝玉： 你的意思我懂，追到根上，这其实是一场商战。我们还得从买卖上下手。

霍掌柜： 对，这就是一场麻油大战，你们陈家大少爷暗中把碛口36家麻油店的钱，全集中起来，就是想把包头的麻油市场全垄断起来，不想，冷家比他下手更早。

蓝玉： 霍掌柜，你方才说的一句话，我听不大明白，你说我家大哥想把包头的麻油市场全垄断起来，我想问你，什么叫个垄断？

霍掌柜： （微笑地）三少奶奶，你成天看之乎者也，没错。毕竟是我们老祖宗留下的东西，不过，要想成为一个成功的商人，你还应该看些西方的书籍。我看过西方一个伟人的书，好几卷，他在这本书里就专门讲到了这种情况，并把它称作人为垄断。说通俗点，垄断就是独占。

蓝玉： 太难懂了，你回头也借我看看。什么人的书？

霍掌柜： 大人物的书，看了你就知道了。

蓝玉： 那一定借我，我恨不得把这世上能找到的好书都看遍。霍掌柜，本来我识字只是为了赌气，识了字，才知道它的好，有书，就是没人陪着，日子也过不成死水。拿上一本书，看进去时，人的心也是活的，就像咱碛口每天面对的黄河水一样，有起有伏。

霍掌柜： 三少奶奶，看来，你不仅是一把经商的好手，还是一个读书的好材底。

蓝玉： 就怕什么也闹不好，你看，眼下就想不出什么好办法来阻止冷家的这个？什么来着，你刚才说的？

霍掌柜： 垄断。

蓝玉： 这下记住了，垄断。

霍掌柜： 不但要记住，还要想着法子打破冷家对麻油的垄断。

蓝玉： 还有，牢里的情况不知道怎么样，我们家老爷也不知道收到二掌柜发的电报了没有。

霍掌柜： 明天一早，我就去衙门打探下消息。

蓝玉： 多拿上些钱，看看能不能给他们送些吃喝。

〔王妈在一旁听了，鼻子一吸，轻轻地"哼"了一声。

王妈： （自言自语）还给他们送吃喝，他们平时咋对咱的，比外人还不如。我看大少爷那种人，"杀威棒"待候上最合适。

二十二、碛口蓝玉住处，日，外

〔空荡荡的院子里，四太太领着她的小丫鬟走来走去，四太太一副无所事事的样子。

四太太： （招呼小丫鬟）过来，过来，蓝玉走了几天了，我们待在家里好没意思，叫下人守在这里看家护院，你和我去碛口街上逛逛。

〔小丫鬟和四太太坐轿走出。

小丫鬟： 去哪？

四太太： 我们去干粮铺，买点小茴香饼和油旋，还有红印印饼子。

小丫鬟： 买这么多，哪能吃了。

四太太： 管它呢，反正花的是蓝玉的钱，我呀，拿上天河水，还不会洗棒槌！多买点，你和我去趟厘税局，咱把这些饼子都给贺大人送去。

〔四太太和小丫鬟坐着轿子，轿内，小丫鬟怀抱着各种刚买的干粮。

小丫鬟： 四太太，人家贺大人让不让我们进啊！人家送东西可全是送给蓝玉小姐的，并和我们没交集。

四太太：他不和我们交集，我们和他交集。好狗还不打上门的客呢！

二十三、碛口厘税局，日，外

〔四太太和小丫鬟抱着干粮走下轿子。

四太太：（向小丫鬟）你跟在我后面，不要说话。

〔小丫鬟怯生生地看着厘税局大门上的牌子，轻轻点头。

四太太：（故作镇静）给我们禀报贺局长大人，就说碛口商会会长李蓝玉让我们给他送干粮来了。

〔厘税局守门人上下打量了四太太一番。

守门人：贺大人回天津了，你们请回吧！四太太泄气地坐上轿子。

四太太：肯定不是回天津，一准是跟着蓝玉去了包头。

小丫鬟：那这些饼子呢？

四太太：咱们不会吃？吃不了，不会扔到黄河里？反正是花的蓝玉的钱。

小丫鬟忍气吞声地低下头，不再说话。

二十四、陈家老爷书房，日，内

〔陈老爷在书房悠闲地练着毛笔字，下人端着一盅红枣茶走进，放下。

下人：老爷，这是太太让我给你送的红枣茶。

老爷：（并没停笔，头也不抬地）放那吧！

〔下人站在书桌边，看着陈老爷的字。

下人：（赞叹）都夸老爷写得一笔好染（好字）。

老爷：可惜啊，除了大少爷，二少爷和秉恭的字都没练成。对了，大少爷去太原府一走这么久，怎么一个书信也不给家里捎。他娘还指望他这次把秉恭找回来呢！

下人：就是，算日子，离开家有些时候了。

老爷：（放下笔）真是儿行千里母担忧，母行千里儿不愁啊！不说他了，给我把那盅红枣茶端过来，我趁热喝了。

〔老爷喝完后，下人接过端下，又伺候老爷漱了口，退出书房。

〔老爷坐在书房的躺椅上闭目养神。

〔过了一会，突然，有人跑着闯进书房。

老爷：（仍闭目，不悦地）是谁，如此没规矩？

下人：（气喘吁吁地）老爷，息怒，还是我，碛口电报局送来的电报。

〔老爷手拿电报，愣在那里。半晌后才反应过来要叫蓝玉。

老爷：快叫人把蓝玉找来。

二十五、碛口蓝玉住处，日，内

〔陈家派的人，着急地敲门，开门后，迫不及待地冲进。

陈家人：三少奶奶呢，家里出事了，老爷让他赶紧回家去。

四太太：火烧屁股了，一点规矩没有，回什么家？她不在。

陈家人：您是？

四太太：你找三少奶奶就找三少奶奶，我是谁？你管得着吗？

陈家人：这位太太怎么说话呢？何心难为我一个跑腿的下人，我总得回去交差啊！

四太太：那你回去告诉你们老爷，他不是让蓝玉当会长嘛！这下好啦，她这个会长和厘税局局长贺其瑞配成一对回天津了。

〔小丫鬟在一旁听了，忍不住叫了一声：四太太！

四太太：（白了她一眼）闭嘴，不说话也没有人会把你当哑巴卖得吃了，给我回你的窑内挺尸去。

二十六、陈家议事厅，夜，内

〔电报摊在八仙桌上，家人哭哭啼啼乱成一团。

太太：（流着泪）老爷，你快想办法啊！老大生性傲，不服软，好明枪明棒地和人干，如果是秉恭，我也就不着急了，他会绕着弯子达到他的目的。

老爷：着急也没用，我不是叫人去碛口找蓝玉了吗，她回来咱一起想办法。她现是商会会长，商团也能运动。

〔大奶奶在一旁哭，二奶奶则在一旁劝大奶奶。

〔家人进。

老爷：找着蓝玉了吗？

家人：（欲言又止地）老爷，三少奶奶她……

太太：都什么时候了，你还吞吞吐吐的，快说，三少奶奶怎么没跟你一块来？

家人：并没见她，她家住着个太太说，她和厘税局的贺其瑞一起去了天津了。

老爷：（一拍桌子）信口雌黄，蓝玉不会做出这等事。

太太：那王妈呢，没见王妈？

家人：（摇头）没见。

大奶奶：老爷，太太，这可怎么办呢？大少爷可是陈家的长子啊！

老爷：太太，你给我收拾收拾，我明儿一早就动身去包头。

二十七、大奶奶窑内，夜，内

〔大奶奶躺在床上边哭边说，二奶奶坐在旁边有一句没一句地和她说着话。

大奶奶：弟妹，你今天看到了吧，这都什么时候了，老爷和太太还靠蓝玉，当初，老爷要让我们家秉温当了会长，他就不会去包头，也没这档子事了。

二奶奶：大嫂，谁说不是呢？我们家秉良就不说了，谁让他窝囊，不中用了，除了到黄河里钓鱼，在咱院子里侍弄花草，是他喜欢干的，别的正事一应不管。在这个家是有名的吃粮不管闲事。可我们老二不中用，你们老大总能替爹顶门接杠、出头露面吧！

大奶奶：现在说什么也晚了，老爷太太就是偏心，对蓝玉比对咱们好。不就是看着人家娘家比咱们有钱，陪嫁比咱们多嘛，好事全给了蓝玉，女当家，狗看门。咱陈家不败才怪呢？

二奶奶：话倒也不能这么说，大嫂，陈家败了，你们可是长门呢？再说，现可是大哥关在衙门里。

大奶奶：我这不是气蓝玉吗？

二奶奶：别说那个祸害了，还是想着怎么救大哥吧！

大奶奶：明儿回明了太太，我要带着孩子和老爷一起去包头。

二十八、陈老爷窑内，日，内

〔一大早，老爷就和太太起来，准备去包头的盘缠。

陈老爷：给我把路上的东西都准备好了吗？多带些现大洋，为自家的官司求告衙门，少不得多破费些银钱。

太太：（面有难色）老爷，我说了你别生气，家里的现钱全不在手跟前。

陈老爷：钱呢？都去了哪？

太太：管家说，瞒着你我，大少爷把家里的现钱全拿走了，说是要做一笔大的买卖给咱们看。

老爷：这个败家的东西，这可怎么办？

太太：老爷不用着急，我已经叫靠实的家人去碛口当铺，当了几件值钱东西。

二十九、碛口西湾陈家大门，日，外

天还不亮，门上就站了一大片人，他们是碛口36家麻油店来要债的人。

〔拍打门板的声音，混着喊声、叫声乱成一片。

要债人甲：陈家完了，我们给了大少爷的钱全要跟着消汤了。

要债人乙：可不是，我为什么一早就赶来，陈家昨天都到碛口当铺里当东西呢。怕人看见，专门天黑了，当铺快关门时才去的。

要债人丙：说得一点不差，大少爷判了死罪的布告都在包头贴了满街。

要债人甲：就是他死了，我们的钱也不能死，让他多现在就把钱给我们还上。

要债人乙：对，我们堵着他的大门，不给钱，不能走。

〔突然一个身着绿衣服的邮差，飞身下马。

邮差：有陈家包头来的电报，闪开大门，不要误了我的公干。

〔人们闪开，邮差进，一会，陈老爷手拿电报走出。

陈老爷：大家看看，这是我家三少奶奶，碛口商会会长李蓝玉从包头拍来的电报。

〔人们一听蓝玉去了包头，都不约而同地露出松一口气的表情。

陈老爷：（大声地）我们家大少爷还活着，大少爷欠你们的钱，你们现在想要，就都到秉恭居的账房去支，还能等的，等蓝玉回来再说。

要债人甲：啊，李会长在包头，我们的钱有救了。

要债人乙：就是，听胡掌柜说，那次，他们店着了火，全亏了人家李蓝玉会长，人家暗中还接济了不少银子。

要债人丙：（不好意思地）陈老爷，不是我们来要钱，是我们赔不起，现在李会长给我们做主，别人我不管，我的钱不要了，李会长回来，再说。

要债人甲：那我也不要了，李会长没亏待过咱，咱也不能把事情做绝。不管怎么样，人家现还是会长呢。

要债人乙：会长不会长，是认这个人了，李会长，人好，公道，做事有信义。我也暂时不要了。这个人我知道，她不会让咱们吃亏，她接手了这个事，迟早会把钱从她手上还给咱。散了，散了。

〔人们纷纷散去。陈老爷望着人们渐渐走远的背影，仰天长叹。

三十、碛口西湾陈家，日，内

〔老爷精疲力竭地走进，众人迎上。三三两两地议论：没事了，没事了，堵在门上的人都走了。

陈老爷：（抖动着手里的电报）你们光知道这些要债人走了，你们知道不知道是老三媳妇蓝玉的这封电报救了咱！你们都睁大眼睛看看，她不在天津！她在包头！

大少奶奶：老爷，那我们去不去包头了。

陈老爷：要去，你先拿盘缠来，我就不信，老大拿走家里的钱，你不知道。

大少奶奶：老爷，要这样说，我也不管他了，他自己做下的事让他自己受着。

三十一、包头蓝玉住的小旅馆，日，内

蓝玉：（手拿来电报）霍掌柜，谢谢你，碛口我公爹来电报了，说咱们的电报替他解了危。多亏了你，我还不同意拍这封电报。

霍掌柜：你也是好心，怕你婆家两位老人着急。还有，你不同意用秉恭居账上的钱救急，我拍一百封电报也没用。

蓝玉：霍掌柜，还是你比我强，在这人生地不熟的包头，你居然能那么快就找到了德来泰的二掌柜，不然，这里乱不说，碛口也会跟上乱作一团。

霍掌柜：碛口那边应该稳住了，那些给了陈大少爷钱的人，是要钱，不是要命。咱们那封电报让他们知道，一则，陈家大少爷还活着，二则，这个事，你也要管的，好在我们秉恭居账上，现银不少，就是有人真的逼债，也能顶到我们回去。现在关键是这边，冷家少爷根本不吐口，官府也向着他。

蓝玉：霍掌柜，你确定那些烧炭山的草寇，都咬死了他们是买卖人？给你透口风的人能不能靠实？

霍掌柜：这个人你放心，在衙门当差多年，他传的话应该可靠。

蓝玉：夜长梦多，我们还是从冷家的买卖上想办法逼他撤诉。

霍掌柜：三少奶奶，每天待在旅馆里枯坐着想，也不是个办法，我们要不先去草原兄弟那里看看，见多才能识广。也许他的七大姑八大姨里，说不定还有在衙门当差的。

蓝玉：好啊，把我们给他带的几袋红枣，全拿上。

霍掌柜：对了，他上次去碛口，说咱的糖火烧好吃。三少奶奶，他说这话时，你也在，你还说，得胡麻油做得才好吃。这次王妈也去，咱在包头买上些胡麻油，让王妈现去给他做些糖火烧。如何？

蓝玉：好啊，人家上次都要送咱骆驼，咱还送不起人家几篓子胡麻油。

王妈：就是，多送几篓，我来给咱做，不能显得咱碛口人小气。

〔霍掌柜（笑）看，王妈这口气，不愧是从"九曲黄河第一镇"出来的人。

蓝玉：（霍掌柜）你也开王妈的玩笑。

霍掌柜：（笑向王妈）王妈，没生我的气吧！（又转向蓝玉）三少奶奶，明天咱就往草原兄弟那里赶，今天，你和王妈在这里好好歇着，我带上两个人去街上买几篓胡麻油。

三十二、包头胡麻油店，日，内

〔店里摆着一溜盛油的容器，主要是油瓶，极少量的油鳌子摆在不起眼的角落里，打眼的地方，全是明晃晃的油瓶子。霍掌柜带着两个伙计面带笑容走进。

店小二：客家，要买麻油？

霍掌柜：是。

店小二：买几斤？

霍掌柜：你看我们来了三个人，肯定不是买一二斤的小户。

店小二：肯定也不是大户。

霍掌柜：你这话说得奇怪，怎么就断定我们不是大户，看我们出不起银子？

店小二：来的都是客，不敢以貌取人，只是因为你们手里没拿着盛油的篓子，而包头所有的麻油店只给买油的准备的油瓶，最多准备个油鳌子。油瓶最多装 5 斤，油鳌子最多也只能装下 10 斤。

霍掌柜：那油篓呢？

店小二：油篓就装得多了，一般的也能装 120 斤，再大的更能装。

霍掌柜：小二，包头的麻油店，就你们一家没有油篓，还是全没有？

店小二：客家，你买多少，就在我家买吧！我都支应了你有半个时辰了，我敢保证你走遍包头所有的店，也和我家没有两样，你要用油篓子装油，还得跑到临近包头的一个县，那个县叫柳糜县，因为它盛产做油篓的山柳条和糜条子。

霍掌柜：（高兴地）谢谢你，店小二，你真是一个爱说话的好伙计。拿最大的 10 个油鳌子来，我买你 100 斤胡麻油。

店小二：好哩，客家，你真是我的贵人哩。

霍掌柜：你也是我的贵人哩。

〔霍掌柜交了钱，和跟的两个家人走出麻油店。

三十三、包头街上，日，外

〔霍掌柜和两个家人叫了辆马车，把麻油放上，三个人也坐在马车上。

家人甲：霍掌柜，你平日从来不喜多话的人，今天是怎么了，和一个卖油的店小二说上个没完。

霍掌柜：你是不是听我们说的都是废话。

家人甲：反正没几句有用的。

霍掌柜：错了，是句句都有用。

家人甲：那你告诉我，有什么用。我也算跟着大掌柜学了点本事。

霍掌柜：本事得慢慢来，现在，我不告诉你，你完了就明白了。

三十四、包头蓝玉住的小旅馆，日，内

〔两个伙计把 10 个油鳌子从马车上抬下，走进旅馆院内。

霍掌柜：（对两个伙计）你们先回房歇会儿，一会儿再和我走一趟。

〔霍掌柜快步走进蓝玉房内。

霍掌柜：三少奶奶，办法有了。

蓝玉：什么办法？

霍掌柜：现在平遥冷家光顾垄断麻油，却疏忽了油篓。如果我们暗中将油篓全部垄断，冷家榨出的油不是没处装嘛。

蓝玉：你是说，他垄断，我们也垄断？

霍掌柜：对，这叫以其人之道还治其人之身。不过，他垄断是目的，我们垄断是手段，我们的目的，一个是让他撤诉，一个是还老百姓一个公道，不能因为冷家垄断了市场，就把今年的麻油价格一下子抬得老高，那样，苦了的最终还是老百姓。

蓝玉：行，霍掌柜，可你怎么知道冷家没把油篓买下？如果已经买了呢？

霍掌柜：才去麻油店买油才知道，包头的麻油店只备了油鳖子和油瓶子，而大宗发油的油篓子，却不在包头卖。我来就是和你商量，明儿我们不能去看草原兄弟了，我带一个伙计骑快马，先去专出油篓子的柳糜县，把所有商家出售的油篓都买下。

蓝玉：多拿些银钱，不行，打个电报，让碛口咱的账房再汇些银票来，冷家买了树梢，我们把能做油篓的柳条子和柳糜子也全定下。

霍掌柜：汇钱来，一是来不及，二是怕走漏风声。不妥。

蓝玉：那这样，（蓝玉脱下自己手上的玉镯子）把这个给你，快送到店铺里变了现银，黄金有价玉无价。说来，这个玉镯子也合该这么走了，这是专做皇家生意的平遥王家送我爹的，是前清宫里传出的东西，一定能当个好价钱。霍掌柜，你说，多巧，冷家和王家可都是平遥人。你说，这不是该着吗？

霍掌柜：只是这么贵重的东西，如果我们往后没钱往回赎呢？

蓝玉：舍不得孩子套不得狼，遇上事了，还有什么贵重的东西。你放心拿去，别看我是个女人，可性子像我爹，说干就干，一句话卖了江山，也不会反悔。

霍掌柜：（点头）三少奶奶，你不用说，我也能感觉到。我走了。

三十五、柳糜县街市，日，外

（空镜）一条街上，卖油篓子的店鳞次栉比，满街全是大大小小的油篓。

三十六、油篓店，日，内

〔霍掌柜和跟的伙计走进。

霍掌柜：店家，你这里有多少油篓？

店家：你要多少？

霍掌柜：不拘你有多少，我交一半钱，算定金，全定下。

店家：你不是开玩笑吧！我的油篓光库里就堆成了山。

霍掌柜：店家，你要发财了，你有几座山，我搬几座山。

店家：一言为定，把定金交了。

霍掌柜：（向跟的伙计）交钱。

〔伙计掏钱，交给店家，店家收了定金，开了字据交给霍掌柜。

三十七、油篓一条街，日，外

（闪镜）鳞次栉比的油篓店，霍掌柜和伙计提着钱袋，进进出出。

（叠化）伙计掏钱，交给店家，店家收了定金，开了字据交给霍掌柜。

三十八、包头蓝玉住的小旅馆，日，内

〔霍掌柜兴高采烈地走进。

蓝玉：办成了。

霍掌柜：办成了。不过明天，我还有个行动，故意做给冷家看，要不，冷家不会发现油篓子都被我们买去了。

蓝玉：什么行动？

霍掌柜：（笑）三少奶奶，这个先不告诉你。

（第七集完）

第八集

一、包头胡麻油店，日，内

（特写）店里摆着一溜盛油的容器，多数是油瓶，极少量的油鳌子摆在不起眼的角落里，打眼的地方，全是明晃晃的油瓶子。霍掌柜和上次带着的两个伙计，又一次来到这家店。店小二一下就认出他们，赶紧满脸堆笑地迎出。

店小二： 客家，又来了，上次买的麻油不够？

霍掌柜： 油够了，还要些空油瓶和油鳌子。

店小二： 我们这店里光卖油，不卖这些装油的东西，因为占地方，各家都不多进。客家，这些油瓶和油鳌子装不了几斤油。还占地方，你买它做啥？

霍掌柜： 不做啥，你这没有，我再到别家看看。

店小二： 你不用白跑，我知道，谁家都不多进。

霍掌柜： 那我也到处转转看。

店小二： 客家，你上次一下子就买了我的一百斤油。我还会哄你，要不，这样，你真有急用，你坐着，我到各家店里给你找上几个。

霍掌柜： 也行，每家不用多，一家拿上一个，我把钱一并给你。

店家： 大小有没有讲究？大的怕一家一个也凑不上几个？这年景，小户人家谁舍得一下打十来斤油。

霍掌柜： 你去吧！就说有个掌柜的专收装油的家伙。

店小二： 行。（向另一个伙计）你先照料着，掌柜的问起，就说我替客人跑腿去了。

〔店小二走过霍掌柜跟前时，霍掌柜笑着拍了拍他的肩膀。

霍掌柜： （笑着向店小二）谢谢！

二、包头街上，日，外

〔店小二走在街上，不时地遇上和他打招呼的路人。

路人甲： 小二，大天白日的不守在店里忙正事，去哪？

店小二： 守在店里忙正事，不守在店里也是忙正事，我正四处寻装油的大瓶子和大油鳌子。

路人甲： 内行人说的外行话，你干脆让人家买油篓去。

店小二： 银钱在人家手里，买啥咱能管住，人家要啥，咱寻啥。再说了，听人家的口气，油篓已经独家全揽下了。

三、冷家"通兴店"，日，内

〔冷家大少爷兴冲冲地从外面走进来，赵掌柜急急忙忙迎上。

赵掌柜： 不好了，少东家，陈家三少奶奶把油篓子全包揽下了，我们秋后收的麻油往哪装？**冷少东家：** 半路杀出个程咬金，从哪又冒出个三少奶奶？

赵掌柜： 碛口来的，现是碛口商会会长。

冷少东家： 想不到，陈家还有这么个女中豪杰。

赵掌柜： 商场如战场，全怪我被"买树梢"的成功，冲昏了头脑，另外，也确实没想到陈家会反手抓了我们的下一张牌。

冷少东家： （哈哈一笑）赵掌柜，你也是久经商场的人，慌什么慌？人手一张牌，剩下的就是比大小了。

赵掌柜： 少东家，你爹让你跟着我从小劳金做起，可实际上，自从你来了，我一直把你当东家抬举。要说这个事，闹到今天这个地步，也不怪你，是陈家大少爷太张狂了，有句话，我不知当说不当说。

冷少东家：赵掌柜，你如果替陈家大少爷求情，就别说了。这样，你明天就带上两个人去柳糜县看看，我就不信，陈家三少奶奶有这么大的本钱，能把油篓子全定下。

四、包头蓝玉住的小旅馆，日，内

蓝玉：霍掌柜，你说冷家知道油篓子的事了没有？怎么还不见冷家那面有动静？

霍掌柜：不要着急，冷少东家也绝非等闲之辈，我们现在只能以静制动，谁更沉得住气，谁反而占主动。

蓝玉：要不要我再去找赵掌柜，探探他的口气？

霍掌柜：各为其主，人家以前是你爹的掌柜，现在物是人非，咱们就不难为人家了。等吧，明天的事儿，明天自然就知道了。

五、冷家"通兴店"，日，内

赵掌柜：陈家三少奶奶果然厉害，整个包头的油篓子全定光了，我们是一个别想。连做油篓的柳条子和糜子也订光了。不但油篓没了，连红筒也全包下了。

冷少东家：你跑遍了？果真如此？

赵掌柜：果真如此，少东家，人有千算，天有一算，我们押上全部的银子来"买树梢"，这下全完了。

冷少东家：（哈哈一笑）赵掌柜，你也是久经商场的人，慌什么慌？你约个时间，就在"天香楼"，我来会会这个三少奶奶。

赵掌柜：不能单请她一个人，我新近才知道，她聘的个掌柜姓霍，陕西人，也很厉害，听说，这次来包头亲收油篓子的就是他。

冷少东家：那还说什么？一并请来。你呢？赵掌柜，你也去。

赵掌柜：我就不去了吧。

冷少东家：赵掌柜，你今天怎么唯唯诺诺的。

赵掌柜：少东家，实和你说了吧，这个三少奶奶，我原是认识的，他爹是我的老东家。

冷少东家：（似有所悟地）原是这样，那你不用去了，看看我的本事？我来个单刀赴会。

六、"天香楼"酒家，夜，内

〔包厢内，桌上放着几样冷菜和酒，店小二不时地进来上热菜。

冷少东家：三少奶奶，请尝点内蒙的烤羊腿。厨师是我们平遥的。

蓝玉：平遥是个出人才的好地方，在我们碛口，不仅有平遥来的好厨师，还有好多商家也都是平遥人。

冷少东家：碛口码头也是个藏龙卧虎之地，汇聚了各地精英，听说霍掌柜就不是碛口本地人。

霍掌柜：（一笑）我是陕西人，不过，晋陕两省从南到北隔着一条黄河，说是两省，其实，也不好分彼此，摇个船就摆渡过去了。而且，天天都喝着一条河里的水，都是喝黄河水长大的人。人不亲水亲

冷少东家：耳听为虚，眼见为实，霍掌柜果然出言不凡。敬你一杯。

霍掌柜：冷少东家敬的酒，我哪有不干之礼，这杯酒我干了。

〔霍掌柜举起酒杯一饮而尽，然后，把杯底朝上，向冷少东家晃了晃。冷少东家也同时举杯。

冷少东家：霍掌柜刚才说的好，我们都不是外人，都是黄河水养大的人，咱今天有话说在当面，我是为油篓子的事请两位来的。

蓝玉：冷少爷的意思？

冷少东家：有缘坐在一起，那么，见面分一半，这钱你我两家挣。

蓝玉：怎么个挣法？

冷少东家：我们联手把油价控制，我榨好油，装你的篓。我定油的价，你定油篓的价。账各算各的。

蓝玉：如果我不同意呢？

冷少东家：三少奶奶想卡我的脖子？别忘了，你们陈家大少爷，私通草寇，还在衙门的大牢里关着呢？

霍掌柜：冷少东家，我能不能插一句。你说三少奶奶不同意和你联手，是想卡你的脖子，你再想一想，如果她和你联手，后果是不是比谁卡谁的脖子更严重？

冷少东家：霍掌柜这话怎么讲，小爷我倒愿闻其详？

霍掌柜：现在包头市面胡麻油价格飞涨，一天一个价，街面上到处传言你冷少爷囤积居奇，老百姓怨声载道。冷少东家，众怒难犯，老百姓吃不上油，告你是迟早的事，衙门的大牢能关陈家的大少爷，就不能关你冷家的小少爷。

冷少东家：不要拿大话吓我，你是喝黄河水长大的，我也不是喝尿长大的。你一句话，就把我吓尿了。

蓝玉：冷少东家，不要把话说这么难听，我比你大，把你当个弟弟看了。霍掌柜真不是吓你，实和你说，我们控制油篓，并不是要卡你脖子，也不是要和你合伙把油价挑高，让百姓吃不起油。

霍掌柜：少爷气度不凡，想必也是满腹经纶之人，肯定读过唐朝魏征写的一篇《谏太宗十思疏》，里面有句话是这样说的："怨不在大，可畏惟人。载舟覆舟，所宜深慎。"冷少爷，你细想想，贵为君王，都得尊重民情民义，你我不过是行商之草民，怎敢置百姓的利益于不顾。大商言道，用不正当行为来牟利，只能得一时，不能得一世。

冷少东家：你们到底想怎么样？

蓝玉：想为你好，也想让你撤诉。为你好，你榨好油，可以装我的油篓和红筒。油篓和红筒上我不坑你，价格公公道道，应该是多少和你要多少，但你定的油价，也必须实实在在，油店进得起，百姓吃得起。

冷少东家：这第一条嘛，我答应，就算三少奶奶为我好，我的油总不能倒到黄河里吧！但第二条，万不能答应，陈家大少爷欺人太甚，上次，他出言不逊，都在火头上，动手就动手了，可他这次，居然勾结草寇，再次打上门来。

霍掌柜：冷少东家，陈家大少爷固然行为不检，对贵号多有冒犯，但这次不是没打，就被你告到官府，人全抓起来了吗？

冷少东家：那又怎么样，这是他应得的报应。

霍掌柜：冷少东家，想你为他的这个报应，也破费了不少银钱了吧，陈家可对你的祖上还有救命之恩哪。

冷少东家：反正我是不撤诉。

蓝玉：冷少东家，姐的两个条件，你只答应一个，那咱今天就没谈拢，你回去想想，再谈。王妈，我们先走。

七、牢房，日，内

〔带木栏杆的牢房小窗，陈家大少爷缓步走到小窗口。大少奶奶流着泪，把手伸进去，和大少爷两人手握着手。

大少奶奶：秉温，我来看你来了。

秉温：爹让你来的？

大少奶奶：不是，爹不让来，爹接到蓝玉的电报，说你没事，说这里有蓝玉。

秉温：蓝玉在包头？她有的是钱，怎么不使上银子来看我？

大少奶奶：她还能盼咱大房好？再说，我来过几次了，前两次给他们银子也不让见。

秉温：那这次呢？

大少奶奶：这次，我听一个衙役在旁边悄悄说有重病的可以见，我灵机一动，试着说你有重病。不想，他们一下就答应了。

秉温：天灭我也，你准备给我收尸吧！

大少奶奶：秉温，你胡说些什么呀？有了病，他们怕你死在牢里才会放你出去。

秉温：你不懂，和你说不清。

大少奶奶：反正我是为见你，才说你病的，三少奶奶在包头还不来看你呢？

牢头：时间到，（推大少奶奶）回去吧！回去吧！

八、冷家"通兴店"，日，内

〔冷少东家刚进门，一个黑影就蹿了过来。跟着他就进了房间。他转身关门的时候，才发现有人跟进来，冷少东家愣了一下，用厌恶的表情看着来人。

冷少东家：怎么又是你？

来人：少东家，拿钱吧，出个好价钱，我就帮你结果了陈家大少爷的命。

冷少东家：我什么时候说过要他的命了。再说，你不是告诉我，陈家大少爷一直不承认通匪吗？

来人：是啊！就连那个向你报信的牛二，都骨头挺硬，咬定他是为了和你要钱才胡说有草寇的。

冷少东家：没有就没有吧，关他们几天，让他们受点皮肉之苦就算了，我可没有要谁命的意思。

来人：当然，你给我的那点钱，不够要谁的命，不过，你不是说，要把那个陈家大少爷，往死的整吗？现在，让他死的机会来啦，今天，她的老婆来看她，我诱骗着让她在写着她男人病重的纸上，按了手印。这样，只要你肯出让他死的钱，我就趁着无人，用麻纸糊脸的办法，把他搞死。完了，报个重病死亡。

〔冷少东家吓出一身冷汗，拿出手巾擦头上冷汗。

来人：怎么样啊？你不是害怕了吧？

冷少东家：不是，是花更多的银子，我没有。容我再和我们家赵掌柜合计合计，再说。

九、赵掌柜卧房，夜，外

〔冷少东家，在门口心思重重地徘徊着。里边传来算盘的声响。算盘声停，冷少爷纷乱的脚步声响起。从屋内传出赵掌柜的声音：谁？

冷少东家：赵掌柜，你没睡下吧？

（赵掌柜开门的声音）赵掌柜快步走到冷少东家的身边，拉起他的手往屋里走。

赵掌柜：春风吹破琉璃瓦呢，你有事不进来说，站在风地里，看吹得身子不舒服了。

〔两人一前一后进了赵掌柜的卧房。

十、赵掌柜卧房，夜，内

（特写）冷少东家特意谨慎关门，关上，又再次检查了一番。

赵掌柜：少东家，出什么事了？

冷少东家：也没什么，就是有个事想问问你？

赵掌柜：什么事，说出来，咱慢慢合计？

冷少东家：也没什么，赵掌柜，你可听说过麻纸糊脸？

赵掌柜：少东家，你怎么好端端地问起这个？

冷少东家：也不为啥，赵掌柜，你要知道，就和我说说嘛，我不信这个办法能把人弄死。

赵掌柜：少东家，这个我倒听说过。小时候，我们村里有个人在太原府的大牢里当差，听他说，他就用七层麻纸蘸清水搭过一个犯人的面，这个犯人死后，不仅脸上没伤，全身也无伤无斑。

冷少东家：（忧愁地）原来这个办法真能弄死人？

赵掌柜：（着急）少东家，我告诉你，你可不能乱来。你爹把你交到我手上，你学下本事学不下，是你我的造化，但最差，我也得把你全须全尾地交到你爹手上。

冷少东家：赵掌柜多虑了，我不会害死人命。

赵掌柜：少东家，得饶人处且饶人，与人为善总没错，退一步海阔天空。就说陈家大少爷……

冷少东家：赵掌柜，我知道你要说啥，您别说了，我也回去睡了。

十一、冷少东家卧房，夜，内

〔冷少东家辗转反侧，五更的声音响起，他才迷迷糊糊合眼入睡。
（梦境）

（特写）（慢镜推出）一双黑乎乎的大手，把雪白的七张麻纸，一张又一张地到旁边的清水盆里蘸一下。陈家大少爷被人一张又一张地往脸上糊蘸过水的麻纸。然后，"扑通"一声，陈家大少爷倒地而亡。死去的陈家大少爷，脸上糊着白麻纸，疯狂地扑向冷少东家，大喊："还我命来！还我命来！"（梦境完）冷家大少爷惊得一身冷汗吓醒。用手擦头上的汗后，重又躺下。

（叠化）麻纸糊脸的陈家大少爷不停地扑向他。

〔冷少东家不敢再睡，穿衣急起，匆匆开门，走出。

十二、赵掌柜卧房，黎明，外

〔冷少东家直接上去打门。

冷少东家：（不管不顾地）赵掌柜，快起，快起。

〔屋内灯亮起。

赵掌柜：就起，就起，少东家。

十三、赵掌柜卧房，黎明，内

赵掌柜：少东家，怎么了？这天还没亮呢？

冷少东家：等不到天亮了，你现在就和我去找三少奶奶和霍掌柜。

赵掌柜：你上次不是没有和他们谈成。

冷少东家：此一时，彼一时，我答应他们，赶紧撤诉。

赵掌柜：好，好，这是最好。我带你去。不过，再等等，天明了再去。

冷少东家：好，赵掌柜，我就在你屋里等着。

〔冷少东家一副无措的样子，搓着手，在地上走来走去。

赵掌柜：少东家，你心里有事，有大事，你不要瞒我，你爹多不在包头，我怎么也是个长辈，你有事就说出来，我也好给你出个主意。

〔少东家想了想，走过去，对着赵掌柜的耳朵，一番耳语。

赵掌柜：赶紧找李蓝玉，把这个事了了。

十四、冷家"通兴店"，日，外

〔小伙计备好马车，赵掌柜做请的手势。少东家站在马车前犹豫不决的表情。

少东家：赵掌柜，上次，我那么坚决地表了态，这次再反悔，不是太小人了吗？要不，赵掌柜，你一个人去吧！我就不去了。

赵掌柜：不怕，三少奶奶和霍掌柜都是深明大义的正派人，见你回头，高兴还来不及了，绝对不会笑话你。再说，人都是在事上磨炼出来的，不经一事，怎么能长一智呢？

少东家：赵掌柜，都怪我年少轻狂，要早听你的劝就好啦。

赵掌柜：现在也不迟，车夫，走起！

十五、包头街面，日，外

（空镜）晨曦中，太阳刚刚升起，包头的街面静悄悄的，只有冷家的这辆马车辗过路面的声音。

十六、包头蓝玉住的小旅馆门厅，日，内

〔赵掌柜、冷少东家走进。柜台里的店家迎上。

店家：二位客官早，来住店？

赵掌柜：不，来会个住店的客人，麻烦看看碛口李蓝玉住哪个房？

店家：住那边三排二号，他们包了好几间房呢！来，我领你们去。

〔店家在前，赵掌柜和冷少东家在后，往蓝玉住的客房走。

十七、蓝玉住的房间，日，内

〔敲门后，赵掌柜和冷少东家进门。

蓝玉：是赵叔和冷少东家，这么早来，想必有急事？

赵掌柜：好事当然要赶早。三少奶奶，是这样，我们少东家思前想后，觉得还是撤诉为好。

蓝玉：赵掌柜，这是天大的好事哩，王妈，快去把霍掌柜喊来。

〔霍掌柜笑着走进，冷少东家不好意思地站起。霍掌柜紧走两步，示意他不要客气，冷少东家重又坐下。

霍掌柜：冷少东家，咱们又见面了。

蓝玉：霍掌柜，你还不知道，冷家少爷要撤诉呢？

霍掌柜：早晚的事，少东家本来就不是糊涂人，俗话说：美不美，家乡水，亲不亲，故乡人。我代陈家大少爷先谢谢少东家和赵掌柜。

蓝玉：（施礼）要不是霍掌柜提醒，我倒高兴得忘记了，我也替我家大哥和我爹向你们施礼了。
蓝玉说着，就要跪下磕头。

赵掌柜：（赶忙扶起）三少奶奶，都民国了，不兴这些旧礼了。原是大水冲了龙王庙，现在误会解开了，我们说正事。

蓝玉：冷少东家，上回我们不是已经说好了吗？

赵掌柜：是这样，少东家和我说了，但我觉得咱们已经把油和油篓全控制在手上了，价格自然由我们掌控，我们何不联手大赚一把。

霍掌柜：赵掌柜，经商的没有不想赚钱的，可这钱如果来得太快，去得也会快。

赵掌柜：话是这样说，可是，我们都扔了大价钱买树梢和油篓，如果平价走了，不是太可惜了吗？

蓝玉：赵掌柜，其实，也不可惜，我们虽然走了平价，可走的量大，老百姓都吃上平价油，我们也不会因为一笔买卖坏了名声。

霍掌柜：我还是那句话：大商言道。赵掌柜，你也在碛口待过，你记不记得，碛口好多商家，都把"道行，道德，道义"这六个字作为祖训挂在墙上。有道行则物从之，有道德则天佑之，有信义则人从之。

冷少东家：（干脆地）霍掌柜，不必多言，赵掌柜想为我冷家多挣两个银子，也在情理之中。你们都不必再说了，大丈夫一言既出，驷马难追，这事，我替赵掌柜拍板了，就按你们说的办：一、撤诉；二、平价走油。霍掌柜说得对，大商言道，也许我们失去的是小利，赚回的是大义。这场麻油大战，让我明白个理，凡事只要你开头存了不好的心，结果一定不会好。三少奶奶那天劝得对，不论经商还是做人，向善总归没错。

赵掌柜：这就好，这就好，还是你们年轻人看得明白，做人比我这老朽爽快。

蓝玉：赵叔，不必自谦，我们以后还要在生意上打交道呢！

十八、蓝玉住的小旅馆，日，外

〔赵掌柜和冷少东家走出，蓝玉和霍掌柜相送。

赵掌柜：（施礼）两位请留步，时候不早了，我们还得赶快去衙门撤诉呢？

霍掌柜：（还礼）费心，我们来包头多时，也就等着接人了。

蓝玉：不打不成交，真是皆大欢喜。冷少东家，赵叔，你们一定到碛口来。

赵掌柜：那是后话，蓝玉，我就仗着伺候过你爹的这张老脸，再说一句不该说的话，你接了，就算给我个老面子，不接，就当我没说。

蓝玉：赵叔，我叫你叔了，你在我面前有什么话不能说？

〔赵掌柜把蓝玉叫到门外背静处，和冷少东家拉开一段距离后，才开口。

赵掌柜：蓝玉啊，冷少东家也是少不更事，为这场官司，背着我扔了好些银子，柜上塌下一糊片，我没法向老东家交代啊！

蓝玉：赵叔，你的意思是和我借银子？

赵掌柜：蓝玉，赵叔不难为你，有，就借我两个，没有，就当我没说。

蓝玉：赵掌柜，容我和霍掌柜先商议一下，随后，我让霍掌柜亲自把钱送过去。

赵掌柜：好，好，好！

十九、蓝玉住的小旅馆门外，日，外

〔蓝玉和霍掌柜送赵掌柜和冷家少爷上了马车后，反身往旅馆里走。

蓝玉：霍掌柜，你猜刚才赵叔拉我到一边说什么呢？

霍掌柜：三少奶奶，你的哑迷，我猜不着，你直说了吧！

蓝玉：我大嫂来包头了。

霍掌柜：什么，你大嫂来包头了，她什么时候来的？

蓝玉：谁知道，她也不和我们商量，一来就去探了监，她这一探，险些把我大哥的命要了。

霍掌柜：这话怎么讲？

（特写）蓝玉和霍掌柜如此这般地说着，霍掌柜点头。

霍掌柜：冷少东家糊涂，给这种人钱，给开，就没个完结的时候。所谓："猛兽易伏，人心难降。沟壑易填，人心难满。"说的就是这个意思。

蓝玉：你上次第一次见冷家小少爷，就提醒过他，官司不了，他的银子就还得流水似的淌，可他是不到黄河心不死，不见棺材不掉泪啊！

霍掌柜：说来说去，冷少东家还是年少轻狂。不过，他同意撤诉，说明他本性不坏，也只是想出口气，治治陈家大少爷，并没有真要他命的心。

蓝玉：是啊，他为出这口气，背着赵叔，支了柜上的不少钱，冷少东家怕他爹多知道他闯祸，赵叔呢也怕老东家埋怨他没管好少东家。赵叔的意思，是想借我们一些钱，先补上这个窟窿。你看？

霍掌柜：三少奶奶，我看能借，就算替冷少爷交个学费吧！

蓝玉：那你一会儿就给冷家送去。

霍掌柜：好的！

二十、牢房门口，日，外

〔蓝玉、霍掌柜、王妈和前来接大少爷出狱的大少奶奶相遇。

蓝玉：（施礼）大嫂，你也来了？

大少奶奶：我能不来吗？不是谁家的人，谁不着急。

〔蓝玉笑笑，没说话。陈家大少爷走了出来。众人迎上。蓝玉走上前。

蓝玉：大哥，把东西给我，我提上。

〔蓝玉伸手欲接陈家大少爷手里拿的包袱。陈家大少爷不给他，故意用蔑视的目光盯着她看。

陈家大少爷：（挑衅地）李蓝玉，碛口商会会长，我用不起。

〔说着，陈家大少爷就把包袱递给一旁的大少奶奶。

陈家大少爷：（故意高声地）我没事了，我的人一会儿就全放出来了，想看我的笑话，做梦去吧！

大少奶奶：就是，我们陈家的掌门人不是那么好倒的。秉温，咱们走。听说你放出来了，咱们店的几个掌柜和伙计也都回来了，就回咱自家的店。（主观视角）蓝玉目送着秉温和大少奶奶坐着马车，渐行渐远。眼泪在蓝玉的眼里直打转。霍掌柜和王妈见此情景，赶紧走来。

霍掌柜：（小声地）此处不是流泪的地方，赶紧上车，我们走。

〔霍掌柜扶着蓝玉和王妈先后上了马车。

霍掌柜：车夫，走了。

二十一、马车上，日，外

霍掌柜：（温和地）三少奶奶，知道你心里委屈，但你不单是为了他一个人，你心里不是还装着碛口36家商铺嘛，总有人能懂你！

王妈：就是，秉温两口子说的是什么没良心的话，不怕招报应。

霍掌柜：三少奶奶，做大事，比的是胸襟，不仅要有"功成不必在我"的度量，还要能忍受黑白颠倒的冤屈，你要有准备，回了碛口，还会有不理解甚至误解的重拳，往你身上砸。

王妈：那倒不怕。黑的白不了，白的黑不了。他们会说，咱也长着嘴。

霍掌柜：王妈，好些时候，说比不说更糟糕，所谓越描越黑。我们唯一的办法，就是沉默地继续做我们自己的事，让别人说去吧！

王妈：霍掌柜，你这句话说的有劲，让别人说去吧！

霍掌柜：这可不是我说的，三少奶奶爱读书，我以后会把说这句话的人写的书找来给你看。

蓝玉：你俩不用变着法子劝我，霍掌柜说得对，我不单是为他来的，更是为了碛口36家商铺来的。

霍掌柜：就是，这才像个会长说的话。三少奶奶，高兴点儿，打起精神，一会就回旅馆退了房，我们今天就走，去草原兄弟那里，骑马、喝酥油茶，住蒙古包。

蓝玉：还有，买骆驼。

王妈：三少奶奶，我不知说你天生是经商的材底好呢，还是说你天生就是不会享福的操心命，霍掌柜刚说带你到草原上散心，你倒又扯到买骆驼上去了。

蓝玉：王妈，你说错了，我不是天生不会享福，是没享福的命。要是有享男人福的命，秉恭他也不会……

王妈：不说了，不说了，不说话也没人把我当哑巴，我这张嘴啊！是宁挨一百个耳光，也不少说一句话。

蓝玉：王妈，你又多心了，我没有怪你的意思，就是那么一说。

霍掌柜：三少奶奶，其实，你应该感谢秉恭，你丈夫出门在外，给了你独立的机会。在武汉、广州等南方中心城市，妇女解放运动开展得红红火火。好多旧思想、旧观念都被推翻了。在碛口镇，你是第一个敢念书、敢出来做事、自己养活自己的女子，在大城市这种事很普遍，所以，这不是没福，是真正的有福。妇女解放最根本的就是经济独立，自食其力的同时自己主宰自己的命运。

王妈：霍掌柜你这一长串，我可不懂，听得还麻烦了。

蓝玉：我不嫌麻烦，霍掌柜，以后，你把你看的书全借我，吴老先生给我讲旧学，你教我新学。

霍掌柜：先生不敢当，书可以共享。

二十二、包头蓝玉住的小旅馆，日，外

〔宁静的中午，小旅馆里鲜有客人进出。蓝玉和霍掌柜，还有王妈下了马车。蓝玉站在小旅馆门外，看着小旅馆的牌子，感慨万千的神态。

蓝玉：霍掌柜，王妈，不知不觉我们已经来包头快一个月了，时间过得多快啊！我和这个小旅馆也有了感情了。

霍掌柜：可不是，这一个月里发生了多少事，总算峰回路转。陈家大少爷一放出来，我们就可以放心地去办我们的事了。

蓝玉：对了，霍掌柜，还有，你当时托的那个给我们打问消息的人，可要再面辞人家。就说这个案子结了。

霍掌柜：并不用。倒是你看咱们要不要再和陈家大少爷告个别，然后再起程去伊克昭盟看望草原兄弟。

王妈：三少奶奶，不用去，对这种不识敬的人，不要敬上个没完，明明敬神已经敬出鬼来了，还去。

蓝玉：王妈，你不用替我打抱不平。我想着咱们还是去一趟，他们不仁，咱不能不义。

二十三、陈家"德来泰"，日，外

（空镜）陈家"德来泰"外景。（特写）重新挂起牌子，开张营业。

〔蓝玉和霍掌柜他们坐着的马车，在鞭炮声中停下。蓝玉下了马车。看门人捂着耳朵冲着蓝玉和王妈小跑着过来。

蓝玉：大少爷和大少奶奶在店里吗？

看门人：（大声地）没有，吴掌柜在这主持开业呢，他们两口子已经在回碛口的路上呢。

蓝玉：霍掌柜，你看要不我们也回，你说用不用去伊克昭盟了？

霍掌柜：已经来了，近在咫尺，为何不去。他们回他们的，咱去咱的。

蓝玉：好，听你的。咱们去伊克昭盟。

二十四、伊克昭盟（巴彦浩特）草原，日，外

〔霍掌柜和两个下人骑着马，蓝玉和王妈坐着马车，奔驰在草原上。

蓝玉：车夫，停一下，风景这么好，我想下去自己走走。

〔马车停，蓝玉下，霍掌柜回头见马车停下，以为是发生了什么事，打马回到蓝玉身边，俯下身。

霍掌柜：三少奶奶，怎么了？

蓝玉：不怎么，风光太好了，我想下来走走。

霍掌柜：那我也下来，陪你走走。

〔霍掌柜下马，拉着马，和蓝玉并肩走着。

霍掌柜：三少奶奶，现在正是春夏之交，是一年中草原上最美的季节，你看，天那么高、那么蓝，白云也像水洗过一样，绿草多茂盛，好像给大地盖了一层绿绒毯，你再看远处，金色的蒲公英、蓝色的马蹄莲、粉红色的百合花和雪白的素珠，风吹过时，它们散发出的芳香，直往你鼻子里扑。

蓝玉：（由衷地）是啊，我感觉到草原的美，才下的马车，但让我说这美，我说不出来。霍掌柜，你行，看你说得多好，听你这样说，我都觉得你不应该在碛口当什么掌柜，真应该当一个诗人，像唐朝的李白似的。

霍掌柜：（憧憬地）三少奶奶，要是将来有一天，让我选，我真的愿意选你说的诗人或者画家，你忘记了上次画那么多海报，我都不觉得累。

蓝玉：怎么能忘记，全凭那些海报，碛口好多商家和我们一样都大赚了一把。

霍掌柜：那叫海报效应。

蓝玉：霍掌柜，从你嘴里我总能听到好多新名词，说来，你是陈家为我挑选的掌柜，我也从没问过你为什么要来碛口当掌柜，就像你也从没问过我为什么要到碛口当女东家一样。

霍掌柜：相遇是个缘分，我们能东家掌柜在一起共事一场也是缘分。

蓝玉：是啊，包括这次出来，也是缘分，如果不出来，我们真没有机会，自自由由地说这么多话。就说眼前吧！看着这些草，我突然觉得人生有时候，就像这草一样，自己不能给自己做主，想长在哪，就长在哪，想怎么长，就怎么长。

霍掌柜：三少奶奶，这可不像你说的话，太悲观了。我倒觉得，草虽然不能自己做主，想长到那就长到那，想怎么长就怎么长，但草也有草的顽强和不屈。它从不向岁月低头，冬去春来，人们以为它死了，可它却和春天一起又奉献出属于它的绿。

〔下人走过来，打断他们的谈话。

下人：霍掌柜，三少奶奶不是说，她这次来，想练练骑马吗？这个地方草肥人少，正是练习骑马的好地方，你们这样牵着马走，何如让三少奶奶骑在马上走？

霍掌柜：她啊，三少奶奶敢不敢现在就上马？

下人：三少奶奶，上吧，上吧，有我们三人保护你呢。

蓝玉：看你们说的，我有那么胆小？牵过马来。

〔霍掌柜扶蓝玉上马。

霍掌柜：握好缰绳，全身放松，身体前倾……

〔蓝玉轻松地坐在马上，很听话地照着霍掌柜的教导做着。

霍掌柜：原来你会骑马。

蓝玉：哪会骑，只是小的时候跟着父亲骑过几次。长大了，父亲再没让我骑过。

霍掌柜：不过，小的时候学的东西，最难忘，你看你上马就敢跑。我牵着你的马走几圈，熟悉了，我们就能一起骑着马走了。

二十五、快到草原兄弟家路上，日，外

〔蓝玉、霍掌柜各骑着一匹马，并排走在前面，后面是各骑着的一匹马的伙计，再后，是拉着一百斤胡麻油和其他礼物的马车。

霍掌柜：（手指前方）看，前面一百米处的山坡上，有一个用白杨木圈起的院落，就是草原兄弟

〔的家？

蓝玉：是的，他常说，找到白杨木圈起的院落，就找到了他的家。

〔他们俩人骑着马，又往前走了几十米，离白杨木院落还有五六十米时，突然，两条牧羊犬箭一般地从栅栏内冲出，汪汪汪地狂吠着向他们扑来。霍掌柜赶紧先行下马，并一把拉住了蓝玉的马，用身体护着蓝玉。

二十六、院落外，日，外

〔伴随着狗的叫声，身着蒙古服装的草原汉子，从院落中蒙古包里跑出。

〔他看到是霍掌柜和蓝玉，高兴地老远就伸开两臂。他跑到霍掌柜跟前，上去就把他抱起来，转了两个圈。然后，又把他的两条狗放在霍掌柜怀里抱了抱，狗下来，向霍掌柜挑了挑尾巴，蓝玉下马。草原汉子同样把他的两条狗放在蓝玉怀里，让她也抱了抱。抱后，狗向蓝玉又挑了挑尾巴。

草原汉子：我说你们一定会来草原作客的，你们汉族人有句老话："来而不往非礼也！"我老去你们碛口，你们当然也要来我们草原。蒙汉一家亲嘛！还有你，三少奶奶，你原来还会骑马，你和我们蒙古姑娘一样勇敢。

霍掌柜：草原兄弟，我们不单是看你，还给你带着买卖来了，三少奶奶还要买你的骆驼。

蓝玉：霍掌柜还给你买了胡麻油，让王妈给你们家做多多的糖火烧。

草原汉子：先不说买卖，也不说你们的火烧，你们是远道而来的我最尊贵的客人，快快跟我先到我的家，我要好好地款待你们。

二十七、蒙古包草原汉子家，日，内

〔草原汉子带着蓝玉他们走进蒙古包，把他们一一介绍给他的家人。包括他的妻子和两个姑娘，一个儿子。宾主落座后，草原汉子和他的妻子往桌子上摆上一大堆面食干粮，还有奶酪、奶茶。喝完奶茶后又敬酒，并把自己酒杯里的酒让蓝玉他们每个人都尝了，他才喝。

草原汉子：先喝了这杯下马酒，晚间，我再给你们烤全羊吃。现在，让我的两个姑娘给你们唱一支我们蒙古族的歌。

〔两位姑娘动情的演唱，悠扬的长调声中，（特写）张张欢乐而动情表情的脸。

二十八、草原夜色，夜，外

（闪镜）围着篝火，烤全羊、跳舞、欢唱。

二十九、蒙古包草原汉子家，日，外

〔蓝玉、霍掌柜和伙计与草原汉子一家依依话别。草原汉子和霍掌柜深情拥抱。

草原汉子：好人哪，真不舍得让你们走。

霍掌柜：别难过，还有见面的机会。

蓝玉：是啊，草原大哥，我们碛口见。

草原汉子：把这两条小狗带上，有骆驼就得有狗，狗是骆驼的守护神。

蓝玉：谢谢。

〔王妈走过来，把小狗抱在马车上。送别时，草原汉子又把两条狗叫来，向霍掌柜他们挑了挑尾巴。

三十、草原上，日，外

〔蓝玉和霍掌柜骑着马，走在前面。

蓝玉：霍掌柜，我一直想问你，草原大哥为什么对狗如此好，像对他的家人一样。

霍掌柜：其实，养骆驼的人都把狗看得和人一样高贵。我给你讲一个你们晋北一家行商的故事。据说是你们山西商人在口外最大的一家。

蓝玉：好啊！这家行商的东家是谁？

霍掌柜：山西商人刚出道时，讲究财不外露，这家叫"大胜魁"的字号，问他们东家是谁，从来都是隐而不答。他们的生意利润，分三份：财神爷一份，从业人员一份，狗一份。

蓝玉：这是什么狗啊？这么牛？

霍掌柜：就刚才草原兄弟给你的牧羊狗，骆驼进了场，狗也进了场，狗与骆驼寸步不离，除了他们自己人外，你想拔一根骆驼毛也不容易，狗能把你吃了。你要骑他们的骆驼，你们的人要像草原兄弟那样，要把你介绍给狗，狗先把你嗅一嗅，挑挑尾巴，就算应承你了。

蓝玉：怪不得，草原兄弟让我们都抱抱他的狗。

霍掌柜：据说"大胜魁"的狗，还能往来送饭，看货物，看羊群，因而他们算财时，总有狗的一份生意，分得的这份利润专门训练狗，他们的狗在饲养方面也投入很大。

蓝玉：霍掌柜，想不到你说起我们山西商人的掌故来，也是如数家珍，头头是道。

霍掌柜：也不是，正好说起狗，我就想起这个"大胜魁"来了。其实，你们晋商的野史传闻多着呢，怕回碛口的这一路也讲不完。

蓝玉：不着急，我们走水路回碛口，到了船上，有的是时间讲。

三十一、黄河，日，外，

〔黄河风平浪静，蓝玉他们坐着的船，在河上顺流而下。船工边划桨，边唱着黄河船夫歌。

三十二、碛口秉恭居，日，外

〔蓝玉和王妈霍掌柜刚下船，就被碛口的商家团团围住。众人七嘴八舌地说陈家大少爷的事。

众人甲：李会长，你可回来了，陈家大少爷没给我们订上油，也不给我们退订油的钱，说让你给我们。

蓝玉：大家不要着急，我刚回到碛口，还不知道什么情况，能不能缓几天再给大家。

众人乙：不行啊，李会长，我们就盼着你回来呢？我们家的孩子要看病，就等这钱呢？

〔众人纷纷诉说着各自的困难，就是不让蓝玉他们走。

霍掌柜：你们是要钱，不是要人，要钱，就把三少奶奶放了，跟我去秉恭居拿钱。

〔众人一听，都跟着霍掌柜走了。也有没跟着走的人，自行散了，他们边往开散边说：我们信李会长，听她的，过几天等她问清情况再说。

〔蓝玉用感激的眼神看着霍掌柜的背影。

〔王妈赶紧拉起蓝玉往家跑。

三十三、秉恭居，日，内

〔霍掌柜回到自己的房间，把藏在床下的私房钱拿出来，走到账房，账房算了算。

账房：霍掌柜，柜上的钱加上你的，正好够兑他们的，兑不兑？

霍掌柜：对，全兑了。连利息都给他们结了。

三十四、西湾陈家，日，内

（主观视角）大少奶奶从窗户里看见，蓝玉和王妈走进。

大少奶奶：（对大少爷）秉温，不好了，蓝玉回来了，正往老爷和太太屋里走呢？

大少爷：快拦住她，我们把36家麻油菜店的钱，赖在她身上，让她还，这事，千万不要让老爷知道！你把她叫到咱窑内，你和她明说了。

大少奶奶：我和她说容易，反正她一直让着咱，你先出去，我和她说。大少爷悄悄退出去。

〔大少奶奶开门出去，到院内拦住蓝玉。

大少奶奶：是三弟妹啊！回来了也不先到我窑内坐坐。我正有话要和你说呢。

三十五、大少奶奶窑内，日，内

〔蓝玉被大少奶奶硬拉到她窑内。

蓝玉：大嫂，有什么话要和我说呢？

大少奶奶：说来，也没什么，就是你大哥他走时不是拿了碛口 36 家麻油店的钱，我的意思呢，这钱你大哥就不给他们了，实话和你讲，这钱他也糟害得没了，你就替我们把这钱还了吧！就算你大哥把会长的位置卖给你了。

〔蓝玉气得脸都白了，长出口气。

蓝玉：大嫂，你还有什么说的。

大少奶奶：并没有了。

蓝玉：大嫂，那我去看爹和娘了。

〔蓝玉出门。

三十六、大少奶奶窑外，日，外

〔蓝玉刚出门走了两步，大少奶奶又着着急急地追出来，拉住蓝玉。

大少奶奶：三弟妹，你最孝顺，这事可千万不能让老爷和太太知道。

〔蓝玉看了看她，没说话，走了。

大少奶奶：（对着蓝玉的背影，大声地）你可记住了啊！

三十七、陈家老爷和太太窑内，日，内

〔陈家老爷手里拿着一封信，高兴地看来看去，太太也在一旁喜得合不上嘴。

〔蓝玉走进，施礼，问安。

太太：蓝玉啊，快看看，秉恭来信了。老爷，你快把信给蓝玉念念。

老爷：念倒不用念，择其紧要说，蓝玉，秉恭就要回来了。

蓝玉：秉恭要回来了？

老爷：是啊！这正应了那祸福相倚的老话，说来，还得感激你那个不争气的大哥，秉恭就是在太原府听到秉温被抓的消息才写信回来，让我们不要急，他处理完手头的事，就回碛口来。

太太：是啊，蓝玉，你的苦日子到头了。

〔蓝玉喜极而泣。

（叠化）蓝玉和公鸡入洞房、蓝玉灯下独自一人守夜的镜头。

蓝玉：（流着泪）秉恭真的要回来了。

（第八集完）

第九集

一、秉恭居，夜，内

〔霍掌柜和账房先生在打着算盘合账。

账房先生：霍掌柜，今天等了一天，三少奶奶也没来？

霍掌柜：也许是商会的事绊住，来不了了吧！

账房先生：可是，你垫的钱给了那几家麻油店，你不说，我得替你告诉三少奶奶一声啊！谁出的就是谁出的。

霍掌柜：又短不下我，咱的钱不都在货上压着，再说，秋后麻油丰收了，咱卖油篓不是又有一大笔进项。你不用急着说。

账房先生：唉，我也是怕事情有变，想在我手上把该清的事全清了。

霍掌柜：这话怎么说？

账房先生：霍掌柜，你真没听说，三少奶奶的男人秉恭快回来了？回来后，咱们的店是不是会交给秉恭掌管，三少奶奶是不是就要长期回西湾生儿育女，过她的少奶奶生活了。

霍掌柜：这倒有可能，不过，谁也说不准。看你的样子，你倒是从心里不舍得三少奶奶这个东家？

账房先生：家有千斤石，外有百杆秤。三少奶奶人好，公道，不是我一个人说的，虽说三少奶奶是我在碛口遇到的第一个女东家，但做起事来，比男人还大气。

霍掌柜：是啊，三少奶奶不但是你遇到的第一个女东家，也是碛口镇第一个从家门走出来的女人，我也不希望她再退回到那个大家族中，做旧式女人。

账房先生：霍掌柜，那你和三少奶奶去说，就说我们都跟定她了，她不能回去，秉恭居她在，我们的心里才踏实。

霍掌柜：看把你急的，秉恭回来再说不迟。

二、蓝玉住处窑套窑，夜，内

〔灯光下，蓝玉在看书，王妈在纳鞋底。

王妈：三少奶奶，你还能看到心上，三少爷可马上就要回来了。

蓝玉：王妈，这两天，我心里乱得很，好像原来认下的字也全忘了。

王妈：识几个就行了，等秉恭回来，你们俩正经圆了房，钻在一个被窝里，现成的先生就睡在旁边，还怕多识不了几个字。

蓝玉：（害羞地）王妈，看你说的。

王妈：我说得一点不差，你可是他们陈家明媒正娶的三少奶奶。

〔蓝玉心思重重地点点头。

（特写）蓝玉躺在炕上，辗转反侧，夜不能寐。

蓝玉：对了，王妈，咱们去包头时，四姨娘答应的好好的，住在这里看门，怎么回来就不见她人影。别说，她不在，这院子里还怪冷清的。

王妈：她这种人还能靠实住，你看吧，总是那个姓贺的回了天津了。

蓝玉：倒是被你猜中了，我白天去商会就听说贺其瑞回天津了。

王妈：难怪她不住了，你当是她给咱们看门呢？

蓝玉：王妈，不说她了，其实她也怪可怜的，二姨娘和三姨娘跟前还有个孩子。她什么也没有。

三、蓝玉住处，日，外

〔一大早，陈家的马车就停在了蓝玉的门上。蓝玉的家人正好走出，看见陈家的车夫正从车

上下来。

蓝玉家人：这么早来，有事？

车夫：有事，我们家三少爷今儿从太原拍来电报了，说他今儿晌午到家，老爷让我来接三少奶奶回去。

蓝玉家人：好事，快去告诉三少奶奶。

〔蓝玉家人和车夫走进院子。

四、蓝玉住处书房，日，内

〔书桌上摊着一堆纸，蓝玉在练习毛笔字。蓝玉家人走进。

蓝玉：有事？

蓝玉家人：三少奶奶，陈家的车夫来了，接你回西湾，说是三少爷今儿晌午到家。

〔蓝玉闻言愣了一下，放下笔。

蓝玉：好的，我知道了，你去告诉王妈，让她准备一下。

车夫：三少奶奶，那我坐在外面的马车里等！

蓝玉：不用，你先回，我们还要准备些东西，我和王妈坐我们自己的马车走。

五、蓝玉住处窑套窑，日，内

〔蓝玉和王妈都忙的收拾东西。

王妈：三少奶奶，以我的主意，咱不回去，让秉恭来碛口接咱。

蓝玉：不用了，王妈，我不想为这些小事生气，再说，是老爷和太太请咱们回去的，秉恭对不起我，老爷和太太没有对不起我。

王妈：你就是太善良了，记住王妈的一句话吧：人善得人欺，马善得人骑。回了陈家，一定多长个心眼。

蓝玉：好在秉恭回来了。

王妈：也是，女人还不就是靠男人，这下，那个姓贺的也死了心吧，不要今天明天有事没事，都来咱门前搅扰。

蓝玉：那个姓贺的就不提他了吧！

王妈：是啊，我就是多嘴，但你放心，在秉恭面前，我肯定不提他半个字。

蓝玉：提也不怕，清者自清，浊者自浊。

王妈：你说啥呢？

蓝玉：说你提醒得对，害人之心不可有，防人之心不可无。

王妈：这就对了，回了西湾，人多嘴杂，可不和自己在这里单独住一样。

蓝玉：我知道了，王妈。咱们走吧，时候不早了。

六、西湾陈家，日，外

〔三少奶奶和王妈的马车停下，陈家下人出来开门。

王妈：三少爷回来了没有？

陈家下人：还没有，老爷和太太领着一家人都在祠堂里等着呢，就差三少奶奶了，你们快进去吧。

七、西湾陈家祠堂，日，内

老爷和太太仍旧坐在窑正中长条桌子两边的太师椅上，中间是一张长条桌子。（特写）桌子上方摆着祖宗牌位若干。大儿秉温、大儿媳坐一侧，二儿秉良、二儿媳坐一侧。蓝玉走进。太太示意蓝玉坐在二儿媳的下手一侧。

老爷：真是否极泰来，一会秉恭回来，我们家的人就全聚齐了，团圆了。

太太：今儿为什么把你们都叫到祠堂，老爷看了黄历了，说今儿是个好日子，蓝玉也等了这么久了，秉恭一回来，我们就当着列祖列宗的面，给秉恭和蓝玉把事儿办了。让他们给我们的祖宗鞠个躬，今晚就正式入洞房。

老爷：君子之过，如日月之食焉。过也，人皆见之；更也，人皆仰之。

大儿媳：老爷，您说的这句话，我听不懂。

老爷：你不识字，当然不懂。蓝玉，你不是跟着先生学《论语》呢，这句话就出自《论语》，是子贡说的，你给她们说说这句话的意思。

蓝玉：爹，大哥和二哥都在，还是让他们解释吧！

老爷：不，就你来。秉恭不是嫌你不识字吗？你把这个说对了，我倒要让那个灰儿子看看你现在的本事。

蓝玉：听吴老先生讲，这句话是子贡说的，意思是，君子的过失就像日蚀月蚀；犯错误，人人看得见，改正错误，人人都敬仰他。

　　〔蓝玉轻松地讲清了这句话的意思。

　　（叠化）大哥不屑的表情，二哥无所谓的表情，大媳妇和二媳妇悄悄地交换了个意味深长的嘲笑和妒忌的眼神。

老爷：蓝玉解释的没错，好的说辞放到哪都是一个道理。就拿咱们家来说，秉恭抛下蓝玉，私自离开这个家，是犯了错，但现在，他听见咱们家有了难，就又跑回来了，这就是改正了错，我们每个人都应该看得见他敢于改正错误之好。

　　〔突然，冯管家小跑着进来，报三少爷回来的消息。

冯管家：老爷，太太，三少爷回来了。

　　〔老爷和太太急站起，齐声：在哪？

八、陈家祠堂外，日，外

　　〔三少爷边往祠堂走，边大声地应道：在这。

　　随着这声洪亮的年轻男子的回答，（主观视角）蓝玉抬头看到祠堂外，三少爷和一个身怀有孕的年轻女子，手拉手，走向祠堂内。三少爷穿着学生装，这个年轻女人梳着齐耳短发，上身穿着白色的中式衣服，下身穿着黑色的裙子，也是女学生打扮，光看打扮，三少爷和眼前的这个女子就是极配的一对。

九、西湾陈家祠堂，日，内

　　〔蓝玉感到一阵眩晕，想走又不能，她咬住嘴唇，低下头。

　　〔三少爷走进，松开那个女子的手，朝着座上的二老，嗵的一声跪下，磕了三个头。他身旁的那个女子也要跪下磕头。太太赶忙站起，扶住，不让她磕。老爷呼的一下从座上站起。啪地拍了一下桌子。

老爷：休得胡来，秉恭，你给我说清楚，这是谁？

秉恭：爹，这是我的爱人，您的三儿媳妇。

老爷：你，你，你，你不要回来，我没有你这个儿子。蓝玉，你过来，我要当面告诉他，我只有这一个儿媳。陈家的三少奶奶是她，李蓝玉。

　　〔蓝玉没有过去，哭着跑出祠堂。坐一侧的大儿媳、二儿媳看着蓝玉的背影，兴灾乐祸的表情。

太太：（看着大儿媳和二儿媳）你们俩还不快去劝劝她。

大儿媳：妈，不是我们不去劝她，是怎么劝啊？

二儿媳：就是，妈，您刚才不是说让他们俩今晚圆房吗？

　　〔年轻女子也哭闹起来，当着老爷太太和众人的面，上前就撕扯着秉恭，骂他骗子。

　　〔秉恭哄那个女子，老爷拂袖而去，太太也随着跟了出去。

老爷：家门不幸，没了王法。

　　〔秉良一副事不关己高高挂起的表情，拉起二少奶奶就走。

秉良：还不快快离开这个是非之地，以后，这个家就更有好戏看了。

　　〔大少奶奶把秉恭带回来的年轻女子拉到一边，安慰着。

　　〔秉温把秉恭拉到外边一个墙角。

十、陈家祠堂外墙角，日，外

〔秉恭蹲下，生气地抓着自己的头发。

秉温：三弟，这是怎么回事？

秉恭：我倒要问你们这是怎么回事，那个李蓝玉不是早就离开咱们家了吗？

秉温：人离了，事没离，她去识字开铺子，其实还是想等你。当初她就说过，非等你当面给她一纸休书才走。

秉恭：可笑，太可笑了。我现在给她一纸休书。

秉温：三弟，千万别，我们不能便宜了她，咱哥俩好好合计一下，要走也得让她脱一层皮再走。

十一、西湾陈家院内，日，外

〔蓝玉泪流满面地哭着从祠堂跑了出来，早在外边等待多时的王妈，赶紧跑到跟前。

王妈：三少奶奶，别说了，我全看见了，我把车也备好了，咱们走。

蓝玉：要走也得和爹娘说一声啊！

王妈：你说你憨不憨，人家手拉手把人都领到你面前了，你还在这爹长娘短，快走你的吧！

〔王妈边说边拉起蓝玉，连拖带拽地走出了陈家大门。

十二、陈家大门外，日，外

〔王妈和车夫扶着蓝玉上了马车，车夫又把王妈扶上车，车夫一声驾，马车踏尘而去。

十三、秉恭居，夜，外

〔霍掌柜打着灯笼进，看门人打开门。

看门人：霍掌柜，你前脚去了澡堂，后脚王妈就来了，现在账房坐着等你。

霍掌柜：知道了。

〔霍掌柜走向账房。

十四、秉恭居账房，夜，内

〔霍掌柜从外边走进，王妈站起。

王妈：你可回来了，我都心焦死了。

霍掌柜：（放灯笼，换外衣）王妈，出什么事了？

王妈：出大事了，三少爷带着一个城里的女人回来了。

霍掌柜：（愣了一下）噢，这我倒没想到，他们陈家不是有家规不许纳妾吗？

王妈：谁说不是呢？可生米做成熟饭还说什么家规不家规。

霍掌柜：王妈，是三少奶奶让你来找我的？

王妈：不是，是我怕她吃亏，先来告诉你一声，你把店和账管好，不要让陈家三少爷和那个女人插手。

霍掌柜：（点头）王妈，你放心，你去照看好三少奶奶。这里，有我。

账房先生：还有我，我也跟定三少奶奶了。

十五、码头酒店，夜，外

〔牛二一个人坐在酒店一角落内喝闷酒，边喝边看着黄河想心事。（主观视角）看见贺其瑞手提行李箱从一条渡船上走下。牛二眼放亮光，扔下酒杯，站起来，就跑。

店小二：牛二，酒钱还没算？

牛二：算你个头，看不见贺大人下船了，我去接他。

〔店小二冲着牛二的背影，不满地小声嘟囔着。

店小二： 又抬出贺大人说事，有没有贺大人，你都是个吃浮食的。

十六、黄河岸边，夜，外

〔贺其瑞放下手提箱，掏出手帕擦拭汗，牛二气喘吁吁地赶到。牛二二话不说，提起手提箱，就要走。贺其瑞惊慌地上前拦，一看是牛二，松了口气。

贺其瑞：（教训地）我说你怎么像个幽灵似的，吓我一跳。

牛二： 大哥，我日思夜想地盼你回来，我还以为你夸我是及时雨呢。

贺其瑞： 你的话，谁信。我走了这么久，我就不信，你能老老实实地呆在碛口。

牛二： 大哥，离了你，我能干成啥？求你了，大哥，不要说我，说你好吗？你不是回天津了吗？怎么坐着从陕西来的渡船回来了？

贺其瑞： 嘛样事多，我去哪，还得禀报你不成？

牛二： 看大哥说的，我不问了，但我有好消息告诉你！

贺其瑞： 嘛狗屁好消息，我听也不想听。

牛二： 这个消息，你保管想听。对了，贺大人，咱是走着回厘税局，还是雇个车回？

贺其瑞： 走着回，边走边听你的好消息。

牛二：（神秘地）李蓝玉的男人陈秉恭回来了。

贺其瑞： 这是嘛好消息？

牛二： 还有热闹的呢？还带着个怀着大肚子的洋学生。

贺其瑞： 嗯，有点意思。

十七、陈家老爷书房，日，内

〔老爷在看书，太太走进。和秉温一家、秉良一家，分坐两侧。

太太： 老爷，你说秉恭这孩子把事情已经做下了，你一直撑着不让他回家总不是个办法吧！

老爷： 他把那个洋学生藏哪了？

太太： 能藏哪了，人家肚子里还怀着咱陈家的种呢？我让他们先去他奶妈家住下了。

老爷： 糊涂，都是你惯的。逃婚就不说了，还敢破了我老祖宗定下的规矩，他让人家李蓝玉怎么办？我怎么对得起人家死去的爹？

太太： 现在说这些有什么用？破已经破了，两个大活人，总不能弄死一个吧！我看，蓝玉是个孝顺、明理的好孩子，她未必就容不下秉恭带来的那个叫文秀的女学生，干脆，把秉恭叫回家来，一则和蓝玉圆房，二则和文秀明说，她怎么也得为小。蓝玉毕竟是咱明媒正娶的，而且，也娶在她前。

老爷： 那个叫文秀的有几个月身孕了？

太太： 瞒三不瞒四，我看怎么也有四个多月了。把孩子生在外面了咱们陈家也不好听啊！

老爷： 秉恭写信来，说是为他大哥的事，我看，他是没钱才回来的。

太太： 老爷，咱不说钱，说你同意不同意我说的，蓝玉和文秀，一大一小，蓝玉是妻，文秀为妾。

老爷： 你想让老祖宗定下不纳妾的规矩，坏在我手上吗？我们陈家认孩子，不认这个女人。

十八、蓝玉住处院内，日，外

〔陈家的轿子停下，太太从轿内走出，下人跟着。

下人： 太太要不要我先去报一下，就说太太来了。

太太： 不必。我们都进去吧！

〔太太走进，正遇上王妈端着水出来。

王妈：（惊讶地）怎么是太太来啦？你可是第一次啊！

太太：（镇静地）我来看看蓝玉。

王妈：（忙把手中的水盆放在边上）我领着你去。

十九、蓝玉书房，日，内

〔地上摞着一捆一捆的废纸，高度比蓝玉还高，蓝玉站在这些废纸前，瞅着这些上面写满了字的废纸发呆。王妈领着太太走进，看此情景，王妈的眼泪一下就流了出来。

王妈：（流着泪）三少奶奶，太太来看你了。

〔蓝玉笑笑，目光呆呆的。太太见状赶紧上前一步，拉着蓝玉坐下。

太太：我的孩子，娘知道你为秉恭吃了好多苦。

王妈：太太，这些全是蓝玉这几年写下的，这是图的个啥呢？

太太：写的对，写的好，蓝玉，我和秉恭说了，你识了字了，他不能不要你。我的意思是你是妻，文秀为妾，可老爷不答应，我想你去劝劝老爷，就说你同意了。

〔蓝玉半天不作声，太太着急地摇着她的胳膊。

太太：（开导的口气）蓝玉，我知道秉恭这样做不对，陈家原是不允许纳妾的，可事已如此，你就不要难为他了，好歹也是你的男人。

〔蓝玉还是不吭气。

太太：蓝玉，听人劝，吃饱饭，你就听娘的一句话，去劝劝老爷吧，老爷最看重你，我说他不听，你说她他听！

蓝玉：娘，我心里很乱，容我再想想。

太太：好孩子，我就知道你不会难为我们。

二十、陈家太太屋内，日，内

〔太太坐在炕上，秉恭走进。

秉恭：娘，你喊我？

太太：不孝的儿，你走了那么久，好不容易回来，还跟文秀住在外面，就不知道娘有多想你。

秉恭：可是我爹他？

太太：先不要管你爹，娘有个办法。

秉恭：什么办法？

太太：你和蓝玉圆了房，蓝玉为大，文秀为小。

秉恭：娘，这可不行，都民国了，不兴这一套，我和文秀是自由恋爱。就算让文秀做妾，蓝玉做妾，文秀也能闹翻天。还让她做小，她能把我吃了。

太太：你眼里除了文秀，还有没有爹和娘，我看你吃不倒她。这话，我跟她说，她不做小可以，让她生下孩子就走，老爷说了，我们陈家只认孩子，不认她。

秉恭：娘，你这不是逼我吗？

太太：我逼你，你走后，蓝玉为你吃了多少苦，那天，我去看她，才知道她写下字的纸，摞起来比她人还高，我看一张张铺开摆上，都能从咱西湾摆到碛口街上。

秉恭：娘，你不敢和文秀说去，文秀不比蓝玉好性子，说了，她又要和我闹。我原是告诉她，我没娶过媳妇的。

太太：那怎么办，我不能眼睁睁地看着你回不了家吧！

秉恭：那你也不能去说，且等我慢慢和文秀说。

太太：你和我老实说，你这次回来是不是没钱在外面生孩子了？

秉恭：是的，娘，你别告诉爹，这还是文秀给我出的主意，我们才借大哥的事，回来的。

〔太太叹了一口气，从箱子里拿出几块大洋，塞到秉恭手上。

太太：上次你哥去包头，把娘的钱掏的也差不多了，娘没多的给你了。

二十一、碛口商会门口，日，外

〔文秀坐着轿子来到商会。轿子停下，身着洋服，戴着草帽的文秀下。

看门人：找谁？

文秀：找你们会长，李蓝玉。

看门人：怎么称呼？

文秀：你就说有个太原府来的行商和她谈笔生意。

〔看门人走了一会儿，又回来。

看门人：小姐，请进！

〔文秀充满自信地走了进去。

二十二、碛口商会，日，内

〔文秀走到会长室前，抬头看了看，（特写）会长室。文秀用手理了理头发，深吸一口气后，想抬手敲门，手伸到门上，又放下，又深吸了一口气，不敲门，径直就推开门走了进去。坐在椅子上的蓝玉，穿着中式长裙，盘头，看着推门进入的文秀，先是一愣，后又猛然想起来的神情。（叠化）秉恭和文秀手拉手、文秀想磕头，被老爷喝住的镜头在蓝玉脑子里一一闪过。

蓝玉：你怎么来了？

文秀：我怎么不能来，我们俩这么有缘。

蓝玉：我并不想见你。

文秀：不想见我，就对了，我们俩本来就不应该见面。

蓝玉：那现在就请你出去。

文秀：我不出去，我来就是想和你说，秉恭是我的，你不要搅入我们的生活，你配不上他，我和秉恭都进过太原府的学堂，你进过吗？

蓝玉：我不知道你和我说这些是什么意思？

文秀：什么意思，告诉你，我是个新潮的女人，绝对不接受一妻一妾的封建生活。

蓝玉：你错了，并不是我要你接受，我虽然没有进过学堂，但我要等的也是一个完完全全属于我的男人。我努力识字挣钱，就是想让自己变成一个从内到外都配得上这个男人的女人。但是，当我看到你和秉恭手拉手出现的那一刻，我就对自己说，这样的男人，我不要！

文秀：（吃了一惊）那你答应我放了秉恭？

蓝玉：（苦笑地）原也没打算把他从你手里夺走，强扭的瓜不甜，况你的肚里还怀有他们陈家的骨血。

文秀：（一愣）你这样想就对了，秉恭他是一个有新式思想的人，他怎么会喜欢上你个乡下旧式土包子呢？

蓝玉：土包子也有土包子的尊严，你请回。

〔文秀往出走，（特写）各个家的门缝里，半开的窗户上一双双好奇的眼神，追随着文秀的背影。

二十三、蓝玉住处窑内，夜，内

〔蓝玉和王妈进，霍掌柜站起。

蓝玉：霍掌柜，柜上有事？

霍掌柜：没事，是听说商会今儿开完会后，秉恭带回来的那个洋学生去找你了，她没难为你吧？

蓝玉：原以为她是个有学问的女人，会有不一样的作派，没想到，除了气势吓人，心胸气度不过尔尔。

霍掌柜：三少奶奶，你平时老说把我当个哥看呢，你这时候不要把我当外人，有什么心事就说出来。

〔霍掌柜一句话说得蓝玉再也绷不住了，眼泪哗的一下就涌了出来。

〔王妈洗了块湿手巾，递到蓝玉手里，蓝玉用手巾捂着脸，哽咽了一会儿，放开手巾，强颜欢笑地和霍掌柜苦笑了一下。霍掌柜见蓝玉老想哭，提意到院子里走走。

霍掌柜：屋里太闷了，我们何不在院子里走走。

〔蓝玉和霍掌柜走到院子，在院子里边走边聊。

二十四、蓝玉住处院子，夜，外

蓝玉：家丑不可外扬，让霍掌柜见笑了。

霍掌柜：家家有本难念的经，三少奶奶不必藏着掖着，王妈和我都不是外人，你说出来，我们好帮着你排解排解。对了，我还特意给你找了几本书。

〔霍掌柜从随身背的包里，拿出书来，递给蓝玉看，蓝玉翻着书看。

霍掌柜： 三少奶奶，看看这些书，你可能就会从三从四德里走出来，这上面提到的女人，都是一些渴望进取，人格独立的女人。

蓝玉： 霍掌柜，你读了这么多书，你说我现在该怎么办？

霍掌柜： 陈家什么意思？

蓝玉： 我爹是认文秀肚里的孩子，不认文秀，觉得她是门不当，户不对的野路女人，我娘呢，想让我去劝我爹，让秉恭把文秀纳了妾，我回去过一妻一妾的生活。

霍掌柜： 你愿意吗？

蓝玉： 今天文秀瞒着陈家来找我，就是想让我退出。只是她对我的态度，实在气人。

霍掌柜： 她对你的样子我能想见，但这时，不管谁怎么激你，说你，你都要冷静下来，问问自己心里到底要一个怎样的男人，过一种怎样的生活。生活不是赌气。

蓝玉： 我已经和文秀说了，我退出。

霍掌柜： 就算你想退出，陈家那边也会给你找很多麻烦，这个，你要有个心理准备。

蓝玉： 我心里乱得很，自从我爹把我许配给陈家，心里想的全是好，根本没想过自己会走到这一步。还把我爹牛生生气死昨天我又梦见我爹了。

霍掌柜： 再过几天，就是七月七了，我和王妈陪着你去给你爹上个坟，还有你娘，如果你娘活着，她一定不会让你再卷入一妻一妾的生活，你娘的苦，你也是眼见了的。

蓝玉： 霍掌柜，当时，离开陈家来碛口时，我说，就算秉恭不要我，我也要让他当面给我一纸休书，当时真是赌气，没想到，付出这么多，等来的还真是一纸休书。

霍掌柜： 三少奶奶，你等来的不是休书，休书这一封建陋习，体现的是男尊女卑思想，1911年清政府的结束，宣告了休书时代的结束。早在民国九年（1920），中华民国就制定了婚姻法—《结婚服务法》。你这次争取的是离婚，是你主动脱离男方的权力。

蓝玉： 你说的这些道理我也不懂，我就是觉得白等了一场，心里气不过。可，反过来又想，对一个不喜欢你的人来说，你再好也没用。人家两人都有了孩子，我退出，也是不愿意这个孩子像我小的时候一样，整天面对的除了娘，还有别的女人。

霍掌柜： 三少奶奶，相处了这么久，你的心，我懂。但这个事不是一个好心就能得的，你已经是碛口镇第一个识字和经商的女人，你若再做碛口镇第一个离婚的女人，这一定又会引起轩然大波，你要有承受各种风言风语的心理准备。

蓝玉： （苦笑，感动地）别人想说什么，就让人家说去吧，哪怕全碛口镇的人都议论我，只要你和王妈懂我，我就知足了。

霍掌柜： 放心，我和王妈永远会站在你的身后。

二十五、蓝玉住处窑内，日，内

〔太太坐在炕上，蓝玉一旁站着，听太太问话。王妈进来倒茶，故意把一本《康熙字典》，弄到地下，又拿起来，在太太面前夸张地吹土。

王妈： 太太，您看这是三少奶奶认字的书，都快翻烂了，没明没夜地认字，可都是为了咱的秉恭。

太太： 蓝玉，我上次来你这里也有几天了，你想得怎么样啊？

蓝玉： 娘，我，我不去为难老爷，就算陈家没有不纳妾的规矩，我也要和秉恭离婚。

太太： （吃惊地）什么，蓝玉，你刚才说什么？

蓝玉： 太太，您别不当真，也别生气，我想好了，我要和秉恭离婚。

太太： 蓝玉，这话你也能说得出口，就算秉恭千不好，万不好，我和老爷没有对不住你的地方，我费了多少劲儿，才说通秉恭同意你为大，文秀为小。

蓝玉： 娘，我知道你和爹对我的好，但我是和秉恭过，不是和二老过，心不在一起，人在一起有什么意思。

太太： 蓝玉，你要什么意思，等你们圆了房，你再生个一男半女，就把他的心拉回来了。

蓝玉： 那文秀呢？

太太： 有我和老爷做主，她文秀永远低你一头，你是正房，她是偏房，她还敢骑到你头上。

蓝玉： 娘，我也不想骑到文秀头上，你就让我和秉恭离了吧！

太太： 你这个孩子，怎么就说不进个话呢？从来都是男人休女人，没有听说女人还敢先说离婚的，你要离婚，不说老爷，我这一关，你就先过不去。

二十六、西湾陈家门外树林，暮，外

〔秉温焦急地走来走去，等人的样子，一会，秉恭慢慢地走了过来。

秉恭： 大哥，你找我。

秉温： 你怎么才来，娘生着大气呢？

秉恭： 文秀又不在咱家住，娘生什么气，爹不是说眼不见，心不烦吗？

秉温： 你还不知道吧，娘今天又去碛口见李蓝玉了，她要和你离婚。娘回来说这事时，气得手都抖。爹和娘一向偏着李蓝玉，这下好了，娘也不待见她了。

秉恭： 大哥，不过，我听秋生和我奶娘都说，这个李蓝玉还真不坏。

秉温： 你这是让谁给你灌上迷魂汤了，她把爹的会长都抢了，你还跟上人家说她好。

秉恭： 大哥，你别生气，我知道要不是她，这个会长一定是你的。

秉温： 哼，岂止这一件事。包头的事上，她也没有起好作用。

秉恭： 是的，大哥，我和你一条心，上阵亲兄弟，打仗父子兵，大哥，你说，你着着急急地找我回来干什么？

秉温： 回来干什么，给你提个醒，这个李蓝玉，我知道，做什么事也要做成。她说要和你离婚，那一定能离成。你回来那天，我就和你说过，她走也别想走得舒服，她的店不是秉恭居吗？谁是秉恭，你是秉恭，你把店要过来，让她净身出户。

秉恭： 大哥，我听你的，文秀正好也想开个店。

二十七、厘税局，夜，内

（主观视角）牛二看见贺其瑞住处灯亮着，又悄悄地摸了进去。

牛二： 贺大人，又有有意思的事来告诉你。

贺其瑞： 什么事？

牛二： 李蓝玉要离婚了。

〔贺其瑞闻言，在地上走来走去，边走边自言自语。

贺其瑞： （自言自语）这个女人，不一般，离婚，离婚，离婚好啊！

牛二： 她要离了婚，大人你不就有戏了吗？

贺其瑞： 你小子知道个什么？不过，牛二，你再去打听，她那一有什么动静，你就马上来告诉我。

牛二点头，完后，向贺其瑞伸着手要东西状。

贺其瑞： （一笑）要烟，还是要钱？

牛二： 大哥，最近手头紧，还是给两块大洋花花？

贺其瑞： 不是大哥说你，瞒着大哥跟人去了趟包头，没弄上俩钱花花。

牛二： （沮丧地）还说呢，没弄上钱，倒弄进大牢里了，差点把命也扔在包头。

贺其瑞： 看不出来啊，听说，你在包头的大牢里骨头还挺硬？

牛二： 那当然，咱大碛口走出的男人……

贺其瑞： 行了，行了，别人不知道，我还不知道，要不是你为和平遥冷家敲一笔，陈家大少爷也不至于到包头的第一夜就被抓到牢里。

牛二： 大哥，大哥，我不是到了牢里就后悔了吗？三十大板都咬着牙挺过来了！

贺其瑞： 你这个二皮货，也只有我舍得给你两块大洋花花。好了，去吧！

二十八、商会会议室，日，内

〔商会会董若干，三三两两地走进会议室，落座，没开会前，人们交头接耳。小声议论蓝玉离婚之事。

会董甲： 听说了吗？咱们李会长又搞出新闻了。

会董乙： 是要咱们商会募捐的事吗？

会董甲：不是，募捐的事还用在私底下和你说，我是说李蓝玉要离婚的事。

会董乙：啊？她要离婚，一个女人敢说要离婚！

会董甲：可不是，咱碛口商会本来因为有个女会长就出了名了，这下更要跟上她出大名了。

会董乙：这是什么好名，我看不仅陈家跟上她要败兴，我们跟上她也要背个坏名声。

会董甲：是啊，说良心话，李会长为商会和公众办的事，我不敢说个不好。但她真要离婚，这个我就觉得不好，为全碛口的妇女开了个坏头。

〔正在这时，李蓝玉拿着一摞文书走进，会董乙用手捅了捅意犹未尽还想说什么的会董甲，两个人交换了一个会意眼神，都不说话了，正襟危坐地准备开会。

蓝玉：咱们商会今天开会主要是讨论，重修碛口至孟门的古栈道一事。我们碛口商会自民国 4 年成立以来，先后采用募捐的形式，办了好多有利于碛口发展的公益事业，商会成立的第一年，也就是民国五年，重修了黑龙庙下庙，时隔三年，又重修了黑龙庙上庙，还新修了桥梁两座。现在，要大家讨论这次修古栈道商会采用什么方式募捐？众人议论，有的说，自愿，有的说摊派。

蓝玉：大家静一静，按以往惯例，我们还是采用自愿施银的方式，不管是碛口的住商，还是行商，也不管是那省那县的商号，只要愿意捐资，就统一交到商会。大家可以到黑龙庙看看民国五年和民国八年立的那两块石碑，碑上刻着我们碛口镇施银商号共有 351 家，包括本镇商号和外阜商号开在碛口的分店。

〔众人齐说，同意，就自愿吧！

蓝玉：散会。

（远镜）李蓝玉往出走，人们又在她背后交头接耳地说起她离婚一事。

二十九、蓝玉住处院内，日，外

（闪回）蓝玉和霍掌柜边走边说。

霍掌柜：你若再做碛口镇第一个离婚的女人，这一定又会引起轩然大波，你要有承受各种风言风语的心理准备。

（闪回完）

三十、商会会议室，日，内

〔李蓝玉突然转身走进，人们的议论声戛然而止。

〔李蓝玉一脸镇静地走进。

蓝玉：大家是不是还有要讨论的议题？如果有，请继续。

〔众人不好意思地摇头，然后，都红着脸，低着头，走了出去。

（特写）空无一人的会议室，李蓝玉抬着头，咬着嘴唇，盯着天花板，硬是没有让眼泪流下来。

三十一、陈家老爷和太太卧房，夜，内

〔月光很好，老爷和太太躺在床上说话。

太太：老爷，你睡着了没？我有事想和你说。

老爷：要是文秀的事，就别说了，说也白说，我还是那句话，按家规来，谁也不许纳妾。

太太：我倒是想让纳了，谁听我的，蓝玉要和秉恭离婚呢！

〔老爷一下惊的坐起，怔怔地看着太太。

老爷：（不相信地）她不是要等秉恭吗？她要离婚，我们陈家的颜面往哪放？

太太：老爷说得是，我已经明确告诉她，我们不同意。

老爷：对，你去告诉蓝玉，让她再等等，等那个孩子生下来，我们就给文秀一笔钱，让文秀走，我们陈家只认她蓝玉。

太太：蓝玉那个孩子，你还不知道，认准一条道，那是八头牛也拉不回，我已经去了两次了，我不去了。要不，我传话，就说，你有话要和她说。

老爷：行，把她叫回来，我和她说，我就不信，我的话，她也听不进去。

三十二、老爷书房，日，内

〔老爷手握毛笔又在写字。蓝玉走进。老爷示意蓝玉坐，然后继续写了几个字，才停笔，洗手，面向蓝玉坐下。

老爷： 蓝玉，我今天把你叫回来，不是说别的，还是为你和秉恭的事。

蓝玉： 爹，我知道。

老爷： 听太太说，你要离婚，我和太太可是一直把你当自己的孩子看，我们没有女儿，一直把你当亲闺女待。

蓝玉： 爹，你和娘对我的好，我心里有数，可是，我和秉恭唯有离婚，才能止绝我们三人的苦痛，不，是四人，还有文秀肚里的孩子。

老爷： 你不要管文秀，单说你，你只要跟定秉恭不松口，我就是捆也要把秉恭捆到你窑内。你爹走的时候，把你交到我手上，你这样离开我家，我对不住你爹啊！

蓝玉： 爹，我主意已定，就算我离开陈家，您和娘也可以到碛口跟我住。

老爷： 蓝玉，爹一直是个开明的人，但这件事，还是想让你三思而后行，我们一直不让文秀回来住，就是把你当陈家的儿媳，你不要辜负了我和太太。

蓝玉： 爹，我不做陈家的儿媳，但我愿做您和娘的女儿。

老爷：（摆手）这是后话，离婚一事，我和太太都不同意，你再想想。我累了，你先下去吧！

〔蓝玉施礼后，退下。

三十三、蓝玉住处窑套窑，日，内

〔蓝玉看着她看过的书，用过的纸，还有写坏的毛笔发着呆。蓝玉发了一会呆，拿出剪刀要铰陪嫁时带过来的荷包袋。王妈上前制止，抢过剪刀。

王妈： 这是何必，人不好，东西又没沾他身，留着，你不要，我要。

蓝玉： 王妈，今儿去老爷家了，老爷并不同意我离婚。

王妈： 这是能想见的，要说我不应该说这些破茬茬话，我怎么也是陈家出来的，何况，宁拆一座庙，不破一桩婚。

蓝玉： 王妈，你想说啥，就直说。这是什么好婚？

王妈： 对，这就不叫个婚姻，这叫耍笑人。你现在还是个囫囵身子，不跟他就不跟了，什么好男人，世上的男人又没有死绝，你才二十一，还有几十年的活头，早早地离了这个气肚胚也好。

蓝玉： 是啊，我一天不离，文秀就一天不能搬回家住，不管怎么着，她肚里都怀着陈家的骨血。

王妈： 你就是太管得宽，她回不回和你什么相干，我只替你发愁，离了以后，找谁去，可惜霍掌柜是有家室的，要不，这个男人，我能替你相中。

蓝玉： 王妈，你怎么老把我和霍掌柜拉扯到一起，陈家找他就是因为他有家室。

王妈： 所以，我这几天也愁，我不能陪你一辈子。

蓝玉： 王妈，我能陪你一辈子，你的后半辈子就交给我了，我给你养老送终。

王妈： 可不是呢，谁说我不是老来福呢？

三十四、蓝玉住处，日，内

〔蓝玉和王妈在窑内说话，秉恭走进。
〔蓝玉吃惊地跳到炕下，呆呆地看着秉恭。

王妈： 三少爷，你怎么来了？

秉恭： 谢王妈还记得我，我来和李蓝玉说点事。

蓝玉：（冷冷地）坐吧！

王妈： 我去沏壶茶。（王妈走出）

秉恭： 蓝玉，我们虽然没有夫妻之实，但也有夫妻之名。求你看在这个名上，放过我和文秀。

蓝玉： 原不是我不离，是老爷和太太不让离。

秉恭： 可你一天不了结这个事，文秀就一天回不了我们家，刚才她又和我闹了一场，说再不让她搬回去住，她就跳到黄河去。

蓝玉：（同情地看着他）你回去看着她吧，我明儿再去求老爷。

三十五、老爷书房，日，内

〔老爷闭着眼坐在躺椅上休息，蓝玉走进。

老爷：（仍闭着眼）是蓝玉吗？

蓝玉：是我，爹。

老爷：你想好了。

蓝玉：想好了。蓝玉去意已决。

老爷：该留的留不住，不该来的来了。蓝玉，我也不强留你了，但离婚是你主动提出的，你要到碛口邮电局以明码通电（或登报）的形式，宣布你和我们陈家脱离关系。我们陈家不背"弃妇"的骂名，我死后也好和你爹说，是你要离的。

蓝玉：只要老爷同意离婚，蓝玉什么条件也答应。

三十六、碛口三区区公所，日，内

区公所办公场所，公所知事两名，另有请来的碛口五老。李蓝玉这面，有王妈相陪，秉恭这面有陈家大少爷相陪。

知事一：据《民律亲属编草案》关于离婚的规定："假若夫妻不和而双方同意离婚，男不满30岁，女不满25岁，须得到父母的允许。"（向李蓝玉）李蓝玉，你今年21岁，单方面执意离婚，得到父母的允许了吗？

蓝玉：我爹娘都已过世，现兄弟当家，他已应允。这是字据。（蓝玉出示字据）

知事一：陈秉恭，你今年25岁，你们离婚，你的父母允许了吗？

秉恭：允许了，有此为据。（也呈上老爷画押的字据）

知事一：据此，特为你俩人开"离异据"一份。立此存照，从此脱离夫妻关系，嗣后男婚女嫁各听自由，两不干涉，恐后无凭，立此"离异据"为证存照，计开所有陈姓与李姓两造礼书，一概作废。

知事二：（大声地）此"离异据"，需请五老上前画押。

〔五老缓步上前，被陈家大少爷叫停。

陈家大少爷：（站起）等等，这婚是李蓝玉要离的，离婚后，她就不是我们陈家人了，他凭什么用我三弟的名字开店？

知事一：（向李蓝玉）此情可属实？

蓝玉：不属实，秉恭居用他三弟的名不假，但秉恭居能有今天，没有用他的半块银圆，他也没有出了半点力。

知事一：（向秉恭）所言属实否？

秉恭：这倒是实情，不过，没用我的，用我家的没有，这就说不清了，听我大哥说，我爹和娘一直对她偏爱有加。

知事二：那你们兄弟俩现在对本庭有什么要求？

陈家大少爷：要求把秉恭居归还给我们陈家。

知事二：（向秉恭）这是你大哥的意思，你的意思呢？

秉恭：（小声地）如果没有用我们家的那么多，我要一半就可以了。

陈家大少爷：三弟你！

知事二：（向李蓝玉）你同意给他一半吗？如果同意，五老现在就可以画押，如果不同意，那这个婚就离不成。

李蓝玉：（决绝地）我同意。

三十七、秉恭居，夜，内

〔皓月当空，万籁俱寂，黄河的怒吼声在寂静的深夜里，特别刺耳。

突然，熟睡的霍掌柜在梦中听到一个更加刺耳的声音。王妈变了调的声音在叫门。

王妈：快开门，快开门，三少奶奶不见了！

（第九集完）

第十集

一、秉恭居大门，夜，外

〔霍掌柜听到王妈变了调的叫声，赶紧披衣下床，跑到大门上。看门人已经把门把开，王妈正要张口说什么，霍掌柜赶忙把王妈拉到一边。
霍掌柜：王妈，小点声，到我屋里说。
〔霍掌柜在前，王妈在后向霍掌柜的屋内走去。

二、霍掌柜窑内，夜，内

〔霍掌柜和王妈走进，王妈一进去，就靠在门上不停用两只手擦眼泪。
霍掌柜：王妈，你先别哭，到底三少奶奶去了哪？
王妈：我要知道她去了哪，就不来你这了，我上了个厕所，回来就不见人了。
霍掌柜：你出去找了没？
王妈：能找的地方，全找了，我还去了商会，那里也是黑灯瞎火，根本没有她的影子。
霍掌柜：这样，王妈，先不要声张，你提上我的灯笼，我们一起去找。
王妈：你提你的灯笼，我有手电。
〔王妈说着拿出贺其瑞送的手电。俩人相跟着走了出去。

三、碛口街上，夜，外

〔霍掌柜和王妈，站在街上，商量去哪找。
王妈：霍掌柜，今儿三少奶奶和三少爷的事刚利落了，毕竟她苦等了三年，等来这么个结果，会不会一时想不开？
霍掌柜：不会，以三少奶奶的性格，她不会轻易被打垮的。
王妈：会不会是贺其瑞知道她离了婚，把她强闹到他那里？
霍掌柜：（摇头）也不会，以我的判断，贺其瑞还不至于硬来，如果硬来，早下手了，何至于等到今天。
王妈：那咱们去李家山，毕竟那是她的娘家。
霍掌柜：（恍然大悟地）对，去李家山，但不是去她家，是去她爹和娘的坟上，这样，王妈，李家山太远，咱不能走着去，你回去在家里等，我一个人骑马去。
王妈：那你快去牵匹马，路上小心点，黑更半夜的，李家山的路又不好走。
霍掌柜：没关系，王妈，你也小心。

四、去李家山的路上，夜，外

〔霍掌柜策马奔驰在山路上，（特写）天空一道道闪电划过，映照着霍掌柜焦急的神色。寂静的夜里，风声伴着哒哒的马蹄声。

五、坟地，夜，外

〔霍掌柜骑马来到坟地前，远远地，一座座坟茔在月光下，显得格外瘆人。有哭声隐隐地从坟地传来，霍掌柜下马后，把马拴在一棵树上，自己循着哭声走去。待霍掌柜快走近时，一个穿孝服的女人猛地站了起来，手里还拉着一个七八岁的女孩子。

穿孝服女人：谁，别过来，过来，我就和你拼命。

霍掌柜：（站住）不要怕，我是来找人的，看不清，以为你是我要找的人。

〔穿孝服女人松了口气，复又拉着孩子跪在地上，哭了起来。

霍掌柜：（远远地安慰道）这位大嫂，你虽与我面不相识，但我也劝你节哀顺变，坟地阴气重，你快快带着孩子离开这里。

穿孝服女人：（哭诉）我何尝不知坟地阴气重，可是，他爹做船工，去年船翻，人葬在了黄河里，我没办法，只得把这孩子给了人贩子，昨儿天黑的时候，才被相中，明天一早，就要被人领走了，我领她来她爹坟上，让她给她爹磕个头，我也正好和她爹说说他走后我们孤儿寡母的凄惶。

霍掌柜：这位大嫂，我还要赶紧寻人，不能和你多言，只问你，这孩子被人领走，人家给你多少大洋？

穿孝服女人：两块银圆。

霍掌柜：大嫂，你拿着，这是三块银圆，你快快领着孩子回家去，好生把孩子看护在身边，才对得起她死去的爹。

〔穿孝服女人吃惊地看着霍掌柜，并不敢走过去接钱。霍掌柜走近孩子，蹲下，把钱塞到孩子手里，拍了拍孩子的头，扭身走了。穿孝服女人目送着霍掌柜骑马远去的身影，两行热泪顺着脸颊流下。

六、黄河边，夜，外

霍掌柜牵着马，精疲力尽地徘徊着。突然，远处传来一阵悲壮的黄河大唢呐声，霍掌柜抬头望去。李蓝玉的背影，如剪影般地呈现在黄河边上。在离她大约十步远的地方，和她面对面坐着一个吹唢呐的乐手，乐手手举黄河大唢呐，很投入地吹奏着。吹得都是些丧事上用的曲子：《水龙吟》《本调花道子》《出鼓子》等。霍掌柜没有马上过去，他牵着马缓步走到暗处，直等到唢呐声停下，他才骑马来到蓝玉的身边。唢呐手见霍掌柜走近，忙站起。这个乐手霍掌柜是认识的，李蓝玉的爹走时，就请的他的罗家班子。

唢呐手：霍掌柜来了，我的曲子也吹完了，李会长，我该回去了。

蓝玉：（从怀里掏出钱，递给唢呐手）谢谢你为死了的那个李蓝玉送行。

〔唢呐手尴尬的表情，不知道怎么接李蓝玉的话。

霍掌柜：不，死了的是三少奶奶，不是李蓝玉。

〔霍掌柜蹲下，看着李蓝玉，把一封封写着陈秉恭亲启的信，撕碎，扔到黄河里。

七、蓝玉住处，夜，内

（闪回）

（闪镜）（叠化）蓝玉咬着笔杆在苦苦思索着。蓝玉在灯下独自读信，写信，用坏的毛笔、写错了废纸，堆满了整个炕桌。

（旁白）秉恭夫君：

这已经是我给你写的第一百封信了，虽然，我知道这都是无法投递出去的信，但是，我还是要写，直到你回来的那一天。我要让你知道，为了你，我在一天天地变，从一个大字不识的女人，变得会把心里的话儿，写到纸上。

开始的信是短的，因为我刚开始识字，为给你写一封信，要用好几天的时间。害怕错字多，学了新字，再看以前写的信上是不是有这个字，是不是写对了，看给你的信，成了我每天必做的功课，夜深人静的时候，王妈熟睡的鼾声，陪伴着我翻来覆去地看，边看边改上面的错字，改完，嫌不干净，再整个抄写一遍。好在王妈不识字，要不她又要笑我痴了。我娘活着时常说的一句话："功不枉苦，地不哄人"，我相信我娘的话，也相信我能等到你回来的一天，我要让你知道，我变了，变成了你想要的识字的女人。

（闪回完）

八、黄河边，夜，外

霍掌柜：（向乐手）罗班主，你别走，你刚才吹的曲子是吹给三少奶奶的，我要你吹的这些曲子才是吹给李蓝玉的。一个新生的，充满活力的李蓝玉。
唢呐手：正好，李会长给了我这许多钱，我正想着退多少呢？
霍掌柜：罗班主，不用退，你坐过来吹。
唢呐手：霍掌柜，你说吧！我就坐在这吹，我们这些吹鼓手，凉气换热气，走不到人跟地。
霍掌柜：（笑笑）在我眼看来，什么凉气、热气，吹得好就是牛气。
唢呐手：（高兴地）就为霍掌柜这句话，我吹到它天明也高兴。说吧，吹啥？
霍掌柜：先吹它个《得胜回营》，再吹个《喜迎新生》。
〔唢呐手又举起锁呐准备吹，霍掌柜返回走到拴马的地方，解开马，骑上。绕到他们跟前。
霍掌柜：（大声地）你们先坐在这，不要动，我去告诉王妈，我们今儿晚上不回了，在黄河边听唢呐。
〔过了一会，霍掌柜回来，唢呐手已经开始吹打，霍掌柜示意他别停，自己悄悄地走到李蓝玉的身边，坐下，俩人面对滚滚黄河，听着唢呐手吹奏着欢快而动情的曲子。

九、黄河边，黎明，外

霍掌柜：（看着天边的朝霞）罗班主，真的吹到天亮了。
唢呐手：我该走了。
霍掌柜：东家，我们也应该走了。
〔李蓝玉机械地点了点头，人还是木讷讷的。分手时，罗班主拿出二角钱，给蓝玉。蓝玉不接。
罗班主：李会长，这是规矩。
霍掌柜：对，不要坏了规矩，东家，多与少，你拿起。
〔唢呐手先走一步，蓝玉和霍掌柜站在黄河边，目送着唢呐手后，霍掌柜扭过头来，深情地望了蓝玉一眼，迅速把目光移开，俩人稍有尴尬，都把目光投黄河。
霍掌柜：蓝玉，站在这里，听听黄河的涛声，想想苏轼写下的一首词，大江东去，浪淘尽，千古风流人物，你就什么烦恼也没有了。
李蓝玉：霍掌柜，你刚才叫我什么啦？
霍掌柜：难道我还能叫你三少奶奶？
蓝玉：那我叫你一声大哥好吗？我从小没有哥哥，一直想要个哥哥，父亲每娶一个姨娘，我就想，我要是有个哥哥就好了，有哥哥，父亲就不会娶姨娘了。我也不会被人欺负。霍掌柜，我认了你哥哥吧！见了嫂子，再认嫂子。
霍掌柜：蓝玉，先不要忙着认兄妹，是什么的缘分就是什么的缘分。
蓝玉：我心里明镜似的，你虽好，但你我只是东家和掌柜的缘分。
霍掌柜：蓝玉，不要这么说，也许有更大的缘分等着我们，也许没有，不说了。你知道我为什么牵着马吗？我去了你爹和你娘的坟地。
蓝玉：我想过到爹娘的坟上痛痛快快地哭一场，但黑更半夜的，我再难活，也不敢去坟地。王妈人好，话多，我不想叫她，想一个人在黄河边走走，越走心里越难过，就去请了罗班主，让他为我吹个不好活的调调。
霍掌柜：其实，还有比你更不好活的女人，我在离你爹娘不远的一块坟地里，遇上一个死了男人的女人，男人生前是船工，女人以前指着男人活，男人走了，她活不了，要卖女儿。当时，我就想到了你，你起码不靠男人，自己就能养活了自己，而且还活得很好。
蓝玉：（点头）我活得好吗？
霍掌柜：有什么不好，不就是一个人过吗？像你这个年纪，在北京、武汉、广州等大城市里，有多少开明女性，都还是单身，她们想方设法逃出包办婚姻，积极投身到时代的洪流中。
蓝玉：可碛口不是北京，也不是广州。不过，霍掌柜，我还是要谢谢你，在我最难的时候，总有你陪着我。
〔霍掌柜半晌不语，想说什么，欲言又止，深吸一口气。
霍掌柜：（平静地）我也谢谢你，蓝玉，让我痛快地听了一夜的黄河大唢呐。

十、秉公居，日，外

〔秉恭居换牌，把秉恭居换成了秉公居。霍掌柜当街挥毫，书写对联，引来围观人无数。两副对联写成后，小伙计当着众人，贴在门上，一副是"百年字号天天须反省，千古黄河岁岁有新声"，另一副为："骡驮秋色迎寒岁，船载春风唤绿时"。对联贴在门上后，围观者众，路人纷纷评议，连声说好。

路人甲：这块牌匾换得好，对联也写得好，开店嘛，就是要公公道道才能长久，天天反省，反省什么，就是公道不公道。

路人乙：另一副也好，咱碛口临黄河，天天船筏不断，水旱码头，离了骆队哪行。

伙计甲：（骄傲地）我们秉公居有李会长和霍掌柜，换成什么牌子都不怕。

伙计乙：就是，越换越好！

十一、西湾陈家，日，内

〔文秀故意挺着大肚子，挽着秉恭的胳膊，在院子里走来走去。遇见老爷和太太从房里出来，秉恭悄悄推文秀的胳膊，文秀更加紧紧地挽住秉恭。

文秀：（娇柔地）秉恭，快，怀里的宝宝又踢我了，我肚子疼，你给我揉揉嘛。

秉恭：（一边给文秀揉肚子，一边抬头难为情地）爹、娘。

老爷：（气哼哼地）哼，成何体统！（老爷气呼呼地加快了脚步走了。太太赶紧跟上，又回过头来）

太太：（恨铁不成钢地）秉恭，你们还不快回自己的窑。

秉恭：（哀求地）文秀，咱们回去吧！

文秀：（把秉恭的胳膊甩开）我偏要在这里碍他们的眼，他们有本事永远不要让我搬回家来。

〔大少奶奶和二少奶奶在花园里聊天，看见这有趣的一幕，俩人交换了个嘲笑的眼神，都捂嘴笑。

十二、秉公居，日，外

〔初秋时节，平遥冷家来了电报，包头麻油丰收，为油篓子事，霍掌柜带一个小伙计，再下包头。李蓝玉和王妈，还有店里众伙计给霍掌柜送行。

霍掌柜：东家，放心，我速去速回。

蓝玉：路上多加小心，我等你回来。

〔霍掌柜和小伙计打马上路，蓝玉望着霍掌柜的背影，面有不舍。

〔蓝玉转身回到秉公居，贺其瑞背着手，踱着步，看见蓝玉走进，反客为主地做请的手势。

贺其瑞：蓝玉小姐，好久不见，我们找个清静的地方说话。

蓝玉：（大声地）王妈，王妈，你收拾收拾，把贺大人请到账房。

〔王妈心领神会地前去账房。

十三、秉恭居后院账房，日，内

〔蓝玉把贺其瑞礼貌地请进了账房。王妈站在一旁伺候着端茶倒水。

贺其瑞：蓝玉小姐，我外出走了一趟，碛口变化不小啊！

蓝玉：好像没什么变化吧？

贺其瑞：你的秉恭居都变成了秉公居，还说嘛样没变化。

蓝玉：不过是一字之差。

贺其瑞：一字之差，谬之千里啊。听说，蓝玉小姐，现在成了自由身？

蓝玉：谢贺大人关心我的私事。

贺其瑞：也是我的私事，我们是不是更有机会了。如果蓝玉小姐愿意，我情愿回天津也离了婚。

蓝玉：谢贺大人抬举，蓝玉的心思全在商会和店铺上，并没心思，考虑个人问题。

贺其瑞：以我看，你不是没心思，是心思全在另一个人身上。

蓝玉：我刚刚离婚，名声本来就不好，请贺大人不要再妄加猜测。

〔贺其瑞走到蓝玉的背后，俯下身来。

贺其瑞：（阴险地）你离婚的当天晚上，并没有回家，你和霍掌柜在黄河边听罗家班班主，吹了
一夜的黄河大唢呐，我说得没错吧？

蓝玉：你监视我？

〔贺其瑞直起身来，走到蓝玉的面前，奸笑着。

贺其瑞：嘛样难听，我关心你！如果我们联手，在碛口大赚一笔，我们俩就远走高飞，我领你去
广州。

蓝玉：贺大人，别忘了我的爹是被你气死的，我跟你走了，我爹会从坟墓里爬出来，追到广州。

贺其瑞：这个锅，我不背，生死有命，富贵在天，嘛样赖我气死？

〔蓝玉生气地站起。

蓝玉：贺大人，你今天来，如果就是和我说这事，我当面锣对面鼓地说与你听，你就死了心吧。
如果还有公事，请说公事。

贺其瑞：谈公事自有谈公事的地方，明天，你去厘税局，在我的办公室谈。

十四、陈家秉恭窑内，夜，内

〔文秀在床上躺着，秉恭在一边，给她按摩双脚。大少奶奶突然推门走进。

大少奶奶：哟，看你们两个新派人，颠倒了过来，男人伺候女人。

〔秉恭不好意思地停了手，文秀也坐了起来。看着大嫂一脸的不屑。

文秀：（不高兴地）大嫂，你以后进我们家门时，最好敲门。

大少奶奶：哎呀，我又不是下人，在自己家还用这么麻烦，你以后去找我也不用敲门。

〔文秀听了气得皱着眉头，把头扭向一边，眼里充满了厌恶。

秉恭：大嫂，你这么晚来，有事吗？

大少奶奶：可不，蓝玉的商号都换牌子了，秉恭居金字招牌握在咱手里，咱也不能按兵不动。

秉恭：是大哥让你来和我们说的？

大少奶奶：是啊！你大哥早就谋划上这事了。咱家在碛口老店的几家生意都不太好，正好，再开
个新店用上这个招牌，咱们就把店开在蓝玉的对面。

文秀：大嫂，你转告大哥，就不用他替我们操心了，我们另有打算。

大少奶奶：那牌子当然归你们，可蓝玉给你们的钱，不是一笔小数目，你们看？

秉恭：这钱？

文秀：（抢过话头）这钱是秉恭招财进宝的好名字换来的，和你们没什么关系吧！

大少奶奶：三弟妹，话不能这么说，追根根掏底底，这钱和我们大房关系大着呢。

文秀：大嫂，弟弟口袋里刚有了两个钱，当哥的上赶着就来抢，我倒听听这是哪个门派的道理。

大少奶奶：三弟妹，你有文化，我说不过你，但你也休想独占蓝玉给的钱，反正我们是大房。这
个家将来都是我们的，大房不离老宅，这是祖上传下来的规矩。李蓝玉是在这个家当
三少奶奶时开的秉恭居，这个钱，当然有我们的份。

文秀：新鲜，洞房也没入成，能算三少奶奶？我怀着陈家的骨肉，我才是名副其实的三少奶奶。

〔文秀和大少奶奶你一言我一语地就吵了起来。秉恭劝谁也不听，声音越来越高。家里下人，
听见吵闹声，都悄悄地站在院子里听。不知谁告诉了太太。太太赶紧跑了过来，才喝斥住。

太太：还有没有点家法了，小心老爷听见。都给我住口，（指着大少奶奶）你回你的窑去。

〔大少奶奶气呼呼地走了。太太也不理秉恭两口子，用讨厌的眼神看了他们一眼后，被下人
扶着走了。

十五、厘税局，日，内

〔蓝玉敲门，贺其瑞在里边应声。

贺其瑞：请进。

〔蓝玉进去。

贺其瑞：蓝玉小姐，等你半天了。请坐。

蓝玉：（坐下）贺大人请我来是为什么事？

贺其瑞：我新近去了趟陕西，定了一批货，正好你秉公居换牌，我呢，就当成支持你，货来了，放你库房，货是白放，但货走了，我给你抽头，如何？

　　〔蓝玉惊觉的神色，半天不言语。

贺其瑞：蓝玉小姐，我在碛口可帮了你不少忙，你总不会拒绝我吧？

蓝玉：贺大人，不是我不答应你，实在是秉公居地方小，况霍掌柜又去包头进胡麻油，回来后，放油的地方，都尽够，那里有你再放货的库房。

贺其瑞：蓝玉小姐，嘛样要和我打官腔，我对你的心，你还不知道吗？这批货，奔的就是赚大钱去的，挣了，你我远走高飞。

　　〔蓝玉还是不吐口，继续沉默。

贺其瑞：（耐心地）蓝玉小姐，我把你提拔为碛口商会会长，就是想让你为我所用，你是我真心喜欢的女人，我那个天津的老婆，我们并没有感情，我们是政治夫妻，面不和心也不和。我对你是一见倾心，是真的喜欢你，才这么有耐心地等你。

蓝玉：贺大人请绝此念，蓝玉今生对大人绝无此心。

贺其瑞：真的嘛样绝情，那好，我把碛口的河漕税由值百抽五改为值百抽十，你看如何？

　　〔说完，贺其瑞突然走到蓝玉跟前，抱住她就要强吻，李蓝玉反手给了他一记耳光，挣脱贺，跑了出来。

十六、陈家老爷书房，日，内

　　〔老爷生气地在地上走来走去。

老爷：（怒气冲冲）把秉恭给我叫过来。

家人：叫了，老爷。

老爷：再去叫，让他马上就来。

　　〔秉恭垂着手走进。老爷看了他一眼，没理他，一脸怒气地走到太师椅前，腾地坐下，并不理秉恭。

秉恭：爹，你找我？

老爷：你们三房和大房吵成一团，当我不知道？

秉恭：爹，我正想和您说，文秀想回太原府生孩子。她原也打算和我在碛口开个店铺，而想来想去，我们还是回太原府再开自己的店吧！她在这也闹不成，吃不惯，住不惯的。再说生孩子还是太原府的西医医院条件好。

老爷：我看不光是吃住和生孩子的问题吧！蓝玉和你离婚，是她太要强了，但你和老大背着我，趁机对人家百般敲诈，逼着人家换了牌子，还要了人家的钱。如果不是你大嫂和文秀为钱吵起来，我还被你们蒙在鼓里。

秉恭：大哥说，蓝玉开店，原是您和娘暗中给了钱的。

老爷：胡说，蓝玉开店全是用的她娘家陪嫁的本钱，并没要我们陈家的一分一厘，相反，你一走了之后，是她在替你尽孝，看看我和你娘这几年吃的和穿的，有多少都是她给买的。

秉恭：爹，你们不是已经认她为义女了吗？就不用再说了。

老爷：你要走就走吧，按咱碛口风俗，长子不离老宅，这个家败还是不败都要交到你大哥手上，那个文秀，你要当心，虽说知书，但不懂理，我是看不上的，你要带她走，就走吧！

秉恭：谢谢爹。

老爷：文秀就免了，秉恭，你这次走了，不比上次，要记得常回来看看你娘。

秉恭：是的，爹，我会常回来看你和娘的。

老爷：孙子生下了，不管是男还是女，都捎个信回来，名字还是要我这个当祖父的来起。

十七、西湾陈家大门，日，外

　　〔一辆马车停在门口，文秀挽着秉恭的胳膊走出，秉恭的娘，带着秉温、大少奶奶、还有秉良、二少奶奶送行，下人若干随后提着大包小包，跟着出来。下人把包放到马车上，文秀上了马车，秉恭正要上马车，被太太叫到跟前。

太太：（流着泪，拉住秉恭的手）我的儿，儿大不由娘，可你再大，在娘面前也是个孩子。好不容易把你盼回来，你又要离开家……

文秀：（探出头来，大声地）秉恭，快点上车来。

秉恭：（放开太太的手，着急地）娘，放心，我走了。

〔马车刚走，人们正挥手相送，突然传来文秀的喊声：

文秀：（大声地）停下，停下，快停下！

〔马车停下，文秀被人扶下马车，越过人群，跑回家里，一会儿，她又跑了出来，后面，跟着两个下人，俩人抬着他们从蓝玉手里要回的秉恭居的匾。文秀用挑衅的眼神看了一眼站在一旁的大少奶奶。

文秀：（高声地）给我把匾放到车上，找个稳妥的地，回了太原，我还指着它挣大钱了。

〔大少奶奶听了这话，气得白了她一眼，转身先走了回去。文秀假装没看见，脸上的表情颇为得意，高高兴兴地被两个下人扶上马车。老爷站在瞭望台上，看着门前的一幕，百感交集。

老爷：（自言自语）大厦将倾，非一木可支。走吧，都走吧！

十八、秉公居，日，外

〔霍掌柜骑着马，在秉公居门外下了马，众人迎出。

伙计甲：霍掌柜，一路辛苦，去包头走了这么久，总算平安返回。

跟着的伙计：还说呢，这一路，真是吃尽了苦头，光狼就遇上两次。

霍掌柜：狼不是也没有把我们吃了嘛，我们还顺利和冷家联手做成了胡麻油生意，过几天，从包头来的长船，装满胡麻油，碛口36家胡麻油店，不愁没油卖了。

伙计甲：这是个好消息，快到后院库房把东家叫出来。

霍掌柜：东家在库房干什么？

伙计甲：不知道，她这两天一来就到库房，好像要倒腾库房的意思。

霍掌柜：那你们不用叫她，我去库房看看怎么回事。

十九、库房，日，内

〔蓝玉指挥着几个小伙计在倒腾库房的东西。霍掌柜走进。

霍掌柜：（大声地）东家，我回来了。

〔蓝玉抬头，看见霍掌柜，面露欣喜，面带微笑地走了过来。

蓝玉：霍掌柜，包头的事办得还顺利？

霍掌柜：顺得很，我们和冷家虽然独占了麻油和油篓市场，但都走的平价，包头的百姓买油反而比往年便宜。而我们呢，因为走的量大，利润也很可观。包头百姓吃上便宜油，报到包头商会，商会敲锣打鼓地给冷家送了一个"诚实经商，利国利民"的牌匾，冷少爷还特地让我把这个双赢的好消息转告给你，并谢谢你。

蓝玉：霍掌柜，并不要谢我，这件事，其实最应该谢的人是你。你去办事，没有办不成的。你走了的这些日子，我遇上事，真是六神无主，感觉没个可依赖的主心骨。这两天，为库房的事愁得我觉睡不好，饭吃不下。

〔霍掌柜走近蓝玉，用关切的眼神看着她。

霍掌柜：（小声地）什么事，这么严重？

蓝玉：一会儿回账房坐下细说。

二十、账房，日，内

〔霍掌柜和蓝玉分别坐在桌子两旁的椅子上。

蓝玉：怎么办，贺其瑞说是在陕西定了一批货，货来了，要强行放在我们秉公居的库房里。

霍掌柜：什么货？

蓝玉：他不说，只说，要是不让放的话，他就要把碛口的河漕税由值百抽五改为值百抽十。

霍掌柜：蓝玉，还记得吗？上次逼老会长退位，他用的就是这个办法，现在又故伎重演，逼你落入他的圈套。

蓝玉：是啊，就是不当会长，我也不能置碛口所有商家利益于不顾，何况，我还当的这个会长。
霍掌柜：蓝玉，你先不要着急，咱们最好能事先知道这批货到底是什么？
蓝玉：对了，你去包头后，你舅舅来过，说是你母亲生病了，让你一回来就回老家一趟。
〔账房先生正好推门走进，听说霍掌柜要回老家，边找他的账本，边插话。
账房先生：东家，应该让霍掌柜回一趟了，咱碛口所有字号的掌柜，都是三年探一次家。霍掌柜来了都三年多了。
〔账房先生说完后，就又转身推门走了。账房先生走出去后，蓝玉感慨地望着霍掌柜。
蓝玉：（感叹地）真快，一晃就三年多了。
霍掌柜：我明儿一早就起身。正好回去让我舅舅找些熟人，暗中先查一下贺其瑞在陕西那面到底定了一批什么货。
蓝玉：行，听他的口气，他的货还得等些时候才能来。你带个伙计去，让他把信带回来，你陪你娘和嫂子多住两天。
霍掌柜：不用，我一个人去就行，我也不多住。（停了一会儿）蓝玉，有时，我觉得我很对不起你，不过，总有一天，你会理解我的。
蓝玉：霍掌柜，你说什么呢？我能遇见你这么好的掌柜是我的福气啊！
霍掌柜：不说这些了，蓝玉，你看我给你把什么东西赎回来了。
〔霍掌柜边说边站起身来，从包的最里层拿出一个精致的盒子，递给蓝玉。蓝玉一脸疑惑的表情，用一只手慢慢打开盒子，盒子里放着她在包头当铺里当掉的玉镯子。
蓝玉：爹送我的玉镯子，我想都不敢想的事，你居然给我赎回来了。
霍掌柜：怎么不敢想啊，我们挣了钱了。蓝玉，这个赎金，不用铺子里的，算在我的账上，我替你爹再送你一次。
〔蓝玉激动得泪光闪闪。四目相对时，蓝玉先红了脸，霍掌柜也把眼神避开了。

二十一、黄河边，黎明，外

（闪回）（叠化）
霍掌柜：蓝玉，先不要忙着认兄妹，是什么的缘分就是什么的缘分。
蓝玉：我心里明镜似的，你虽好，但你我只是东家和掌柜的缘分。
（闪回完）

二十二、账房，日，内

霍掌柜：累了，我先回去休息了。
〔蓝玉看着霍掌柜的背影，手里把玩着自己失而复得的玉镯子，百感交集。

二十三、碛口码头，日，外

（空镜）黄河上船筏不断，碛口码头航运繁忙。

二十四、黄河，日，外

霍掌柜随着人流，上了一条渡船。船行到黄河两岸中间时，突如其来的特大山洪，一下子就把霍掌柜坐的这条渡船掀翻在黄河中。船和人瞬间就被黄河水冲得看不见了。岸上的人吓得直往后退，边退边喊，不好了，黄河里翻船了。不好了，黄河里翻船了！

二十五、蓝玉住处，夜，内

〔蓝玉躺在床上，头上敷着冷毛巾，王妈在坐在旁边，手里拿着一个铜钱，在蓝玉肘窝内刮痧。突然响起一阵敲门声。
王妈：这是谁了，这么晚了？

蓝玉：你去看看，是不是铺子里出了什么事？

王妈：我给咱去看，你不要动，你还发着烧呢！

〔王妈打开门，进来的竟然是李老艄。李老艄人还没进来，声音就先进来了。

李老艄：黄河里出事了，晌午翻了一条船，霍掌柜就在船上。

〔蓝玉先是一愣，后又跳到地下，头上的毛巾也掉了下来，她冲到李老艄的跟前，摇着李老艄的胳膊。

蓝玉：李叔，这不可能，霍掌柜一早就走了，他不可能坐晌午的船。

李老艄：没错，他是晌午上的船，而且，就是坐的那条翻了的船，找了一天了，船上船工和客人总共13人，全部找不见了。

王妈：（边说边流泪）我的神神，真是好人寿不长，霍掌柜那么好的人。

蓝玉：不可能，你看见他上的是那条翻了的船？

李老艄：千真万确，上船前还和我开了两句玩笑。

二十六、碛口码头，日，外

（闪回）

〔李老艄被船工背下船，放在岸上。（主观视角）抬头看见，霍掌柜正站在岸边等渡船。李老艄特意走到霍掌柜跟前拍了一下他的肩膀。

李老艄：霍掌柜，你这半晌午的去出远门？

霍掌柜：东家准了假，回陕西老家走两天。

〔李老艄数着指头，低头一算。

李老艄：（笑着）可不是，三年了，应该回去看看媳妇了，不过，可不敢看的回不来了？

霍掌柜：李老艄开玩笑，假期一到就回来。

〔俩人挥手告别，一个在船上，一个在岸上。

（闪回完）

二十七、蓝玉住处，夜，内

〔蓝玉脸色苍白，心如刀绞，可又不能像王妈一样哭出来。她怔怔地站在那里，如木雕一般。王妈见蓝玉这样，也不敢哭了，她走上前扶蓝玉上炕，蓝玉木木地被她扶着坐到炕上。人还是呆呆的，想哭不敢哭的样子。

李老艄：（叹了口气）出了这事，原不该我来告诉你们，你们毕竟东家掌柜一场，牲灵呆在一起，还有感情呢，何况人。

王妈：先不要说这没用的，救人要紧，你来是不是要我们出钱救霍掌柜。

李老艄：王妈，看你说的，出了这么大的事，谁还说个钱！所有船家会水的大把式都驾船去下游救人了，河滩上也满是人，黄河边，女人们都在放河灯，也是图吉利，祈求他们的男人能生还。

蓝玉：王妈，给我找衣服，我们也为霍掌柜放河灯去。

李老艄：我来原就是这个意思，闯碛后，我和霍掌柜就成了朋友，我也要再随船到下游去找他，你们去和那些家属一起，为他放河灯，可怜他碛口一个亲人也没有。

蓝玉：（悲情地）李叔，谁说霍掌柜没亲人，我们秉公居从东家到伙计都是他的亲人，王妈，我们走。

王妈：三少奶奶，你躺着，我去，你还发着烧。

蓝玉：王妈，我哪能再躺住。

王妈：三少奶奶，不要怕，我这么老了，还不敢走，霍掌柜年纪轻轻的，怎么能说走就走。白发人送黑发人，我可不依。

〔三人走出。

二十八、黄河边，夜，外

黄河里，一盏盏麻纸做成的河灯，顺流而下，把黄河照得亮如白昼。

〔失去男人的女人和孩子，一张张悲恸的表情。（特写）蓝玉和王妈坐在黄河边，边叠千纸鹤，边把这些千纸鹤形状的小河灯，一盏盏庄重地放向黄河。（主观视角）蓝玉泪眼朦胧地看着这些千纸鹤，顺流而下。（叠化）霍掌柜的形象在蓝玉眼前不断呈现。

二十九、秉公居，日，内

〔人们三三两两地坐在一起，都在说着霍掌柜的种种好。
蓝玉： 谁那天送的霍掌柜上船？
〔一个小伙计走到蓝玉跟前。
小伙计： 东家，是我。
蓝玉： 你们不是一大早就走的吗？
小伙计： 是一大早离开的秉公居，可是……
蓝玉： 可是什么？你说？
小伙计： 可是，刚一出门，就被陈家大少爷拦了回来，霍掌柜和他在账房里谈了很久，陈家大少爷走后，我才送霍掌柜走的，走时，正好是晌午，正好又遇上那条出事的船。
蓝玉： 陈家大少爷来找霍掌柜做什么？
小伙计： 这我并不清楚，我只是后悔要是那天我不让霍掌柜上那条船就好了。
蓝玉：（叹了口气）世界上没有卖后悔药的，你干你的去吧！
账房先生： 东家，要不要去陕西走一趟，先通知了霍掌柜的家人。
蓝玉： 再等两天。

三十、黄河边，暮，外

〔河滩上，翻船的客人、家属，都在等着搜救的船只。（主观视角）人群中的蓝玉，看见一条船靠岸，李老艄被一个船工背着下船，蓝玉和王妈打声招呼，就赶紧跑到李老艄上岸的地方，招手。李老艄和船工都看见蓝玉在招手，船工把李老艄背在蓝玉跟前，放下。
蓝玉： 李叔，找到了没？
李老艄：（摇头）今天又找到两个，可惜全是尸首，人早没了，13个人除了霍掌柜，都找见了，一个活的也没了。
〔蓝玉默然。
李老艄： 就是找见，也没指望了。

三十一、秉公居账房，日，内

〔蓝玉和账房先生分别坐在桌子两旁。
账房先生： 东家，事情都过去五天了，再不通知陕西那边，怕说不过去。
蓝玉： 可什么也找不见，怎么个通知法？
账房先生： 我们多多地拿上些钱，就按船家的意思，让陕西那边，也按"招魂"的方式，墓里埋些霍掌柜生前穿的衣服，反正一直拖着也不是个事，他娘不是还病着，正用钱呢？
蓝玉： 也只能这么办了，你去算算，把咱们该给霍掌柜的工钱，都给了，另外，再多给上一年的工钱。
账房先生： 东家，有件事，霍掌柜一直不让我讲，可他人走了，这件事就我一人知道，我不能不说。
蓝玉：（意料之外地）原来你也有事瞒着我。
账房先生： 不是赖事，从包头回来，那三十六家麻油店来抢兑放在陈大少爷处的钱，当时，霍掌柜拿出过自己的钱，我都另外记了账。
〔蓝玉听了，眼泪哗地流了下来，一语不发，百感交集。正在这时，门外涌来一大群人。蓝玉和账房先生同时站起，跑向门外。

三十二、秉公居门口，日，外

（主观视角）原来在陈家大少爷处放钱的三十六家麻油店，还有胡掌柜等其他商号的一些掌柜，都凑了份子，送到秉公居。

胡掌柜： 李会长，我们都是为霍掌柜的事而来，这些麻油店的掌柜不好意思，我带他们向你道歉，这是大家凑的银子，请你转交给霍掌柜的家人。

〔账房先生接过，蓝玉向大家深深地鞠了一躬。

三十三、碛口码头，日，外

蓝玉、王妈、账房先生，还有两个伙计一行五人等在岸边，准备坐渡船去陕西霍掌柜的老家。这时，从陕西那面摇来一只渡船。船还没靠岸，一个眼尖的伙计，（主观视角）盯着船上的一个人一直看。看了半天，拍了拍另一个伙计的肩。

伙计甲：（将信将疑地）你看，对面来的这条船上，有个人长得多像霍掌柜。

伙计乙：（看也不看，扭过头来，嘲笑地）大白天说梦话，你看见鬼了吧！

伙计甲：（害怕地拽住他的袖子）你好好看看嘛，我怎么看着这么像，不要真是见鬼了吧。

伙计乙： 不要吓唬我，我胆小。（说完，朝伙计甲指的那条船上望去）（主观视角）

（看见霍掌柜安安稳稳地站在渡船上。伙计乙一屁股坐在地上）

伙计甲： 快告诉东家，不是像，就是他，不是人扮的鬼，就是鬼扮的人。

〔伙计甲拉起伙计乙，两人一起跌跌撞撞地跑到蓝玉跟前。

伙计甲： 东家，我们俩都看见了，霍掌柜，霍掌柜。

账房先生： 不要吓着东家，哪有霍掌柜。

伙计乙： 那条船上，你们看。（手指那条船）

〔蓝玉看了一眼，一下子就晕倒在地。王妈也吓得全身哆嗦。账房先生也惊奇地愣了片刻，定了定神后，把那俩小伙计叫到跟前。

账房先生： 这样，你们先不要惊动他，你们只走到他跟前，是人，是鬼，都等他先开言。我陪东家和王妈在这里。

三十四、船靠岸处，日，外

〔船靠岸后，人们纷纷提着行李从船上下来，通过踏板，往岸上走，霍掌柜也在人群中。霍掌柜手里拎着两个大包，上了岸，抬头看见，伙计甲和伙计乙像两个木头人一样站在他跟前不动。伙计甲并不说话，大着胆子上前，用手摸了把霍掌柜的鼻子。

霍掌柜：（推开他的手）不要摸，是活的。我被人救了，只是受了点皮肉伤。

〔伙计乙一听这话，也冲上前去，在霍掌柜身上又捏又摸。

伙计乙： 对，活的，有骨头有肉。（扭头冲着蓝玉他们大喊）东家，王妈，快过来，霍掌柜活着回来了！

三十五、碛口码头，日，外

蓝玉、王妈、账房先生都往他们这边跑来，霍掌柜和伙计甲、乙也往他们三人处跑去。王妈和账房先生一人拽着霍掌柜的一只胳膊，不停地上下打量着他。蓝玉则捂着嘴，远远地站着悄悄抽泣。

账房先生： 霍掌柜，你知不知道你那一条船上，就你一个活着回来？

王妈： 真是命大，快和三少奶奶说说这是怎么回事。

三十六、陕西黄河岸边，日，外

（闪回）

船翻，霍掌柜在水中挣扎，一棵大树漂到他跟前，他抱住大树，一个浪头打来，他和树干被

125

水推走，冲到黄河岸边，一条停在岸边的打渔船，划过去，救了他。救起他时，霍掌柜两只胳膊还紧抱着树干。

三十七、渔船上，日，外

〔好心的渔夫往霍掌柜嘴里喂水，霍掌柜喝了水后，睁开眼。

霍掌柜：这是哪?

渔夫：你醒了，这是陕西吴镇。你要到哪?

霍掌柜：我从山西到陕西，船翻了，幸遇贵人搭救。

渔夫：不要说贵人不贵人，在黄河里没有见死不救的打渔人，今天你救我，明天我救你。谢字都是多余，我看了你身上虽多处伤，但都是皮外轻伤，你喝了这碗水，能走，我就送你上岸。

（闪回完）

三十八、碛口码头，日，外

霍掌柜：光说我了，你们这是去哪?

蓝玉：去，去?

账房先生：去哪，哪也不去了，回秉公居喝酒去。

三十九、蓝玉住处，日，内

〔霍掌柜和蓝玉坐在客房。俩人四目相对，却半天都不知道说什么好。

〔王妈进来倒茶。看他俩人似有话说，倒完后，就低头走了出去。

霍掌柜：（深情地）蓝玉，让你受惊了。

蓝玉：（欣慰地）终算是有惊无险，我们差点儿去了你老家。

霍掌柜：放心，我给你当掌柜还没当够，老天不会让我走。

蓝玉：我也不让你走，好人有好报。你这次回陕西，一半是为我。

霍掌柜：对了，贺其瑞定的货是药材，可我直觉没那么简单。

蓝玉：是啊，药材的话，他放谁家不可，为什么硬要放我们的库里。

霍掌柜：这里面肯定有名堂，他是想把你和他牵在一条线上，不要着急，我们没证据，只能走一步，说一步。

蓝玉：一直没机会问，你母亲的病好了吗? 是嫂子在照护?

霍掌柜：蓝玉，有些事，以后慢慢和你讲，好吗?

（第十集完）

第十一集

一、田间，日，外

（闪回）

农民打扮的霍掌柜和同样农民打扮的舅舅，头戴草帽，脚着布鞋，身穿白色土布上衣，腰间系一条布腰带，俩人在地头锄草，锄了一会儿后，坐下，说话。

舅舅： 李剑同志，这次回家，遇上翻船事件，九死一生，见到你全须全尾地出现在我面前，我真是说不出的高兴。

霍掌柜： 还好，只是受了点皮外伤，已经没事了。田书记，这次把我紧急召回，有什么新的任务？

舅舅： 8月30日，我党卓越的农民运动领导人彭湃同志，由于叛徒出卖，在上海和其他三位同志一起被杀害，中共中央得到彭湃等四位同志就义的噩耗当晚，周恩来代表党中央起草了《告全国工人农民及其他劳苦群众书》。我们陕西省委接到了周恩来写的这个油印件，按上级指示，这个文件要发往各地党组织，并通知各级党组织举行哀悼。

霍掌柜： 那我把文件带回，回碛口后再秘密组织哀悼活动。

舅舅： 先不着急领任务。你在碛口建立地下党支部的任务已经完成，目前隐蔽工作也做得很好，党组织考虑趁你身份还没暴露，有意让你从碛口撤离。

霍掌柜： （真切地）那谁来接替我，负责碛口地下党的工作？

舅舅： 因为还没征求你的意见，所以，现在还没有考虑接替你的人，如果你同意的话，组织会尽快物色合适的人选。

霍掌柜： 我不同意，我希望能让我继续留在碛口。

舅舅： （关心地）在国统区做地下活动，时间越长，危险系数越大，让你撤离也是从你的安全考虑。

霍掌柜： 谢谢组织对我的关心，危险系数大，是从个人角度考虑，但从工作的角度来说，时间越长，打的基础越牢。碛口是晋商的西大门，被兵家称为晋西要津，我继续留下来，还能为党做很多重要的工作。

舅舅： 我会把你的意见，向组织转达。

霍掌柜： 田书记。（欲言又止）

舅舅： （开玩笑地）怎么，还有话不能跟我说，我可是你"舅舅"。

霍掌柜： 田书记，这个舅舅的角色，你还得演下去，我不离开碛口，她也离不开我。

舅舅： 她是谁，是你的东家李蓝玉？

霍掌柜： （点头）现在是她最难的时候，我不能离开她，而且，我请求组织同意我以单身男人的身份靠近她。

舅舅： 李剑同志，虽然你没有结过婚，但当初，陕西商会会长向碛口商会陈会长推荐你时，是以有家室的身份推荐的。所以，在没有接到组织的批准前，你绝对不可以透露你单身的信息，和李蓝玉也不可以，希望你能理解。

〔霍掌柜站起，伸手拉舅舅也站起。

霍掌柜： 我听从组织安排。

〔舅舅拍了拍他的肩膀。

二、霍掌柜临时住的窑内，夜，内

（闪回）

〔霍掌柜坐着擦枪，突然，舅舅敲门走进。

霍掌柜： 田书记，这么晚了，您来？

田书记： 有好消息，早点告诉你，让你今晚睡个踏实觉。

霍掌柜：（惊喜地）组织上同意我和李蓝玉以恋人的身份来往了？
田书记：看把你急的，组织上只是同意了你在碛口继续坚持党的地下工作，但是，你和李蓝玉的个人问题，组织上还得再考查一段时间。希望你能理解。
〔霍掌柜默然，良久，抬起头来，看着舅舅。
霍掌柜：田书记，我服从组织的决定，在李蓝玉面前绝不公开我的身份。
舅舅：这是《告全国工人农民及其他劳苦群众书》的油印件，为了安全起见，你把它背会后就烧毁，回碛口开会时口头传达。
霍掌柜：我可不可以像上次印商业海报一样，暗中把这个文件印了。
舅舅：这个你看碛口的情况定，碛口党支部，是全临县第一个成立的党支部。群众基础好，你这次回去的任务，不仅要巩固地下党在碛口的力量，更主要的是要在全临县开展地下党的工作。
霍掌柜：好，我这次回去后，就借生意上的事务，到离石府走一趟，和那里的同志碰碰头。
舅舅：但不是单纯碰头，因为你文化程度最高，这次有背诵文件的任务，所以，临县只有你一个人被召回，你回碛口安排后，立即赶往离石，把党中央的声音传遍临县。
霍掌柜：（郑重地）放心，田书记，我保证完成任务。
舅舅：一定注意安全。
（闪回完）

三、蓝玉住处，日，内

〔霍掌柜看着蓝玉关切的声情，母亲的病和自己子虚乌有的妻子，都无从谈起。他避开蓝玉的目光，站到窗前，望着窗外。
蓝玉：霍掌柜，小的时候，常听我娘说，越活越难活，活人不容易，谁家都一样，你常年不在家，婆媳两人过活，难免有个磕磕碰碰。
霍掌柜：蓝玉，你别说了，有些事你以后就会明白，不是我不说，是我不能说。
蓝玉：是的，我懂，男人们最讨厌说麻缠不清的家务事。
霍掌柜：蓝玉，你没懂我的话，但这不是你的错。错在我，总有一天，我会让你真正的懂我。蓝玉点头。
霍掌柜：蓝玉，我要去离石府走一趟，估计贺其瑞的货一时半会儿还来不了。
蓝玉：是的，听他的口气，好像是被什么耽搁住了，还得过段时间。霍掌柜，你走多久？
霍掌柜：少则一周，多则半月二十天。
蓝玉：伤没事吧，不行，休息一段时间再去，身子要紧。
霍掌柜：一点皮外伤，还不用休息。你放心好啦！

四、蓝玉住处窑内，日，内

〔蓝玉正在吃饭，王妈在一边伺候着。
蓝玉：王妈，你就和我坐一起吃吧，老是我先吃。
王妈：哎，台阶有高低，你抬举我，我不能没规矩。
蓝玉：王妈，我都把你当娘待呢。
王妈：三少奶奶，等我不能动了，有的是你孝敬我的时候。
蓝玉：王妈，你以后也别叫我三少奶奶了，霍掌柜也不叫了。
王妈：那我就叫你玉儿吧！王妈一辈子当佣人，没嫁人，孩子没留下，老也老了，转到你手里，也算我老来福，老了才有了你这么个好闺女。
〔突然听到院里一阵响动，搬东西的声音。
蓝玉：这是怎么了，动静这么大？
王妈：就是，我这就去看看。
〔四太太一下子推开门，手里拿着手帕不停地扇着。
四太太：哎呀呀，累死个人了，昨儿，光挑拿的衣服，就挑了一夜。王妈，快帮我那个小丫鬟把东西先抬到家里，再帮她收拾收拾。

蓝玉：四姨娘，你这是打哪来的啊？

王妈：就是，让你照门，照得人也找不见了。

四太太：你们不在，我闷得哪能一个人闲住，先是去太原府逛了一圈，买了些东西送回李家山，正好，李家山唱戏，我就多住了些日子。

蓝玉：四姨娘，那你是从咱家来的，二娘他们都好吗？

四太太：好，人家都守着自己的儿女，有什么不好，别说他们了。看见你吃饭，我也饿了，王妈，给我端上一碗，我和蓝玉一起吃。

〔王妈白了她一眼，不情不愿地走了出去。

〔王妈边出门边小声嘟囔。

王妈：（小声地）见饭饥，见水渴，糟害人。

五、蓝玉住处院内，日，外

〔王妈站在院里，看着四太太堆了一院的东西，气得直跺脚。

王妈：（厌恶地）立了什么大功了，在这里抖牌子。

小伙计：（走过来）王妈，四太太又来了，你见了没有？

王妈：十辈子不见也不稀罕。

小伙计：还十辈子呢，这辈子就得把你老人家麻烦死。

王妈：可不是，我先给她弄饭，弄完了，还得帮她收拾东西。

〔王妈和小伙计正在院里说话，突然，贺其瑞走了进来。

贺其瑞：（看着地上的东西）王妈，蓝玉小姐要出远门？

王妈：不是，是她四姨娘刚来，她的东西。

〔听见贺其瑞的声音，四太太不管不顾地就从窑内跑了出来。她跑到贺其瑞跟前，当着众人献起殷勤。

四太太：贺大人，我正想让蓝玉领着我去见你呢，我去太原府给你买了个玉烟嘴，快进窑内看看，一直在我随身的香包里装着呢。

〔贺其瑞耸耸肩，跟着四太太进了蓝玉的窑内。

六、蓝玉住处窑内，日，内

〔贺其瑞和四太太进，蓝玉站起。王妈进来，赶紧把饭桌连桌上的饭端到一边。

蓝玉：（冷冷地）贺大人，来了，坐。

贺其瑞：蓝玉小姐，我还以为你生了我的气，不再让我进门呢？

七、厘税局贺办公室，日，内

（闪回）

贺其瑞要强吻蓝玉，蓝玉给了贺一耳光。

（闪回完）

八、蓝玉住处窑内，日，内

〔蓝玉和贺其瑞话里话外说着上回贺要强吻蓝玉的事，之后，都片刻不语。还是贺先赔了不是。

贺其瑞：（油腔滑调地）蓝玉小姐，我这可是负荆请罪来了。

蓝玉：（仍冷冷地）下不为例就好。

四太太：你们两人打什么哑谜，听得人云里雾里，贺大人，你还是看看我给你买的这个玉烟嘴吧。这可是我跑了半个太原府才买到的。

〔四太太从香包里拿出玉烟嘴，给了贺其瑞，贺看了一眼，然后，抛在空中，接住，又抛起，又接住。玩了一会，又盯住蓝玉看。

四太太：贺大人，不怕眼睛看得拔不出来，我们蓝玉可是有男人的女人。

贺其瑞： 四太太此话谬也，我可清楚蓝玉小姐现在是名花无主。

〔贺其瑞边说边站起，走向窑内放花盆的地方。

九、蓝玉窑内一盆兰花前，日，内

〔贺其瑞在窑内一盆兰花前驻足，脸凑上去，用鼻子贪婪地嗅着兰花的香气。

蓝玉： 贺大人，我虽无主，大人你可是有家室的。

贺其瑞： 男人的心在哪，家就在哪，蓝玉小姐嘛样聪明，能不懂我的意思？

蓝玉： 并不要懂，贺大人此来有什么事，请讲。

贺其瑞： 一为上次的事，多有冒犯，二为我那批货，放你库房。

蓝玉： 贺大人，你可以亲去我库房看看，油篓垒得七层高，顶天立地，连个下脚的地方都没有，哪能再放下贺大人的货。

〔贺其瑞说边从花盆里用力摘下一朵花，在手里撕成一片一片的碎片，同时嘻笑地看着蓝玉。

贺其瑞：（醋意地）我不用去看，你还是和你那个姓霍的掌柜商量商量，我的货还就是看上你的库了。

四太太： 贺大人，你怎么看着我们蓝玉小姐什么也好？（挑逗地）我的库敞开等着你，你放不放？

蓝玉： 四姨娘，我和贺大人说正事，你别瞎搅和。

贺其瑞：（笑了，当着蓝玉的面，他上前就捏了一把四太太的脸）蓝玉小姐要是实在不让我放，你的也能将就。

四太太： 贺大人，说话算话，我可等着你呢？

蓝玉： 贺大人，不要听四姨娘瞎说，她是开玩笑呢，她连店铺也没有，哪有库房。

四太太：（胸有成竹地）蓝玉，我不是开玩笑，贺大人，你放心，你的货来了，我给你找放货的下家。

贺其瑞： 嘛样也好！

〔贺其瑞把手里的花扔了一地，哈哈大笑着，走出门去。四太太见蓝玉没送他的意思，自己慌忙追出去。

四太太： 贺大人，等等，我替蓝玉送送你。

十、蓝玉住处窑内，日，内

〔四太太反身回来。一脸兴奋。

四太太： 吃饭，王妈，快把饭再端上来，今儿太高兴了，我要多吃两碗。

王妈：（讨厌地）那也得热一热再往上端，况你的刚才我就没端进来。

〔王妈端着饭碗走出。蓝玉走到四太太跟前，四太太坐着，蓝玉站着。

蓝玉： 四姨娘，你哪里来的库房，难道你手上还有店铺，爹暗中还给了你店？

四太太： 你爹，玩我还差不多，真正的家产，哪里舍得给我，店铺都留给了你那两个兄弟，我除了有两个银钱，在你们李家是什么也没捞着。

蓝玉： 那你胡吹什么，姓贺的这种人，躲还躲不及，哪敢往上扑，我一直用话挡，你一直往上扑，你简直是飞蛾扑火。

四太太： 蓝玉，你就不用替我操心了，扑火的不一定都是飞蛾。兴许，我还是一股狂风，贺大人有了我，这火会越烧越旺呢？

蓝玉： 四姨娘，我不和你打嘴仗，你好歹也是我爹的女人，我只希望你不要引火自焚。

十一、小酒店，夜，内

〔四太太上楼，（主观视角）一眼就看见坐在角落里的陈家大少爷。四太太走过去，站着，用不满的神色看着陈家大少爷。

四太太：（不满地）哎，陈大少爷，你就在这么个地方请我？

陈家大少爷： 四太太，你不是为吃而来吧！坐吧！

〔四太太不满地侧着身子坐下。

四太太： 哼，穷的装大方，富的真抽筋，你可真够小气的。

陈家大少爷：你这么个身份，让我把你请到哪？废话少说，说正事，是不是李蓝玉有买卖了。

四太太：当然，不过，先给钱，我再告诉你。

陈家大少爷：说好的，事成之后，才有佣金。

十二、蓝玉住处大门外，日，外

（闪回）

〔陈家大少爷在大门外不远处，走来走去，见四太太出来，装作路过，朝四太太走去。

四太太：这不是陈家大少爷吗？你从包头回来了。我们蓝玉不是也去了吗？她没回来？

陈家大少爷：别问那么多为什么，我有事找你。你不是住在这里以后，只要听说李蓝玉的买卖，你就记得告诉我一声。

四太太：无利不起早，没好处不干。

陈家大少爷：当然有，你的消息促成一笔买卖，给你一笔的钱。

（闪回完）

十三、小酒店，夜，内

四太太：我想了想，变了，成不成是你的本事，我只要告诉你一桩买卖，你就得先给我两块大洋，否则，我就烂在肚里，也不告诉你。

〔陈家大少爷掏出两块大洋，扔给四太太。

四太太：贺其瑞有一批货，说是能挣大钱，要放在李蓝玉的库房，李蓝玉拒绝了，说放不下，其实，我看那光景是蓝玉压根就不想和姓贺的打搅。我说呀，你们男人真是犯贱，越吃不着，越上赶着。

陈家大少爷：（不耐烦地）女人也一样，不要说这些没用的。姓贺的货，一定是官货，官货最能挣大钱。贺要放在李蓝玉的库房，明摆着又是假公济私，照顾他的心上人。（想了想）这桩买卖，我想抢过来，可能性不大。

四太太：这批货一来了，贺其瑞肯定会找李蓝玉，到时，我再想办法。（讨好地）为了暗中替你做事，我现在不是又和李蓝玉住在一起了吗？

陈家大少爷：少来，不替我办事，你不也照样没有住在李家山。行了，你走吧，货来了，还是老办法，你到我家店铺，找我让你找的人，传话给我。

十四、秉公居库房，日，内

（闪镜）搬运工把胡麻油一篓一篓地从库房里，扛出来，装在马车上。

载着油篓行进的驼队。

十五、账房，夜，内

账房先生打着算盘，嘴角高兴地溢着笑。

账房先生：霍掌柜，这库里的油要是走空了，咱就挣翻天了。

霍掌柜：（点头）不急，钱要慢慢赚。

账房先生：霍掌柜，油走得这么快，好像你并不高兴似的。

霍掌柜：（笑笑，提起灯笼）去趟澡堂子。

账房先生：霍掌柜，那帮画海报的学生，今天又来找你了，说他们又画了新画，想让你给看看。

霍掌柜：好，我一会再到碛口中学绕一遭。

十六、小酒店，暮，内

〔四太太在拐角处，牛二大大咧咧地走进来。看见四太太老远就打招呼。

牛二：真是太阳打西面出来了，四太太您找我。

四太太：（指了指旁边座位）你能不能小声点，看不见我专挑背人的地方坐。

牛二：嗨，看不起我牛二不是，要是贺大人来了，你啊，恨不得像个相片似的，当众贴到人家身上。

四太太：可惜，人家贺大人要粘也是粘李蓝玉，不是粘我啊。

牛二：这就是，不染自来红，偏爱不上色。说吧，你找我来，啥事？

四太太：要说，也没什么事？

牛二：没事抽风，你把我找来？

四太太：见了银钱，你就不抽风了。

〔四太太从怀里掏出一把碎银子扔到桌上，牛二一把拿起，也揣到怀里。

牛二：（嘻皮笑脸地）当过姨太太的人，就是不一样，瘦死的骆驼比马大。四太太，您就吩咐吧，牛二为您老人家，赴汤蹈火在所不惜。

四太太：行了，行了，没那么费劲，汤呀火呀的，就是让你想办法把贺大人在天津的地址要一个给我。

牛二：四太太，我不认识字啊，他桌上一堆信，我知道哪个是天津来的。

四太太：你每天在他跟前总有办法，要不你把银子拿来，我求别人去。牛二下意识地捂住怀里的银子。

牛二：别，这个钱还是我挣，你等着我把地址告诉你。

〔四太太得意地一笑。

十七、碛口街上，日，外

〔牛二转着一双滑溜溜的小眼，背着手，在碛口街里乱窜。一个担担子的小货郎走过，牛二，一声喝住。

牛二：过来，过来，爷买点你的东西。

〔小货郎把担子放在地上，陪着笑脸，看着牛二乱翻腾，翻腾了一会，什么也没要，牛二挥手，让小货郎走了。牛二转到街口，看到一个乞丐，跪在那里。乞丐讨饭的碗吸引了牛二。牛二盯着这个碗看了半天。

牛二：（自言自语地）这个碗看上去倒有点年头了。

〔牛二走过去，拿起乞丐的碗，就要走，乞丐抱住他的腿不让走。

乞丐：你不能抢走我要饭的家什。

牛二：这值几个破钱，等着，爷爷还你两个热热的大油旋烧饼。

〔牛二拿着那个脏碗，去了附近的烧饼铺，抓起两个刚出炉的油旋烧饼。

牛二：（看着店家）爷吃你两油旋烧饼。

店家：（陪着笑脸）你吃，你吃，咱就卖这个，还差牛爷你吃的两个。

牛二：（气粗地）爷不白吃你的，回头有人欺负你，告诉爷一声啊！

店家：少不了麻烦您老人家。

〔牛二转身，把白要的两个油旋烧饼，扔给乞丐，扬长而去。

十八、厘税局，夜，内

〔贺其瑞坐在太师椅上，抽烟。门吱呀一声推开个缝，牛二先是探进头，一笑，然后，侧着身子就钻了进来。

贺其瑞：（闭上眼睛）牛二，我说你能不能像个人似的，大大方方地走进来一次，嘛样，每次都像老鼠钻洞一样。

牛二：（献媚地笑着）贺大人，小人记住了，下次，下次。这次送你个宝贝。

贺其瑞：（不屑地）你这个活宝，能有嘛样宝贝。

〔牛二噌地一下从怀里掏出一只旧碗。

牛二：看好了，贺大人，这可是明朝的碗。

贺其瑞：（笑笑）你又不收藏古董，明朝的碗能到了你手里，卖一百个你，也买不来一个明朝的碗。

〔牛二走到贺其瑞跟前，装出一脸的神秘。

牛二：贺大人，我当然买不起，可我捡，总能捡起吧，今儿我在碛口路过一家古董店，看见一个有钱的外地客商进去，我也跟进去，他买了一地的货，走时，落下这件了，我就拿给您了。

贺其瑞：（笑看他）牛二，我说你这张嘴啊，可惜了，你爹娘买走时，应该把你送给临县说书的盲人。让你也背上个三弦，张嘴就编，嘛样好。古董有一买一地的吗？你当是买大白菜呢。

牛二：（不好意思抓耳挠腮地傻笑）大哥，你就不要恶心我啦。知道你爱收藏，我这不是见个破旧的东西，就想拿来孝敬您。

〔贺其瑞不理他，拿起那个破碗，摔在地上。

牛二：（假装心疼地上前拦）大哥，大哥，上次你把那么好看的花瓶摔了，这次又把我的碗也摔了。

贺其瑞：在我眼里一钱不值。

〔牛二委屈的表情，赶紧拿起扫帚扫了起来。扫完后，顺手又拿了块布子，擦起桌子。牛二边擦边整理桌子上的东西，趁贺不注意，把桌上的两个旧信封偷偷地塞在了擦桌子的布子里。牛二趁倒土的工夫，把信封悄悄地揣在了怀里。

十九、小酒店，日，内

〔陈家大少爷和四太太在拐角的一张桌子前，脸冲里坐着。四太太把牛二给她的两个旧信封放在陈家大少爷跟前的桌上。

四太太：我不识字，你看看，这是不是天津来的信。

陈家大少爷：（拿起信封）一封是，一封不是。这什么意思。

四太太：一封就够了，这是贺其瑞天津的地址，我们给贺的老婆写封信，不要具名，就说他和李蓝玉如何如何，她老婆一来闹，那姓贺的不是就不敢把货放在李蓝玉的库房了吗？

陈家大少爷：这倒是个办法，不过，这也太下作了，不像咱们干的，我不干。

四太太：你不干，谁干，我又不会写字，陈家大少爷，我可是帮你，你不能让我白找地址吧。

陈家大少爷：那就写吧，一不做二不休，反正是为搞臭李蓝玉。

二十、天津公寓，夜，外

（闪镜）贺其瑞老婆张西亚读信，不屑一顾背后透着点酸酸的表情。

二十一、厘税局，日，内

〔贺其瑞手拿天津发来的电报，气急败坏地在地上走来走去。牛二推开门，跑步进来。

牛二：哥，你找我。

贺其瑞：这事玩儿大了，张西亚远在天津，莫名其妙，先一封加急电报，后一封长信，不准我和李蓝玉有生意上的往来。牛二，你说，她在天津手眼通天，难道在碛口还有她的眼线，这个女人。

牛二：（装模作样地）是啊，是啊，女人本事大起来，真的比孙悟空还厉害。大哥，你想想，你这批货是在哪定的，是不是定货那边有人向嫂子通风报信了。

贺其瑞：这倒有可能，她们家厉害，七大姑八大姨尽是买办商人，可也不应该知道得这么清楚，还能点名道姓地叫出李蓝玉的名字，嘛样奇怪。

牛二：（赶紧地）这不奇怪，李蓝玉是碛口唯一的女商会会长，恐怕全国商会也没有几个女会长，大哥，你想，好事不出门，坏事传千里。

贺其瑞：你说我推举蓝玉小姐当会长，是坏事？

牛二：大哥，我没这个意思，我不会说话，我是说，蓝玉出了名，嫂子猜想或者是怕你和她有事，才不让你和她有买卖。

贺其瑞：这倒有可能，她仗着她们家的势力，从来是只许她放火，不许我点灯。牛二，你说会不会她暗中找人在碛口监视我？

牛二：也许，碛口码头每天上下的多少南来北往的人，是嫂子的人，也不在脑门上贴字。唉，光看大哥在外当官威风，想不到大哥在家也有这多苦，闷在心里。

贺其瑞：先不说这些，你给我把蓝玉的四姨娘找来。

牛二：（不解地）哥，是找蓝玉的四姨娘，还是找蓝玉？

贺其瑞：听不懂人话，找蓝玉的四姨娘，四太太。

二十二、厘税局大门，日，外

〔四太太坐着轿子，在厘税局门口停下，激动地东张西望，然后，用手把头发拢了拢，把衣服往展整了整，在牛二的指引下，进了贺其瑞的办公室。

二十三、贺其瑞办公室，日，内

〔贺其瑞在办公室着急地来回踱步。听到敲声后，坐回坐椅。
贺其瑞：进来。
（主观视角）四太太跟在牛二后面，极不自然地走进。
〔牛二随便地坐在远处一点的位置上，四太太站着，冲坐在椅子上的贺其瑞，很媚很夸张地一笑。
牛二：贺大人，我把四太太领来了。
贺其瑞：好了，你出去吧！
〔牛二愣了一下，站起来，转身退出。贺其瑞指着桌子对面的椅子。
贺其瑞：四太太，请坐吧！
四太太：我不坐，我看看贺大人用上我上回给你的玉烟嘴了没？
〔四太太边说边走近贺其瑞，把一只手搭在贺其瑞的肩膀上，看着贺其瑞笑。
四太太：贺大人，这可是你请我来的。
贺其瑞：怎么，不想来？
四太太：你说呢？
贺其瑞：我说，你是巴不得，对吗？
〔四太太把搭在贺其瑞肩上的手抽回，突然，伸出双臂，从后面猛地搂住贺其瑞的脖子。
贺其瑞：四太太，嘛样生猛。坐回去，先听我说正事。
〔四太太坐到贺其瑞对面的椅子上。
四太太：假正经，我坐好了，说吧！
贺其瑞：四太太，我的货三两天就来了，你上回说你有库房，当真？
四太太：当然，只要你转得过弯，不要一根筋，就盯住个李蓝玉，放东西的地方有的是。
贺其瑞：我不管你放哪，这批货，第一，不能说是我的，第二，不能出问题，听明白了吗？
四太太：我一直就明白着呢，是你揣着明白装糊涂。
〔四太太站起来，又走到贺其瑞的跟前，这次，索性，一屁股坐在了贺其瑞的大腿上，两只眼睛火辣辣地望向贺其瑞。贺正抽着烟，他抬起头，朝天吐了几个烟圈。
四太太：（撒娇地）你没用人家送的玉烟嘴。（主动把脸贴到贺其瑞的脸上）
贺其瑞：玉烟嘴不用了，用你的樱桃小嘴！
〔贺其瑞和四太太接吻。

二十四、小酒店，暮，内

四太太和陈家大少爷面对面坐着，形容诡异。
四太太：贺其瑞的货明天就来，你的库房准备好了？
陈家大少爷：当然，你我等着挣大钱吧！
四太太：可不是要挣大钱了，这货贺其瑞要低价出手给你，下家他来找，你干不干？
陈家大少爷：干啊，送到嘴的肥肉哪能不吃，你问问他，多少钱？这货，我接了。
四太太：爽快。对了，这次见面主要是盼咐你，不要把风声走漏出去。贺大人不让说是他给你的货。
陈家大少爷：司马昭之心，路人皆知，他是怕李蓝玉知道吧。这个姓贺的，对老婆是不是想来个阳奉阴违。
四太太：别老把贺其瑞和李蓝玉扯到一起，贺大人现在听我的。
陈家大少爷：你吃醋了，四太太。放心，我也不想和贺打正面交道，这件事，你我清楚就行。他

　　　　这批货多少钱，说好价钱，我给你拿现钱，你给他。

四太太： 行。

二十五、碛口码头，夜，外

　　〔一条货船，靠岸。船主下船。

搬运工队长： 船主，这船货"饱载"，还是"半载"？

船主： "饱载"。

搬运工队长： 这么说是 50 件以上了。几家的货。

船主： 55 件，货主不清楚，送往一家，全送到头道街西湾陈家的店。

搬运工队长： （向排队等候的搬运工）大家听着，55 件包，都扛到头道街西湾陈家的店，陈家大少爷亲自在那里接货，还是老规矩，把收货人发的木签，交到组长手上，扛完后，组长找我统一结算。

　　〔工人们排着队，很有秩序地从船上往下扛白布包成的大包。

搬运工甲： （抗着包）说是草药，果然货不重。

搬运工乙： 那快走，争取多扛几包。

二十六、陈家店铺库房，夜，外

　　〔陈家大少爷兴高采烈地亲自站在库房门口，看着这些货都一包一包地扛进自己的库房。

陈家大少爷： 慢着点，慢着点，袋子弄破了，草药撒一地。

掌柜： 大少爷，黑更半夜的，你回吧，我在这里就行。

陈家大少爷： 你不懂，这批货能到咱手上，不容易，我看着高兴。

　　〔掌柜的点头，同时，把手上的木签，交到放好货出来的搬运工手上。走出一个人发一个木签。

二十七、贺其瑞住处，夜，外

　　〔贺其瑞和四太太在一张床上躺着。

贺其瑞： 货都放到陈家大少爷的库房了？

四太太： 嗯，你准备给他多少钱？

贺其瑞： 他给你多少钱？

四太太： 那你就别管了，我除了在你这倒贴，在别处是不会倒贴的。

贺其瑞： 嘛样难听，我们现在是情投意合，两情相悦。

四太太： （搂住贺其瑞）不要和我文当当的，我又不识字，你的李蓝玉才懂这些酸文假醋。

贺其瑞： 我可没提李蓝玉，这是你提的。不过，说到这里，你可真的该走了，你住在蓝玉小姐那里，回去的太晚，不好。

　　〔贺其瑞把四太太搂在自己脖子上的手臂拿开，从床上坐起，四太太不情愿地也坐起，穿衣服。

四太太： （半生气半撒娇地）蓝玉小姐，蓝玉小姐，你就是忘不了她。

　　〔贺其瑞抽烟，不再理会四太太。

四太太： 陈家大少爷和我说好的，货出手后，才给我结银子，你早点把货出手了。

贺其瑞： 是你的，早晚是你的，急什么，好货从来都是待价而沽。对了，你没和陈家大少爷说是我的货吧！

四太太： 你不让我说，我敢说？没说。

贺其瑞： 嘛样就好！

二十八、西湾陈家大房窑内，夜，内

　　〔陈家大少爷和大少奶奶躺在床上，说话。

大少奶奶： 老二家的两个儿子一点不听话，今天和咱们的三个儿子，两家的人马，在私塾里又撕打了一架。

陈家大少爷：小孩子在一起，难免，打就打了，有什么要紧。我现在接了一批货，忙着给咱挣钱，顾不上听你说这些。

大少奶奶：什么挣钱的买卖，也不和我说一声。

陈家大少爷：你管那么多干啥，你在家管好孩子，挣了钱，我把大把的银子，交到你手上，不就行了。

二十九、厘税局大门，夜，外

〔一个商人打扮的人走到厘税局，警惕地四下张望后进入。
（主观视角）贺其瑞从窗户里看见他走进。

三十、贺其瑞办公室，夜，内

〔商人打扮的人正欲举手敲门，门被早已站在门后的贺其瑞轻轻打开，贺一把把商人侧身拉进。俩人站在门背后，悄悄说话。

贺其瑞：钱拿来了？

商人：一分不少。货没问题？掺没掺"云瓜膏"？

贺其瑞：和我做这档子交易又不是第一次，纯粹的大烟土，一点假没掺。

商人：（不耐烦地）那老规矩，一手交钱，一手交货。一两十块银圆，说好的。干吗把我叫到这里。

贺其瑞：这次，就不是十块银圆了，只要你和我合作，演成这出双簧好戏，我一两加两块银圆。

〔贺其瑞和商人打扮的人耳语，商人点头。

三十一、贺其瑞住处，日，内

〔贺其瑞在床上躺着，四太太推开虚掩的门，走进。

四太太：（边脱衣服，边抱怨）贺大人，大白天的就叫人家来你这里，我可不是二道街的妓女，你想召来就召来。

贺其瑞：那你有点骨头，别来。

〔四太太气得哼了一声，钻进贺的被窝。

四太太：贺大人，你有那么多钱，我也想像李蓝玉一样长期住在碛口，你给我买一处宅子吧！

贺其瑞：想得不错，有了宅子跟谁住啊！

四太太：这还用说，跟你啊！

贺其瑞：我可是在天津，有家有室，岂能和你明铺明盖的住到一起。

四太太：（撒娇地）贺大人。

贺其瑞：（不耐烦地）好了，好了，今天找你来，是要你通知陈家大少爷，那批货出手了，明晚有人来提货，他要亲自去。

四太太：那钱呢？你多会儿给他？

贺其瑞：我怎么能给他，我不是一再告诉你不要告诉他是我的货嘛！

四太太：（吞吞吐吐地）告是没告，不过，人家也想早点拿上他给我的抽成嘛。

贺其瑞：好了，好了，到时候，谁提他的货，谁会给他的。

四太太：我就这样和他说？

贺其瑞：你就这样和他说。

三十二、小酒店，日，内

（闪镜）四太太和陈家大少爷神秘地交谈。
陈家大少爷兴奋的表情。

三十三、陈家店铺库房，夜，外

〔陈家大少爷和商人打扮的人均站在库房门口，监督着搬货。最后一箱货被搬出库房后，突然，贺其瑞出现在库房门口。陈家大少爷眉头一皱，刚想走开，被贺叫住。

贺其瑞： 陈大少爷，留步。（看了看四周）让你所带家人和店铺里的闲人，先都回避。

〔陈家店铺里的掌柜和伙计都退下。

陈家大少爷： 贺大人，您的货全搬出来了，都在这，您查验查验。

贺其瑞： 嘛样跟我套近乎，我是执行公务来的，有人举报我私贩大烟土。

陈家大少爷：（着急地）贺大人，这货可是您的，有没有大烟土，您还不清楚？

贺其瑞：（生气地）血口喷人，我堂堂厘税局局长，吃着民国政府发的关饷，怎么会和你们这种不法商人，混迹到一起。

陈家大少爷：（着慌地）贺大人，四太太明明说是您的货，我才敢让放的。

贺其瑞： 谁是四太太，我只有天津一个太太，不认识什么四太太、五太太。

三十四、货物前，夜，外

〔贺其瑞说着走过去，从身上掏出随身带的小刀，把其中的一包挑开，从中抽出一个装烟土的小包，拿到陈家大少爷跟前，晃来晃去。

陈家大少爷：（气得直跳脚大骂）贺其瑞，我日你三辈祖宗，你设计陷害于我，把四太太叫来，我们三朝对面。

贺其瑞： 何须什么太太，现成的人证就在跟前。（贺其瑞向商人招手，商人装作害怕的样子，战战兢兢地走到贺其瑞跟前）

贺其瑞： 这笔买卖里边私藏烟土，你事先知情吗？

商人： 报告大人，小的知情，陈家大少爷告诉我这批货里共挟带大烟土五十斤整。要我按每斤一百块银圆付款，总共五千块银圆。

贺其瑞： 陈家大少爷，你听清楚了没有？人证物证，你还有嘛样说的？

陈家大少爷： 串通一起，诬陷好人，我要告你们！

贺其瑞： 告谁啊！我看你在包头还没把牢饭吃够，要不要我让缉私队把你再投入大牢？

陈家大少爷闻听此言，不敢再大喊大叫。

〔贺其瑞靠近陈家大少爷身边，小声地劝道。

贺其瑞： 陈家大少爷，你也是读过书的人，你可知道你们山西阎锡山，阎督军推行的"三事六政"，六政之首要就是禁烟。

陈家大少爷：（吓得两腿直打哆嗦）我没有贩烟，我没有贩烟。

贺其瑞： 听我说，你也知道，一旦你贩卖大烟土的罪名坐实，等待你的是深深的石灰池，你可以想一下，你站在石灰池里，然后，上面的人往池子里不停地泼水，泼水……

陈家大少爷：（惊吓的声音）贺大人，贩烟之事，我就是死也不能承认，这事只有四太太能证明我的清白。

贺其瑞： 五太太也救不了你，我现在就叫缉私队把货扣了，把你和这个买你大烟土的商贩全带走。

三十五、店铺拐角处，夜，外

〔商人假装害怕，急急跑到陈家大少爷跟前，拉着他的衣襟，把他拉到拐角处。背着贺其瑞，和陈家大少爷商量对策。

商人： 俗话说，好汉不吃眼前亏，我们哪能斗过官家人，这样吧，算我倒霉，我们给他打点些银子，先把这些货拉走，你看怎么样。

陈家大少爷： 你有银子，你出，我是一块银圆也没有。我的钱，全压在这批货上。我就等着你提货时给我结现银呢，你不能把钱给了他，你得先给我结算这批草药的钱，这可尽是些名贵草药。

商人： 你还想要钱，这事嚷嚷出去，就不是银子的问题，贩烟土可是掉脑袋的罪。这样吧，我看你也不是这条道上的人，念你初入道，我出三分之二，你出三分之一，总该行了吧！

陈家大少爷：我压根就没带现银来。

商人：那这样，我给他现银，你给他打欠条，怎么样？

陈家大少爷：（又急又气）这货可全是我接下的啊，你不能把钱全给他。那可是该给我的钱啊！

商人：你要识时务，不要舍命，不舍财！

陈家大少爷：这就是合起伙来要我的命！

三十六、货物前，夜，外

〔陈家大少爷走回刚才站的地方，对着站在货前的贺其瑞。

陈家大少爷：贺大人，人都得讲良心，就算四太太不出来做证，你心知肚明，这货是我从你手上接的。

贺其瑞：还嘴硬，在你的库里，不是你的货，是谁的货？我看不把你再弄进大牢，你就不知道应该怎么做人。

陈家大少爷：贺大人，那这样，那个商人刚才和我说了，他给你银子，先把货拉走。我前面从你手上接这批货的钱也不要了，就算我白送你一笔钱，还让你白放了货。

贺其瑞：你他妈还扯我，你再说一遍这货是从我手上接的，我现在就把你下到牢里，你信不信！

〔陈家大少爷不再敢说话，垂头丧气地站着，贺其瑞见他终于服软了，走过去，拍着他的肩。

贺其瑞：（假装大度地）好了，陈大少爷，念在你公子身份，且看在前商会会长陈老爷、现商会会长蓝玉小姐的面上，我贺某愿意先放你一马，这是一万银圆的欠条，你按个手印，先把货提出碛口，我再给你上下打点，这事就算完了。

贺其瑞从口袋里掏出事先写好的欠条和红印台，硬拉住陈家大少爷的手，在欠条上按了红手印。（特写）贺把欠条一把夺过，收起。

贺其瑞：记着，陈大少爷，七天之内还钱。

三十七、离货物不远处空地，夜，外

〔商人见贺其瑞让陈家大少爷按了手印，赶紧跑过来，把贺其瑞拉到一边，给了他一个装银子的布袋。站的位置，恰好能让陈家大少爷看见。

三十八、货物前，夜，外

〔贺其瑞和商人又回到货物前。

商人：谢大人，我们走了。商人把早已雇好的车和搬运工又叫来。

〔陈家大少爷举着手上残留红印泥的右手，木然地看着所有的货都一包一包地从他眼皮底下扛走，等到贺其瑞也扬长而去后，他抬头看天，然后，对着空旷的四野，大喊了一声，瘫坐地下。

陈家大少爷：（咬牙切齿地）姓贺的，你谋害我！

（第十一集完）

第十二集

一、西湾陈家大少爷窑内，夜，内

〔陈家大少奶奶坐在炕上，绣花。见陈家大少爷进门，欢喜地站起来，走过去帮他把衣服脱下。

大少奶奶： 秉温，货都搬走了，钱给了吗？

陈家大少爷： （含糊地）还没顾上给呢。（不敢抬头直视夫人）我累了。（说完倒头就睡在炕上，背对大少奶奶）

〔大少奶奶颇感扫兴，也躺下。一会儿，大少奶奶就发出轻微的鼾声，（特写）大少爷却在黑暗中睁着眼，一夜无眠。

二、蓝玉住处，日，内

〔陈家大少爷下人也不带，一个人急急忙忙地走进，和端着一盆水的王妈撞了个满怀。水洒了一地。

王妈： 这不是大少爷吗？

陈家大少爷： 王妈，四太太住在哪眼窑？

王妈： （沉下脸来）我以为你是来找蓝玉的，原是寻她，和她有什么好打搅的。

陈家大少爷： 王妈，我找她真有急事，你快告诉我，她在哪眼窑。

王妈： （指着旁边的一眼窑）那眼窑。

〔陈家大少爷不再理王妈，急忙往那眼窑走去。

王妈： 话也不听人说完。四太太不在，一大早就描眉画眼地跑出去了。

陈家大少爷： 王妈，快告诉我，她去了哪？

王妈： 成天野鬼一样疯跑，谁晓得她去了哪，反正是不在家。

〔蓝玉闻声从窑内走出。

蓝玉： 大哥，你找四太太，要不让王妈领你去我的书房坐着等等她一会儿。

陈家大少爷： （面有愧色摆摆手）不用了，让王妈记得回来告诉四太太一声，一回来，就去找我。

蓝玉： 大哥，有什么事，非找四太太，我能帮你吗？

陈家大少爷： 也没什么大事，问一句淡话，还是让她去找我吧！

〔陈家大少爷转身就往出走。蓝玉叫住。

三、蓝玉住处大门口，日，外

〔听到喊声，陈家大少爷只好站在门口，眼神散乱地看着门外。

蓝玉： 大哥，你等等，王妈昨儿新做了枣糕，你拿回去些，给娘吃，她爱吃软的。

〔王妈进去包了一包，递给陈家大少爷。陈家大少爷转身接过，提着走了。

四、厘税局贺办公室，日，内

〔四太太没敲门，就推门走进。贺其瑞皱了皱眉。

贺其瑞： 谁让你大白天的来找我？

四太太： 人家不是着急银子吗？怎么样，昨儿夜里，提货的人把钱给陈家大少爷结了没？结了，我马上就去找他要我的。

贺其瑞： 我正要找你，陈家大少爷往我的货里挟了大烟土，你们俩合伙害我。

四太太： 贺大人，这话怎么说，你就借我十个胆，我也不敢和大烟土沾边啊！

139

贺其瑞：不是你敢不敢，是已经沾上了。昨儿在要提走的货里当场查出大烟土。铁证如山啊！

四太太：天哪，我就是跳到黄河也洗不清了。贺大人，你知道，这货是你的，库是他的，我的手什么都没碰过。

贺其瑞：你的嘴可真够贱的，我再三告诉你不要和陈家大少爷说是我的货，你还是说了吧！

四太太：（害怕地）没有啊，没有啊，我们俩都睡到一个炕上了，我怎么能出卖你。

〔四太太说着走近贺其瑞，欲搂其，被贺一把推开。

五、窗户下，日，内

〔贺其瑞站起，走到窗户口前，关窗。转身冷冷地看着四太太。

贺其瑞：你的钱不要想了，保住命就是好的，陈家大少爷这几天肯定会去找你，你要咬死了，拒不承认这货是你让放的。一推六二五方为上策。大烟土的罪名坐实了，你和他两个脑袋一齐搬家都不够。

四太太愣在那里，一时语塞。

贺其瑞：（走过去，搂住她）别怕，美人，有我呢，你只要不认账就成。

四太太：（撒娇地）那我在你这里躲几天，等陈家大少爷不找我了，我再出去。

贺其瑞：（放开四太太，又变为冷冷的腔调）不行，非但不能留你，这几天，你也不能来见我，这样，你回李家山躲一阵子。去吧，今天就回去。

四太太：（伸出手）那你给我点盘缠，我好走。

贺其瑞：我在保你的命，你还在这想着钱，钱重要，还是命重要。快走吧，走吧，我现在没钱，有钱再给你。

〔四太太委屈地被贺其瑞推了出来。

六、蓝玉住处，日，内

〔四太太没精打采地走进。她先是回自己的窑睡了一会儿，睡不着，又起来去了蓝玉窑内。蓝玉不在窑内。只有王妈一人坐在炕上，纳鞋底。

四太太：王妈，蓝玉呢？

王妈：去商会了。陈家大少爷一早就来找你，留下话，让你一回来就去找他。

四太太：（想一想，撒谎道）我见过他了，你不用管。对了，王妈，蓝玉回来了，你就告诉她，我回李家山住几天。

〔王妈头也不抬，轻轻地哼了一声，算是答应了。

七、马车上，日，内

〔马车走了一段路后，四太太突然在车内大喊。

四太太：车夫，停下，不回李家山了，我们去离石府。

丫鬟：四太太，我们去离石府做什么？

四太太：少多嘴，我去哪你跟着就行。

八、蓝玉住处，夜，外

〔陈家大少爷一个人在外面焦急地走来走去。一个下人走出关大门，陈家大少爷赶紧上前。

陈家大少爷：借光问句话再关门，四太太回来了没有？

下人：晌午回来过，又走了，回李家山了。

〔陈家大少爷听了，沮丧地走开，在他身后，大门嘡的一声，关上。

九、李家山，日，内

〔陈家大少爷精疲力尽地出现在李家的院子。李大少爷看着陈家大少爷，一脸茫然地施礼问好。

李大少爷：陈大少爷，你可是稀客啊！不知为何事而来？

陈家大少爷：（着急地一把拉住大少爷）李公子，念在我们小时候一起玩过的面上，快把你四姨娘给我叫出来。

李大少爷：原来你是找我四姨娘，这你可找错地方了，我爹不在后，她就很少在这住，她把李家山叫作"汉墓"，你想她一个活人能呆在"墓里"？

陈家大少爷：这么说，她昨儿没回李家山。

李大少爷：（奇怪地）没有啊，好久没回来了。

陈家大少爷：（失望地站起）李公子，我走了，她要回来了，你让她找我，如果她不找我。麻烦你叫下人给我通个气。我有事找她。

〔大少爷点头，把失魂落魄的陈家大少爷送出门去。

大少爷：（自言自语）莫非四姨娘和他搞到一块儿了，这可差辈儿了，要是爹地下有知，非气得重死一遍不可。

十、厘税局，夜，内

〔贺其瑞坐在自己的办公桌前，一条腿放在桌子上，陈家大少爷垂手站在对面。贺其瑞一只手拿着欠条，朝向陈家大少爷先举起，后又平放在自己面前的桌上，手掌压上去，用手指敲击着欠条。

贺其瑞：七天的期限，眼看过半了，今天是第四天，你什么时候还钱？

陈家大少爷：贺大人，就算还钱，也得等找见四太太，说清楚再给你。

贺其瑞一听就火了，他冲上来，噼里啪啦，扇了陈家大少爷几个耳光。陈家大少爷没想到贺其瑞动粗，愣在原地，一动不动，就那么站着让他扇。

贺其瑞：你他妈的，分明一个花岗岩脑袋，不打你，就开不了窍。滚，七天不带钱来，我拿你们老爷子开刀。

〔陈家大少爷捂着脸，退出。

十十一、蓝玉住处，夜，内

〔蓝玉打算盘，王妈坐在炕上聊天。

王妈：玉儿，你这两天没明没夜地往商会跑，到底是忙啥？不要太累，一个女人家，身子要紧。

蓝玉：王妈，我没事。贺其瑞要增加"河漕税"，原来一百抽五，现在要改成一百抽十。大家愁死了，所有的会董天天坐在一起，想办法。

王妈：唉，偏偏霍掌柜又不在，那人真是个好诸葛。

蓝玉：是啊，今天开会，还有好多人问起他。不说了，王妈，你先睡，我还要算算账。

十二、蓝玉窗户，夜，内

（空镜）蓝玉在灯下打算盘，翻账本的剪影。

十三、西湾陈家大少爷窑内，夜，内

〔陈家大少奶奶躺在炕上，招呼陈家大少爷上炕睡觉。

大少奶奶：秉温，不早了，咱们睡吧。

陈家大少爷：（闷头抽着旱烟）你先睡，我再坐会。（不住地）

大少奶奶：（坐起给大少爷捶背）我说你这两天怎么搞的，不停地抽烟，也不理人，好像是我们都欠你一万块大洋似的。

陈家大少爷：（生气地把烟袋一扔）你能不能不要再唠唠叨叨，睡觉去！

大少奶奶：（流着泪）你还和我狠，我还一肚子委屈呢。你库里的货都提走几天了，你说好的，给我的钱呢，拿来！（伸出手）

陈家大少爷：睡去，应该给你的时候，不用你说，我也会给的。

俩人一夜无语，生气地背靠背各自睡下。

十四、黄河边，日，外

（梦境）

〔四太太在前面跑，陈家大少爷在后面追，边追边喊。

陈家大少爷：四太太，别跑，等等我！四太太，等等我！

十五、西湾陈家大少爷窑内，夜，内

〔大少奶奶坐起，推醒梦中的陈家大少爷。

大少奶奶：我知道你把钱给了谁了！

陈家大少爷：你胡说什么，快睡吧！

〔大少奶奶坐着，流泪。

大少奶奶：（小声地）我治不了你，有人能治得了你。

十六、陈家老爷书房，日，内

〔老爷气呼呼地坐在桌前，见秉温走进，拿起一本书，用力摔在桌上。

秉温：（怯生生地）爹，你找我。

陈老爷：你还要不要脸了，我们这样的人家，让你媳妇为这种事告到我这，不说你丢人，我这张老脸都因为你没地放。

秉温：爹，请您老明说，什么事让您生这么大的气？

陈老爷：你还在这装好人，大丈夫敢做敢当，你和李家四太太怎么回事？

秉温：爹，是我媳妇误会了，放心，我没有做有辱门风的事。

陈老爷：（伤心地）爹叫你们从小饱读圣贤之书，你怎么就不懂"威武不能屈，富贵不能淫"的道理。

秉温：爹，我没有，真的没有。

陈老爷：（语重心长地）不要再辩解了，无风不起浪。你说你身为陈家的长子，学业商业一无成就，远的不说，就说近的，去包头进胡麻油，油没进上，反倒让那么多人跟着你吃了官司，要不是蓝玉用油篓大战说服冷家撤诉，你现在死活都难说。

秉温：（暴发地）爹，别说了，我无能，蓝玉能干，蓝玉了不起，她在天上，我在地下，总行了吧。

〔秉温边喊边跑了出去。

〔陈老爷长叹一声。陈夫人闻声赶来。

夫人：（埋怨地）老爷，自己的儿子，又是长子，你就不能好好说话。

陈老爷：（生气地）你不要说了。人说劝赌不劝嫖，这话真是一点儿不假，你生的好儿子，干下好事，爹都不能说。

〔夫人给老爷亲自端了一杯茶，放下。夫人退出。

夫人：老爷，我没怪你的意思，你喝口茶，消消气。

老爷：猫老吃子，人老惜子，也是我的儿啊！

十七、陈家孩子卧房，日，内

〔陈家大少爷推门走进，四个孩子都已睡熟，他走到炕边，挨个地端详他们，最后在他们各自的额头上亲了又亲。

〔陈家大少爷亲大儿子宇轩时，他睁开了眼睛，看着流泪的父亲。

宇轩：（小声地）爹，你怎么了？

陈家大少爷：爹的脚痛。

宇轩：疼得厉害吗？为什么脚痛？

陈家大少爷：厉害，因为爹搬起块大石头，本来想砸别人，结果砸到自己脚上。

宇轩：爹，让娘给你揉一揉，上次我的脚肿了，就是娘每天揉，每天揉，揉好的。

陈家大少爷：好，宇轩，你睡吧，爹让你娘揉去。明天起来，你要好好待弟弟和妹妹。

〔宇轩点头，闭上眼睛，陈家大少爷，一步一回头地走出。

十八、陈家大少爷窑内，夜，内

〔陈家大少爷进，大少奶奶故意生气地把头扭向一边，不看他。

陈家大少爷：你在爹面前给我告了状，我也不怪你，咱们夫妻一场，你相信我，肯定没有做对不起你的事。这是八千银票，你好生收着。

大少奶奶：（嗔怪地）这次挣的？早给了我，不就没事了。

〔陈家大少爷不再说话，苦笑着和衣睡下。

〔陈家大少爷在炕上躺着，翻来覆去不能入睡，一会坐起，一会躺下，睡在他身旁的大少奶奶则发出甜甜的鼾声。（特写）陈家大少爷痛苦的睡相。

十九、西湾陈家大房窑内，夜，内

（梦境）一眼窑大的石灰池，三米多深，陈家大少爷站在石灰池当中，上面站着贺其瑞，脸色铁青，面目狰狞，一会儿红脸，一会儿白脸，一会儿灰脸，怒视着他，贺其瑞的四周，也站满了人，全是贺的手下，每人手里都提着水桶，贺大笑着：倒水，倒水，烧死他，烧死……那些人提着的水桶，全倒了过来……陈家大少爷大叫一声，吓醒。大少奶奶也被吵醒。大少奶奶还生着气，知道他做恶梦，没理他，下地，倒了盆水，拧了把热毛巾递给大汗淋漓的丈夫。陈家大少爷擦完汗后，又躺下。

大少奶奶：梦见什么了？

陈家大少爷：梦见老虎要吃我。

〔陈家大少爷擦完汗后，又躺下。

大少奶奶：好梦，梦虎十年旺。

〔陈家大少爷不语，复杂的表情。大少奶奶钻到秉温被子里。

大少奶奶：秉温，我们不闹了，挨得紧点儿睡，这样，你就不会做恶梦了。

二十、陈老爷和太太窑前，夜，外

〔陈家大少爷在窑前走来走去，手几次举起放在门上，又几次僵在半空。

〔脚步声惊动了窑内的老爷和太太。

老爷：（隔着窗户）谁在外面走动。

〔陈家大少爷闻声，没有吭气，紧走几步，离开了老爷和太太的窑。陈家大少爷躲在暗处，看着老爷开门，披衣出来四顾无人后，又进了窑，关门。

二十一、院子当中，夜，外

〔月下，陈家大少爷看见爹关门进了窑后，轻轻地走到院子当中，面向父母的窑跪下，磕了三个头。

二十二、陈家柴房，黎明，内

〔烧火的下人，摸黑走进柴房抱柴，抱起一捆柴出门时，突然觉得头上被什么东西撞了一下。

下人：（自言自语）熟门熟路的倒撞见鬼。唉，看来，这一根洋炔灯还是省不下。

〔下人拿出火柴点着，（主观视角）吊在房梁上的陈家大少爷，吐着舌头，翻着白眼看着他。

〔他手里抱的柴丢了一地，大叫着跑了出来。

二十三、西湾陈家院内，黎明，外

〔寂静的黎明，静悄悄的，只有下人吓破了胆的狂喊声在院子里四处回荡：，快来人啊！快来人啊！各个窑内听到喊声都点起了灯。人们寻着声音都来到柴房门口。刚才喊叫着的抱柴下人，瘫坐在地上，脸色惨白。冯管家走过去，往起拉他。

冯管家：怎么了，瘫在这里，我看你是起的早了遇见鬼了，吼得吓人。

下人：冯管家，快，（指着柴房）大少爷在里边上吊了！

〔冯管家一听，甩开下人的手，连连后退两步。

〔冯管家愣了一下，镇静片刻后，提起灯，壮着胆子，走进柴房。

〔冯管家从柴房出来。

冯管家：众人先都各自的窑内。（指着身边的一个年老的下人）你去挡着，不要让老爷和太太过来。

下人：冯管家，人真的在里面？

〔冯管家点头，然后，把自己身上的酒壶解下。给了身边的一个年轻下人。

冯管家：（指着另一个年轻的家人）你们俩年轻，喝上两口白酒，壮壮胆，进去把大少爷抬出来吧！

二十四、西湾陈家，日，外

（空镜）大门上贴着白纸，门框上扎满白花的陈家。

二十五、厘税局，日，内

〔牛二慌慌张张地跑进，撞开门。

牛二：大哥，不好了，陈家大少爷死了。

贺其瑞：（急站起）怎么死的？

牛二：他们家对外说是得了急病死的，可有人悄悄说，是上吊死的。

贺其瑞：好了，我知道了，你出去吧！

二十六、西湾陈家，日，外

〔贺其瑞走进，冯管家迎上。

冯管家：贺大人，劳您大驾，也来吊唁。往这边走，灵堂设在这里。

贺其瑞：我就不要去灵堂了吧，我有事找你家老爷。

冯管家：（愣了一下）那，贺大人，老爷和太太老年丧子，都病倒了，在炕上躺着呢，若无紧要事，您看能不能改日再来。

贺其瑞：不，非得今儿把这事了了。

冯管家：那贺大人，您在客房等，我去把老爷请出来。

二十七、陈家客房，日，内

〔贺其瑞坐在主位上，晃着二郎腿，看着门口。一会儿，陈家老爷步履迟缓地走进。

贺其瑞：陈老爷，失敬，失敬，我本不应该现在来说这事，可这人不在了，账还在。

〔贺其瑞说着从口袋里掏出欠条。

贺其瑞：这是你们家大少爷给我打的欠条。

〔陈老爷接着看，拿欠条的手不住地颤抖。

陈老爷：贺大人，我只想知道秉温他是怎么欠下你这钱的。

贺其瑞：陈老爷，这话不应该问我吧，我也是看着你们家不是个还不起钱的小户人家，才把钱借给他的。老话说得好"父债子还"，这事儿颠倒了，我只好来找您要钱。

陈老爷：贺大人，念我白发人送黑发人，你能不能容我办完秉温的后事，再还？

贺其瑞：我倒是也想啊，可是，如果您老人家步了你儿子的后尘，宁愿死也不愿还账，那我的钱找谁要去。

陈老爷：贺大人，不要逼人太甚！

贺其瑞：话说到这，那就别怪我无情了，今儿拿不上钱，我还不走了。

〔陈老爷站起，往出走，贺拦住。

陈老爷：贺大人，我给你拿钱去。

贺其瑞：不用，你怎么能不陪着我呢？叫管家去拿。

〔陈老爷退回坐在椅子上。

陈老爷：把冯管家喊来。

冯管家：（走进）老爷，找我。

陈老爷：（把手里的欠条给了冯管家）你去找太太，照欠条上的数目，给了贺大人。

〔冯管家手里拿来欠条正要出门，贺其瑞拦住，一把夺过欠条。

贺其瑞：钱还没还呢，欠条还是我拿着，嘛样妥当。

二十八、太太窑内，日，内

〔太太躺在炕上以泪洗面。冯管家进，太太想起，被冯管家劝住。

冯管家：太太，我知道你这几天身子不好，你躺着听我说，老爷现在书房被贺大人扣住，贺是来讨大少爷欠的银子。

太太：大少爷什么时候欠了他的银子，家里的现银已经被大少爷全拿走了，叫我现在到哪给他再取银子。

冯管家：太太，那怎么办，这欠条上写的一万块现大洋呢！

太太：别说一万块，就是五千块也怕凑不齐！

冯管家：太太，那可怎么办，看贺的架势，今儿拿不上现钱，是不会走人的。要不，去咱店里先支上点。

太太：大少爷接手咱家的店铺后，没有一家是挣钱的，全赔钱。哪有现银，要有，他也不会和我凑家里的银子。

冯管家：那可怎么办呢？贺其瑞拿不上银子，会不会闹灵呢？

太太：冯管家，你去，我也只能抹下这张老脸，去求蓝玉了。原本不想告诉她，现在不告诉也得告诉了。

〔冯管家正要出门，又被太太叫回。

太太：冯管家，这事你不要打发人去，就你去，和蓝玉说，我求她的。

冯管家：明白，太太。

二十九、陈家门上，日，外

〔冯管家急急忙忙地往出走。正好和蓝玉碰了个顶头。

蓝玉：冯管家，你这是去哪？

冯管家：蓝玉，我正要去找你，快，到里边说话。

〔蓝玉、王妈，还有冯管家一起走进。

三十、陈家大门后僻静处，日，外

〔冯管家把蓝玉拉在门后，冯管家说，蓝玉点头。

蓝玉：这样，冯管家，我先去书房，看看情况再说。

冯管家：人去不行，得拿钱说话。

蓝玉：我知道，我先去替老爷解围。你和王妈坐我们的车去秉公居柜上取钱来。（蓝玉回头吩咐王妈）王妈，不要让车走了，你和冯管家回咱秉公居提点现大洋。

王妈：蓝玉，我们不是把祭奠的钱和东西都带齐了吗？

蓝玉：王妈，不是祭奠的钱，是救急的钱！

冯管家：王妈，你放心，这个钱有我做在中间，跑不了，算借蓝玉的。

蓝玉： 都这个时候了，还说这些，钱是干什么用的，就是救急用的，快去吧！

三十一、陈家书房，日，内

老爷和贺其瑞分坐在主客位置上。老爷神情黯然，老年丧子的悲怆更加上贺其瑞的逼迫，让老爷的脸上呈现出又气又急又无奈的愁苦而复杂的表情。贺其瑞面对陈家一家白色的悲哀气氛，无动于衷的神色。

〔陈老爷又站了起来，贺其瑞也站了起来。

贺其瑞： 陈老爷，请坐着慢慢等啊！

陈老爷： 我心里难过，哭哭我那不争气的儿子去。

贺其瑞： 不可以。坐着。

〔陈老爷坐下，过了一会儿，又站起。

贺其瑞： 陈老爷的太师椅上有针啊，你怎么又站起？

陈老爷： （气愤地）人老了，憋不住屎尿了，我出恭（茅厕）去。

贺其瑞： 好啊，皇帝都管不住人出恭，我和你去。

蓝玉： 贺大人，不就是欠债还钱吗？何至于此！

〔贺其瑞抬头，（主观视角）看见蓝玉迈着沉稳的步子走了进来。

陈老爷： 蓝玉，家门不幸，秉温丧命，还欠了人钱。

蓝玉： 爹，你不要着急，冯管家刚才都和我说了。他一会儿就拿钱来。

三十二、陈家大房内，日，内

大少奶奶： （目光呆滞，一只手拿着秉温给的八千银票，另一只手在上面指指点点，嘴里念念叨叨）八千差两千，两千要了命。丫鬟走进，端着一碗冒着热气的白面条。

丫鬟： 大少奶奶，人死不能复生，你已经两天没有吃饭了，你吃点面条吧！

大少奶奶： 先放着，我吃不下。贺其瑞还在老爷书房。

丫鬟： 是。三少奶奶，不，蓝玉也来了，家里凑不够一万块现大洋，听说她先替咱家还呀。

〔大少奶奶愣了一下，没有言语。

大少奶奶： 你把宇轩叫来。让他陪着我，你出去吧！

陈家十一岁的大儿子宇轩，穿一身白孝服的被丫鬟带进。大少奶奶一把搂住，半天不能说话。

大儿子： 娘，我和弟弟妹妹都听话，你别难过了。

〔大少奶奶放开大儿子，看着他，给他整了整衣襟，又摸了摸他的头，然后，拿出那张银票。

大少奶奶： 宇轩，你今年十三岁了，要生在穷人家，早就不读书，去碛口店铺里端茶壶倒夜壶，学做劳金了。

宇轩： 是的，娘，我长大了，没有爹，还有我，我管你。

大少奶奶： 娘不用你管了，你只要管好两个弟弟一个妹妹，娘就放心了。你是陈家的长子长孙，娘把这八千银票，给你保存着，这是你爹留给你们的，你要好生收着，不到万万没办法，不要使。宇轩，记住了吗？

宇轩： 娘，你收着，爹走了，你还是我们的娘，爷爷奶奶不会赶你走的。

大少奶奶： 娘当然不走，活是陈家的人，死是陈家的鬼。只是娘记性不好了，怕放了后记不住，丢了，你小，记性好，你替娘收着。

宇轩： 行，我替娘收着，用着时和我要。

〔宇轩把银票装起。

三十三、陈家书房，日，内

〔冯管家走进。

贺其瑞： （急站起）冯管家，走了这么久，钱呢？冯管家从怀里掏出一张银票。

冯管家： 老爷，蓝玉，一时没凑足现洋，这是从秉公居账房拿的省银行的银票。

蓝玉： 贺大人，收起吧，这和现洋也没什么区别，省银行支行不就开在碛口街上吗？

贺其瑞：不，我只要现钱，不要银票。

〔蓝玉想说什么，被老爷挡住。

陈老爷：冯管家，你叫两个下人去，现在就去碛口街上把现钱兑回来。

贺其瑞：嘛样好！

〔一会儿，冯管家和两个下人抬着银箱走进。贺其瑞当场打开过数。

陈老爷：冯管家，欠条拿来，蓝玉，我们走，到秉温的灵前，把这狗日的欠条烧了。

三十四、秉温灵前，日，内

〔宇轩跪着，烧欠条。

三十五、陈家大房，夜，内

〔大少奶奶穿戴整齐，从箱子里找出一些碎金子，吞下。

三十六、陈家老爷窑内，日，内

冯管家：老爷，正好太太刚出去，有件事我不能不说。

老爷：说吧，我受得住。

冯管家：老爷，大少奶奶昨夜也吞金走了。

老爷：看不出她倒如此刚烈，也是秉温的福气，一起厚葬。

〔冯管家出，老爷叫住。

老爷：给秉恭的电报拍出去几天了，他怎么还不回来？不行，你再拍一封催催他。

冯管家：老爷，不用拍了，秉恭回电报了，说文秀身子不好，他们就不回来了，说稍后寄五十块大洋的银票来。

老爷：越活越没出息的东西，谁要他的银票，寄来也不要，给他寄回去。

三十七、陈家祠堂，日，内

〔老爷坐上首，大少爷的四个孩子，二少爷一家，还有蓝玉分别坐下首。

老爷：人说"兵败如山倒"，我们陈家败起来，比山倒还甚。大少爷走了，大少奶奶也跟着走了，太太为此一病不起。我也一天不如一天，支撑不起这么大的家业了。

〔二少奶奶悄悄用手指捅二少爷。二少爷不理会。

二少奶奶：（小声地）你快说话啊，轮也轮上你当这个家了。

老爷：秉良，我还看得见，你媳妇让你说话，你有话就说。

秉良：爹，"知子莫如父"，儿从小就不喜功名，更无心经商，更无力支撑家业。求爹让儿的心放逐于山水之间。

老爷：老子不死，儿不大，我看你这辈子也不会长大了。爹成全你。话又说回来，能把心放在山水间，也是你的造化。

秉良：谢谢爹。

二奶奶：爹，我有话说。

老爷：你说。

二奶奶：按说，千错万错，亡人一死无错。可是，灯不点不亮，话不说不明，咱们家一下子败到这步田地，纯粹是大哥胡作非为所致，现在，这个烂摊子，秉恭不回来收拾，秉良要管最好，毕竟他是家中的老二，可惜他不管，我提议，分家好了。

老爷：你想分什么？分蓝玉给咱们垫的债务，还是分你大哥留下的四个孩子？

蓝玉：爹，大哥留下的孩子，如果他们愿意，就跟我吧，跟我去碛口，那里有现成的私塾，吴老先生人也好，他们跟着我一起上。淑媛今年也快五岁了，过一半年，她也可以跟着一起认字。

老爷：宇轩，为了替你爹还债，咱们家要辞一些佣人，私塾也要暂时停一段，你们愿意跟蓝玉姑姑去碛口吗？

〔宇轩犹豫的神情，不待宇轩表态，淑媛跑到蓝玉身边，拉住蓝玉的手。

淑媛： 姑姑，我和你去，我要和你一样认字。

〔蓝玉俯下身，亲了淑媛一口。

蓝玉： 好侄女，想认字，姑姑就喜欢。

二少奶奶： （着急地）爹，这家到底是分，还是不分，如果不分，私塾就不能散，散了，大哥的孩子有蓝玉管，那我们的两个儿子去哪念书？

蓝玉： 老爷，要不，这样，家里的私塾不用散，我一个人要钱也没用，我再帮衬点，我只把淑媛带走。

淑媛： （抱住蓝玉的腿）我跟蓝玉姑姑，我跟蓝玉姑姑。

三十八、太太窑内，夜，内

〔太太躺在炕上，一夜白发。蓝玉牵着淑媛的小手走进。

蓝玉： 娘，淑媛来看您了。

〔淑媛跑到炕沿，拉着奶奶的头发。

淑媛： 奶奶，你的头发怎么全白了。

〔淑媛一句话，说得太太泪如雨下。太太拉住蓝玉的手要起，蓝玉不让。

蓝玉： 娘，你不用起来，好好养身子，我跟前也没个孩子，正好有个淑媛做伴还不闷。您就放心吧！

太太： 蓝玉，你心好，淑媛跟了你，我最放心。只是觉得我们陈家欠你太多。

蓝玉： 娘，你不要这样说，当初不是爹开明，让我去了碛口，又认字又开店铺，我也没有今天。一家人不说两家话，都是一家人，就应该鞋大捆鞋，袜大捆袜。

太太： 多么通情达理的孩子，可惜秉恭他没有福气。

蓝玉： 娘，过去的就不说了，时候不早了，我领着淑媛走了。（招呼正玩着奶奶头发的淑媛）淑媛，和姑姑走，和奶奶说，过几天就回来看奶奶。

淑媛： 奶奶，再见！

〔太太流着泪挥手。

三十九、离石府一间废弃的破窑，夜，内

〔穿着工装的霍掌柜和一个同样工人打扮的中年男人，蹲在一堆货物后面，霍掌柜背一句，那个人复诵一句。

霍掌柜： 《告全国工人农民及其他劳苦群众书》。

工人： 《告全国工人农民及其他劳苦群众书》。

霍掌柜： 都背会了？

工人： 背会了。

霍掌柜： （动情地）革命领袖的牺牲，有他不可磨灭的战绩，定会在我们劳苦大众的心中，熔成为大革命的推动之力。我们不需要流泪的悲哀，而需要更痛切地继续着死难烈士的遗志，踏着死难烈士的血迹，一直向前斗争。

工人： 李剑同志，你说得太好了，我会很快把它秘密印好，传达到各级党组织。

霍掌柜： 上级特别交代，一定要注意安全，保护好在白区的党的同志。

工人： 放心吧！你回碛口的路上，也一定注意安全。

霍掌柜： 谢谢，各自珍重。我这次来，从你们工运工作取得的成绩里也受到不少启发。

工人： 是啊，如果有机会，我们能常在一起交流，虽然领域不同，但成功的经验都可相互借鉴。

霍掌柜： 盼着你能去碛口。

〔俩人站起，握手。

工人： 我先走，看看没情况，我用力跺三下脚，你再走。

霍掌柜： 好，那明天就不见面了。

工人： 一路平安！对了，我们让商会的同志，给你准备了一批白洋布，你拉回去，好做掩护，要不，你走了这么久，什么买卖也没谈成，怕引起怀疑。

霍掌柜：谢谢这里的同志，给你们添麻烦了，那进货的费用？

工人：这个供货商也是我们的同志，你把这批货卖出后，会有人到碛口找你拿钱。

〔霍掌柜和工人再次紧紧地握手。工人先走出，出来后警觉地向四周看了看，用力跺了三下脚，过了一会儿，霍掌柜也走出，俩人一前一后，消失在夜色里。

四十、蓝玉住处，日，内

〔王妈在炕上纳鞋底，蓝玉坐在炕沿上拿着一本书看。淑媛走过来，手里拿着自己写的阿拉伯数字，俯在蓝玉腿上。蓝玉停下笔，俯下身，摸着她的头。

淑媛：蓝玉姑姑，我会写9了，这个9和6不对头，它们一个朝下走路，一个朝上走路。

蓝玉：（逗她）那你和蓝玉姑姑是不是不对头啊？

淑媛：我和姑姑好对头，我们睡一个炕上，我还要姑姑搂着睡，要头朝哪面，都头朝哪面。

蓝玉：（笑）好孩子，你就是姑姑的开心豆。

〔王妈听到姑侄两人的对话，抬起头来笑。

王妈：这个淑媛真是会亲人。（向蓝玉）看你把她亲的，姑姑亲，辈辈亲，真是亲到骨头里的亲法。

〔霍掌柜推门进。

霍掌柜：亲谁呢，都亲到骨头里了。

蓝玉：（惊喜地站起）霍掌柜，你回来了？

〔霍掌柜点头，淑媛见的生人少，吓得往蓝玉身后躲。

蓝玉：（把他拉到前面）别怕，淑媛，这是霍叔叔，他是特别好的人，不是对头。

〔霍掌柜不解的神情，王妈放下纳的鞋底，拉过淑媛。

王妈：淑媛，跟姥姥出去玩，他们大人有正事要说。

蓝玉：不用，王妈，我和霍掌柜去书房，你带着淑媛就在这玩吧！

淑媛：我不玩，我写字。

蓝玉：（蹲下亲了她一下）对，乖，我们不玩，我们写字。

四十一、蓝玉院中，日，外

〔霍掌柜和蓝玉走出家门，走到院子当中，霍掌柜突然停下，抬头看天。

霍掌柜：今儿天气如此之好，我们干脆不到书房了，就在院里边聊天边散步。

蓝玉：也好，好久都没这么清闲过了。

霍掌柜：蓝玉，刚才那个小女孩是？

蓝玉：霍掌柜，你走后，碛口发生了很多事。贺其瑞倒是再没找我放货，可是，秉恭的大哥不知怎么，好好的就上吊死了。

霍掌柜：嗯，这背后一定有名堂。

蓝玉：还有呢，他死后，贺其瑞不等把人打发了，就拿着一万现洋的欠条，找到门上。

霍掌柜：这个贺其瑞越来越嚣张了。

蓝玉：后来，大奶奶也自杀殉夫了。他们最小的女儿就跟了我，就是你刚才见的那个叫淑媛的小女孩。可怜，她才五岁，就爹娘全没了。

霍掌柜：陈家大少爷的死和贺其瑞一定有关联。

蓝玉：我也是这么想，嗯，对了，陈家大少爷出事前，来我这里找过一次四太太，后来，四太太说说要回李家山，就走了。

〔两人正说着话，王妈走到霍掌柜和蓝玉跟前。

王妈：玉儿，饭做好了，叫霍掌柜回窑内先吃些饭吧！

霍掌柜：走吃饭去，好久没吃王妈做的钱钱稀饭了。

四十二、蓝玉窑内，日，内

〔蓝玉和霍掌柜一起吃饭，王妈哄着淑媛吃。

霍掌柜：蓝玉，你快点儿吃饭，我还有好多话要和你讲。

〔蓝玉和霍掌柜匆匆吃完。一同走出。

四十三、蓝玉书房，日，内

〔霍掌柜坐在一张椅子上。蓝玉亲自给霍掌柜斟了一杯茶。

蓝玉： 这是咱们碛口"德一茶庄"从福建新进的大红袍，你尝尝。

霍掌柜： 大红袍是武夷岩茶的一种，它是中国名茶中的奇葩，有"茶中状元"之称。

蓝玉： 霍掌柜，你去过福建吗？

霍掌柜： 去过，还去过有"秀甲东南"美誉的名山武夷，那里的茶树全生长在岩缝之中。

蓝玉： 那为什么要叫大红袍呢？

霍掌柜： 这个，我请教过当地的茶商，据他们说，在早春茶芽萌发时，从远处望去，整棵树艳红似火，仿佛披着红色的袍子，这也就是大红袍的由来。

蓝玉： 怪不得能远销到我们碛口来。

霍掌柜： （笑）蓝玉，说到远销，到了我们碛口真不算远。武夷岩茶早在18世纪就销往欧洲，因其未经窨花，茶汤有浓郁的鲜花香，饮时甘馨可口，所以，那里的人也特别喜欢喝，还给它起一个"百病之药"的美誉。

蓝玉： 这茶这么好，那你多喝几杯。

〔霍掌柜端起茶碗喝茶。

蓝玉： 对了，霍掌柜，你刚才吃饭时说，有好多话要和我说，什么话，你说。

霍掌柜： 就是关于"河漕税"的事，对贺其瑞这种人，我们不能再妥协，一定要斗争到底。这次，我去离石，听离石商会的人说，离石工人集会，要求"保障职业，增加工资，实行八小时工作制"，经过几次罢工，迫使资本家答应了工人的要求。

蓝玉： 你不在时，我们商会也开了几次会，可多数会董是敢怒不敢言，觉得斗不过贺其瑞。

霍掌柜： 怕字当头，当然不行，我们要想办法，和他讲策略地斗争。

霍掌柜： 对了，蓝玉，你刚才在院里说，四太太回李家山了，真的回去了？

蓝玉： 可能回去了吧！这我倒没想过，当时，光顾忙着对付贺其瑞增加"河漕税"的事，天天在商会，也没在意四太太回不回的事。

霍掌柜： 我直觉四太太和陈家大少爷的死也有关系，这样，你明天回趟李家山，看看四太太在不在李家山。

蓝玉： 霍掌柜，这重要吗？

霍掌柜： 重要，四太太说不定就是解开陈家大少爷死因的一把钥匙。这个死因里说不定就隐藏着贺其瑞不能告人的秘密。

蓝玉： 好，我明天就回去。

（第十二集完）

第十三集

一、李家山蓝玉娘家门上，日，外

〔蓝玉和王妈坐着一辆马车，到了李家山蓝玉家门口，车夫往下搬东西，蓝玉则站在门外，感慨万千。

王妈：玉儿，到家门口了，不进去，傻站着干啥？

蓝玉：王妈，人说嫁出去的闺女，看见娘家门上的狗还亲。以前不觉得，这次回来，虽然爹娘都不在了，但毕竟是自己一天天长大的家，我的心里颠来倒去的，说不上是难过，还是欢喜。

王妈：当然是欢喜，咱现在活得不丢人。好男不吃分家饭，好女不穿嫁时衣，你靠自己活得这等体面，谁敢不高看！

蓝玉：偏王妈会夸我，横竖都说好。

王妈：本来就不差，你头里走，我提东西。

〔蓝玉、王妈、车夫大包小包走进。

二、李家山蓝玉娘家院内，日，外

〔家里的老女佣看见蓝玉走进，欢喜地迎上，一边接过王妈手中的东西，一边和蓝玉说话。

老女佣：可喜的，大小姐多长时间也没回来了！一回来就拿这么多东西。

蓝玉：二娘在家还是去了寺院？

老女佣：去寺院供灯供水走了七天，昨儿刚回来，在她自己窑里了。

蓝玉：那我们先上二娘窑里。

三、二娘窑内，日，内

〔二娘在炕上盘着腿，闭目、打坐。

〔老女佣领着蓝玉、王妈进。车夫放下东西，坐在院里等候。

老女佣：二太太，大小姐回来看你来了。

〔二娘睁眼，要下炕。蓝玉上前推住，仍把二娘按坐在炕上，自己也坐在炕沿上。王妈坐在下首的椅子上。

王妈：这是蓝玉给你买的天元居的糖火烧。还有，上好的藏红花和冰片，让你做法事供水时用。

二娘：蓝玉，总是这么有心，知道二娘想要啥。蓝玉，你这次回来，没事了，和王妈多住几日。

蓝玉：二娘，并不能多住，我这次回来是想看看四姨娘回来了没有。

二娘：你去包头时，她回来过，正赶上唱戏，还住了几天。后来听说你回来了，风风火火地就又寻你去了。再没回来过。

蓝玉：那她能去哪呢，告诉的我们可是回李家山。

二娘：对了，我听你兄弟说，陈家大少爷出事前，还专门跑来，也是寻她。

蓝玉：二娘，你见陈家大少爷了？

二娘：我没见，那天正好是初一，我去了西云寺，听说陈家大少爷绕了一遭就走了，看那样子着急得很，听说四太太不在，连口水也没顾上喝就走了。

蓝玉：二娘，我和王妈今儿也不多待，一会去看看三姨娘，我们就走了。

二娘：好容易回来，还能不吃口饭，我叫他们给你们备饭。

蓝玉：二娘，不用了，我们就走，商会还有事。

四、秉公居账房，日，内

〔蓝玉和霍掌柜分坐在两把椅子上。

蓝玉： 霍掌柜，我才从李家山赶回来，我四姨娘果然不在李家山，听我二娘说，陈家大少爷寻短见前还特意去李家山找过我四姨娘。

霍掌柜： 两人见上面了？

蓝玉： 没有，我四姨娘告诉我们回去，其实，根本就没回去。

霍掌柜： 你四姨娘住在你那时，有没有和贺其瑞接触？

蓝玉： 有啊！我四姨娘到我那里住的第一天，正好，贺其瑞也去找我说放货的事，见我不愿意，我四姨娘就凑上去，说她有库房。

霍掌柜： 她有库房？她有库房？这句话大有文章？

蓝玉： 可是贺其瑞的货始终没来啊？

霍掌柜： 你怎么知道贺其瑞的货没来？

蓝玉： 来了，他能不麻缠我？

霍掌柜： 也许，有比你更合适的下家，贺会不会改变主意？

蓝玉： 这倒不好说。反正那天我四姨娘和贺其瑞说的时候，也不像开玩笑，一本正经的。

霍掌柜： 我直觉，陈家大少爷的死和四太太，还有贺其瑞都有关联，可惜，一个死了，一个蒸发了。

蓝玉： 霍掌柜，如果真像你说的，这个谜只有等四太太来解。现在的关键是贺其瑞要增加"河漕税"，这样一来，各商户的负担就太重了。

霍掌柜： 去年，太原府的学生为反对苛捐杂税，组织过一次罢课，最后，罢课成功，各种税收合理化。

蓝玉： 是啊！上次听你说，离石府的工人通过罢工争取到他们的合法权益，那我们商会可不可以组织商人，用罢市来抵制增加"河漕税"。

霍掌柜： 可以，时机成熟的话，你负责商会组织罢市，我有那次在碛口中学画海报的基础，我来组织学生罢课，同时，让李老艄组织码头工人罢工。

蓝玉： 如果贺其瑞动用他的缉私队，缉私队可是有枪的。

霍掌柜： 不怕，别忘了商团在我们手中。

五、厘税局，日，内

〔贺其瑞在窗台前焦急地踱着步，一会儿推开窗户，一会儿关上，眼睛不停地向窗外张望。（主观视角）终于，看到牛二歪戴着帽子，嘴里吹着口哨，小跑着走了进来。

贺其瑞： 不找你时，你成天在我眼前晃，正找你时，满碛口也找不见个你。

牛二： 这不，一听大哥你招我，我就赶紧地来了吗？我可是一路小跑着来的。

贺其瑞： 行了，行了，废话少说。说正经的，见四太太来没有？

牛二： 没有啊！听王妈说她回李家山了。

贺其瑞： 好，你速去李家山把她给我找回来。

牛二： （转身往出走）行，我这就去。

〔牛二走到门口，正要开门，被贺其瑞叫住。

贺其瑞： 等等，等等，记住，要在，把她马上带回来，谁也不要让见，先送到我这里。

牛二： 那要不在呢？

贺其瑞： 不在还说个屁啊！你滚回来告诉我就是了。快去，快去！嘛样不麻溜！

牛二退出。

六、厘税局院里，日，外

〔牛二生气地冲门里的贺其瑞做鬼脸。

牛二： （学着贺其瑞的天津腔，自言自语）嘛样不麻溜！你才不麻溜呢。

七、碛口商会，日，内

〔大家坐在一起，七嘴八舌头地议论，反对增加"河漕税"一事。

蓝玉： 厘税局又新贴出公告了，从明天开始，凡经碛口码头出入的货船，不管装货还是卸货，"河漕税"都改为值百抽十，当下就开税票，交了税后，才可装货或卸货。

会董甲： 李会长，这个事恐怕我们顶不住吧！倒霉的是这事要拿我开刀了。明天，我正好有两船货要发，不交，不行，交了，我不挣钱，还赔钱。

会董乙： 不要着急交，我家一个远房侄儿在南京厘税局供职，为此事，前儿后响，我特意到碛口电信局，给他挂了个长途电话。他在电话里说，不但南京的"河漕税"是值百抽五，全国都是，没听说哪个地方敢"值百抽十"。

会董丙： 贺其瑞擅自增税，毫无道理，这明摆着就是欺行霸市，我们合成一股力不交，看他能把我们怎么样？

会董甲： 啊呀，敢不敢啊！我看是顶不住！倒霉的我这货发也不是，不发也不是。

会董乙： 发不发，咱们今儿定个章程。你光怕解决不了问题。你听李会长的。

会董丙： 就是，不要怕，法还不制众。况且，我们也没违法乱纪，我们要拧成一股劲儿，保护我们的合法权益。

蓝玉： 我们依法纳税，纳的是民国政府统一规定的合法税收，不合法的税收，我们坚决抵制，我们要齐心，今天开会后，通知各商号，先都不交。

众人： 好，都不交。

八、碛口码头，日，外

两船货靠岸，三船货要装，但船主和商家都不肯按"值百抽十"交"河漕税"。

船主、商家和收税官发生争执。

最后贺其瑞带碛口分局警员，把不肯按"值百抽十"交"河漕税"的船主和商家当场暴打一顿后，带回警局。

九、碛口分局，夜，外

（字幕）三天后。

〔人群聚在碛口分局外，高呼："放人，放人。"

十、秉公居，日，内

〔商人打扮的舅舅背着个褡裢走进。伙计们一拥而上。

伙计甲： 舅舅来了。

舅舅： 舅舅也是你叫的，你才多大？你们霍掌柜呢？

伙计甲： 去码头上找李老艄谈生意去了。正好，老舅舅，趁等霍掌柜的工夫，您给我们再讲个故事。

舅舅： 这还差不多，以后，就叫我老舅舅。不过，叫老舅舅也不讲，你们光顾听故事，客人来了误事。

伙计甲： 这不是没客人吗，讲一个嘛，讲一个嘛。您上次走后，我们就盼上了，我们都说，舅舅那个故事大王怎么还不来？

〔众小伙计齐围上来缠着舅舅，你一句，我一句，讲一个，讲一个。

舅舅： 好，讲一个，不过，咱可说好，客人一来，不管讲到什么地方，都得且听下回分解。

众人齐声答道： 行，讲就行。

舅舅： 今儿不讲别的，单挑个碛口儒生赵中元来讲。

伙计甲： 等等我，老舅舅，我去给您老人家端碗水，润润嗓子再讲。

舅舅： 不用去端，留一人在柜上，我们还是到后院去讲为妥。

十一、秉公居后院，日，外

〔舅舅坐在高凳上，膝下围着一群小伙计，专注的神情，听舅舅绘声绘色地讲述。

舅舅：话说碛口儒生赵中元，从小饱读诗书，乾隆二年中了进士，被朝廷封为浙江一个县的知县。赵中元觉得浙江太远，这个官不能做。他每天唱着"皇帝召我当女婿，路途太远，我不去"赋闲在碛口。有天，他去黄河岸边一家酒店吃酒，掌柜的把掺了好多水的酒给他斟了一壶，他喝了后，连说三遍：好酒。

〔周围的客人气愤地看着他。客人甲从座位上站起，走到他背后，拍着他的肩膀。

客人甲：赵老先生，这酒明明都快成水了，你还说好酒？

赵中元：（看了他一眼）我说了几遍好酒？

客人甲：三遍。

赵中元：有句老话你听过没有？

客人甲：什么老话？

赵中元：话说三遍淡如水嘛。

〔众人齐笑。

〔赵中元写得一笔好毛笔字，在当时也是"一字难求"。喝完酒后，赵中元主动走到柜前，拍了一下柜台。

赵中元：掌柜的，贵号开张那天，你请我赠诗一首，当时没写，今儿写一首与你。如何？

掌柜：（笑逐颜开地）那敢情好，拿纸和笔伺候。

〔小伙计闻言，早把纸和笔拿出。

〔赵中元挥毫泼墨，不一会儿，四句诗写来。

〔"天地平如水，龙门日日水。家无读书水，官从何处水。"

〔掌柜的一看，沉下脸来。

掌柜：（冷冷地）赵老先生，不过尔尔，这首诗，在下也有耳闻，应该是"天地平如水，龙门日日开。家无读书子，官从何处来"。

赵中元：（严肃地）啊！原来你知道诗里不能掺这么多水！

众人：（哄笑）好诗，好诗。

〔酒店掌柜面红耳赤。赵老先生说完扔下笔，扬长而去！口里仍然大声唱着："皇帝召我当女婿，路途太远，我不去。"讲到这里，围坐在舅舅身边的众伙计也齐笑。

伙计甲：讲完了？

舅舅：讲完了。

伙计甲：再讲一个，再讲一个。

〔正在这时，霍掌柜走进，众人散去。霍掌柜走到舅舅跟前忙施一礼。

霍掌柜：舅舅，不知您老人家今儿来，方才出去办了点事。让您久等！

舅舅：再等也不怕，有这么多候戏（小孩子）缠着讲故事，给他们逗趣，给我解闷。

霍掌柜：舅舅是个热闹人，走到哪，哪红火。

十二、秉公居门店，日，内

〔霍掌柜和舅舅走进店里，当着众人，故意高声说话。

舅舅：俊山，我这次来，是来和你要钱的，你上次从离石带回的白洋布都出手了吗？

霍掌柜：多亏有舅舅的面子，我才进上这批货，都出手了，正说去碛口邮局给人家汇去，不想舅舅倒来了。

舅舅：（面向众人）有几句唠叨话，我不光说给俊山听，也说给你们大伙听。秉公居能有今天，全靠的信誉高。尤其你们是过载店，先提货，后结算，这就叫用"回头钱"结算，是"拾得麦子卖蒸馍一无本净利"。人家凭什么把这个利让给你，就是因为你靠得住。

霍掌柜：舅舅说得对。一客失了信，百客不登门。

舅舅：大家记住，不要听无商不奸的灰话，做买卖和为人处事一样，耍奸卖滑永远不会长久。

〔正说着，外面骡嘶马叫，一个外地客商用骡子运来两驮汾阳核桃。因为找不到秉恭居，正和人争执着。声音传到屋里，大家一齐走出。

十三、秉公居门上，日，外

〔霍掌柜一走出，人们就指着他对送货的人说。

路人甲：不用说了，告诉你秉恭居改成秉公居了，你还非不相信，这不是你要找的霍掌柜。

送货人：（怀疑地）你可是秉恭居的霍掌柜，因为货签上写着的不是秉公居，所以，我不敢轻易相信他们的话。

霍掌柜：不好意思，蔽号改名了，一字之差，害得你好找。你这是？

送货人：我是替汾阳"德厚承"送货的。东家指明让秉恭居货栈验收，这些货全交给你们代售。

〔送货人从内衣口袋里谨慎地掏出货签，恭敬地双手递给了霍掌柜。

〔霍掌柜接过货签。边看边问。

霍掌柜：你们东家告诉你最低价格了吗？

送货人：我问了，东家说，不用定价，有过上次的交道，他觉得秉恭居最公道，不坑人。

十四、秉恭居，日，内

（闪回）

三掌柜：霍掌柜，汾阳"德厚承"让咱们代售的白洋布，给咱们的最低定价是每匹不低于74块银圆，可是现在碛口行情上涨，每匹最低也能卖到85块银圆。

霍掌柜：三掌柜，你什么意思？

三掌柜：我的意思，咱们少克扣点也不为过，反正他们远在汾阳也不知道咱碛口的行情？

霍掌柜：没有三年不漏风的墙，我们不是做了这次再不做，卖多少就按多少，老老实实地按实价和人家结，我们只挣说好的抽头。

（闪回完）

十五、秉公居门上，日，外

〔霍掌柜收起货签，点货后，伙计们开始往秉公居后院库房搬货。霍掌柜开了收到货物的字据，交到送货人手上。送货人把收据小心对折后，装入内衣口袋，和霍掌柜抱拳告辞。

十六、秉公居霍掌柜窑内，日，内

〔霍掌柜挑帘，做请状，舅舅进，霍掌柜随后也跟着进去。霍掌柜转身关门。舅舅坐下，霍掌柜边倒水边问。

霍掌柜：田书记，你是从离石来？

舅舅：是啊！要不我怎么知道你进了白洋布？

霍掌柜：田书记，你这次来？

舅舅：接到你准备罢市、罢工和罢课的情报后，上级决定让我来协助你组织好这次三罢活动。

霍掌柜：（欣喜地上前紧紧地握住田书记的手）田书记，这下我心里就有底了。

（远镜）霍掌柜和田书记在灯下画图，讨论。

十七、碛口商会，夜，内

〔李蓝玉坐在会长位置，所有参会的人神情肃穆。

蓝玉：各位会董，今天敢来参会的人，都是同意罢市的同人。贺其瑞勾结警局，把我们的人已经抓走三天了。我们再也不能坐以待毙。从明天起，碛口所有商号关门，所有商号的掌柜、伙计都要加入我们游行的行列。我们这些人，都要走在游行队列的最前面。

会董甲：人为刀俎，我为鱼肉，姓贺的欺压我们碛口商人，也不是一天两天了。

会董乙：就是，老会长的儿子，好好的就能自杀了，我们再不齐心，我们不仅买卖没法做，恐怕命也难保，李会长，明天，我负责喊口号。

会董丙：我年轻，再找一个年轻的，我们俩人负责扛标语牌。

老六：（站起）不用，喊口号和扛标语这些活儿，我们商团全包了。

李会长：好，明儿辰时，我们在黑龙庙集合，然后，穿过碛口的二道街，最后到厘税局静坐。

十八、黄河边，夜，外

〔霍掌柜和李老艄边走边聊。远远的，看见一条船停在岸边，俩人又向前走了两步，离那条船大约还有一百米时，俩人站定。

霍掌柜：李老伯，拜托您老人家了，我不方便过去。

李老艄：放心，我们码头工人没有一个愿意增加"河漕税"。

十九、碛口码头船上，夜，内

〔四个船工，坐在船舱内，李老艄进入。

李老艄：都来了，道理我就不多说了，"河漕税"一加，我们这些拉船的，扛包的都要受牵连。

搬运工甲：就是，这也坑了我们这些受苦人，相比原来扛十包就能挣一块银圆，现在扛十五包才能挣一块。

李老艄：你说得对，牵一发动全身，商家挣得少了，给我们的钱自然也少了。

船工甲：光他们搬运工跟着倒霉，我们这些拉船的船工也会跟着倒霉，走河路不挣钱，商家比鬼还精，自然会不走河路，走陆路，我们吃啥喝啥，我们可是指着船吃饭呢。

李老艄：都说得不错，咱碛口每天南来北往的船有多少，"拉不完的碛口，填不满的吴城"，说啥啦，就说货物全靠河运，如果，每船的货物，不管走的货，还是来的货，抽头都要由值百抽五，变值百抽十，那就等于增加一半了。

搬运工甲：我们和商会一起行动，坚决抵制增加"河漕税"。

李老艄：好，咱们码头工人的拳头是最有劲的。明天船只全部停运，搬运工全部停止装卸。跟随商会一起上街游行。

船工：听李老艄的。我们回去连夜通知各自队上的人。

李老艄：好，明天就让碛口的人看看，咱码头工人也不是孬种，心齐着呢！

二十、碛口中学门口，夜，外

〔霍掌柜和一个学生模样的人接头，霍掌柜掏出一张纸交到学生手里，俩人耳语几句后，匆匆分手。远处，牛二晃荡着走来，看到霍掌柜和学生时，他慌乱躲在角落里。（主观视角）牛二贼头贼脑地打量着远处的霍掌柜和学生。

二十一、厘税局贺住处，夜，外

〔牛二踮着脚尖往里望，里面黑灯瞎火的。牛二翻墙跳入，耳朵贴在窗户上，里面传来贺其瑞和一个女人嬉笑打趣的声音。牛二踮着脚尖悄悄地离开。

二十二、黑龙庙前，日，外

〔黑压压的人群，商团老六举着大旗站在最前面。李蓝玉站在高台上手一挥：出发。老六举旗和蓝玉走在最前面，另外两个穿着商团服装的年轻男子，举着"保护合法权益，坚决抵制增加'河漕税'"的横幅。和老六隔着两步，引导着游行队伍浩浩荡荡地走上街头。

碛口街上所有的商店，都关门停业，游行队伍走过，不时有路人加入其中。"保护劳动者合法权益！""坚决抵制增加'河漕税'"的口号声，响遍碛口三条街。

二十三、厘税局，日，内

〔牛二急急忙忙地闯进贺其瑞的办公室。贺其瑞正闭着眼在躺椅上闭目养神。

贺其瑞：（眼也不睁）怎么，找见四太太了？

牛二：还四太太呢，出大事了，街上都关了门，码头上的船停下一大片，学校也不上课了，人全跑到街上喊着反对你的口号，往你这走呢！

〔贺其瑞猛地睁开眼，站起来，走到牛二跟前。

贺其瑞：你没睡醒吧！大早上胡说什么？街上有人游行？还反对我？

牛二：对，对，对，我不会说这么文当当的，想起来了，路上的人说是游行，他们喊着反对增加"河漕税"，不就是反对你，谁不知道你是厘税局局长。

贺其瑞：真有其事，听你这么一说，他们这是三罢啊，罢市、罢工、罢课。走在队伍前面的是谁？

牛二：商会的人，领头的是李蓝玉和商团老六，老六扛着旗。

贺其瑞：这个李蓝玉，明着和我叫板。

牛二：贺大人，我们碛口有句话说死了，男追女隔座山，女追男隔层纸，我看，你对李蓝玉再好，也没戏，你是剃头挑子一头热。人家根本和你不是一路人。

贺其瑞：行了，行了，这时候还顾上说这些没用的，赶快看看他们走到哪了。

二十四、厘税局门前，日，外

〔牛二走出去，一眼就望见二百米开外的游行队伍，正喊着口号向厘税局走来，他赶紧转身又跑回厘税局。

二十五、厘税局，日，内

牛二：大哥，不好了，李蓝玉领着数不清的人，马上就走过来了，你怎么办？

贺其瑞：我当然先躲起来。你去告诉看门人，一会把大门关了，谁也不许进出。

牛二：行，大哥，那我去告诉他们。

贺其瑞：等等，我怕走不出去，这样，你脱下衣服，咱俩人换一换，你这几天就呆在我办公室。

牛二：（脱下衣服不好意思地递给贺其瑞）大哥，太烂太脏了。

贺其瑞：顾不了那么多了，帽子也给我。

〔牛二脱下头上的瓜皮帽。

〔贺基瑞一把抓过戴上，顾不上多说，化装成牛二，从门上悄悄地溜了出去。

二十六、厘税局大门前，日，外

李蓝玉和老六领头的商界人士，李老艄领的码头工人，还有手举标语的罢课学生，组成三方队列，有秩序地在厘税局门前，静坐抗议。

二十七、秉公居账房，夜，内

霍掌柜和田书记俩人神情严峻。

霍掌柜：田书记，罢市、罢工、罢课的三路人马，都按原计划，在厘税局门前静坐一天了。对方采取的是不理不睬，也不放人的办法，我们怎么办？

田书记：我们当然要坚持，坚持到他们放人，并且答应我们提出的条件。

霍掌柜：（点头）看来他们一时半会儿不会轻易答应我们提出的条件。

田书记：注意给静坐的人准备好食物和过夜的厚衣服，这不光是一场硬仗，还是一场耗时的战斗，一定要保持体力。

霍掌柜：我一会儿出去分头通知各队联络员。

田书记：你只可去商会这块，借给你们东家送东西的机会，深入了解一下现场的情况。

霍掌柜：田书记，我有个请求，李蓝玉是女同志，我可不可以代替她参加这次活动。

田书记：心情可以理解，不过，你对李蓝玉这份感情还是暂时保存在心里。李蓝玉是会长，你怎么能代替了她。

霍掌柜：田书记，我一直想问您，可一直不好意思开口，现在话说到这儿，您能不能告诉我，组织批准我和李蓝玉同志的恋情了吗？

田书记：（摇头）如果有这么好的消息，我一来了，就会告诉你。

〔霍掌柜叹了口气，田书记走过来，拍了拍他的肩膀。

田书记：再等等，好事多磨。毕竟蓝玉还不是我们的同志。

二十八、蓝玉住处，夜，内

〔霍掌柜敲门，王妈开门，霍掌柜走进。

王妈：蓝玉晚上也不能回来。

霍掌柜：不能。王妈，你找几件厚衣服，我给蓝玉送去。

王妈：（找了半天，拿出一件薄棉衣）霍掌柜，虽说还不到冬天，但夜深了冷，就给她拿件薄棉大衣吧！三单还不如一棉。

〔霍掌柜接过王妈手中的棉大衣。

霍掌柜：行，王妈，我走了，你关好门，自己早点睡吧！

二十九、厘税局门前，夜，外

〔静坐的人群点着好几堆火，大家围着火堆坐着，没有人离开。霍掌柜走到蓝玉跟前，老六走开，到了另一堆火堆前。

蓝玉：霍掌柜，你怎么来了？

霍掌柜：是王妈让我来的，怕你冷，给你拿了件薄棉大衣。

蓝玉：好多人家有送棉衣来的，其实，点着火，人多，也不觉着冷。

霍掌柜：（席地坐下）蓝玉，真想换你回去，我在。

蓝玉：也有东家和掌柜换班的，但我是会长，我不能走，大家全看着我呢！霍掌柜，你回吧！

霍掌柜：我再陪你坐会儿。这么多人里就你一个女的。

蓝玉：我早不觉得我是个女人了。

霍掌柜：那是你这么想，在我眼里，你永远是个女人，而且是顶天立地的好女人。

蓝玉：女人不女人，我也不愿多想了，还是那句话，开弓没有回头箭。摊上就摊上了，到山砍柴，到河脱鞋，走到哪步，说哪步的话。

霍掌柜：我就喜欢你这敢做敢当的豪爽性格。

蓝玉：不要夸我，有时我也很纠结，好比现在，你看看，这么多人跟上我挨饿受冷，真怕最终闹不出个结果。

霍掌柜：蓝玉，这你就想错了，你不是为自己，你是为大家。有没有结果，我们只能尽最大的努力去争取。

蓝玉：等了一天了，贺其瑞根本不露面。

霍掌柜：贺其瑞一向自负而狡猾，不到万不得已，他不会轻易露面的。

三十、区公所，日，内

区公所有关人员紧急开会。三区区公所王区长和贺其瑞素来不睦，见贺其瑞未到故意出他的丑。

王区长：（四顾）贺其瑞局长怎么还没来？

〔贺其瑞愁眉苦脸地从门外走来，边走边答。

贺其瑞：来了，来了。

王区长：（面带不悦）贺局长，你是不是应该早点来啊！这大麻烦可是你惹的。

贺其瑞：（不甘示弱地）王区长，话不能这么说吧！我增税也是为了咱大碛口的繁荣。

王区长：说的比唱的好听，这是增税增出了乱子，如果增成了，大把的银子还不知暗中流向谁的口袋。哼，说什么碛口大繁荣？

贺其瑞： 王区长，你有话说到明处，你这话什么意思？

王区长： 你觉得什么意思，就什么意思？

　　〔四区赵区长和贺其瑞私交不错，但可也不敢明的向着贺其瑞，这时，只能站出来打哈哈。

四区赵区长： （哈哈）都是吃官饭的，看在我赵某的薄面上，你们俩都别说了。我们今天是解决问题来的，就不要再说出新的问题了。

　　〔三区区长和贺其瑞，都气哼哼地闭了嘴。

三十一、区公所会场，日，内

　　〔四区赵区长宣布开会。

四区赵区长： 在座的各位同人，大家虽都在碛口地界上供职，但因为分属于各个不同的衙门，所以平时难得像今儿这样坐在一起。坐在一起了，就要心平气和地解决问题，大家有什么高招儿，先都说一说。

三区王区长： 赵区长说得对，碛口从宋朝起，就是三府共管之地，何谓三府共管，就是汾州府、离石府和临县都在碛口设有管辖部门。这么重要的地方，现在被有些人搞得乌烟瘴气。

贺其瑞： （站起）王区长，你这"有些人"是说谁呢？

三区王区长： 谁接话，就说谁？

贺其瑞： （拍了一下桌子）你还说不着我，我厘税局虽在你碛口地界，但你赵区长就还管不着，我是山西府直属局，离石府赵区长都对我另眼相看，你敢把我怎么样？

三区王区长： 贺局长，你弄错了，不是我要把你怎么样，是游行的队伍要见你，你躲在这里，不敢见。

　　〔贺其瑞气得一时答不上话来。

四区赵区长： 好了，好了，你们俩人刚才开会前就话不对付，现在，怎么在会上又唇枪舌剑地干起来了。（板起脸来）这是会场，都不能再说了。

参会人员甲： 是啊，说点有用的，现在咱们该不该见李蓝玉他们几个代表？谁去见？

参会人员乙： 谁去见？解铃还需系铃人，当然是贺其瑞贺局长去见了。

参会人员丙： 对，他们在厘税局门前，点名道姓要见贺局长。

四区赵区长： 不行，贺其瑞不能去见，贺局长去了，就得当场拍板，同意他们不增加"河漕税"的请求。

贺其瑞： 所以，我才躲起来不见的嘛！

三区王区长： （鄙夷地看了贺其瑞一眼）哼，属老鼠的，见缝就钻。

四区赵区长： 这样吧，毕竟碛口在临县。王区长，就委屈你出面见见他们。

三区王区长： （勉强地）看在赵区长的面子上，我去就去，但去了，说啥，我就说，你们欢呼吧！"河漕税"不增加了，原就是有些人想从中渔利。

　　众人笑，（特写）贺其瑞气得要站起来，被旁边坐的人按下。

四区赵区长： 王区长，你也是党国的元老了，怎么今儿说话一点把门儿的没有，信口开河。

三区王区长： 我就是看不惯有些人挂羊头卖狗肉。

四区赵区长： 有意见以后提，会议决定你作为政府代表去见李蓝玉他们，记住，这次咱们只答应放人。其他问题，一概回避。

三十二、厘税局门前，夜，外

三区王区长： （向静坐的人群宣布）立刻无条件放人。

蓝玉： （站起）王区长，这只是我们提出的一个条件，我们提出的第二个条件，也是最根本的问题，是"河漕税"的问题，这个，怎么答复？

三区王区长： 恕不回答，这个不归我管，厘税局贺其瑞局长说了算。

　　〔不等王区长再说什么，愤怒的人群高喊，我们要见贺其瑞。让贺其瑞出来！贺其瑞，出来！贺其瑞出来！

〔有几个人冲进厘税局贺其瑞的办公室，结果揪出来的人是牛二。

〔人群哗然。三区区长趁乱跑掉。

游行人甲：贺其瑞欺骗了大家，他早逃走了。

会董甲：牛二，原来是你顶的杠子。

牛二：怎么了，怎么了，看我脑袋不圆，我就不能在贺大人的位置上坐几天？

〔愤怒的人们上前揪住牛二就要动手。这时，蓝玉上前，制止大家。

蓝玉：放开牛二，我们是和平请愿，合法维权，谁也不能动手。

〔牛二被人松开。

牛二：（整了整衣襟，自言自语）二爷我还是第一次穿这么好的衣服，不要给我拉扯坏了。

三十三、碛口分局门前，日，外

〔被抓的船家和商人被放出。等候在外的家人欣喜地迎上。

三十四、区公所会场，夜，内

〔寂静的会场内。

四区赵区长：李蓝玉他们已经在厘税局门前静坐五天了，刚刚接到省府从太原发来的密电，无条件答应抵制增加"河漕税"的请求，迅速解散罢市、罢工、罢课人群，尽快恢复碛口所有商号的买卖和码头的河运，学生立即返校复课。

贺其瑞：（咆哮地）我不同意，我要亲自给省府去电，碛口河运太过发达，就是值百抽十，碛口商人也富得流油。

三区王区长：（怪腔怪调地）多好的一次中饱私囊的机会，就这样白白地失去了。

四区赵区长：王区长不要敲怪话，贺局长也不要动怒。这是省府的命令，我们必须无条件执行。贺局长，你听见了没有。

贺其瑞：（不满地）听见了，我不拍电报了。

四区赵区长：这也是省府从大局考虑做出的决定。碛口是晋商西大门，碛口说什么也不能乱。

贺其瑞：赵区长，我能不能不去和大家见面，这几天，他们的矛头一直对着我。

三区王区长：（小声地）哼，钻缝如鼠，胆小如鼠。

四区赵区长：也好，省得彼此情绪激动，惹出更大的麻烦。我替你去，现在就去。

三十五、厘税局门前，夜，外

〔四区赵区长走到抗议示威的人群前。想和李蓝玉、老六握手，李蓝玉不伸手，老六也不理。四区赵区长快快地走到人群前。

四区赵区长：现在，我代表离石府向大家宣告一个好消息，不增加碛口的"河漕税"了。

〔人群欢呼，（特写）蓝玉喜极而泣，老六举着旗帜绕着场子跑。

人们高呼：我们胜利了，我们胜利了。

三十六、秉公居霍掌柜窑内，夜，内

〔蓝玉高兴地敲门。

蓝玉：霍掌柜，我特来告诉你，我们赢了。

舅舅：（开门）是蓝玉东家，进来吧，霍掌柜刚出去。

蓝玉：是舅舅，您什么时候来的？

舅舅：这次来的不巧啊，你们罢市的前一天来的，所以，咱们还没见面。

蓝玉：是啊，我们在厘税局门前耗了整整五天五夜。

舅舅：蓝玉东家，你虽然出身在有钱人家，但不娇气，不做作，为大家敢做敢当，真是个了不起的女人，不仅我外甥俊山说你好，我也要夸你两句。

蓝玉不好意思地笑。正在这时，外面传来霍掌柜的声音。

霍掌柜：（打趣地）好啊！舅舅趁我不在，你说我什么了，我可在外面听见你说我的名字啦！
舅舅：我能说你不好？说得你东家把你开了。
蓝玉：（笑）舅舅开我的玩笑。霍掌柜，你去街上了吧，人都散了，我们的两个条件都答应了。
霍掌柜：好啊，这对贺其瑞是个不小的打击。对了，蓝玉，我上回从离石府接的布，都销完了，舅舅这次来，是替主家结钱来了。
舅舅：等这么久，也是为见你一面，明儿一早我就走。
蓝玉：来已经来了，多住几日再回。
舅舅：不用了，该见的人都见了，该办的事也都办了，客走主安。
蓝玉：那我走了，霍掌柜，你和舅舅早点睡，明儿一早，我也赶过来，送送舅舅。
舅舅：我看还是俊山先送你回去吧！
霍掌柜：说得是，蓝玉，时候不早了，王妈又没有跟着你，就用店里的马车，我送你回去。
蓝玉：不用了，霍掌柜，还得叫车夫，车夫又不住店里。
霍掌柜：我给你当车夫，保准比正经车夫的把式也不差。

三十七、厘税局贺其瑞住处，夜，内

〔贺其瑞垂头丧气地靠在床上，牛二悄悄地走进。
贺其瑞：这么晚了，你来干吗？
牛二：我还穿着大人的衣服一直没舍得脱，你看什么时候咱俩再换回来？
贺其瑞：（白了牛二一眼）不用换了，送给你了。
牛二：（欣喜地）真的？那我回去放起，过年穿！
〔说完，牛二贼头贼脑地到处乱看。
贺其瑞：看什么呢？贼头贼脑的。
牛二：大哥，就你一个人？
贺其瑞：这种时候，我还有心情金屋藏娇？
牛二：大哥，他们闹事的前一天晚上，我有事找你，你窑内有女人的声音，我不敢进来，就走了。
贺其瑞：（怀疑地）女人的声音？
牛二：是啊，女人的声音，可软和了，细声细气，比李蓝玉的声音还好听。
〔贺其瑞突然坐起，大笑不止。
牛二：（慌张地）大哥，我是不是说错话了，你别笑了，笑得人头皮都发麻。
贺其瑞：（突然停住笑）我为什么不笑，他们就是想让我哭，我偏要笑。
牛二：大哥，你是不是被他们气糊涂了，你想加个"河漕税"也加不成！
〔贺其瑞披上睡衣，下了床，走到墙角一个柜子模样的东西前。
贺其瑞：（拍着柜子）看看，你说的那个女人声音，是它发出来的。

三十八、柜式留声机前，夜，内

〔牛二用好奇的眼神，绕着留声机左看看，右看看。贺其瑞弯腰打开柜门，从下面抽出一张黑色胶片，站起来，放在上面的唱机里。
〔过了一会，唱机里传来女人唱戏的声音。牛二吓得一屁股坐到地上。
牛二：（指着留声机）贺大人，这个东西好吓人，见鬼了，见鬼了，箱子会说话。
〔贺其瑞笑着上前关了留声机。
贺其瑞：我不想让它说话，它就不说了。这不是箱子，这是1905年美国产的维克多牌柜式留声机。
牛二：啊，这东西是怎么到你手上的？美国那么远。
贺其瑞：上回我回天津租界搞来的。
牛二：啊，原来是这样，四太太不在，我还以为大哥又搞上新的女人啦！

三十九、床上，夜，内

〔贺其瑞轻蔑地哼了一声。又走到床前，躺在了床上，点了根烟，抽着。

贺其瑞：对了，上回你没说清楚，四太太在不在李家山？

牛二：不在，怎么，大哥想她了？

贺其瑞：你才想她呢？我找她有正事。

牛二：可不知她去了哪，找这么长时间也没找见。

贺其瑞：你那天找我就是告诉我四太太找不见？

牛二：不是，是告诉你另一件奇巧事。

贺其瑞：什么奇巧事？

牛二：他们闹事前一天，我有事路过碛口高级中学，看见霍掌柜和一个学生躲在僻静处，好像霍掌柜给了那个学生什么东西。

贺其瑞：你没看清是什么东西？

牛二：太远，看不清。

贺其瑞：这个霍掌柜绝不是省油的灯。李蓝玉那么听他的。说不定，这次游行他在背后就是主谋。

牛二：大哥，你吃醋了吧！我想起来了，霍掌柜和碛口中学的学生早有来往，那次碛口商家画海报，他画不过来，不是就找的那些学生帮着画的。

贺其瑞：你他妈说了个屁啊，一会这一会那，那你那天来告诉我干什么？

牛二：也是啊，那天我是觉得有点不对。反正，这个人挺难捉摸的。

贺其瑞：好了，你以后不仅要帮我找四太太，还要注意这个霍掌柜。看看他都去些什么地方。

牛二：什么地方，全碛口的人谁不知道，霍掌柜就爱去个澡堂子。

贺其瑞：你不是在碛口中学也看到他了吗？别废话了，我累了，你走吧！

四十、碛口街上，夜，外

〔静静的碛口街上，霍掌柜和蓝玉坐着马车，俩人一时无语。

霍掌柜：蓝玉，你怎么不说话？

蓝玉：霍掌柜，这几天，在厘税局静坐，每天人那么多，事那么多，现在一下子静下来，整个人都感到无所适从。

霍掌柜：贺其瑞不会善罢甘休，你要有思想准备。

蓝玉：（点头）霍掌柜，说心里话，有你在，我谁都不怕。

霍掌柜：（笑）蓝玉，你说，人和人多有意思，三年前，我怎么也想不到陈家是让我来给你当掌柜。

蓝玉：怎么，后悔了？

霍掌柜：你说呢？

蓝玉：你的心，我怎么晓得。

霍掌柜：你晓得。

〔霍掌柜说完，"驾"的一声，马车在碛口街上飞快地跑了起来。

〔突然，听到一声惊叫，霍掌柜赶紧勒住马，马车停下。

〔蓝玉和霍掌柜同时看到马车前站着一个人。

（第十三集完）

162

第十四集

一、碛口街上，夜，外

　　四太太看到蓝玉和霍掌柜的马车想拦，结果险些被马车撞了。惊魂未定地站在马车前。路旁边是四太太的丫鬟，双手捂脸，吓呆的表情。

　　〔霍掌柜先跳下马车，随后，霍掌柜伸出手也把蓝玉扶下马车。两人同时跑到四太太跟前。

蓝玉：四姨娘，你不要命了，要不是霍掌柜勒住马，你早就让马车撞了。

霍掌柜：四太太，看看，没撞着你吧！

四太太：我走得脚疼，看见你们的车想搭上，就上前拦了一下。

蓝玉：这一下，险些就要了你的命。

霍掌柜：没事就好，四太太，你这是去哪？

四太太：能去哪，回蓝玉的住处呗。

蓝玉：那好，咱们快都上马车吧！

　　〔霍掌柜先是扶蓝玉和四太太上了马车，又走到路边接过丫鬟手中的包袱，再把丫鬟也一起扶上马车。

　　马车在碛口街上走着，车上的人也都沉默着。

二、蓝玉住处门口，夜，外

　　〔霍掌柜勒住马，马车停下。

蓝玉：四姨娘，你先下。

四太太：总算回来了，在家千日好，出门一时难啊！

　　〔蓝玉扶四太太先下，然后丫鬟扶着蓝玉下。最后，丫鬟也跳下马车，霍掌柜帮着丫鬟把包袱提上，四人走到门前，不等敲门。门倒先开了。

　　〔王妈从门里探出头来，看见蓝玉，高兴地跑出来。一把就拉起蓝玉的手，俩人对视着笑看。

蓝玉：王妈，你不是说你耳背了吗？你听见我们回来了？

王妈：没有，我哪能听见，你不在的这几天，我天天晚上都要跑出来，在门上瞭几遭。心焦得睡不成。

蓝玉：王妈，我没事的。

王妈：有事没事，回来就好，回来就好。

四太太：啊呀，看你俩，像糖火烧似的黏得分也分不开，有话，快进窑内说，我都快累死了。

　　〔王妈这才注意到四太太也回来了。王妈白了她一眼。

王妈：（冷冷地）四太太，你也回来了。四太太，是啊，王妈，不要干站着，快帮着提点东西，把我的窑打扫出来。

蓝玉：四姨娘，你一回来就调派王妈，你的窑干净着呢，今儿不早了，让王妈也先睡，明儿再帮你好好收拾。

　　〔王妈接过霍掌柜手上的东西。

王妈：霍掌柜，你也进来喝口水再走。

霍掌柜：不用了，时候不早了，我也要回去了。

　　〔四太太和丫鬟、王妈提着东西进了大门。

三、马车前，夜，外

　　〔蓝玉走到马车前，站在霍掌柜身边。俩人小声说话。

蓝玉：我四姨娘大包小包的，看这情形，像是出远门刚回来？

霍掌柜：陈家大少爷死前一直在找她，她可能是有意躲起来的。

蓝玉：我要不要把陈家大少爷死的事告诉她？

霍掌柜：可以，你看看她听后有什么反应，我分析，如果这事和她有瓜葛，她应该没想到会出人命。

蓝玉：我想也是，她知道陈家大少爷死后，一定会去找贺其瑞。

霍掌柜：就是她不找贺其瑞，贺其瑞也会找她。

蓝玉：（点头）看她怎么说，然后，我们再商量。

霍掌柜：好，你回去吧，这几天累了，早点睡，我走了。

　　蓝玉站在大门上，一直目送着霍掌柜的马车走远。

四、贺其瑞卧室，夜，内

　　〔贺其瑞半躺在床上，抽着烟，听留声机。牛二进来，走到床前。

贺其瑞：霍掌柜这几天有什么活动？

牛二：没什么活动，正常的还怕了。

贺其瑞：那四太太呢，有没有消息？

牛二：还没有。大哥，你放心，只要她一回到碛口，我第一时间就跑来告诉你。

贺其瑞：也应该回来了啊！

牛二：大哥，我说你老找个四太太干吗？她可不是什么正经女人，和李蓝玉不能比。

贺其瑞：你懂啥，四太太她就是一个女人，而李蓝玉是大哥心中的女神。

蓝玉：大哥，我看你是敬神敬出鬼来了。李蓝玉处处和你做对。这次又带头反对你。

贺其瑞：所以，我才郁闷啊，只好玩玩女人解闷。也就是解闷。

牛二：对，对，对，大哥是万花丛中过，片叶不留身。

　　〔贺其瑞坐起，像不认识似的看着牛二。

牛二：（发毛地）大哥，看得我发毛。

贺其瑞：（哈哈大笑）我说牛二，你长进不小啊，大字不识一个，还会偶然露峥嵘，狗嘴里吐个象牙。

牛二：那还不是跟着大哥你学的。

贺其瑞：学得好，万花丛中过，片叶不留身。好，片叶不留身好！

五、蓝玉窑套窑，夜，内

　　蓝玉和王妈都已经进入睡梦中，街上传来三声打更声。

四太太：（站在蓝玉窗子下，轻唤）蓝玉，蓝玉，你出来，我有话要和你说。

蓝玉：（迷迷糊糊地）四姨娘，快睡觉去吧，有话明儿说。

四太太：不行，我睡不着，你出来吧。

　　〔蓝玉怕吵醒王妈，轻轻地披衣下床，蹑手蹑脚地开了门，走出来。

　　深秋的夜毕竟不比夏日，蓝玉不由得打了个寒噤。

蓝玉：四姨娘，外面太冷，咱们到书房去，老的小的都睡了，不要吵醒她们。

四太太：行，行，反正我是睡不着，到哪都行，只要你陪着我说话就行。

六、蓝玉书房，夜，内

　　〔四太太和蓝玉相跟着进了书房。

　　〔四太太走到书桌前的板凳上坐下，然后，看着桌上的毛笔和纸。

四太太：蓝玉，我要是你就好了，女人识了字，有了本事，就不会被人骗了。

蓝玉：四姨娘，大半夜的你不睡觉，有什么紧要事非得半夜三更说。

四太太：蓝玉，四姨娘想问你借点钱，本来想明儿一早再借，可王妈在跟前，听见了又叨叨我呀。

蓝玉：你的钱呢，爹多给你留下的体己不说，光二娘给你的每月例钱，也该够你花了。

四太太：是啊，一般情况是够了，这不出来二般情况了嘛。

蓝玉：什么二般情况，你住在我这里，我又没和你要过一分钱。

四太太：是啊是啊，我也知道我现在沾你的光不少，可是，我这次出去把所有的钱都搞没了。

蓝玉：怎么搞的？所有的钱都没了。

四太太：（沮丧地）不仅是钱，还有银票，还有我的首饰，都没了。

蓝玉：四姨娘，我还想着明儿再问你，你走了这么长时间，到底去哪了？怎么走了这一遭，把钱都闹没了。

〔四太太突然哭了起来，边哭边说。

七、离石府街上，日，外

（闪回）

〔四太太和丫鬟两人百无聊赖地走着，突然，迎面遇上一个中年商人。走过去后，他又转过身来，追上四太太。

中年商人：这不是上次在太原府买我玉烟嘴的那个有钱太太？

四太太：（愣了一下，仔细打量着）啊，想起来了，你就是太原那个珠宝玉器店的掌柜。

中年商人：真是有缘千里来相会，不承想，在离石府还能遇见。太太一看就是个有福人，能在这种时候遇见我，可是要发大财了。

四太太：此话怎讲？

中年商人：我不在太原府做珠宝买卖了，不挣钱。我现在在离石府开了一家"复得庄"钱铺，专做高利贷。今儿放进去钱，今儿就给你下子儿，连夜都不过。

四太太：我不信，钱还是放在自个儿口袋里放心。

中年商人：放在自个儿口袋里，一块银洋永远变不成两块银洋，人挣钱多累啊，钱挣钱多快，钱长四条腿，人长两条腿，你说，用哪个挣钱又快又省事。

四太太：我不听你说，反正我是不放钱给你。

中年商人：这样吧，不要你放，你只跟我去看看，耳听为虚，眼见为实。

四太太：我不去。

丫鬟：太太，我们走吧！

中年商人：另，，别，别走，这位姑娘也跟着去，去了，一人白送你们一双洋丝袜子。

八、"复得庄"钱铺，日，外

（特写）"复得庄"钱铺的牌匾，门上人流如潮，进进出出，好不热闹。

中年商人：看见了吧，人山人海，想放钱都得排队。

九、"复得庄"钱铺，日，内

一个小窗口前，人们排着队领钱，领上钱的人，数着手中的钱，笑得合不拢嘴。

四太太：（上前）你们都是在这放钱的？

领钱人：是啊，这是领利息，月息，放一百块现洋，一年就能白吃三十块的利。

中年商人：我没说瞎话吧！要不是我看你买过我个玉烟嘴的情分，我还不领你来呢。赶紧放吧，太太，还等什么呢？过了这个村，可就没这个店了。

四太太：容我再想想。

中年商人：还想什么呢，现放现就把这个月的利息返你了。

四太太：可我没带多少现洋。

中年商人：这样吧，你把你能折变成现洋的东西都交给我，我先给了你钱，随后，我再去替你兑现。

四太太还在犹豫，中年商人佯装生气，就要离开。

〔四太太上前拉住中年商人。

四太太：你别走，我放。舍不得孩子，套不得狼。

〔四太太把身上的钱，还有值钱的首饰全交给中年商人。

165

十、"复得庄"钱铺，日，外

"复得庄"钱铺，大门紧闭。持有"复得庄""钱帖子的人们围在门前，欲哭无泪。四太太也手持"复得庄"钱帖子急急忙忙跑来，一屁股瘫坐在人群中，号啕大哭。

（闪回完）

十一、蓝玉书房，夜，内

蓝玉： 四姨娘，你也别气了，骗就骗了，以后不要想着投机就好，你要多少钱，就算我替我爹给你的。

四太太： 我就知道你会管我，也不用多，先少拿点，没有了再和你要。

〔蓝玉起身从书房的抽屉里拿出一百现大洋给了四太太。

蓝玉： 四姨娘，这是一百现大洋的省银行的银票，你先拿着花。

〔四太太高兴地装上钱，兴奋地看着蓝玉。

四太太： 蓝玉，你对我这么好，我对不住你。

蓝玉： 说什么呢，你是我爹的人，爹不在了，我供养你也是应该的。

〔四太太叹了一口气，欲言又止。

蓝玉： 四姨娘，钱也给你了，我也瞌睡了，咱们都回屋睡吧！

四太太： 对了，你不让站在你窗子下说话，怕惊了老的小的，老的我知道是王妈，哪有小的？

蓝玉： 小的是淑媛，大少爷留下的小姑娘。

四太太： 陈家大少爷和你不是死对头吗，怎么肯把他的孩子放到你这里？

蓝玉： 四姨娘，你怎么晓得他和我不对？你和我说实话，你和陈家大少爷到底在背地里干什么了，你又是为什么要急急忙忙离开碛口？

四太太： 嗨，能为啥呢，我这人你还不知道，爱红火热闹，跑到离石散心去了。

蓝玉： 可是，你走后，陈家大少爷到处找你，还去李家山找你找不见，后来，陈家大少爷就在自个儿家的柴房上吊自杀了。

〔四太太唬得一下从板凳上跳了起来。

四太太： （吃惊地瞪大了眼睛）蓝玉，你不要吓我，这可是半夜。

蓝玉： 且不说我还曾是他的弟媳，就算是外人，我也不会红口白牙地咒人死。

四太太： 真没想到他这么胆小。蓝玉，那贺其瑞，贺大人知道他死了吗？

蓝玉： 能不知道吗？陈家大少爷死后，还没打发，他就拿着一万地现洋的欠条找上门去，大奶奶听说后，当天也吞金死了。

四太太： 啊，有这种事？听得我背后发凉。不行，找个时间，我得给陈家大少爷烧个纸钱去。

蓝玉： 四姨娘，你不是最怕去坟地吗？爹走了，你都没有去烧几回纸，怎么倒上赶着要给陈家大少爷烧纸呢？

四太太： （自知说漏嘴，忙遮掩着）说得也是，不过，这不是陈家大少爷年纪轻轻的就走了，我同情他，同情心我还是有的嘛。

蓝玉： 四姨娘，你肯定有事瞒着我，你不想说，我也不问了，但我还是那句话，离贺其瑞远点，不要自去惹祸招灾。

十二、贺其瑞卧室，夜，内

〔贺其瑞躺在床上想心思，牛二推门走进。

牛二： （小声地）大哥，好消息，四太太回来了。

贺其瑞： （坐起）你看见了？多会儿回来的？

牛二： 多会儿回来不知道。今儿后晌，我在碛口街上见她买桃桃粉。看那样子，好像没钱了，和卖家不停地讨价。

贺其瑞： 讨价就是没钱了，小见识，会讨价了，说明她这趟去了大地方，开了眼了。

牛二： 是，是，是，大哥说得对，大哥说得对，我小见识。

贺其瑞： 你去告诉她今儿晚上就来见我。

牛二：行，我现在就去传话。

十三、贺其瑞卧室，夜，内

　　〔贺其瑞站在窗台前，看见四太太走进院子后，转身走到门后，把门打开，门虚掩着，四太太走到门前，贺其瑞打开门，一把把四太太拉进来，搂在怀里。
四太太：（推开他）别搂我，我有话问你。

　　贺其瑞放开她，耸了耸肩，自顾自地往里走去。走到床上躺下，点着根烟抽着，同时，另一只手指了指床，示意四太太也上床。四太太不理。气呼呼地站在床前。
贺其瑞：怎么，出去走了一趟，又找下新相好的了，不愿再理我了。
四太太：你放屁，我问你，陈家大少爷为什么要自杀，是不是你害的？
贺其瑞：这话应该问你，你是他的同谋，你们合伙贩大烟土。
四太太：我们合伙贩大烟土？这货可是你的，陈家大少爷死了，我这个证人还在。
贺其瑞：你这个证人？你这个犯人还差不多。对，陈家大少爷死了，这叫死无对证，谁能证明这货是我的，就说是我的就是我的。我还说你和陈家大少爷一直就做大烟土生意呢！
四太太：你不是人！

　　〔贺其瑞笑着下了床，走到四太太跟前，硬把她抱上床。
贺其瑞：我不是人，你还追得我这么紧，是不是，四太太，不要闹了，有话还是上床再说嘛。
四太太：和你没话说。
贺其瑞：有事做就行。

十四、床上，夜，内

　　〔贺其瑞在床上强行搂住四太太。四太太有了笑脸。
贺其瑞：嘛样好，久别胜新婚。
四太太：你又不娶我，还说什么新婚旧婚。
贺其瑞：这种高兴的时候，你不要说泄气的话，什么娶不娶的，这就挺好！
四太太：你觉得好，我觉得不好。（推开贺其瑞，坐起）听说你讹了陈家一万块现大洋，给我点儿，我这次出去，把钱放在钱铺想吃高利，结果，钱铺掌柜卷上钱跑了，我现在没钱花。
贺其瑞：你怎么可能没钱花？前头守着那么有钱的土财主，现在又守着财主的闺女，我就不信，李蓝玉不给你钱花？
四太太：李蓝玉是李蓝玉，你是你，现在不要管蓝玉给不给我，就说你，你给不给我？
贺其瑞：我倒是想给，可我的钱，全得上交天津老婆，你知道我那老婆不仅手眼通天，还是母夜叉，我惹不起啊！
四太太：（撒娇地）不听，不听。人家都是你的人了，你有那么多古董，卖一件就够给我了，再说，不是给你买那个破玉烟嘴，我还认不下钱铺掌柜呢！
贺其瑞：说对了，你那个烟嘴，真是破烟嘴，根本不是玉，我早知扔到哪去了，嘛样也怪不着我！我也不会给你一块银洋。
四太太：（后悔地）我白和你这样了。
贺其瑞：（坏笑）什么样啊？什么样也是你自愿的！我一向认为，好货不便宜，便宜没好货！你不是答应倒贴我吗？
四太太：算我黑瞎了眼窝，我走！

　　〔四太太生气地穿衣下地，贺其瑞笑笑，也不拦。
贺其瑞：要走就走吧，时候不早了，也该走了。记住，下次不能和我再说钱了，女人一说钱，就俗。

十五、贺其瑞卧室，夜，内

　　〔四太太快走到门口时，贺其瑞猛地从后面抱住她，四太太吓了一跳，扭头仰视着贺其瑞，贺其瑞低头和四太太脸对脸，贺其瑞逼视着四太太。
贺其瑞：（一字一句咬牙切齿地）听着，四太太，你若敢把陈家大少爷的事说出去一个字，你的下场比他还惨。

〔四太太惊诧而恐惧的眼神，不相信这个就是刚才还和自己睡在一个床上的男人。四太太在贺其瑞的怀里，不由得打了个冷噤。

贺其瑞： 不过，也不要怕，我的美人，听我的话，嘛事没有。以后，随叫随到。

〔贺其瑞放开四太太，一把推到门上。四太太头撞在门上，一只手捂着头，开门就跑。贺其瑞哈哈大笑。

十六、蓝玉住处，夜，内

〔蓝玉在炕上躺着看书，王妈走进。

王妈： 玉儿，不是我看你那个四姨娘不对劲儿，你看，昨儿刚回来，今夜又不知跑到哪疯去了。这么晚也不回来，这门是给她留还是不留？

蓝玉： 给她留着吧，不留，回来了，她又得大喊大叫的，我们大人不怕，淑媛小，怕惊着。

王妈： 淑媛这孩子，可不像她爹妈，三岁看大，七岁看老，越来越懂事了。

蓝玉： 也是个可怜的孩子，爹和娘一下子都不在了，心上受了制了。

正说着，听见外面门响。

〔王妈要出去，蓝玉挡住。

蓝玉： 王妈，你别去，我去问问她，看她去哪了？

〔蓝玉走出，和四太太打了个照面。

蓝玉： 四太太，这么晚，你是不是去贺其瑞那了？

四太太： 怎么会，我不是赔了钱了吗？心上不好活，去黄河边走了走。

蓝玉： 四姨娘，我不是和你说了，不要再想赔钱的事了，钱赔了有救，气坏了身子，可就没救了。真的，不要再想了，四姨娘，没钱了再找我拿，你快回窑睡吧！

〔四太太点头，眼睛却不敢看蓝玉，低着头跑回了自己的窑。

十七、秉公居账房，日，内

〔蓝玉和霍掌柜对坐着说话。

蓝玉： 霍掌柜，我和我四姨娘说陈家大少爷走了，她一下就跳了起来，先是不相信，后又说要给陈家大少爷烧纸钱去。

霍掌柜： 她反应如此激烈，肯定知道些什么。

蓝玉： 可是，她就是咬住不说，而且，昨晚，她出去后，回来得那么晚，脸色也不大好。我想她是到贺其瑞那里去了，可是，她自己不承认。

霍掌柜： 你这个四姨娘，折腾劲儿还挺大，能不能劝劝她，和你一样认些字，然后，自己去找个谋生的饭碗。"妇女解放的第一个先决条件就是一切女性重新回到公共的劳动中去"。

蓝玉： 让她识字，她会头疼死。叫她自己养活自己，她就会说我爹死了，我们都不管她了。

霍掌柜： 那你和她说，谁管你呢？你不是既不靠爹，也不靠丈夫，就是自己靠自己嘛！

蓝玉： 她不是成天笑话我嘛，还敢拿我做样儿。

霍掌柜： 你这个四姨娘，真是吃谁喝谁糟蹋谁。

蓝玉： 唉，不说她了，人家仗着是我爹娶回来的，怎么说也比我大一辈，由她吧！

十八、厘税局，日，内

〔牛二晃晃悠悠地走进。看门人追上，拉住他。

看门人： 哎，出来，出来。你找谁？

牛二： 我，你也不认识了？我找贺局长，贺大人？

看门人： 什么贺局长，贺大人，他被停职了，出去，出去。

牛二： 什么，停职了，那他在哪？

看门人： 我管他在哪？反正不在这。

〔看门人不由分说把牛二给推了出去。

十九、贺其瑞住处，日，内

〔贺其瑞仍躺在床上听留声机。牛二哭丧着脸推门进来。

〔牛二刚想张口，被贺其瑞用手制止。

贺其瑞： 别说话，我正在听梅兰芳和孟小冬合演的《游龙戏凤》。

〔牛二站在地上，过了一会，留声机停下，贺其瑞起身下床，关掉留声机。自己坐下，也示意牛二坐下。

贺其瑞： 青天白日的，没死爹没死娘，你哭丧着个脸干吗？

牛二： 大哥，你还有心听留声机？我以为……

贺其瑞： 你以为我怎么样？像你一样经不起一点风吹草动？

牛二： 我刚才到厘税局找你，看门人把我撵了出来，说你被停职了。

贺其瑞： 停职也只是把厘税局局长的职停了，缉私队队长的职不是照样还挂着吗？

牛二： 是，是，这个头衔更牛，手里有人，有枪。

贺其瑞：（走到牛二身边，拍着他的肩）明白了吧！放心，就凭李蓝玉，闹不倒我。

牛二： 大哥，一定会东山再起。

贺其瑞： 又说错话了，哪用再起，我还没倒。碛口这么个肥得流油的地方，我能轻易离开？

二十、蓝玉住处，日，内

〔蓝玉正在窑内和淑媛一起玩。蓝玉念儿歌逗她：雁儿雁儿摆溜溜，雁儿雁儿摆溜溜，红衫衫，绿袖袖，支起袍袍拈豆豆，拈得豆豆送舅舅，舅舅家里吃肉肉。姑侄俩正玩着，听到门上传来王妈故意大声说话的声音。

王妈：（大声地）贺大人来了，快，窑内坐。

二十一、蓝玉住处院内，日，外

〔听到王妈的声音，四太太第一个跑了出来。四太太一下子跑到贺其瑞身边，就要把他往自己的窑内拉。

四太太：（小声地）你要死啊！我去找你还不行，你找到这来啦！

贺其瑞：（用力甩开四太太）四太太也在啊，我是来找蓝玉小姐的。

〔四太太尴尬地放开贺其瑞。贺其瑞若无其事地走向蓝玉窑内。

二十二、蓝玉住处窑内，日，内

〔贺其瑞走进，蓝玉站起，淑媛不让，还要缠着蓝玉给她念儿歌。王妈进来把淑媛领出去。见王妈领着淑媛进了自己的窑，四太太跑到蓝玉窑外，竖着耳朵偷听。

蓝玉：（冷冷地）贺大人，坐吧！

贺其瑞：（故意拿过一把小板凳坐下）我坐板凳吧，蓝玉，你行啊，一个罢市把我搞得坐了冷板凳。

蓝玉： 蓝玉没那么大能耐，不过是在其位谋其政，身为会长，焉能不为商家的利益出头。

贺其瑞： 蓝玉，我贺某对你的心，日月可鉴。你就是如此对我，我也宽宏大量，不和你计较。

蓝玉：（冷笑）贺大人，你对我的心？我和你可是有杀父之仇的。

贺其瑞： 这黑锅你为什么硬要往我身上背？

蓝玉： 不是吗？追根根，刨底底，不是你"兰芳玉洁"的牌匾，把我多气死的吗？

贺其瑞： 我送你个"兰芳玉洁"的牌匾，错了吗？我堂堂省府派下的厘税局局长，如此抬举你，你多不以为荣，反以为耻，没高兴死，倒气死了，这还有嘛说的。只怪你多老封建，不开明。

蓝玉： 你不要再说了，司马昭之心，路人皆知。我不想听。

贺其瑞： 我要说，你听我说完。

〔贺其瑞突然跪下，拉蓝玉的手，蓝玉走开。背向他。

贺其瑞：（跪着）蓝玉，我说的是真话，你的自重，我都看在眼里，我喜欢你，我手里有钱，你要答应跟我走，我就领上你，走得远远的，咱们一起到美国。

二十三、蓝玉住处窑内，日，内

〔四太太在外面看到贺其瑞给蓝玉跪下，又听了贺其瑞要带蓝玉走的话。手里的拳头握得紧紧，咬牙切齿地向窑内的贺其瑞比画着。

蓝玉：贺大人，今天，我把狠话放到这里，你这种人，我根本就看不上。想和我好，这辈子，你也别想。

〔贺其瑞站起来，突然一步冲到蓝玉跟前，蓝玉吓得后退，贺其瑞紧逼着过去，一只手托住蓝玉的下巴，爱恨交加地逼视着蓝玉。

贺其瑞：当我眼瞎了，你心里眼里都是你那个霍掌柜。你说是不是，是不是？

蓝玉：你疯了，你放开我！

贺其瑞：不放，你回答我，是不是，是不是？

蓝玉：是又怎么样，他就是比你好！我就是看上他了，给他当妻我也不愿意，给他当妾我也愿意！

〔贺其瑞突然放开了蓝玉，后退几步。

贺其瑞：（绝望地）好，李蓝玉，原来你也够贱的！说不定你早就和那个姓霍的天下一家春了，还在我面前装什么贞节烈妇。

蓝玉：你胡说！

贺其瑞：我没胡说！我倒要看看你和霍掌柜游龙戏凤的好戏怎么演！李蓝玉，我今天也是最后一次求你。你不和我好就不好。

蓝玉：算你识相！

贺其瑞：我当然识相。不过嘛！我大人大量，从来不和女人一般见识，你对我不好，可我还是要一如既往地对你好。

蓝玉：黄鼠狼给鸡拜年，怕是没安什么好心。

贺其瑞：好心坏心不重要，重要的是我还没忘记你，还记得我和你说的那批货吗？货一到，我就放你库里。

二十四、蓝玉住处窑外，日，外

〔四太太在窑外听贺其瑞说到这里，脸色大惊。（闪回）四太太和陈家大少爷密谋放贺其瑞货的种种场景。四太太不敢再听了，慌忙捂住狂跳的心，把脚步放到最轻，跑回自己窑内。

二十五、秉公居，日，内

〔霍掌柜正在柜上坐着，两个小伙计在门厅站着，蓝玉走进。

小伙计：（施礼）李东家早！

蓝玉：（笑着还礼）各位也早！

〔霍掌柜站起。

蓝玉：霍掌柜，咱们到后边账房商量个事。

霍掌柜：好啊，王妈没来？

蓝玉：王妈现在有个淑媛，整天缠着她，出不来了。

霍掌柜：老人家倒也不闷了。

蓝玉：不过，我一回去，她还是缠我，那天，坐在我怀里，突然和我说，蓝玉姑姑，干脆你当我娘吧！说得我眼泪都落下来了。

霍掌柜：都是贺其瑞害的。

〔俩人边说话边往后院账房走。

二十六、秉公居账房，日，内

〔蓝玉和霍掌柜坐下，霍掌柜给蓝玉倒了一壶茶。

霍掌柜： 这是你爱喝的红砖茶，昨儿一个外地客商送的，我看色泽还不错，泛着"宝光"，你品品看口感如何，这个茶，你们女人喝上好。

蓝玉：（接过端详着）汤色红艳，应该不错。我从小就跟着我爹喝茶，茶的好坏，我还是能品出来的。

霍掌柜： 那你快品品。

蓝玉：（端起品着）这个茶内质香气浓郁高长，似蜜糖香，又蕴藏有兰花香，滋味醇厚，回味隽永，应该是祁门红茶，名头大着呢，叫"群芳最"。

霍掌柜： 看来，你是真会喝茶。

蓝玉： 全是跟我爹学的。他在世时，最交好的外地客商就是一个茶商，每年给我们家寄各种好茶来。不过，这都是过去的事了，不提也罢。

霍掌柜： 蓝玉，你今儿这么早过来，有事？

蓝玉： 贺其瑞昨儿又去我那了，说他那批货还要放我库房。

霍掌柜： 他那批货才来？

蓝玉： 是啊！我也觉得时间长了点。

霍掌柜： 这里肯定有文章，我们库里的胡麻油走了以后，一半空着，我现在赶紧联系外路商家进货，把库占满。

蓝玉： 我来也是这个意思，我们只能到时让他看库房，库房必须堆得满满的。

霍掌柜： 不过，这只是一步能想到的棋，贺其瑞一而再，再而三地要把货放到咱们库里，到底安的什么心，我们也摸不透，肯定有几步意想不到的险棋等着我们。

蓝玉： 只能且走且看。

〔蓝玉站起要走，霍掌柜也站起，蓝玉不由得深情地凝视着霍掌柜。

二十七、蓝玉住处窑内，日，内

蓝玉：（面对逼视着自己的贺其瑞）我就是看上他了，给你当妻我也不愿意，给他当妾我也愿意！（闪回完）

二十八、秉公居账房，日，内

〔霍掌柜也感觉到蓝玉看自己，他下意识地摸了一下自己的脸。

霍掌柜： 蓝玉，看什么呢，是不是看我胡子长了，好几天没刮了。

蓝玉：（脸一红，低下头，小声答）不是，好着呢。

〔见蓝玉脸红，霍掌柜似乎意识到什么，他突然有一种想上前抱一抱蓝玉的冲动，但没有，他只是轻微地咳嗽了两声。没话找话地把暧昧的空气驱散了。

霍掌柜： 蓝玉，要不，今儿晌午不要回去了，在咱店里吃饭吧！

蓝玉：（重又恢复了往日的端庄）不用了，王妈给我做了豆面抿尖，我回去吃。

二十九、秉公居门外，日，外

〔蓝玉从秉公居出来，等在外面的车夫，看到蓝玉出来，赶紧从车上跳下来。

车夫： 东家，现在就走。

〔蓝玉思绪万千，竟没听见车夫的问话。

〔车夫又问了一句。

车夫： 东家，上车吧。

〔蓝玉这才听见车夫和自己说话。回过神来，和车夫不好意思地一笑。

蓝玉：（极温和地）我不坐车了，你赶着车先回罢，我一个人到黄河边吹吹风。

三十、黄河边，日，外

〔蓝玉在黄河边蹲下，用手捧起黄河水，把脸洗了又洗。

三十一、蓝玉住处，日，外

〔蓝玉刚进门，淑媛就扑到她怀里。蓝玉慈爱地摸着她的头。

淑媛：（抬头看着蓝玉）蓝玉姑姑，你今儿脸上放光，可好看呢！

蓝玉：（不好意思地瞅了眼王妈）王妈，你看她越来越会说话了。

王妈：哄得咱们都不会亲她了，快吃饭吧，我怕她饿，让她先吃，她还不行，非要等你回来一起吃。

蓝玉：你等蓝玉姑姑了？

淑媛：（点头）等的可厉害了。

〔蓝玉和王妈一齐笑。

蓝玉：不是等的可厉害了，是等了可长时间了。

〔蓝玉和淑媛吃饭。

〔突然，蓝玉发现四太太不在。

蓝玉：王妈，怎么没见四姨娘？

王妈：（没好气地）一早就跑了，说是去碛口街上，满嘴鬼话，谁晓得又到哪刮野鬼去了。

蓝玉：今天碛口画市巷，一家武汉服装店新开张，她许是去那里买衣服了，我给了她的钱，还没正经花呢。

王妈：（着急地）你怎么又给她钱了，住在这里吃喝不花一分钱，还好意思老要钱。

蓝玉：你不知道，王妈，她现在是真没钱了。

王妈：谁信她，对这种人，吐出真红血，也是苏木水。

三十二、贺其瑞住处，日，内

〔贺其瑞躺在床上，听见窑外传来四太太的脚步声，然后是轻轻的敲门声。

贺其瑞：进来吧，宝贝！我早就听见是你走路的声音了。

〔四太太悄悄地走进。站在地上，看着贺其瑞。

贺其瑞：宝贝，想我了吧！快上床。

四太太：我不是和你睡觉来了。

贺其瑞：哎，嘛样直接。（贺其瑞下地，往床上拉四太太）你不和我睡觉，我和你睡，还不行吗？

四太太：不要拉我，我是来和你说正经事的。

贺其瑞：什么正经事，食色性也，现在对你我来说，睡觉就是正经事。

四太太：我听不懂你这之乎者也，我来是问你，你往蓝玉库里放货，是不是又打算用害陈家大少爷的办法，害蓝玉？

贺其瑞：怎么，蓝玉和你说我要往她库里放货了？

四太太：这你就不用管了，我告诉你，我不容许你再害蓝玉。

贺其瑞：哎，她爹死了，你这个姨娘，倒成了给她撑腰的了，看不出来啊！你还挺重情分的。

〔贺其瑞说着一把把四太太拽到了床上。

四太太：少来，你答应我，不害蓝玉，我才理你。

贺其瑞：（搂住四太太）真能不理我嘛，少装，先陪我睡觉。

〔贺其瑞把四太太压倒在床上。

三十三、床上，日，内

〔贺其瑞打起床上的帐子，抽烟。四太太穿衣服。

四太太：（哀求地）贺大人，看在我百般奉迎你的面子上，你放过蓝玉吧，就算我求你。

贺其瑞：（不理不睬地）妇人之见，不要和我再婆婆妈妈的，我是帮李蓝玉，又不是害她。

四太太：（更加悲恸小心地）可是，陈家大少爷，我敢对天发誓，他没有贩大烟土，那是你的货啊！

贺其瑞：（恶狠狠地掐住四太太的脖子）你说什么，我看你是活得不耐烦了，你敢说一句是我的货。

〔四太太被掐得大口喘气，贺其瑞仍不松手。

贺其瑞：（仍掐着四太太）你再说一句，再说一句，我现在就灭了你，你信不信！

〔四太太泪如雨下，浑身发抖，脸色发紫。贺其瑞这才放手。

贺其瑞：臭不要脸的婊子！你听着，不要以为和我上了床，就怎么样，你要敢在外人面前说陈家大少爷的一个字，我把你扔到黄河里喂鱼去。

三十四、蓝玉住处窑内，夜，内

〔四太太走进窑内。看见就蓝玉一个人。

四太太：蓝玉，淑媛没跟你睡。

蓝玉：王妈把她带到另一个窑内睡了。四姨娘，你怎么还没睡？炕上坐吧！

〔四太太哽咽着半天说不出话。

蓝玉：哎，四姨娘，你的眼睛怎么了，你哭过？

四太太：没有，昨晚没睡好，眼睛有点疼，老流泪。

蓝玉：那是不是害眼了，我再给你拿些钱，你去前街药铺找坐堂医生看看。

四太太：不用，不用，不碍事。你给我的钱，还没花完。

蓝玉：今儿晌午吃饭时，等不上你，我还和王妈说，画市巷一家武汉服装店新开张，你兴许是去那里买衣服了。四姨娘，你最爱买衣服了，今儿买了几件，拿来，我看看。

四太太：也没买什么。

蓝玉：四姨娘，你是不是怕花我的钱，没事，买件衣服能花几个钱，我供你吃穿还是没问题的。

四太太：蓝玉，你不要说了，我来只是想告诉你，千万千万不要答应贺其瑞放货的事。

蓝玉：四姨娘，你这话什么意思？能不能说清楚些，为什么不能放？

四太太：蓝玉，四姨娘不能再和你多说，但是，你记住，说成个大天，你也咬住不要让他放。

〔四太太说完，不等蓝玉再说什么，含泪走了。

（特写）蓝玉迷惑的表情。

三十五、蓝玉住处院内，日，内

〔蓝玉正要出门，霍掌柜走进。

蓝玉：（奇怪地）霍掌柜，你怎么这早就来了，再晚一步，我就去了商会。

霍掌柜：就是因为你今儿要去商会，才着急地赶来，我突然有个想法要和你说。

蓝玉：那回书房说！

三十六、蓝玉书房，日，内

〔蓝玉和霍掌柜走进。霍掌柜进门就从怀里掏出一本杂志，给了蓝玉。（特写）杂志封面。

霍掌柜：蓝玉，这是我昨儿夜里从旧箱子里翻到的一本杂志，是1926年1月出的《莽原》第1期。

蓝玉：（翻着杂志）霍掌柜，你就是那年来的我们碛口。

霍掌柜：是啊，当时，怕闷，除带了商务的书，还带了好多杂志。

蓝玉：这个杂志借我看看，看完给你。

霍掌柜：看可以，但还是那句话，不可外传。这上面有一个叫鲁迅的先生，写的一篇文章很不错。

蓝玉：这个人你认识？

霍掌柜：我哪能认识，人家是全中国有名的大文豪。他的文章，我只要能买到，都要看。

蓝玉：是吗？那你以后有了，也都借给我看看。

霍掌柜：好啊，你先看这本杂志，这篇《论"费厄泼赖"应该缓行》就是鲁迅先生写的，里面谈到痛打落水狗的问题，让我想到，我们对贺其瑞也应该痛打落水狗。

蓝玉：你的意思是我们现在不应该罢手，而是应该再主动出拳。

霍掌柜：对，现在他虽然被停职，但还担任着缉私队队长，只是一半身子掉到水里的落水狗，狗是会浮水的，我们不能听之任之，看着他再上岸咬人。

蓝玉： 前几天，商会开会，大家也都担心他会报复。有人就提议要联名写信，坚决要求罢免他。可有人说，算了，他已经同意不增加税了，我们就不要再难为他了。

霍掌柜： 宽容不等于纵恶，我们紧着打落水狗，还会被狗咬。对贺其瑞，碛口商会一定不能手软。

蓝玉： 是啊，他那天来我这里，样子还很嚣张跋扈。

霍掌柜： 所以，蓝玉，你今天就去呼吁商会所有会董，联名写信，坚决要求罢免贺其瑞厘税局局长和缉私队队长的职务。

蓝玉： （点头）时候不早了，我赶快去。

霍掌柜： 我也走。

〔两人相跟着走出书房。

三十七、蓝玉住处院内，日，外

霍掌柜： 今儿祁县乔家三掌柜要来看咱的库房，说有批杭州丝绸和宁夏的枸杞可以转给我们。

蓝玉： 对了，说起货，我才想起，昨儿夜里，我四姨娘去我窑里，眼睛红红的，像是哭过，她一再叮咛我，不要让贺其瑞放货。

霍掌柜： 你没问她是为什么？

蓝玉： 问了，可她死活不说。

霍掌柜： 四太太肯定肚子里藏着秘密。得空，你还是再问问她，知道的秘密多了，不是好事。让她就是不说，也自己小心点。

蓝玉： 行，我告诉她。不过，她能有什么秘密，少心没肺的，成天就爱穿个好衣服显天艳地。

霍掌柜： 小心驶得万年船，你还是提醒她一下。

蓝玉： 行，我一定提醒她。霍掌柜，你怎么来的？

霍掌柜： 走来的。

蓝玉： 那你坐我的马车一起走吧！我绕一下先送了你。

霍掌柜： 行。

三十八、蓝玉住处门上，夜，外

〔车夫早把马车套好，霍掌柜扶蓝玉先上，然后，自己又跳上。

三十九、碛口街上，日，外

〔蓝玉和霍掌柜并肩坐在马车上，马车走过碛口街时，正好被牛二撞见。
（特写）牛二不怀好意的眼神。

（第十四集完）

174

第十五集

一、小酒店内，日，内

〔牛二在显眼的位置上，大模大样地坐着，喝酒，面前是一盘小葱拌豆腐，一盘碗脱。（主观视角）牛二突然停下举着的酒杯，僵在半空中。他看见贺其瑞一脸恼怒地冲他走过来。

贺其瑞：（恼怒地）喝，喝，喝，大清早就在这喝，不怕喝死你。

牛二：（低声下气地）大哥，谁又惹大哥您生气了？没关系，有气往我身上撒。

贺其瑞：（口气略缓和）换个地方，我有话和你说。

〔牛二站起来，看了看桌上的酒和菜，趁贺其瑞不注意，又往嘴里塞了一大口碗脱。然后，一步三回头地跟着贺其瑞出去了。

二、碛口街上拐角处，日，外

〔俩人站在碛口街上一个拐角处。

贺其瑞：牛二，给我搞点你上次给老六用的蒙汗药，我要把李蓝玉办了。

牛二：好啊，那个四肢麻沸散，搞女人最好，人清醒，可就是四肢无力，这比全迷了搞有意思多了。

贺其瑞：不要废话，你说能不能搞下？

牛二：（兴奋地）能，要多少，我给你找。

贺其瑞：越多越好，迷她一次，我搞她一次。

牛二：（笑）大哥，你这是说的气话，这事，搞一次都是险棋，哪能搞了一次又一次。再说，这事，就像吃饭，饺子好吃，天天吃也就不好吃了。

贺其瑞：行了，行了，你倒教导起我来了，闹到手，去找我。

〔贺其瑞说完扬长而去。

三、碛口商会，日，内

〔李蓝玉和众会董联名写状子，告贺其瑞。（特写）大家排着队走到桌子前俯身签名。

四、代写书信铺，日，内

一个戴着老花镜的年逾六旬的老先生，坐在店铺里，等着生意来。

〔四太太犹犹豫豫地走进店铺。

老先生：（站起来）这位女客家，可要老夫效劳？

〔四太太看了看店内四下无人，快步走到老先生跟前，从口袋里掏出一个信皮，小心地递给老先生。

四太太：（小声地）老先生，我要你给我写封信。

老先生：往哪写？

四太太：（扭捏了一下，小声地）天津。

老先生：好，写什么，你说吧！

四太太：（紧张地）老先生，我先和你说好，你能替我保密，我就让你写，不能，我就不用你写了。

老先生：客家多虑了，如果连这点也做不到，老夫的店早被人端过几次了。

〔四太太凑到老先生耳朵边低语，老先生点头，边点头边写。写完，四太太一把接过，装起转身就跑。

老先生：还没给钱呢？

〔四太太赶紧把早就握在手中的钱放下，转身离开。

老先生望着她的背影摇头。

五、四太太窑内，夜，内

〔李蓝玉走进，四太太站起，把蓝玉让到炕上坐。

蓝玉： 四姨娘，我还是想问你，上回贺其瑞要往我库房放货，你当时在场，你说你有库房让他放，后来，贺其瑞就再也没有找过我。莫非你真的有库房，你有没有让贺其瑞放过货？

四太太： 蓝玉，你还不知道我这个人，嘴没把门的，想说啥说啥，我要有库房，我现在就去死。

蓝玉： 好了，好了，四姨娘，我也就是觉得奇怪，再问问你，不要动不动死呀活呀的。

四太太： 不过，蓝玉，我还是要提醒你，万万不能答应贺其瑞放货的事。相信我，四姨娘这次真的是好心好意。

蓝玉： 四姨娘，这就怪了，上次，你不仅不阻拦我，自己还抢着要放，这次，怎么一百八十度的大转弯，好像躲瘟神一样要我躲着贺其瑞。

四太太： 对，对，对，你就像躲瘟神一样躲着他就对了。别的，求求你，蓝玉，我什么也不知道，你就别问我了。

六、秉公居账房，日，内

蓝玉： 霍掌柜，咱的库房货放满了没？

霍掌柜： 全放满了，不但祁县乔家帮了忙，平遥冷少东家听说咱要货，也帮咱联系了两桩买卖让乔家三掌柜代办了。

蓝玉： 这个冷少东家原来这么仗义。

霍掌柜： 这就叫不打不成交。那会儿在包头剑拔弩张时，何尝想过我们日后会成了生意上的朋友。

蓝玉： 有机会让他来碛口看看。

霍掌柜： 他还捎信让我们去平遥呢。

〔蓝玉和霍掌柜正说着话，一个小伙计惊慌失措地跑进来。

小伙计： 李东家，霍掌柜，咱店铺前突然堆满了货，送货的人说，贺大人说了，这东西秉公居让放也得放，不让放也得放。硬要往咱库房里扛，伙计不让，都快打起来了。

〔蓝玉和霍掌柜赶紧往店铺前跑。

七、秉公居门前，日，外

〔蓝玉和霍掌柜走出。贺其瑞也正好赶来，看到蓝玉和霍掌柜成双成对地站在他面前，又嫉又恨。贺其瑞不怀好意的眼神，上下左右地打量着蓝玉和霍掌柜。

贺其瑞： （阴阳怪气地）李蓝玉，你和你的霍掌柜现在是出双入对的公然和我叫板啊！

〔李蓝玉羞愤难当，就要往贺其瑞跟前冲。被霍掌柜一把拦住。他自己走到贺其瑞跟前。

霍掌柜： （抱拳施礼）贺大人，多想伤身，多说无益。我只和大人说，我们的库房已占满，大人的这些货另找地方放，如何？

贺其瑞： （嘲讽地）是吗？你们的库房满着？

霍掌柜： 大人不信，可以亲自去看看！

贺其瑞： 耳听为虚，眼见为实，我现在就去看看！

霍掌柜： 蓝玉，你去前边柜上歇着，我带贺大人去后边看看。霍掌柜伸出手，请贺其瑞先走，俩人走向后边放货的库房。

八、秉公居库房，日，外

〔霍掌柜命小伙计打开库房。贺其瑞一脸的傲慢，并不理会霍掌柜，霍掌柜不卑不亢地站在一边。

小伙计： 霍掌柜，开了，请进吧！

九、秉公居库房，日，内

〔小伙计领着霍掌柜和贺其瑞进入库房，库房里果然货物堆积如山。

霍掌柜： 你看，不是敝号不给贺大人面子，确实是心有余，库不足。

〔贺其瑞不再理会霍掌柜，自个儿上前把库房里的货仔细查看一番。贺其瑞走到一堆棉花包前，摸着这些棉花包。

贺其瑞： 这是棉花包？（仔细看包装）是新疆产的，好棉花。

〔霍掌柜点头。

贺其瑞： 看看，看看，我说你们这些商人都成精了，难怪我的这个商人朋友非要把他的货给了你们秉公居，你们呀能掐会算，知道什么时候把货握着，什么时候把货出手。

霍掌柜： 大人此话差矣，我们秉公居靠的是信、义、诚，从不做投机买卖。

贺其瑞： （意味深长的一笑）我这个朋友也不做投机生意，他托我放的这批货里正好有几包棉花，和你这批货还是一个包装，花也一样，都是一级花，而且都产自新疆。

十、贺其瑞住处，夜，内

（闪回）牛二附在贺其瑞耳边，小声说话。

贺其瑞： 你问清楚了？真是这个包装？

牛二： 没问题，咱碛口街上一家布店现在还卖这种包棉花的土布包皮。

贺其瑞： 确切？

牛二： 没问题，我那朋友说了，他扛了这么多年货，只要是进的新疆棉花，还没有见过有别的包装。

贺其瑞： 他告你，秉公居库里放的是多少斤一包的棉花？

牛二： 50斤。

贺其瑞： 好，李蓝玉，你死定了。

（闪回完）

十一、秉公居库房，日，内

霍掌柜： 贺大人什么意思？

贺其瑞： 这么凑巧，可是天意，老郑家找了老郝家了，正好。

霍掌柜： 我还是不明白贺大人的意思？

贺其瑞： 我的意思嘛，别的可以不放，这几包棉花，是非放不可，放进来，正好一起出手。

霍掌柜： 贺大人，恐怕不行。货就和人一样，不能看外表，外表都是人模样，肚里裹的心，可就千差万别了。

贺其瑞： （拉下脸来）霍掌柜，如此不给面子，我和我那个朋友不好交代，人家点名道姓要把货放到你们秉公居，树大招风啊！

霍掌柜： （面有难色）贺大人，要不这样，我给你找个地方，把这批货全放进去，怎么样？

贺其瑞： 不，不，不。你不要再说了，我去和你们东家说，李蓝玉不就在前面柜上吗？

十二、秉公居柜上，日，内

〔霍掌柜和贺其瑞一起走进。

贺其瑞： 李蓝玉，你的买卖不错啊，名不虚传，库里的货堆得满满的。

蓝玉： 贺大人看到就好。

贺其瑞： 看到是看到了，不过，地方是死的，货是活的。

霍掌柜： 东家，贺大人想把他的几包棉花，给了我们。

蓝玉： 贺大人还是另找商家吧，我们的棉花还不知什么时候才能出手，压在库里很久了。

贺其瑞： 这个没关系，我刚才和霍掌柜说了，这是一个做生意的朋友托我把货交给你们秉公居，你一点也不接手，就显得我贺某太没面子了吧！

霍掌柜：碛口商家都知道，贺大人经手的货可是要现钱的，我们现在库房压着太多的货，实在是给不了你现钱。

贺其瑞：这好办，我看见你们库里还有丝绸，我拿你们几包丝绸不就结了吗？这叫易物，懂吗，易物！

霍掌柜：贺大人，咱现在可是做买卖，买卖有买卖的规则，讲究个公道和你情我愿。你这样强买强卖，恐怕不大好吧！

蓝玉：（冲上前）霍掌柜，不要和他讲理，我倒不相信青天白日的，我们不让放，他敢硬放？

〔贺其瑞冲到李蓝玉跟前，霍掌柜怕蓝玉吃亏，赶紧站在蓝玉身旁护着她。

贺其瑞：（恼羞成怒地）李蓝玉，李会长，你看我敢不敢，有种你再组织罢市啊！我就是要让碛口的商家看看，和我作对的下场。

贺其瑞：（向手下）把那几包棉花搬进去，搬进去几包棉花，搬出来几包丝绸。

〔贺带来的人一哄而上，往进搬的，往出搬的。

十三、秉公居库房门前，日，外

（特写）人群看见往进搬的是棉花，换出来的是丝绸。一片啧啧声。人们纷纷小声议论。

路人甲：秉公居这次吃亏吃大了。

路人乙：可不是，有些人就是不敢惹啊。

路人丙：一包棉花换一包丝绸，干脆明抢算了，闻所未闻，闻所未闻！

众人纷纷摇着头走掉。

〔贺其瑞得意洋洋地走到李蓝玉面前。

贺其瑞：李会长，多谢了！

〔贺其瑞说完后，看着李蓝玉奸笑一声，扬长而去。

十四、秉公居账房，日，内

〔李蓝玉生气地站在窗子前。霍掌柜在一边劝她。

蓝玉：霍掌柜，贺其瑞欺人太甚，我实在忍不下这口气。今儿，要不是你在场拦着，我说什么也不让他把我们的丝绸换走。

霍掌柜：蓝玉，我直觉不是棉花换绸的问题，贺其瑞不会因为占这点小便宜，做这么大的动作。

蓝玉：怎么不会，他就是杀鸡给猴看，拿我开刀，震住全碛口商家。

霍掌柜：恐怕这只是表面的一层意思，背后还有名堂。

蓝玉：要么就是，他这几包棉花说是一级棉，实际上里面掺着最次的花，成心毁咱秉公居的信誉。

霍掌柜：对贺其瑞来说，还不够狠，恐怕还有阴谋。你忘了，你和我说你四姨娘一听他要放货，就急了。她为什么急？

蓝玉：（迷惑地）我四姨娘是告诉我不能让他放货。不过，我四姨娘一直对贺其瑞有意思，她恐怕是不想让我和贺其瑞多打交道吧！

霍掌柜：蓝玉，这样，你今天回去就和你四姨娘说，贺其瑞把货已经放下了，看她什么反应。

十五、蓝玉住处，夜，外

夜很深了，四太太还没回来。王妈哄着淑媛在窑里睡了。

〔蓝玉焦急地在院子里走来走去，不时地看看门上。终于，（主观视角）看见，四太太无精打采地走了进来。

蓝玉：四姨娘，你可回来了，我等了你一晚上。

四太太：蓝玉，你等我有事？

蓝玉：是有事，而且是特别气人的事。

四太太：什么事？快说啊！每天闲得慌，我最喜欢听这些乱七八糟的事了。

蓝玉：今儿贺其瑞把他的三包棉花强塞到我库房，还换走我三包丝绸。

四太太：（吓得跳起来大叫）他把货放你库里了？

〔蓝玉点头。

四太太：完了，完了，陈家大少爷……（四太太自知失口，赶紧闭口不说了）

蓝玉：（惊觉地）四姨娘，陈家大少爷怎么了？

四太太：（吞吞吐吐掩饰地）啊，啊，我没说陈家大少爷啊！你听错了！

蓝玉：四姨娘，我没听错，你就是说了半句不想说了。

四太太：对，是不想说了，我刚才回来时，看见路上有个人，长得特别像陈家大少爷，对，特别像，吓死我啦！

蓝玉：（高声地）四姨娘！

四太太：（故意岔开话神秘地）别这么高声地叫我，人亲鬼不亲，黑夜里，鬼常出来转悠。

蓝玉：那咱们回你窑里说。

四太太：蓝玉，我困了，真的困了，你回吧！

蓝玉：四姨娘，你一向精明，你不觉得贺其瑞用棉花换走我的丝绸，我太吃亏了吗？

四太太：啊呀！蓝玉，我告诉过你不要让他放，你不听，现在还说什么吃亏便宜，金钱上吃点儿亏是小事，不出大事就是好的。

蓝玉：四姨娘，你话里有话不怕，怕的是你心里有事不说，说出来，其实不仅是帮别人，也许还是帮你自己。不说，藏在心里，就像黄河里的暗碛，撞上的不一定是别人，也许第一个就是你自己。

四太太：蓝玉，我真的什么也不知道，你不要逼我，我回窑睡去了。

〔不等蓝玉再说什么，四太太就扭转身跑向自己窑内。

〔李蓝玉望着四太太的背影，用力咬住下嘴唇，独自站在院子当中。

十六、秉公居后院内，日，外

〔霍掌柜站在院子里练拳，蓝玉进。霍掌柜收了拳，蓝玉走进。

霍掌柜：这么早来，是不是你四姨娘昨儿和你说了什么？

蓝玉：（摇头）等了一晚上，好不容易等回来，什么也没问出来。

霍掌柜：她不敢说。

蓝玉：你猜对了，我一说贺其瑞放上货，她马上就说陈家大少爷，说了一半，觉得失了口，又不说了。

霍掌柜：可惜，陈老爷把生意交给陈家大少爷后，他们家的掌柜其实就是担了个虚名，陈家大少爷是一手展掌柜，东家掌柜一肩挑，什么事也是他一个人说了算。

蓝玉：可惜，大少爷出事后，陈老爷才知道，他们家各路的买卖全塌了。

霍掌柜：对了，蓝玉，陈老爷何等精明，当时，就没怀疑这一万块大洋的借条？

蓝玉：怎么没怀疑，问遍了所有的掌柜和伙计，谁都是摇头，一问三不知，白纸黑字写着大少爷的名字，老爷只能还钱。

霍掌柜：摊上这种事，只能打下牙咽到肚。

蓝玉：还钱时，老爷还说，这是老虎骑在狼脖子上了，没办法的事。

〔俩人正说着话，一个小伙计来报。

小伙计：东家，掌柜，李老艄在前面柜上等着，说有事找你们两位。

霍掌柜：（和蓝玉交换了个眼色）李老艄肯定是有事才来。

蓝玉：（点头，向小伙计）快把李老艄请到账房。

十七、秉公居账房，日，内

〔蓝玉和霍掌柜走进，李老艄忙站起。寒暄过后，各自落座。

李老艄：蓝玉东家，霍掌柜，今儿早上，我去碛口码头，突然见多了些缉私队的人，来的货倒不怎么查，走的货，查得特别严，件件都要开包查。

霍掌柜：这是什么意思？

李老艄：也不晓得是出了什么事，他们打开包就不管了，在河滩上扔一地。主家只好出钱请包装店的人再重新打包。我看贺其瑞纯粹是打击报复，专门用这种手段祸害碛口商家。

蓝玉：（感激地）谢谢你，李老艄，总是替我们想。
李老艄：我跑来给你们报个信，你们暂时最好不要出货，避过这阵子，再走货不迟。
李老艄：（站起）码头上还有事，我先走一步。
　　〔蓝玉和霍掌柜把李老艄送出。快走到大门上时，李老艄推住，不让送了。
李老艄：两位留步，不必再送了。
　　〔霍掌柜和蓝玉转身往回走。
霍掌柜：蓝玉，我们还是回账房，我有话和你说。

十八、秉公居账房，日，内

　　〔蓝玉和霍掌柜站在账房窗子前。
霍掌柜：蓝玉，缉私队查的都是禁运物品，贺其瑞不只是要让商家蒙受损失，可能另有深意。我直觉他这一招是冲着我们来的。
蓝玉：我也觉得，他昨天才到我们库里去过，知道我们库满着，要走大量的货。
霍掌柜：（踱来踱去，边走边沉思）这是表面文章，一样的包装，一样的产地，这不像是巧合，更像是有意为之。
蓝玉：（若有所思地）他害我们的心早已有之。
霍掌柜：我想，他那三包棉花里肯定有蹊跷？
蓝玉：换三包丝绸是临时起意，这三包棉花可是早就准备好了。
霍掌柜：看来，玄机还在棉花里。（略一沉吟）他把那三包棉花硬塞到我们库里，真正的目的是移花接木，嫁祸于我们。
蓝玉：嫁祸？难道棉花里有别的东西？
霍掌柜：应该是吧！
蓝玉：那咱自己先挑开他那三包棉花看看。
霍掌柜：挑开容易，挑开以后麻烦。如果有东西，咱们动过就说不清了。
蓝玉：那咱们怎么办，这货迟早要走的，走时就是麻烦。
霍掌柜：李老艄提的这个醒儿好，我们先压住货不走。

十九、秉公居库房，日，内

　　〔霍掌柜和蓝玉走到库房里。
蓝玉：贺其瑞给咱的棉花，和咱的棉花包装分量都一模一样，他昨儿搬进来就塞到咱货堆里，能分得清吗？
霍掌柜：我暗中让小伙计都做了记号，这个你放心，能分出来。
蓝玉：那就好。霍掌柜，我们是不是把库房先封了？
霍掌柜：（点头，向小伙计）咱们的库，暂时先封了，除了我和东家，谁也不要让再进来。

二十、贺其瑞住处，日，内

　　〔贺其瑞喝酒，四太太进。
贺其瑞：哎，四太太，你怎么知道我今儿高兴，来陪我喝一杯。
　　〔四太太坐下，贺给她酒杯，她不接。
四太太：趁你今儿高兴，我和你说个事。
贺其瑞：什么事？
四太太：能有啥事，听说你给蓝玉库里放上棉花了，求求你，陈家大少爷的事，我就不说了，但你千万不能再害蓝玉了。
贺其瑞：是李蓝玉让你来找我求情的？
四太太：（赶紧摇头）不是，她又不知道你和我都那样了。
贺其瑞：那样了，你说哪样了。告诉你，哪样都不行，我已布下天罗地网，你就看着李蓝玉和她那个霍掌柜，一起进大牢吧！

四太太：这么说，陈家大少爷货里的大烟土，一定是你栽赃于他，难怪陈家大少爷临死前，一直找我，因为只有我能证明那货是你的。

贺其瑞：（恶狠狠地）你说什么，四太太？

四太太：我说，你的货里有大烟土。以前我还将信将疑，搞不清你和陈家大少爷，到底谁在货里做了手脚。现在，看来，就是你，就是你！

〔贺其瑞把手中正举的酒杯，用力摔到地上。一步冲到四太太跟前，逼视着她。

贺其瑞：（恶狠狠地）我看不掐死你，你是不会闭嘴的。

四太太：（豁出去了）你敢，你敢动我，我就把你做的坏事，全说出来。

〔贺其瑞狞笑着，一把掐住她的脖子。（特写）四太太脸色越来越发紫，最后，瘫软在地。

〔贺其瑞冲着四太太的尸体，用力踢了两脚。

贺其瑞：（解气地）这下你就彻底闭嘴了。

二十一、蓝玉住处，夜，内

王妈：玉儿，你这个四姨娘，真是越来越不像话了，两天不回来，也不告诉咱们一声。这又不是住店，想回来就回来，不想回来，就不回来。

蓝玉：是啊，这次也不知去哪，问她的丫鬟也不知道。

王妈：这个门是留？还是不留？

蓝玉：让他们先关了，她回来叫门好了。也许是躲回李家山了。

二十二、区公所区长办公室，日，内

〔离石府四区赵区长埋头看文件，贺其瑞进。不待赵区长请，就自己坐了下来。

贺其瑞：赵区长，咱们还是老交情啊，这个时候，也就你能想起兄弟。

赵区长：贺局长啊，你的麻烦大了。

贺其瑞：不就是个停职反省吗？我在家睡上几天，不就反省好了。

赵区长：这回恐怕没有那么简单？

〔赵区长从抽屉里拿出一封文件，扔给贺其瑞。贺其瑞翻看，脸色越来越白。

赵区长：看到了吧，李蓝玉他们联名把你告到了省里，省里要我们离石府彻查。

贺其瑞：赵区长，这事多亏是你老兄督办，要不，小弟我非得从碛口地界上滚蛋不可。

赵区长：放心吧，贺局长，我查你？笑话，自己人查自己人。不要说他们给你列了八条罪状，就是八十条，我一个查不属实，所有的罪名，都是不实之词。

贺其瑞：多谢赵区长，有你这句话，我就放心了。我手里还有几件好玩意儿，过些时候，再收个大值钱货，一并送给你。

赵区长：跟着你这天津来的洋派人物，我也快成半个收藏家了。

〔贺其瑞和赵区长，相视一笑。贺其瑞起身要走，赵区长示意他一起走。

赵区长：贺局长，我们一起走，我领你去见个好玩儿的人？

贺其瑞：什么人？不是出土人，我可不感兴趣。

赵区长：见了，你就知道，太神奇了，反正你闲着也没事。

二十三、客栈窑内，日，内

〔赵区长领着霍其瑞进了一家客栈，之后，来到一间窑前，敲门。

里面的人开门，一个戴圆黑墨镜的神秘男人，出现在贺其瑞的眼前。

赵区长：（指着这个神秘男人）贺局长，认识一下，这是催眠大师，胡大师，他的"瞬间催眠术"，能在十秒内，把人催眠了。（指着贺其瑞，向胡大师）这是省府驻碛口官员，厘税局局长贺局长。

〔赵区长介绍彼此后，贺其瑞和胡大师两人握手。

贺其瑞：胡大师，幸会！

胡大师：贺局长，幸会！

赵区长：胡大师，百闻不如一见，你现在就把我催眠了，让贺局长开开眼。
贺其瑞：不用，赵区长，那样的话，好像我倒不相信胡大师了。这样吧，胡大师，你还在碛口住几天？以后，我来陪你。
赵区长：看看，看看，我的朋友一下子就变成了你的朋友。
胡大师：只要有缘，四海之内皆朋友。
贺其瑞：不是朋友，我拜要您为师。
胡大师：好，好，可惜我在碛口待不了几天。
贺其瑞：大师放心，我不和你抢饭碗，只是好奇，略学一二，玩玩。
胡大师：看在我和赵区长多年朋友的情分上，我教你两招。
贺其瑞：谢师父传道解惑！
胡大师：不敢，不敢，你对催眠术这么有兴趣，对催眠师来说，是一种荣幸。
赵区长：贺局长，我还有事，先走。你何不留下陪胡大师喝两杯，也算拜师酒？怎么样？
贺其瑞：嘛样好！
　　（闪镜）贺其瑞和胡大师喝酒，胡大师边喝边讲，贺其瑞专注的神情。

二十四、客栈窑内，夜，内

　　〔贺其瑞进。
胡大师：不是说好，不来了吗？你要学的都学得差不多了。
贺其瑞：大师，你明儿就走，我还是不大放心。
胡大师：哪点有疑惑？尽管问？
贺其瑞：胡大师，您教我的那个"拍肩法"，真的有那么灵？
胡大师：当然，被拍的人最快一二秒，最多不超过十秒，眼前就会出现一片火海，他只有跟你走，才能绕过火海。
贺其瑞：你说，一次催眠，真的能持续一小时？
胡大师：没问题，一小时之内，被催眠人始终处于半睡半梦状态，只要你引导好，你想让他干什么，他都听你的。
　　〔贺其瑞复杂的面部表情，让胡大师眉头皱起。
胡大师：贺局长，你我虽说相识短暂，但也师徒一场，我有两句话想当作临别赠言送于你。
贺其瑞：大师，请讲。
胡大师：每一行都有每一行的职业操守。我看你是官员身份，又是赵区长介绍的朋友，才潜心教你，你万不可用此伤害别人身心。
贺其瑞：胡大师想多了，贺某不会。
胡大师：老夫多言，但这是我的习惯，也是对每一个受教者的嘱托，切记！切记！

二十五、客栈大门外，夜，外

　　贺其瑞独自站在大门外。（胡大师的画外音）每一行都有每一行的职业操守。我看你是官员身份，又是赵区长介绍的朋友，才潜心教你，你万不可用此伤害别人身心。
贺其瑞：（自言自语嘲讽地）真是老朽之言！

二十六、黄河边，日，外

　　〔牛二哼着小曲，大摇大摆地在黄河边走着，突然抬头迎面看见贺其瑞坐在远处，钓鱼。他揉了揉眼睛，看见确实是贺其瑞后，赶紧闭住嘴，放慢脚步，转身就想溜。
贺其瑞：（继续看着手里的鱼钩，大声地）牛二，站住！
　　〔牛二闻声，只好一步一趋地小跑着过去。
牛二：大哥，现在都什么季节了，天凉成这样了，你还钓鱼？
贺其瑞：不要说我，说你，是不是没找到蒙汗药？
牛二：大哥，不是我不找，是我门户不硬气，上次给我找药的那个小伙计，是才来的外路人，好骗好哄，现在字号里的小伙计都忠实得像狗，没人敢接我这活儿。

贺其瑞：这么长时间，不见你的面，就知道你小子下了软蛋。

牛二：这样，大哥，把李蓝玉请出来吃饭，席上，我们把她灌醉如何？

贺其瑞：如果她不吃请，请来也不喝酒，我们不是还没办法？

牛二：也是，那可怎么办呢？

贺其瑞：一不做，二不休，办不了李蓝玉，就出不了我这口恶气。

牛二：对，对，一定要占了她的身子才解气。

〔贺其瑞把牛二叫到身边，小心叮嘱着，牛二点头。

二十七、蓝玉住处院内，日，外

〔牛二走进，和王妈遇个正着。

牛二：王妈，快快，李会长在不在？

王妈：在书房看书，怎么了？

牛二：（十万火急地）还怎么了，四太太掉黄河里了！

王妈：（王妈手中的扫帚啪掉到地上）啊！我的神神，快，快，玉儿，玉儿！

〔蓝玉听到王妈失魂落魄的喊声，赶紧从书房里跑出来，一把拽住牛二的手摇着。

蓝玉：牛二，快说，我四姨娘是怎么掉黄河的？

牛二：还说什么呢？你快看去吧！

王妈：就是，玉儿，好歹是你的姨娘呢，你快去吧！救人要紧！

〔蓝玉和牛二相跟着跑了出去。

二十八、厘税局大门口，日，外

〔贺其瑞太太身着浅蓝色西裤，粉红色西装，头戴红色礼帽，装饰着精心打理的大波浪披肩发，背着单肩包，站在门口，特意看了一眼厘税局的牌子。趾高气扬地往进走。刚走进去没两步，就被看门人拦住。

看门人：（公事公办地）你找谁？

贺太太：（居高临下地）找我丈夫，贺其瑞。

看门人：丈夫不就是男人，你是找你男人？

贺太太：是，难道你不认识他，他是厘税局局长。

看门人：（不相信地打量着她，怀疑的口气）你是他太太，还是相好？

贺太太：什么话？看我不像他太太吗？

看门人：是他太太？若真是他太太，你还不知道你男人早就被停职了。

贺太太：什么，他被停职了？不可能，我进去看看！

〔贺其瑞太太不相信，就要往里冲，看门人不让，引得里面的人跑出一片，看热闹。

看门人：你不相信我，你问问他们，（指着看热闹的人群）他们和你男人是同事。

人群甲：贺太太，他说得对，我们局长好久没来局里上班了。

人群乙：是啊，你去他住的地方找吧！

人群丙：他住的地方也不一定在，早起，我见他和牛二在黄河边俩人咬着耳朵说话。

人群甲：要不，你先去他住处看看，不在，就不要乱找，先找牛二，见见牛二，就找见你男人了。

贺太太：那麻烦谁能告诉我他住的地方怎么走？

看门人：这个，我能告诉你。

（闪镜）看门人和贺太太站在大门口，看门人对着贺太太又比画又说，贺太太点头，然后，向贺其瑞住的地方走去。

二十九、贺其瑞住处，日，外

贺太太穿着高跟脚，一步一拐地走到贺其瑞住处。（主观视角）看到的是一把长方形铜锁，紧锁着门。贺太太放下东西，屁股底下垫了块纸，坐下，脱了高跟鞋，揉脚。贺太太（边揉脚边

（气愤地自言自语）看来，不但货在李蓝玉的库里，人也在她家里。

三十、蓝玉住处窑内，日，内

〔王妈在窑内着急地走来走去，最后，王妈一把拉起淑媛，交给下人。淑媛缠着要跟王妈走。
王妈：好好坐着，奶奶一会儿就回来。
〔淑媛吓得松开了她的手。王妈慌慌张张地跑出门外。

三十一、秉公居柜上，日，内

〔贺太太强压着火，出现在秉公居。贺太太在店里转来转去，东张西望，左看右看。
小伙计：（迎上）这位女士，住店？还是放货？
贺太太：（严肃地）也不住店，也不放货！
小伙计：那你？
贺太太：哪个是你们的东家李蓝玉，把她给我叫出来，我要见她。
小伙计：我们东家不住店里，店里的事都是霍掌柜做主，要不给你把霍掌柜找来？
贺太太：（想了想）可以，你告诉你们霍掌柜，就说我是贺其瑞介绍的商家，要提走他放的所有货。
〔小伙计快步跑向后院账房。

三十二、秉公居账房，日，内

〔霍掌柜看着账本，账房先生打着算盘。小伙计敲门，里面答应，进来，小伙计推门走进。
小伙计：（恭敬地）霍掌柜，前面柜上有人要见你。
霍掌柜：什么人？
小伙计：她说她是贺其瑞介绍的商家，要把贺其瑞的货全提走。
霍掌柜：（一惊）人在哪？快领我去。

三十三、秉公居柜上，日，内

〔霍掌柜走进，（主观视角）贺其瑞太太看见霍掌柜走进，坐着并不站起。面部表情傲慢地上下打量着霍掌柜。
小伙计：（指着霍掌柜）客家，这就是秉公居主事的霍掌柜。
霍掌柜：（施礼）这位女士，能光临小店，甚是荣幸。
贺太太：你就是这里的大掌柜？
〔霍掌柜微笑点头。听见她满嘴的天津话，再看她的打扮，心下已经有几分明白。
贺太太：好啊，你给我把贺其瑞放在这里的所有货，全搬出来，我要全部提走。
霍掌柜：这位女士，小店走货，一向凭货签说话，请拿提货的货签来。
贺太太：（腾地站起）我就是货签，我是贺其瑞的太太。
小伙计：太太怎么了，没货签还发狠。
霍掌柜：（故意变脸向小伙计）怎么对贺太太说话呢？
〔小伙计退到一边。
霍掌柜：（再施礼）怪我眼拙，真是有眼不识泰山。真要是贺太太，那还要什么货签。
贺太太：（轻轻地哼了一声）提货吧！
霍掌柜：（向小伙计使了个眼色）听贺太太的，快去库房扛！
〔过了一会，三个小伙计扛出三包棉花，放在地上。
贺太太：（惊讶地）什么，才三包棉花？
霍掌柜：对，这次就放了三包棉花。
贺太太：（气愤地）"这次"什么意思？霍掌柜。
霍掌柜：您理解成什么意思，就是什么意思，贺太太。

贺太太：（轻蔑地）霍掌柜，还"这次"呢？你跟的这个李蓝玉，真是眼小，我丈夫的三包棉花，
　　　　她也能看在眼里。
霍掌柜：（不置可否地一笑）贺太太，那您的意思是把这三包棉花再搬回去？
贺太太：（斩钉截铁地）搬出来就不搬回去了，我要全拉走。
霍掌柜：给贺太太备车，把棉花先装上。

三十四、秉公居门上，日，外

　　〔贺太太上了装着三包棉花的马车。
车夫：太太，我们去哪？
贺太太：知道有个叫牛二的吗？
车夫：知道。
贺太太：好，去他家。让他给我找贺其瑞。

三十五、秉公居，日，内

　　〔霍掌柜站在秉公居高坎台上，目送着贺其瑞太太的马车走远。
　　〔正要转身往回走。（主观视角）王妈急匆匆的身影，正朝着秉公居方向快步走来。
　　〔霍掌柜站住，等着王妈走到跟前，迎上去。
王妈：不好了，霍掌柜，牛二方才把蓝玉叫走了，说是四太太掉到黄河里了。
霍掌柜：什么？四太太掉黄河了？没听说有人掉黄河啊！
王妈：我走了一路也没听说，可蓝玉跟着牛二走了，走了之后，我才觉意着不对劲儿。
霍掌柜：坏了，蓝玉会不会中了牛二设的计？
王妈：（着急地又在地下跳来跳去）我也是越想越不对，霍掌柜，可怜我们蓝玉没个男人，你快
　　　　去看看她现在到底在哪儿，这是怎么回事呀，心焦死人了。
霍掌柜：放心，王妈，我现在就骑着马去牛二住处，你快回吧！
王妈：我也不能跟你去，家里还有淑媛要照料。

三十六、碛口街上，日，外

　　〔蓝玉和牛二两人气喘吁吁地跑着。快到黄河边时，牛二突然拐了个弯，蓝玉在后面追着牛二。
蓝玉：牛二，你怎么不往碛口码头跑，咱们赶快找船家救人！
牛二：李东家，人早就被救起，抬到我的那间破窑里了。要不，我怎么知道。
蓝玉：谢谢你，牛二，她人清醒着没？
牛二：（摇头）你去了就知道了。

三十七、破窑内，日，内

　　〔牛二领李蓝玉走近那间破窑。牛二在先，蓝玉在后，两人一前一后走进去。
　　〔先进去的牛二给藏在门后的贺其瑞使了个眼色，蓝玉一进去，贺其瑞就从门后闪出，伸出
手，从蓝玉背后，用力拍了一下蓝玉的肩膀。（特效）李蓝玉面前一片火海，她害怕地双臂交叉，
抱紧了身子，站住。贺其瑞把手伸向蓝玉。
贺其瑞：蓝玉，闭上眼睛，不要说话，跟着霍掌柜走。
　　〔蓝玉闭上眼睛，贺其瑞拉着她的手，引导着她走向床边，蓝玉走得小心翼翼。
贺其瑞：你可以把脚步放得再大些。
　　〔蓝玉顺从地把脚步放大。两人走到床边。
贺其瑞：我们已经走出火海，你的身体已经站不住了，你就这样倒向后方。
　　〔蓝玉倒在床上。牛二在一边看得瞠目结舌。贺其瑞示意牛二离开，牛二退出。贺其瑞走到
门口，俯在门上听了一回，猛然打开门，靠在门上的牛二，险些摔倒。

三十八、破窑门外，日，外

〔贺其瑞开门走出来，和牛二站在门外。

贺其瑞：（小声地）敢听我的房，走，哪凉快去哪，一小时后回来。

〔牛二无趣的脸上堆满尴尬的笑，小跑着走了。

（主观视角）贺其瑞一直目视着牛二跑远了，才转身回到窑内。

三十九、破窑内，日，内

〔贺其瑞转身又进了门，把门虚掩上。快步走到床前，站着，眼睛迷成一条缝，色眯眯地端详着半睡半梦的李蓝玉。好一会儿，才开始给李蓝玉脱衣服，贺其瑞给李蓝玉脱了外衣，把她平放在床上，穿着红肚兜的李蓝玉平躺在床上，露出雪白的胳膊，贺其瑞忍不住俯下身，狂吻着李蓝玉的全身。过了好一会，贺其瑞直起身来，抬腕看看手上的表，拉过牛二的破被子，闻了闻，皱着眉头扔到一边，把自己的衣服脱下来，给蓝玉盖上。贺其瑞脱了自己上身的内衣，光着上身，解下裤腰带，正准备上床时。门被用力地打开了。贺其瑞的太太冷笑着站在他面前。贺其瑞吓得赶紧往上提裤子，一副惊慌失措的狼狈样子。

贺其瑞：哎，你怎么来了？

贺太太：我不来，怎么能捉奸捉双？我不来，怎么能知道你被停了职？

〔贺其瑞扑通一声跪下，跪着一步一挪地来到他太太身边，抱着她的双腿。

贺太太：（做挣脱状）滚蛋，不要在我面前现眼。给你个官也不会当，干这种事倒满在行。

贺其瑞：太太，你误会了，你听我解释！

贺太太：闭嘴，看看门外，车上拉的什么？不长进的东西，我费了多大劲儿，才给你谋得这么个官做，你倒好，一个破棉花也要孝敬给床上的这个野女人。

〔贺其瑞听到棉花两字，大惊失色，就要往外冲。

贺其瑞：什么，你把棉花拉来了？

贺太太：怎么，心疼了，让你的小情人挣不上钱了？你给我听着，不要说三包棉花，就是一根针的生意，你也休想和李蓝玉做成。

〔贺其瑞不理她，光着上身就要往外冲，被贺太太拦住。

贺太太：你想跑？我刚才就说了，捉奸捉双，一个也跑不了，有种，你当着我的面，再睡到她床上。

贺其瑞：你听我说。

贺太太：闭嘴！

〔贺其瑞被老婆硬拖到床跟前。李蓝玉浑然不知地仍睡着。

贺太太：（对睡着的李蓝玉怒骂）见过不要脸的，没见过这么不要脸的，竟然还在装睡。

贺其瑞：（上前，拉住太太的手）你听我说！

贺太太：（气急败坏地）你拉着我的手，你是怕我打她，好，我打给你看。

四十、破窑外，日，外

〔正在这时，霍掌柜骑着快马赶来。霍掌柜下马，着着急急地冲到窑内。

四十一、破窑内，日，内

〔贺其瑞太太正要扬手打睡在床上的蓝玉。

霍掌柜：（大喝一声）住手！（话音未落，霍掌柜就冲了过去，伸手扳住贺太太扬在半空中的手）

（特写）蓝玉仍在熟睡中。

（第十五集完）

第十六集

一、破窑内，日，内

〔在贺太太扬手就要打蓝玉时，霍掌柜及时冲过去，拽住了她举在半空中的手。

贺太太：不要拦我，让我打这个勾引我丈夫的贱人！

〔霍掌柜看了眼蓝玉。蓝玉仍在半睡半梦中，对眼前发生的一切浑然不觉。

霍掌柜：贺太太，你我都是成年人，你看她昏睡的样子，像勾引人的样子吗？

〔贺太太愣了一下，手放了下来，转而看着贺其瑞。

贺太太：（声嘶力竭地）你和她干嘛了？

贺其瑞：我们干嘛了，天地良心，嘛事没干。

〔霍掌柜俯下身来，轻唤着蓝玉。

霍掌柜：蓝玉，你醒醒，你醒醒。

〔蓝玉仍没反应。

霍掌柜：（着急地）那她好好的怎么睡在这里，你是不是给她下迷药了？

贺其瑞：你才给她下迷药呢？睡在这里怎么了，她喜欢我，她愿意。这叫你情我愿。

贺太太：好你个姓贺的，当着我的面，你居然敢说这种话？

〔贺太太边说边动手，拿起桌个牛二喝了一多半的酒瓶子，砸向贺其瑞，贺其瑞赶紧侧身躲开。

贺太太：我让你喜欢！我让你情愿！什么东西！

〔贺太太扔出去的酒瓶，正好砸在墙角的一排空酒瓶上，玻璃酒瓶相撞的清脆之声，一下子惊醒了睡梦中的蓝玉。蓝玉睁开眼睛，不解地看着霍掌柜、贺其瑞，还有贺太太。然后想坐起，发现自己身上盖着贺其瑞的外套，她一把拿开，却发现自己只穿内衣，赶紧又盖上。霍掌柜见状脱下自己的长衫，侧过头看着别处，把长衫给蓝玉盖上。然后，又把贺其瑞的外套扔给他。贺其瑞赶紧接住，穿上。

霍掌柜：贺大人，我们是不是先出去，让蓝玉穿上衣服。

〔霍掌柜说着就往外走，贺其瑞拉着她老婆也往外走。贺太太不走。

〔贺其瑞硬拉了她出去。

二、破窑外，日，外

〔霍掌柜在一边，表情严肃地走来走去。牛二从远处走来，看见霍掌柜，赶紧躲在墙角。贺太太一出破窑，就指着马车上的棉花。

贺太太：你个不长进的东西，给你个官还让停了职，干这种事，倒是挺在行，几包破棉花都想着孝敬情人！

〔贺其瑞顺着老婆手指的方向看过去，（主观视角）这才发现老婆把他费尽心机放到秉公居库房的三包棉花全拉了回来。

贺其瑞：什么，你把棉花拉回来了？

贺太太：怎么，心疼了，坏了你的好事了？

贺其瑞：行了，行了，我和你说不清。

贺太太：和我说不清，和谁说得清啊，是不是和里边那个说得清啊！

〔贺太太上去拉着贺其瑞又要往窑里拽。

〔贺其瑞不进，反而把贺太太硬拽往墙角。

三、墙角一侧，日，外

〔早已躲在墙角的牛二，见贺其瑞拽着个女人往这边走，飞快转身，拐了个弯，藏了起来。贺其瑞把老婆拉到墙角，看看四下无人，站定。贺其瑞把手搭在老婆肩上，老婆一扬手，推开。

贺其瑞：（低声下气地）不要生气了，不是你看到的那样。

贺太太：不要和我说，我不想听。

贺其瑞：别闹了，李蓝玉和霍掌柜才是一对，我刚才当着霍掌柜的面说那话，也是为了气霍掌柜。

〔贺其瑞说着，就又去拉他老婆的手，他老婆依然不让拉。

贺其瑞：求你了，我们有话回家说，霍掌柜还在那站着，我们不要让他看了笑话。

贺太太：你还怕人笑话，怕笑话，就不会到这种地方苟且。

贺其瑞：这不全是牛二搞的。牛二给她下了药，也给我下了药。（停了会儿）老婆，说真的，我都不知道我怎么来到这里的。要不是你来了，我真的都不知道怎么脱身呢。

〔贺其瑞边说边掏出手帕假装擦汗。

四、墙角另一侧，日，外

〔牛二听见贺其瑞说他给两人都下了药。气得用脚狠狠地踢墙。

牛二：（自言自语）让你胡说，让你胡说。

五、墙角一侧，日，外

贺太太：不要装了，让牛二来和我说。

贺其瑞：好，好，这个好办。不过，要说也得回家里去说，家丑不可外扬么。

贺太太：不行，等牛二来了，我们一起进去，我不能便宜了那个李蓝玉。

贺其瑞：（这次坚决地把手放在他太太身上安抚着）好太太，看在我现在被停职的份儿上，你就和我回去吧！回去，你想怎么说，怎么说，想怎么做，怎么做，我全听你的，还不行吗？

〔贺太太不再吭声。贺其瑞赶紧把她拉到马车上。贺其瑞和太太坐着马车离去。

六、破窑内，日，内

〔霍掌柜走进，蓝玉已经穿戴整齐，坐在炕沿上，独自垂泪。霍掌柜走到蓝玉身旁。

霍掌柜：走，有泪也不在这流。

〔蓝玉拭泪，站起，跟着霍掌柜走了出来。俩人上了霍掌柜早已叫来的马车。

七、马车内，日，内

〔马车走在碛口街上，蓝玉和霍掌柜并排坐在车篷内，蓝玉已经完全清醒，羞愤使她一直不想直视霍掌柜，只是沉默地流泪。霍掌柜把自己的白手巾掏出来，放到蓝玉手上。蓝玉没有回绝，拿起来拭泪后，用手巾捂住了脸。

霍掌柜：都过去了，蓝玉。

〔蓝玉用手所握着手巾，咬着，苦笑。马车走到蓝玉住处时，车停了下来。

蓝玉：霍掌柜，我不想让王妈知道。

霍掌柜：放心，她不会知道，我送你进去。

八、蓝玉住处院子，日，外

〔蓝玉和霍掌柜刚进大门，王妈就跑了过来。她上前拉着蓝玉的手，着急地上下打量着。

霍掌柜：王妈，没事的，原是牛二想和蓝玉要两个钱花，才编出如此瞎话。

王妈：狗改不了吃屎，看我见了他，怎么羞他。

霍掌柜：算了，王妈，这事就不提了。好些事，越描越黑。

蓝玉：王妈，我渴了，想喝碗钱钱稀饭。

王妈：行，我去煮。

〔王妈去厨房。霍掌柜和蓝玉站在院子里，蓝玉低着头，不再说话，仍有想哭的意思。

霍掌柜：（看着蓝玉，怜惜地）蓝玉，要我再陪你坐会儿？

〔蓝玉摇头。

霍掌柜：（深情地）那我先走，你喝点儿稀饭，好好睡一觉。

〔蓝玉点头，霍掌柜转身走了。

〔走了两步，又转身回来，不放心地叫住蓝玉。

霍掌柜：（不放心地）蓝玉，记着，不管发生什么事，还有我，我会一直陪着你。

〔蓝玉的眼泪再也忍不住了，泪流满面地跑回自己的窑内。

九、贺其瑞住处，日，内

〔贺太太一脸不屑地坐在床上，贺其瑞站在床旁，牛二站在不远处。

〔贺其瑞给牛二使了个眼色。牛二走到近前，扑通一声，跪在了贺太太跟前。

牛二：嫂子，都是我给大哥下的套，我也是见大哥被李蓝玉害得停职了，才设计让大哥报复她的，你就原谅了大哥吧！

贺太太：当着我的面，他都敢说他们是你情我愿，你还在这替他辩护？

贺其瑞：那不是故意说给那个霍掌柜听的吗？

〔贺太太气愤地哼了一声。

牛二：嫂子，你想，大哥真要是和李蓝玉有事，大哥有的是钱，去哪儿不行，还非得去我那个破窑里。

贺太太：瞧他那不上台面的德性，也只配在你那个破窑里苟且。

牛二：要不这样吧！嫂子，你打我一顿解解气好了，谁让我惹嫂子生气呢？

〔牛二边说边抽起自己耳光。贺太太扭过头去，置之不理。贺其瑞见状只好站起身来，自己制止牛二。

贺其瑞：牛二，快起来走吧！你如此诚心认错，你嫂子已经原谅你了。

〔贺太太换个地方坐，不看他俩。

〔贺其瑞又给了牛二个眼色，牛二站起来悄悄地走了。

十、贺其瑞住处，夜，内

〔贺其瑞拿出三根金条，放在太太面前。

贺其瑞：我说什么，你也不相信，把这个放到你眼前，你总该信了吧！

贺太太眼睛盯着金条，脸上的怒气消了大半，但还是不说话。

贺其瑞：你看，我人在碛口，心全在你身上，牛二说得对，要是我真和李蓝玉好，他用想这种套子，把我俩往一块套吗？

贺太太：你怎么不告诉我，你被停职？

贺其瑞：（气愤地）停职也全是李蓝玉搞的，我给她棉花也是为了报复她。

贺太太：怎么报复？

贺其瑞：（自知失口，略一沉思）你当我是白给她的，想的就是狸猫换太子的招儿，我用三包棉花换了她三包丝绸。

贺太太：可是，我把棉花又拉了回来，他们会不会再来要回他们的丝绸。

贺其瑞：你就放一百个心吧，他们再来要，我也不给。棉花和丝绸都是咱们的，这样，你高兴了吧！

贺太太：这就对了，我给你谋这么个肥缺儿不容易，你可不能让肥水流到外人的田里。

贺其瑞：放心，有赵区长给我说话，我不会离开碛口。这地方，不比天津，山高皇帝远，守着个水旱码头，钱就像黄河水一样，一浪一浪涌着来了。

贺太太：对，你不能离开碛口。（贺太太站起来，把金条装在自己的包里）我一回天津，就找人再给你去山西督军府说情。

贺其瑞：（半晌不语，好半天后）好了，好了，我不愿意和你说，就是不想让你再去找亨特。

〔贺其瑞说到亨特，贺太太颇为尴尬地一笑，慢慢地走过来，主动靠在贺其瑞肩上。

贺太太：（开导地）亨特不就是你的李蓝玉吗？我们才是一家人。

贺其瑞：那你还闹。

贺太太：（撒娇地）夫妻闹一闹怕什么，床头吵架，床尾和嘛，

（意味深长地）我闹也是怕你犯迷糊。

十一、蓝玉住处，夜，内

〔蓝玉睡在炕沿儿上，地上支着个脸盆，蓝玉一会吐一次，但每次都是干呕，并吐不出东西。

王妈：玉儿，你饿不饿，头晌儿一回来就说要喝钱钱稀饭，煮好，一口也没喝，倒吐个不停。

〔蓝玉摇头。

王妈：不行，吐它吐去，我得再给你做个白萝卜拌汤。吃了饭，再吃点药，吐药不吐劲。

蓝玉：（着急地直摆手）王妈，不用，你去看淑媛，我想一个人待会儿。正在这时，四太太的丫鬟跑了进来。

丫鬟：王妈，蓝玉小姐，淑媛不跟我，嚷着要和蓝玉姑姑睡。

蓝玉：你把她领过来吧。

王妈：（自言自语）快不用，我一会儿过去，都是你那个四太太闹的，要不是她，牛二能骗走蓝玉，她真是我们蓝玉前缘前世的仇人。

蓝玉：王妈，不要再说了，我心里不舒服。

王妈：我也是看你突然吐成这样，才着急的怨天怨地。

蓝玉：我没事。

〔一句话没说完，人就又俯在炕沿儿上吐了起来。

〔吓得四太太的丫鬟转身就跑，边跑边说。

丫鬟：王妈，我回窑去看淑媛了，你快叫霍掌柜给蓝玉小姐请个郎中吧！

王妈：（着急地在地下搓着手）一句话提醒梦中人，我怎么就忘了这茬了。

〔蓝玉一听要叫霍掌柜更着急了，她大口喘着气，连连摆手。

王妈：玉儿，这时候不能再听你的。

〔王妈话没说完，人就快步走出窑内。王妈穿过院子，走到下人房中。

十二、下人房中，夜，内

王妈：快，咱们东家吐得厉害，你快去叫霍掌柜喊个郎中来。

下人：行，我一会儿就去。

王妈：还一会儿呢，你现在就去，快去。下人慌慌张张地跑出门去。

十三、蓝玉住处大门外，夜，外

〔慌慌张张跑出去的下人，跑了没几步，就发现霍掌柜正大步向这边走来。他跑着迎上去。

下人：霍掌柜，我正要找你，你这是去哪？

霍掌柜：我去看看你们东家。

下人：不用去了，我们东家吐得厉害，王妈让我叫你去请郎中。

霍掌柜：（转身）那你先回，我去请。

（闪镜）霍掌柜疾走的背影

十四、蓝玉住处，夜，内

〔霍掌柜领着背着药箱的郎中进。郎中把药箱放到桌上。霍掌柜把郎中带到蓝玉睡的炕边。郎中坐在炕沿，伸出手，摸着蓝玉的脉，诊脉。

王妈：（站在一边，愁惨地）先生，我们东家这病有没有险象，吐起来没完，吃啥吐啥。

〔郎中不语，霍掌柜示意王妈先不要说话。过了一会儿，郎中放开蓝玉的胳膊，站起来，走

到桌前。

郎中： 霍掌柜，从脉像上看，并无大碍。病人是不是受了什么刺激，这种"呕吐"多半是由于情志抑郁，肝气郁结，木气横逆，犯胃乘脾，导致脾胃纳运失职，腐熟功能减退，水湿痰饮内停，终致胃失和降、胃气上逆所致的以饮食、痰涎等胃内之物从胃中上涌，自口而出。

霍掌柜： 先生，听您所言极是，还求您给开个方子，止了吐才好。

郎中： 小姐的病像"郁证"，多半是心理因素所致，心病还需心药医啊！不过，老夫还是给你开个四逆散合半夏厚朴汤，试着喝喝。

　　郎中俯案开方。方子上写着：柴胡、枳壳、白芍、厚朴、紫苏、半夏、茯苓、生姜、甘草、橘皮、旋覆花、竹茹等。

郎中： （拿写好的方子交给霍掌柜）你明天药铺一开门，就去抓。

霍掌柜： 不用，我一会儿就敲开门去抓。

郎中： 那是最好，今夜就熬了喝上。

蓝玉： 霍掌柜，你回去睡吧，明儿再抓，我没事的。

王妈： 都吐成这样了，还没事。

霍掌柜： 放心，王妈，我不听她的，听你的。

霍掌柜： （向郎中），先生，我们走，我先送你。

　　〔霍掌柜和郎中一起走出大门。

十五、澡堂，夜，内

　　〔霍掌柜打着灯笼进，站在柜台后的掌柜抬起头来，稍一愣神后又笑脸和霍掌柜寒暄着。

澡堂掌柜： 霍掌柜，我们都要打烊了，你才来？

霍掌柜： 老毛病突然犯了，水还热吗？

澡堂掌柜： 热。你最近皮肤病没怎么犯吧，好久没来了？

霍掌柜： 我这个怪病你还不知道，时好时坏，说来就来。

澡堂掌柜： （开玩笑地）我倒希望你老不好，才能多来照顾我的生意！

霍掌柜： 刘掌柜，你可真是卖瓜的盼天热，就想着自己的生意了。

澡堂掌柜： 开玩笑，开玩笑！

霍掌柜： 刘掌柜，灯笼放这了，你可给我看好了！

澡堂掌柜： 霍掌柜，不用你说，你们秉公居是大字号，你的灯笼，我从来都看得最紧。

　　〔霍掌柜走进，（特写）刘掌柜走到灯笼前，看看四下无人，手伸到灯笼下面，拿出个小纸条，握到手心里。霍掌柜洗完澡后，走出。刘掌柜把灯笼提起交到他手上。

刘掌柜： 霍掌柜，你的灯笼，我特意给你摆到最里面。

霍掌柜： （施礼）多谢刘掌柜！

十六、秉公居霍掌柜住处，夜，内

　　〔舅舅站在门外敲门，霍掌柜开门，舅舅走进。

霍掌柜： 田书记，你这么快就来了。

田书记： 能不快吗？你都给我传了十千万火急的鸡毛信了。

　　〔霍掌柜不好意思地一笑。

霍掌柜： 田书记，蓝玉实在是太苦了，我一天也不想再瞒她了。

田书记： 所以，你就去澡堂给我传了这份"特殊的情报"。

霍掌柜： 田书记，我是有点儿冲动，不该因为个人问题动用交通站的同志。

田书记： 你的心情，我们理解。但是下不为例。

霍掌柜： 我愿意为此接受组织处分。

田书记： 这次只是对你提出口头批评。李剑同志，建立一个靠得住的交通站不容易，相信你能理解。

　　〔霍掌柜诚恳地点头。

田书记： 好了，"人非草木，孰能无情"。上级研究决定，接受你的请求。

霍掌柜：（高兴地握住田书记的手）这么说，组织同意我和李蓝玉以恋人的身份相处了。

田书记：是。组织决定尊重你们的个人感情。但感情归感情，工作归工作，你暂时还不能在蓝玉面前暴露自己的真实身份。

霍掌柜：（着急地）田书记，蓝玉善良、正直，对穷人有同情心，完全可以培养成我们的同志。

田书记：这是纪律，就是睡在一个炕上，不能说的就是不能说。

〔霍掌柜半晌不说话，过了一会儿，舅舅拍了一下霍掌柜的肩。

田书记：说了半天，我口都渴了，咱们上炕去，你给我整壶茶来。

霍掌柜：正好有好茶，我给你沏一壶来。

田书记：不用，好茶喝不惯，就喝茶末。

霍掌柜：田书记，您生活一向俭朴。今夜在我这，说什么也不能让您喝茶末，我给您沏杯大红袍去。

田书记：你在白区，这些装门面的贵东西，你还是自己留着吧！

霍掌柜：不，你听我的，一定要喝杯大红袍。

田书记：等革命胜利后，你再请我喝不迟。

霍掌柜：田书记，我知道你心疼党的经费，这杯茶可不是用经费买的，是我自己掏钱买的。

十七、炕上，夜，内

〔一张小方桌上，霍掌柜端上两杯茶，霍掌柜和舅舅盘腿坐在方桌两边。

霍掌柜：田书记，你听我说，对李蓝玉我有信心，我不仅想与她结为夫妻，更想和她成为志同道合的战友。

田书记：先不急着设想未来，先说眼下。

霍掌柜：眼下？

田书记：是啊，眼下，全碛口都知道你霍掌柜是有家室的人，你怎么娶蓝玉？

霍掌柜：我倒忘记这茬儿了，本来就没有的事，一着急更想不起来。

田书记：做党的地下工作，警惕和警觉分分秒秒都是必须的。

霍掌柜：所以，在您面前，我永远是学生。放心，田书记，我会遵守党的纪律，严守秘密。

田书记：好。过几天，我会拍一封电报来，电报的内容是：你妻病故，速回。然后，你就大张旗鼓地回一趟陕西。

霍掌柜：田书记，要知道事情会变成这样，我当时说什么也不戴这顶"有家室"的帽子。

田书记：不戴这顶帽子，你就成不了霍掌柜，也来不了碛口，更认识不下李蓝玉。

霍掌柜：造化弄人。

田书记：不是造化弄人，是我们自觉投身了革命。我们这一代人，把个人的命运都绑在了革命的这条船上。只能随革命的惊涛骇浪起伏。

〔霍掌柜颇有同感地点头。

霍掌柜：田书记，组织安排这次假奔丧，单纯是为了我和蓝玉将来的结合吗？

田书记：原先是这样想的。后来又出现了特殊情况，就把别的任务临时附加在了你的这次奔丧上。

霍掌柜：什么任务？

田书记：我来碛口之前，刚接到密报，汾阳特委搞到一百支盘尼西林针剂，已经在送往碛口的路上，两天后，这些针剂就会送到碛口。你的任务就是借奔丧之名，负责把这些针剂从碛口送过黄河。

霍掌柜：过了黄河呢？

田书记：只要渡过黄河，到了陕西螅镇，就会有我们的同志接应。

霍掌柜：田书记，现在，从黄河到陕西的渡船，查得很紧，没有万全之策，很难过河。

田书记：所以，想来想去，让你借奔丧的名义，带出这些针剂是最好的办法。

霍掌柜：这倒不失为一举两得的好办法。人死为大，检查人员对丧事所用祭品，不会像普通物品一样查得那么细，对这种事，人多少还是有忌讳的。

田书记：这些药品我们的同志费了很大力气，才搞到手，你要千方百计把它们安全运过黄河。

霍掌柜：田书记，您放心，我保证完成任务。

十八、蓝玉住处窑前，日，外

〔天刚亮，蓝玉还在沉睡，霍掌柜在门外踱来踱去静静地等候。王妈出，看到门口的霍掌柜，又惊又喜的表情。刚想开口说话，霍掌柜用手示意小声。

霍掌柜：（小声地）王妈，我就不进去了，柜上还有事，蓝玉吐不吐了？

王妈：托神明的福，昨儿你走后，吃过药，吐了一次就再没吐。

霍掌柜：那我就放心了，先走一步。

〔王妈还想再说什么，霍掌柜摆摆手，扭转身走了。王妈固执地送出大门。

十九、蓝玉住处大门，日，外

（主观视角）王妈看着霍掌柜的背影，直到望不见。

王妈：（摇头叹气地自言自语）老天不公，偏是有情的无缘，有缘的无情。

二十、蓝玉窑内，日，内

〔王妈蹑手蹑脚地走进，却见蓝玉睁着眼睛望着她。

蓝玉：王妈，你刚才在窑外和谁说话？

王妈：霍掌柜，他不放心你，我告诉他你已经不吐了。

蓝玉：他人呢？

王妈：听说你好了，就回去了，说柜上还有事。

二十一、赵区长办公室，日，内

〔赵区长坐在椅子上，笑看着站在一旁的贺其瑞。

赵区长：贺局长，神通啊！才停职几天，不但没降，反而换个地方高升了。

贺其瑞：赵区长，你就不要取笑我了，我现在交了华盖运，做嘛嘛不成！

〔贺其瑞说完，看着赵区长桌子上放着的大刀牌香烟，拿起来，看了看，抽出一根，在鼻子上嗅着。

贺其瑞：听说孔祥熙在碛口又开了一间烟店，连上这家，光他们祥记烟草分公司就在碛口开了三家了吧！

赵区长：贺局长，你我虽然相处不长，但也算合得来的朋友，我这个人啊，你还清不清楚，多一事，不如少一事。那句话怎么说来，各扫自家门前雪，休管他人瓦上霜。

贺其瑞：（一笑）咱们不是朋友吗？

赵区长：朋友就说朋友的事，兄弟，你去省府警察局驻碛口分局任局长的事，怎么事先也不给老兄我透个风，捂得可够严的。

贺其瑞：赵区长，你是第一个告诉我的，我真不知道。

赵区长：你刚才还说咱们是朋友，你这个警察局长，还兼着我的副区长，你是有意瞒着我啊！

贺其瑞：赵区长，你误会了，我是真不知道。

赵区长：（摆手）不要说了，希望我们以后在工作上相处愉快。

二十二、蓝玉住处院子，日，内

蓝玉：王妈，我今天觉着胃里好多了，身子也觉着有劲儿了。

王妈：这个郎中开的药应手，你才吃了两副，还有一副也吃了它，大好了，不要落下病根。

蓝玉：王妈，我是想和你说，要不，咱今天回趟李家山。

王妈：才好了，着急地回李家山干啥？

蓝玉：王妈，你说我四姨娘在我这儿住着，几天了，生不见人，死不见鬼，总得四下找找吧！

王妈：要去，你也不能去，让她的丫鬟坐上咱的马车去。

蓝玉：不行，还是我去，怕她说不了话，人丢了没有还不知道，就吵得天知地知爷爷知。

王妈：唉，说来说去，玉儿，你就不是那省心的命，哪见过姨娘这么折腾闺女的。我一个人坐上车去吧。

蓝玉：行，就说我顾不上，你给他们送吃的来了。

二十三、李家山蓝玉娘家，日，外

（空镜）李家山蓝玉家层叠式院子。

（闪镜）王妈进出。

二十四、蓝玉住处书房，日，内

〔王妈进门，就着着急急地对正伏案写毛笔字的蓝玉说。

王妈：（着着急急地）我还以为你还在炕上躺着呢，刚好就又爬到这里了。

蓝玉：王妈，正等得你心焦呢，我四姨娘在李家山吗？

王妈：哪在，不在。满世界也找不见。

蓝玉：这可坏了，王妈，你歇会儿。我和她的丫鬟一起去碛口街上，问问她爱去的字号，看看谁知道她去了哪？

二十五、碛口街上，日，外

（闪镜）碛口街上，丫鬟在几个店铺前指指点点，蓝玉走进去，询问，被问的人摇头。

〔在一家杂货店前，走出一个小伙计。

蓝玉：见一个打扮的特别艳的女人没有，经常来这里买桃桃粉，年纪和我差不多。

小伙计：（打量着蓝玉身旁的丫鬟）是不是经常有她陪着？

蓝玉：（点头）对，她常跟着。

小伙计：这个太太，我知道，她第一次来，我们就在背后给她编了个四片。

小伙计：（边说边学扮着）脸上涂着上海粉，口上抹着广州红，改良脚上高跟蹬，德国绸缎穿一身。

〔丫鬟捂住嘴笑，蓝玉正色打断其。

蓝玉：（严肃地）不要背后嘲笑人，我只问你见她了没有？

小伙计：（想了想）见了，不过是几天前，她着着急急地买了一包桃桃粉就走了。

二十六、秉公居，日，内

〔霍掌柜见蓝玉走进，快走迎上去。

霍掌柜：你倒出来了？

蓝玉：哪有那么金贵，我在碛口街上都转了一圈了。

霍掌柜：干什么转？

蓝玉：打问谁见我四姨娘了，结果都是前几天见过，王妈去了李家山也说没有。

霍掌柜：看来，要走失也是从碛口走的。蓝玉，这已经有几天了，我们不行，报官吧！

蓝玉：她那个人爱疯跑，要是报了，她又自个儿又回来了呢？岂不是闹笑话？

霍掌柜：笑话就笑话，毕竟是在你这住的找不见人了，我陪你咱们现在就去碛口警察分局报案去。

二十七、碛口警察分局，日，外

（空镜）碛口警察分局大门上醒目的牌子。（特写）白牌子上的十二个黑体字"山西省府警察局驻碛口分局"分外醒目。

二十八、碛口警察分局，日，内

〔霍掌柜和蓝玉刚走进院子，迎面就遇上穿着警服的贺其瑞。贺其瑞面露奸笑地故意走到他俩面前，挡住他们。

贺其瑞：（得意地）古人的话说的真是嘛样好："人生何处不相逢。"两位到我们警察分局有何
公干啊？

蓝玉：（扭身）霍掌柜，我们不报了，我们走。

霍掌柜：为什么不报？我们是来找警局报案，又不是投奔谁来了。

贺其瑞：霍掌柜说得嘛样好，不过，恐怕两位还不知道了吧，我现在是省府驻碛口警察分局局长，
兼离石府四区副区长。

〔贺其瑞说完，得意地凑近李蓝玉。

贺其瑞：（故意一脸得意地笑着）李蓝玉，李会长，告诉你，我贺其瑞是打不倒的，想把我赶出
碛口，做梦！

霍掌柜：听贺大人的口气，一上任就要公报私仇了吧！

〔贺其瑞哈哈大笑。然后，看看霍掌柜，再看看李蓝玉。

贺其瑞：（一本正经地）听你们刚才说要报案，报什么案，这是本官上任接手的第一宗案子，到
我办公室写个材料吧！

二十九、局长办公室，日，内

〔贺其瑞趾高气扬地先是跷着二郎腿，后又故意把一条腿放在桌子上，还不停地晃着，嘴里
吐着烟圈，眼睛不看霍掌柜和蓝玉，看着空中他吐出的一个套一个的烟圈。蓝玉站在霍掌柜身旁，
霍掌柜伏案写报案材料。霍掌柜写好后，先拿给李蓝玉看，蓝玉看后点头，又给了霍掌柜。

霍掌柜：（不卑不亢地）贺局长，材料写好了。

贺其瑞：（边接材料，边嘲笑道）你们俩告谁啊，李蓝玉，你不会是告我强奸你吧！

蓝玉：无耻！

霍掌柜：贺大人，当官不乱说，乱说不当官，请你说话注意点儿，你现在可是吃官饭的人！

〔贺其瑞鼻子里哼了一声，再没答话，接过霍掌柜写的材料，看过，脸色大变，随之又镇定
下来。

贺其瑞：（强作镇定地）你们报四太太失踪，据我所知，四太太可一直住在蓝玉小姐那里。

霍掌柜：所以，我们才来报官。

贺其瑞：也许她是受不了寄人篱下的生活，自己跑到外面谋生去了，你们不要大惊小怪嘛。

霍掌柜：不管她去了哪里？我们经了公家，总是找得快一些。

贺其瑞：好办，这件事，我知道了，一找到就通知你们，你们回去吧！

三十、秉公居账房，日，内

蓝玉：（气愤地）霍掌柜，你说这还有没有天理了，贺其瑞这种无耻之徒，竟然能管警察分局。
真是恶人当道，要知道我们就不报官了。

霍掌柜：子系中山狼，得志便猖狂，你看他今天的嘴脸，活生生小人得志。

蓝玉：这可是按下葫芦，起了瓢。厘税局局长倒是不再当了，可是又当上了警察分局局长，以前
还是只管税和走私，现在好，手伸得更长了，什么也能管。

霍掌柜：贺其瑞当了警局局长，我们更得小心。他会有枣没枣打三杆，我们要多留点儿神。

蓝玉：我四姨娘的事，我们报了官，你说，贺其瑞他会不会真的当个案子破。

霍掌柜：这不好说，我看他的样子，没有当回事。只盼四太太能自己回来。

三十一、澡堂，夜，内

〔霍掌柜挑着灯笼走进，和柜台上的刘掌柜寒暄着。

刘掌柜：霍掌柜，这几天风大，想你的老毛病又要犯了。

霍掌柜：刘掌柜，你可真是神机妙算，真还被你说准了，就是犯了。

〔霍掌柜把灯笼随便放下。

霍掌柜：今天人不多，我的灯笼就不劳刘掌柜特意看管了。

刘掌柜：（心领神会地一笑）你是客，听你的。

〔霍掌柜洗完走出来。刘掌柜把一包洗好的衣服交给霍掌柜。

刘掌柜：这是你上次洗完澡，换下的衣服，你好好看看，给你洗干净了没有。

〔霍掌柜用手摸了摸，就知道里面包着东西。他小心收好。看着刘掌柜。

霍掌柜：我看了，洗干净了，我好生收着。

（特写）刘掌柜把一个小纸条塞在霍掌柜的灯笼下面。刘掌柜把灯笼递给霍掌柜。

刘掌柜：（意味深长地）霍掌柜，外面风大，你又是灯笼，又是衣服，可要拿好。

霍掌柜：放心吧，刘掌柜，都拿好了。

三十二、秉公居霍掌柜窑内，夜，内

〔霍掌柜挑着灯笼进了门，把手里的衣服轻轻放下，掩好门，又特意检查了一下。然后，把灯笼下的纸条抽出。拿到灯下展开：（特写：画外音）"到手的货，务必两日内发出，娘家人在老家岸上接。"霍掌柜把纸条拿到油灯上烧了。又打开刘掌柜给他的衣服。在最里面卷着十盒盘尼西林针剂。霍掌柜看了看，又小心地放好。霍掌柜在房间里走来走去，沉思着。

三十三、秉公居，日，外

〔身着绿色衣服的电报员骑一快马来到秉公居门前，下马。手里扬着一封电报。

电报员：秉公居霍俊山急电。

〔霍掌柜听见，故意装作没听见。

霍掌柜：（对正要往出走的账房先生）没听清，你正好出去，看看谁的电报？

电报员：你是霍俊山？

账房先生：不是。他的电报？

电报员：是，快让他来取。他老婆病故的急电。

〔账房先生不信，戴上老花镜，拿过电报，仔细看。看过之后，才把电报又给了电报员。

账房先生：还是你给他的好。

〔账房先生慌慌张张地又转身走进秉公居。

账房先生：霍掌柜，你的电报，你快去取去。

〔霍掌柜这才赶紧往出跑。

三十四、秉公居，日，内

〔霍掌柜手里拿着电报，沉默着，做悲伤状。账房先生和小伙计围成一团，都在安慰他。

账房先生：一定是村里没有识字的人，让电报局的拍的，一点也不婉转，不会拍个病危，真是实在得怕人。

小伙计甲：霍掌柜，我妈说来，人死不能复生，你还是准备准备赶紧回去吧！

小伙计乙：不行啊，霍掌柜还得和东家告假了。

账房先生：肯定得告诉东家，霍掌柜还得从柜上支些钱，你们候戏们（小孩子们）不懂，这办事宴可是要花费好多银子的。

小伙计甲：霍掌柜，你不要难过了，我去替你告诉咱们东家。

霍掌柜：谢谢，还是我去吧。

三十五、蓝玉住处窑内，日，内

〔霍掌柜把手中的电报给了蓝玉。蓝玉半天不知道说什么好，呆呆地看着霍掌柜。霍掌柜把头扭身一边，不看蓝玉。蓝玉以为霍掌柜是悲伤得不能自己。也扭过头去，不再看他。

蓝玉：霍掌柜，我帮不了你别的，就是钱上能帮了你，我一会儿就去秉公居，让账房给你多支上些钱。

霍掌柜：蓝玉，有些话，我现在不能对你说，请你原谅！

蓝玉：我不糊涂，这是什么时候，你赶紧的，先走人要紧。

霍掌柜：蓝玉，我想让你帮个忙。

蓝玉：什么事？你说！

霍掌柜：我看见碛口做白事宴，都供好多枣山，我想让王妈给我多蒸些枣山祭奠。

蓝玉：这个便宜，有现成的发面，给你索性多蒸些。

霍掌柜：那就蒸上三个吧！

蓝玉：人三鬼四，哪有供三个的，蒸上四个吧！

三十六、秉公居，夜，内

〔霍掌柜面对蒸好的枣山，左看右看，然后，拿着小刀，从枣山的下面，掏了一块下来，小心翼翼地把三盒针剂全部放了进去。然后，又拿胶水把刚才掏下的那块面团粘上。霍掌柜拿起枣山，左看右看，也没看出破绽来。最后，他又按图索骥地拿起小刀开始给另一个枣山掏洞。

三十七、秉公居门外，日，外

〔霍掌柜坐着马车，停在秉公居门外，马车上带着枣山，还有其他字号为死者送的金银斗等烧的纸札，整整一车。霍掌柜坐上马车，蓝玉和众小伙计站在马车旁送行。霍掌柜向众人抱拳，然后，上了马车。众人挥手告别。（主观视角）蓝玉看着马车走远，直至消失在视线外，她才怅然若失地放下手臂。

三十八、碛口码头，日，外

〔码头上人头攒动，车夫把车远远地停下。霍掌柜跳下马车。

车夫：霍掌柜，着急也没用，听说这两天，不仅缉私队的在查，就是碛口警察分局也来查，你看，贺其瑞亲自带人来了。真是：新官上任三把火。

〔霍掌柜点头，不语。

霍掌柜：师傅，排队上船的人那么多，我们不能在这等，你把东西拉过去，我们也排队去。

三十九、渡船前，日，外

渡船前，霍掌柜站在等候上船的一队人的后面，不动声色地等着上船。贺其瑞站在最前面，挨个搜查每个上船人的货物。

有一个农民打扮的人，裤子上系了根红丝线。

贺其瑞：（大喊着）赤匪嫌疑，抓起来，带回警局。

农民打扮的人：（挥着手，大叫）长官，不能抓我，冤枉啊，我上有老，下有小，不能抓我啊！

〔贺其瑞上去就给了那个人一个耳光。

贺其瑞：号丧呢，就抓你了，谁的裤子上都不系红丝线，偏你系的，我看这就是你们的联络信号。

〔霍掌柜在后面平静地看着这一幕。手却不由得握成了拳头。

（特写）马车上的四个枣山。前面摆的两个装着药，后面的没有。

〔队伍缓慢地往前走着，快轮到霍掌柜时。贺其瑞故意昂首走过来。

贺其瑞：霍掌柜，真是冤家路窄，你也想不到吧！又碰到我手里了。

霍掌柜：天有不测风云，人有祸福旦夕。贺大人，你看我这是回去奔丧，都是些祭品，你尽管查。

贺其瑞：什么品，我也一样查。

〔正在这时，一个小警察跑过来。

小警察：（立正）报告贺局长，河里打捞出一具装在提包里的碎尸。

〔贺局长眉头皱了起来。他看了一眼霍掌柜，又过去翻了翻那些金银斗等烧的纸札，转身跟着小警察走了。

（第十六集完）

197

第十七集

一、黄河上，日，外

（闪镜）霍掌柜坐的渡船，扬帆起航，驶向对岸。渡船在滔滔黄河上，乘风破浪，渐行渐远。

（叠化）安然放置在祭品中的两个藏药枣山。霍掌柜松开握紧的拳头，低头看了一眼，（特写）满手的细密汗珠，他双手交叉搓了搓，又放在嘴上哈气，同时深深地长出了口气。

二、黄河岸边，日，外

〔贺其瑞来到放碎尸的现场。（主观视角）一个土布做成的大手提包，赫然闯入他的视线。（特写）他像被人捅了一刀似的，身子摇晃了一下，跟随的小警察赶忙上前扶住他。

小警察： 贺局长，您怎么了？

贺其瑞：（强作镇定地）噢，噢，头晕，有点儿头晕，现在好了。

〔小警察用奇怪的眼神看了眼贺其瑞，放开了他。

〔俩人走到提包跟前。

小警察： 贺局长，您看，这就是那具碎尸。头没有了，但还是能看出来，这是个女人的身体。

三、贺其瑞住处，夜，内

（闪回）

贺其瑞像端详一件艺术品一样，端详着倒在地上的四太太的尸体。

〔他右手拿着刀子，用刀背在自己的左手上慢慢地比画着，脸上冷漠而镇定，过了一会儿，他蹲了下来，刀子在四太太的尸体上飞快地滑行着。

（特写）贺其瑞血淋淋的双手紧握着同样血淋淋的刀子。贺其瑞把沾满血迹的双手，放入脸盆中。贺其瑞脚底下，放着现场出现装碎尸的土布大提包。（叠化）提包，四太太笑着扑向他，提包，四太太笑着扑向他，提包，

（闪回完）

四、黄河岸边，日，外

小警察报告完毕后，等着贺其瑞指示。

贺其瑞像没听见一样，半晌不说话。

小警察： 贺局长，我说的是不是太多了？

贺其瑞： 是，噢，你说嘛来着？

小警察： 我和您报告碎尸案。

贺其瑞：（恍然大悟地）严查，一定严查！

五、警察分局局长办公室，日，内

验尸官： 报告局长，女尸身份已经确认，是常住碛口商会会长李蓝玉的四姨娘，碛口的人都叫她四太太。

贺其瑞： 死者家属辨认过尸体了？会不会搞错？

验尸官： 不会。死者后背有块胎记，死者亲属已经看过，确认是她。况且，死者手腕上还戴着一个打着她名字的银手镯。

贺其瑞：什么，那个银手镯里还打着她的名字？

验尸官：是的，她的名字在手镯背面的梅花图案里镶嵌着，字很小，一般人不会注意到，表面看只是一枝梅花。

贺其瑞：你是怎么发现的？

验尸官：说来惭愧，我一开始也没发现，是死者家属辨认遗物时，告诉我的。

贺其瑞：是李蓝玉？

验尸官：对，是李蓝玉，她还说，这是她爹活着时，给四太太过生日，专门在碛口的银铺里打的。

贺其瑞：到银铺调查过吗？

验尸官：听申警长说，他去过银铺了，银铺的金掌柜看了也说这个银镯子确实是他们铺子打的。

〔贺其瑞半晌不说话，沉思着。正在这时，申警长敲门进来。

验尸官：（看了眼申警长）贺局长，大体情况就是这样，我汇报完了，其他细节，您可以找申警长核实。

贺其瑞：（挥手）好，你先下去吧！

申警长：贺局长，见过笨的，没见过这么笨的，你说有名字的银镯子，这么重要的证据凶手都没有销毁。

贺其瑞：（抬头看着申警长，不由自主地）我以为是个无头案。

申警长：贺局长，您的运气好，一上任就抓住草上飞，十里八乡的人都拍手称快。现在，这个无头的尸体上还刻着名字，您说，您不是官运亨通。

贺其瑞：从这点看，凶手不是图财，只为害命。

申警长：这种大户人家，妻妾成群，钩心斗角，李蓝玉还报案，说不定人就是她杀的。她现在又是会长，才看不上一个破银手镯呢。

贺局长：分析得好！

六、贺其瑞住处，夜，内

〔贺其瑞抽着香烟，眉头紧皱。

牛二：大哥，你是不是在为四太太难过？也是啊，我都看出来了，四太太对你，那是真心不赖。

〔贺其瑞不语。把手中抽完的一支烟用力拧灭。牛二赶紧上前，又给贺其瑞点了根烟。

牛二：大哥，你说这四太太会不会是住在李蓝玉家时间长了，又吃又喝的，赖着不走，李蓝玉把她……

贺其瑞：最毒不过妇人心！李蓝玉？

牛二：大哥，以前我不敢说，我就看不上李蓝玉，女人家又识字，又开店铺，屁股都快翘到天上了。你对她那么好，她正眼都不瞧你，还害你。

贺其瑞：（阴险地）一报还一报，以后，就该大哥我害她了。

七、蓝玉住处，日，内

〔蓝玉正在书房写字，王妈在院子的枣树下站着摘枣，申警长带着一群警察闯进。

申警长：（向王妈）李蓝玉在哪间窑内？

王妈：（着急地）你们找她干啥？（手中的枣全部落在地上，申警长踩着地上的枣走到王妈跟前，托起她下巴）

申警长：哪来那么多废话，快说，李蓝玉在哪间窑内？

王妈：（坚决地）她不在，有事，我去。

申警长：（打了王妈两个耳光）死老婆子，嘴还挺硬。（向众警察）不要理她，给我一间窑一间窑地搜！

〔李蓝玉自书房走出。

蓝玉：不要欺负老人，你们家里也有老人。

〔众警察的目光一齐射向蓝玉，他们上下打量着蓝玉。

蓝玉：不用看了，我就是李蓝玉。

申警长：果然有胆。带走。

两个警察上来，掏出细麻绳把李蓝玉捆上。

王妈：（不顾一切地冲上来抱住蓝玉）不要把她抓走，要抓，抓我。

蓝玉：（安慰地）王妈，带好淑媛，好好在家等我。

〔王妈仍不松手，警察甲冲上来，一把拖开王妈。蓝玉被众警察带出家门。王妈在后边紧紧地追着跑。

八、刑讯房，日，内

〔蓝玉被吊起来，毒打。脸上，道道血红的印迹，衣衫被撕裂开，身上也沾染了一道道血印。

警察甲：（高举着鞭子）说，是不是你把你四姨娘害死的？

〔蓝玉被打得说不出话来，只是摇头。

警察甲：你他妈的真是煮熟的鸭子，身子烂了，嘴还硬。

〔警察甲又举起皮鞭，狠狠地打在蓝玉身上。一声声皮鞭抽打的声音，清晰地从刑讯房传出。

九、局长办公室，日，内

〔贺其瑞背着手，在地上走来走去。

申警长：贺局长，那个李蓝玉就是不招啊！能上的刑都上了，可骨头死硬。

贺其瑞：女人硬起来比男人硬的多。刑具对她们不管用，上帝让她们能生孩子，就等于让她们什么酷刑都能忍得了。

申警长听了贺局长生孩子与受刑类比的理论，在一旁偷笑。

贺其瑞：你笑什么？我说得不对吗？

申警长：（立正）局长高见，比得极妙。

〔贺其瑞仍在地上走来走去。申警长趋步向前，走到贺其瑞身边。

申警长：贺局长，李蓝玉打死不招，是不是咱们真的冤枉了好人？

贺其瑞：（正色地）糊涂！哪有一打就招。这可是我贺某继草上飞案件之后，断的第二个大案，嘛样会抓错？

申警长：是，是，是，卑职失言，卑职失言。

贺其瑞：提包里包碎尸的包布，和她秉公居装棉花的包布一模一样，她能赖得了吗？

申警长：贺局长，那不行，我们再去打，麻绳沾水，狠狠地抽。

贺其瑞：她不开口，就能逃得过去吗？一个大活人住在她家里，失踪那么长时间，才来报案，其中必定有鬼。

申警长：也是，要是正常的话，家里有人没回来，等不到第二天天明，就急死了。

贺其瑞：所以，我们绝对没有误抓她。况且，四太太的那个丫鬟就是人证。李蓝玉和四太太那几天，确实有过频繁的交往。

申警长：对，据那个丫鬟说，四太太出事前，她们俩人老在一起，好像谈什么事，谈不拢。

〔贺其瑞站起来，赞许地拍了一下申警长的肩膀。

贺其瑞：这样分析就对了，不能跟着疑犯的表现走，所有的表象都有可能是伪装。

申警长：贺局长，我就不信她不招，我用钢针再扎她的伤口去，她的铁嘴能比我的钢针硬。

贺其瑞：也不能老来硬的，你先把她先押回牢房，我去劝劝她。

十、牢房，日，内

〔李蓝玉戴着手铐，站在牢房的窗前。贺其瑞命狱卒打开牢房门。李蓝玉看见他进来，把头扭向一边，不看他。

贺其瑞：蓝玉小姐，真是想不到啊！啧，啧，一个好好的女人，细皮嫩肉的，能被打成这样。

蓝玉：（气愤地）不要装了，你到底想说什么？

贺其瑞：说什么？说你敬酒不吃，吃罚酒。

蓝玉：你的酒壶里能装好酒？都是毒酒。

贺其瑞：开始我是真心的。我来了碛口，第一次见你，就惊为天人，明的暗的追你，可你不领情啊!

蓝玉: 明明知道我是有夫之妇,你不要脸,我还要。

贺其瑞: 要脸?嘛样要脸?我现在可没追你吧,怎么?我刚到了警察分局,你倒自个儿追过来了。

蓝玉: 你一计不成又生一计,你身为警局局长,公报私仇,加害于我。

贺其瑞: 李蓝玉,你要是早从了我,吃香的,喝辣的,我爱你还爱不过来,能害你吗?

蓝玉: 你会真正的爱一个女人吗?我四姨娘倒是不顾一切地追你,结果呢,她不明不白地死了。

贺其瑞: 就因为四太太追我,你吃醋了,所以,你就杀了她,我说得不错吧,李蓝玉。

蓝玉: 白的变不成黑的,黑的也变不成白的,我要告你。

贺其瑞: 好啊,你是铁了心和我过不去了,我的忍耐度也是有限的,这次,我就让你死在大牢里。

蓝玉: 我不是我四姨娘,见了你,就没骨头了,任你捏搓,你捏成个圆的,就是圆的,捏成个扁的,就是扁的。你休想!

贺其瑞: 好,有个性,我就喜欢有个性的女人。不过,李蓝玉啊,李蓝玉,你的个性,只能让你抱着花岗岩脑袋去见上帝。

蓝玉: 姓贺的,我就是死了,也要变成厉鬼,让阎王爷来惩罚你,给我爹和所有你害过的人报仇。

贺其瑞: 我让你报不成!

〔贺其瑞骂完,生气地跳起来,转身走了。

贺其瑞:(边走边喊)给我带到刑讯房,往死里打!

十一、蓝玉住处,日,内

〔王妈看见霍掌柜,眼泪不由得流了下来。霍掌柜上前,双手拉住王妈的一只手,紧紧地握着。

霍掌柜:(深沉地)王妈,我刚下渡船就听说了。

王妈: 你说这不是要把蓝玉往死路上送吗?

霍掌柜: 没那么简单,刚才,我去了趟商会,好些会董都在私下商议,要联名保蓝玉。

王妈: 霍掌柜,我不识字,也不知道找谁,就盼着你回来了。

霍掌柜: 我就怕你着急,过来看看你,蓝玉给我带走的钱,没花完,我给你留下,你们先花着。

王妈: 你看,光想着救蓝玉,忘记问你,你老家那边安顿好了?

〔霍掌柜摆手,没有说话。给王妈放下钱,告辞出门。

十二、秉公居,日,内

〔万益成胡掌柜和霍掌柜在账房密谈。

胡掌柜:(小声地)霍掌柜,牢里那边都说好了,明天夜里,你就能去见蓝玉。

霍掌柜: 胡掌柜,怕不怕贺其瑞看见?不要连累了您找的人。

胡掌柜: 不怕,贺其瑞才来,我找的这个人是老警局的,底下的人暗地里全听他的。

霍掌柜: 胡掌柜,我还想见见那个验尸官,您看能不能再疏通一下?

胡掌柜: 行,我再去想办法。

霍掌柜: 真是太感谢您了。

胡掌柜: 霍掌柜,人活就活个情谊,我们万益成那次着火,要不是蓝玉出手相助,恐怕到现在也翻不了身,蓝玉的恩情,别人不记得,我是一世也忘不了。

十三、牢房,夜,内

〔狱卒领着霍掌柜走进牢房。霍掌柜和蓝玉一个在外,一个在内,隔着门上的小窗口,两人四目相对,久久没有开口。

狱卒: 霍掌柜,此处不宜久留,有什么话要说,快说。

霍掌柜: 蓝玉,商会的人联名写了保你的信。

蓝玉: 你代我谢谢大家,告诉他们,我能顶住。

霍掌柜: 我去看了王妈和孩子了,她们都挺好,你放心。

蓝玉: 霍掌柜,秉公居就交给你了。

霍掌柜：蓝玉，不要说这种话，秉公居的伙计们也都盼着你早日出来。

蓝玉：贺其瑞不会放我出去的。

霍掌柜：我们都在想办法，这次能见上你，就是万益成胡掌柜托的人。

　　狱卒过来拉霍掌柜，示意他快走。霍掌柜把手伸进去，蓝玉也伸出手，俩人的手第一次握在一起。

蓝玉：霍掌柜，我们俩人还是第一次握手，也许这也是今生今世最后一次握手。

霍掌柜：蓝玉，不要这样说，活下来，我等着你！

　　〔狱卒再次走过来示意霍掌柜快走。霍掌柜放开蓝玉的手，霍掌柜用坚定的目光，看了眼蓝玉，蓝玉点头，霍掌柜快步离开。

十四、秉公居，日，内

　　〔胡掌柜带着一位四十岁左右的中年男子进。中年男子穿着商人打扮的衣服，头戴一个宽大的礼帽。帽边压得很低，几乎遮住了多半个脸。

胡掌柜：（意味深长地看了一眼霍掌柜）霍掌柜，我的这位客人有批货想出手，我们万益成没有那么大的胃口，吃不了，看你能不能帮着消化一些？

霍掌柜：（心领神会地）好啊，到后边账房谈。

十五、秉公居账房，日，内

胡掌柜：霍掌柜，这是碛口分局的王警官，专门负责验尸的。

霍掌柜：（抱拳）王警官，多谢您赏脸。

王警官：胡掌柜的朋友就是我的朋友，有用得着我出力的地方，尽管说。李蓝玉的案子，明显证据不足，全警局的人都觉得是桩冤案。

霍掌柜：谢谢您能这么说，王警官，找您就是想从尸检上下手，排除李蓝玉杀人的可能。

王警官：这很难，尸体是我验的，身上没伤，人是被掐窒息或者头部受了重击后死亡的，可脖子以上包括头部全没找见。

霍掌柜：王警官，您分析的有理，一旦找见四太太的全尸，万望您能从尸检这块，帮上李蓝玉，说她杀四太太，实在是冤枉。

王警官：那是一定，不过，你们也可以花钱雇人在黄河里再打捞打捞，找见头，就能找见对李蓝玉有利的证据。

十六、碛口街上，日，外

　　〔李老艄背着手在碛口街上转悠，霍掌柜迎上去。

霍掌柜：（施礼）李老伯，想求您老个事。

李老艄：说，咱们老熟人了，只要能办到。

霍掌柜：想求您帮忙打捞四太太的头。

李老艄：（点头）也是，找见找不见得找，年轻轻的，怎么也得落个全尸吧！

霍掌柜：不光为这，还为救我们东家。

李老艄：你是说蓝玉，她怎么了？

霍掌柜：李老伯，您还不知道吧，就因为四太太的死，把我们东家抓进牢里，硬说人是她杀的。

李老艄：昨儿后半夜我的船才在碛口码头靠了岸，还不知道蓝玉遭了如此大难。

霍掌柜：李老伯，您是大把式，劳动您老人家在河里帮着再找找，也好早日洗清蓝玉的冤屈。

李老艄：你放心，为了蓝玉，我连明天都不等，今儿后晌就去。

十七、秉公居，日，内

李老艄：霍掌柜，应人事小，误人事大。我都打捞两天了，一点眉目也没有。

霍掌柜：李老伯，我也想，找了半天也没找见。会不会只把身子扔进黄河，头没扔，在山上另找地方埋了。

李老伯： 对啊，要是全扔黄河，他就不会把头和身子分开。你这个想法对，不能在一条河里找到黑。

霍掌柜： 那也不能把碛口附近的山全翻一遍吧！

李老伯： 就是，咱们平时放个东西，还一人放了，十人找。况且，人家这是有意藏起来，哪能让你一下子找见。

〔李老梢长叹了口气，抽起旱烟袋。

霍掌柜： 李老伯，就是没找见，我也代蓝玉先谢谢您。

李老梢： 霍掌柜，你也不用着急。说不定，咱不找它，它自个倒跑出来了。千找不如一遇，我让河上的船家都操点儿心。一找见，就来告诉你。

十八、碛口分局局长室，日，内

〔贺其瑞正坐在桌前抽烟，边翻看着手里的文件。申警长一脸兴奋地跑进。

警察甲： 贺局长，好消息，那个碎尸案的头找见了。

贺其瑞： （着急地站起，一脸惊慌）什么，头找见了，在哪？

申警长： 贺局长，你是问在哪找见的，还是问被害者的头在哪？

贺其瑞： 问头在哪？

申警长： 王尸检官已经在验呢。

贺其瑞： 噢，已经在验呢。

〔贺其瑞无奈地重又坐下。

申警长： 对，一会儿我就让他把报告送来。

〔正在这时，门口有人喊报告。

贺其瑞： （无力地）进来。

王尸检官： 局长，警长，你们正好都在，这是尸检报告。

〔贺其瑞接过王尸检官手中的报告，迫不及待地看着。

贺其瑞： （心虚地）你那么肯定被害人是被掐窒息而死？

王尸检官： （坚决地）我敢肯定。而且，根据脖子上勒痕的指纹和深度，我还敢断定，凶手肯定是男性。

申警长： 这么说，那个牢里关的李蓝玉，我们真是冤枉她了。

十九、秉公居账房，夜，内

〔霍掌柜和王尸检官面对面地站在门口，霍掌柜紧紧握着王尸检官的手。

霍掌柜： 王警官，谢谢你，为蓝玉洗刷了冤屈。

王尸检官： 不用客气，我也是秉公办事，就算没有胡掌柜的引见，这个尸检结果，我也只能这么出。

霍掌柜： 那也谢谢你，能办良心案，说良心话。

王尸检官： 不用谢我，铁证如山，四太太确实不是李蓝玉所杀。

二十、碛口警察分局局长室，日，内

申警长： 贺局长，这个碎尸案已经确定凶手为男性，李蓝玉是不是该放了，商会今天又派代表来，要求放人，被我拦回去了。

贺其瑞： 你没有安顿王尸检官让他不要向外界透露真相吗？

申警长： 贺局长，你来的时间短，不了解这个王尸检官，认死理，一根筋。

贺其瑞： 你就不能去做做工作，让他改口。

申警长： 让王尸检官改口，除非黄河水倒流。

贺其瑞： 事在人为，不要说的那么绝对，你把他叫来。

〔申警长退出，过了一会儿，王尸检官进。

王尸检官： 贺局长，您找我？

贺其瑞： 王警官，听说你来警局时间也不短了，怎么一直没进步，依我看，至少也该升个警长了吧！

王尸检官：（警觉地）贺局长，您找我不是说提拔的事吧？

贺其瑞：有机会，有机会。我是想问你关于碎尸案，你如果确定凶手是男性，那我们警局下一步的工作就会很被动，你看？

〔贺其瑞拖着长腔不再往下说，眼神复杂地看着王尸检官。

王尸检官：（固执地）贺局长，我这个活儿，打交道的多是死人，死人不会说话，但能听见，我若胡说，神灵也不会放过我。

贺其瑞：（叹了口气）好，嘛样好，我们警局就需要你这样正直的警官。

二十一、贺其瑞住所，夜，内

〔贺其瑞躺在床上，手里玩着一个红木手把件，人却在不住地叹气。

牛二：大哥，碛口街上这两天吵翻了，再不放出李蓝玉，他们真的又像上次一样闹腾起来，麻烦就大了。

贺其瑞：放也得找个替死鬼才能放啊！

牛二：大哥，现成的替死鬼，不就在牢里。

贺其瑞：谁？

牛二：草上飞啊！反正他身上已经背了几条人命，不背也是个死，再背一条还是个死。

贺其瑞：（沉思地）这倒是个没办法的办法。

牛二：（得意地）大哥，你想，草上飞是十里八乡都痛恨的采花大盗，他杀人通通是先奸后杀，说他杀四太太，没人不信。（停顿一会儿）四太人又长得俊，又年轻又风骚，死在采花大盗手里，合情合理。

贺其瑞：这都不重要，重要的是草上飞是个男的。

牛二：大哥，什么男的，女的？草上飞当然是男的。

贺其瑞：牛二，你不懂，我累了，你回去睡吧！

二十二、碛口警察分局局长室，日，内

（闪镜）贺其瑞和申警长耳语，申警长点头。

二十三、牢房，日，内

一个方头大耳，面皮黑如炭的中年男人，蜷缩在牢房的一角。

申警长：（走过去，用脚踢他）草上飞，就你这德性，我看也就能鸡鸣狗盗地寻女人开开心。进了牢里，你他妈连站的勇气也没有了。

草上飞：（爬在地上）是，长官，我有罪，我知罪，我该死。

申警长：知罪就好。

〔申警长拿出一张纸，让草上飞画押，按手印。

草上飞：长官，不是前几天就按过了吗？

申警长：哪来那么多废话，你前几天还吃过饭呢，今天就不吃了？

草上飞：我不识字，这上面写的什么？

申警长：（蹲下）你还有脸问？写着你干的风流好事。你糟蹋了那么多女人，害了多少人家，死之前，可得让你把手印摁个遍。

（特写）草上飞画押，按手印。

二十四、碛口警察分局局长室，日，内

贺其瑞：办好了。

申警长：办好了，多亏草上飞不识字。要不，杀四太太的罪名，可没这么容易就安在了他头上。

贺其瑞：（坚决地）申警长，话不能这么说，四太太就是草上飞杀的嘛，正因为他不识字，所以

才把写有四太太名字的银手镯留在了尸体上。

申警长：对，对，对，贺局长，在外人面前，我会照着结案报告说的。

　　贺其瑞点头。

申警长：贺局长，那就把李蓝玉放出去？

贺其瑞：（无奈地）放了吧。这种挑头闹事的主，受点皮肉之苦也不冤枉。

二十五、牢房，日，内

　　〔申警长走进牢房，手里拿着一张纸，递给李蓝玉。

申警长：李蓝玉，无罪释放，画押。

　　〔李蓝玉沉默地拿起笔，签上自己名字。申警长看着蓝玉签字。

申警长：原来李会长是会写字的，奇女子。

二十六、蓝玉住处书房，日，内

　　〔蓝玉和霍掌柜相对而坐，霍掌柜看着蓝玉脸上身上的伤痕，心有不忍。

霍掌柜：（真诚地）蓝玉，你想吃什么，我去给你买，好好补补身子。

蓝玉：（感慨地）不用。就和做梦一样，真不敢想我们还能这样，面对面地坐在一起。

霍掌柜：蓝玉，不要伤感，猫还有九条命，你我都要好好地活下去，我们还年轻，还有那么多事要做。

蓝玉：这次多亏了你，没有你和碛口那么多人想办法，我说不定早屈死在牢里。

霍掌柜：好人有好报，你这次落难，让我看到，碛口商家是多么真心地待你。

蓝玉：（点头）碛口众商家的情谊，我都装在心里。我只可怜我四姨娘就这么不明不白地死了。

霍掌柜：我直觉四太太的死和贺其瑞有关，可苦于没有证据。

蓝玉：我也不相信我四姨娘是被草上飞杀的，贺其瑞不过是找他当了个替死鬼罢了。

霍掌柜：以现在的情形看，是贺其瑞急于结案。真正的凶手，我们虽然不敢断定就是贺其瑞，但敢断定，这个人，现在还逍遥法外。

　　〔蓝玉突然咳嗽的厉害，用手捂住胸口。霍掌柜想上前帮着拍背，伸了几次手，又缩回来。

霍掌柜：蓝玉，我给你喊王妈去。

　　〔霍掌柜说着就往出跑。

二十七、蓝玉住处窑内，日，内

　　〔霍掌柜手里提着两只老母鸡急匆匆地进。一走进院子，就喊王妈。

霍掌柜：王妈，王妈。

　　〔王妈从蓝玉窑内走出，接过霍掌柜手中的两只老母鸡。

王妈：哎，我的神神，这么肥的两只老母鸡。

霍掌柜：王妈，熬个鸡汤让蓝玉补补身子。

王妈：可不是了，身子受大制了，就得大补才行。

　　〔霍掌柜转身要走。

王妈：你也留下喝点汤，这么多，蓝玉一个人吃不了。

霍掌柜：不用，留着让她慢慢喝。

二十八、蓝玉窑内，夜，内

　　〔蓝玉脱衣服，脸上痛苦的表情。王妈看着蓝玉身上的伤，心疼地流泪。

王妈：蓝玉，听说刑讯房里除了吊起来打，还用钢针刺伤口，你这伤口，也像是用钢针刺过的？

蓝玉：王妈，都出来了，就不说它了。再大的罪，我不也挺过来了。

　　〔蓝玉说着又咳嗽起来，王妈赶紧上前为蓝玉拍背。

王妈：明天，我再给你烧几个秋梨吃。

蓝玉：王妈，明天再说，你也早点睡吧，我不在的这些日子，你肯定也睡不好。

〔王妈吹灭灯。

二十九、蓝玉住处，夜，外

（闪镜）夜色笼罩下的蓝玉住处分外安静。

三十、秉公居账房，夜，内

（特写）霍掌柜把小手枪装在内衣里，把一个小纸条塞在灯笼的下方。

三十一、秉公居大门，夜，外

〔霍掌柜提着灯笼，神情镇定地走在大门口，看门人见是霍掌柜，赶紧跑上前，帮着开门。

看门人：霍掌柜，这么晚了，还要去澡堂？

霍掌柜：（笑着）洗完就回来，麻烦你留着门。

看门人：那还用说，我的本分之事，你就放心去吧！

〔霍掌柜提着灯笼走了没几步，从另一家字号里也走出个提灯笼的掌柜。

另一掌柜：霍掌柜，老毛病又犯了？

霍掌柜：（笑笑）是啊，宋掌柜，你这是去哪，也去澡堂？

宋掌柜：不去，不去。那地方没意思，我又没皮肤病。

〔宋掌柜意味深长地看了眼霍掌柜，凑到他耳边。

宋掌柜：（小声地）我去妓院。

霍掌柜：那咱们去的可不是一个地方。

宋掌柜：不是一个地方，可是一条街啊！走吧，我去的那家妓院路过你要去的澡堂。

霍掌柜：（笑）这不等于你送我去澡堂吗？

宋掌柜：那可不是，跟我走，你不吃亏。

〔霍掌柜和宋掌柜笑着提着各自的灯笼同行。

三十二、碛口警察分局局长室，夜，内

申警长：贺局长，突然紧急集合？抓谁去？

贺其瑞：刚接到太原府密电，碛口澡堂刘老板是共党，今夜有个代号"湫水河"的人要去澡堂给他传递情报。

申警长：（吃惊地）看不出来啊！那个澡堂刘老板老实巴交的，居然是共党。

贺其瑞：蔫萝卜辣心。共党脸上没刻着字，越不像的越危险。

申警长：贺局长说得对。现在就去抓人？

贺其瑞：（摆手）等等，不要早去，早去了打草惊蛇。你先去安顿你的人全换了便衣，不要走漏了风声。

申警长：是。

贺局长：你去准备吧，再过半个时辰，你就带着你的人去澡堂。记住，多带些人，抓活的。

三十三、碛口警察分局，夜，外

（闪镜）警察分局里紧张的脚步声。十几名身着便衣的警察，匆匆忙忙地提着枪跑到院里集合。

三十四、澡堂外，夜，外

〔申警长带着十几名便衣警察在澡堂四周埋伏下来。一个小伙计提着脏水桶，从澡堂走出。他走到外面一片草丛边，看也不看，提起来，倒转水桶，就把水桶里的脏水向草丛里泼去。一桶

脏水全浇在了那个警察的头上、脸上、身上。躲在暗处的其他便衣警察，看到这一幕，忍不住捂着嘴笑。那个被浇脏水的警察下意识地抖了抖身上的水，草跟着动，并发出了声响。小伙计看见草丛里有动静，又听见抖水的声音，吓得扔下水桶，就往回跑。

小伙计：（害怕地）刘掌柜，吓死我啦，草里有鬼。

刘掌柜：（笑）哪有鬼，不要自己吓自己。

小伙计：（固执地）刘掌柜，听声音，我倒的脏水好像没有倒在地上，浇在了什么东西上，倒过之后，草真的晃动着，我看得真真切切。

刘掌柜：（笑着）你的脏水桶呢？

小伙计：我怕得扔下了。

刘掌柜：瞧你这胆儿！

小伙计：（央求地）刘掌柜，我不敢出去拿了。现在，碛口不太平，又是碎尸案，又是草上飞，况且，草上飞刚被斩首，他的鬼魂肯定会出来捣乱。

〔刘掌柜拍了拍小伙计的肩。

刘掌柜：（安慰地）别说了，我去拿。

〔刘掌柜走了出来，警觉地向四周看了看。（主观视角）看见暗中有人影晃动。

刘掌柜：（故意大声地自言自语）可怜还不到十五岁的候人（小孩），家里就送来当伙计，天黑了就做不成个事，把个水桶也不知扔到了哪里。

〔刘掌柜假装找水桶，把四周观察了个遍。然后，提着水桶镇定地转身又进了澡堂。看见刘掌柜又走进澡堂，暗处藏的申警长把握在手中的枪又装了回去。刘掌柜镇定地拿出一摞澡票，一张一张地数着，眼角的余光却不时地瞟向门外。

（主观视角）霍掌柜和宋掌柜大澡堂门口分手，霍掌柜提着灯笼走进。刘掌柜给霍掌柜使了个眼色，然后，刘掌柜抬脚就往外跑，跑到霍掌柜身边时，他抢过霍掌柜的灯笼。继续跑，刚跑出去，又抢了刚才和霍掌柜一起相跟的宋掌柜的灯笼。

刘掌柜：借你们的灯笼，给我照个亮！

〔刘掌柜一手提着一个灯笼，在前面跑，后面是提枪追的警察。

〔跑了两步，申警长突然站住。申警长回头对自己的人。

申警长：（大声喊着）一半人跟我去追，另一半人留在澡堂，把澡堂的大门关了，只许进，不许出。

三十五、黄河边，夜，外

〔刘掌柜跑到黄河边时，突然站住，追他的警察也站住。大约相距十来米，刘掌柜和众警察对峙着。

申警长：刘掌柜，你跑不了了。

刘掌柜：（大笑）我不跑了，有两个灯笼照着，我要去见龙王爷了。

〔话音未落，刘掌柜纵身一跃，提着灯笼就跳进了黄河里。

申警长和一群警察反应过来，连忙跑到黄河边，看着水底冒出的泡，不知所措。

警察甲：申警长，开枪吧！再不开枪，人就游到共党那边去了。

〔果然，刘掌柜在不远处的水面上，换了口气，又潜了下去。

〔申警长拔出手枪，对着刚才刘掌柜换气的地方，连开三枪。

〔河面上一道道血水慢慢地泅开。

三十六、澡堂，夜，内

〔申警长带着一伙人又返来澡堂。

警察甲：申警长，都搜遍了，没有发现可疑人员。

申警长：再给我搜，每个人的衣服都要仔仔细细地再搜一遍。出来一个，搜一个，一个也不能漏掉。

〔霍掌柜用毛巾擦着湿头发，镇定地走出来。申警长上前亲自搜了他全身。什么也没搜到，申警长头一弯，手一摆，做了个走的手势，霍掌柜镇定自若地步出澡堂。

三十七、秉公居霍掌柜住处，夜，内

〔霍掌柜关上门，把窗子上遮上厚厚的窗帘。拿出一堆文件，看看，点着烧掉。然后，又拿出一个布包，用油布包好，动作麻利地挪开床，搬开床下的几块砖，露出一个放铁皮箱子的地洞，他把那个用油布包好的布包，放进箱子里。然后，又把那几块砖放好。

三十八、碛口警察分局局长室，日，内

贺其瑞：刘掌柜跳黄河了？
申警长：是，他跳到黄河里，我才开的枪。
贺其瑞：我不是一再叮嘱你要抓活的吗？
申警长：可是，如果不开枪，我们连死的也搞不到手，看他的水性，游到对岸共党那里，没问题。
贺其瑞：那和他接头的人呢？
申警长：没抓到？
贺其瑞：为什么？
申警长：因为目标就根本没出现。
贺其瑞：我怎么听说他死的时候，抢了霍掌柜的灯笼？
申警长：他不仅抢了霍掌柜的灯笼，还抢了粮店宋掌柜的灯笼。
贺其瑞：这什么意思？
申警长：大人有所不知，这是我们碛口的乡俗，人死后要有个东西照亮。在碛口亲人死后，有个专门的仪式，就叫点路灯。
贺其瑞：听你这么说，刘掌柜跑的时候，就想到去死了。
申警长：我想是的。
贺其瑞：那你的意思，刘掌柜抢霍掌柜的灯笼纯属巧合？
申警长：我返回去，就挨个把澡堂里的人都查了，霍掌柜还是我亲自查的。贺局长，我一点儿也不夸张，霍掌柜身上挂的每一根线我都看了，一点破绽也没有。
贺其瑞：（怀疑地）真的没有？
申警长：贺局长，我知道您和霍掌柜为李蓝玉有点儿那个，我也早就想着替您收拾他，可是，这次不行，咱没证据。
贺其瑞：申警长，嘛样想贺某？我身为党国官员，怎么会为一己私欲，公报私仇呢？
申警长：对，对，对，贺局长清正廉明，清正廉明。
贺其瑞：可惜，刘掌柜一死，那个代号"湫水河"的共党就漏网了，他和刘掌柜是单线联系。
申警长：贺局长，我们可以说太原府送来的情报有误，或者说他们把情报泄漏了，那个共党就没来和刘掌柜接头，而我们却成功地端了澡堂这个共党窝点。
贺其瑞：也只能找这样的说辞了，但愿"湫水河"真的没来。

三十九、秉公居霍掌柜住处，日，内

霍掌柜心情沉重地坐在桌前，呆望着桌上写有秉公居字样的灯笼。
〔蓝玉推门走进。霍掌柜抬了下头，示意蓝玉坐下。蓝玉没坐，沉默地走到霍掌柜身旁。蓝玉没有说话，对着灯笼鞠了三个躬。
蓝玉：有没有刘掌柜的照片？晚上，我们给他烧个纸钱。
霍掌柜：没有，不要说照片，连他的真实姓名，我都不知道。
蓝玉：你们有纪律。
霍掌柜：不是我们，是他们。
蓝玉：（苦笑）霍掌柜，你说与不说，我都不怪你。
霍掌柜：（王顾左右而言他）蓝玉，对不起，刘掌柜走了，我心里难受。
蓝玉：刘掌柜这一死，我怕死的死，散的散。
霍掌柜：蓝玉。
蓝玉：你不要说，听我说完。我不管你是谁，我只问你，出了这样的事，你会离开碛口吗？

霍掌柜：你说呢？

蓝玉：（鼓足勇气地）霍掌柜，不是我没羞没臊，经历过这么多，我觉得，有些话，不说，也许，就永远没机会说了。

霍掌柜：蓝玉，我也有一肚子的话要和你说，只是……

蓝玉：你不能说，我说，我不想让你走。

〔蓝玉用恳求的眼神，凝视着霍掌柜。

〔霍掌柜伸手握住蓝玉的手。

霍掌柜：（很认真地）蓝玉，你在牢里，我们第一次握手时，我就想，这是我们一辈子牵手的开始。

蓝玉：可是，你没有说，你从来都把话藏在心里。

霍掌柜：蓝玉，原谅我，我问你，如果有一天，我不得不走，你能跟着我一起走吗？

蓝玉：（意味深长地）看你，也看命。

四十、秉公居霍掌柜住处，夜，内

霍掌柜：田书记，现在碛口形势这么紧，你来太危险了。

舅舅：我们不能让刘掌柜的血白流，这次不仅碛口澡堂一个联络站被敌人破坏。离石和三交也有两个联络站都已经暴露，叛徒一天不除，我们的同志，就随时都处在危险之中。

霍掌柜：看那晚的情形，刘掌柜已经察觉澡堂四周有埋伏，如果不是为了掩护我，他是有机会脱身的。

舅舅：刘掌柜是用他一个人的死，换回了你们十几个人的生。

霍掌柜：（感叹地）是啊，如果灯笼里的情报，落到敌人手里，我们要去陕西开会的同志，就怕一个也跑不掉。

舅舅：我这次来，就是紧急通知你们，鉴于目前的形势，那个会议临时取消了。你们目前最重要的任务是锄奸。

霍掌柜：我们？是我和李蓝玉吗？田书记，上级有意考验李蓝玉？

舅舅：对，这次行动，由你、李蓝玉和另外一位同志共同完成。

霍掌柜：上级真的同意李蓝玉参与我们的行动了？

舅舅：（郑重地）是的。但是，这次行动，你和她只是起掩护的作用，真正动手的是老六。

霍掌柜：老六？

舅舅：对，老六，我说的另外一位同志就是老六。他一直在暗中保护着你。

霍掌柜：难怪……

（叠化）两支飞镖，贴着两个蒙面人的耳朵飞也似的穿了过去。一个身影倒挂在树上，树叶晃动之间，人影倏忽不见。

（旁白）仗义行侠是十义镖局份内之事，何言谢字，后会有期。

舅舅：为了老六的安全，你在李蓝玉面前，仍然说老六是你们雇的镖师。

四十一、秉公居大门外，夜，外

〔舅舅和霍掌柜的手紧紧地握在一起。

霍掌柜：保重！我不能送出去了。

舅舅：记住，这次锄奸行动，组长是老六，具体事宜，他的上线已经通知了他，你要听他的安排。

霍掌柜：放心吧，我们保证完成任务。

舅舅：祝你们顺利！

（第十七集完）

第十八集

一、十义镖局后院，日，外

〔老六在一块空地上习武，霍掌柜走进，站在一边看。老六打完一套拳，停了下来。边擦汗边和霍掌柜搭腔。

老六：（大声地）霍掌柜，这么急，看来秉公居又揽下大买卖了？

霍掌柜：是啊！六当家的，想麻烦你再跟着走趟镖。

老六：那得和我们大当家的先说好。

霍掌柜：还是你到秉公居先看看货，你答应了，我们再和大当家的说。

老六：也行，我这就跟你去。

二、秉公居库房，日，内

〔霍掌柜和老六进。关门。

霍掌柜：（激动地一把握住老六的手）谢谢你，老六，这么多年暗中保护我。

老六：（沉重地）我没做什么，倒是刘掌柜，为了掩护你牺牲了。

〔霍掌柜难过地点头，半晌不语。

老六：霍掌柜，现在还不是难过的时候，我们要以血还血，用叛徒的血来祭奠刘掌柜。

霍掌柜：这次行动为什么要带李蓝玉？

老六："中国皮都交城皮货节"活动，十一月二十八，在交城举办，交城合心皮店高东家要借这个活动的人气，在十一月二十七，也就是皮货节开幕的前一天，为他爹做七十大寿。

霍掌柜：这与带不带李蓝玉有什么关系？

老六：大有关系，李蓝玉的爹为人豪爽，他在世时，可以说朋友遍天下，他和合心皮货店的高东家不仅是商业上的合作伙伴，还是结拜兄弟。

霍掌柜：你的意思是我们跟着李蓝玉，借祝寿的名义去交城？

老六：对，蓝玉现在的身份也适合去，只有蓝玉去了，我们才有可能进入高府。据我们内线传来的情报，叛徒朱文是高东家的内弟，和高东家同为交城皮货协会的会董，他已经答应去给老爷子捧场。

霍掌柜：老六，我的任务？

老六：你的任务是做通蓝玉工作，并尽快组织一批皮货，三天后，我们就动身去交城。

霍掌柜：这么巧，你来这看，这个角里堆的这几个箱子，里面都是宁夏商人让帮着出手的皮货。

老六：那太好了。现成的由头。另外，刘掌柜牺牲后，你虽然没有暴露，但贺其瑞对你的身份也是有怀疑的，你要多加小心。

三、蓝玉住处，日，内

霍掌柜：王妈，蓝玉呢，好点儿没？

王妈：去商会了，好一点儿就歇不住了。霍掌柜，你进窑里等？

霍掌柜：不用了，去了商会一时半会儿回不来，我回秉公居了。

王妈：有事？用不用我回来告诉她？

霍掌柜：没事，就是来看看她，身子复原的怎样，能跑出去，看来是没什么大碍了。

四、碛口商会会议室，日，内

〔大家围坐在一起。

蓝玉： 感谢的话，我就不说了。在牢里失去自由的时候，想的最多的就是，如果我还能活着出去，出去后，一定要为大家多多办好事。现在，我出来了，我要办的第一件事，就是修碛口的路。第二件事，就是办碛口义学。

会董甲： 李会长，修桥补路，都是济世利民之事，不能你一个人独资。你秉公居扛了大头，我们其他商号也不能等闲看着，我自愿捐白银十两。

会董乙： 就是，杨会董说得对。捐多捐少，都捐点儿。长短是个棍，多少是个情，我也捐白银五两。

蓝玉： 大家的情谊我领了，但修路的钱，我拿得出。办义学，也不用大家摊，主要是家有幼女淑媛要请先生教，一个也是教，一群也是教。索性办个义学堂，让念不起书的贫困人家小孩都来免费念。

会董甲： 义学堂的事，就算了，你出。但修路的钱，我们是一定要出的。

蓝玉： 如果大家都有这个心，可以考虑把捐的钱，用来修葺黑龙庙。

会董乙： 这个提议好，黑庙龙是我们碛口的保护神，特别是它的乐楼，结构奇巧，"山西唱歌陕西听"。

会董甲： 就是，先人为我们碛口修下这么好的庙宇，我们这些有了钱的后人，不能抱着"小富即安"的思想，光想着自己门前的一亩三分地，我们也有责任为碛口办点好事。

李蓝玉： 大家既然都有这个想法，那么就定了，修路和办义学我出资，修黑龙庙，我们碛口商会捐资。

五、秉公居大门，日，外

〔霍掌柜正要进门，和蓝玉迎面碰上。

蓝玉： 你这是去哪？

霍掌柜： 去找你，你这是从哪来？

蓝玉： 从商会来。找我有事？

霍掌柜： 到后边账房说。

六、秉公居账房，日，内

霍掌柜： 蓝玉，十一月二十八，交城有个皮货节，咱们库里正好有还没出手的滩羊皮，我想借这次机会，卖个好价钱。

蓝玉： 好啊，买卖上的事，你全权做主，你想去，就去。

霍掌柜： 蓝玉，这次，我想带着你一起去，听说，交城合心皮货店的高东家要借此机会，给他爹做寿。

蓝玉： 行啊，高东家是我爹的结拜兄弟，就算我爹不在了，我替他多走动走动也好。人就是越走动越亲，不走就远了。

霍掌柜： 蓝玉，就是去交城路有点远，你身体行不行？

蓝玉： 身体没问题。就算出点毛病，不是还有你照护吗？

霍掌柜： 蓝玉，我还想求你再带一个人。

蓝玉： 谁？

霍掌柜： 镖局老六。

蓝玉： （笑）霍掌柜，你看你，杀猪用的宰牛刀。那点皮毛不值钱，虽说是滩羊皮，但还是原皮，要是经过交城皮货店手工鞣制成"交皮毛"，还值得雇人押车。

霍掌柜： 蓝玉，不光说东西值钱不值钱，现在马上就进入腊月了，路上劫匪也渐渐地多了起来，我们还是叫上老六为好。

蓝玉： 霍掌柜，你的意思，是不是快过年了，想照顾老六一单买卖。

霍掌柜： 蓝玉，我

蓝玉： 你不用解释，就这样定了，老六人好，还救过我们，就让他挣些银子，过个好年，叫上他吧！

七、贺其瑞住处，夜，内

牛二： 大哥，那个霍掌柜今天去了镖局，听说要雇镖局的老六走镖。
贺其瑞： 快过年了，他们这是要去哪？
牛二： 这个不清楚。
贺其瑞： 你再去打听，看看他们要去哪？
牛二： 放心，大哥，我一有消息就来告诉你。

八、秉公居，日，外

〔门前停着三辆马车，两辆皮货车、一辆拉人的车。
〔两个小伙计各坐一辆皮货车，老六短打，腰里扎着习武的腰带，站在最前面的一辆马车前。蓝玉、王妈和霍掌柜坐在后面的马车上。
〔太阳照在老六棱角分明的脸上，看上去异常威严。

霍掌柜： 吉时到，启程！
老六： （高喊）合吾一声镖车走，半年江湖平安回。
〔三辆车子在老六雄壮的号子声中，相继出发。

九、贺其瑞住处，夜，内

牛二： 大哥，他们今儿早上走的，听说是去交城，还带了寿礼。
贺其瑞： 带了寿礼？给谁贺寿？
牛二： 听说是交城一个皮货店的东家要给他爹过寿。
贺其瑞： 没劲，去了几个人？
牛二： 三辆车，六个人，有霍掌柜、蓝玉、俩小伙计，还有老六。
贺其瑞： 这不是五个人吗？哪有六个？
牛二： （扳着指头又数了一遍）嗨，我把王妈给忘了，还有王妈那个多嘴多舌的老太婆。
贺其瑞： （自言自语）有王妈，我心里还舒服些。
牛二： 大哥，我看，你心里还没放下李蓝玉，说不定人家早跟霍掌柜天下一家春了。
贺其瑞： 春你个头，让他们一起去死！

十、山西交城，日，外，

（空镜）（字幕）半个月后。

十一、交城客栈门外，夜，外

〔霍掌柜走出，和车内的蓝玉说话。
霍掌柜： （请求地）蓝玉，只能住这家了，高家周边的客栈三天前就全住满了。
蓝玉： 行，就住这家吧。包上四个房间，我和王妈住一间，你和老六各住一间，俩伙计住一间。
小伙计甲： 东家，这里房钱贵，我们俩个伙计睡马棚就行。
蓝玉： 小户人家都懂得穷家富路，你们在店里为我辛苦，出来了怎么能让你们再受罪。
霍掌柜： 那包三个就行，我和老六住一间。
老六： （抱拳）谢霍掌柜抬举，恭敬不如从命，我就和你住一间。

十二、客房，夜，内

〔霍掌柜和老六进门后，老六靠在门板上听了听，然后，才和霍掌柜盘腿坐在炕上。霍掌柜闷闷不乐的样子。

老六：霍掌柜，你怎么了，情绪不大对头？

霍掌柜：（真诚地）老六，我们这样，把蓝玉蒙在鼓里，我心里特别不舒服。

老六：（坚决地）霍掌柜，我能理解你的感情，但革命不能感情用事，等蓝玉也成了我们的同志，她会理解的。

霍掌柜：蓝玉冰雪聪明，我和她说要带你一起走时，她那么痛快，全顺着我的意思说，我觉得她是揣着明白装糊涂。老六，你要知道，她越这样顺着我，我心里越不好受。

老六：（笑着拍了一下霍掌柜的肩）你们这种文化人，就是这样，动不动就儿女情长。

霍掌柜：老六，不是我儿女情长。你也看得见，蓝玉是有革命倾向的，我们让她参与我们的行动，却又不告诉她真相，这让我情何以堪。

老六：（猜中似的伸着手指着霍掌柜）看看，看看，我说你儿女情长，你还说不是，三句话离不开个情字么。

霍掌柜：（分辩地）这件事就是从感情上说不过去嘛。

老六：（认真地）从情上说不过去，从理上能说得过去！我的老婆和我在一个炕上睡了十几年，可她知道我是共产党员吗？不知道。

霍掌柜：你的老婆没文化，对好些事情不敏感。

老六：屁话，蓝玉有文化是女人，我的老婆没文化，也是女人，女人对自己的男人没有不敏感的。但我牢记一条，该说的说，不该说的，打死也不说。对老婆也一样。

霍掌柜：（叹气地低吟）无情不似多情苦，一寸还成千万缕。

老六：（不解地）你说什么？

霍掌柜：（不好意思地笑）没说什么。突然想起宋代诗人晏殊的两句诗，脱口就念了出来。

老六：（鸡鸭不同语的宽容表情）这些酸溜溜的东西，我也就不再问了，问了也白问，反正听不懂。

霍掌柜：（真诚地）老六，谢谢你帮我排解心中的苦闷。我刚才不知怎么突然控制不住自己的情绪，现在好了。咱们俩还是先商量明天的正事吧！

〔（远镜）灯下，老六和霍掌柜在热烈地讨论着，老六手里拿着一根旱烟袋，在桌子上比画着，霍掌柜不住地点头，偶尔也摆手摇头。

十三、客房，夜，外

〔王妈轻手轻脚地关上自己的房门，一路小跑着来到霍掌柜和老六的房间门口，站定。喘了口气，举手敲门。

十四、客房，夜，内

〔霍掌柜和老六正在房间里紧张地商量着，突然听到敲门声，俩人警觉地拉起被子，躺下。

霍掌柜：谁呀？我们睡下了。

王妈：霍掌柜，是我，王妈。

〔霍掌柜和老六交换了一下眼神，不约而同松了口气。

霍掌柜：王妈，您有事？

王妈：你开门，我和你细说。

〔老六和霍掌柜都从被子里爬起来，老六三下两下把被子重新叠好，老六坐在炕上，霍掌柜下地开门。

〔霍掌柜开门，王妈轻轻地走进。

霍掌柜：王妈，这么晚了，您老人家不睡觉，蓝玉呢？

王妈：不是硬等着蓝玉睡着了，我才悄悄地出来嘛，要不，早来了。

霍掌柜：王妈，什么事还要瞒着蓝玉？

〔王妈不语，看了眼老六，意思是老六在，不便说。老六会意，站起来，披了件外套，开门走了出去。

老六：（边开门边说）你们在，我出去方便一下。

十五、炕上，夜，内

〔王妈听到老六走出去几步后，拉着霍掌柜在炕沿上坐下。

王妈：霍掌柜，不是王妈多嘴，这话我是非说不行。

霍掌柜：（笑着）其实老六也不是外人，有什么话，您老人家也不用避讳他。

王妈：他和你比起来就是外人，我这话只能对你一个人讲。

〔霍掌柜点头笑。

王妈：你不用笑，你好好竖起耳朵听我说。

霍掌柜：王妈，您说，我听着呢。

王妈：明天咱们去高家贺寿，高东家是蓝玉爹的朋友，我不想让人家看低了蓝玉。

霍掌柜：王妈，您想多了，蓝玉现在是碛口商会会长，高家是生意场上的人，知道商会会长的分量。

王妈：你不要打岔，我不是说这，我是说不想让高家知道蓝玉是离了婚的女人，这个话好说，不好听。

王妈说到这里，停了下来，用乞求的眼神看着霍掌柜。

十六、窗前，夜，内

〔霍掌柜似猜到王妈想说什么，他站起来，走到窗前，表情复杂地看着窗外。王妈也站起来，走到霍掌柜跟前。

王妈：霍掌柜，今儿我就倚老卖老，不管这话当说不当说，我反正是要打开天窗说亮话。蓝玉是一个人，你的家里人也走了，我看趁明儿给人家做寿，就和众人说，你们是一对儿，行不行？

霍掌柜：（沉吟片刻）王妈，不是我驳您老人家的面子，是明天说这个事，真的不是时候。

王妈：（生气地）那就和人家说，蓝玉是寡妇，让那么多人背后对她指指点点罢。

霍掌柜：王妈，没有您老想得那么严重，明天的主角不是蓝玉，只要您不说，没有人会主动问蓝玉离婚不离婚。

王妈：霍掌柜，你和我明说，你不答应，是不是看不上我们蓝玉？

霍掌柜：（着急地看着王妈直摇头）王妈，您误会了，我不是看不上蓝玉。

王妈：（打断霍掌柜，赶紧接过话）这就对了，我们蓝玉哪点配不上你。实话和你说了吧，蓝玉名义上是结过婚的女人，实际上身子还是大姑娘身子。给你这个死了媳妇的男人做续弦，你还有什么不愿意的。

霍掌柜：（震惊地）王妈，秉恭不是娶了蓝玉后，才出去做买卖的吗？

王妈：唉，那不是蓝玉要强，不想让外人笑话吗？秉恭在蓝玉结婚的头天晚上就跑了，蓝玉洞房那夜是和公鸡成的亲。

霍掌柜：（同情地）王妈，您老也不早说，我真不知道蓝玉会有这种遭遇。您放心，蓝玉不能再受伤害了，我和她的事，我会处理好的。

王妈：我还是想让你和蓝玉明天以两口子的身份出现。锣鼓长了没好戏，我就想早点把这事给你们挑明了。

霍掌柜：王妈，明天真的不是时候，您老请回吧！

〔王妈转身，讪讪离开。

十七、客房，夜，内

〔老六推门进来，又跺脚，又搓手。

老六：霍掌柜，你可把我害惨了，外面好冷。

霍掌柜：（对着老六苦笑）你就不应该出去。

老六：不出去，王妈能让了我。"宰相家人七品官"，我这趟可是挣人家李会长的钱呢，敢不看王妈的眼色。

霍掌柜：行了，老六，看把你说的，别忘了，你可是这次行动组的组长。

老六：开个玩笑放松一下，明天的活儿不轻松。

霍掌柜：（上床睡下）睡吧！老六，明天你是重头戏。

〔老六点头，也脱鞋上床躺下。

霍掌柜一夜辗转反侧。怎么也睡不着。

（闪回）蓝玉盖着盖头独自坐在炕上；公鸡突然放进来；蓝玉洞房和公鸡过夜；蓝玉独自流泪……

（闪回完）

〔霍掌柜索性坐起，推推老六。

霍掌柜：老六，叛徒朱文的相片，你装好了吗？明天可别认错人。

老六：装好了。（说完，老六翻了个身又呼呼睡去。）

霍掌柜：（躺下，过了一会儿又爬起来，再推老六）老六，记得，明天一定离开高家再动手。

老六：（也坐起）霍掌柜，我看我今晚的觉是睡不成了，你怎么和王妈一样变得婆婆妈妈的。

霍掌柜：（小声地）不是，如果我们在高家就动了手，那蓝玉会很难做人的。

老六：我知道，咱们的目的是铲除叛徒，又不是来砸高家寿筵场子。睡吧，睡吧！

十八、客栈门厅，日，外

〔霍掌柜和老六走出。（主观视角）远远地就看见蓝玉和王妈已经穿戴整齐，端坐在那里等着他们。

霍掌柜：蓝玉，王妈，你们这么早。

蓝玉：（笑笑）既然来了，就早点儿过去，王妈的话，一早三不忙。

霍掌柜：那走吧！

王妈：我人老了，上不了台面，就不去了。这是贺寿，又不是打狼断虎，我看老六也别去了，让蓝玉和霍掌柜去就好了。

霍掌柜：（摆手）这个不行，老六得去，光我和蓝玉去不好。

王妈：有什么不好，你俩人去就好。

霍掌柜：（坚持）还是老六也去好。

〔蓝玉看了霍掌柜一眼。霍掌柜故意不看蓝玉，看着老六。

蓝玉：（矜持地）王妈，您别说了，我们三人去。老六有劲儿，提东西。

十九、高府大门，日，外

〔高府门前热闹非凡，前来贺寿的人络绎不绝。蓝玉和霍掌柜在前，老六提着贺礼在后，三人相继走到高府门前。

家人：（拦住）你们三位是？

蓝玉：你去传，就说碛口李家山李蓝玉特来贺寿。

〔过了一会儿，高东家亲自前来门上迎李蓝玉。

高东家：（施礼）想不到啊，这么远，蓝玉小姐还专程赶来，快快里边请。

蓝玉：（回礼）高老爷子七十大寿，我们这些做晚辈的，多远都应该来，不为别的，添个人气。

高东家：蓝玉，你像你爹一样，豪爽，大气！（指着霍掌柜和老六）这两位先生是？

蓝玉：（指着霍掌柜）这位是我的掌柜，这位是我们碛口十义镖局六当家的。

霍掌柜和老六：（向高东家抱拳施礼）幸会！幸会！

高东家：谢谢俩位也来捧场！里边请，里边请！

〔高东家和蓝玉在前，霍掌柜还有老六在后，穿过人群，步入正厅。老六眼睛的余光不时地四下扫去。

二十、高家寿堂，日，内

〔高家寿堂张灯结彩，挂满寿屏寿幛。高家老爷子，身穿一件大红绸长褂，黑红裤子，端坐寿堂，面带微笑，上前贺寿的人络绎不绝。蓝玉、霍掌柜和老六一行三人上前贺寿。老六两只手提着长寿面、寿桃、寿烛等站在一旁。

蓝玉：高东家，这些东西放在？

高东家：这么客气，旁边有礼房，过去记上。

〔霍掌柜接过老六手中的东西。

霍掌柜：东家，你和老六先去席上等着，礼房的东西，我去送。

二十一、礼房，日，内

礼台上，放着一本红纸账本，一位戴老花镜的先生，在低头记账。

〔里面有好多人，手里提着各色贺礼。霍掌柜也提着贺礼走进。霍掌柜观察了一番，镇定地走到礼台前，故意抬起袖子，把桌上的一杯水碰倒，杯中水全洒在账本上。戴花镜的老先生，拿起滴水的账本，不满地看了眼霍掌柜。

霍掌柜：对不住啊，老先生。

霍掌柜边说边把滴着水的账本，拿起，在空中抖了抖水，又放下。

霍掌柜：不行，湿得太厉害了，拿摞白麻纸来。

〔旁边的一个人把一摞白麻纸给了霍掌柜，霍掌柜把账本一页一页地打开，然后，再把白麻纸铺上，吸水。

（特写）霍掌柜在吸水的时候，有意把朱姓的人看了一遍。

二十二、饭桌，日，内

〔蓝玉和老六坐定。蓝玉不时地抬头张望礼房那边，总不见霍掌柜出来。

蓝玉：（看着旁边的空位置）老六，要不你去看看霍掌柜怎么还不来？

〔老六站起身，走向礼房。

二十三、礼房，日，内

〔老六看见霍掌柜在低头弄账本。他没进去，转身离开。

二十四、饭桌甲，日，内

〔老六坐到蓝玉身旁。

老六：李会长，霍掌柜一会儿就来，送礼的人多，还没轮到他。

蓝玉：也是，怪我太急了，让你白跑一趟。

老六：我们这些习武之人，本来就坐不住。

〔俩人正说话，高东家走过来。

高东家：蓝玉，你怎么也是碛口商会的会长，怎么能坐在这桌，走，到前边那桌去。

蓝玉：不用，哪都一样，我就坐在这吧！

高东家：不行，不行。（硬把蓝玉拉到另一桌上）

二十五、饭桌乙，日，内

〔蓝玉被高东家拉到另一个桌子上后。一个长相平平，但衣着特别考究的男人，第一个站了起来。他伸出手，让蓝玉坐在他的旁边。

高东家：（向蓝玉）蓝玉，这位是韩东家，他是我们交城商会的会长，你就坐在他身边。

〔蓝玉微笑着坐下。

韩东家：（轻佻地）高东家也是，这么俊的女子，也不说给我们介绍介绍。

高东家：这不是还没来得及介绍嘛，碛口商会会长李蓝玉。

韩东家：（又站起）久仰芳名，今儿得见真人，真是貌若天仙啊，同是会长，你这个会长，可比我这个会长漂亮多了。

高东家：韩东家，这可是我的侄女啊！不要打趣她。

韩东家：真心看着好，绝非溢美之词。高东家，你去招呼别人，蓝玉女士，就交给我了，我来招呼。

〔高东家挥手告辞。韩东家满脸堆笑殷勤地为蓝玉夹菜。

食客甲：男人说本事，不说丑俊，古人说得好，丑男子俊妇人。李会长，你说是不是啊！

蓝玉笑笑，不语。

二十六、饭桌甲，日，内

〔霍掌柜走到老六这个饭桌旁，坐定，凑到老六耳边。

霍掌柜：蓝玉呢？

老六：被高东家请到另一个桌子上去了。看过礼单了吗？

霍掌柜：（小声地）看过了，没有他的名字。

老六：我也把宴席上的人全扫过一遍了，没找见相片上的人。

霍掌柜：那咱们怎么办？

老六：没办法，只好先回客栈，再找机会。

二十七、朱文家，日，内

〔朱文老婆穿着一件白色的裘皮大衣，走到朱文面前。

朱文老婆：你看，我穿这件裘皮大衣去参加高老爷子的寿筵如何？

朱文：脱下，我们不去了。

朱文老婆：为什么啊，不是说好去的吗？

朱文：不要问那么多为什么，事后我去和我表姐解释。

朱文老婆：（生气地脱掉大衣）爱去不去，这可是你们家的亲戚，扫兴。

朱文：你瞎叨叨个什么，不去就不去了。

朱文老婆：（边说边往外走）最近也不知跟上哪门子野鬼了，整天装神弄鬼，像丢了魂似的，没个定性，一天三变。

二十八、高府，日，外

〔宴会毕，人们陆续散去。蓝玉、霍掌柜、老六也起身告辞。蓝玉被高东家的太太强行留下。

高太太：蓝玉，让跟你的这两位掌柜回客栈，你不能走，你今晚和我睡，我去了碛口，总是住你娘窑里，我是看着你长大的。

蓝玉：姊子，以后来了再住吧，我今儿就不住了。

高太太：还说什么以后，今天就不让你走。

霍掌柜：东家，既然高太太想让你住，你就住下吧，见一次面也不容易。

高太太：这还是个话儿。

蓝玉：姊子，我们明天还要去皮货节看看呢。

高太太：不是看看，来了就是主宾。明儿一早，让他们去他们的，你跟你叔一起去。

二十九、高太太屋内，夜，内

〔高太太和蓝玉围坐在炉火旁，相对而坐。

高太太：你娘真是个好人哪，可惜好人命不长。

蓝玉：姊子，我娘没你的命好，我叔一直再没娶小。

高太太：快别说谁命好，谁命不好，家家有本难念的经。

蓝玉：做女人的，但凡能有一个男人不离不弃，知冷知热地厮守一辈子，就算好命了。

高太太：蓝玉，你的事，别看离着这么远，姊子也多多少少听说了一些，女人不能太要强。以我的主意，也不要再做什么买卖，当什么会长，咱就踏踏实实地嫁个人，安安稳稳地把家操持好，就行了。

蓝玉：（无奈地）姊子，我嫁秉恭的时候，原也是这么想的，可想得再好有什么用。女人说到底，还得靠自己。我娘活着时，常和我说，靠人不如靠自己，跌倒不如自爬起。

高太太： 蓝玉，你娘也是吃了要强的亏。什么靠自己，嫁汉嫁汉，穿衣吃饭，好歹有个男人替你兜揽住些，就比你一个人瞎扑腾强。

蓝玉： （骄傲地）婶子，我现在已经习惯了自己挣钱自己花，花不完还能给人，想给谁，就给谁。

高太太： 快别这么说，一个女人家挣两个钱多不容易，还都给了人。

蓝玉： （笑）那我一个人要那么多钱，有什么用?

高太太： 有什么用，总不能永远一个人吧!

蓝玉： 一个人也有一个人的自在。

高太太： 瞎说。蓝玉，你知道婶子为什么把你强留下。

蓝玉： 婶子还不是想和我说说话。

高太太： 这是一层意思，但还不是主要的。（打量了蓝玉一会儿，神秘地）蓝玉，今天饭桌上，我们交城商会的韩会长，看上你了。

蓝玉： 婶子，你说什么呢?

高太太： 别不好意思，他可是我们交城数一数二的有钱人，虽说有个老婆，但不生养。他说了，只要你进了门，不说大小，也不说先后，和他的原配是平妻身份。

蓝玉： 婶子，我现在还不想找，你就别说了。

高太太： 蓝玉，不是我说你，眼窝不能太高，你是离过婚的女人。能再找这么个下家，实属不易。有句话怎么说的，过了这个村，可就没有这个店了。

蓝玉： 婶子，你说的这个韩会长，我今天在饭桌上见过了，不是他不好，是我不想在交城找。

高太太： 我们交城离太原府近，不比你们碛口差。再说，人挪活，树挪死。像婶子这样，生在交城，嫁在交城，一辈子守着这么一个地方，有什么意思。

蓝玉： 谢谢婶子，你告诉韩会长，我生是碛口人，死是碛口鬼，这辈子还就不离开碛口了。

高太太： （叹了口气）唉，和你娘一样，死心眼儿。

〔正在这时，有人敲门。高太太和蓝玉同时站起。

高太太： （摆手）蓝玉，你坐着，我去看看是谁?

〔高太太开门，走了出去。

三十、高府院子，夜，外

〔高太太出门。朱文从一旁闪出。

高太太： （责怪地）你怎么白天不来，现在来了。也不知道给表姐长个脸。

朱文： 表姐，怪冷的，我表姐夫在不在你屋里，我和他解释一下。

高太太： 不用解释，我已经和他说了，说你身子不舒服，来不了了。你怎么说得好好的要来，又不来了。

朱文： 表姐，真被你猜着了，我就是临时闹肚子，才来不了的。

高太太： 那快进屋里来吧，别再让肚子灌上凉气。

朱文： 表姐，我刚才听着好像你屋里有人?

高太太： 不是外人，是碛口李家山李大哥的闺女，你进来吧!

朱文： （犹豫着）表姐，既然白天的事，你不让我和表姐夫解释，我就不进去了。

姐弟俩正在为进不进去，拉扯时，高东家从院子那面走了过来。

〔离他们姐弟俩还有几步时，他接过话茬儿。

高东家： （话里有话地）哼，黄花菜都凉了，你才想起来和我解释。

高太太： （白了高东家一眼）说什么呢? 皇帝还不用病人呢? 你还不兴我表弟有个头疼脑热了。

高东家： 头疼脑热还站在风地里说话。（向朱文）走吧，有什么话，进去说!

〔朱文犹豫着，后看见表姐夫一脸的不高兴，朱文只好硬着头皮跟着表姐、表姐夫走了进去。

三十一、高太太屋内，夜，内

〔朱文跟着表姐两口子进了屋里。坐在一旁的蓝玉赶忙站起。高东家把朱文介绍给李蓝玉。

高东家： 蓝玉，这是我内人的表弟朱文，现在跟着我干，是交城皮草协会会董。

高太太： （笑着）蓝玉，你看看你叔，就为我们朱家办了这么点小事，嘴上不提，嘴下提，他一个会长，拉小舅子进去当个会董，不是一句话的事！

高东家：（打断太太）行了，行了。（面对朱文）这是碛口商会会长李蓝玉。

朱文：（抱拳）见过李会长！李会长好年轻啊！

高东家：可不是年轻嘛，论辈分，她比咱小一辈。

蓝玉：（向朱文施礼）那我应该也叫您叔呢。

高东家：都是自己人，就不用那么客套了，都坐下说话。

三十二、高家院子，夜，外

〔高东家和太太站在一个角落里。

高东家：韩会长托咱们提亲的事，你和蓝玉说了？

高太太：说了，人家根本没那意思。推了。

高东家：想也是这么个结果。我和韩会长说吧！

高太太：你说的时候婉转些，是人家蓝玉不愿意，不是咱不做这个媒。

高东家：行，你进去，和蓝玉早点睡。我明天还有事，今夜就在账房歇了。

三十三、客房，夜，内

〔老六盘腿坐在炕上，抽着旱烟袋。

霍掌柜站在窗前，双手抱在胸前，沉思状。

小伙计敲门进来，手里拿着一大盒调料面儿。

小伙计：刚才有个人进来，让我把这盒调料面儿给了你们，说是你们白天在他店里买的，落下一包。

〔老六和霍掌柜交换了个眼神。

霍掌柜：人呢？

小伙计：说有事，着着急急地就走了，他说给了你们，你们一看就知道。

霍掌柜：那你放下吧！

老六：（假意埋怨霍掌柜）我说少了一包，你还说没有。

〔小伙计推门出去。

〔霍掌柜先是靠在门板上听了一会儿，又走到窗前透过窗帘，看着外面。

三十四、客栈院内，夜，外

（主观视角）院子里静悄悄的，刚出门的小伙计慢慢走远。

三十五、客房，夜，内

〔霍掌柜转身，老六已经往开打这个神秘的调料盒。

霍掌柜：老六，我们并没有买什么调料面儿，你打开了没有，这里面一定有文章。

〔老六拆开调料面儿盒子，里面除了整整齐齐装着十小盒调料面儿外，什么也没有。

老六：（疑惑地）是不是小伙计搞错了，真是调料面儿，错送我们了。

霍掌柜：不可能，调料面儿不是个值钱东西，真有人落下，也用不着半夜三更送来。而且不会错，小伙计不是再三问了我们是碛口来的，才放下的吗？

老六：这倒是，这次行动，之所以让我们动手，就是因为碛口虽在吕梁，但属于陕西吴堡县地下党领导，交城这面不光朱文不认识我们，就是其他人也不可能认识。

〔霍掌柜点头，接过盒子，把十小盒调料面儿一一拿出。拿起大盒子仔细端详，终于在底部夹层隐蔽处找到了一张小纸条，霍掌柜从身上掏出根牙签，把纸条勾了出来。

三十六、灯下，夜，内

老六：霍掌柜，快念念，上面写着什么?

霍掌柜：（展开纸条，拿到灯上烤）老六，蓝玉都能识字，你也该学学。

老六：三十不学艺，有那时间我打两套拳多好，快点儿，字出来了没有。

（特写）纸条上出现清晰的几行字。

老六：（着急地推霍掌柜的胳膊）字出来了，快念，快念!

霍掌柜：（小声念道）明天上午十点，皮货会开幕活动，主席台第二排左数第一个位置。

老六：看来，人家交城这面，暗中一直有人盯着我们。要不，他们不会把这个情报送过来，这是让我们明天再找机会。

霍掌柜：老六，人家这不是盯着我们，说得好听点，是暗中保护我们，说得再差点，也是暗中帮助我们。

老六：我就是这个意思，不过，不像你们文化人一说一串，咬文嚼字的，麻烦。

霍掌柜：（笑）老六，你批评得对，这次行动，你是组长，我应该听你的，不能老挑你的毛病。

老六：少来，组长个屁。睡觉。

三十七、高太太屋内，夜，内

朱文：（陪着笑脸，小心地）表姐夫，我来，不光是为贺寿的事道歉，还想和你说，明天的开幕式我也不去了。

高东家：（严肃地）白天的事已经过去，就不说了。没来就没来，毕竟是家里的私事。明天是公事，那么多眼睛都看着，你不去让我脸上不好看，你再难受也得去。

朱文：（面有难色）表姐夫，我……

高东家：我什么我，明天我顾不上招呼蓝玉，你还得替我陪着蓝玉。

三十八、朱文家，夜，内

〔朱文和太太睡在炕上。

〔朱文把胳膊伸出去，放在太太的被子上，太太生气地拿开。

太太：（委屈地）不要假惺惺地装好人，你是不是外边有了人了。最近出门老是不带我，而且，行为也不像从前，鬼鬼祟祟的。

朱文：我哪里就有人了，是最近事多，心烦。

太太：有你表姐夫替你撑腰，你怕什么?

朱文：要是我的事，他都能撑住，倒好了。

太太：我不听，你也别哄我，你就是有人了。

朱文：要不要我给你发个毒誓，我真的只有你和这个家。

太太：不用发什么毒誓，你只要明天去你表姐夫的合心皮货店，再给我买回来一件滩羊皮大衣，我过年穿就好。

三十九、主席台正面，日，外

皮货节搭着彩台，彩旗飘扬，场面宏大，人山人海。

台上放着两排桌椅板凳。主席台上的人三三两两陆续陆续往台上走。霍掌柜和老六在台下一角，混在人群中，眼睛却紧盯着台上。

（主观视角）朱文最后一个走上去，沉默地坐在了主席台第二排左边第一个的位置上。

（特写）老六拿出相片，捏在手心里，悄悄地对照着台上的人看了看。

四十、主席台背面，日，外

〔霍掌柜和老六悄悄地绕到主席台背面一侧，老六把飞镖紧紧地攥在了手中。突然，扩音器

220

里传来一个令他们俩人万万想不到的消息。

四十一、主席台正面，日，外

高东家：（站在主持人的位置上高兴地）现在，走上台的是一位远道而来的客人，她就是碛口商会的女会长李蓝玉女士。

〔蓝玉从台子的'左面走上来「微笑着向台下鞠了一躬。朱文拉了一把椅子，放在自己身边，示意蓝玉坐下。

四十二、主席台背面，日，外

（主观视角）蓝玉坐下后，朱文不时地偏过头，主动和蓝玉说话。

霍掌柜：（小声地）老六，小心伤着蓝玉。

〔老六点头。老六一抬手准备起镖，朱文就凑到蓝玉耳边和她说话。老六只好又放下手。霍掌柜眼睛一会瞟老六的胳膊，一会瞟台上的朱文和蓝玉。老六又要抬胳膊时，霍掌柜暗中伸手拦住，并把他拽出人群。

四十三、僻静处，日，外

霍掌柜：（坚决地）老六，得换个方案，不能用镖了。

老六：你不相信我飞镖的准头？

霍掌柜：不是。是蓝玉离他太近了，如果稍有偏差，就会伤着蓝玉。我们得保证蓝玉的绝对安全。

老六：如果他下了台，混在人群中，更不敢用镖。

霍掌柜：那你能不能考虑用尖刀。等他们下了台，我把蓝玉引开，你找机会用尖刀从后边把他干掉。

四十四、主席台下，日，外

〔闭幕式结束，朱文还是紧跟着蓝玉往台下走。霍掌柜走到他们跟前。

霍掌柜：蓝玉东家，有个东北客商看上了我们的皮货，你和我一起过去谈谈价钱。

蓝玉：那个客商现在哪？

霍掌柜：（手指向远处另一边）在那边，我带你过去。

蓝玉：（向朱文）朱东家失礼了，我先走一步。

〔朱文也转身告辞。高东家走过来。

高东家：（向朱文）不是让你陪蓝玉吗？怎么就走。

蓝玉：高东家，不用了，我这次来，带了些皮货，正好有个下家要接手，我过去看看。

朱文：（如释重负地）表姐夫，蓝玉，那我就先走一步了。

四十五、皮货节上，日，外

〔霍掌柜领着蓝玉在场子里转来转去。

蓝玉：霍掌柜，你们说的在哪等啊！

霍掌柜：就在这啊，说得好好的，怎么就不等了呢？要不，咱们再转转，找找他。

蓝玉：算了，人家要是诚心要，不会不等的。

霍掌柜：让你跟我白跑。

蓝玉：（看了霍掌柜一眼）你不是也跑得满头大汗。

〔蓝玉说着掏出自己的手巾，给了霍掌柜，霍掌柜接住，擦汗。

蓝玉：（安慰道）霍掌柜，你也不用着急，我们不是才来嘛，咱的皮子不赖，就是价钱上说话呢，出手不是问题。

四十六、人群里，日，外

朱文在前面走，老六在后面，隔着几步，紧紧地尾随着。

〔朱文专拣人多的地方走，他在人群里穿来穿去，老六着急地一头汗，却无从下手。（特写）老六抬起袖子，擦汗。

〔朱文走到合心皮货店，快步进入南院。进院时，特意回头张望。老六闪到一边，看他进去后，才出来，尾随着他进了南院。院子里静悄悄的，只有朱文一个，老六正要掏飞镖，突然，一个小伙计肩上扛着几块皮子，走到朱文跟前。

小伙计：（恭敬地）是朱掌柜，你怎么从后院进来？

朱文：顺道，给你婶子买个皮衣就走。

小伙计：朱掌柜，多坐一会儿，好久也没见你来了。

〔朱文笑笑摆手，走了。老六快步跟上。走到院子的一个拐角处。

四十七、院子拐角处，日，外

〔朱文走到院子拐角处，老六一下子扑上去，把手中的尖刀捅进了他的后背。朱文倒地，面向老六。

朱文：还是没躲过。

老六：叛徒的下场，没有例外。

〔老六说着朝朱文的心脏，又捅了一刀。

（第十八集完）

第十九集

一、皮货节，日，外

〔蓝玉和霍掌柜站在人堆里。

蓝玉：（突然想起）霍掌柜，怎么没见老六，他没和你一起出来？

霍掌柜：出来了。他说要去这里的镖局转转，就一个人转去了。

蓝玉：真是王妈说的，干甚的务甚，讨吃的舞棍。

霍掌柜：就是，咱们也先别回客栈，在这多转转，也许转着转着就转出买卖来了。

蓝玉：（高兴地）好啊，我也正这么想。

〔霍掌柜和蓝玉在人群中走一走，看一看。蓝玉高兴的样子，霍掌柜心中惦着老六，表面上还不得不装出一副平静的样子。

〔俩人走到一家镖局门前，蓝玉（主观视角）突然看到老六也正好在镖局门前。

蓝玉：（指着镖局那边）霍掌柜，别走，你看，那不是老六，可能是刚从镖局出来。

〔霍掌柜看镖局那边。老六也看见了霍掌柜和蓝玉。三人走到一起，站住。

蓝玉：老六，跟我们一起转转吧。交城的滩羊皮最有名，快过年了，我给你和霍掌柜一人买一件羊皮袄穿。

老六：你给霍掌柜买吧，我是粗人，穿不了那个。

霍掌柜：老六，我们东家一片好心，你就不用粗人细人了。

蓝玉：就是，走吧！

霍掌柜：我看，咱们也不一定非得在皮货节上转，也可以到人家的店里看看。

蓝玉：行啊，咱们就先去高东家的合心皮店看看。

〔老六眉头皱了一下，随即又展开，跟着他两个往合心店走去。

二、合心皮货店柜上，日，内

〔蓝玉和霍掌柜在前，老六在后，三人一起走进合心皮货店。

〔小伙计赶紧拱手迎上。

小伙计：（向着霍掌柜）客家，快过年了，给婶子买个新皮袄穿吧！

蓝玉：（脸一红）伙计，说什么呢？是我给他们俩人买。

〔掌柜的见状，赶紧自己跑过来解围。

掌柜：（拱手施礼）不好意思，小孩子眼拙，看来这是位女东家了，了不起，了不起。

霍掌柜：说对了，这就是我们东家。

掌柜：（打量着霍掌柜）不过，这位先生长相不凡，气宇轩昂，也不是久居人下之人。当东家是早一天，晚一天的事。

霍掌柜：您就不要抬举我了，快拿您的皮袄，我们看看。

〔掌柜的笑着转身拿柜里的皮袄，这时，一个小伙计跑了进来，人一进来，就跌倒在地。

掌柜：（训斥地）没规矩，还不赶紧站起来说话。

小伙计：（站了一下，没站起来，趴在地上，大口喘着气）出大事了，朱掌柜在后院被人捅死了。

合心皮货店掌柜惊愕的表情，手中的皮袄一下子全掉在了地上。

霍掌柜扫了一眼老六，镇静地看着合心皮货店掌柜。

霍掌柜：（镇静地）掌柜的，给我们拿皮袄。

掌柜：好，好。（向小伙计）你快起来，去报官，我招呼买卖。

三、合心皮货店后院，日，外

朱文倒在地上，几个警察在现场勘查。另有几个警察挡着不让围观的群众靠前。

警察甲： 往后，往后，都往后，死人有什么好看的。

四、客栈院子，夜，外

〔警察进客栈，把所有客人都叫到了院子里。

（闪镜）警察挨个询问。

警察： 上午合心皮货店出事的时候，你在哪里？

霍掌柜： 我和他（指着身旁站的老六）都在皮货节上，我们东家（指着蓝玉）在主席台上，我们两个在下面等着。

警察： 你们俩人在台下等你们东家的时候，有没有分开过？

霍掌柜： 没有。

警察： 肯定没有？

霍掌柜： 肯定没有！他是我们雇的镖师，不仅护物，也护人。

（特写）李蓝玉复杂的表情。

警察： 开幕式结束后呢？

霍掌柜： 结束后，我们东家从台上下来，我们三人就相跟着一起去了合心皮货店，再后来，就听说后院出事了。

警察：（看着老六）他说的是实情吗？

〔老六点头。

警察：（又转向蓝玉）你从台上下来后，看到他们两人在一起吗？

蓝玉：（坚决地）是。

警察： 你敢保证吗？

蓝玉： 我敢。

五、客栈院内背静处，夜，外

〔警察例行公事的检查完后，撤走。人们也纷纷散去。

〔霍掌柜走到蓝玉身旁。

霍掌柜： 蓝玉，谢谢你，我只是怕麻烦。

蓝玉： 不用解释，我也怕麻烦。

六、局府，日，内

〔蓝玉前来辞行。

高太太： 蓝玉，事不凑巧，遇上这等不幸之事。我内弟他也不知得罪了什么人了，招来这等杀身之祸。

高东家： 我太太说得对，交城现在真是不太平，在这之前，就有俩人被杀，你们要走就走吧，也不多留你们了。

〔蓝玉点头。

高太太： 也不知这案子什么时候能破了？

高东家： 难说，前年还有两个杀人案至今还没破呢！

蓝玉：（心情复杂地）姊子节哀吧！我走了。

七、碛口街上，日，外

〔马车一回到碛口街上，王妈就高兴得满脸堆笑。

王妈： 说这好那好，我看哪也没有咱碛口好。

蓝玉：可不是，你不听临县三弦里唱的，天上的星星向北斗，地上的古镇数碛口。
王妈：就是，我可再也不跟上你出门了，守着咱碛口就挺好。

八、蓝玉住处，日，外

〔霍掌柜把蓝玉和王妈都扶下马车，蓝玉和王妈进，霍掌柜和老六提着东西进。

蓝玉：霍掌柜，老六，你们把东西放下，也都赶紧回去休息吧！
老六：霍掌柜，我先走了，你一个人，吃了饭再回秉公居嘛。
王妈：老六说的对，人家是着急地回家看媳妇呢，你着急啥。
霍掌柜：也好，恭敬不如从命，我听你们的，留下。

王妈跑去厨房做饭。蓝玉和霍掌柜向蓝玉窑内走去。

九、蓝玉窑内，日，内

〔蓝玉和霍掌柜一前一后走进窑内。
〔俩人沉默着不知应该说点什么好。

霍掌柜：（没话找话）想不到，走了这么久，你的窑一点土没有，打扫得和你在时一样干净。
蓝玉：（盯着霍掌柜）霍掌柜，你嘴里说的不是你肚里想的。
霍掌柜：蓝玉，原谅我，说与不说，我对你的心都是一样的。
蓝玉：（推心置腹地）我知道有些事情，你不能和我说。但我相信你和老六都不是坏人。你们做的事，不管好坏，都应该有道理的。
霍掌柜：（诚恳地）对不起，蓝玉，迟早有一天，我会把应该告诉你的都告诉你。
蓝玉：（不相信地）你会吗？
霍掌柜：会，一定会。对了，我忘记和你说了，老六让我和你说，你对他的好，他记一辈子了。
蓝玉：（失望地）你们还是不相信我。

霍掌柜正要说什么，这时，院子里传来王妈的脚步声。
〔霍掌柜和蓝玉同时站起。

蓝玉：走，我们先吃饭去。

十、秉公居，日，外

〔舅舅走进。

小伙计：舅爷，您老来买年货？
舅舅：是啊，过年了，到你们碛口画市巷进些年画，回去纸就变成了钱。
小伙计：姜还是老的辣，一个商机也不放过。舅爷，去吧，霍掌柜在后边账房。

十一、秉公居账房，日，内

〔舅舅敲门，霍掌柜在窗子上扫了一眼，随即打开门。

霍掌柜：又有什么新的任务？
舅舅：年前要在碛口建立一个新的联络站。
霍掌柜：这个联络站用什么掩护？
舅舅：西医诊所。医生白龙华毕业于山西西医传习所，在学校时就入了党，后又在陕西为我党工作，是一个靠得住的同志。
霍掌柜：老六知道这个联络站吗？
舅舅：不知道。这个联络站还是由中共陕西吴堡县河东区委直接领导，你和白医生是单线联系，他是你的新任上级。
霍掌柜：我能做什么？
舅舅：前期工作，已经安排好，你的任务就是以看皮肤病的名义，尽快和他取得联系。
霍掌柜：第一次怎么接头？

舅舅： 你需要找一本《古文观止》。

霍掌柜： 田书记，我还想和你谈点私事。

舅舅： （开玩笑地）说吧，不会要和李蓝玉结婚吧。

霍掌柜： 那倒不会，这次在交城，王妈就逼我，我看回来更得逼，订婚是逃不了的。

舅舅： 好啊，腊月二十三一过，日子都不用挑拣，天天都是好日子。

霍掌柜： 田书记，说正经的，您倒是同意不同意？

舅舅： 你的事，组织不是已经答应了吗？

霍掌柜： 上次，不是只答应谈恋爱吗？

舅舅： 谈恋爱不就是为了结婚吗？结婚都可以，订个婚有什么不可以，我做主，可以。

霍掌柜： 谢谢田书记！

舅舅： （开玩笑）不用谢，按碛口的乡俗，我这个舅舅可是你的主家。

十二、蓝玉住处，夜，内

〔蓝玉看书，炕上放着一辆纺车，王妈在纺花。地上还放着一架织布机。

蓝玉： 王妈，咱们还是把淑媛接回来吧，怪想她的。

王妈： （怜惜地）说你还是念书人呢，人家好好地在学堂里念书，你又花钱请她表姨照看，受不了制。

蓝玉： 那我明天就去学堂里看看她。

王妈： 淑媛再好，也是人家的，我看你啊，赶紧成个家，自己生一个，想怎么疼呢！

蓝玉： 王妈，你又想说什么呢？

王妈： 说什么，不瞒你说，我在交城，就和霍掌柜挑明说了，要他娶了你。

蓝玉： （着急地）王妈，你说你，也不和我说，这哪是我们上赶着的事啊！再说，人家老婆走了还不到一年。

王妈： 早点占住没坏处。蓝玉，我看年前咱就准备准备，正月里就定了婚，明年秋天，一过他老婆的周年，你们俩就把事办了。

蓝玉： 王妈，这不是说话，哪能那么快。况且，霍掌柜心里怎么想的，我们也摸不透。

王妈： 这个好办，我再去提，一次不成，二次，二次不成，三次。

蓝玉： 王妈，你这样做，让我的脸往哪放。我求你了，不要再好心办坏事了，好不好。我和霍掌柜的事，我自己会处理好的。

王妈： 看看，看看，你们俩就是前世的夫妻，说的话也一样，霍掌柜也和我说，他会处理好的。
蓝玉半晌不语。

王妈： 唉，我也是瞎操心，亲了不由得就要多说。我不说了，再不说了。
蓝玉苦笑着摇头，没说话，埋头又看手中的书。

十三、秉公居，日，内

〔蓝玉走进。霍掌柜站起。

蓝玉： 霍掌柜，碛口街上新开了一间西医诊所，没什么人去，咱们这的人不相信西医。

霍掌柜： 我倒是觉得，我可以去看看我的皮肤病。

蓝玉： 我来告诉你就是这个意思，管它中医西医，有病乱求医，谁看好也算。

蓝玉： 那咱们一起去吧，我还想给人家送个贺礼呢。

霍掌柜： （迟疑了一下）蓝玉，还是你一个人去吧。要不人家会想，又送贺礼，又看病，到底是干什么来了。

蓝玉： （自尊地）霍掌柜，我知道你的意思了，我自己去。
〔蓝玉转身出门，霍掌柜无限爱怜看着蓝玉独自远去的背影。

十四、蓝玉住处书房，夜，内

〔蓝玉伏在桌上，拿着毛笔写字。霍掌柜走进，蓝玉浑然不觉，霍掌柜大声咳嗽，蓝玉吓了一跳，猛地抬起头，见是霍掌柜，突然红了脸，抬起袖子，把自己刚写在纸上的字盖好。

霍掌柜： 写着什么，还不让我看，是不是还在为上午的事生气？

蓝玉： 不是啊，后来，我一个人去了诊所，感觉也挺好。（停了一会儿）像我这样的人，也许天生就是一个人的命。

霍掌柜： 蓝玉，不要这样说，这件事，算我错了，向你道歉。

蓝玉： 道什么歉啊，不过，那个西医诊所不错，挺干净的，味道也和中医铺的味道不一样。你哪天也去看看。

霍掌柜： 我少不了要去的。不说这了，拿来，让我看看你写了什么？

　　〔蓝玉摇头，挡得更严了。

霍掌柜： 我都给你道歉了，还不让我看，真是教会学生，饿死先生。

蓝玉： 我的先生姓吴好不好。

霍掌柜： 那我至少也是你的半个先生啊！（伸出手）拿过来，让我看看。

蓝玉： 不行，不行，你不能看！

　　〔蓝玉索性把刚才写的那张纸，折住拿起，藏在背后。

霍掌柜： 你真不让我看啊！我还非看不可！

　　〔霍掌柜趁蓝玉不备一把抢了过来。

　　〔霍掌柜展开手中的纸。（主观视角）纸的上半页写满了霍掌柜的名字。下半页则公公正正地抄着两句诗：（旁白）"山有木兮木有枝，心悦君兮君不知。"

　　见霍掌柜看自己抄的那两行诗，蓝玉红着脸，背转身，走到窗前，看着窗外。

　　霍掌柜看完，放下写诗的这张纸，走到蓝玉身旁。俩人沉默地站着，空气凝固了一般，都能听到彼此的心跳声，谁也不敢再看彼此一眼，目光都向着窗外。

十五、蓝玉书房窗前，夜，内

霍掌柜： （深情地）蓝玉，你我相处甚久，彼此的心虽不曾敞开过，但你对我的心，我岂能不知？

蓝玉： （难为情地）霍掌柜，蓝玉不是轻薄之女，以前，你再怎么对我好，我也只把你当作兄长。现在，因为你也成了一个人，我才对你有了非分之想。

霍掌柜： 不，不要说非分之想。如果非要这样说，也是我先对你有了非分之想。自从秉恭和你解除了婚约，你就彻底走进了我的心。

蓝玉： （多心地）霍掌柜，我不希望听到谎言，那时，你是有家室的。

霍掌柜： 蓝玉，关于我妻子，我只能和你说她是一个幻影，幻影在真实的生活中是不存在的。你答应我，以后，我们两人在一起的时候，只说我们，好吗？

蓝玉： 我们？

霍掌柜： 对，我们，这个我们里，只有你和我。

蓝玉： 我和你？我们？

霍掌柜： （憧憬地）对，我们。蓝玉，我今天来就是要告诉你，就算是将来，我们组织了家庭，有了孩子，也是我们的孩子。

　　〔说到这里，霍掌柜伸出手，拉住蓝玉的手。

霍掌柜： 蓝玉，自从那次在牢里第一次牵了你的手，我就暗想，这是一生一世的牵手！

　　〔霍掌柜说完，把蓝玉轻拥中。

　　蓝玉闭着眼睛半天不说话。

霍掌柜： 蓝玉，你怎么不说话？

蓝玉： 我怕我说错什么，让这种来得快的好事，去得也快。

霍掌柜： 蓝玉，别说不吉利的话。相信我们是一辈子的缘分。

十六、蓝玉住处，夜，内

　　〔王妈在织布机前织布。蓝玉过来，接过王妈手中的活儿，也学着织起布。

王妈： 小心，看短了线头。

蓝玉： （放下手中的活儿，害羞地）王妈，想和你说个事。

王妈： 什么事，扭扭捏捏的。

蓝玉： （慢吞吞地）就是霍掌柜的事，你不用和他说了，他自个儿和我说了。

王妈： （故意把头扭到一边打着岔）霍掌柜的什么事啊，我人老了，不记得。

蓝玉： （不好意思地）你不是说你在交城就和他说过吗？

王妈： 我在交城和他说什么了，没说什么呀！

蓝玉： 王妈，人家和你说正事，你就不用装了。

王妈： （笑出声来）听你的，不装了，高兴还来不及了。看样子，霍掌柜是和你说了要娶你的事了。

〔蓝玉点头。

王妈： 我得跟他再说去，这事情全得听咱的，一点儿不能马虎。要按规矩，一步一步地来，先订婚，后办事宴，事宴要办得比他陈家那次娶你还大，让全碛口的人都知道，我们蓝玉这次是真的嫁了。

蓝玉： 王妈，上次我们家就没有难为陈家，这次，你可别想着法子为难霍掌柜啊，他可是一个人在咱碛口。

王妈： 听听，听听，还没成了一家，这胳膊肘倒向外拐了。

十七、西医诊所，日，内

霍掌柜手里拿着一本《古文观止》，步履轻松地走进。穿着白大褂，戴着眼镜的中年医生抬起头来，看了眼霍掌柜，（特写）同时注意到了他手上的《古文观止》。中年医生面无表情地又低下头处理别的病人。轮到霍掌柜时，中年医生抬起头像是不经意地又扫了一眼他手中的书。

白医生： （轻描淡写地）看病还带着书？

霍掌柜： 怕人多，看书时间过得快。

白医生： 没多少人。

霍掌柜： 看皮肤病，长得地方不好，人多不行。

〔白医生和霍掌柜会意地交换了一下眼神。

白医生： （笑笑）那你就再等会儿。

〔诊室看病的人陆续走完后，白医生示意霍掌柜到里边看。

〔霍掌柜跟着白医生走进里边套间。

白医生： （伸出手）你是霍掌柜？

〔霍掌柜点头。

霍掌柜： （小声地）白医生，是不是年前就有任务？

白医生： （点头）是，上级指示迅速恢复碛口地下党支部的正常活动。并利用过年做掩护，积极争取和吸收新生力量。

霍掌柜： 是啊，澡堂暴露以后，我们的活动被迫停了下来，大家早盼着这一天了。

白医生： （点头）以后，只要我挂出有药品降价的牌子，就是我们要见面的信号。

霍掌柜： 每次都是这个信号吗？

白医生： 暂时是，以后变了随时通知你。

霍掌柜： 明白了。

白医生： 对了，还有一个好消息告诉你，组织上正式批准你和李蓝玉结婚的请求。

霍掌柜： （高兴地握住白医生的手）谢谢你，白医生。这个对我的确是个好消息。

白医生： （抽回手）但为了你的安全，你的真实身份暂时还不能告诉李蓝玉。

霍掌柜： （叹了口气）我想到会是这样。

白医生： 你要理解，革命形势还是很严峻，去年10月30日蒋介石亲自到汉口，召开了"剿共"会议。在白区做地下工作的同志，一定要处处谨慎。

霍掌柜： 放心吧，白医生，我一定遵守组织纪律。

〔俩人从套间走出。

白医生： （大声地）你先回去吃这些药试试，不行，再来。

霍掌柜： 谢谢你，白医生。

白医生： （平静地）不谢。

十八、蓝玉住处，日，内

〔霍掌柜双手提着好多礼品，来到蓝玉住处。王妈高兴地接住。

霍掌柜：王妈，蓝玉呢？

王妈：就记得蓝玉，倒把我这个媒人扔到脑后了。

霍掌柜：看您老说的，您是媒人，我怎么敢忘记。

王妈：（笑）那当然，无媒不成婚。王妈也是高兴才这么说，蓝玉刚出去，去商会了。

霍掌柜：她不在，正好说。王妈，我不懂你们碛口的规矩。还求您老告诉我，我和蓝玉能不能年前就把事办了。

王妈：霍掌柜，这可不行。你怎么也得先订婚，再结婚吧！太急了，让人家笑话。

霍掌柜：好，那我全听您的。

王妈：当然得听我的，我这个媒人还要穿条你买的裤子呢！

霍掌柜：那是一定，王妈，还有什么要办的，您都告诉我，不能亏了蓝玉。您就照我们俩人都是头婚的意思办。

王妈：（认真地）不是王妈多嘴，我们蓝玉能算头婚，你可不行。这个理，蓝玉不好意思和你争，我这老婆子可要和你分辩清。

霍掌柜：（大度地）放心，王妈，我会像初婚一样对蓝玉好。

王妈：（较劲地）好不好是另一码事，咱们一码归一码。

霍掌柜无奈地摇头苦笑。

王妈：不要笑，娶进门，你就知道了，蓝玉真是大姑娘身子。

十九、贺其瑞住处，夜，内

贺其瑞半躺在床上，闭着眼听他的电唱机。牛二走进。

〔贺其瑞抬眼看了看他，又闭上了眼。

牛二：大哥，出了大新闻了。

贺其瑞：（嘲笑地）想不到啊，你进步了，居然还能说出新闻两个字，可这两个字和你也不配啊！

牛二：（气哼哼地）和谁配，和他俩人配，李蓝玉要和霍掌柜结婚了！

〔贺其瑞一下子从床上坐起来，直直地看着牛二。

贺其瑞：牛二，你把你刚才说的话，再说一遍。

牛二：（理直气壮地）说十遍也不怕，又不是我编的，李蓝玉要嫁给那个姓霍的了。用你的洋话说，就是他们要天下一家春了。

贺其瑞：你听谁说的？

牛二：全碛口人都知道了，霍掌柜都下了聘礼了。

〔贺其瑞因爱生恨的复杂表情，半天不说话。

〔牛二跑到贺其瑞跟前，伸手在他脸前乱晃。

牛二：大哥，你可别气得背过去！

〔贺其瑞推开牛二的手。

贺其瑞：嘛样背过去，我要让他俩先背过去。

牛二：大哥，你又要做什么，不是要杀了他俩吧！

贺其瑞：（警惕地）嘛样说话，大哥什么时候杀过人？

二十、蓝玉住处，日，内

〔王妈端着一盆黄米，边挑拣边和蓝玉说话。蓝玉手里拿着一个荷包，低着头一针一针地往上绣花。

王妈：蓝玉，明儿就是腊八了，你和霍掌柜说一声，让他一早就到咱们这边来喝腊八粥。

蓝玉：我还没问他今年过年回不回那边过，要是现在就请他来，会不会让他多心，以为咱们要拽住他，不让他回陕西过年。

王妈：这个不用多心，你照直问就行。两口子过日子，不要猜心思，要实锤实捣才能过到一起。

蓝玉：王妈，我也没个人可说，我觉得我和霍掌柜之间，好像总有什么隔着，我也不知道是什么，
　　　反正不敞亮。
王妈：（自信地）有什么隔着，等睡到一床被子里，就什么也不隔了。
蓝玉：（摇头）怕没有你想的那么简单。
王妈：也没有你想的那么弯弯绕。这样吧，你不好开口，我去叫他，顺便问问他，今年能不能在
　　　咱碛口过年。
蓝玉：王妈，这样，好不好啊？
王妈：有什么不好，我说蓝玉，这可不像你的性子，平时行事又有主见又利落，怎么遇上自己的
　　　事前怕虎后怕狼。
　　　〔蓝玉面有难色，似说不说，看着王妈。
蓝玉：（想了想）王妈，那你不用去了，还是我去吧！

二十一、秉公居，日，内

　　　霍掌柜和几个小伙计在柜上忙着，蓝玉手里提着一袋红枣走进。
众伙计：（施礼）李东家好！
蓝玉：（笑向小伙计）给你们带了几个酒枣，拿去分着吃。
　　　〔其中的一个小伙计接过，霍掌柜笑着走向蓝玉。
霍掌柜：（转向小伙计）别光顾着吃，误了买卖，好生招呼着。
小伙计甲：放心吧，霍掌柜。
　　　〔蓝玉和霍掌柜走向后院账房。

二十二、秉公居账房，日，内

　　　〔蓝玉和霍掌柜走进，蓝玉从布袋里另掏出一袋干红枣。霍掌柜拿起一个，放到嘴里，蓝玉
把红枣放到桌上。
霍掌柜：（开玩笑地）原来还打了埋伏。
蓝玉：（认真地）本来就给你带着，他们是酒枣，怕你吃酒枣，引得皮肤病再犯了，给你带的
　　　是干枣。
　　　〔蓝玉边说边帮着霍掌柜收拾着桌子。霍掌柜甜蜜地看着蓝玉在替自己忙碌着。
霍掌柜：蓝玉，别干了，坐下，咱们好好说会儿话。
蓝玉：说吧，我听着呢。
霍掌柜：（佯装生气）你不坐下，我就不说。
蓝玉：（顺从地坐下）你前世一定是我的兄长，你看咱们到了一起，我就像变了个人似的，一点
　　　主意没有，全得听你的。
霍掌柜：不对，前世我们就是夫妻，最好的夫妻，前世没做够，今世接着做。
蓝玉：好了，说正经的，有什么话，说吧？
霍掌柜：蓝玉，你去做王妈和你们家人的工作，我们正月订婚，正月就结婚，你看，这样好不好？
蓝玉：不好！怎么也要等到过了清明。
霍掌柜：蓝玉，我知道你是为什么要过了清明，你就当我从没结过婚好吗？我今年也不回陕西过
　　　年了，就在碛口陪着你，我们一起过年。
蓝玉：那你娘呢？
霍掌柜：（沉吟片刻）我娘和我兄弟一起过。
蓝玉：好了，这事再说吧！今天我是叫你明儿一早去我那喝"腊八粥"。
霍掌柜：行，我明天先忙柜上的事，忙完就去。
蓝玉：不行，起来就去，王妈说了"腊八粥"是"睁眼粥"，要一起来就喝。

二十三、蓝玉住处，日，内

　　　〔霍掌柜故意闭着眼走进，两只手乱摸。

蓝玉：（赶紧上前着急地扶住）你怎么了？
霍掌柜：（笑着睁开眼）腊八粥端来了吗？端来了我才能睁眼。
蓝玉：（放开他）捣乱，不理你了。
〔王妈端着一碗粥进来，霍掌柜赶紧睁开眼，一本正经地接过。
霍掌柜：谢谢王妈。
王妈：（高兴地在一边看着）喝吧，喝吧！你赶紧的趁热喝，我给咱做浑酒去。
蓝玉：王妈，我和您去倒腾老瓮。
王妈：不用，不用，你陪着霍掌柜说会儿话。

二十四、下人窑内，日，内

王妈用布子擦洗一个老瓮，然后，把洗好的黄米和捏成碎块的酒曲混在一起，放进老瓮，用纱布蒙严实，上面又用小棉被包裹严实，然后，搬到炕上最热的锅头，发酵。

二十五、蓝玉住处，日，内

霍掌柜：（喝完了碗里的粥）这么好喝，有没有了，再喝一碗？
蓝玉：（接过碗）有啊，我去给你盛。
〔蓝玉端着一碗腊八粥进来，双手递给霍掌柜，霍掌柜也伸出双手，但没有马上接过，而是握住蓝玉端碗的手。
蓝玉：（红着脸小声地）好好接着，看王妈进来。
霍掌柜：（笑着接过）王妈刚才说她磨浑酒，什么是浑酒？
蓝玉：浑酒就是米酒，它和凉菜是我们碛口人过年时家家都准备的两样东西。
霍掌柜：王妈还会做米酒，教教我怎么做。
蓝玉：这个容易，做浑酒得用二十多天，好几个步骤呢。王妈今天才是做的第一步。
霍掌柜：几个步骤，不要保守，说说。
蓝玉：好，第一步就是让米和酒曲一起放在热炕上发酵。一个星期后，还要将发酵好的黄米，连老瓮一起放到院子里，冻着，冻结实了第二步就完成了。
霍掌柜：那第三步呢？
蓝玉：第三步，不说了，到时，我叫你来，咱们俩一起做。

二十六、蓝玉住处，夜，内

〔王妈坐在纺车前纺线，蓝玉则在一旁帮忙。
蓝玉：王妈，霍掌柜想正月订婚，正月里就把事办了。
王妈：你答应了？
蓝玉：我当然不答应，我说怎么也得过了清明再说。
王妈：这个人，先是不吐口，现在又是火烧眉毛似的着急。
蓝玉：要不就听他的？
王妈：也好，一个地方一个风俗，也许他们陕西那面讲究少，你回李家山和你二娘说一声，就听他的吧。

二十七、李家山的路上，日，外

（空镜）李家山层叠式窑洞。

二十八、李家山李家院内，日，外

〔蓝玉和王妈提着东西走进，院子里静悄悄的。蓝玉走到二娘的窑前，门上挂着锁。一个下人走出来，和蓝玉打招呼。

下人： 蓝玉小姐回来了。

蓝玉： （点头）我二娘呢？

下人： 去义居寺上香了。

蓝玉： 没说什么时候回来？

下人： 怎么也得过了正月十五，老早就放出话来，她这个年要独自在寺院过。

蓝玉： 怪不得家里这么冷清，一点儿没有快过年的样子。我大兄弟呢？

下人： 在"闲人窑"里听人说故事呢。

蓝玉： 那我兄弟媳妇和孩子呢？

下人： 回娘家了。

蓝玉： 那我三姨娘怎么也没见？

下人： 你三姨娘让儿子接到包头了。包头的店铺二娘做主分给了他们三房。

蓝玉： （无奈地）行，我知道了，你忙去吧。（向王妈）我们去"闲人窑"。

二十九、路上，日，外

〔王妈和蓝玉并排走着。

蓝玉： 王妈，你去打问，别看我从小在李家山长大，可我真不知我们村的"闲人窑"在哪里？

王妈： 你是大户人家的闺女，你爹怎么会让你去"闲人窑"。

蓝玉： 不光不叫我们去，我兄弟们去，也往死里打呢。

王妈： 那是你爹的家法重，要他们成器，你知道什么叫"闲人窑"，就是没事的人聚在一起，听人讲故事，所以才叫"闲人窑"。

蓝玉： 可惜我爹再也管不了他们了。

两人正说着话，走过一个担水的路人。

〔王妈正要开口问，那个人放下水桶和蓝玉打招呼。

路人： 李家大小姐，你多会儿回来的？

蓝玉： （笑着迎上）叔，我才回来，你自个儿担水？

路人： 唉，养儿养女还扯淡，六十六上担扁担。不说我了，说你，你们这是去哪？

蓝玉： 想问下咱村的"闲人窑"在哪儿？

路人： （指着一个地方）就在那，西头脑畔东边第三孔窑。

三十、闲人窑，日，内

〔窑内，一群村人围坐在一张火炕上，炕上炕下都是人。

村人甲： 故事王老张头端架子，你看，人这么多，他还不来？

村人乙： 不能这么说话，他才在时，你没来，他刚出去不大会儿。

〔正说着，一个五十岁左右的男人走了进来。

〔他一进来，人群就活泛起来。

村人甲： 我说你不会走远嘛，才讲到兴头上。

〔这个刚进来的男人也不接话，径自走到炕跟前，坐在炕沿上。

讲故事男人： （脱鞋）给咱让滚锅头，我来给咱扯西游。

〔讲故事男人坐到炕上最热的地方，咳嗽了一嗓子，开讲。

讲故事男人： 话说宋神宗那年……

〔就讲了这一句，蓝玉和王妈就走了进来。

讲故事男人： 唉，你们找谁？

〔坐在炕里边的蓝玉的兄弟赶紧下炕，穿鞋，跟着蓝玉走了出来。

三十一、村里路上，日，外

蓝玉： （生气地）有这时间，你做点什么不好，干吗把时间都耗在这没用的地方。

蓝玉兄弟： 爹不在了，也轮不上你管我，姐，有什么事，快说。

蓝玉：我就是来和家里说一声，你告诉二娘，我准备嫁人了。
蓝玉兄弟：这个你应该和陈家去说，嫁出去的女，泼出去的水，只要你不把女婿招回咱老李家，
　　　　　你愿意嫁谁嫁谁。
蓝玉：我知道你也不会管，不过，我还是要告诉你一声。不为别的，只为二娘是真疼我。
蓝玉兄弟：行了，出了正月，她才回来，回来了，我告诉她。没事了吧，别耽误了我听故事。
　　　　蓝玉兄弟说完转身又进了"闲人窑"。
　　　　蓝玉望着兄弟的背影，叹了口气，领着王妈转身往村口走。

三十二、路上，日，外

王妈：真是不识抬举，这种兄弟还是兄弟，连个人也不够了。
蓝玉：王妈，他以前还好，听我二娘说，去年，他去外地要我爹手上的坏账，钱没要回来，还差
　　　点丢了命，回来就躺倒不干了。我真怕我爹留下的这点家财，没几年就给他败光了。
王妈：败不败，反正没你的份。这种兄弟，能给你带来什么好事，以后少打搅。
蓝玉：再怎么说，也是我兄弟，你不听人说，同父异母亲兄弟，我怎么也是他的亲姐呢。
王妈：（心疼地）你看见谁也亲，谁也可怜，可谁可怜你呢？走吧，反正咱该走的理也走了，该
　　　说的话也说了。
蓝玉：那我定婚也不能没娘家人啊！
王妈：离了臭狗屎，还不种庄稼呢，走，咱自个儿回碛口办。

三十三、蓝玉书房，夜，内

　　　〔霍掌柜在红纸上写春联。墨不够了，和蓝玉要墨。王妈听见，慌忙走进来，让霍掌柜明天
再写。
王妈：霍掌柜，今天才腊月二十三，你先和我把柜子搬开，扫了柜底下的土，明天再写对子。
霍掌柜：我已经写开了，今天就写完吧。
　　　〔王妈走过来，抢下笔。
王妈：（虔诚地）腊月二十三，家家户户胡拾翻，二十四，裁下对子写上字。你今天还是跟我扫
　　　尘，明天再写。
　　　〔霍掌柜笑着接过王妈手中的扫帚。
霍掌柜：行的，王妈，听您的，按老辈人留下的规矩办。
　　　〔蓝玉在院子里听见他们俩人的对话，笑着走进来，夺下霍掌柜手里的扫帚，塞给他块墨。
蓝玉：王妈，我们写对子去了，民国了，要破除封建迷信的。

三十四、蓝玉住处，夜，内

　　　〔王妈盘腿坐在炕上，剪窗花。
王妈：（边剪边念叨）二十八，剪窗花，蒸下几锅米疙瘩。

三十五、下人窑内，夜，内

　　　蓝玉和霍掌柜俩人围着火炉，架起一个很袖珍的小石磨。
　　　〔蓝玉把带着冰碴子的黄米，一勺一勺地倒进磨眼里，霍掌柜则转动石磨磨酒。泊泊流出的
浑酒，看的俩人都如痴如醉。
霍掌柜：这就是传说中的你的第三步？
蓝玉：对，有意思吧！
霍掌柜：有意思。你闻这窑里，到处弥漫着浑酒的香味，冷冽甘甜，闻着都能上头。
蓝玉：你喝一点？
霍掌柜：不，过年时一起喝。
蓝玉：好啊！到时，我们，还有王妈都要喝点。

霍掌柜：蓝玉，你会唱歌吗？这么多年，我还没听你唱过呢？给我小声哼一曲，如何？

蓝玉：不好，我不唱，心中不好活才唱曲。咱来个文气的，我突然想起一首诗，你是文化人，我给你读诗吧！

蓝玉：（小声诵读着）茶亦醉人何须醉，书自香我何须花。酒不醉人人自醉，花不迷人人自迷。吟成白雪心如素，曼到梅花香也清。昔日浣纱今日恨，玉人如许愿相亲。

霍掌柜：蓝玉，你怎么想起这首诗来了，这是清代醉月山人写在《狐狸缘全传》里的一首诗，这首诗虽好，但太过伤感，和过年的气氛不相符。

蓝玉：（叹了口气）也许是一朝被蛇咬，十年怕草绳吧。我也不知道这是中了哪门子邪了，遇到坏的事情，一点儿也不怕，倒是好事临头的时候，我特别的怕。

霍掌柜：蓝玉，不要这样。

〔霍掌柜站起来，把板凳挪到蓝玉身边，坐下，把她轻拥怀中。

霍掌柜：（深情地）过了年，我就娶你。

三十六、贺其瑞住处，日，内

〔牛二在帮着贺其瑞收拾东西。

牛二：大哥，我的意思你就在碛口过年，乡下过年比天津有意思。

贺其瑞：我不回去，我那母夜叉老婆能让我？

牛二：不过，回去也好。眼不见心不烦。

贺其瑞：烦什么？

牛二：听说李蓝玉和霍掌柜正月初九定亲。

贺其瑞：你怎么知道的？

牛二：我听陈家的老管家说的。

贺其瑞：陈家的老管家，嘛样又有了陈家的事？

牛二：对啊，李家山没人管她。定亲也是陈家出头，结婚那天，蓝玉从西湾陈家走，陈家就算作她的娘家了。

三十七、西湾陈家，日，内

（闪回）

西湾陈家太太窑内。

陈家太太：（小心地）老爷，咱们做主定亲，我倒觉得没啥，可蓝玉从我们家走，我心里还是觉得别扭。

陈老爷：（坚决地）有什么别扭的，永远都不能忘，是你那不孝的儿子先负了人家。再说，我们既然把蓝玉认为义女，蓝玉从我们家走合情合理。

陈家太太：我也是说，不能让王妈又当媒人，又当娘家人，她怎么也是个下人。

陈老爷：不是下人不下人，是不能委屈了蓝玉，她爹临死的时候可是把蓝玉交到我手上了，再说蓝玉一个人花到这个家里的钱，比三个儿子加起来花得都多。

陈家太太：老爷，我没有说不同意。我们没有女儿，我也把蓝玉当闺女看呢。

陈老爷：那你还在这磨叽什么？

陈家太太：我心里不舒服，是觉得这么好的媳妇，怎么我们陈家就没福留住呢。

陈老爷：过去的事情就不说了，我要去书房了。你该准备什么就准备吧！

（闪回完）

三十八、贺其瑞住处，日，内

〔贺其瑞收拾了一会，坐下，掏烟，牛二赶忙划火柴为他点烟。

贺其瑞：累了，歇会儿。

牛二：大哥，干吗不叫小听差给你收拾。

贺其瑞：都是贴身的东西，不想让外人动。牛二，我总觉得霍掌柜有来头，我回了天津这段时间，你不要大意，有什么情况，都给我记下。

牛二： 放心吧，大哥，我牛二就是你留在碛口的眼睛和耳朵。

三十九、蓝玉书房，夜，内

〔蓝玉看书。王妈走进。

王妈： 蓝玉，你今天已经看了不短时间书了。别看了，我有好事告诉你。

蓝玉： （放下书）王妈，什么好事，这么高兴。

王妈： 可不是高兴呢，你当我今天去西湾光是送年货，可不是，我对陈家老爷太太说好了。你从他们家走，定婚他们也出面。老爷说了，对你就当自个儿的姑娘一样嫁。

蓝玉： 王妈，您怎么也不和我说一声，我都和霍掌柜说了。

王妈： 说好什么了？

四十、蓝玉住处，日，内

（闪回）

〔霍掌柜提着一堆东西走进。

霍掌柜： 蓝玉，王妈怎么不在？

蓝玉： 去西湾送年货了。你拿来一堆什么呀？

霍掌柜： 快定亲了，我按王妈的意思买的聘礼。

蓝玉： 霍掌柜，我这几天想来想去，我什么聘礼也不要了，也不要订婚了，我们一切从简。

霍掌柜： 为什么？王妈不是这样和我说的。

蓝玉： 王妈不知道，我把钱都捐了，一要修碛口的路，二要办义学。

〔霍掌柜闻言，高兴地扶着蓝玉的肩，用欣赏的眼神看着她。

霍掌柜： （深情地）蓝玉，别怕，你的钱捐了，我还有。

蓝玉： 不是钱的事，是我真不想办，婚礼办得千好万好，也抵不上一个你真心对我好。

霍掌柜： （把蓝玉拥入怀中）蓝玉，我是不想让你受委屈。

蓝玉： 执子之手，夫复何求？

霍掌柜： 放心，蓝玉，山无陵，江水为竭，冬雷震震，夏雨雪，天地合，乃敢与君绝！

（闪回完）

四十一、蓝玉书房，夜，内

〔王妈怜惜地看着蓝玉。

王妈： 原来，我去陈家那天霍掌柜来过。

蓝玉： 是，王妈，我们不定婚，也不搞什么大引小引，就是结婚那天，大家一起吃顿饭，也不多请人，就是请商会的几个会董，顶多再把平时走动的几家商号东家和掌柜请上。

王妈： （开导地）蓝玉，这不是太亏你了嘛，霍掌柜倒无所谓，他反正是续弦，可你实际还是头婚，就这么便宜了他。

蓝玉： 王妈，上次陈家娶我的排场，您也见识过了，结果呢。

王妈： 唉，也对，只要你们日后过得能像糖油糕蘸蜜就好。

四十二、蓝玉住处，日，内

〔蓝玉门上贴着对联，窗上贴着窗花。霍掌柜手持响炮微笑着走进。

霍掌柜： 王妈，过年好啊，我给您老拜年来啦！

王妈： （高兴地下了炕）过年好，过年好，就等着你来吃"宽心豆面"呢！

霍掌柜： 王妈，大年初一，不是家家都吃饺子吗？我怎么听说，"有钱没钱，吃饺子过年"呢？

蓝玉： 饺子是中午才吃，早晨就是吃宽心豆面，吃了保你一年宽心顺畅。

霍掌柜： 那我可得多吃两碗，不过，碛口这里的讲究还真是多。

王妈： 就是蓝玉把你惯坏了，每年都让你回陕西过年，要是早在这里过个年，早什么都晓得了。

霍掌柜： 这倒是，我也晓得碛口的掌柜是三年一回家的。

蓝玉： 王妈，您又提过去的事，快准备吃饭吧！这可是个团圆饭。

　　〔霍掌柜、蓝玉和王妈一起吃饭的欢乐场景。

蓝玉： 霍掌柜，记得明天来得比这还要早，我们一起看红火热闹去。

　　〔正吃着，门外传来一片喧天的锣鼓声。

霍掌柜： 你们听，锣鼓声，想不到，碛口过年这么热闹。

蓝玉： 是周边村子的秧歌队来拜年了，霍掌柜，快吃，吃完，去看我们临县伞头秧歌。

霍掌柜： 蓝玉，你不是说初二才正式开始闹秧歌吗？我们明天再去看秧歌，今天就不出去了，我教你下围棋。

蓝玉： 学也下不过你，我们还是去伞头秧歌吧！

霍掌柜： 好，听你的。加快速度往嘴里扒饭。

蓝玉： （怜惜地）说让你快，也不至于快到不管不顾，慢点吃，小心噎住。

霍掌柜： （放下碗）好了，我们去看吧！

四十三、碛口街上，日，外

　　〔伞头秧歌队里，有打鼓子、拉花子、跑旱船、跑竹马、拉毛驴、抬花轿、闹花灯、推车、杂耍、舞龙、舞狮等。
　　〔蓝玉和霍掌柜站在人堆里高兴地看着。俩人不时地交换一下喜悦的眼神

四十四、西湾陈家老爷书房，日，内

　　〔陈老爷坐在躺椅上看书。太太走进。

太太： 老爷，今儿是初九了，本来是蓝玉订婚的日子，你看这孩子主意这么硬，说不定就不定了。

陈老爷： 这下你不就高兴了吗？

太太： 我高兴什么呀，我不是最后听你的，什么都答应了嘛。

陈老爷： 蓝玉和我说了，她原也没想这么办，只是王妈好心跑来求咱们的。她不订婚了，过了清明，择个好日子，简简单单就把事情办了。

太太： 她这样有骨气，又如此自觉，虽说咱们不用麻烦，可真叫人心里过意不去。

陈老爷： 好了好了，横竖都是你的理。你去忙吧，让我歇会。

　　〔陈老爷闭上眼休息。

四十五、陈家院子，日，外

　　〔太太往出走，正遇上蓝玉和霍掌柜拎着东西走来。
　　太太咼兴地走上去，拉着蓝玉的手。

太太： 蓝玉，初七那天，我就等了你一天。"初七补大年"，那天，你怎么没回家来？

蓝玉： 我和霍掌柜去三交义居寺看我二娘了。

太太： （看了眼霍掌柜）应该，应该。你二娘还好？

蓝玉： 什么都看淡了，每天除了念经就是念经，说是正月十五过了就回李家山，我看那光景是要在寺庙长住了。

太太： 也好，一个人一个想法。能遂了自己的愿就好。

蓝玉： 爹在书房吗？

太太： 在，在，看我光顾说话了，你们先进去吧。

四十六、西湾陈家老爷书房，日，内

蓝玉： 爹，这是我在三交给您老买的火烧。

陈老爷： （拿起一个咬了一口）还是三交的火烧最好吃。

霍掌柜：我还说蓝玉拿着石头往山里背，看来背对了。
蓝玉：我就知道爹最爱吃三交的糖火烧。

（第十九集完）

第二十集

一、蓝玉住处，日，内

　　天还黑着，王妈就开使绾艾苗。王妈拿着艾苗绾成一个个小圆圈走进蓝玉窑内。蓝玉还在被子里睡着，没醒。王妈把手里拿的艾苗圈放在一边，把两只手搓了搓，又拿到嘴上哈气，把手暖和了，才轻手轻脚地撩开被子一角，伸进手，把艾苗圈往蓝玉脚腕上套。套第二只脚时，蓝玉醒了。

蓝玉：（受惊吓地）王妈，你吓死我了，又给我套艾苗圈了。

王妈：这是太阳没出来就绾的艾苗，你戴上，防百病呢。

蓝玉：王妈，你要不说这个艾苗，我都忘记了，今天是三月三了。

王妈：是啊，你快叫上霍掌柜去西云寺赶庙会去。你有主了，王妈也不用再操心跟着了。

蓝玉：我不去西云寺赶庙会，我要现在就来找他去，我有话要和他说。

王妈：那你快起，他最近好像挺忙，老也见不上人，问他忙啥，他又不说，你操点心，他现是单身，不要让别的野女人把他勾跑了。

蓝玉：王妈，你操的什么心啊，他可不是你说的那种人。

　　〔蓝玉洗脸，对着镜子，梳头。镜子里的蓝玉看上去心事重重。

二、秉公居，日，内

　　〔蓝玉进。（主观视角）蓝玉看见柜上都是小伙计，霍掌柜不在柜上。

蓝玉：（四处看）霍掌柜不在？

小伙计甲：许是昨儿夜里回来得晚了，还睡着，你去后边窑里看看。

蓝玉：他昨儿夜里回来晚了？

小伙计乙：是啊，东家，霍掌柜说最近准备你们的婚事，老在你那边忙？

蓝玉：（若有所思地，然后又掩饰地点头）看我这记性，他昨晚走时也不早了，让他睡吧，他起来，就说，我有事找他。

　　〔蓝玉说完，转身走了。

众伙计：东家慢走。

三、秉公居，日，内

　　〔众伙计忙碌着。霍掌柜从后院走入。

小伙计甲：霍掌柜，东家说她有事找你？

霍掌柜：她人呢？

小伙计甲：听说你还睡着，就走了，说让你多睡会儿。

　　〔霍掌柜表情复杂地点头。

四、蓝玉住处，日，内

　　〔霍掌柜走进，王妈拿着一个艾苗圈就要给霍掌柜戴。
　　霍掌柜赶紧闪到一旁。

王妈：今天是三月三了，全家都要戴刚绾的艾苗，我给蓝玉戴到了脚上，你戴到手腕上。

霍掌柜：让蓝玉戴就行了，我就不戴了。

王妈：各人是各人的，你病她能替了。

蓝玉：王妈，他不戴就不戴了，您老就不要操他的心了。

霍掌柜：谢谢王妈，我下次也往脚上戴。

王妈：由你吧，明年就明年，等你们明年成了亲，我给你们做一对。

　　　　王妈借故走了出去。

　　　　〔霍掌柜想搂蓝玉。蓝玉躲开。

霍掌柜：怎么，不高兴了。

蓝玉：我问你，你昨儿晚上去哪了？

霍掌柜：怎么了？

蓝玉：我觉得你最近除了在我这忙，还在忙别的事。

霍掌柜：是，我是在忙别的事，但你放心，我们的事我同样也放在心上。

蓝玉：那你答应我，清明前，带我回陕西，我要在你前妻的坟上念叨念叨，怎么说也没过一周年。

霍掌柜：（规劝地）蓝玉，你怎么这么固执，我和你说了多少回了，没这个必要。

蓝玉：（坚决地）我觉得有，今儿都三月三了，天气也暖和了，我们随便哪天走都行，只要清明前了了这桩心事，清明后，我们就结婚。

　　　　〔霍掌柜不表态，走到蓝玉跟前。

霍掌柜：蓝玉，窑内太闷了，我们到院子里走走。

蓝玉：霍掌柜，你怎么就不能答应我呢，我什么也不要求你，就这么一个要求，你还不答应？

五、诊所，夜，外

　　　　〔霍掌柜急匆匆走来，看看四下无人，上前敲门。

六、诊所，夜，内

　　　　〔白医生已经睡下，听到敲门声，警觉地坐起，迅速穿衣下地。

白医生：（镇静地）谁呀？

霍掌柜：看病的，身上痒的难受。

　　　　〔白医生听是霍掌柜的声音，又扒在门上，从门缝里望见是霍掌柜，才打开门。

白医生：（责备地）你怎么不看牌子就来了？我并没有写有药品降价？

霍掌柜：我知道。但你是我的上级，我必须和你反映，李蓝玉非要跟我回趟陕西老家，还要给我那个子虚乌有的死了的老婆上坟。

白医生：她是不是怀疑你了？

霍掌柜：还不全是，她是从个人的感情上这么要求的。

白医生：那你再做她的工作。

霍掌柜：没用，还是请组织想个办法让我们回去一趟，或者就和她交底。我个人更倾向于把我的真实情况全部告诉她，这样对她更公平。

白医生：霍掌柜，你不能冲动，等上级的通知。

七、蓝玉住处大门外，日，外

　　　　〔王妈站在门上，手搭凉棚望着远处。

路人甲：王妈，您老这是瞭啥呢？

王妈：看看薛老汉的驴炭队，走过来了没有。

路人甲：您老订炭了。

王妈：订了。

　　　　〔正说着，一头无人赶的驴，驮着一驮炭，走来。

　　　　〔王妈赶紧上前拦住。跟在王妈身后的佣人把笼驮里的炭全部卸下。

　　　　〔这头驴掉头自行返回。

王妈：（和佣人）看天不太好，要不要把驴替薛老汉拴下？

佣人：（抬头看天）不碍事，半路上下起雨来，过路村子里有的是人管它。要不，他的七头驴敢自驴自卖。

王妈：也是。

〔王妈和佣人正说着话，蓝玉抱着一本书走进。

蓝玉：王妈，昨儿订下的炭，今儿倒驮来了？

王妈：可不是，和薛老汉订的炭一不违时，二分量足，三还不多收一分钱。

蓝玉：王妈，我光顾着去买书，忘记给你放下买炭钱了。

王妈：不打紧，反正他昨儿才来了，今儿是不会来了，再说，他发了炭也不是马上要钱，他几天才来碛口街上收一次钱，见了再给他，也不迟。

〔佣人担着两个筐子，在往院里挑炭，蓝玉和王妈走进。

八、蓝玉住处，日，内

〔蓝玉一进门，顾不上坐下，站着就翻着看他刚买的书。

王妈：蓝玉，不是王妈又多嘴，眼看着就是清明了，你也不快准备自己的大事，还顾上看书，你不是说过了清明就办。

蓝玉：王妈，不急，我还没跟霍掌柜说好呢？

王妈：没吃的，尽说的。婚也不订，就是完婚的时候请几桌饭，定个日子，请了就是了。

蓝玉：快定了，王妈，你别着急。

九、蓝玉住处，夜，内

〔王妈一边纺线。蓝玉走进。

王妈：今儿你李家山的兄弟来了。

蓝玉：他来做啥？

王妈：说是你二娘为你的事专门回了李家山了，让你和霍掌柜抽空回去一趟。

蓝玉：行，我和霍掌柜说，明天一早就回去。

十、山沟里，日，外

〔这是一条很窄的沟，沟里一个人也没有，霍掌柜和蓝玉相跟着走着。霍掌柜伸出手，拉住蓝玉的手，蓝玉做挣脱状。

蓝玉：你放开我，让人看见不好。

霍掌柜：走了一路，哪见过个人。看你累了，拉上你走，少累点。真是狗咬吕洞宾，不识好人心。

蓝玉：还好人心呢，这么远的路，我说赶上马车，你非要走路。

霍掌柜：走路多有情调，要是你走不动了，我还能背你。

蓝玉：想得美，谁用你背。手都不用你拉，我自己跑。

〔蓝玉说着，突然挣脱霍掌柜的手，自己向前跑去。霍掌柜两步追上，一把把她抱起，就地转起圈来。

蓝玉：你放下我，快放下，我头晕。

霍掌柜：不放，就是不放。

蓝玉：你不是早就要让我给你唱歌吗？你放下我，我给你唱。

霍掌柜：你说话算数。

蓝玉：算数。

〔霍掌柜把蓝玉放下，蓝玉和他扮了个鬼脸，掉头就又向前跑去，跑了一会儿，突然又转了回来，脸变得煞白。霍掌柜赶紧跑到蓝玉跟前，蓝玉一下子依偎在霍掌柜的怀里，手指着前面，吓得一句话也说不出来。顺着蓝玉手指的方向，（主观视角）霍掌柜看到不远处两只狼迎面奔来。霍掌柜愣了一下，抱起蓝玉就往崖头跑，跑到崖头时，把蓝玉放下，让蓝玉紧贴着崖头站住，自己挡在蓝玉前面，悄悄地观察着狼。

〔这两只狼，追逐着，嗥叫着，跑到了他们跟前。霍掌柜转过身，把全身不住发抖的蓝玉紧紧地搂在怀里。

霍掌柜：（小声安慰道）别怕，有我在。

霍掌柜一边紧搂着蓝玉，一边把头扭过来，盯着那两只狼。那两只狼奔跑着，飞快地从他们身旁闪过。（主观视角）那两只狼跑远后，霍掌柜放开蓝玉，靠在树上，大口喘气，满脸流汗。蓝玉掏出手绢，怜惜地帮着霍掌柜拭汗。

霍掌柜：终于没事了。

蓝玉：多亏有你。

　　〔俩人正说话时，走来一位背柴的老汉。

老汉甲：（笑着）那两只狼把你们吓坏了吧？

　　〔霍掌柜和蓝玉同时点头。

老汉甲：（笑）现在是春天，狼正忙着闹恋爱，顾了交配就顾不了吃人了。

　　〔听了老汉的话，蓝玉一下子红了脸。

老汉甲：（笑着看了眼蓝玉）这闺女脸红了，看来你们也是闹恋爱哩。

　　〔说完，背柴老汉大笑着走远了。

　　〔霍掌柜拿起放在地上的礼品，和蓝玉一起也向前走去。那条沟又归于寂静。俩人相依偎着走了一段路。

蓝玉：（看着霍掌柜）你给我唱个歌，大声唱。

霍掌柜：（笑着看了她一眼）好，我大声唱，给你壮壮胆。

　　〔霍掌柜对着空山幽谷，昂起头，扯了一嗓子，就开始唱了起来。

　　天上的鸟摆哟依哟摇三摆……

十一、李家山李家院子，日，外

　　〔蓝玉和霍掌柜走进，蓝玉的兄弟正要往出走。

兄弟：（上下打量着霍掌柜）霍掌柜，未来的姐夫？

霍掌柜：（笑着）你这是出门去？

兄弟：你们来了，我就不出去了，走，到我窑里喝两杯烧酒。

　　〔霍掌柜看着蓝玉。

蓝玉：（接过霍掌柜手里的东西）你去吧，我去二娘窑里。

十二、二娘窑里，日，内

　　二娘手拿念珠，盘腿念佛号。蓝玉站在一边静静地等着。二娘又念了一小会儿，示意蓝玉炕上坐，蓝玉坐下，二娘端了一杯茶，一盘红枣和各色点心放到炕桌上。

蓝玉：二娘，你不用忙了，坐下说会儿话。

二娘：蓝玉，我回来听说了。你要原谅你兄弟，他因为生意上的事，心里不好活。

蓝玉：放心，二娘，我是她姐，不会见怪他的。

二娘：不见怪就好。让你回来，就是和你说，你和霍掌柜结亲的事。

蓝玉：二娘，您就不要为这事操心了，我们不大办。

二娘：总是再走一家了，不大引，也要小引，不管大引，还是小引，都要从咱李家山走，不能从陈家走。

蓝玉：二娘，谁家也不用麻烦。结婚当天，我和霍掌柜直接去饭店。

二娘：这是谁的主意，霍掌柜的吗？

蓝玉：不是霍掌柜的主意。二娘，是我的主意。

二娘：你真是这样想的？如果是霍掌柜的意思，你不用太委屈自己。虽然你爹多不在了，二娘也能把你风风光光地嫁出去。

蓝玉：谢谢二娘，我真的不想大办，我和霍掌柜也说了好多次了。

二娘：是你的主意，我倒也赞成。你能这样想，就是惜福。

蓝玉：我就知道二娘能理解了我。

十三、碛口街上，日，外

〔碛口街上，人来人往，熙熙攘攘。
〔走在人群中的蓝玉突然发现王妈抱着一个首饰盒，急急忙忙地走着。
〔蓝玉跑了两步，从背后追上王妈。

蓝玉：王妈，你这是干什么去？

〔蓝玉边说边亲热地挽起王妈的胳膊，王妈慌忙把首饰盒换到另一只手里，把拿首饰盒的手放在背后，分明是不想让蓝玉看见她手里拿的首饰盒。王妈的有意掩饰，反而引起了蓝玉的好奇。蓝玉转过身子看着那个首饰盒。

蓝玉：（笑着）王妈，你别藏了，我知道你是给我结婚买的新首饰盒，让我看看。

王妈：（慌乱地）不用看，不用看，这个小了，你先回，我去换一个。

蓝玉：（撒娇地）王妈，你不用去换了，太大了笨，这个就好，不大不小。

〔蓝玉边说边从王妈手里抢过首饰盒，打开看（特写、主观视角）首饰盒盖儿上破碎的镜子在阳光下是那么的刺目。蓝玉瞬间愣在那里。王妈在一边尴尬的表情。

十四、碛口街上，日，外

（闪回）王妈手里拿着一个首饰盒，喜气洋洋地走着。还不时地低头看一下。不想和迎面走来的一个中年男人，撞了个满怀。王妈一个踉跄没站稳，一下子摔倒在地，首饰盒摔出三米开外。

〔那个撞了王妈的中年男人赶紧上前扶王妈。

中年男人：对不起，大妈，摔着了没有。

王妈：不碍事，别管我，赶快给我把首饰盒捡回来。

中年男人：（坚持扶起王妈）人没事就好，东西坏了可以再买。

〔王妈被扶起后，一把推开中年男人，三步两步跑过去，动作迅速地把掉在地上的首饰盒捡起。王妈抬起袖子，拭着表面的土，又仔细看了看没什么破损，一脸高兴的样子。王妈小心地打开首饰盒。

（特写）首饰盒里边盖子上镶嵌的一个小圆镜子已经摔破。

（闪回完）

十五、碛口街上，日，外

〔蓝玉故意做出什么也不在乎的神情，搂住王妈。

蓝玉：王妈，没事的，那个撞倒您的人说得对，没把您老人家摔坏就好。马棚倒了，孔老夫子都是问："伤人乎？"不问马。

王妈：（真诚地）蓝玉，不怕，这个咱白送回去，再买一个新的。好事多磨嘛！

蓝玉：没事的，王妈，别想太多，还碎碎平安呢！

十六、蓝玉窑内，夜，内

〔蓝玉打算盘，不时地看看旁边的名册。

王妈：（手里在纳鞋底）蓝玉，王妈急着给你买这买那，你和霍掌柜到底说下什么时候办？不是他又变卦了吧？

蓝玉：他早想办了，是我要等到清明后办。

王妈：（奇怪地）为啥等清明，再没等的了。

蓝玉：王妈，原也不想和您说，今儿就和您说了吧，我想去陕西给他先头的老婆上个坟。

王妈：哎呀，蓝玉，你怎么这么个糊脑油，十勺子也挖不清。是霍掌柜这样的编排你？

蓝玉：不是，就是因为他不让我去，我们才闹别扭呢？

王妈：这个别扭，是你自找的，你说你疯了，去给他先头的老婆上什么坟？

蓝玉：别人不知道，您老是知道的，霍掌柜对我好，但我们一直是清白的，在他老婆没走之前，我一直把他当作兄长。可是，现在，听说我们要结婚，有好多闲言碎语，都传到了我耳朵里。

王妈：长着千只手，挡不住万人的嘴，谁愿意说啥就让他们说去。再说，你也不要听那些闲话，捎话捎得长下，东西捎得短下。做人只要自己觉得不亏心就好。

蓝玉：王妈，亏心倒不亏心，我就是想去。

王妈：你不能去，我先就不同意。

蓝玉：王妈，您老别说了，让我再想想。

十七、秉公居霍掌柜住处，夜，内

〔霍掌柜和舅舅分坐在炕沿上，舅舅抽着旱烟袋。

霍掌柜：田书记，你说蓝玉会相信你捎的话？她真能同意不去陕西？

舅舅：那也只能死马当作活马医，我不去，谁替你下这个台。如果组织上再临时给你找个母亲，再找个坟，动用的人员太多不说，也容易暴露。

霍掌柜：反正在这件事上，我是说服不了她，就看你了，田书记。

舅舅：还没做呢，先就打起了退堂鼓，你这个家伙，平时老主意挺硬，怎么一遇上李蓝玉，就没主意了。

十八、蓝玉住处院子，日，外

〔霍掌柜领着舅舅走进。

霍掌柜：蓝玉，舅舅来看你了。

〔蓝玉慌忙迎出。

蓝玉：（施礼）蓝玉见过舅舅。

舅舅：（笑着）以后就是一家人了，不用客气。

〔蓝玉挑开帘子，舅舅在前，霍掌柜在后，一起相跟着走进窑内。

十九、蓝玉窑内，日，内

蓝玉：舅舅，你炕上坐。

舅舅：都坐。

〔蓝玉、霍掌柜和舅舅三人按主次坐好。舅舅拿出一个红布包，给了蓝玉，蓝玉打开，里面是一对金耳环，一个银项圈。

舅舅：这个是我姐送你的，都是她戴过的，家里祖传下来的老货。

蓝玉：谢谢舅舅。

〔王妈端着茶走进。

王妈：（倒茶）我说舅舅也该来了，这么大的事，不来个主事的哪行。

舅舅：王妈说得对，他母亲来不了，早催着我来呢。

蓝玉：舅舅也不用太费心，我们俩人自己简单操办一下就行。

舅舅：（喝口茶）蓝玉，听说你想回陕西走一趟？

蓝玉：是，舅舅。

舅舅：按说你回去看看我姐，你未来的婆婆呢，倒也是情理之中的事，可是，我姐和那个走了的外甥媳妇处的时间长了，整个人还在悲伤中。我做主，你就不要回去见了。你看行吗？

〔蓝玉低头不语。

舅舅：（看着蓝玉）我姐也是这个意思，她说，看见你，会想起走了的人。

蓝玉：舅舅，那我还想给霍掌柜的前妻上个坟，你看行吗？

舅舅：这个我姐也说了，她说，你马上就要大婚，去坟地不吉利，她明确表示不同意。我作为俊山的舅舅，也不同意你去坟地。再说，我们那里的乡俗，同辈是不上坟的。

蓝玉：舅舅，我也没别的意思，就是觉得我们这么快就结婚，而之前，她一个人在家，霍掌柜又照护不上她，心里有点过意不去，想去她坟上烧点纸钱。

舅舅：蓝玉，难得你如此善良，有这个心就足已。但我们做长辈的还是觉得你不去为好。蓝玉半晌不语。霍掌柜左右为难地看看舅舅，又看看蓝玉。

霍掌柜：舅舅，我的意思……

舅舅：（果断地打断霍掌柜）先别说你的意思，让蓝玉说。

蓝玉：（尊敬地）舅舅，您的话说到这里，恭敬不如从命。您是我的长辈，我听您的。

舅舅：（如释重负地）我就知道蓝玉是个能说进话的人嘛。

〔正说着话，王妈进来。

王妈：他舅舅，饭做便宜了，咱们吃饭去。

舅舅：俊山，咱们就在蓝玉这吃？

蓝玉：（看着霍掌柜）舅舅，您刚才还说让我不用客气呢，您就留下一起吃吧！

舅舅：好，我们一起吃个团圆饭。

　　（闪镜）舅舅坐上座，霍掌柜把王妈也让到上座，王妈不坐，坚持去厨房端菜，蓝玉、霍掌柜坐下，三人一起吃饭。

二十、蓝玉书房，夜，内

〔蓝玉伏在书桌上写毛笔字。霍掌柜在一旁指点着。

蓝玉：（停下揉手腕）不写了，不写了，越写越难看。

霍掌柜：书无百日功，不要着急，你能坚持每日临一帖，又是临的王羲之的《兰亭序》，谈何容易，这可是天下第一行书呢。

蓝玉：（不服输地）不行，我再多练几遍，我就不信，我练不好。

霍掌柜：（怜惜地）蓝玉，写得累了，就歇会儿，咱们说会儿话。

蓝玉：（还写着）你说吧，我听着。

霍掌柜：蓝玉，既然我们不去陕西了，就不用等过清明了，早点把事办了，行吗？

蓝玉：（放下笔）你想什么时候办？

霍掌柜：我想三月里就办了。

蓝玉：三月多会儿，王妈要拿着我们俩的生辰八字去请阴阳先生，看日子，我没让她去。

霍掌柜：对，不能搞那些封建迷信，我们自己定日子。蓝玉，还记得我们第一次相见的日子吗？

蓝玉：不就是秉恭居开张的那天。

霍掌柜：是啊，我记得，是二月二十九。

蓝玉：可是，今年的二月二十九已经过了。

霍掌柜：那不说月，说日，我们反正是二十九那天相识的，那咱们就三月二十九结婚，你看，行不行？

〔蓝玉站起来，走到书柜前，拿出一张中华民国二十年日历表，仔细看着，看了一会儿，抬头又看着霍掌柜。

蓝玉：今天是十九，满打满算也只有十天时间，紧不紧啊？

霍掌柜：足够啊，我们不就是办几桌酒席嘛！

蓝玉：酒席不多办，但要办好。我们碛口有句老话：事宴办得小小的，给人吃得好好的。

霍掌柜：那是一定。我去武汉人开的汉口海味店—丽源通，多买上些海参、鱿鱼和大虾。

蓝玉：我也是这个意思，碛口现在请人都时兴上南边的海味儿。

霍掌柜：蓝玉，你别说，外地人在碛口开的店里，这三家店最红火。

蓝玉：哪三家店，你说，我看你说的对不对。

霍掌柜：那还有错，汉口海味店——丽源通、京广杂货店——广生源、天津草帽店——义诚信。

蓝玉：说对了，看来，你没有在我们碛口白当这几年掌柜。

霍掌柜：（一本正经地）当然没有白当，不仅挣了银子，还挣了五十万两金子。

蓝玉：（没有反应过来，伸出手，看着霍掌柜）吹牛不和牛商量，你的五十万两金子在哪，拿出来，我看看。

霍掌柜：呆瓜，（指着蓝玉）这不是我的五十万两金子—李家山李家的千金小姐！

蓝玉：（苦笑了一下，走到霍的跟前）谢谢你这么说，可惜我算不上什么千金小姐，不过是被人扔掉的弃妇而已。

〔霍掌柜走到蓝玉跟前，把她拥入怀中，无限爱怜地看着她充满伤感的脸，用手梳理着她的头发。

霍掌柜：（轻声地）蓝玉，再别这么说，你不是弃妇，你马上就是我最爱的新娘。

二十一、贺其瑞住处，夜，内

〔贺其瑞坐在椅子上，摆弄他从天津带回来的洋货。牛二敲门进来。

牛二：大哥，说了几次狼来了，这次是真的来了。

贺其瑞：（看了眼牛二，又闭目养神）嘛样又出来狼了，乱七八糟！

牛二：不过是打个比方嘛！

贺其瑞：（嘲笑地看着牛二）进步，学会打比方了。

牛二：大哥，人家就是不识字，瞎汉一个，别开口就笑话人家。

贺其瑞：（正色地）好，说正事。

〔牛二凑近，刚想张口。贺其瑞一摆手把他推开。

贺其瑞：（捂着鼻子）一股大蒜味，说过多少遍了，来我这前，不要吃蒜。

牛二：对不起，大哥，我又忘记了。（牛二捂着嘴走到离贺其瑞稍远的地方，站住，看着贺其瑞）我刚才路过碛口黄河人家，听掌柜的和人说，李蓝玉和霍掌柜在他们酒楼定了五桌饭，这个月二十九就办事了。

〔贺其瑞一下子从椅子上站了起来。

贺其瑞：牛二，我们合计合计，到了那天，给他们点好看。

二十二、秉公居账房，日，内

〔霍掌柜低着头写，蓝玉在一边想。

霍掌柜：（把写好的红纸拿给蓝玉「蓝玉，我看这就差不多了，应该告的都写在这上面了。

〔蓝玉接过红纸，边看，边仔细着上面的人。

蓝玉：霍掌柜，这上面没有写上"义记美孚煤油分公司"。我正在犹豫，要不要请他们的两个掌柜。

霍掌柜：我还想和你说，这二位掌柜还是要请的，这个店是"美孚公司"的分公司，它们背后的大东家是孔祥熙。

蓝玉：这个店，民国十七年（1928）就在咱碛口开了，已经开了三年多了。

霍掌柜：民国十七年（1928），正是孔祥熙就任南京政府工商部长的一年。

蓝玉：他那么大的官，怎么开个煤油店？

霍掌柜：这你就不清楚了，孔祥熙1912年就获得了英国亚细亚壳牌火油公司在山西的独家代理权。

蓝玉：那就请了他们吧，我们这里有个讲究，婚事要告，丧事要到。

霍掌柜：回头我再给他们写个请柬送去。

蓝玉：另外，黄河饭店你再去定一定，我们虽然没几桌，但要海参席。四大碗，八大件，十二银器一样也不能少。

霍掌柜：这个，你放心，我定了八八大发海参席。对了，那天咱们俩一起去看菜谱，我有个想法，所有的菜名，我们都一起重新起。

蓝玉：你比我有文化，你来起。

二十三、碛口裁缝铺，日，内

裁缝铺里挂着一墙做好的衣服，长袍短袄，各式衣服都有。

〔贺其瑞阴笑着走进。

张裁缝看见贺其瑞，赶紧停下手中的活儿，从机子前站起。

张裁缝：（弯腰施礼）贺局长，来了，做件衣服？快坐，快坐！

贺其瑞：（摆手）你忙你的，我看看。

〔贺其瑞抬着头，一件一件新衣服挨个看。最后，在一套男式婚服前停下。

张裁缝：（弯腰施礼）贺局长，做件衣服？

贺其瑞：（摆手）嗯，这套不错。

张裁缝：当然好啊，这是秉公居霍掌柜后天大婚时要穿的，可费了工了。

贺其瑞：是吗？那你愿不愿意再费工，给我赶制一套呢！张裁缝面有难色。

贺其瑞：怎么，看不起我贺某，霍掌柜穿得，我穿不得？

张裁缝：穿得，穿得。贺局长，您什么时候要？

贺其瑞：明天晚上，我派人来取。

张裁缝：（战战兢兢地）贺局长，您就是让我不吃不睡也赶不出来啊！

贺其瑞：（大笑）嘛样难吗？索性连话也别说了，现在就给我赶！

　　张裁缝无奈地拿起尺子，走到贺其瑞跟前，手一边抖一边给贺其瑞量。

贺其瑞：嘛样害怕，我又不是老虎，好好地做，给我记好了，要和霍掌柜的那套做得一模一样。

张裁缝：（谦卑地）那是一定，那是一定。

二十四、碛口裁缝铺，夜，内

〔张裁缝低着头，身子伏在缝纫机前，赶制着贺其瑞的衣服。

　　牛二吹着口哨走进。

牛二：（居高临下地）张裁缝，贺局长、贺大人让我来取他的衣服，你做好了吗？

张裁缝：（满脸堆笑地）二爷，你坐，马上就好。

张裁缝：（站起）我给你倒点水喝。

牛二：（挥手）喝什么水，赶明儿也孝敬二爷我一身衣服好了。

张裁缝：（无奈地）一定，一定。

牛二：这还差不多，赶紧做，贺大人还等着呢。

　　〔张裁缝把做好的衣服包起来，双手递到牛二手里。

牛二：贺大人说了，钱，你到警局找他要去。

张裁缝：牛爷，说的什么话，告诉贺大人，算我孝敬他的。

牛二：我就知道张裁缝是个明白人。

二十五、裁缝铺大门，夜，内

〔牛二提着张裁缝做好的衣服，往出走。

张裁缝：二爷，再来啊！

牛二：废话，你不是还答应给我做一身衣服，我能不来。

张裁缝：随时来做，随时来做。

　　牛二走远的背影。

　　〔张裁缝看着牛二走远的背影，气得往地上狠狠地吐了一口。

张裁缝老婆：行了，行了，我说他爹，这种瘟神，咱就是破点财，只要能送走就好。

二十六、贺其瑞住处，夜，内

牛二：大哥，衣服给你取回来了。

贺其瑞：（指着桌子）放那吧！

　　〔牛二双手把手里的衣服小心地放在桌上。

牛二：大哥，你做这么一身新郎的礼服，干吗？

贺其瑞：（奸笑着）明天你就明白了，我要穿着这身和霍掌柜一模一样的礼服吃喜酒去。

牛二：啊，原来大哥是要给他们搞场子啊！

贺其瑞：什么事到你嘴里就变得像棒子一样，两头一般粗。嘛样叫砸场，这叫捧场。

牛二：大哥，你这种捧场，我办法最多。

贺其瑞：嘛办法，说说。

牛二：把他们明天结婚用的礼炮搞成哑炮，再给他们送个花圈。

贺其瑞：（鄙夷地）你呀，也就能想出点狗肉包子上不了台面的烂招数，没品味。

牛二：（低声下气地）不是我没品味，是大哥心里还放不下李蓝玉。

贺其瑞：放下放不下，明天我一出场，你就知道了。

牛二：（竖起大拇指）大哥你是不是想出了明捧场，暗砸场的办法，用我们碛口人的话说，就是：尿泡打人，臊气难闻！

贺其瑞：（得意地笑）嘛样味道，明天你去闻闻，不就知道了。

二十七、蓝玉住处喜房，夜，内

蓝玉住处院内，拉满了红色的绸条，正面的一间窑内布置成了新房，新房的门上、窗户上都贴着红喜字，窑内到处悬挂着大红绸条。炕上铺着大红喜单。

窑内热热闹闹站了一地帮忙的女人。

女人甲：真是人有不如自有，自有不如怀揣，蓝玉自己有这处院子，结婚都不用看婆家的眉高眼低。

女人乙：可不是，蓝玉这次虽说不办，比办还理直，新房都是自己的。

女人丙：霍掌柜人好，也值得蓝玉这么做。

女人甲：蓝玉太要强了，其实李家山她二娘，陈家老爷和太太都同意她从他们门上走，可蓝玉谁家也不用，干脆俩人直接去饭店办。

女人乙：这也好，省事。

女人丙：就是，先嫁由娘，后嫁由己。

女人丁：三个女人一台戏，看你们说得这么热闹，别忘了给新娘煮饺子！

女人乙：有王妈了，啥也忘不了。

〔街上传来打更的声音。

男佣甲：（隔着门喊）王妈，子时到了，可以放炮了吧！

王妈：（大声地）这还用问？快去。

二十八、蓝玉门前街上，夜，外

〔几个男佣人说笑着跑出大门，把三枚礼炮放在地上，点燃后，捂着耳朵跑远，礼炮响起。

二十九、蓝玉住处喜房，夜，内

〔王妈双手端着一盘小饺子放到蓝玉跟前。

女人甲：（关切）王妈这是多少个饺子啊，数好了吧？别忘了除蓝玉的岁数外，还得再加两个，天一个，地一个。

女人乙：（开玩笑地）你们看看，这也用她嘱咐，就她最能。

王妈：嘱咐得对，嘱咐得对，这个不能差了。

王妈说着把一个放醋的小碗和一双红漆筷子递到蓝玉手里

女人甲：（着急地）蓝玉，快吃，谁吃到前头，谁当家作主。

蓝玉：（笑笑）那我慢些吃，让他当家好了。

〔蓝玉说着，故意把手里的碗又放下。

众人哄笑，可不行，可不行，快吃，快吃。蓝玉重又端起碗，夹起一个饺子，放到碗里，蘸上醋，吃了起来。

王妈：（一拍大腿）说起这，我才想起来，还得给霍掌柜送饺子去。

女人甲：（笑着打趣）王妈心里光有蓝玉，没有姑爷。

三十、秉公居，夜，外

（空镜）秉公居后院也布置得喜气洋洋，同样挂着红绸。

三十一、霍掌柜窑内，夜，内

众伙计起哄着要霍掌柜穿上礼服，霍掌柜坚持明天再穿。

伙计甲：霍掌柜，你就给我们穿着看看嘛。

霍掌柜：你才多大呢，倒想起我的哄，早点回你们窑内睡觉去。

伙计乙：霍掌柜，我们替你和东家高兴，睡不着。

霍掌柜：睡不着，今夜也不给你们发红包。

　　〔一个小伙计跑进来。

小伙计丙：霍掌柜，东家那头给我们送来饺子了。

佣人甲：（走进）霍掌柜，这是王妈让送来的饺子。

霍掌柜：谢谢，这么多讲究，放下，我明天吃。

佣人甲：霍掌柜，这是今夜吃的饺子，你现在就吃了吧。

霍掌柜：（接过）知道了，你可以走了。

　　〔佣人甲转身离去。

霍掌柜：小伙子们，拿不上红包，先吃两个饺子来。

　　众伙计一哄而上喊着：吃饺子了。

　　（闪镜）霍掌柜笑看着众伙计抢着吃饺子的场景。

三十二、蓝玉窑内，夜，内

　　〔众人都散去。王妈和蓝玉上炕准备休息。突然，从院子里传来女人甲的喊声。

女人甲：（大声地）王妈，我找了块石头放窑门口了。

三十三、蓝玉住处院子，夜，外

　　〔王妈披衣出来。看见女人甲把怀里抱的一个大石块放在门口。放下后，女人甲叉着腰，直喘气。

王妈：（高兴地）今儿全靠你，什么心也操到了。

蓝玉：（也披衣走了出来，奇怪地）王妈，抱回个石块干什么？

王妈：你姊子替你想的周全。这不是石块，是石锁，这本来是婆家迎亲返回时，才往新房抱呢。

女人甲：你和霍掌柜，明天不是都直接去酒楼，我怕忘了，明儿从酒楼回来，就得把这块石头锁放到新房里。

蓝玉：这是为什么？

王妈：也不为什么，就是这么个乡俗，希望你们早生贵子，这个石头锁将来拴孩子用。

三十四、喜房，日，内

　　〔蓝玉身着新娘的礼服，盘腿坐在炕沿上。王妈站在地上，端着化妆盒，喜娘跪在炕上，仔细地给蓝玉化妆。

王妈：给我们蓝玉好好地开开脸。给你的大红包也包好了。

喜娘：放心吧，王妈。

　　〔昨夜来的一群女人又说笑着走了进来。

女人甲：这么早，就画开了，真早办。

女人乙：看看我们蓝玉，多好的人样，描眉画眼后，就和天仙一样。

女人丙：就是，一会儿，霍掌柜还不敢认呢？

女人甲：结婚三天没大小，咱们今天到了酒楼，一定要好好逗逗霍掌柜。

众女人：行嘛。听你的。反正我们都是他的姊子大娘了。

女人甲：快点，咱们的轿子得先到，饭店那面的喜房也早收拾好了。

三十五、黄河饭店，日，外

　　（空镜）到处挂红绸，贴喜字。伸出的旗子上飘着大红喜字。

三十六、饭店喜房，日，内

〔蓝玉身着新娘的礼服，头上蒙着红盖头，被众人簇拥着进了饭店，又上了二楼的喜房。喜房到处贴着红喜字，蓝玉盘腿坐在炕上。地下，一群女人，女人甲和女人乙抢着给蓝玉脱鞋，然后，女人甲把鞋压在了炕褥子下。

女人乙：她婶子，放在这不行，霍掌柜一下就能找见。

〔女人甲把鞋又从炕褥子下拿出，给了女人乙，你去找个好地方。

饭店老板娘走进来，站在地上一弯腰，给蓝玉做了个万福。

老板娘：蓝玉会长，恭喜恭喜。

众人笑：蓝玉蒙着红盖头呢？你就是把腰弯到脚后跟，她也看不见。

蓝玉：就是看不见，听见也欢喜着呢，谢谢，有劳咱黄河饭店了。

老板娘：蓝玉会长，你就一百个放心吧！今天上的菜不仅好吃，好看，更有意思的是，菜名都是霍掌柜特意重起的，听起来呀，又吉祥又喜气。

众人新奇地问：什么名，什么名，先报上两个来听听。

老板娘：一大堆，听起来文当当的，我可记不住，光心的就有好几个，什么心心相互印，永结喜同心。

女人甲：霍掌柜没起个要孩子的吗？

老板娘：起了，这个我倒记得真，叫蓝玉的李家山人，麒麟来送子。

王妈：（高兴地拍着手）这个意见我也觉得好，蓝玉的娘家是李家山的，麒麟送子的事不就出在李家山。霍掌柜是用了心了，这个名就起得好。

蓝玉：王妈，您老就别跟着她们起哄了。

女人甲：（上前搂住蓝玉）蓝玉，这不是起哄，我们真的替你高兴。嫁给霍掌柜，你就等着享清福吧。

女人乙：就是，蓝玉，你看，霍掌柜对你多好，这么小的事，他也能想到。

女人甲：别闹了，咱们正经点，积攒下力气，一会还要对付霍掌柜呢。

女人乙：也是，他也快来了。我出去看看，你们顶住门。让他多多顶红包，你们再开门。

三十七、黄河饭店门前，日，外

〔远远的一顶大红喜轿，走了过来。走到黄河饭店门前停下，饭店门前拿礼炮和鞭炮的人，不等轿子里的人走出轿子，就点燃了所有的礼炮和鞭炮。鞭炮声中，贺其瑞身着新郎礼服，一脸得意地走出了轿子，人群哗然。正在这时，又一顶大红喜轿又抬到了饭店门前，和贺其瑞的轿子并排停下。霍掌柜从这顶轿子里走了出来。放炮的人们都一脸尴尬。放炮人甲把放炮人乙悄悄地拉到墙角，俩人耳语着。

放炮人甲：（小声地）放错了，还有没有没放的了。

放炮人乙：大小炮一个也没了，都放了。

放炮人甲：没办法了，现买也来不及了。

放炮人乙：贺其瑞这个挨千刀的成心捣乱。

〔霍掌柜看看旁边的轿子，再看看和自己仿佛孪生兄弟般身着一模一样结婚礼服的贺其瑞，先是愣了一下，后又镇静地向饭店走去。贺其瑞小跑着从后面追了上去。

贺其瑞：霍掌柜，你就不问问我是来干什么的？

霍掌柜：（处变不惊地）贺局长，今天是我和蓝玉大喜的日子，我只管我们俩人今儿的高兴，至于别人，天要下雨，娘要嫁人，随便！

贺其瑞：（气急败坏地）好，这话可是你说的。

〔霍掌柜淡然一笑，推开贺其瑞，大步走着上了二楼。贺其瑞也要跟着往里冲，被刚刚来到的四区赵区长拦住。赵区长掏出一盒烟，抽了一根，把贺其瑞拉到墙角。

三十八、饭店喜房，日，内

〔负责在饭店门上望风的女人乙飞跑着上了二楼，疯了似的擂喜房的门。

女人乙：不好了，不好了，他们在饭店门上闹起来了。

王妈：（正色）今天是好日子，说话注意忌口，门上怎么了？

女人乙： 贺其瑞也穿着礼服，坐着花轿来了。

〔蓝玉一听就把头上的红盖头揭下。

蓝玉：（气愤地）我去看看。

〔众人赶忙把盖头又给蓝玉蒙上按住她。你一言，我一语地劝她不要出去。

女人甲： 蓝玉，你的鞋都得霍掌柜来穿，你别说出这个门，炕都不能下。

蓝玉： 这都什么时候了，还顾上讲究这个。

〔蓝玉再次揭下红盖头，光着脚就要下地。

王妈走过来，再次给她把盖头盖上。

王妈： 蓝玉，听王妈的话，你好好地在这等着，我去看看。

〔这时，有眼尖的女人探出头去，（主观视角）看见霍掌柜走了过来。

女人甲： 没事了，没事了，霍掌柜上来了，快顶门。

〔大家七手八脚地顶住了门。

三十九、饭店门外僻静处，日，外

〔赵区长把贺其瑞拉到饭店门外僻静处，俩人抽着烟站着。赵区长看着贺其瑞叹了口气。

赵区长： 我也是刚听说，被人从家里喊来的。

贺其瑞： 您就不该来。

赵区长： 我不来，任你胡闹下去。你想想，全碛口谁不知道，你对李蓝玉由爱生恨，你这样做像个吃公家饭的人吗？

贺其瑞：（底虚地）嘛样就不像了，我不过是来给他们贺个喜。

赵区长： 你这是贺喜，你这是给人家添堵来了。你看你打扮得和个新郎似的，你还想在碛口上演一出真假李逵吗？

贺其瑞： 反正看着他俩结婚，我就是心里不舒服。

赵区长： 舒服不舒服，你现在就得跟我走，离开这里。据我所知，李蓝玉并没通知我们这些人。

贺其瑞：（无奈地）好吧。赵区长，我听你的，你坐我的轿子，咱们一起走。

赵区长： 还坐轿子呢，我早把你的那顶婚礼大轿打发回去了。你坐我的马车走。

四十、饭店喜房，日，内

〔霍掌柜弯腰给蓝玉穿鞋。

蓝玉：（悄悄地）贺其瑞呢？

霍掌柜：（小声地）你就当他没来，见怪不怪，其怪自败。

〔霍掌柜高兴地抱起蓝玉下了地。

四十一、宴席，日，内

（闪镜）喜气洋洋的婚宴，五六桌宴席热闹的场景。（特写）蓝玉和霍掌柜不时地传递着温柔和爱怜的眼神。

四十二、蓝玉住处院子，日，内

〔蓝玉和霍掌柜正要进门，被王妈喊住。

王妈：（指着门上的那块石头）霍掌柜，你把那个石头锁搬进你窑里。

〔霍掌柜搬着石头锁进，王妈又拿起一把扫地用的扫帚，特意立在了洞房门口。

四十三、蓝玉住处洞房，夜，内

霍掌柜站在地上，搂着蓝玉。俩人深情地凝视着。半晌，谁也不说话，蓝玉率先不好意思了，她低下头，害羞地把头埋在了霍掌柜的怀里。

霍掌柜：（抚弄着蓝玉的头发，由衷地）蓝玉，终于把你娶回来了。

蓝玉：对不起，贺其瑞他……

霍掌柜：这不怪你，别提他。

蓝玉：我会对你一辈子好的。

霍掌柜：我也是，今生今世我们都不分开。

（主观视角）霍掌柜突然看见地下放的那块石头锁。

霍掌柜：（看着那块石头）蓝玉，王妈白天时让我搬进来这石头锁是什么意思？

蓝玉：那是希望咱们早生贵子。

霍掌柜：蓝玉，告诉我，你想要孩子吗？

蓝玉：（满怀憧憬地）想，特别想。我想早点给你生个儿子。和你长得很像很像的儿子。

霍掌柜：我不想，我想让你生个女儿，和你一样漂亮的女儿。

两人正说着话，突然，院里传来一块石头落地的声音。

霍掌柜警觉地推开蓝玉。

霍掌柜：我出去看看。

蓝玉：我跟你去。

霍掌柜：不用，你先睡，我马上就回来。

蓝玉：拿上火柴，外面黑。

霍掌柜：不用，一下就回来，等着我。

〔霍掌柜在蓝玉的额头上轻轻地吻了一下，急匆匆地转身出门。

四十四、蓝玉院子，夜，外

〔霍掌柜走出窑门，习惯性地四下看了看并没看见人。他回转身，又把门带住，走向大门。霍掌柜轻轻拉开门闩，走了出去，刚一出去，两个人影从暗处闪了过来，二话不说，一面一个架起他就跑，跑了一会儿，来到一辆马车前，不由分说地把他架到马车上。马车放下帘子，在碛口街上飞奔着。

霍掌柜：你们是什么人？

来人甲：到了地方，再告诉你。

（第二十集完）

第二十一集

一、黄河边，夜，外

〔马车来到黄河边，停下。那俩人先下了马车，又把霍掌柜扶下来。
来人甲：李剑同志，情况紧急，先上船吧！
霍掌柜：你们？
来人乙：先上船。
（特写）霍掌柜沉默地转身，面朝碛口，月光下，霍掌柜满脸愧疚，深情地向他们新房的方向回望了一眼，转身上了船。

二、蓝玉住处洞房，夜，内

〔蓝玉满脸喜气地跪在床上，展开新婚的被子，（特写）大红被面上是一对戏水的鸳鸯，蓝玉用手轻轻地触摸着。之后，她下了炕，走到门口，手放在门闩上，却始终没有拉开门。她又回到炕上，盘着腿坐在炕沿边，守着"灯斗"。灯斗内的麻油灯芯，一跳一跳的，蓝玉双手放到胸口，扭头看着紧闭的窑门。街上传来打更的声音。咿咿的梆子声，连敲了三下，接着是更夫高亢的喊声：天干物燥，小心火烛。
〔蓝玉再也坐不住了，她飞快地下了炕，一把拉开门，走了出去，她在院子里四下寻找，后又走到大门口。（主观视角）蓝玉看见大门没上门闩，（特写）她的眉头皱了起来。蓝玉走出大门，大街上静悄悄的，月光把蓝玉一个人孤独的身影，惨淡地照在了大地上。蓝玉抱着双肩，倚在门上，满怀希望地看着远方。

三、蓝玉住处洞房，日，外

〔王妈把扫帚拿开，放回其他窑内。然后，站在蓝玉窗子底下，把头伏在窗子上。
王妈：（小声地）蓝玉，姑爷，时候不早了，起床吃饭吧。

四、蓝玉住处洞房，日，内

〔蓝玉在窑内听到王妈的喊声，抬起胳膊，拭泪。然后，整了整衣襟。下地，开了门。
蓝玉：（站在门上）王妈，进来吧！
王妈：（摆手）再是小辈，也是有男人睡觉的窑，我不能进去。
蓝玉：他不在窑里，你进来吧！
〔王妈脚步迟疑地走进。
王妈进窑后，看了眼炕上的情景，迷惑地看着蓝玉。
蓝玉：（避开王妈的眼神）昨儿夜里，就要睡下时，听见外面有响动，他出去看，就再没回来。
〔王妈倒吸了口气。
王妈：蓝玉，你和我说真话，你们是不是昨儿夜里生气了？
蓝玉：没有，他出门时，还说一下就回来，让我等着。

五、蓝玉洞房，夜，内

（闪回）
霍掌柜：我出去看看。

252

蓝玉：我跟你去。
霍掌柜：不用，你先睡，我马上就回来。
蓝玉：拿上火柴，外面黑。
霍掌柜：不用，一下就回来，等着我。
〔霍掌柜在蓝玉的额头上轻轻地吻了一下，急匆匆地转身出门。
（闪回完）

六、蓝玉住处洞房，日，内

王妈：要这样说，霍掌柜不像是有意走的，不过，贺其瑞白天那么一闹，难说霍掌柜没往心里去。
蓝玉：王妈，你不要这样想霍掌柜，他根本没提贺其瑞的事。
王妈：你不知道，昨儿你们进了洞房，我才听说昨天的喜炮都放错了，放给贺其瑞了。
蓝玉：王妈，霍掌柜并没和我说炮不炮的事，肯定不是因为这个。
王妈：（见多识广地）男人不像女人，女人有啥都挂在脸上，男人把事情都装在肚里。难说霍掌柜不是生嫌贺其瑞一直放不下你。
蓝玉：王妈，霍掌柜的为人我了解，他不是这样小肚鸡肠的男人，我倒是怕贺其瑞一计不成又生一计，设计把他弄走了。
王妈：那咱们一会儿就去警察分局，找贺其瑞要人。
蓝玉：不，王妈，再等等，这件事，我还不想让外人这么早知道。
〔也许，他一会儿就回来了。
〔王妈看着一脸木然的蓝玉，忍不住流下泪来。王妈转身，背着蓝玉，拭泪。
蓝玉：王妈，你不要难过，霍掌柜不是秉恭，他会回来的。
王妈：（强颜欢笑地）谁难过了，王妈是眼里奔进沙子了。
蓝玉：王妈，你先不要和外人说，能瞒一天是一天，好在，我这次也不回门。

七、窑内，夜，内

〔陕西吴堡一间窑内。那两个人把霍掌柜领进窑内。舅舅站在当地。
霍掌柜：田书记，这到底是怎么回事？
舅舅：李剑同志，实在对不住，组织上也是不得已才这么做的。
霍掌柜：田书记，出了什么事？
舅舅：县委资料室一位资料员遇害，他保管的部分文件被盗，其中有一份是关于派你到碛口、孟门一带建立中共吴堡县河东区委的决定。
霍掌柜：这是什么时候发生的事？
舅舅：昨天中午。（停顿一会儿）组织上让牵扯到的人，全部在第一时间，一律无条件撤回。
霍掌柜：（无所畏惧地）田书记，我不怕，我得回去。我不能光顾了我的安危，留下蓝玉不管。
舅舅：（严肃地）不行，这是纪律。留得青山在，不怕没柴烧。再说，你回去不是为蓝玉，是害蓝玉。试想，你要被抓，蓝玉也跑不了。
霍掌柜：那蓝玉怎么办？
舅舅：只能让她等，看形势再说下一步的事。
霍掌柜：那我能不能写封信给她？
舅舅：不行，从现在起，写信容易暴露，你必须切断和碛口的一切联系。
〔霍掌柜难过的样子。舅舅走到他跟前，一只手搭在他的肩上。
舅舅：（安慰的口气）时间是爱情最好的试金石。蓝玉如果心里有你，不管多久，她会等下去的。
霍掌柜：田书记，我实在不放心蓝玉，她不能再受这种打击了，就是有危险，我也必须回去。
舅舅：胡闹，组织的决定岂是儿戏。这样吧，明后天，我们就派别的同志，去碛口把李蓝玉接来。

八、蓝玉洞房，夜，内

〔蓝玉不睡，坐着发呆，王妈在一边陪着叹气。

253

蓝玉：王妈，你回你窑里睡吧，我一个人能行。

王妈：我和你一起等着，霍掌柜说不定今夜就回来了。

蓝玉：王妈，你不要安慰我了，已经三天了，他要回来，早回来了。他是不是已经……

王妈：（赶紧往地上吐了几口）蓝玉，不要乱说，咱碛口夜里最安全，别忘了打更的都是碛口东山麻焉村人，那可是有名的武术村。

〔蓝玉摇头不语。

王妈：蓝玉，我再给讲麻焉村更夫李四喜一人战群贼的故事。

（旁白）说来这事也不远，也就是前清年间的事。

九、碛口街上，夜，外

〔李四喜提着铜锣，打更回来，走到画市巷口。（主观视角）更夫看见十几个身着黑衣的人在街上流窜。

李四喜：什么人？

〔那伙黑衣人闻声便跑，李四喜快步追上。

李四喜：站住，放下手里的东西！

黑衣人甲：你一个打更的，狗拿耗子多管闲事，小心我们废了你！

李四喜：哼，口气不小，看谁先废了谁！

黑衣人甲：（手一挥）我就不信我们这么多人，打不过你一个人，上！

十几个黑衣人蜂拥而上，李四喜将锣护在胸前，一个箭步闪在一旁，上来一个，撂倒一个，最后，掏出"流星"飞舞起来。吓得这伙人，扔下东西，抱着头逃跑了。

李四喜走到他们扔下的东西前，（主观视角，特写）看见地上躺着一个大钱箱。钱箱上写着"协图店"三个字。

十、蓝玉洞房，夜，内

蓝玉：王妈，你这个李四喜打更一人战群贼的故事，给我讲了快一百遍了。

王妈：就是一千遍，也是一遍有一遍的说道。今给你讲，就是让你放心，霍掌柜不会有事的，咱碛口夜里连钱箱都丢不了，何况一个大活人。

蓝玉：王妈，不要说了，如果霍掌柜再不回来，我还有什么脸见人！

王妈：蓝玉，咱一不偷，二不抢，有什么不能见人的。

蓝玉：王妈，你不用再安慰我，你回去睡吧。

王妈：蓝玉，王妈回去也是个睡不着，王妈就留在你窑里睡，就当是你陪王妈呢，行吧？蓝玉。

〔蓝玉扑在王妈怀里，用劲儿抱着王妈。

王妈：（拍着蓝玉的背）蓝玉，想哭，就哭出来吧！

〔蓝玉忍住，没哭，直起腰来。开始铺床。

十、蓝玉住处洞房，夜，内

（闪回）

〔蓝玉满脸喜气地跪在床上，展开新婚的被子，（特写）大红被面上是一对戏水的鸳鸯，蓝玉用手轻轻地触摸着。

（闪回完）

十二、蓝玉住处洞房，夜，内

街上传来打四更的声音。蓝玉像小女孩一样，一只手搭在王妈的被子上好不容易睡着了。（梦境）黑龙庙集会，各种瓜果，小吃，手工艺品，应有尽有，霍掌柜和蓝玉身着新婚的礼服，不时地站在各种小摊前，比画着，说笑着。在一个卖头饰的小摊前，蓝玉指着一个镶嵌着兰花的头簪。

蓝玉：霍掌柜……

霍掌柜：（笑着看她）好啊，都成亲了，还不改口，还叫我霍掌柜，多生分。

蓝玉：那叫什么啊？

霍掌柜：我不是和你说，我乳名叫剑秋，让你喊我剑秋嘛。

蓝玉：（小声地）人家叫不出口嘛。

霍掌柜：不难为你啦，等咱们有了孩子，你就叫我孩子他爹多好了。

〔蓝玉笑。霍掌柜掏钱买下蓝玉刚才手指的那个镶嵌着兰花的头簪，让蓝玉偏过头去，给蓝玉戴上。

蓝玉不好意思地用手抚弄着，霍掌柜退后两步认真端详着。

霍掌柜：好看，真好看，我们孩子他娘就是好看。

蓝玉：（撒娇地）谁是孩子他娘了。

〔蓝玉说着，伸出手，做探着打霍掌柜状，霍掌柜撒腿就跑，蓝玉就追，追着，追着，霍掌柜就消失在茫茫人海里，蓝玉着急地正要哭时，突然又听到空中传来霍掌柜的声音。

（旁白）蓝玉，我在这里，快过来啊！

蓝玉寻声走进一座杂草丛生的院落，院里有一株五人合抱的老古槐，树干笔直，躯干空洞，霍掌柜钻在空洞的躯干内，向她招着手。蓝玉高兴地跑到跟前，伸手拉他时，他却又不见了。

〔院里一个人也没有，只有怀抱孙孙的千年老古槐，和蓝玉静默地相对着。

蓝玉：（哭喊着）剑秋，你出来，我都喊你剑秋了，你快出来吧。

（梦境完）

〔王妈听到蓝玉梦里的哭喊声，赶紧推醒她。

蓝玉：（一下子坐了起来）王妈，我梦见他了，他让我喊他的乳名。

王妈：梦是心中想，我听见了。

蓝玉：（着急地）不是，王妈，我真的梦见他在咱碛口那株千年老古槐里藏着。

王妈：（叹了口气）睡吧，蓝玉，我明儿去老古槐处给你找找。

蓝玉：（睡下）不用了，王妈，梦是反的，他不会在那。

十三、秉公居，日，内

〔蓝玉强打精神，和一脸严肃的王妈一起走进。

众小伙计看着日渐消瘦的蓝玉，都敛声屏气，不敢开口。

蓝玉：（强作笑脸）怎么都不说话了，霍掌柜不在了，我还在。在霍掌柜没回来之前，我就是秉公居的一手展掌柜。

伙计甲：（小心地）您要东家掌柜一肩挑了？

蓝玉：不，我是替霍掌柜先担着，他回来了，秉公居的大掌柜依然是他。

〔众伙计望着蓝玉和王妈走出秉公居的背影，有的竖大拇指，有的摇头。

账房先生：可怜的蓝玉东家，心强，命不强。

小伙计甲：说来也真是奇了，霍掌柜一个大男人，平时走南闯北也没事，在家门口结个婚倒结出事来了。

账房先生：不要说这些没用的了，都回去忙自己的正事吧！

十四、十义镖局，日，内

〔蓝玉走进镖局后院，正在练功的老六看见，赶紧收拳，快步走向蓝玉。

老六：（抱拳）李会长，我都听说了。

蓝玉：六当家的，我李蓝玉做人咋样？

老六：（竖大拇指）没说的。

蓝玉：那我李蓝玉待你又咋样？

老六：那还用说。

蓝玉：那好，你和我实说，霍掌柜去了哪？

老六：李会长，这个你真把我难住了，我不是不说，是实不知道。

〔蓝玉盯着老六，看老六没有说谎的意思。蓝玉的脸色缓和下来。

蓝玉：（温和地）六当家的，我相信你。如果你能见上他，或者能给他捎到话，请你告诉他，我李蓝玉生是他的人，死是他的鬼。我没有对不起他，他也不要负了我。

老六：李会长，言重了，虽然我和你一样，也不清楚到底出了什么事。但我相信霍掌柜的为人，他也不会做对不起你的事，你心里有一百个他，他心里就有一千个你。

蓝玉：谢谢你，六当家的。

〔老六送蓝玉出门。

老六：李会长，保重，一旦有霍掌柜的消息，我马上就去告诉你。你有什么事，不要客气，通知我，我去。

十五、西湾陈家书房，日，内

〔太太站在老爷面前。老爷躺在躺椅上，手里拿着一本书，也无心看，叹了口气，放下。

老爷：（怜惜地）我让你去看蓝玉，你看了吗？

太太：老爷，不是我不去，是去了说什么呀？

老爷：你也是女人，将心比心，女人和女人还不好说！

太太：老爷，不是你说的那个理，虽说咱认了蓝玉义女，但为什么认蓝玉义女，还不是因为秉恭。如果秉恭不跑，蓝玉也不会落到今天。

老爷：那你做点好吃的，让下人送去。另外，告诉王妈，多劝着点蓝玉。

太太：这还用你吩咐，我早就把咱早年珍藏下的燕窝送去了。可怜的蓝玉，听回来的人说，几天的工夫，整个人瘦成了一根筋。

老爷：是我害了蓝玉，秉恭是我的儿，霍掌柜又是我替蓝玉找来的。

太太：老爷，你就不要没病揽伤寒了，谁也没长后眼。蓝玉可能就是这么个命。

十六、蓝玉住处大门，日，外

〔一顶轿子停在门上，二娘从轿子里款款走出。

十七、蓝玉洞房，日，内

〔蓝玉坐在炕上，绣荷包。二娘走进。二娘看着蓝玉手中的荷包，眼泪不由得流了下来。

二娘：给他绣的？

〔蓝玉点头，同时也情不自禁地流下了眼泪。

二娘：佛说："人在爱欲中，独生独死，独去独来，苦乐自当，无有代者"。蓝玉，跟二娘多去寺院里听听经吧。

蓝玉：二娘，寺院是个清静之地，我的心不静。

二娘：静与不静，不要苦了自己，二娘希望你往开想。

〔蓝玉点头、流泪。

二娘：这世上的每一件物，每一个人，都注定是不会永远属于谁的，我们何必苦苦执着，苦苦追寻。在情路上，每个人都要走一段别人不能代替的苦路，就算能和心爱的人在一起，又如何呢？倒不如及早放下。

蓝玉：谢谢二娘，你的心，我懂。

〔王妈端进水杯，给二娘倒水，二娘不让倒。

二娘：蓝玉，我要回寺院去了。在那里，我好好念经，再在佛前替你多点几盏灯，希望你少受痛苦。

蓝玉：也希望二娘多保重。

二娘：双手合拢：阿弥陀佛。

〔蓝玉和王妈送二娘出门。

十八、贺其瑞住处，夜，内

〔贺其瑞那身穿过的婚礼服挂在醒目的地方，他背着手，站在礼服前，端详着。

（叠化）贺其瑞和李蓝玉穿着婚服对拜。霍掌柜和李蓝玉穿着婚服对拜。

正在贺其瑞想的出神的时候。牛二敲门。

贺其瑞开门。

牛二： 又出大事了！

贺其瑞： 嘛事？

牛二： 霍掌柜那小子失踪了。

贺其瑞： 失踪了？谁说的？

牛二： 秉公居的小伙计说的。

贺其瑞： 那应该没错，霍掌柜在不在，他们最清楚。

牛二： 大哥，还是你高明，人活脸面，树活皮，你那一闹，霍掌柜脸上挂不住，所以，就跑了。

贺其瑞： 放屁，别把屎盆子尿盆子都往大哥我身上扣。

牛二： 那他怎么就不见了？

贺其瑞： 这里面肯定另有文章。霍掌柜看着老实，其实，哪是个省油的灯。李蓝玉……活该！

牛二： 是啊，大哥，都说女人生得太好了，命不好。我看李蓝玉就是生得太好了，一个男人也留不住。

贺其瑞： （后悔地）早知今日这个结果，我当初又何必多那一举呢？

牛二： 大哥，你说啥？

〔贺其瑞看了他一眼，没有再说话。牛二知趣地闭嘴走了。

十九、蓝玉住处，夜，内

〔蓝玉坐着炕桌前，炕桌上放着账本和算盘。蓝玉打一会儿算盘，停下来，发一会儿呆。王妈端来一碗小米钱钱红枣稀饭，放在炕桌上。

王妈： （心疼地）玉儿，喝了这碗小米钱钱红枣稀饭早点睡吧，过了半夜，人心上会滴一点血的。

蓝玉： （苦笑）王妈，我心上的血早滴干了。

王妈： （叹了一口气）玉儿，想开点，走到哪步说哪步的话吧！

〔蓝玉端起碗喝了一口，又放下。

蓝玉： 王妈，你喝了吧，我喝不下。

王妈： 要不，我再给你煮碗陈家太太送的燕窝。

蓝玉： 不用，你也累了，咱们睡吧！

〔蓝玉和王妈铺床，睡下。

蓝玉： 王妈，我今儿在院子里，看见咱正月十五做的那几个灯笼，还放在哪里，你把它们收了吧！

王妈： 行，蓝玉。我知道你的意思。看着闹心，就把它收了吧！

蓝玉： 王妈，别说了，睡吧！都过去了。

二十、九曲黄河阵，日，外

（闪回）

（字幕）农历正月十五。

黄河岸边沙滩上，栽着横竖都为19根的木桩，361根木桩组成了九曲黄河阵。不断地有人从四面八方走来，他们手提莲花灯，来到阵前，也不说话，默默地把灯绑在木桩上。

二十一、路上，夜，外

〔霍掌柜和蓝玉手提莲花灯相跟着。

蓝玉： 霍掌柜，快点，我说让你白天就来挂灯，你非要晚上来，一会儿，别找不下挂灯的地方。

霍掌柜： 蓝玉，不就是正月十五挂灯笼吗？我看挂在咱门上就挺好，你非要舍近求远，跑这么远来挂个灯！

蓝玉： 不光是挂灯，我主要是领你看转九曲来了。快点，活动一开始，就要把所有的灯都点亮。

霍掌柜： 好吧，你们正月里的活动太多了，我都看不过来了。

蓝玉：这个转九曲可有意思呢，你不看才叫后悔呢。

〔霍掌柜听话地加快了脚步。追着在前小跑的蓝玉。他们两人跑到阵前，站定，霍掌柜接过蓝玉手中的灯，挂在木桩上。刚挂上，喇叭里就传来活动开始的声音，哗地一下，所有的灯全部点亮，鼓乐齐鸣。人群一下子沸腾起来。

霍掌柜和蓝玉，挤在沸腾人群里，欢笑着在广场踩"三环套"。

然后，又进阵转九曲。（主观视角）霍掌柜突然看见一个女人，悄悄地摘下一个灯笼，提着就跑。霍掌柜就要上前去拦。

蓝玉：（笑着拦住霍掌柜）你干吗？

霍掌柜：这个女人，活动还没完，她就偷灯。

蓝玉：你不懂，这是习俗，没孩子的女人今天会专门来偷灯，她们偷灯是求儿女的。

霍掌柜笑了，他凝视着蓝玉，久久不说话。蓝玉不好意思地低下头，霍掌柜俯下身子。

霍掌柜：（真情地）蓝玉，我们早点结婚吧，我想当爹了。

（闪回完）

二十二、蓝玉住处，夜，内

王妈：蓝玉，你睡着了？

蓝玉：没有，王妈。

王妈：说起那灯，我想起今年正月十五，霍掌柜和你转九曲的那会儿，他对你可是实心实意的好。

蓝玉：王妈，不是那会儿，是他一直就对我特别好。我怎么也想不通，他会这样一声不响地扔下我就走了。

王妈：都这么久了，咱是不愿往坏处想，说不定霍掌柜真的是遇上歹人了。

蓝玉：都是我害了他，要是那天我们不成亲就好了，他还住在秉公居，说不定就没这回事了。

王妈：不要这样想，是福不是祸，是祸躲不过。我们还是盼着他好好的回来吧！

二十三、郊外，夜，外

〔霍掌柜在郊外，一个人抽着烟，心焦地走来走去。舅舅从迎面走来。

舅舅：怎么，发愁的抽起烟了？

霍掌柜：田书记，找我有事？

舅舅：是，你有李蓝玉的照片吗？

霍掌柜：有。

〔霍掌柜从贴身的内衣口袋里掏出一张结婚照，递给舅舅。

舅舅：（接过照片）看不清，回窑内看。

二十四、窑内，夜，内

霍掌柜：田书记，坐。

〔俩人坐下。

舅舅：（拿着照片端详）怪不得人家都叫碛口小天津，你看这照片照的就是不一样，真眉真眼的。

霍掌柜：田书记，是不是要派人去接蓝玉？

舅舅：是啊，好不容易才物色到合适的人选，不光你着急，组织上也着急，可再着急，也要保证蓝玉的生命安全。

霍掌柜：（激动地握住田书记的手）田书记，谢谢组织对我和蓝玉的关心。还请你原谅，我表现得太急躁了。

舅舅：完全可以理解。人心都是肉长的，新婚之夜嘛，不辞而别，放在谁身上也不会无动于衷。

霍掌柜：但是，田书记，这个方案不可行。

舅舅：为什么？蓝玉放不下她在碛口的产业？

霍掌柜：不是。你还不了解蓝玉，让她扔下家业和钱财容易，但扔下一个老人不容易。

舅舅：老人？

霍掌柜：对，王妈无儿无女，我们答应过她，要为她养老送终的。
舅舅：能不能考虑把王妈一起接来？
霍掌柜：不行，王妈早就说过，死也要死在碛口。
舅舅：是啊，叶落归根，故土难离。人越老越不想离开家乡。再说，出来也不是和你享清福来了，你下一步的工作，说不定更艰巨，生活环境也许会更恶劣，这个，我们都想得见的。
霍掌柜：蓝玉好说，她年轻，虽说是富家小姐出身，但人不娇气，能吃苦。可王妈一天比一天老了。
舅舅：老人们常说，五年六月七日八时，王妈跟你出来显然不合适。
霍掌柜：田书记，你刚才说五年六月七日八时，我还是第一次听说，什么意思？
舅舅：（拍了一下霍掌柜的肩膀开玩笑地）想不到我这个大老粗还能把你这个大秀才难住。
霍掌柜：（笑）田书记，孔老夫子都说，三人行，必有我师嘛。
舅舅：好，给你细说，这句话的意思就是说，到了五十岁，就是一年一年地说了；六十岁，就是一个月一个月地说；七十岁就是一日一日地说，八十岁嘛，那就是一个时辰一个时辰地说了。
霍掌柜：有道理，怪不得老人们说，七十不留宿，八十不留饭。
舅舅：越扯越远了，还是说正事。你不同意接李蓝玉，这个事怎么解决？
霍掌柜：田书记，我还是想亲自回去一趟。
舅舅：这个绝对不行。
霍掌柜：（着急地）那蓝玉现在是什么情况，那个丢失的文件，落在了国民党特务手里，还是阎锡山阎军的手里，我们也不清楚，他们会不会抓不到我，把蓝玉抓起来？
舅舅：这个你不用担心，要抓早抓了，据那面带回来的口信，碛口现在还没什么动静，李蓝玉目前也还没什么危险，说她自己兼上了秉公居的掌柜。
霍掌柜：这像她的性格。这样吧，田书记，蓝玉认识我的字，你还是让我给她写一封亲笔信。走邮局怕暴露，那找个可靠的交通员想办法送到她手上，这总可以吧！
舅舅：这个可以，你写吧，我安排人给你送。
　〔舅舅开门要走，霍掌柜伸出手来。
霍掌柜：田书记，把蓝玉和我的照片还给我。舅舅看了看还在手里抓着的照片，笑着放下。
舅舅：你不说，我倒忘了。
　〔舅舅放下照片，霍掌柜接过。
　（特写）霍掌柜很小心地又把这张结婚照又放回内衣口袋里。

二十五、蓝玉住处，夜，内

王妈：蓝玉，有句话，王妈不知当说不当说？
蓝玉：王妈，和我，您老还有什么不能说的？
王妈：那我也不怕你恼，我就说了，我想给霍掌柜建个坟，再烧几张纸。我不能让他到了那面连个买路钱也没有。
蓝玉：王妈，您老说什么呢。霍掌柜还活着，活着。
王妈：都快一个月了，连个音信也没有，就算是找见也没想念了。听我的，明儿就找几件他以前穿过的衣服，让风水先生，找个地方，埋了吧！
蓝玉：不用，什么也不用。我生要见人，死要见尸。我就不相信，他忍心这么不声不响地把我扔下。秉恭走了，我明知等的是一纸休书，我都等了。霍掌柜，又没说不要我，我更得等他回来说个长短。

二十六、窑内，夜，内

　〔霍掌柜伏案提笔匆匆写信。（特写）蓝玉吾妻：见信如见人。新婚燕尔，不辞而别，本非吾意。事出紧急，徒自奈何。夫妻情深，万望见谅！一定等我，切！切！切！……霍掌柜把信写好后，装在一个信封里。提笔写上李蓝玉亲启，看了下，又划掉。（特写）换了一个信封，什么也没写，匆匆封了口。

二十七、某处，日，外

〔舅舅把霍掌柜的信交到一个商人打扮的人手里。

舅舅： 一定把这封信亲自送到李蓝玉住处。如果李蓝玉不在，可以交给王妈，切记，不要再给第三个人。

〔那个商人打扮的人郑重点头，并接过信，装到内衣口袋里。

二十八、贺其瑞住处，日，外

〔贺其瑞把一个写好的信装在信封里，给了牛二。

贺其瑞： 牛二，把这个信给了李蓝玉。

牛二： 大哥，我说你忘不了李蓝玉，你还不承认，你看你，人家第二个男人刚不在了，你又捎书书带信信……

贺其瑞： 你不懂，我这是明扬暗抑，换个法子恶心她。

牛二： 那我给她这封信是怎么说？

贺其瑞： 你就说，霍掌柜走了，贺某也很难过，特意写了一封慰问信，对她再次沦为小寡妇，深表同情。

二十九、蓝玉住处，日，外

〔王妈一人坐在院里搓钱钱。那个商人打扮的人走了进来。
王妈警觉地站了起来。

王妈： （上下打量着来人）你找谁？

来人： 找李蓝玉会长。

王妈： 她去商会了，不在家。

来人： 您老是王妈。

王妈： 是，你还知道我的名字，你叫个啥，我回来告诉她。

来人： （笑笑）王妈，我是谁，她看了信就知道了，等她回来，你把这封信交给她。

〔王妈收起信，转身回了窑内。出来后，来人已经不见了。王妈又坐下继续搓钱钱。牛二走进。

牛二： 王妈，我给李会长送信来了。

王妈： 贺其瑞给写的吧，你趁早放也别往下放。

牛二： 王妈，您老就别难为我一个跑腿的了。我和您一样，就是为了讨口饭吃，咱们是各为其主。

王妈： 行了，行了，不要在这说个没完，谁和你一样，快放下走人。

〔牛二把贺其瑞的信给王妈放到窗台上。

牛二： 王妈，拜托您老人家好歹把信给了蓝玉，她不看是她的事，别让贺大人说我没送到。

三十、蓝玉住处，夜，内

〔王妈拿着两封信，走到蓝玉面前。

王妈： 这有给你的两封信。

〔蓝玉接过，两封信都封着口。她先打开了贺其瑞的那封。
蓝玉看了两行，脸色一下子就白了。她没有再拆霍掌柜的那封信，把两封信都递给王妈。

蓝玉： （发抖的声音）王妈，把这两封信拿去都烧了。

王妈： 都烧了？

蓝玉： 都烧了。

（特写）王妈拿着这两封信，走出。

三十一、做饭窑，夜，内

（特写）王妈把霍掌柜和贺其瑞的信一并扔进炉火里。

三十二、路口，日，外

舅舅：李剑同志，这次你去江西宁都的苏区工作，去的地方虽远，但你可以放心走了。你给李蓝玉捎的信，送信的交通员回来说，亲自交到了王妈的手里。

霍掌柜：到了江西，山高路远，又不敢写信，我们夫妻再见面就不知道什么时候了。还有你，田书记，我也舍不得你啊！

舅舅：这次调离的同志很多。我还没顾上和你说，组织上也和我谈话了，过几天，我也要离开陕西，去东北沈阳，到那里的煤矿，在煤矿工人中继续做党的地下工作。

霍掌柜：（关切地）田书记，今年2月13日，日商抚顺煤矿爆炸，我们中国工人死亡三千余人。那里的斗争很残酷，你一定保重。

舅舅：谢谢你，李剑，我们都要活到革命胜利的那一天，到时候，我去碛口，你和蓝玉可别忘了我这个舅舅。

霍掌柜：（深情地）一定。

舅舅：李剑，不送了，就此别过。

〔舅舅挥着手，（特写）霍掌柜远去的身影。

三十三、碛口街道，日，外

（字幕）六年后的1937年，八月。

碛口街上，身着八路军军服的霍掌柜，急匆匆地走向秉公居。霍掌柜在离秉公居五米开外的碛口街上，停下。他抬起头，远远地凝视着秉公居的牌匾，百感交集。（闪回）霍掌柜和蓝玉第一次见面，和最后一次分手的场景。霍掌柜站了一会儿，整了整军服，又大步走向秉公居。

三十四、秉公居，日，内

〔霍掌柜在柜上转来转去。新来的小伙计并不认识他。

小伙计甲：（客气地）老总，您住店，还是要进货？

霍掌柜：（摸了一下他的头，亲热地）小鬼，八路军是人民的子弟兵，不能叫老总，叫同志。

小伙计甲乙：（兴奋地）同志，您是哪个师的，我听广播上说，八路军的115、120、129师，全开赴我们山西抗日前线了。你怎么没去前线打仗，要去，能不能带上我。我也想当八路。

〔霍掌柜还没顾上回答。账房先生从后院走进柜上，他一下子就认出了霍掌柜。

账房先生：（喜出往外地）这不是霍掌柜？

霍掌柜：是啊，您老还好吗？

账房先生：好，好，你见蓝玉了吗？

霍掌柜：我以为蓝玉在咱店里，就先来了这。

账房先生：你不是以为蓝玉在店里，你是怕见蓝玉。

霍掌柜：您老说得对，六年了，我都不敢想蓝玉这六年是怎么过的？

账房先生：她一直等你，吃了好多苦。你别在这耽误时间了，快去看看她吧！

霍掌柜：蓝玉还在原来的地方住？

账房先生：是，还是和王妈一起住在原先的地方，你快去吧！

三十五、蓝玉住处，日，外

〔蓝玉住处院子的大门敞开着，霍掌柜轻手轻脚地走进。院子里静悄悄的。王妈一个人在院子里晾洗好的衣服。王妈踮起脚来，正努力往上举着晾时，霍掌柜快步走到王妈跟前。

霍掌柜：（接过王妈手里的衣服）王妈，我来。

〔王妈一听声音，吓得倒退了几步。

王妈：（喜极而泣）我的神神啊，这不是霍掌柜吗？

261

〔霍掌柜把衣服晾到晾衣服的铁丝上，转身拉着王妈的手。

霍掌柜： 王妈，是我，我回来了。

王妈： 你，你先回窑里，我去找蓝玉。

霍掌柜： 王妈，我去，她在哪里？

王妈： 能去哪？去老古槐里找你去了。

霍掌柜： 王妈，你说什么？老古槐？

王妈： （叹了口气）你走后，她夜夜睡不着，天天梦见你。有一次，她和我说，梦见你在老古槐里藏着，以后，她没事就往老古槐那跑。

〔霍掌柜感叹地咬紧了嘴唇。半晌不说话。

霍掌柜： 王妈，别说了，我知道老古槐那个院子，我去找她。

三十六、老古槐处，日，外

〔霍掌柜跑着来到老古槐处，大树的四处，空无一人，只有风吹树叶发出的沙沙声。霍掌柜一脸失望，正要转身走时，却见蓝玉迎面走了过来。

霍掌柜： （失声叫道）蓝玉……

〔蓝玉停下脚步，木呆呆地看着他，再也不敢往前迈一步。霍掌柜赶紧跑过去，就要把她往怀里搂，蓝玉用力推开他。

蓝玉： 你是人，还是鬼？

霍掌柜： 蓝玉，你怎么了？我这不是好好地回来了吗？

蓝玉： 你还活着，你没死，可我以为你死了，六年了，一点音信也没有。

〔蓝玉说完，就往出跑。霍掌柜就追。一直追到黄河边。蓝玉面对黄河，跪下，发出了撕心裂肺的哭喊声。霍掌柜往起拉蓝玉。

霍掌柜： 蓝玉，对不住，我让你受苦了。

蓝玉： 你还知道我受苦？你一走，我又成了碛口的大笑话。

霍掌柜： 对不起，蓝玉。

〔正在这时，王妈找了过来，她扶蓝玉起来。

王妈： 蓝玉，有话回家说。

三十七、蓝玉住处窑内，日，内

〔蓝玉、霍掌柜一起吃饭，让王妈也坐上吃，王妈坚持要端饭。
吃饭中间，王妈使眼色让蓝玉出去。

三十八、蓝玉住处院子一角，日，外

王妈： 蓝玉，霍掌柜现在穿这么一身衣服回来，不怕贺其瑞看见了，惹麻烦？我给他找出他以前的衣服了，你让他换上。

蓝玉： 不怕吧，要是怕，他自己就会换的。

王妈： 你还是和他说一说。

三十九、蓝玉住处窑内，日，内

〔蓝玉又坐下吃饭，霍掌柜看着她。

蓝玉： 王妈刚才在外面和我说，让我换了这身衣服，怕贺其瑞看见。

霍掌柜： （笑）蓝玉，现在是第二次国共合作时期，不论是共产党、国民党，还是阎锡山的晋军，都要联合起来，一起抗日，各级政府也是抗日的政府，我们现在的敌人，只有一个，那就是日本侵略者。

蓝玉： 那你以后就可以大明大方地在贺其瑞眼皮底下活动了？

霍掌柜： 当然。我这次是随贺龙的 120 师一起开赴山西抗日前线的。

蓝玉：那你还要随部队一起去打仗吗？

霍掌柜：是。我请假回来的，晚上就得归队。

王妈：你就不能住一晚上，明天一早再走吗？

霍掌柜：王妈，我是部队上的人，得守纪律，说晚上六点以前回去，就得六点前到了部队。

王妈：那得快点，我赶紧给你打几个火烧，你带着走。

霍掌柜：王妈，不用忙，就是你打下，我也不能带，共产党的部队不让拿群众的一点儿东西。

〔王妈拿着火烧走进。霍掌柜不要。

蓝玉：（硬给他带上）拿着，我不是群众。

四十、蓝玉住处门口，日，外

（闪镜）霍掌柜和蓝玉、王妈分手。霍掌柜策马远去的背影。

四十一、蓝玉住处，夜，内

〔蓝玉坐着，王妈给她梳头。

王妈：蓝玉，霍掌柜要是能在咱这住一晚就好了，你们就可以圆房了。

蓝玉：王妈，就算是他能住，我也不会和他住一个窑。

王妈：这话咋说的？这不是成心和霍掌柜过不去吗？

蓝玉：不是和他过不去，他一走这么多年，总得和我把事情说清楚，他能不声不响地走，我不能不声不响地就和他住在一起。

四十二、蓝玉书房，日，内

〔霍掌柜身着一身便服走进。蓝玉正看书，抬起头来。

蓝玉：（吃惊地）你怎么没穿军服？

霍掌柜：我就是来和你说这事的，我从部队转业到地方了。组织上考虑我对碛口熟悉，让我留在碛口。

蓝玉：那你还回秉公居当掌柜吗？

霍掌柜：你愿意吗？

蓝玉：当然，我一直没再找掌柜，就是等你。

霍掌柜：可惜，我暂时回不了秉公居，我这次的身份和上次不同，不能做掌柜了。另有新的身份，老六的身份也有变化。

蓝玉：我知道，碛口商团要归碛口抗日游击队了。我早就猜见老六和你是一样的人。

霍掌柜：蓝玉，我们这样的人不好吗？

蓝玉：（委屈地）好，你们是革命的人。但革命的人也不能不近情理，你走了，连个信也不给我捎一封。你干什么不能告诉我，但你应该让我知道，你还好好的活着。

霍掌柜：我给你捎过信啊，当时不敢走邮局，怕连累了你，是一个交通员亲自送来的，他告诉我，他把信亲手交给了王妈。

蓝玉：交给了王妈？

霍掌柜：是啊，我问他王妈的样子，他都形容得分毫不差。王妈难道没有给你？

〔蓝玉回忆的表情。

四十三、蓝玉住处窑内，夜，内

（闪回）

蓝玉：（发抖的声音）王妈，把这两封信拿去都烧了。

王妈：都烧了？

蓝玉：都烧了。

（闪回完）

四十四、蓝玉书房，日，内

霍掌柜：（看着蓝玉迷茫的表情）怎么，你没看过我的信，难道真是王妈忘了。

蓝玉：（苦笑着）王妈没忘，她给了我了。

霍掌柜：（奇怪地）那你没看？

蓝玉：（摇头）阴差阳错，那天贺其瑞正好也送来一封羞辱我的信，一样的信封，都封着口，我以为你的那封，也是他写的，所以没有拆，就让王妈烧了。

〔霍掌柜吃惊地看着蓝玉。

四十五、窑内，夜，内

（闪回）

霍掌柜把信写好后，装在一个信封里。提笔写上李蓝玉亲启，看了下，又划掉。（特写）换了一个信封，什么也没写，匆匆封了口。

（闪回完）

四十六、蓝玉书房，日，内

蓝玉：说来真是巧的吓人，贺其瑞的信迟不送来，早不送来，偏偏和你的信一起送来。这样说来，你我真是有缘没分。

霍掌柜：（突然站起来）蓝玉，你不能这样悲观，我们怎么就有缘没分了。组织上这次把我留在碛口，也有一层意思，就是照顾我们夫妻团圆。

蓝玉：要团圆容易，我心里的谜团，你得给我解开。

霍掌柜：蓝玉，我为什么要走？怎么走的？我这次回来，都和你原原本本地说过多少遍了，你是不是到现在还不相信我说的话。

蓝玉：是的，我是不相信你说的话，既然，你说你来碛口做地下党的文件丢失了，那你走后，怎么没见人来抓你。

〔霍掌柜一时语塞。

霍掌柜：（无奈地）你说得没错，我也觉得这是个谜。可当时确实是组织上把我接走的，我事先根本不知道，我是被动离开的，不是我主观上怕死，丢下你不管的。

蓝玉：不要再说了，你什么时候给我解释清楚，为什么你走后，碛口风平浪静，根本看不到你说的危险，咱们什么时候再做夫妻。

四十七、郊外，日，外

（闪回）

〔霍掌柜在郊外，一个人抽着烟，心焦地走来走去。舅舅从迎面走来。

舅舅：怎么，发愁的抽起烟了？

四十八、苏区，日，外

〔霍掌柜穿着军装打蓝球，下了场后，有个戴眼镜的军人走了过来。

军人：喂，小伙子，你是哪个师的，有人看上你了。

霍掌柜：报告首长，我结过婚了，这是我的结婚照。

军人：嗬，看来你们小夫妻感情不错么，结婚照还随身带着。

（闪回完）

四十九、书柜前，日，内

〔霍掌柜走到书柜前，把一本书抽出来，又放进去，转身看着蓝玉。

霍掌柜： 蓝玉，你怎么就不相信我说的话呢？

蓝玉： 别逼我，我心里别不过这个劲儿来。我不能像件衣服一样，让你们男人，想穿就穿，想脱就脱。等秉恭我要的是一纸休书，等你我要的不仅是你的人，更是要你的心，一辈子不变的真心。所以，我不能带着心上的谜团，稀里糊涂地就和你过到一起。

霍掌柜： 蓝玉，让时间去证明一切吧！我们不说这个了，我们一起去看老六。

五十、商团，日，外

〔商团的队员，全部脱下印有商团标志的衣服，换了游击队队服。所有的人一脸严肃地出出进进，匆匆忙忙的样子。霍掌柜和蓝玉走进。

霍掌柜： 老六，你这里气氛蛮紧张的嘛，像个有战斗力的队伍。

老六： （开玩笑地）哎，你俩人，终于成双成对了。

蓝玉： （郑重地）老六，别开玩笑，霍掌柜说了，我们先不谈私事，抗日才是大事。

霍掌柜： 老六，你看我们蓝玉的思想，有进步吧！

〔老六不解地看看蓝玉，再看看霍掌柜。

老六： 你们这夫妻俩葫芦里卖的到底是什么药啊！

蓝玉： （故意把话岔开）你走了的这几年，老六没有少照护我和王妈。

霍掌柜： （走上前感动地拉起老六的手）谢谢你替我照护蓝玉。

老六： 我可受不了你这文当当的一套，蓝玉那么要强的一个女人，她自己什么也能撑得起来，还用人帮。你们俩就不用客气了。

蓝玉： 老六，心里话，我真舍不得让你和商团离开碛口。

老六： （开玩笑地）你是舍不得我，还是舍不得他？

〔蓝玉不好意思地一笑。

霍掌柜： 老六，你就别开玩笑了。

老六： 看来，霍掌柜没和你说，他现在是离石县第四区副区长，就在黑龙庙办公，他是不会离开碛口的。

〔蓝玉转头迷惑地看着霍掌柜。

蓝玉： 那你不是和贺其瑞在一起了吗？

霍掌柜： （郑重地点头）是，为了抗日，我们好多同志都被邀请进了阎锡山的政府工作。

蓝玉： 那你也在黑龙庙上庙办公？

霍掌柜： 对，我不离开碛口，老六领导的碛口游击队，也会在碛口附近的村子里活动。

老六： 蓝玉，你想我们怎么能轻易离开碛口，碛口不论从哪方面来说都太重要了。

霍掌柜： 老六说得对，碛口商业繁荣，紧靠黄河这些就不说了，光是通讯条件就比离石先进。民国六年（1917），碛口就建起了"中华邮政局"，而离石到现在还只是个代办所。战争开始，先进的通讯设施有利于情报的传递。

蓝玉： 只要你们在碛口就好，眼皮底下的事，我也能多少帮上你们的忙。

霍掌柜： 那是最好，下一步，我们抗日政府的工作，主要是动员群众，全民抗日。

老六： 霍掌柜，你有文化，上次开会听说在什么会上通过了什么十大什么来着，就是说的你刚才说的这个意思。

霍掌柜： 你说的是，8月22日至25日，中共中央政治局在陕北洛川召开的扩大会议。这个会议通过了《中共中央关于目前形势与党的任务的决定》和《抗日救国十大纲领》等文件，阐明党的全面抗战路线和党在抗战时期的基本政治主张。《十大纲领》的第一条是打倒日本帝国主义；第三条就是我刚才说的全国人民总动员。

老六： （羡慕地）看看，这有文化多好，一样的开会学习，人家霍掌柜一说一串，咱这大老粗听过就忘，什么也记不下。

霍掌柜： 老六，你就不要夸我了。寸有所长，尺有所短。将来打起仗来，我可就比不上你了。

老六： 要这么说，纺花织布做军衣军鞋，我还比不上蓝玉呢。

霍掌柜： 所以说，要全国人民总动员嘛。你说是吧，蓝玉？

蓝玉： 我看，咱们还是先吃饱肚子再说。老六，走，跟我们回去吃扯面去，王妈还给我们做了大烩菜。

老六： 好啊，先白吃你们的一顿扯面。

〔三个人说笑着走出了商团。

（第二十一集完）

第二十二集

一、黑龙庙上庙，日，外

（空镜）黑龙庙大门一侧悬挂着离石四区的牌子。

二、办公室，日，内

〔霍掌柜伏案正在写着什么。老六推门走进。
霍掌柜高兴地起身让老六坐，俩人面对面坐下。
霍掌柜拿出一支烟给老六，老六摆手。

老六：（点燃手中的旱烟袋）这个，比你那个细纸棍棍得手。

霍掌柜：（笑笑，自己点上）老六，商团整编到游击队后，大家感觉怎么样？

老六：不错，我们商团的人到了游击队，全都变得比以前精神了。

霍掌柜：好啊，有你在，我心里就踏实。另外，还有一个消息要告诉你。

老六：什么消息？

霍掌柜：我们地下党的上级组织要变更了。

老六：怎么变更？

霍掌柜：你知道，以前，我们碛口，包括孟门这一带的地下党支部，虽然在山西地界，可不属于山西省地下党管。

老六：这我知道，我们碛口地下党一直归中共陕西吴堡县河东区委管辖。白医生去年撤的时候，才告诉我，你陕西的那个舅舅，根本不是你舅舅，是河东区委书记。

霍掌柜：那都是老黄历了。现在，我们碛口和孟门这一带的地下党支部全要交给中共离石县委领导了。

老六：也好，这样和汾阳特委联系起来更方便些。还叫河东区委？

霍掌柜：当然要改名，改为中共离石县第四区委。

老六：不管改啥名，也不管归谁领导，反正我是老党员了，你这个区委书记最清楚，有啥硬仗，别忘了老六带的碛口游击队。

霍掌柜：那还用说，强将手下无弱兵。兵熊熊一个，将熊熊一窝。你带的队伍，当然得去啃别人啃不动的硬骨头。

老六：霍掌柜，你说话，总是一套一套的。要不，这样，你这个文化人，抽空给咱的游击队员们上堂政治课，怎么样？

霍掌柜：好啊。

〔老六起身要走，霍掌柜送出来。

三、土坡上，日，外

〔霍掌柜送老六走了出来。走到山坡上，老六突然站住。

老六：对了，还有一个事想问你。

霍掌柜：你说，什么事？

老六：我问你，你这次回来怎么没住到蓝玉窑内？

霍掌柜：老六，你怎么突然想起问这个？

老六：（停了一下）我和蓝玉，和你都共过事，又是你们的老大哥，关心一下不行吗？

霍掌柜：老六，这个事一时半会儿也和你说不清。蓝玉她受了这方面的制了，非要让我给她解释清楚，为什么我被接走后，一直没人来抓我？

老六: 不光蓝玉觉得这是个疑问, 我也一直觉得组织上是不是搞错了, 你的那份材料, 压根就没丢。

霍掌柜: 我也不知道这是哪个环节的缘故, 反正, 我肯定不是碛口人猜测的那样, 因为贺其瑞在婚礼上搞了那么一出, 就嫌弃蓝玉跑掉了。

老六: 可碛口人都这么认为。

霍掌柜: 可惜, 这事还真说不清, 那个资料员牺牲了, 能澄清这件事的只有舅舅, 可是舅舅去了东北。东北最早沦陷, 现在也不知道他活着, 还是已经牺牲了。

老六: 不管能不能澄清这件事, 你不能亏了蓝玉。蓝玉是个好女人, 就是有点儿认死理, 爱较真, 抽空, 我再做做她的工作。

霍掌柜: 不急, 我也想通了, 这兵荒马乱的, 不在一起, 就不在一起吧! 说实话, 让蓝玉为我怀孕、生孩子, 我也不忍心。拖个大肚子, 日本人打进来, 跑都不好跑。

老六: 你想得太多了, 蓝玉不同意, 你也只能这样劝自己了。

四、霍掌柜办公室, 日, 内

〔霍掌柜正在整理文件柜, 有人敲门。

霍掌柜: (头也没抬) 进来。

贺其瑞穿着一身警服满脸堆笑地走了进来。

贺其瑞: 霍掌柜, 不, 霍区长, 真是想不到啊, 我们能在一个官场供职。

霍掌柜: (笑) 贺区长, 请坐。

贺其瑞: 听说, 霍区长是阎督军亲自批条请回山西的, 没想到, 你走了几年, 变得嘛样神通广大, 手眼通天!

霍掌柜: 贺区长, 找我有事?

贺其瑞: 本来过去的事, 就过去了。想霍掌柜大人大量, 也不会往心里去, 可我还是觉得礼多人不怪, 蓝玉的事, 你就别往心里去。那天, 我其实也就是想讨杯喜酒喝, 结果……

霍掌柜: (打断他) 贺区长, 你我现在都在抗日政府供职, 我们的任务, 用阎锡山阎督军的话说, 就是 "守土抗战"。其他的事就不要再提了。

贺其瑞: 好, 嘛样好, 嘛样好, 守土抗战, 守土抗战。

〔贺其瑞说着从包里拿出一个花瓶, 要送给霍掌柜。

贺其瑞: 山不转, 水转, 咱们既然转到一起了。以前的事一笔勾销, 重打锣鼓, 另开张, 重新相处。这是我特意送给你的一个 "油点花瓶"。

霍掌柜: (摆手不接) 别说油点花瓶, 就是水点好瓶, 到了我手里, 也是白瞎, 我不懂, 也不喜欢。

〔贺其瑞举起花瓶底, 给霍掌柜看。

贺其瑞: 你看看, 这瓶底上刻着 "中国招贤" 四个大字, 你在碛口做一回官, 怎么能没件招贤的瓷器。说不过去, 说不过去。

霍掌柜: 贺区长, 你喜欢古董, 你自己留着, 我真的不喜欢。

〔贺其瑞又把花瓶正过来, 指着花瓶, 继续给霍掌柜讲。

贺其瑞: 早在唐朝时, 招贤就出产这种 "油点花瓶", 唐明皇通过日本的遣唐使, 将这种花瓶, 带回了日本, 当作国礼送给了日本天皇。

霍掌柜: (严肃地) 贺区长, 听你这么说, 我更不敢要了, 现在是什么时期, 是全民抗日时期, 我怎么能收这种送过日本天皇的东西。

贺其瑞: 咱们这种小官, 该抗日, 抗日, 该发财, 发财。你就不要客气了, 以后, 我还指着你攀上阎督军发大财呢。

霍掌柜: 贺区长, 以后的事以后再说, 现在这个花瓶, 我是说什么也不要, 你拿回去。

(特写) 霍掌柜办公桌一条腿短了一截, 霍掌柜站起身, 把放在桌上的一块薄木片, 垫在了这个腿的底下。

贺其瑞: 这个办公桌实在是不好, 赶明儿, 我找人给你换个新的。

霍掌柜: 不用, 东西嘛, 能用就行。

〔贺其瑞把花瓶装回自己的提包里, 失落地转身走了出去。

五、沙滩上，日，外

〔老六领着众人在沙滩上出操，出操完毕后，有的趴在地上练习射击、有的练习投弹、有的练习劈刺、有的练习掷弹等作战本领……

霍掌柜拿着一份《新中华报》走来，游击战士看到他，纷纷主动敬礼，霍掌柜回礼。他高兴地走到老六跟前。

霍掌柜：老六，这是刚拿到的《新中华报》，上面可有一个大好消息。

老六：什么好消息，看把你高兴的，咱回窑内去说。

霍掌柜：不用回窑内，就在这说，让咱们的游击队员都听听。

老六：（扯开嗓子）都过来，都过来，听霍区长讲话。

人们有的背着枪，有的手里拿着手榴弹，纷纷聚拢过来。都围着霍掌柜，坐在一起。

霍掌柜：大家随意些，不是讲话，是告诉大家一个好消息。10 月 19 日，也就是前天，我八路军 129 师 768 团三营夜袭了日本在咱们山西代县建立的军用机场，焚毁敌机 24 架，并歼灭日寇一百多人。

〔众游击队员鼓掌、叫好！

等大家安静下来后，霍掌柜继续讲。

队员甲：霍区长，人家是正规部队，我们是游击队。打这样的仗。轮不上我们。

队员乙：说得对，我也想跟上大部队上前线去。

霍掌柜：同志们，大部队有大部队的任务，我们游击队肩上的担子也不轻。你们想想，日寇一旦进犯离石，肯定会北掠临县，西渡黄河，我们的任务就是要死死地守住碛口黄河沿岸，坚决不能让日寇从碛口撕开口子，渡过黄河，进犯陕西。

老六：你们听听，我是说不来，霍区长这一讲，你们就明白了吧，硬骨头还在后边等着我们啃呢，好好操练去吧，有的是你们杀敌立功的机会。

六、蓝玉住处，日，内

〔王妈和蓝玉吃饭。

王妈：蓝玉，今儿晚饭我要做枣锄饼，霍掌柜最爱吃，你叫他来家吃吧？

蓝玉：王妈，不用叫，他现在是公家人，忙公家事，顾不上来。

王妈：不见时日思夜想，好不容易把人盼回来了，你们俩也不知道这是唱的哪一出。

〔蓝玉装作没听见，匆匆吃完饭，就走了出去。

七、黑龙庙前，日，外

〔蓝玉在黑龙庙前徘徊，想进又不愿进。

老六走了过来，看见蓝玉，快步走到蓝玉跟前。

蓝玉掉头想走，被老六叫住。

老六：蓝玉，有事，怎么不进去？

蓝玉：也没什么事。

老六：没事？

蓝玉：是这样，王妈说晚上要做枣锄饼，让我叫霍掌柜去吃。你去告诉他一声就好了。

〔蓝玉转身就走，老六看着蓝玉的背影，叹了口气，转身走进黑龙庙。

八、霍掌柜办公室，日，内

〔老六急匆匆地走进，顾不得坐下，站着，焦急地看着霍掌柜。

老六：二战区司令阎锡山克扣了贺龙 120 师的军饷，都深秋了，战士们都还穿着一件贴身的单衣，过冬的棉衣就更不要说了。

霍掌柜：我也是刚接到上级通知，你去通知区委成员，马上开个秘密会议，想办法解决部队过冬的军服。

老六： 好。不过，我的意见，这个事离不开蓝玉，她是商会会长，在碛口人缘好，威望高。又是个女同志，好做动员工作。

霍掌柜： 这件事，当然离不开她。太原沦陷后，阎锡山暗中不断制造反共摩擦。这次我们为120师筹集冬装的事，还得靠蓝玉多出面。

老六： 我觉得蓝玉一直有革命倾向，我们应该争取早日让她加入党组织。

霍掌柜：（点头）我也早有此意。

老六： 对了，刚才在门口见蓝玉了，那样子好像找你有事，让她进来，她又不进来，她让我转告你，王妈叫你去吃晚饭。

霍掌柜： 老六，你看，我们这像夫妻吗，这么生分？

老六： 可不是，别说你们还没圆房，就是我们老夫老妻，也不能有了隔阂，闹几天别扭，谁都不好意思再往一起凑。她心中有疙瘩，你总得让她解开。

霍掌柜： 不说了，国将不国了，还顾得上这些儿女情长。对了，老六，我一直没顾上问你，昨天，我去找白医生的诊所怎么没找见？

老六： 忘了告诉你，白医生的诊所，去年年底，组织上安排撤了。白医生回了部队医院。

霍掌柜： 白医生和我虽然没在一起多共事，但说起来，还是怪想他的，难得他全身而退，只要他平安就好。

老六： 放心吧，猫还有九条命呢，只要不怕死，咱们的命也都大着呢！

九、某隐蔽处，日，内

（闪镜）六七个人，神情严肃地围在一起坐着。老六托着腮，霍掌柜挥着手，讲话。

十、蓝玉住处书房，夜，内

〔蓝玉正在看一本书，看见霍掌柜，放下书。

蓝玉： 这么晚了，你怎么还过来？

霍掌柜： 蓝玉，有件事，我们需要你出面。

蓝玉： 你们？

霍掌柜： 对，我和老六的组织。

蓝玉： 要我干什么？

霍掌柜： 要你出面为贺龙的部队筹集过冬的军服。

蓝玉： 你现在不是区长吗？你为什么不能自己出面。

霍掌柜： 现在山西最大的司令官阎锡山变了，我不方便出面。

蓝玉： 那好，你们的事我管。我先去动员商家筹钱。

霍掌柜： 是，除了筹钱。还有一个更头疼的问题。

蓝玉： 什么问题？

霍掌柜： 军服染色的问题。

蓝玉： 这倒真是个麻烦，碛口虽说有十多家染房。但都用的是德国进口染料"快靛"，一下子染这么多布料，恐怕谁家也没这么多染料。

霍掌柜： 蓝玉，不能在多家染房染，目标太大。你去找一家最可靠的染房，但不能考虑用进口染料，太贵。

蓝玉： 那用什么？

霍掌柜： 你再去和那些老染匠打问打问，看有什么便宜的土法。

蓝玉： 行。另外，要染的布准备好了？

霍掌柜： 离石那面准备了一部分，还有一部分，我们在碛口筹集。对了，蓝玉，离石的那批货后天到，我让给秉公居，你接一下货。

蓝玉： 好的。

十一、秉公居，日，外

〔三辆马车停在秉公居门口，一位车夫，手持货签走进店里。

车夫：找你们李蓝玉东家。

〔蓝玉走出，看了眼来人，接过货签。

车夫：让我捎货的东家，托我带话，说对不住，说好半年前到的货，晚了。

蓝玉：告诉他，晚就晚了，现在打仗，什么事也不好说。

车夫：他还说，价钱你看着给，回头算。

蓝玉：让他放心，货出手了，我会按市价给他。

十二、蓝玉住处书房，夜，内

〔蓝玉把货签递给霍掌柜。

蓝玉：你的货到了，我收在了我库里。另外，短缺的部分，我跑了几个大绸布店，他们的库存加起来足够。

霍掌柜：这是最好，可染料的事你问了吗？

蓝玉：我今天去了几家，都没有什么好办法，明天再去义成染问问，那里一个老师傅是大把式，也许，他有办法。

十三、义成染，日，外

（空镜）义成染牌子和染房外景。

十四、义成染，日，内

〔蓝玉走进，义成染柜上的掌柜赶紧拱手走出。

掌柜：李会长，你今儿怎么有空过来？

蓝玉：你染房的大师傅在吗？有个事，我想请教他老人家。

掌柜：李会长，莫不是你也想开个染坊？

蓝玉：哪里啊，马掌柜，"隔行不取利"，我是问问师傅有个活儿，他有没有办法，如果有，我就把这个买卖给了你们。

掌柜：李会长，我能接下这个染坊全靠了你。一多半钱，都是你借给我的。

十五、蓝玉住处，夜，内

（闪回）蓝玉和王妈正睡着，突然，外面传来一阵敲门声。

〔王妈披衣下地，开门，出去，见门口站着万源染坊的马掌柜。

王妈：马掌柜，你这么晚来，有事？

马掌柜：王妈，有个急事，想求蓝玉。

王妈：你等等，我回窑叫她。

十六、蓝玉书房，夜，内

蓝玉坐着，马掌柜也坐在蓝玉对面。

〔王妈端进来一杯茶，放在马掌柜跟前。

〔马掌柜面有难色，看着蓝玉张了几次嘴，都张不开。

蓝玉：（关切地）马掌柜，你老有什么事，就直接说吧，只要我能帮上忙，一定帮。

马掌柜：我，我是想把我们的染坊盘下来。

蓝玉：你们染坊要转手，吴东家不干了？

马掌柜：你还不知道，吴东家在太原的店铺被日本人烧了，高堂老母和他一家妻儿老小，一家五口人也全被活活烧死。

蓝玉：那吴东家要回太原？

马掌柜：不，他不回太原，他的哥哥是八路，他要找他哥哥，到部队上拿枪报仇。

蓝玉：那他多少钱转这个染坊？

马掌柜：我们东家的意思，不拘多少，够他路上的盘缠就行。可我心里过意不去，咱不能趁人之危，我想按市价，公公道道地接过这个染房。从民国九年（1920），咱碛口种上棉花，就有了我们这家染房，我在这里干了也近十七年了。

蓝玉：您老别说了，我懂。您说吧，借多少？

马掌柜：都说李会长爽快，没想到，这么爽快。你就借我五百块大洋吧，我自己有三百块。

蓝玉：行，明天一早，我就给您送去。顺便给你们东家辞行，毕竟是我商会的一员。

马掌柜：蓝玉，难得你多会儿都是这么有情有义。我回去就转告给我们东家。

〔马掌柜说完，并没有走的意思，还站在当地，低着头，搓着手。蓝玉扫了他一眼。

蓝玉：（奇怪地）马掌柜，你还有事？

马掌柜：都说和李会长借钱，从不要利，但我还是想丑话说在前，咱先小人后君子，到时候，我只还本金。

蓝玉：放心吧，马掌柜，我要是放高利，你就不和我借了。我一分的利息也不要。日本人已经占了太原，碛口商人人心惶惶，你在这种时候，还能公公道道地接手东家的店铺，我该帮你！

马掌柜：那你也放心，日本人来了，我也不跑。只要日本人打不死我，我活一天，这账就在一天。两年之内，我一定将本金一分不少的还你。

（闪回完）

十七、义成染，日，内

蓝玉：马掌柜，借钱的事，你就不要再提了，我也不是因为借给你钱，就让你白干。是因为信任你，才敢把这个活儿交给你。

马掌柜：放心，放心。师傅在后边，你去问，你的买卖，挣钱不挣钱，我都接。

蓝玉：要是行，该出多少钱，一分也短不下你。

十八、黑龙庙，日，内

〔霍掌柜在桌子上写着什么。蓝玉走进。

霍掌柜：去义成染了？

蓝玉：去了。

霍掌柜：有办法吗？

〔蓝玉摇头。

霍掌柜焦急地站起来，搓着手。

蓝玉走到霍掌柜面前，把一张纸递给他。

霍掌柜接过纸，看了后，高兴地看着蓝玉。

霍掌柜：干得好！

蓝玉：怎么样，义成染的师傅牛吧！

霍掌柜：是牛，把染的步骤都告诉的你清清楚楚。

蓝玉：我怕忘了，他说一句，我写一句。

霍掌柜：蓝玉，你没记错吧，这种叫"色叶"的树叶，经过熬煮，真能提取色素，当土染料？

蓝玉：我当然没记错。（蓝玉走到霍掌柜跟前，指着霍掌柜手上的纸）你看，这上面不是写着染布时，还要再加碱面和黑矾吗？师傅说了，用这种土染料染出来的就是八路军穿的那种灰色。对了，你说，八路军为什么穿这种颜色？

霍掌柜：我也不太清楚，从安全性上来说，这种颜色和土地的颜色差不多，是保护色，不容易被敌人发现。

蓝玉：（话里有话地）你懂得就是多，除了不能回答我那个问题外，你什么都能答上来。

霍掌柜：（坦诚地）你那个问题，我现在是不能回答，但也许明天，就会突然来个人，帮我们解开这个谜，也许永远也没有。

蓝玉：道理我懂，就是心里转不过弯来。

霍掌柜：（笑着）蓝玉，咱们不是说好了，先放下个人的事，一心打鬼子吗？

十九、黄河边小酒店，日，内

〔霍掌柜坐在紧靠黄河的桌子边，吃着碗脱。

老六从楼梯上走了上来，坐在旁边的一张桌子上。

老六：掌柜的，来碗山药擦擦。

霍掌柜：（抬起头来，故作惊讶地）是老六啊，坐过来，一起吃吧！

〔老六坐了过去。

霍掌柜：（高声地）再来碗碗脱。

老六：有什么任务？要打仗吗？

霍掌柜：不是打仗，是打树叶。

老六：开什么玩笑，我再不是正规部队，也不能去打树叶吧！

霍掌柜：（严肃地）小声点，不是开玩笑。让你们打的可不是一般的树叶。

老六：什么树叶？

霍掌柜：这是一种能变成染料的树叶，我调查清楚了，这种树叶都长在深山老林，离我们最近的
兴县的黑茶山就有。

老六：我一定想办法弄到。

霍掌柜：注意不要动作太大，黑夜秘密前往，现在的形势，对我们很不利。

老六：明白。

〔老六起身先走。

霍掌柜：掌柜，结账。

二十、山上，夜，外

〔老六带着队伍，队伍上的人都身背大口袋，急匆匆走在山里。

老六：（站在队伍外）跟上，跟上，都别掉了队，看着脚下，注意别掉沟里。

队员甲：（小声地）看咱们队长，严肃地，好像是去打鬼子似的。

队员乙：你可别小看咱们这次行动，也是间接地打鬼子。队长不是说了吗！打下这些树叶，要染
八路军的军服。

队员甲：好，你觉悟高，我听你的，咱就去。

二十一、贺其瑞住处，日，内

牛二：大哥，最近，碛口好多商家都在低价甩货，那几家古董店的好东西，都便宜了，你不去看看。

贺其瑞：（叹了一口气）乱世藏金，盛世藏宝。你看这个架势，日本人很快就会打进来，到时候，
我在碛口的所有藏品，都会付之一炬。现在，抛还来不及呢，还敢收。

牛二：大哥，要不，这样，你在碛口还有多少值钱的东西，我给你就地挖个坑，把你的东西深埋了。

贺其瑞：算了，我还是找机会换成金条吧！

牛二：对了，大哥，李蓝玉好像没有和霍掌柜住在一起？

贺其瑞：（又恨又气又不屑地）那两人，一对傻瓜。嘛样不开窍。

牛二：大哥，你现在是不是也忙着抗日，所以，就不坏他俩的好事了。

贺其瑞：（一本正经地）抗日当然也得抗。（用力拍胸脯）我贺某也是堂堂的中国人，当然不愿
当亡国奴。（停了一下）至于他们俩人，今非昔比，霍掌柜也是有来头的，咱们再不能
轻举妄动，要且走且看。

牛二：知道了，大哥。

贺其瑞：另外，我现在不考虑收古董，不代表我不闹钱，你看看，有机会，咱们还是要闹点现钱，
放在手里。

牛二：放心，大哥，一有消息，我就给你报信来。那霍掌柜和李蓝玉有什么动静，我不用来告诉你？

贺其瑞：告诉也没用，现在是国共合作，一致抗日。连你们山西的土皇帝阎锡山都朝秦暮楚，信奉的是存在哲学。大哥我现在更是睁一只眼，闭一只眼，趁着日本人还没打到碛口，能捞一把是一把。

牛二：（讨好地）大哥，识时务。

二十二、黄河边小酒店，日，内

〔霍掌柜和老六坐在一张桌子上，俩人边吃饭边说话。

霍掌柜：老六，你立了大功了。

老六：什么大功？

霍掌柜：你背回来的树叶，够染一万多套军服的布，120师过冬的衣服有着落了。

老六：可光有布怎么做棉衣，还得有棉花啊！

霍掌柜：你不是光管打仗吗？怎么倒主动问起棉花了。

老六：（不好意思地）我不过是随口一问，当然还是想打仗。

霍掌柜：老六，路要一步一步地走，饭要一口一口地吃。有了面子，就不愁里子。棉花的事，李蓝玉和我们一起想办法。你的任务就算完成了。

老六：（不屑地）那我们呢，还是在碛口操练待命？

霍掌柜：不。你和你的碛口游击队要去离石，为了集中有生力量，碛口游击队整编到了离石游击大队。

老六：我怎么没接到通知？

霍掌柜：明天通知一下来，你们就得出发。老六，看来，我们要分开一段时间了。

〔老六半晌不语，若有所思的样子。

霍掌柜：怎么，要不，今晚回家看看嫂子？

老六：我们老夫老妻了，回家道个别就行。我倒是想再叮嘱你一句，多求求蓝玉，和蓝玉过到一起吧！

霍掌柜：不是我不愿意，是蓝玉不愿意。那件事又说不清。

老六：说不清就不说了，要一辈子说不清，还一辈子不在一起了？

霍掌柜：（抱拳）谢谢你！

二十三、西湾陈家大门，日，外

〔秉恭肩膀左右一面一个，背着两个大包袱，仔细看，背上还背着一个三岁多的男孩子，后面跟着他媳妇，媳妇手里拉着一个七岁多点的女孩子。他们全都破衣烂衫，一看就是逃难回来的。

到了陈家门口，秉恭先放下背上的孩子，站直，喘了口气，又把包袱放在门口的台阶上。上前打门。

佣人出来开门，半天不敢认他们。

秉恭：福顺，你不认识我了，我是秉恭啊！

福顺：是三少爷，你怎么成了这个样子？

秉恭：太原被日本人占了，我们回来避难来了。

媳妇：都累死了，你还不快领上我们进去，还站在这里说个没完。

福顺：（看了一眼秉恭媳妇，施礼）三少奶奶好！

〔秉恭媳妇没答话，轻轻地点头，抱起地上的孩子，径直走了进去。

秉恭赶快回头招呼后面站的稍大一点的孩子。

二十四、太太窑内，日，内

〔太太坐在炕上和老爷说话。老爷闭着眼，太太给老爷捶着腿。

太太：听说太原府也被日本人占了，我这几天老是睡不着，也不知秉恭他们一家怎么样呢？

老爷：我也担心，义成染的吴东家之所以卖染坊，就是因为太原他一家连他老母亲共五口人，全让日本人活活烧死了。

太太：唉，亲的近的都死了，他还要那染房干啥，挣钱给谁花。

〔老爷和太太正说着话。福顺带着秉恭一家走了进来。

秉恭一进来就把包袱扔在地上，看着炕上的老爷和太太。

秉恭：（跪倒）爹、娘，我回来了。

〔说完，秉恭就悄悄地拉站在他身旁的媳妇，让她也跪下，媳妇假装没看见，走开，坐到一边的椅子上。

老爷和太太坐起，看着他们一家四口，半晌说不出话。

还是太太先跳下炕，她扶起秉恭。

太太：（抬头伸手抚摸着秉恭的脸）真是菩萨保佑，我和老爷，刚才还说起你，你让娘好担心啊！

〔秉恭把两个孩子拉到太太跟前。

秉恭：（看着俩个孩子）这是你们的爷爷和奶奶，快跪下磕头，叫爷爷，奶奶。

俩孩子不跪，眼睛直直地看着老爷和太太。小一点儿的男孩子，吓得哭着往父亲背后钻。

〔秉恭媳妇生气地从椅子上站起。一把把俩孩子拉到自己身边。

秉恭媳妇：（怒向秉恭）跪什么跪，封建习俗，你比日本人还可恨，吓着孩子。

〔太太愣在一边。

老爷：（生气地）秉恭，孩子还小，不懂事，你们先退下吧。

太太：对，对，老爷说得对，你们路上累了，我让下人把你们的窑烧热去。

二十五、蓝玉住处书房，日，内

〔蓝玉在织布，王妈在拐线。霍掌柜走进。

霍掌柜：哎，怎么换了工种了，蓝玉织布，你能行吗？

王妈：这叫工变工，累死人。本来她拐线线就挺好，非要学织布。这下好了，织布机不闲，我们俩人也不能闲。

霍掌柜：王妈，正好我找蓝玉说个事，我们到书房去说。机子和您老人家都歇会儿。

王妈：机子能歇，我不歇。蓝玉说了，抗日不分老少，我老了也能为抗日出把力。

霍掌柜：王妈说得好，再开抗日救亡大会时，我就把您老的话，原原本本地讲给大家听。

蓝玉：这倒不假，王妈纺花织布做军鞋，起鸡叫，睡半夜，干得活儿还又快又好。

〔王妈高兴地脸上笑成了一朵花。蓝玉也笑着下了炕，和霍掌柜一起推门，走了出去。

二十六、蓝玉书房，日，内

〔蓝玉进门，霍掌柜随后也进来，他把门关上。

蓝玉：不用关门了，王妈一会儿就会给咱们送吃的。

霍掌柜：（郑重地）蓝玉，你不要多心，我一定等你。等那个谜解开时，你心里一点儿顾虑也没有了，我一定再正正经经地娶你一次。

蓝玉：不说这个了，是不是为军服的事找我？

霍掌柜：一件是，一件不是。

蓝玉：那先说军服的事？

霍掌柜：这么多军服去哪做？想来想去，只有去义居寺最合适，那里地方大，能倒腾开，还相对安全，你能不能让二娘出面先探探住持的口风。如果行，我们就想在义居寺建立一个被服厂。

蓝玉：行，我二娘正好还在义居寺，我明天就和王妈去说。还有一件事，是什么事？

霍掌柜：山西抗日救国联合会，要从太原府派几个女干部来临县，计划十二月下旬，在离石举办一个妇女抗日救国培训班。为下一步成立临县妇女抗日救国联合会做准备。我们一致推荐让你去，你愿意去吗？

蓝玉：当然愿意，我还愿意加入你和老六的组织呢。

霍掌柜：加入组织的事，得慢慢来，组织还得考验你。去培训班的事，如果你同意，我们就给你报上去了。

蓝玉：报吧，谢谢你。

霍掌柜：这个，你不用谢我，你得谢老六，是他在会上极力推荐的你。

蓝玉：很久没见老六了。

霍掌柜：我也是这次去离石开会时才见了他一面。你忙完军服的事，去离石学习时说不定就能见上他了。

〔霍掌柜站起来，往门口走。

蓝玉：（突然）你等等。

霍掌柜：（站住，扭头看着她）有事？

蓝玉：（低下头）也没事，我就是想，我文化水平不高，怕去了你说的那个什么班跟不上人家。

霍掌柜：你就是和我说这？

〔蓝玉想了想，点头。

霍掌柜：那你不要担心，参加培训的妇女文化水平都不高。

蓝玉：如果有女学生呢？

霍掌柜：相信自己，你不会输给女学生。

二十七、义居寺，日，外

〔蓝玉和王妈走进义居寺山门，沿路并未见任何人。

王妈：（左顾右盼）蓝玉，怎么不见有人呢？

蓝玉：师父们可能在经堂念经吧。

王妈：念经？那你二娘也在那里吧？

蓝玉：应该是的，我们先去看看。

〔蓝玉和王妈进入寺院。院内的大香炉白烟袅袅，台阶上，经堂上方挂着"护国息灾祈福法会"的横幅。经堂上传来阵阵诵经声。蓝玉和王妈站在经堂侧门外，向内张望。殿内四五位师父正在盘腿念经，并未见蓝玉的二娘。

蓝玉：（低声）咦？

〔蓝玉扭头将手指放在嘴边做了个"嘘"的动作。王妈嘴张到一半又合上。蓝玉从台阶上往下走。

王妈：（紧随其后）怎么了，你二娘不在？

蓝玉轻声嗯了一声。台阶下，香炉前，一位师父正在低头燃松柏枝。

〔蓝玉快走几步，在离师父几步远的地方站住。

蓝玉：（双手合十，低头问候）阿弥陀佛，请问师父，您瞧见李家山的妙莲居士了吗？

师父回礼：阿弥陀佛，妙莲居士在后院绕塔。

蓝玉：阿弥陀佛。谢谢师父。

二十八、义居寺塔前，日，外

二娘在一圈一圈地绕塔。看见蓝玉也不答话，也不停下，继续旁若无人地绕塔。蓝玉和王妈在一边静静地等着。

王妈：（附在蓝玉耳边小声地）蓝玉，你说你二娘岁数也不少了，绕几圈就行了，还绕上没完没了了，咱们来了也不说停下。

〔蓝玉把手放在嘴唇上，示意王妈不要说话。王妈不再说话，蹲到一边。

二娘又绕了几圈后，停下，走到蓝玉身边。

二娘：蓝玉，你怎么来哩。

蓝玉：（挎着二娘的胳膊）想二娘了。

二娘笑：你这丫头，有啥事就说吧。

蓝玉：（笑）什么都瞒不了二娘您。二娘我们想借义居寺的地儿，开个被服厂，不知道怎么和师父们开口。

二娘：（疑惑）在这寺庙里头开被服厂？这可不行，扰了师父们的清修。

蓝玉：（急迫地）二娘，我这可不是捣乱，实在是贺老总的部队大冬天的没穿没盖的，看着揪心。得找个地方赶一批冬衣出来。可现在外头天又冷，露天敞地地干活儿冻得吃不住。我寻思着一万套没个宽敞地方也倒腾不开啊，也就义居寺有这么个清净又安全的地儿。二娘，这可是做善事，您可一定得帮我。

二娘：（沉思片刻）行！我们这就去找当家师父。

二十九、大殿外，日，外

〔二娘和蓝玉、王妈站在经堂外的台阶下。经堂内钟磬齐鸣，回向："……普愿罪障悉消除，世世常行菩萨道。"僧人鱼贯而出。二娘带着蓝玉、王妈迎向队伍后面的当家师父。

二娘：阿弥陀佛，师父好！

二娘：（扭头）蓝玉，快来见过师父，把你的事儿和师父说一说。

蓝玉：向师父行礼阿弥陀佛，师父慈悲，蓝玉有一事相求……

〔蓝玉落后半步在师父旁边走边说。二娘和王妈跟在后面。

三十、方丈室门口，日，外

师父：（对着蓝玉）诸恶莫作，众善奉行。如今，战争陡起，乱世之中，更需悲心。你们发心捐赠被服，帮将士们御寒，义居寺上下僧众自当相助。

三十一、居士楼一楼大厅，日，内

三、四个人来回从院子停着的马车上将大包的棉花卸下。两三个人从另外一辆马车上，往下卸布料。十多张桌子一字排开，20多个人，在桌子边坐了两排。靠墙的地上堆满了棉花包，其中两包拆开，露出里面雪白的棉花。两三个人在用剪刀裁剪，两三个人在撕棉花，另外十几个人在缝被子。（特写）王妈缝被子的动作。

蓝玉：（走过去，捏了捏被子，高声地）大伙儿往里头多加点棉花，做得厚实点，咱们棉花管够。

妇女甲：（抬头憨厚地笑）放心吧，李会长，厚实着呢。

〔大厅另一个角落，二娘在折叠做好的棉服，点数。

蓝玉：二娘，咱们今儿做了多少套子？

二娘：加上前几天的，已经快有600套了。

蓝玉：太好了，比我想的快多了，赶明儿先让他们送一批过去。

王妈：蓝玉，她们几个出手快的，都让我和你说，要加班干。

蓝玉：好啊，只是大家都倒腾的歇歇，不要太累了。义居寺的师父给大家烧了开水，多喝点水，不要着急上火。

三十二、一堵墙前，日，外

霍掌柜和几个人站在临街的一堵墙前，弯着腰往墙上写标语。旁边一个小通讯员提着墨汁桶。李蓝玉走过来。小通讯员先看见了蓝玉，他正要告诉霍掌柜，李蓝玉冲他摆了摆手，站在稍远处，看着霍掌柜写完最后一个字"打倒日寇，保我中华""碛口人民誓在抗战中奋斗"。霍掌柜写完后，直起腰，后退了两步，看墙上的标语。

霍掌柜：字的大小还行？

身旁人众：行，行，不大不小，很醒目。

〔霍掌柜说完后，扭头看见了李蓝玉。俩人相视一笑。

众人甲乙：霍区长，你和李会长叙事，我们去别的地方写。再说，你也写了半天了，该换换人了。

霍掌柜：好，那让小黄写，别看他人小，写两笔正楷，一点儿不比我差。

小黄：霍区长，您就别夸我了，夸得不会写了。

霍掌柜：小鬼，还蛮谦虚！

〔众人提着墨汁桶远去的背影。

霍掌柜：（转向蓝玉）快走了？

〔李蓝玉点头。俩人沉默。

霍掌柜：要不，咱们边走边说，站在这里，不活动，怪冷的。

三十三、碛口街上，日，外

〔碛口街上，霍掌柜和蓝玉并排走着。

李蓝玉以前去哪，都是王妈跟着，这次一个人出门，还要和那么多不认识的人吃住在一起，心里怪没底的。

霍掌柜：做军服任务，在短时间内，完成得那么好，去学习一定也差不了，何况，你本身就爱学习。

蓝玉：起先是赌气，后来，真的就丢不开了。不能想象，如果我现在还是一个不识字的女人，我的日子该有多么难熬，尤其是……

〔蓝玉说了这三个字后，自觉失口，她停顿了一会，把话岔开。

蓝玉：义居寺赶制的那批冬装军服，全送到部队了吗？

霍掌柜：（高兴地）全送到了，贺龙首长表扬了你们临县和碛口商会，说你们为抗日出了大力。还特意提到了你们这些大商号的东家，称赞你们都是爱国的开明绅士。

〔蓝玉高兴地笑了。

霍掌柜：（突然站住，严肃地）蓝玉，我希望你能从绅士最终转变成战士。

蓝玉：战士？我？开玩笑，我可不行，出点钱和力还行。

霍掌柜：不是开玩笑，我现在就希望你把头发剪了，这次走之前，就剪成短发。

蓝玉：像女学生那样的短发？

霍掌柜：不是像女学生，是像女战士，蓝玉，你要自信，你一定能成为最好的战士。

三十四、碛口理发店，日，内

〔理发店里有一个男客人正躺在理发椅上理发。蓝玉走进，理发师继续为客人理着发，同时转过头来，和李蓝玉打招呼。

理发师：李会长，商会又有活动？

蓝玉：没有，我想把头发剪了。

理发师：（吃惊地停下手中的活儿）李会长，您要剪发？

蓝玉：对，我要剪成短发，齐耳的那种。

理发师：那种短发像"茂盖子"一样，咱这地方可不兴那个发型。

蓝玉：现在不兴，剪的人多了，就兴开了。

〔那个男客人，闭着眼睛接话。

男客人：就是，事在人为，李会长带了头，很快就有妇女跟着剪。（向理发师）索性你这个理发店再贴出个告示，本店新增业务：剪妇女新式短发。

理发师：你说得对，日本人不一定哪天就打到咱碛口来了，女人梳长发不如短发方便。

男客人：这倒是实情，有个跑跳和躲藏，还是短发方便。那你干脆就写成剪妇女抗日短发。

蓝玉：（笑）这个名字起得好，大家一看，理发店也在宣传抗日。

〔理发师傅高兴地咧着嘴笑。

男客人剪完后站起来，掏钱，理发师傅收好钱。

理发师傅：（向往门口走的男客人）感谢照顾，下次再来！（然后回转身，向蓝玉）李会长，您坐到这个理发椅上来。

理发师傅：（一手抓着蓝玉的长发，一手拿着剪刀）我可是剪了？

蓝玉：（下定决心地）剪吧！

镜子里，蓝玉的长发被理发师三剪二剪就剪成了齐耳的短发。

三十五、蓝玉住处窑内，日，内

〔王妈正在为蓝玉收拾东西，霍掌柜手拿着灰色军服和裹腿绑带一副走进。

霍掌柜：后天就要走了，我来看看准备得怎么样？

〔蓝玉不自然地用手捋着自己的头发。

霍掌柜：（认真端详着）还是剪了好，干练，像个抗日女干部。

蓝玉：就是有点儿不习惯，你手里拿着什么？

霍掌柜：这是一副裹腿用的军用绑带，我一会儿想教教你怎么打裹腿？也能顶绷带用，顺便再告诉你一些简易的救护技术。

蓝玉：还得学这个？

霍掌柜：听说，你们这次授课的内容分三项：军事训练、政治训练和技术训练。军事训练你没接触过，我把我能想到的先教教你。

王妈：那快饭时了，不要白教，我去做饭，你就在这吃。

霍掌柜：（笑着）好啊，还赚一顿好饭吃。

蓝玉：王妈，你看他这话说的，好像每次来了，咱们都不给他吃饭似的。

〔三人说笑着一起走到院子里，蓝玉把腿放到高圪台上，霍掌柜教她打绑腿。

〔霍掌柜又把绑带放到胳膊上，边教边讲解。

霍掌柜：行了，大概先说一说，到了那里，还有教官给你们详细讲。

三十六、郊外，日，外

〔霍掌柜手牵一匹马和梳着短发的蓝玉并排走着，后面还有一个小游击队员打扮的人也牵着一匹马跟着。

蓝玉：不用送了。你回吧！

霍掌柜：也不能再送了，千里相送，总有一别，蓝玉，去了好好学，不要想家。

蓝玉：（点头）没事帮我照看着点王妈。

霍掌柜：放心，我会的。

〔霍掌柜把马牵到蓝玉跟前，扶着蓝玉上了马，蓝玉正要策马前行，突然，从远处传来一个女人的声音。蓝玉回头，看见秉恭的老婆急急忙忙地跑了过来。

秉恭老婆：霍区长，听说要送蓝玉去离石学习，我也要去，我上过学堂，我比蓝玉有文化。

霍掌柜：你是？

秉恭老婆：我是文秀，那个封建家庭，我是一天也不愿意待下去了。

〔霍掌柜一头雾水，表情茫然地看着马上的蓝玉。

〔蓝玉下了马。

蓝玉：（先看了看秉恭的老婆，又转向霍掌柜）这是陈秉恭的老婆，她说得对，她在太原府和陈秉恭一起进过学堂。

秉恭老婆：（高傲地）李蓝玉知道，我是学生出身。

蓝玉：（平和地）你什么时候回到碛口的？

秉恭老婆：才回来没几天。和那俩老的住不到一起，索性把孩子扔给他们，跟你去离石躲几天清闲。

霍掌柜：（严肃地）你想错了，这可不是躲清闲，这是要为抗日出大力，流大汗，甚至流血牺牲做准备的培训。

秉恭老婆：那我不能去吗？

霍掌柜：对，李蓝玉是碛口选拔和推荐出来的，你不能去。（向秉恭老婆打手势）请回吧。（又向李蓝玉）蓝玉，时候不早了，你上马走吧。

〔秉恭老婆闻言满脸失落的表情，一脸不屑地转身离开。

秉恭老婆：（边走，边嘴里小声嘟囔着）真是的，还不用我。虎入平阳被犬欺，我就不信我能输给李蓝玉。

〔秉霍掌柜再次扶蓝玉上马，小游击队员也紧跟着上了马。

霍掌柜：（对小游击队员）一路小心，要把李会长安全地护送到目的地。

〔小游击队员在马上行了个标准的军礼。

霍掌柜和李蓝玉招手告别。李蓝玉打马前行。（主观视角）霍掌柜看着李蓝玉的背影，渐渐远去。

（第二十二集完）

第二十三集

一、路上某处，日，外

〔小通讯员勒住自己的马，转过头，看着蓝玉。
小通讯员：李会长，到了，（手指前侧方）你看前面那个挂着牌子的学校，就是你们培训的地方。
〔李蓝玉和小通讯员同时下了马。小通讯员把马上的一个包袱拿下来交给李蓝玉。
小通讯员：李会长，你拿好东西，赶快进去报名吧！我就不进去了。
蓝玉：行，你现在就回碛口？
〔小通讯员点头。
蓝玉：（关切地）要是能不回，我给你钱，你找个店住上一夜，就不要走夜路了，不安全。
小通讯员：放心，我经常走夜路，不妨事。
〔小通讯员说着转身上马离去。
蓝玉：（冲着小通讯员的背影招手，大声地）小兄弟，路上当心，靠里走，不要骑得太快。

二、某学校大门外，日，外

冬日，阳光下，李蓝玉背着行李，打着裹腿，急匆匆地走到学校门口。走到门口，她停了下来，抬走头，（主观视角）凝视着学校门上的牌子，"临县战时妇女训练班"。片刻后，她又低下头，把自己身上的衣服拽展，又把身上的土拍了拍，然后，才缓步走了进去。

三、某学校院内，日，外

〔李蓝玉刚走进院子，一个也梳着短发的三十八九岁的女干部，看见了她，老远就主动笑着和她打招呼，并朝她迎面走来，热情地拽住她手中的两个包袱，要帮她拿。
蓝玉：（不放手，胆怯地）要把我的包交公？
女干部：（笑）交公？不交公啊，是因为你提了一路了，怕你累，我帮你拿。
李蓝玉不好意思地红着脸笑了，并把其中的一个递给这位女干部。俩人边走边聊。
女干部：同志，你是哪个区派来的？
蓝玉：同志？叫我也是同志？
女干部：当然，来到这里的都是同志。你还没告诉我你从哪来的？
蓝玉：从碛口四区来的，我叫李蓝玉。
女干部：（欣喜地伸出手）原来你就是李蓝玉！开明女绅士。早就听说过你，欢迎你来参加我们的训练班。
〔李蓝玉不好意思地把手背到身后。
女干部：怎么，还不好意思呢，握握手吧！我是郭玉贞。
蓝玉：（赶紧伸出双手，一把抓住女干部的手，激动地）来时就听说了，您就是从省城太原府来的郭教官？
郭玉贞：是。学习期间有什么困难，不管是学习上的，还是生活上的，你都可以来找我。
〔李蓝玉微笑点头。

四、一排窑前，日，外

〔郭教官把李蓝玉送到一排窑前，站住，北风呼啸，吹得窗户纸发出阵阵响声。
郭教官：这就是你们住的宿舍，条件非常艰苦，比不上你在碛口的住处。

蓝玉：也挺好，我住得惯。

五、宿舍，日，内

〔郭教官边说边领着李蓝玉走进其中的一间窑内，窑内已经有几个学员的铺盖放在了炕上。
郭教官：这个窑住八个人，那七个都到了，你来之前，她们跟着先到的学员上街宣传抗日去了。
〔郭教官说着就打开李蓝玉的行李，帮她铺炕。
她把李蓝玉的铺盖，铺在靠墙的一角。
郭教官：（指着蓝玉的铺盖）在家靠娘，出门靠墙。给你留的这个地方真不错。
蓝玉：郭教官，要不，等她们回来了，问问她们谁想靠墙，让她们先挑，我睡哪都行。
郭教官：这你还看不出，她们是把最好的地方，留给了最后来的同志。你就成全了大家的美意吧！
〔郭教官坐了一会，要走，蓝玉送到门口。
蓝玉：郭教官，认识你真好！
郭教官：用不了多长时间，你就得说，认识你们真好！李蓝玉，珍惜这次学习的机会，能来这里的每一位女同志都很优秀。

六、课堂，日，内

〔李蓝玉双手支在课桌上，托着腮，坐在第一排的正中间。能容纳六十人的大教室，座无虚席。郭教官站在讲台上，口若悬河地对着底下的学员开讲。
郭教官：（慷慨激昂地）在中华民族面临生死存亡的关头，所有中华民族的儿女们！所有不愿当亡国奴的同胞们！大家要紧密地联合起来，紧急地动员起来，拼着我们民族的生命去求得我们民族的最后胜利！而占人口总数一半的我们两万万妇女要与男子一样，负起重大的责任，共赴国难，一致起来抗战，去争取我们中华民族的生存。
（特写）台下群情激昂，高呼"打倒日寇，保我中华"李蓝玉庄重的神情。
郭教官：下面又是教唱抗战歌曲的时间，我想请李蓝玉上来领唱前几天教的那两首歌一《义勇军进行曲》和《松花江上》。
学员甲：（举手）郭教官，这两个大家都会了，李蓝玉写了两首诗，是关于织布和做军鞋的，您让她在班上先给大家念念！
郭教官：这个提议好。那这样，大家先合唱这两首已经会的，完了再听李蓝玉的诗。李蓝玉，上来，给大家起头带指挥。
〔学员一齐鼓掌，李蓝玉走上讲台。
蓝玉：起来，不愿做奴隶的人们！一二唱。
〔李蓝玉指挥，学员齐唱：起来！不愿做奴隶的人们！把我们的血肉，筑成我们新的长城！中华民族到了最危险的时候，每个人被迫着发出最后的吼声。起来！／起来！！起来！！！我们万众一心，冒着敌人的炮火，前进！冒着敌人的炮火，前进！前进！！前进进！！！唱完后，李蓝玉就要往下走。被郭教官拉住。
郭教官：学员们不是还要听你写的快板和顺口溜吗？
蓝玉：（连忙摆手）不行，不行，那是我当作业瞎写的，不是诗，是顺口溜。很土，拿不出手，回碛口用，也要请人改了才能用。
底下的学员众：不能下来，念！念！念！
郭教官：大家都等着听呢，你就念念吧！
李蓝玉只好从口袋里掏出一个用线缝好的小本子，看着本子上的字开始念。织布机，家中放，一卷机线搁在上。梭子扁，帅子胖，如同鲤鱼穿大浪。脚一踩，肚一歪，填进去，拔出来，织了一块又一块，又平又严色又白。标准布，六丈一，三天两夜织一匹。染成灰布把军装做，八路军穿上好杀敌。日本鬼子全打出，红旗飘遍全中国。
郭教官：（面向大家）大家说，好不好？
众学员：好！
郭教官：我也觉得挺好，虽然土，但切合实际，实用，好记。这是织布的，把那个做军鞋的也念念。
〔李蓝玉抬头看了看郭教官，郭教官用眼神鼓励她，李蓝玉鼓起勇气，转身向大家，又念了起来。

蓝玉：包边底，五层层，新布帮子黑锃锃，两道口，纳九针，八路军穿上打日本。

　　〔众人再次鼓掌，李蓝玉不好意思地给大家鞠了一躬后，走了下来。

七、窑内，夜，内

　　〔郭教官一边看书，一边在本子上写东西。不时地抬起头来，做沉思状。过一会又低下头飞快地写起来。这时，门外传来敲门声，郭教官起身开门，门口站着李蓝玉。

蓝玉：郭教官，我可以进来吗？

　　〔郭教官做请的手势，李蓝玉走进。俩人并排坐在炕沿上。

郭教官：找我有事？

蓝玉：（急切地）郭教官，我也想入党，我才知道，和我住一窑的八个人就我不是党员。

郭教官：（站起来，给蓝玉倒了一杯水）蓝玉，你能正式向党组织提出这个要求，我很高兴。你在训练班，学习用功，训练刻苦，各方面都表现得很出色。党组织会考虑的。

蓝玉：紧挨我睡的两个同志，都愿意做我的入党介绍人。

郭教官：不光她们愿意，离石游击大队四中队的队长老六早就表示要做你的入党介绍人，他和我们训练班的党支部，将你的情况也正式反映了多次。

蓝玉：（意外的高兴）真的，老六一直没和我说起过。

郭教官：你为党做的工作，有目共睹，就是不说，大家心里也都有杆秤。希望你在剩下的学习期间，能以一个共产党员的标准严格要求自己。

蓝玉：（郑重地）我会的。

八、宿舍，夜，内

　　大家都睡了，李蓝玉还在灯下，拿着三角带，练习包扎技术。

九、教室，日，内

　　〔墙上挂一面鲜红的党旗。李蓝玉和四名女同志面向党旗，举着右手，握拳宣誓。郭教官领读誓词。郭教官读一句，李蓝玉她们读一句。

郭教官：我自愿加入中国共产党，拥护党的纲领，遵守党的章程，履行党员义务，执行党的决定，严守党的纪律，保守党的秘密，对党忠诚，积极工作，为共产主义奋斗终身，随时为党和人民牺牲一切，永不叛党。

蓝玉：（庄严地）宣誓人李蓝玉。

十、窑内，夜，内

蓝玉：（犹豫地）郭教官，我有话想和您说。

郭教官：（开玩笑地）蓝玉，是不是因为刚入了党，高兴地睡不着。

蓝玉：也是，也不是。

郭教官：（疑惑地）这话怎么讲？

蓝玉：（低下头，小声地）我都成党员了，是不是不应该怀疑党的同志，不要老在自己的私事上绕不清。

郭教官：（疑惑地）这话怎么讲？

蓝玉：（低下头，小声地）郭教官，你是好人，我想和你说个事，但你得答应，不笑话我。

郭教官：我怎么会笑话你呢，人生不如意事常八九、可与人言无二三。你能把掏心窝的话，对我讲，虽说我是你的教官，我也从心里感激你的这份信任。

　　〔蓝玉对着郭教官倾诉，郭教官点头。

郭教官：听你说了这么多，你心里还是有他的，但就是有些不相信他。

蓝玉：我也不是完全不相信他，我心里一直以为他牺牲了，所以，才这么多年没音信，可他活着回来，我就觉得整个事情别扭起来。

郭教官：怎么别扭，难道只有他牺牲了，才不别扭？（看着蓝玉，语重心长地）蓝玉，我虽然没见过你说的这个霍掌柜，但我从你的话里分析，他说的应该是实情。

蓝玉：可他走后，他嘴里所说的危险一直没出现。

郭教官：你还是不相信他。做地下工作的同志，都是在刀尖上行走，紧小心，慢小心，还说暴露就暴露。有时候，晚走一分钟，就多一分的危险。

〔李蓝玉（不相信地）有这么悬吗？

郭教官：（肯定地）有。蓝玉，你知道我现在的情况吗？

〔蓝玉摇头。

郭教官：我和你一样，现在都是单身。不一样的是，你心里的他，还活着，而我的另一半已经不在世了。他就是组织通知他撤离的时候，没有及时撤离，为了给另一个同志报信，结果，他们两人全都被杀害了。

蓝玉：郭教官，你是说，你的男人已经牺牲了？

郭教官：（点头）整整十年了，1927 年，蒋介石发动四一二反革命政变，阎锡山也在山西进行了清党，对共产党员残酷镇压，我爱人就是那年牺牲的，他死后，他的头在太原大南门城门上悬挂示众了整整半个月。

蓝玉：（真诚地）郭教官，对不起，是我不好，让你提起过去的伤心事。

〔郭教官站起来，走到窗前，站了一会儿，又转过身来。目光坚定地看着蓝玉。

郭教官：就是你不提，我又何尝能忘记？

蓝玉：（回忆地）我们碛口后街旗杆上，也挂过人头，说是红军的探子。

郭教官：不说这些了，我还是我爱人介绍入党的。他就义之前，在狱中给我写了一封遗书，他在信上这样嘱咐我：如遇不幸，愿你能坚强，踏着夫之足迹，不屈不挠，继续战斗。

蓝玉：郭教官，你给我的印象，乐观开朗。每天都在工作，你不说，我根本想不到你遇到过这么大的打击。郭教官，我现在是不是也应该像你一样，只想着战斗，不要去想那些烦心的私事。

郭教官：不去想是自欺欺人，而是要往好的地方想。就算是霍掌柜给不了你要的答案，你也可以重新考验他，你们完全可以在抗日的过程中重新培养革命感情。

蓝玉：对，郭教官，以前我和霍掌柜是不平等的东家和掌柜的关系，我们现在是平等的同志关系，我们再结合，也要结成志同道合的革命夫妻。

十一、学校，日，外

（特写）校园里拉着红色横幅："热烈欢送临县战时妇女训练班第一期学员光荣结业。"

〔天空飘着雪花，人们在纷飞的雪花中，相互拥抱、握手，泪光闪闪地挥手，依依惜别。

蓝玉：郭教官，我就要回去了，有空到碛口来。

郭教官：去可以，但是，你得答应我，早日结成革命夫妻啊！

蓝玉：不好意思地笑笑，用脚搓着地上的积雪。

郭教官：蓝玉，别不好意思了。你这次回去的任务还很重，记住，利用过年，好好地发动妇女，过个不同于以往的、有意义的抗日年。

蓝玉：（郑重地）放心吧！郭教官。

〔俩人亲切地拥抱在一起。

蓝玉：郭教官，我会想你的。

郭教官：我也是，保重！

十二、商会，日，内

〔李蓝玉伏在桌子上一边打算盘，一边看着账本。

听到一阵敲门声，她站起来开门，门口站着霍掌柜。

霍掌柜并没急着往里走，上下打量着李蓝玉。

蓝玉：（转身）快进来啊，傻站在门口干什么？

霍掌柜：（笑着）看看你有什么变化？

蓝玉： 变化又不写在脸上，全记在心里。快进来吧！

　　〔俩人走进，李蓝玉把一大摞本子，递给霍掌柜。

蓝玉： 这是我在妇女训练班写下的，你是大秀才，给我好好改改。

　　〔霍掌柜翻着看。李蓝玉仍低下头算账。

霍掌柜：（看了一会，抬起头）你到底是算账，还是要我改稿。

蓝玉： 再算一遍，数字老是合不对。

霍掌柜： 那你先算，绳捆三道紧，账算三遍清。

蓝玉： 还说来看我有没有变化，我看倒是你有变化，会说我们碛口人的口头禅了，和王妈学的吧！

霍掌柜： 别说，王妈虽然没文化，但有智慧。你不在的时候，我老去看她，真学了不少书本上学不到的东西，话都能说到骨头里。

蓝玉： 可不是，全是经验之谈。我的账算好了，你给我看的稿子，看完了吗？

霍掌柜： 看完了，整体感觉不错，这些东西，你是不是准备宣传用？

蓝玉： 是，这不快过年了，过年的时候，我想组织碛口妇女在黑龙庙演一出抗日救亡的戏。

霍掌柜： 如果从便于传唱的角度来说，做军鞋的那几句就行，简短，上口，也好记。但那个织布的有点长，再改短点。不舍得扔，就分成两个。另外，我再给你加一个关于标准布要求的。

蓝玉： 行，你现在就加？

霍掌柜： 那也得容我想想，你做你的，我到一边，想好了叫你。

蓝玉： 那你一个人先写，我出去一会儿就回来。

　　〔李蓝玉边说边站起来往门口走。

霍掌柜： 你去哪？

蓝玉： 就去旁边的景盛昌杂货铺，那个二掌柜的媳妇嗓子好，说好在我们编的小戏里演一个送儿去抗日的母亲，结果，二掌柜不同意。他媳妇让我去做他的工作。

霍掌柜： 这个二掌柜和我打过交道，他的工作，我去做。你等等，我先别写了，想一句，给你说一句，你先听听。

蓝玉： 行。

　　〔李蓝玉重新转回来，坐下，做倾听状。

霍掌柜： 标准布要记清，长短六丈重三斤，尺二的匹子要齐整，等级分开甲乙丙。

蓝玉： 行，你这个短，好记，言简意赅。

霍掌柜： 不要表扬我了，我们一起出去走走，先去看看那个二掌柜。

蓝玉： 等我收拾一下，咱们就走。

　　〔李蓝玉把桌子上的东西整理好，放回抽屉。
　　俩人相跟着出门。

十三、碛口街上，日，外

　　〔霍掌柜和李蓝玉并排走着，边走边说话。

霍掌柜： 蓝玉，你在离石的时候，我去离石开过两次会，王妈还让我给你捎去点儿东西，可我觉得不妥，就没让给你捎，也没去看你。

蓝玉： 那就对了，没有搞特殊的，去了，我也不会见你。

霍掌柜： 我听说了，你在妇训班表现很出色，还入了党。以后，我们就能在一起参加党的活动了。

蓝玉： 在妇训班，我认识了你说的那个郭教官，她人很好，对我也很好，我还和她说起你。

霍掌柜： 说我什么？

蓝玉：（欲言又止地）也没什么，就是瞎聊。

　　〔俩人都不再说话。沉默地走了一会儿，李蓝玉主动把话题转移了。

蓝玉：（指着景盛昌杂货铺）到了，我们一起进去吧！

十四、黑龙庙戏台，日，外

　　台上，李蓝玉领着一群妇女在编排抗日小节目。大家一起合唱《长城谣》：万里长城万里长，长城外面是故乡。高粱肥，大豆香，遍地黄金少灾殃。自从大难平地起，奸淫掳掠苦难当。苦难当，奔他方，骨肉离散父母丧。没齿难忘仇和恨，日夜只想回故乡。大家拼命打回去，哪怕倭寇逞豪强。万里长城万里长，长城外面是故乡。四万万同胞心一条，新的长城万里长。万里长城万里长，长城外面是故乡。四万万同胞心一条，新的长城万里长。

〔李蓝玉指挥，专注地打着拍子。正唱着，秉恭的老婆一脸不高兴地跑来，一路跑，一路喊。

秉恭老婆：李蓝玉，你组织碛口妇女抗日小剧社，为什么不叫我，我在学堂里就演过戏，还是女主角呢！

〔李蓝玉停止打拍，示意大家休息，她转向秉恭的老婆。

蓝玉：（语气平和地）对不起，你会演戏最好，欢迎你随时加入。

秉恭老婆：那说好，不让我演女主角，我就不加入。

〔众合唱妇女不屑的表情。

妇女甲：（不服气地）来不来就要演主角，是骡子是马溜出个样子来，才算话。

妇女乙：（附和地）就是，先把能耐使出来，让我们看看。

秉恭老婆：（小声地）说什么呢，要不是日本人占了太原府，谁稀罕和你们这些乡下人在一起！

〔秉恭老婆身旁站的妇女丙听到秉恭老婆说她们是乡下人，一下子喊了起来。

妇女丙：（大声地）蓝玉，我们不要她，她骂我们是乡下人。

〔众人一听，七嘴八舌对着秉恭老婆开火：就是，她看不起我们乡下人，我们还看不起她呢，不要她，不要她！

妇女甲：（走到秉恭老婆跟前）你看不起我们乡下人，我们还看不起你呢，秉恭明明娶了蓝玉，可你不要脸，抢了蓝玉的男人。

蓝玉：（赶快过去推开妇女甲，她用身子挡住秉恭老婆）大家是来宣传抗日的，还是来吵架的，都不要再说了。

妇女乙：她说话让人不爱听，太可恨了。

李蓝玉：她比日本人还可恨吗？

〔听了这句话，大家一下子不再说话，气氛顿时缓和下来。

蓝玉：（走到人群前，大声地）大家听着，以后，不管是哪个姐妹，只要能站在这里，就都是抗日的一员。四万万中国人，都能为抗日团结在一起，我们剧社就十几个人，更应该拧成一股绳。

妇女甲：行，我听蓝玉的。不过，谁领唱，谁演主角，得公推，不能凭自己争。大家都说好才行。

蓝玉：（看着秉恭老婆）你听见了吧，只要你比她们都唱得好，也演得好，领唱和主角就都是你的。

〔蓝玉说完后，一转身看见霍掌柜从台下急匆匆地走来。

十五、后台，日，外

〔霍掌柜站在后台一角，招手让蓝玉过去。蓝玉小跑着来到霍掌柜跟前。

霍掌柜：（小声地）蓝玉，情况有变，离石失守了。

蓝玉：（吃惊地）离石失守了？

霍掌柜：对，你让大家先散了，另有重要任务。

蓝玉：（郑重地点头，转身走向前台）姐妹们，今天就排练到这，大家先散了吧！

〔霍掌柜和李蓝玉一前一后走了出来。

十六、黑龙庙外，日，外

〔霍掌柜和蓝玉俩人走出黑龙庙，蓝玉先停下脚步，看着霍掌柜。

李蓝玉：咱们这是去哪？

霍掌柜：去我办公室，老六在等你。

李蓝玉：老六回来了？

霍掌柜：（点头），我们快走，见了老六再说。

十七、霍掌柜办公室，日，内

〔老六坐在板凳上抽着旱烟。

李蓝玉和霍掌柜坐在他旁边。

老六：蓝玉，离石的情况，霍掌柜可能已经和你说了。前天，也就是 1 月 25 日，日军占据了离石。离石游击大队已经全部转移到周边村子，现在最大的困难，就是我们游击队员手中的枪支弹药严重短缺。

蓝玉：要我做什么？

老六：上级派我来，就是想让碛口的商家再想想办法，捐出些钱来，年前就动手，尽快在碛口周边的村子里，建起自己的兵工厂。

霍掌柜：蓝玉，筹借钱的任务，又落在了你的头上，我只能暗中帮你。

蓝玉：我是商会会长，这个任务我出面最合适。但是，我这次恐怕带不了头了。

老六：蓝玉，这话怎讲？

霍掌柜：这我知道，上次捐军衣和棉被的时候，蓝玉几乎把所有的钱都捐了出去。

蓝玉：不过，你们别着急，无商不富，商会里富人多，瘦死的骆驼比马大，我们商会再想想办法。

霍掌柜：蓝玉，你也别着急，这也不是你一个人就能完成的事，过几天，党员学习的时候，发动大家都积极出钱出力。

老六：对，众人拾柴火焰高。我们游击队员没钱，但可以出力。

蓝玉：上次染布，就多亏了你们打的色叶，这次，建厂房、抬机器，也少不了你们的游击队员。

老六：你和霍掌柜去号地方吧，一定要找个隐秘安全的地方，号下了，通知我，我们游击队负责运输。

霍掌柜：不能把担子都压在蓝玉头上，蓝玉，你只负责商会这块就行，其他方面你就全不用管了，我来。

十八、黑龙庙戏台，日，外

〔来排练节目的妇女和往常一样，早早就等在戏台上。秉恭的老婆独自站在一边，高傲地昂着头，旁若无人地开着嗓子。

其他妇女故意似听非听，并且小声议论着。

妇女甲：就算唱得好，不和大家搞团结，我们也不要她。

妇女乙：这话说得不对，咱们现在是为宣传抗日，只要唱得好，能为抗日出力，她不团结咱们，咱们也要主动去团结她。

〔蓝玉从台下走来。

蓝玉：对不起大伙儿，我来晚了。是这样的，因为腊月二十四离石被日本人占了，所以，原定正月初二在黑龙庙演的抗日小剧，就临时取消了。什么时候再演，再通知大家。

秉恭老婆：（走到李蓝玉面前）蓝玉，日本人占了离石，又不是占了碛口，我看你就是怕我参加，抢了你的风头，所以，你就不让演了。

妇女甲：这是什么话嘛？蓝玉可不是你说的那样的人。

妇女乙：就是，张嘴就说不利于团结的话。

蓝玉：放心，不会一直不演，就是不在黑龙庙演，也会在碛口街头演，只要你能坚持和大家一起好好排练，到时，一定让你和我们一起去演。

秉恭老婆：（生气地）不在黑龙庙演，我就不演了。上街宣传，你们去吧，我不去。反正你们也不会让我演主角。

〔蓝玉还想说什么，（主观视角）只见秉恭老婆扭身走了。

蓝玉喊她回来，她也不理。

妇女甲：蓝玉，算了，我看她就不是来宣传的，是专来捣乱的。

〔蓝玉叹了口气，转身向着大家。

蓝玉：大家就是没有演出任务，也还有别的许多事可做，除了纺花织布做军鞋外，今年过年，我们还多了一项任务。

妇女甲：什么任务？

蓝玉：回去看看自家的箱箱柜柜，有没有可以不用的，拿出来，帮着自家的男人拆开，捐出来，做手榴弹的柄。

妇女甲：送到哪啊，是不是要送到河对岸的军工厂，我知道对面就有八路军的军工厂。

蓝玉：这个暂时保密。快过年了，大家收拾家的时候，注意着，不要把小木小料，和破铜烂铁都扔掉，捐出来，有大用。

十九、西湾陈家饭厅，日，内

〔老爷和太太居中，一家人围坐在一起吃饭。

太太：老爷，现在日本人已经占了离石，听说碛口有些商家都要往榆林那面逃呢，我们怎么办？跑还是不跑？

老爷：不跑，死我也要死在家里，不能死在外面。我这把老骨头只认碛口。

秉恭老婆：爹，你这不是叫劲吗？识时务者为俊杰。日本人一占太原，我和秉恭不就跑回来了吗。

老爷：你们这是往回跑，是认祖归宗，我要跑，是往外跑，是背井离乡。所以，我和你娘都不跑，要跑，秉良、秉恭你们两家一起跑吧！

秉良：我原也没打算跑。

秉良老婆：（看着秉良）这次总算有了一回主意。爹，娘，大哥和大嫂不在了，我们理当担起这个家，我们也不跑，陪着爹娘守在碛口。

秉恭老婆：会说的不如会听的，我怎么听见二嫂这话这么肉麻啊！你不跑，还不就是想着独霸陈家的家业吗？告诉你，我们也不跑。

老爷：（一拍桌子）放肆！都什么时候了，还说家业不家业，自从你大哥出事后，咱们陈家还有什么家业，连你大哥塌下的窟窿都是李蓝玉给填的。

秉恭：爹，娘，我怎么不知道，你们当时也没和我说啊！

太太：就是说了，你也没有那么多钱啊！

秉恭老婆：（看着太太，不客气地）你不能这么说话，当时，我们也是寄过钱的，是你们不要。

〔老爷生气的把碗重重地放到桌子上，猛地站起，就要往出走。太太赶紧站起，劝老爷。

太太：（拉住老爷的衣襟）老爷，你别动气，小辈人说话没轻重，你再吃点儿。

老爷：（气哼哼地推开太太）我吃饱了。（拂袖而去）

秉良老婆：（小声地）寄钱，还好意思提你们寄的那点儿钱……看把爹气的。

太太：（白了秉良老婆一眼，不让她再说）二媳妇，都是过去的事了，你就不要多嘴了。大家先吃饭，吃了饭各回各房，都歇息去吧！

二十、秉恭窑内，夜，内

〔秉恭老婆躺着，秉恭生气地坐在炕沿，抽着烟。

秉恭老婆：不睡，去外面抽去，别在这窑里抽。

秉恭：我心里不痛快，你今天吃饭时，怎么和我娘说话呢，把我爹都气跑了。

秉恭老婆：我说的不是事实吗，你就不要再在这个事情上纠结了，瞧见二哥那样，还英雄似的不跑，他有能耐吗？他也就会跑到黄河边钓两条黄河大鲤鱼玩玩。

秉恭：你怎么谁也瞧不上，整天把我们家的人数落个遍。你就不能说点儿正事。

秉恭老婆：正事，我也比不上你前面的老婆，你看李蓝玉在你们碛口，吃香得很哪。

秉恭：我和你说了多少遍了，我们俩只是名义上的夫妻，你老和她比什么。我二哥吃粮不管闲事，咱们不在就不说了，回来了，家里的事，咱们还是要多管管。

秉恭老婆：管，怎么管，你老爹老娘把你们家的钱，全交给我，我自然会管。

秉恭：你能不能不要动不动就说钱，日本人都打到离石了，先说保命吧！

秉恭老婆：（突然爬起来，来了精神，口气缓和了下来）说到保命，我倒有个主意，你们陈家虽然没钱了，但还有老祖宗留下的这个大庄园，咱们就在这个大庄园里挖地道，就是日本人来了，咱们也有地方躲藏！

〔秉恭两眼一转，高兴地跳到地下，转了几个圈后，用赞许的眼光看着炕上睡的老婆。

秉恭：老婆，还是你聪明，你这句话提醒了我。我们整个西湾村，宅院与宅院之间均以小门沟通，进入一院就可串遍全村。你说，有个地道，是什么感觉？

秉恭老婆：明天你就去和老爷子说去，就说我们替他，不，替全村人想了个未雨绸缪的好办法。日本人一来，我们就钻地道。

二十一、秉恭窑内，日，内

〔秉恭老婆哼着小曲，对着镜子梳头，秉恭叵兴地走进。

秉恭：（边往进走边说）我去说了，我爹同意你的主意，但不让挖在院里，十冬腊月的，地道就挖在窑内。

秉恭老婆：看看，关键时候，还是我脑袋里的主意多吧！你们家还后悔娶了我，我还后悔嫁到你们家呢？

秉恭：说挖地道，就不要扯别的了，祠堂那面已经开挖了，咱们快去看看吧！

秉恭老婆：不雇人了？

秉恭：不雇，这地道入口要隐秘，就不雇人了，就用家里的长工，我们也快去搭个帮手。

〔秉恭拉着老婆一路小跑着出了窑。

二十二、陈家院内，日，外

〔秉恭老婆站下扶着腰喘气。

秉恭老婆：等等，歇会儿，我跑不动了。怎么挖在祠堂里啊！

秉恭：让我们陈家的列祖列宗保佑我们啊！

秉恭老婆：哼，我最看不惯你们家迂腐的这一套穷酸。那天，我在碛口街上听见俩人骂架，一个骂一个：庙小牌子大，鬼小墓子大。当时，我就想，你们家也是，没钱了，还装。

秉恭：我求你，小声点儿，少说两句，给我个面子。这不是在太原府。

秉恭老婆：在太原府怎么了？回了碛口，你就不是你了？

秉恭：我说太原府也没别的意思，我的意思是说光咱俩人，你爱骂天就骂天，爱怨地就怨地，我都认了，在我家里，毕竟还有老人嘛！

秉恭老婆：老人也是对你那个前妻李蓝玉好，横竖看我不顺眼。

秉恭：求求你，就不要再提李蓝玉了，咱们快去祠堂吧！

二十三、陈家祠堂，日，内

〔秉恭和老婆跑进祠堂。（主观视角）看见手拿铁锹的长工，全围成一个圈，站在那里，看着地下。

秉恭：（生气地）你们全都站着干什么？趁主人不在，就偷赖。

长工甲：三少爷，不是我们偷赖，是不敢挖了，已经有人叫老爷去了。

秉恭老婆：怎么了，见鬼了？

长工甲：三少奶奶，你过来，自己看吧，挖出银窖了。

秉恭老婆听说挖出银窖，拨开人群，就往前冲，脚下被挖出的土块绊了一下，摔倒在地。嘴上流着血，她爬起来，顾不上擦嘴上的血，低头看着埋在地下的银窖。

地下是白灰砌好的窖，窖里整整齐齐、一层一层地摆着几百个装白洋的红皮盔。

长工甲：三少奶奶，你嘴上流血了，管住点自己的嘴吧，这可是在你们陈家的祠堂。

〔秉恭老婆白了长工甲一眼。

秉恭老婆：（对下人）没有你说话的份。（招手）秉恭，快来看！看你们家老祖宗有多财迷，把钱全藏在地下。

二十四、黑龙庙霍掌柜办公室，日，内

霍掌柜：（猛地站起，震惊地）陈家老爷一下子要捐出三千块现大洋。

蓝玉：对，还有一百两银子。

霍掌柜：陈家不是让大少爷败得没钱了吗？

蓝玉：他们家从祠堂里挖出银窖了。老爷说，这个节骨眼上挖出银窖，是他们陈家的老祖宗，不想看着他的子孙当亡国奴。

霍掌柜：老爷不愧是读书人，深明大义啊，在国难当头的时候能有此义举，真是让人从心里佩服。我一定代表政府，亲自上门致谢！

二十五、太太窑前，夜，外

〔秉恭老婆执意要闯进去，秉恭拉着不让。

秉恭老婆：不要拉我，你不敢说，我敢，这挖地道还是我的主意，挖出钱来了，没我的事了。凭什么你爹他自作主张就捐钱，要按人头分，这钱里，还有我们的一份呢。

秉恭：姑奶奶，你小声点儿，他们还没睡呢，听见不好！

秉恭老婆：听见就听见，反正你们家没一个人说我好。

〔老爷在窑里大声地咳嗽了一声。接着，门开了，太太轻轻地走了出来。

太太：（无奈却温和地）秉恭，大冷的天，你爹让你们进窑里说话。

二十六、太太窑内，夜，内

秉恭：（小声地）爹，娘，你们还没睡？

老爷看了他一眼，没接茬儿，转向看着秉恭媳妇。

老爷：你，想说什么，说吧！

秉恭老婆：说就说，我们把太原府的家扔下，跑回碛口，就是投靠你们老人来了，你们没钱的时候就不说了，现在有钱了，放着自己的亲儿子不给，倒把钱全捐了。那么多钱啊，够我和秉恭开几个铺子啊！

老爷：（气愤地）亏你还是进过学堂的人，皮之不存，毛将焉附的道理，你也不懂。如果国家灭亡了，你去哪开店铺。

秉恭老婆：可是，咱们自己不去充大头，外人谁晓得咱们家挖出银窖。

老爷：（气愤地，手指秉恭老婆）天知、地知，我的良心知，我们家没有一个上前线的，我们出点钱还不应该吗？

（特写）老爷指秉恭老婆的手不停地抖着。太太赶快上前，把老爷的手拿下来，放到自己手里，帮他揉搓着。

太太：（劝老爷）不要生气了，捐已经捐了，他们也不是不同意捐，不过就是来说说嘛！毕竟不是一个小数字。

老爷：他们不清楚，你还不清楚，这里边大多数是蓝玉的钱，我起先是要还蓝玉的，可蓝玉说不要还了，以咱们的名义捐了吧！

太太：你们都听见了吧，还不快走。

〔秉恭拉老爷往外走，秉恭老婆站着不动。

秉恭老婆：（没好气地对秉恭）要走，你走，我还有话说。

太太：你都把你爹气成这样了，你还要说什么？

秉恭老婆：说什么，说分家，分了家，就不气你们了。

老爷：只要我活着一天，这家一天就不能分。

二十七、秉恭窑内，夜，内

〔秉恭老婆坐在炕沿上哭，秉恭站在地上，低声下气地劝着。

秉恭老婆：不要劝我，我受够了，不分家，我就走。

秉恭：你这不是说的气话吗？你能去哪？

秉恭老婆：哪不能去，反正你是他们的儿子，孩子是他们的孙子，就我一个外人，我走就是了。

秉恭：谁说你是外人了？

秉恭老婆：还用明说，做事上就看出来了，一口一个蓝玉，明明是我出的主意挖出的钱，可最后呢，功劳又记在蓝玉头上。

秉恭：我大哥出了事，不是借了蓝玉的钱吗？

秉恭老婆：我们当时又不在场，他们说借就借了，就是借了，那蓝玉说不用还，拿回来就是了。蓝玉让捐，就捐。蓝玉让你们去跳崖，你们全家还要跳崖不成？

秉恭：你这不是胡搅蛮缠吗？一百个正说的，也说不过一个反说的，我不和你说了。

秉恭老婆：我知道你，让那俩老的挑上，早就不待见我了，有本事，你去找了蓝玉去！

秉恭：我说不过你，我不和你说了，我出去散散心去。

秉恭老婆：你也不用躲我，我明天就走，离开你们这个家。

秉恭：你往哪走，现在到处是日本人，你要是有个三长两短，俩孩子怎么办？

秉恭老婆：孩子也是你陈家的后，我不管。

秉恭：好了，好了，我不出去了还不行。

〔秉恭说着搂住老婆的肩膀，把她拥在怀里。

秉恭：你让我安安心心地在碛口和爹娘过个年。以后你想干什么干什么，全听你的。

二十八、李老艄住处，夜，内

〔李老艄正在板着脸教训儿子。霍掌柜敲门。李老艄开门，见是霍掌柜，赶忙让座，倒水。

霍掌柜：李老伯，你家教还挺严，我可听见了，训的儿子，大气不敢出。李老艄拿着一张纸，递给霍掌柜，霍掌柜仔细看着。

李老艄：霍掌柜，你是读书人，你给我评评理，他给我留这么一张纸条，就要拍屁股走人。

霍掌柜：（欣赏地看着李老艄的儿子）你在纸条上说，你要去抗日救国，参加八路军。我问你，你能找到八路军吗？

李老艄的儿子：（倔强地）要找就一定能找到。再说，又不是我一个人，我们村好几个和我差不多大的年轻人都要去。

李老艄：你听听，这眼里还有没有我这个老子了，这么大的事居然事先都不通知我一声。

李老艄的儿子：我不是在纸上写上对不起父母，为抗日救国就不能忠孝两全了嘛。

李老艄：你以为写上就行了，要抗日，也等过了年，我和你娘亲自把你交到八路军的手里，有多光荣，有你这样偷偷摸摸地参军的吗？

霍掌柜：（摸着李老艄儿子的头，亲切地）你多大了？

李老艄的儿子：过了年，就十七周岁了。

霍掌柜：现在才十六嘛，还小呢？听你爹的话，先在家和你爹娘一起过年。记着叔叔的话，抗日不一定非要参军，就是在碛口，你也能为抗日做许多重要的事情。

李老艄：小子，你听见了吧，你霍叔叔曾经就是八路，现在是政府的区长。他不在部队了，不也照样抗日。

李老艄的儿子：霍叔叔，你当过八路，你给我讲讲八路的故事。

霍掌柜：以后吧，今天，我找你爹有点儿事！

李老艄：霍掌柜，哪咱们到另外一眼窑里去说。

二十九、窑内，夜，内

李老艄：你这么晚找过来，我就知道有事，说吧，还是那句话，你的事，就是我的事。

霍掌柜：两件事。一件事，我看上一块地方，要几家腾一下，那几家都是船工，想让你去做工作，年前，就搬家。搬的地方我们给找。

李老艄：哪个村？

霍掌柜：就是碛口边上的寨则山村。

李老艄：（点着指头数了一会儿）没问题，寨则山村的这几家船工，你说吧，谁家都能说上话。

霍掌柜：好，这件事就这么先定了，下一件，咱们八路军的部队和游击队，枪支弹药都十分短缺，号地方就是建兵工厂。建起后需要大量木材做手榴弹的柄。您老看看都有什么渠道，能尽快搞到这些东西。

〔李老艄做沉思状，想了一会，拿出旱烟袋，霍掌柜要点，李老艄摆摆手，自己点上。吧嗒吧嗒地抽着。霍掌柜耐心地等着李老艄的回答。李老艄抽完一袋旱烟后，抬起脚，把烟在鞋上磕了磕。

李老艄：上游来的船，今年在碛口拆卸后，都被兴盛昌门板店收了，那个店的掌柜据说，有点怪，不太和人打交道。我也只能提供这么个消息给你。其他深的忙帮不上。

霍掌柜：这就够了，李老伯，谢谢你！我走了。

三十、窑门外，夜，外

〔李老艄和霍掌柜走出窑门外时，一个人影从黑暗中闪出，俩人先是吓了一跳，定睛一看，是李老艄的儿子。

李老艄：你个小鬼头，不好好在自家窑里待着，跑到这干啥？

李老艄儿子：霍叔叔，你把我送到八路的队伍上吧！

霍掌柜：叔叔刚才不是和你说了，想抗日，到处都是战场，你就先好好地陪父母过个年。

（霍掌柜又亲热地摸着他的头，发自肺腑地）听话，珍惜和父母在一起的日子。

三十一、霍掌柜办公室，日，内

李老艄：霍掌柜，你看上的那几户人家，都同意搬，他们说，如果搬过去的地方便宜，年前就搬。

霍掌柜：真是太好了，要不要我找人帮他们搬？

李老艄：还用找人，可怜爬河滩的能有多少家当，有个小箱小柜的，一个人就扛过去了。

霍掌柜：那你去看着腾，腾好了告诉我。

李老艄：行嘛。兴盛昌门板店那面说成个啥？

霍掌柜：正在找下手的办法，您老就不用操心了。

三十二、小酒店，夜，外

〔胡掌柜和霍掌柜坐在酒店一角，边吃边聊。

胡掌柜：兴盛昌门板店是去年才开张的，这个店铺很奇怪，开了后，也没见它正经有屏门板卖，可是，只要黄河上游有船下来在碛口拆板卖，它们不但连船板，甚至船上的铁钉都统统收购。

霍掌柜：噢，这样说来，它的胃口还是不小的，黄河上游的船，一到碛口，大多数都不会再逆水回去，都会拆成板子就地卖掉的。

胡掌柜：我们也都觉的挺奇怪，但是，他们只有一个掌柜，挺神秘的，和我们这些当掌柜的都不来往。

霍掌柜：这个我也有听说。他有什么特殊的爱好没有？

胡掌柜：好像也没有。

三十三、霍掌柜办公室，日，内

霍掌柜：蓝玉，我今天叫你来，是想问你兴盛昌门板店那个掌柜的情况。

蓝玉：那个掌柜，挺守规矩的，只要通过商会收税，捐款，都会按规定交，表现的也不积极，也不落后。

霍掌柜：那你知道他的东家是谁吗？

蓝玉：这个还真不清楚，好像他们也不愿明说，别人问起来，只说是外路的。

霍掌柜：这就更不对了？

蓝玉：有什么不对？

霍掌柜：我怀疑它是阎锡山或国民党的机构，这些木板和铁钉也是送去做枪支弹药。

蓝玉：那总不能眼睁睁地看着这么多木材，都让别人用了，我们一根也用不上吧！

霍掌柜：我也是着急。

蓝玉：你不能找老六想想办法吗？

霍掌柜： 一着急，我把老六忘记了，可以让他的队员，化装成小伙计，跟踪上这个掌柜几天。

三十四、村口某隐秘处，夜，外

老六： 这个任务，我去就行，兴盛昌的掌柜没和我打过交道，我化了装，他认不出我，再说，我轻功好，能跟上他，也不容易被发现。

霍掌柜： 你去当然是最好，但你还要掌管游击队里的一大摊子事，能走开？

老六： 眼前这就是最重要的事，我们一定要把这批木料搞到手，你想，能做多少手榴弹的柄啊！

霍掌柜：（拍了一下老六的肩）好，等着你的好消息。

（第二十三集完）

第二十四集

一、碛口街头，夜，外

〔一个店铺的高圪台上，寒风中，一位六十开外说书的老盲艺人手持三弦，左腿上绑着书板，打着节拍，右腿上绑着小铜镲，边弹三弦边唱。

〔高圪台下，围着好些人在听。说书人讲到动情处，手持惊堂木，在前面放的小桌子上一拍，拍完之后，台下一片叫好声。接着就有一个当陪官的人拿着一个小盒子到众人面前凑钱。老六和兴盛昌门板店掌柜都站在人群中。

〔（主观视角）老六看见兴盛昌门板店掌柜把钱交到一个小伙计手里，和小伙计耳语了几句。小伙计走到陪官跟前，先往盒子里放了一些钱，又转身和陪官小声说什么。之后，陪官跑到老盲艺人跟前，俯下身，转述着什么，盲艺人慌忙站起，收拾东西。

陪官：（走到前面，向众人抱拳）对不住了，今天有事先收摊了，改日不要大家的钱，让大家白听。

听众甲： 年初二，能有什么事，正听得兴起呢！

听众乙： 就是，再说一段嘛！

陪官： 对不起了，实在是有事，让条路，就算积德行善，大过年的，咱们明眼人可不能挡盲眼人的道！

众人一听，也就都散了。兴盛昌门板店掌柜在前，小伙计领着说书人在后，老六尾随着他们，全都行色匆匆地走在碛口街上。寂静的夜里，这几个人的脚步声，把过年的气氛搞得分外诡异。

二、兴盛昌门板店，夜，外

老六跟着他们走到兴盛昌门板店后，看着他们先后走了进去。

三、霍掌柜办公室，日，内

霍掌柜： 你看清了，他们确实是把说书人请了进去？

老六： 看得真切，是叫说书人跟着进去的。

霍掌柜： 哪个说书人，你认识吗？

老六： 你也应该认识，他在碛口街上说了几十年书了，人称他为韩先生。

霍掌柜： 真是巧了，这个说书的韩先生，我们认识，打过一次交道。老六，你就不用管了，我去找这个说书人。

老六： 正好，兵工厂那面，还有几台车床，要往上运。我们今天夜里，就扛上去。

霍掌柜： 上级通知我们，这个兵工厂越快投入生产越好。陕西膀牛沟军工厂的技术工人过了正月初五，就会想办法过来。

老六： 放心，我抓紧。

四、一眼破旧的窑前，夜，外

〔村边，一个四面没有围墙的小院，一小堆过冬的柴火，堆在院中，柴火中放着一只盛鸡食的碗，三四只鸡抢着在碗边啄食。霍掌柜还没有走进院子，就听到窑里传来三弦的声音，曲调异常悲凉。霍掌柜在窑前，站了会儿，等着里面的琴声停下后，才上前，轻轻地敲门。

说书人：（说书人在窑内高声地）谁呀？

霍掌柜： 是我，秉公居霍俊山。

说书人：（仍在窑内）进来吧，门虚掩着。

〔霍掌柜推门走进。

五、窑内，夜，内

〔霍掌柜走进，（主观视角）看见老盲艺人，站在炕边，用手摸揣着整理炕上的东西，想给霍掌柜让出个坐的地方。霍掌柜赶紧走上前扶住老盲艺人坐在炕上。

霍掌柜： 您老不用忙，我不是外人，咱们坐下拉会话。您老还能记得我？

老盲艺人： 我虽然眼看不见，但心里亮着呢，那次在碛口说闲书，占了人家的地方，被人先撺后打，最后还是你让人把我抬到秉公居，我在你的窑里，整整住了八天，你每天不仅让小伙计给我送吃送喝，还给我花钱请了郎中，我命不值钱，一辈子就瞧过这么一次郎中。

霍掌柜： （拉着盲艺人的手）都过去的事了，就不说了。

老盲艺人： 对了，你走了有六七年吧？

霍掌柜： 没七年，六年多。

老盲艺人： 你走时，我还没置下这眼破窑，你也能找来。

霍掌柜： 你是碛口的名人，一问全知道。老先生，我来是想求你个事。

老盲艺人： 你说。

霍掌柜： 听人说，你最近每天去兴盛昌门板店说书？

老盲艺人： 那不是有钱人抖牌子嘛，他们包了我半个月，正月十六前，让我每天都到他们字号里去说。

霍掌柜： 说给什么人听？

老盲艺人： （平淡的口气）就说给掌柜一个人听，在他的窑里，他躺在炕上睡着听，我在地下坐着说。

霍掌柜： 他每次听着的时候，会不会半中间起来，干点儿别的，比如有没有人找他，他接待一下？

老盲艺人： 不会，除了接电话。

霍掌柜： （吃惊地）他家里有电话？

老盲艺人： 有，肯定有。我眼睛看不见，耳朵特别灵。他窑里的电话铃一响，然后，他就起来，和那面的人一人一句地说着。经常在电话里说着说着就不高兴了。

霍掌柜： 说什么，你还记得吗？

老盲艺人： 不记得，他打电话时，我就想我说书的内容，没有操过这个心。

霍掌柜半晌不语，若有所思的样子。

老盲艺人： 霍掌柜，你问这个干嘛？

霍掌柜： 韩老先生，我也不瞒你，咱碛口人员复杂，我们抗日政府怀疑兴盛昌门板店的来历。

老盲艺人： 你怀疑他是坏人？

霍掌柜： 现在还不能这么说，没有证据。日本人已经占了离石，碛口也危在旦夕，对汉奸我们不能不防。

老盲艺人： 那要我做什么？

霍掌柜： 你下次去给咱听听这个掌柜在电话里说啥，和他的小伙计们又说啥。

老盲艺人： 行，能为抗日出点力我也高兴。

霍掌柜： 韩老先生，你以后在碛口街上"说闲书"，也可以编进去点抗日的内容。

老盲艺人： 不用以后，我明天去兴盛昌说，就加进去抗日内容，正好看看那个掌柜什么反应。

霍掌柜： 这个想法好。但要注意安全，如果对方反应强烈，你就不要说了。

老盲艺人： 行，打探回消息，去哪找你？

霍掌柜： 你不方便，还是我来。你有了消息，就到秉公居，说过年了，要给我说书听。

六、霍掌柜办公室，日，内

蓝玉： 韩老先生那有消息了吗？

霍掌柜： 还没有。

蓝玉： 我听王妈说，她有个远房孙子，隔几日就给兴盛昌担一次水，要不，我让王妈把她那个远房孙子找来，你看看，他能不能帮上忙。

霍掌柜：还是再等等，如果韩老先生这不行，我们再找王妈的这个远房孙子。这事不能动静太大。

蓝玉：好的。如果这不行，咱们就让王妈试试。对了，你前几天说胃疼，还疼吗？

霍掌柜：哪有那么娇气，早不疼了。

蓝玉：注意点儿，不要冷一口，热一口。

霍掌柜：放心吧，没事的。对了，你们的抗日小戏演的怎么样。秉恭的老婆来演了吗？

蓝玉：还行，那天在碛口前街演完后，当下就有好多人，往捐款箱里放了钱。

霍掌柜：不错吗？搞宣传，还是妇女有优势。

蓝玉：大家都还好，就是秉恭的老婆一来，不是和这个吵，就是和那个闹，因为大家不同意她演主角，索性不来了。

霍掌柜：她真不像个学堂里出来的，回头你再做做工作，咱们要团结一切可能团结的力量。

〔蓝玉点头。

七、秉公居，日，外

〔韩老先生站在门上，敲着木板，秉公居的账房先生迎出来。

账房先生：韩老先生，要在我们这里支摊子，支吧！正月里，您老也该挣两个钱花花。

老盲艺人：不支了，被人包了，黑夜还要去人家里唱！

账房先生：那你敲木板，叫我出来做啥？

老盲艺人：这不，大正月的，白天闲着也是闲着，你们霍掌柜救过我，我想给你们霍掌柜一个人说书。

账房先生：行，我让小伙计去告诉他，难得你一直记着他的恩德。

八、窑内，日，内

霍掌柜：韩老先生，秉公居的人把信递给我了，什么情况？

老盲艺人：昨晚他先是在电话上和人吵，说碛口是他的老家，不让他在碛口做正经买卖，他就不干了。

霍掌柜：（若有所思地）这话里有话呀！（停了一会儿）放下电话后，他和你说什么没有？

老盲艺人：没有，他一直不说话。我问他说什么书？他说，随便，我就接着说前天说的《包公案》，说完后，又说了个抗日的。他也没反对。

霍掌柜：他一直听完，没阻止你？

老盲艺人：没有，听完后还问我，这个抗日的是跟谁学的，是不是跟碛口街上搞宣传的妇女学的。

霍掌柜：这么说来，他还是有爱国心的。韩老先生，你继续听着，有什么新的消息再告诉我。

老盲艺人：点头。

霍掌柜：（上前，双手拉住老人的手）谢谢你，韩老先生，你也算为抗日出了力了。

老盲艺人：（高兴地）有用就行。说书里的话：国家兴亡，匹夫有责。

九、村口某处，日，外

霍掌柜：老六，我找你来，是和你说，那个兴盛昌门板店的掌柜可以争取，他还是支持抗日的。我想去做做他的工作。

老六：（诚恳地）霍掌柜，你不能一个人去，还是我跟你去，你谈，我保护你。

霍掌柜：不用，人多了，他会觉得咱们不相信他，反而会把事情弄僵。

老六：那你带上手枪。我这把好使，拿我这把。

霍掌柜：不用，带我的就行了，不到万不得已，不会露枪，我们的目的是动员人家抗日的。

老六：真不用我跟你去？

霍掌柜：不用，放心，我没事的。

老六：那你千万小心，我在外边等你，里边一有动静，我就冲进去。

霍掌柜：以我的主意，你根本没必要在外边等。蓝玉也说要和我一起去，我也拒绝了。有时候，两个男人之间的对话，更简单一些。

老六：不管你说啥，这个不能听你的，我是一定要在外边等的。我不只是对你负责，也是对蓝玉负责。

十、兴盛昌门板店，夜，内

　　韩老先生上前敲门，门开了一道缝，里面的人见是说书人，把门打开，说书人进。霍掌柜戴着黑墨镜，也和说书人一样穿着长袍，一旁闪出，也跟着老盲艺人走了进去。

开门人：（挡住霍掌柜，捅了下韩老先生）怎么还带着一个人？

老盲艺人：也是来说书的。

　　〔开门人上下打量半天霍掌柜，再没说啥，放两人走了进去。开门人把他们领到一眼窑前。

开门人：（推开门）进去吧。

　　〔兴盛昌老板半躺在炕上，闭着眼，听见俩人的脚步声，睁开眼。（主观视角）看见老盲艺人身后跟着霍掌柜。

兴盛昌掌柜：（不高兴地）韩先生，我好像就请的你一个人来。

霍掌柜：（摘下眼镜）是我主动要来的，我是四区区长霍俊山，虽是不速之客，但却带着诚意。

兴盛昌掌柜：我一个商号的掌柜，合法经营，正常纳税，有何事劳驾您亲自上门？

霍掌柜：据我了解，付掌柜的身份恐怕没那么简单！

兴盛昌掌柜：（警觉地）我的老家就在碛口，我在碛口开个铺子有何不妥？

霍掌柜：听说付掌柜不是在碛口长大的？

兴盛昌掌柜：清朝时，我祖上都是碛口买卖人，虽然我没在碛口长大，但我是听着碛口话长大的。寻根问祖，我来碛口有什么简单不简单？

　　〔说到这里，兴盛昌掌柜打量了一下霍掌柜。

兴盛昌掌柜：倒是霍区长碛口话还没我讲得地道吧！

霍掌柜：（豁达地笑）付掌柜，确实是，我祖籍不是碛口的，但在碛口这么多年，我对碛口也是有感情的。

兴盛昌掌柜：我想，你的来意不会就是单纯聊碛口的吧。

霍掌柜：（再次爽朗一笑）对，只聊碛口，聊如何共同保卫碛口。

　　〔霍掌柜说完后，用敏锐的目光看着兴盛昌掌柜，兴盛昌掌柜意外而吃惊的表情，愣在那里。

兴盛昌掌柜：我一个商人，能做什么，应该捐的钱，我也捐了。

霍掌柜：想把你们字号的木材全收了，还有铁器，都拿出来，做打小鬼子的武器。

兴盛昌掌柜：（面有难色）这个？

霍掌柜：你当时多少钱收的，现在还给你多少钱。

兴盛昌掌柜：不是我不抗日，是这些东西，别人早定了，我一个闺女不能找两个婆家吧。

霍掌柜：是不能找两个婆家，关键是看找什么样的婆家。选错婆家，你可就成罪人啦。

　　〔兴盛昌掌柜拿出手帕，拭头上的汗。

　　霍掌柜站起来，走到老盲艺人跟前，扶住他肩膀。

霍掌柜：韩老先生，不能让付掌柜的钱白花了，我也借付掌柜的光，听你说一段三弦。

韩老先生：（拉起三弦）

　　有钱的骑马挂盒子，没钱的扁担压脖子。穷人的骨头硬如铁，甚的苦水也能吃。我把话儿给你说，千万要记住大团结。打倒东洋小日本。少不了三弦说书人。

兴盛昌掌柜：韩先生，钱我照付，一天也不扣你，今天你就不要说了。我和霍区长有话说。

兴盛昌掌柜：（转向霍掌柜）霍区长，能不能到外面，借一步说话？

霍掌柜：行，窑内也太闷了。咱们到外面去透透气。

十一、院子，夜，外

　　〔走出窑门，霍掌柜就站住，兴盛昌掌柜示意他走远点。他用手指着院子当中的一棵树。

兴盛昌掌柜：（小声地）霍区长，到枣树下说话如何？

霍掌柜：完全可以。

　　〔俩人又向前走去。

十二、枣树下，夜，外

兴盛昌掌柜： 霍区长，你的意思我明白，可是说实话，我明为掌柜，实际上做不了主。
霍掌柜： （严肃地）谁是你的东家，普通的商号是不会安装电话的。
兴盛昌掌柜： 也就是个大财主。
霍掌柜： 真的是大财主吗？
兴盛昌掌柜： 真的是，真的是，碛口这地方，藏龙卧虎，多有钱的东家都有。
霍掌柜： 有钱不怕，就怕钱的来路不正。
兴盛昌掌柜： 是，是，是。
霍掌柜： 你听好了，我之所以来，就是相信你是抗日的，也希望你能认清形势。
兴盛昌掌柜： 一定，一定。
霍掌柜： 我和你刚才说的事，你可以再考虑考虑，考虑好了，去找我，或者是让人捎话，我再来登门。

十三、蓝玉住处，日，内

王妈： 蓝玉，你前几天不是说找我那个在兴盛昌的远房孙子有事吗？怎么，这几天，又不听你说了。
蓝玉： 原想找来着，现在又不找了，找时，我再和你说吧。
王妈： 我看肯定不是你要找，是霍掌柜要找。你们两人明明心里眼里都有对方，可就是不往一搭过，这也不知是谁熬煎谁呢！
蓝玉： 王妈，你又提这，不是和你说了吗？现在，打小日本是大事，其他都是小事。
王妈： （叹气）花无百日红，人无再年轻，我也是替你着急啊！
蓝玉： 碛口像离石一样被日本人占了，你就顾不上着急我的事了，该着急您老人家自己的命了。
王妈： 日本人也是，守在自己家里好好地过日子不行，偏要跑上这么远，到中国来祸害人。操了害人的心，还能有好下场。

十四、霍掌柜办公室，日，外

〔兴盛昌掌柜在外走来走去，眼睛不时地向窑内张望，走到门口，又退回去，一脸犹豫，手举了几次，也不敢敲门。
老六正好走来，看了看他后，上前主动和付掌柜打招呼。
老六： （温和地）是不是找霍区长？
兴盛昌掌柜： （小心地）啊，是，是。
老六： 那一起进去吧！
兴盛昌掌柜： 你先进，你先进，我不忙，不忙。
老六： 那我先进了，我就一句话，说完就走。
〔一会儿，老六和霍掌柜一起走出来。老六和霍掌柜挥手，先走了。
霍掌柜： （微笑着向兴盛昌掌柜）怎么，有勇气来，没勇气进去了。走，进我办公室，我给你倒杯茶喝。

十五、霍掌柜办公室，日，内

霍掌柜： （倒茶）我知道你会来的。
兴盛昌掌柜： 霍区长，我什么也说，你答应我，将来不能给我记上这不光彩的一笔。
霍掌柜： 放心，只要你从现在起，一心抗日，以前的全部一笔勾销。
兴盛昌掌柜： （鼓起勇气）我的东家不是财主，我也是来了碛口才知道，让我来的人，实际上是受汉奸王克敏、王揖唐在北平成立的中华民国临时政府掌控。它管辖山西、河北、河南、山东4省及北平、天津两市。

霍掌柜：可恶至极，想不到去年 12 月 14 日才成立的这个伪政府，一成立就把黑手伸到碛口。

兴盛昌掌柜：我也不情愿为日本人做事，碛口是我的老家，在这当了汉奸，死后都没脸见祖宗。

霍掌柜：你有这个觉悟就好，这个临时政府反动透顶，完全听命于日本，它在《政府成立宣言》里公开声称要"绝对排除共产主义，发扬东亚道义"。这样的伪政府，不仅是短命的，也是可耻的。凡是痴迷不悟，死心塌地为这个政府办事的汉奸都会成为民族的罪人。

兴盛昌掌柜：好在，我才来，还没有给他们办过一件事。只要抗日政府能接纳我，我一定和他们一刀两断，弃暗投明。

霍掌柜：你的家眷都不在他们手里吧？

兴盛昌掌柜：不在，家人都在天津乡下，他们找到我时，我一个人在北平。

霍掌柜：好，我一定把你的情况向上级组织汇报。

兴盛昌掌柜：另外，他们还给了我一些活动经费，我也全交给抗日组织。

霍掌柜：行，等我向上级反映后，看上级组织的决定。

兴盛昌掌柜：我还是那一个要求，不能给我记上这个污点。

霍掌柜：放心吧，组织会实事求是地考量一个人的历史，到时候，我来给你作证。

〔俩人正说着，听到外面有人敲门。

霍掌柜：进来！

〔蓝玉推开门走进。

兴盛昌掌柜：（看着霍掌柜）霍区长，那我走了。（向蓝玉）李会长，你们聊。

〔蓝玉微笑点头。霍掌柜伸出手，兴盛昌掌柜犹豫了一下，也伸出手，激动地紧紧地握住。

霍掌柜：也替你高兴，想你今晚能睡个踏实觉了。

兴盛昌掌柜：是的，是的。霍区长，请留步！

霍掌柜：来我这里，别看没几步，不容易，我送送你。

蓝玉：（站起）我也送送你。

〔霍掌柜和李蓝玉把兴盛昌掌柜老板一起送出来。

十六、院子，日，外

〔霍掌柜和李蓝玉俩人挥着手，目送着兴盛昌掌柜走远。

霍掌柜：怎么，再进去吧！

蓝玉：不进去了，我也为你高兴，你不仅解决了木材的事，还争取过来一个人。这下我就能告诉王妈，他那个远房孙子不用找了。

霍掌柜：说起王妈，今天我得喝一杯王妈酿的米酒庆祝一下。

蓝玉：今儿是初七，我们碛口讲究，初七补大年，王妈让我叫你回去吃饭。她特意做了你爱吃的宽心面和油炸糕。

霍掌柜：行，你告诉王妈，再来碗臊子碗脱凉菜下酒。

蓝玉：还用你说，早做下了。

十七、碛口军火厂，日，外

〔霍掌柜和老六大步走来。

霍掌柜：（指着空空荡荡的院门）要不是怕暴露，这里真应该挂个牌子。

老六：就是，也不用请别人，现成的，你拿起笔就能写，碛口军火厂的大牌子一挂，多来劲。

十八、军火厂里面，日，内

〔一个胸前系着大围裙，工人打扮的人快步迎了上来，和霍掌柜老六分别握手。

霍掌柜：（对工人打扮的人）黄厂长，我和老六再过来看看。你又在车间？

黄厂长：人手不够，也就不说个厂长不厂长了。还得感谢你们两位，都出了大力了。

〔霍掌柜和老六笑着摆手。

老六：（打了黄厂长一拳）一家人说的两家话，谁谢谁呢？

霍掌柜：（看着院子里堆的木料）这就是从兴昌盛那里拉来的船板？

黄厂长：对，太多了，库里放不下。

霍掌柜：生产情况怎么样？

老六：从招贤铁厂引进个技术工人，叫刘能荣，他土打土闹，研究出了用硫化铁制造手榴弹外壳，还发明了手绞的旋床。现在，我们碛口军火厂，日产地雷十几颗，手榴弹20多枚。

霍掌柜：真是太好了，想不到这么快就能生产出地雷和手榴弹了。

黄厂长：现在，爆炸技术还不成熟，等陕西脖牛沟咱部队工程师来了，地雷装置也会改进。走，进去，看看。

十九、军火厂内，日，内

黄厂长领着霍掌柜和老六走进，（主观视角）工人们在车床前埋头干活的场景。

二十、郊外，日，外

（远镜）空旷的乡村小道，一骑战马在狂奔，马上是一位十七八岁的小通讯员。

二十一、霍掌柜办公室，日，外

小通讯员：霍区长，日本鬼子今天一早从离石出发，已经翻过吴老婆山，向碛口进犯，离石县委通知，尽快组织乡亲们撤离，老六的游击队掩护。

霍掌柜：明白。碛口兵工厂也一起转移？

通讯员：对，来的路上，已经先通知老六了，他们也负责掩护兵工厂转移。

　　〔小通讯员说完后，转身告辞。霍掌柜送出来。俩人挥手再见后，小通讯员飞身上马，扬鞭而去。

二十二、牛二破窑内，日，内

贺其瑞：（提着一个大皮箱）牛二，快，把这些东西，都给我找个地方先藏起来，日本人就要来碛口扫荡了。

牛二：大哥，来了不怕嘛，咱们打他个小日本，我和你们警察一起上？

贺其瑞：上你个头，阎锡山的十九军都跑了，我们警察算老几，你把东西给我藏好，我领着我的弟兄们也撤了。

　　〔贺其瑞把东西交给牛二。

贺其瑞：养兵千日，用兵一时，你可给我藏好了，日本人一走，我就回来和你要。

牛二：放心，碛口所有大商号值钱东西，都藏到了西湾陈家，陈家有好几个暗窑。

贺其瑞：放到陈家？

牛二：怎么，不让放到陈家，放到哪？方圆几里，也就陈家有个城堡式的庄园。

贺其瑞：那就放到陈家吧，不过，不要说是我的，随便编个人，就说有人托你放的。

　　〔不等牛二再说什么，贺其瑞慌慌张张地跑了。

　　牛二看着贺其瑞的背影，恨恨地往地上吐了一口唾沫。

牛二：（自言自语）就保你这袋子破东西，呸，还"养兵千日，用兵一时"呢！你倒是吃着国家的俸禄，手里还拿着枪，关键时候，脚底抹油，跑得比兔子还快……

二十三、深山，夜，外

　　〔游击队员抬着车床往积雪下埋。

工人甲：（指挥）往积雪上多铺点草，怕机器湿了生锈。

队员甲：师傅放心，机器包了两层油布了。

老六：工人师傅们，你们把机器藏好后，就都脱了工装，化装成老百姓连夜转移，我们派几个游击队员掩护你们转移到安全的地方。

工人甲：队长，要不，我们也留下来，和你们一起对付鬼子。

老六：不行，除了和我们一起埋地雷的技工，都必须服从命令，连夜撤。

二十四、西湾陈家太太窑内，日，内

秉恭：老爷，碛口街上和附近村子里的人，除了游击队员都转移了，咱们也撤吧！

老爷：还是那句话，你和你二哥领着孩子们藏起来吧，你娘跟你们走，还是跟着我留，看她的主意。我是不跑，就守着这个家，你们放心去吧。

秉恭：爹，你说得轻巧，你不走，我们哪放心？

老爷：不是挖下地道了吗？日本人来了，我钻地道。

太太：我跟了你爹一辈子，就是死也要死在一起，你们快跟上众人一起跑吧。我和你爹钻地道。

秉恭：爹，娘，那你们多保重，日本人一走，我们马上就回来。我往地道里再搬上些吃的，给你们备着。

二十五、陈家窑内，夜，内

〔老爷和太太在炕上睡着，突然听到外面有敲门声。

太太：老爷，你听，好像有人敲门？

老爷：黑更半夜的是不是秉恭他们又跑回来了，你躺着，我去看看。

太太：还是我去吧，你身子骨看着硬朗，可经不起风吹，你去，再着了凉。

老爷：着凉也不能让你一个人去，家里的佣人都跟着秉恭他们跑了，还是我们俩人相跟着一起去看看吧！

二十六、陈家大门，夜，外

〔老爷和太太打开门后，见门上黑压压地站着一地老头、老太太。

老头甲：听说陈老爷和太太都没跑，我们也跑不动了，大家商议着，都到你的庄园躲躲。

〔老爷看了太太一眼，俩人沉默着。

老头乙：陈老爷，都是乡里乡亲的，你就让我们进去吧！

〔老太太丙走上前去，拉住太太的手。

老太太丙：太太，你心肠最好，我们的破窑，风一吹就能吹开，你们的庄园修得结实，就让我们进去吧！

〔太太看着老爷。

老爷：（手一挥，转身把身后的两扇大门全打开）进来，都进来，只要我活着，你们就死不了。

二十七、碛口街上，日，外

〔霍掌柜急匆匆地走着，和老六迎面撞上。

老六：（一把拉住霍掌柜）我正要去找你，怎么办，有二十来个老人，说什么也不跑，说跑不动，昨天夜里都跑到陈家庄园里了。

霍掌柜：再做做工作不行吗？

老六：不行，蓝玉也赶过去了，还是说不通。

霍掌柜：那你领着愿意转移的人先撤，我再过去看看。

二十八、陈家大门，日，外

〔霍掌柜还没走到门口，就见蓝玉走了出来。

霍掌柜：怎么，还是不走？

蓝玉：不走，不过，有个好消息告诉你，陈家原是有地道的。

300

霍掌柜：你听谁说的？

蓝玉：老爷刚才告诉我的，说原是为挖地道才发现银窖的，这二十来个老人，地道里都能藏下。

霍掌柜：那咱们也撤吧，时间来不及了，你在这等着，我再进去叮嘱一下陈老爷，让他们下去的时候，把入口伪装好。

二十九、黄河边，日，外

〔老六一行在埋地雷。

老六：大家记着，埋好后，要在雷区伪装上人的脚印或牲畜的蹄印。

三十、碛口街上，日，外

〔碛口街上一片狼藉，到处是日本鬼子。他们人人手里提着东西，在街上乱窜。

翻译：（从一个店铺里走出，跑到一个日本军官面前，立正、敬礼）报告太君，这个店铺也全部清空，人和东西都没有了。

日本军官：把店铺烧了，（用手指着相邻的店铺）通通烧了。

翻译：放火，太君让放火烧，把这些店铺统统烧了。

日本军官：（对翻译招手）你的大大的灵光，你告诉太君，他们可能把东西都藏到哪里了？

翻译：太君，碛口人都知道，穷西头，富西湾。我们应该到西湾村找银子去。

日本军官：好，就去西湾村。

三十一、路边，日，外

〔日军的人马踏进了雷区，"轰隆"一声巨响，炸死日军4人，洋狗一只。

日本军人都往后退，不再前进。

日本军官：（挥着指挥刀）统统往前冲！地雷的不要怕。

走在前面的日军战战兢兢地往前推进。

（特写）地上有个沟，沟里放着两块木板，两个走在前面的日军，抬起木板铺路，又是"轰隆"一声响，两个抬木板的日军应声倒下。

三十二、西湾陈家瞭望台，日，外

〔陈老爷和太太站在瞭望台上手搭凉棚向远处观望着。太太一只手拉着陈老爷的衣襟。（主观视角）只见日军大队人马向西湾走来。陈老爷和太太快步走下瞭望台。

三十三、西湾陈家大门前，日，外

一队日本兵一字排开站在陈家大门前，陈家大门紧闭，里面插着门。

几个日本兵先是上前推门，推不开，后又用枪托砸门。日本军官打手势，让翻译上前喊话。

翻译：（敲门）皇军只图财，不害命，快快开门，把银洋交出来。

〔里面没有人应声。

三十四、地道入口前，日，外

〔陈老爷站在地道入口前，指挥着一队老人有秩序地钻地道。

三十五、西湾陈家大门前，日，外

〔日本军官把翻译叫到跟前，一阵耳语。

翻译：有人，肯定有人，没有人里面就不会上门插。

日本军官沉思了一会。突然，举起手中的枪，朝着门上连射几枪，门被打开一个洞。翻译上前，胳膊伸进去，把门插打开。然后，又把两扇大门也推开，日本军官手中军刀一挥，日本兵洪水一样涌了进去。

三十六、陈家院内，日，外

日本兵见窑就进，一眼一眼窑里乱窜着。（特写）水缸被砸烂，水流了一地。几个日本兵在陈家花园里挥刀乱砍。

日本军官又招手叫翻译，翻译走上前，日本军官一阵狂喊，翻译点头哈腰地听着。听完后，跑到院子的最高处，大声喊着。

翻译： 太君有令，藏在院子里的人出来吧，不然，太君就要放火烧了。

〔等了一会儿，没有动静。

日本军官刀一挥，翻译赶紧又跑过去，又是一阵耳语后。

翻译： 不出来，太君说了，一眼一眼窑，挨着搜。

〔一个日本兵提着裤子跑到日本军官面前。手一举，敬礼后，叽里呱啦，用日语说了一段话。

翻译： 太君，他撒尿时发现的山洞口，可能就是地道的出口。这个陈家应该有地道。

三十七、地道出口，日，外

〔那个提裤子的日本兵在前面领着，日本军官领着一队人马站在洞前。

日本军官和翻译说着日语。

翻译： 太君，怕中了游击队的埋伏，我们不敢进去。

〔日本军官和翻译又说了几句日语。翻译趴到洞口，向里面喊话。

翻译： 洞里的人听着，赶快出来，不出来，太君就要用烟往死里熏了。

〔过了一会儿，翻译又喊：太君说了，给你们三分钟的考虑时间。

三十八、地道口内，日，内

老爷： 我出去看看！

太太：（拉着不让老爷走）我跟了你一辈子了，要死，一起死！

老爷： 我出去看看，怎么就能死了，没事的，你和这些人一起好好待着，等我。

老农汉甲： 老爷，要不，我和你去。

老爷： 你去不行，你的穿戴，他们不信。还是我一个人去。

三十九、地道出口，日，外

〔三分钟后，老爷在一个人从地道口爬了出来。

老爷： 这个村里最有钱的人是我，你们不是要金银财宝吗，都跟我走吧！

翻译：（俯下身子朝洞口看）洞里就藏着你？

老爷： 就我，其他人都跑了。走吧！跟我拿钱去。

〔老爷往前走，日本军官愣了一下，示意都跟上。

走到陈家大门前时，老爷并没有停下来。

翻译：（着急地上前拉住老爷）怎么不回家去拿？

老爷： 这话说的失笑人，知道你们来，我还能把钱藏在家里，早转移到沟里埋起来了。

翻译： 你要是敢不老实，我现在就一枪把你崩了。

老爷： 崩我简单，要钱难。你现在还不敢崩我，因为日本人逼着你当狗，给他们找食。

翻译： 老不死的，还敢骂我，等找到钱了，看我怎么收拾你。

〔老爷看了看翻译，不再说话，大笑着一直往前走。走到一个崖前时，纵身一跳，跳下了深沟。

日本人跑到沟前，朝着老爷连射几枪。

四十、地道出口，日，外

翻译：太君，里面还有人，全是跑不动的老头、老太太。
日本军官：（仰天大笑）统统熏死！
〔洞口，堆放起棉花，柴火，烟叶。
一个日本兵上前点燃。
翻译：快，快，快，往火上再撒辣椒面。
过了一会儿，几个日本兵又抬来一辆风车，往洞内扇烟。
（特写）疯狂转动的风车，和一股股钻进地道的浓烟。

四十一、黄河边山上，夜，外

〔游击队员卧在战壕里。
游击队员甲：真是憋屈，也不知这帮小日本，把碛口糟害成什么样子了，真想现在就冲回去，痛痛快快地打它一仗。
老六：别忘了我们这次的主要任务是配合对面的八路军，阻止日本部队过河。他们不能从碛口过河，就是我们的胜利。
游击队员乙：队长说得对，我们要顾大局，守纪律，不能逞一时之勇。

四十二、郊外墓地，日，外

（特写）一座碑前，上面写着：陈天儒老爷之墓。不远处，一堆新坟前，到处站立着死难者的家属。大雪纷飞，人们停立墓地，低头默哀。

四十三、霍掌柜办公室，日，内

蓝玉：（站在窗前，握着拳）太惨了，二十八个老人就这样活活地被熏死在洞里。
霍掌柜：从碛口返回的路上，在一个村子里，又用同样的办法，活活熏死了246人。一户农妇刚生产，坐月子，没有跑了，农妇被强奸，孩子被枪挑起来，用刺刀钉在墙上。
蓝玉：（哽咽着）不要说了。想起陈老爷，我心里难过得要死。我后悔没有把他们劝走，以为地道发现不了。
霍掌柜：不要自责了，我也有责任，没有保护好碛口的百姓。
〔老六从门外走进。
老六：霍区长，你这话，让我这个游击队长脸往哪放？
霍掌柜：都不要自责了，这才是第一次对碛口的扫荡，以后，我们的同志，还会有更多的流血和牺牲，他们还会残害更多的无辜百姓。我们的任务就是化悲痛为力量，做好长期战斗的准备。

四十四、义居寺窑内，日，内

〔织布机、纺花车前都是埋头干活的妇女。
蓝玉：（走到妇女甲跟前，低下头，亲热地扶着她肩膀）大机还好用吧？
妇女甲：（妇女甲左肩膀上搭着一缕棉线，顾不上抬起，弯着腰边干活边答）这快机织布比原先的小纺织机快多了。
妇女乙：可不是，为啥把大机又叫快机呢，就是因为快么！
蓝玉：（又走到一位妇女跟前，这位妇女停下来，侧过头和李蓝玉笑）是不是累了，来，你歇歇，我织会。
〔李蓝玉坐在织布机前，织布。
饭时，妇女们围在一起边吃饭，边说着话。
蓝玉：我们生产的布，又厚实又耐穿，可受欢迎呢，我们应该给它起个名字，大家说，叫个什么牌子好呢！

妇女甲： 就叫个"碛口牌"吧，因为出自我们碛口妇女之手嘛。

蓝玉： 不好，现在讲大团结呢，我们占的义居寺，还是三交的地界呢。

妇女乙： 对，这里的师傅又给我们烧水，又给我们做饭，也没少出力，光说碛口好像没人家的功劳似的。

妇女丙： 我有个主意，就叫"义居牌"土布。

蓝玉： 行，我看这个名字好，一来，这些布的产地是义居寺，二来，八路军的120师，咱们都见过，是仁义之师，咱们第一次织的布，就是支援他们做了军装。这三个字里正好打头的第一个字就是义，你们说，就用它好不好？

众人： （拍手）好，好！

妇女甲： 蓝玉，以后，我除了在妇女识字班学习外，还要跟你学，你看，学了文化多好，张口就能说出一串道理。

蓝玉： 行啊，我那里，书多得很，都借给你，再送你一本字典。

妇女甲： 可是，我不会查啊！

蓝玉： 才不是说了，我教你吗！字典认字就像先生跟在身边一样。

四十五、牛二破窑内，日，内

贺其瑞： （气急败坏地）我的东西全没了？

牛二： 不光你的东西没了，陈家暗窑里藏的东西全让日本人放火烧了。不信，你去看，陈家的窑，现在都是光板，没有一眼有门窗，全烧尽了。

贺其瑞： 废物，让他放，也不说放个好地方。你知道我那东西值多少钱吗？

牛二： 大哥，值多少钱也没了，我也赔不起。说句不好听的话，人还死了多少，你的东西算什么？

贺其瑞： 嘛样可恨！

牛二： （无奈地）大哥，可恨的是日本人，不是我。

四十六、游击队驻地，日，外

〔霍掌柜走来，老六迎上去。

老六： 有事？

霍掌柜： 有事，到你窑里说。

四十七、窑内，日，内

〔霍掌柜坐在炕沿上。老六端来一杯水，放在霍掌柜跟前。

霍掌柜： 有一份重要情报，上级命令我们想办法尽快送到那面。

老六： 可是，现在沿河船只，全部被捣毁，根本无法过河。

霍掌柜： 能不能用"浑筒"（囫囵羊皮制成的容器）做护身器，泅水往过送？

老六： （眼前一亮，兴奋地）这个可以，只是初春天气，水寒彻骨……

〔老六搓着手，在地上走来走去。

霍掌柜： （走到他身边，安慰道）老六，你别着急，你也想想，我再去找李老艄想想办法。

四十八、霍掌柜办公室，夜，内

〔霍掌柜推门进去，看见桌子上放着一个长方形的铝皮饭盒，旁边还有一张纸条。霍掌柜拿起看，是蓝玉留下的。

〔（蓝玉的画外音）这是王妈刚做的软米粥，你最爱吃，回来趁热吃了。

〔霍掌柜端起来吃着，吃了一半，放下饭盒，飞跑着就出去了。

四十九、老六窑内，夜，外（内）

霍掌柜：（急急地敲门）老六，快开门，是我？
〔老六开门，霍掌柜走进。

霍掌柜：老六，我有办法了？

老六：知道你这么快来，也是有办法了，快说，什么办法？

霍掌柜：你不要着急，听我慢慢说。将热软米粥用布包好，缠在前心后背，抱着"浑筒"泅渡过河。

老六：（手一拍）这个办法好，软米粥保温，不容易凉，你是怎么想出来的？

霍掌柜：凭空想，怕是一辈子也想不出来，刚才回去，恰好蓝玉给我送了软米粥，吃着吃着，就想起来了。

老六：现在情报在哪里，我连夜送去。

霍掌柜：情报明天往秉公居送货时，送来，我交代给蓝玉接头了。

老六：来人靠得住吗？

霍掌柜：靠得住，是老交通员了。

五十、秉公居，日，内

送货人：李东家，我走时，忘记装烟丝了，你能不能给我装袋烟丝？害得我一路上，就抽了一袋烟。

蓝玉：行，我给您老装去。

送货人：拿我的袋子去吧。（送货人说着递给李蓝玉一个布袋）

蓝玉：（拿出一个新布袋递给送货人）不好意思，刚才不小心把你的布袋弄湿了，给你换了个新的。

送货人：（装作不好意思地）这哪好意思，又要烟丝，又要袋子。

蓝玉：没关系，都是买卖人嘛？你就放心走吧，你的袋子干了，下回你来时，再还给你。

五十一、蓝玉窑内，日，内

蓝玉：（把那个烟袋递给霍掌柜）拿上了，情报在这个烟袋里装着。

霍掌柜：（接过烟袋）蓝玉，那个交通员走了。

蓝玉：走了。

霍掌柜：我也得走，现在就给老六送去。

蓝玉：你不是说要热的软米粥吗？我让王妈熬好了，你随时来取。

霍掌柜：我现在就带走。

蓝玉：行，软米难熟，用时，热透就行。

五十二、老六窑内，日，内

霍掌柜：（把烟袋递给老六）情报在这里，事关重要，你找个合适的游击队员送去。

老六：不用找了，我去，我水性好。

霍掌柜：你一个人不行，一定再找个人掩护你。

老六：不用，我一个人就行。

霍掌柜：这次，你得听我的，再找个人，俩人去。

老六：好，我再找个人，天一黑，我们就泅水过去。

霍掌柜：我送你们到黄河边。

五十三、黄河边，夜，外

霍掌柜摸了摸老六和那个队员前心后背缠的热软米粥。

老六和那个队员抱着浑筒，扑通一声跳进黄河里。

（特写）黑暗中，霍掌柜注视着河面，站立着。风声，黄河的水流声，同时响起。

五十四、霍掌柜办公室，日，内

〔和老六同去的游击队员，一脸悲伤地站在霍掌柜面前。

游击队员：霍区长，情报送过去了。

霍掌柜：老六呢？没跟你一起回来？

游击队员：队长他，他牺牲了。

霍掌柜：不可能，河面上响起枪声的时候，我算的你们怎么也游过去了。

游击队员：是游过去了。可是过去后……

五十五、黄河岸边，夜，外

（闪回）

老六和游击队员从水里钻出来，爬到岸上，浑筒裹在身上，俩人躺在地上，大口哈着气。

游击队员：队长，我不行了，整个人都冻成冰棍了。

老六：不敢躺着，站起来，我给你把浑筒的口子先解开。

游击队员：爬也爬不起来了，不要说站。

〔老六抱着浑筒，滚到游击队员身边，伸手解绑在游击队员身上的浑筒，可是手冻得不听使唤，怎么解也解不开。

情急之下，老六又凑上去，用牙咬。（特写）咬半天，咬不断。

游击队员：队长，这个"浑筒"感觉就像个冰袋，一股一股的寒气直往我骨头里钻。

老六：坚持！快解开了。

〔老六再用手解浑筒的袋子，终于解开。

游击队员：（站起来，跳了一下，又俯身，单腿蹲下）队长，我来给你解。

老六：我不碍事，你先跑一会儿，把身子热了，再管我。

游击队员：不用，我搓得手热了，就给你解。

〔游击队员在一旁搓着手。

游击队员：搓热了，来，队长，翻过身来，爬下，我给你解。

〔老六不动。游击队员着急了，摇着老六的身子。

游击队员：队长，你怎么不说话，你说话，说话……

（特写）老六安详地闭着眼睛……

（闪回完）

五十六、黄河边，夜，外

〔霍掌柜和蓝玉沉默地站在黄河边，面对涛涛黄河，俩人谁都不说话。

蓝玉：（把手里拿的一包烟丝，不停地往黄河里撒）老六大哥，这是你爱抽的烟丝，蓝玉给你送来了。

霍掌柜：老六一世英雄，想不到出师未捷身先死，走之前连一句话也没留下。我不应该让他去，他这样的人，应该战死疆场，不应该被冻死。

〔霍掌柜说着用劲踢了脚下的一块大石头，石头飞出去老远，掉在黄河里，发出了巨大的回声。

蓝玉：王妈常说，生有时，死有地，该河死的，井死不了，也许，这就是老六大哥的命。

霍掌柜：我听他说过，他多以前就是船工，闯碛时，船翻了，死在黄河里，他娘送他从小学武功，就是不想让他当船工。

蓝玉：所以，我就说这就是命么。

霍掌柜：蓝玉，不要这么迷信好不好，是我让老六去的。

蓝玉：我知道你心里难过，可是，要是日本人不来，要是没有可恶的战争，要是天下太平……你也不会让老六去。

霍掌柜：蓝玉，不说了。（停了一会儿，坚定地）老六也走得不憋屈，他救了小游击队员的命，把该送的情报也送到了，他是为革命死亡的。

〔蓝玉半晌不语，点头。

306

　　两人往回走，边走边说着话。

霍掌柜：蓝玉，如果有一天，我也牺牲了……

蓝玉：你胡说什么？别忘了，你还欠我一个解释。

霍掌柜：蓝玉，让我先把老六的事和你说完，我已经把他的烈士申请报上去了，你记得，如果我不在了，一定要把老六的烈士证送到他媳妇的手里。

　　〔蓝玉正要说什么，突然，天空传来一阵轰隆声。

蓝玉：（抬头，惊呼）"五颗头飞机！"

　　霍掌柜一把推倒蓝玉，然后，又扑上去用自己的身子护住蓝玉。日本人的飞机，在碛口和黄河上空盘旋着，不停地往下扔炸弹，有颗炸弹就落在了霍掌柜和蓝玉的身旁。

（第二十四集完）

第二十五集

一、黄河边，夜，外

〔飞机过后，天空死一般地沉寂，霍掌柜用手推李蓝玉。

霍掌柜：蓝玉，日本人的飞机走了，你没事吧！

蓝玉：没事，你起来，我才能起。

霍掌柜：我可能小腿被炸住了，觉着有血在往出流。

蓝玉：（惊慌地）炸住了？我看看！

〔霍掌柜就地一滚，蓝玉从地上站了起来。

蓝玉单膝跪在霍掌柜伤腿跟前，小心翼翼地查看着伤口。

霍掌柜：蓝玉，别发呆，你不是在妇训班学过包扎吗？解下你的头巾，当止血带，先给我扎到伤口上方。蓝玉如梦初醒，赶紧把头上的头巾解下来，放在腿上，折成三角型，往霍掌柜腿上捆。

蓝玉：我背你回去。

霍掌柜：（笑）你背不动，一会儿，你扶我起来，看能不能走。

蓝玉：都是我反应太慢，你要自己卧倒，不管我，也伤不着。

霍掌柜：（生气地）你说什么呢！（他动了动腿，高兴地）能动，估计骨头没事，皮肉伤，养几天就好了。

蓝玉：那也得请郎中看了再说。

霍掌柜：没有你说得那么娇气。（说着一只胳膊撑地，就往起站，蓝玉见状，赶紧上前扶住）

蓝玉：你行吗？不行，就叫马车来。

霍掌柜：行，一步远的路，挪也挪回去了。

二、霍掌柜窑内，夜，内

〔霍掌柜躺在炕上，蓝玉拿起一个小枕头，垫在霍掌柜脚腕下，把那条受伤的腿抬高了些。

蓝玉：这个高低行不行？垫起来可肿。

霍掌柜：行。蓝玉，不用请郎中，你烧壶开水，先洗了血，再拿瓶酒，喷到伤口上，包好就行了。

蓝玉：我下不了手，还是请郎中吧。

霍掌柜：那你给我准备去，一会儿帮把手就行，我自己来。

蓝玉：那还是我来吧！你别动。

（特写）蓝玉拿着酒，往霍掌柜伤口上洒，霍掌柜咬着嘴唇，汗珠从额头上滚了下来，淌了一脸。

蓝玉：（流着泪）你喊吧，喊出来就不疼了。

霍掌柜：（特写）（流着汗，摇头）不，你也不要把这个事声张出去。

〔蓝玉给霍掌柜换好药后，把地上的几个椅子对到一起，又把炕上的被子抱到椅子上。

蓝玉：（笑着拍了一下椅子上的被子）就这样，一半铺，一半盖。

霍掌柜：（开玩笑地）你刚才不是说还欠你一个解释吗，不要了？

蓝玉：（嘴硬地）这又不矛盾，等你腿好了，要的还多了。

三、贺其瑞办公室，日，内

〔贺其瑞办公室一片狼藉，他提着个箱子正要出门，和刚进门的牛二撞了个满怀。

牛二：大哥，你要走？

贺其瑞：（没好气地）你把我的全部家当都搞没了，我还守在这，等着让日本人炸死？

牛二：大哥，天津没有日本人？你回了天津也不安全啊！

贺其瑞：我老婆把家搬到租界了，我也得躲到租界去。

牛二：大哥，那你还来吗？

贺其瑞：（诡异地笑了笑）能发财的时候，我再来看你。

〔牛二跟着贺其瑞往出走了两步，贺其瑞转身拍了拍他的肩，快步走了。

四、霍掌柜办公室，日，内

小通讯员：霍区长，离石急电。

霍区长：（正在低头写东西）念。

小通讯员：离石四区区长霍俊山，务于 3 月 21 日到离石抗联参会。

霍区长：知道了。

〔小通讯员转身出去。

五、马车上，日，外

〔贺其瑞坐在马车上，不停地催着马车夫。

贺其瑞：嘛样慢，快跑，我多给你钱！

车夫：大人，已经最快了，你看，马的皮毛上都出水了。

〔马一声嘶叫，马车停了下来。

贺其瑞：（在马车厢里，生气地）让你快点，你倒停下了。

〔车夫没有回答。贺其瑞掀开帘子。（主观视角）看见十来个伪军端着枪，拦在马车前。车夫，走到伪军甲面前，拱手，还没开口，伪军甲一把把车夫推倒在地。

伪军乙：（走到车厢前，掀开帘子）给老子下来！

贺其瑞：我，我是警察。

伪军丙：警察的爷爷你也得给老子滚下来。

（特写）贺其瑞故意用身子挡住箱子，侧着身子下了马车。

〔伪军甲跳到马车上，俯下身子，把贺其瑞的箱子拿了出来，打开，倒在地上。众伪军一哄而上。啧，啧，好东西还不少嘛。

伪军甲：看来，他不仅是个警察，应该还是个警察的头儿。

贺其瑞：你们不要动我的东西，那是拿到天津，送洋人的。

伪军甲：（上来就给了贺其瑞一个耳光）不说送洋人还可气，一说送洋人，老子先让你吃个耳光再说。

贺其瑞：你们是谁的部队，我要找你们的长官。

伪军甲：（大笑，指着贺其瑞）你们听他说什么，找我们的长官。

〔众伪军也跟着大笑。

伪军乙：好啊，我看你不要去天津了，你还是先去太原找阎锡山阎督军好了，我的长官是阎督军。

伪军丙：（也笑着推了贺其瑞一把）他的长官是阎督军，我的长官是蒋委员长，你还得再跑南京一趟。

伪军甲：不要和他废话，再到马车上搜搜，把值钱的东西全带走，让他光屁股去见阎督军和蒋委员长。

六、山上，日，外

〔众伪军提着贺其瑞的东西扬长而去。贺其瑞蹲在地上，抱头大哭。车夫过来，扶起他。

车夫：客家，我也不要你的车钱了，白跑就白跑，我是走了，你自个儿想法子吧！

〔车夫转身拉起他的车，跑了。

七、小旅店前厅，夜，内

〔霍掌柜在前，小通讯员在后，一前一后走进。

小旅店掌柜：（讨好地）住店？几个人？

霍掌柜：俩人。

小旅店掌柜：住一眼窑，还是两眼窑。

霍掌柜：一眼。

小旅店掌柜：五十吊钱的押金。

〔霍掌柜掏出钱，给小旅店掌柜。

〔小旅店掌柜没接，突然，跳出柜台，跑到门口，抓住一个人的领子，就往回拽。

小旅店掌柜：我看你往哪跑？白住几天了，还想溜？

贺其瑞：我出去走走不行吗？

小旅店掌柜：走也得交了店钱再走，要不，你就是不能离开那个房间半步。

〔霍掌柜抬起头，目光正好和贺其瑞碰到一起，贺其瑞被小旅店掌柜拽着领子，脖子憋得通红，一副狼狈样。

霍掌柜：（走过去，拉开小旅店掌柜）掌柜的，这个人，我认识，你先放开他。

〔小旅店掌柜放开贺其瑞，贺其瑞自己把领子往正拽了拽。

小旅店掌柜：这位客家，你认识他就好，当初，他身无分文，说被人抢了，我可怜他，才收留了他，他答应得好好的，说过两天就汇钱来，可几个两天了，他一分也还不上。

霍掌柜：这样吧，他欠你多少钱，我来还。

八、小旅店客房，夜，内

〔霍掌柜在炕桌前，坐着，写东西，小通讯员在一边擦枪。
外面传来敲门声，小通讯员赶忙把枪收起，警觉地跳到地下，站到门背后。

霍掌柜：进来。

〔门被推开，贺其瑞走了进来。

霍掌柜：（指着炕沿）坐。

贺其瑞：（坐下）霍区长，不好意思，今天全凭你，要不是你，我还不知道要在这个小店呆多久才能脱身。

霍掌柜：贺局长，我还没顾上问你，这是怎么回事？

贺其瑞：一言难尽，不说它了。霍区长，感谢你不记仇，我害了你那么多次，你还能这样对我。实话跟你说了吧，这个狗屁局长，我也不干了，我要回天津了。

霍掌柜：你以为天津就是中国人的乐园吗？不知道你有没有听过，早在三年前，清华大学蒋南翔先生就说过这样的话："华北之大，已经安放不得一张平静的书桌了！"

贺其瑞：（一笑，打断）这些话都是文人的怒吼，我的观点，也不当汉奸，也不去抵抗，找一个安全的地方，先躲着，保下命来再说。

霍掌柜：那你出来当官，是为什么？

贺其瑞：我又不是你们共产党的官，我当官就是为了捞钱，不过捞钱和保命变成鱼和熊掌时，我会舍鱼，取熊掌也。

霍掌柜：国难当头，我为你的这套生存哲学感到脸红。

贺其瑞：（拱手）拜托，分手在即，咱们就不要再为什么主义啊，信仰啊，做无谓的争论了。明天一早，我就回天津了。

霍掌柜：虽然你不一定听，但我还是希望你能和我一起回碛口，共同抗日。

贺其瑞：开弓没有回头箭，我是不回去了，人各有志，你不用再劝了，后会有期。

〔贺其瑞拉开门转身走了。

九、小旅店前厅，日，内

〔霍掌柜和小通讯员结账，小旅店掌柜边结账边叹气。

小旅店掌柜：（感叹地）这位客家，你还不知道吧！人生无常啊！

霍掌柜：什么事，让你这么感慨。

小旅店掌柜：就是昨天，你给垫钱的那个人，死了。

霍掌柜：（吃惊地）死了，怎么死的？

小旅店掌柜：被巡逻的日本兵用刺刀捅死了。

霍掌柜：多会的事？

小旅店掌柜：前一两个时辰。也是鬼打着他了，天不亮，就喊着要退房，我的小伙计瞌睡的不想起，他还骂骂咧咧的，说不短你们的钱了，还不让走。这不，走出去没多远，就被日本兵捅死了。

〔霍掌柜不再吭气，沉默地接过小旅店掌柜递过来的钱。

十、碛口街上，日，外

〔日本人的轰炸机，在上空盘旋着。街上一片混乱，人们纷纷叫着：快跑，快跑，"五颗头飞机"又要扔炸弹了。

（闪镜）房屋被炸塌，人在倒塌的房子里，呻吟着。

〔火苗在被炸弹炸塌的房屋上燃烧着。

〔几十个日军拿着刺刀，挨门挨户地搜查着。

十一、蓝玉住处窑内，日，内

〔王妈把自己的手在铁锅底上一摸，把手上的黑全抹到了李蓝玉的脸上。

王妈：赶快上房顶。

蓝玉：不，王妈，我们一起上去。

王妈：他们糟蹋年轻女的，我这么老了，还怕他们，你快上去。

十二、房顶上，日，外

王妈搬过梯子，推着蓝玉先上去，自己也随后上去。王妈让蓝玉躺下，之后，王妈把放在旁边的麦秸杆盖到蓝玉身上。这时，外面传来敲门的声音，一声比一声响。王妈把蓝玉藏好后，踩着梯子动作麻利地从房顶上走了下来。

十三、蓝玉院内，日，外

〔王妈强作镇静地走到大门口，开了大门，手不停地抖着。

三个日本兵领着两个年轻姑娘一拥而进。

日本兵甲：（字幕）老太婆，这两个花姑娘你先给看着，吹集合号了，我们去去就来。

〔那几个日本兵说完就跑了出去。那两个姑娘"扑通"一声都给王妈跪下了。

姑娘甲：大妈，你救救我们。

王妈：我去开门，你们跑吧！

姑娘乙：跑不了了，街上全是日本兵。

王妈：那你们跟我上来。

〔王妈领着那两个姑娘，也上了房顶躺下，之后，王妈把她们身上也用麦秸杆盖上，和李蓝玉藏到了一起。

王妈走下房顶，刚把梯子藏好，日本人就闯了进来。

日本兵甲：（字幕）老太婆，那两个花姑娘在哪间窑内？

王妈：全跑了！

日本兵甲：（一脚就把王妈踢倒在地）你个死老太婆，一定是你把她们放走的。说着，日本兵甲举枪，一枪就把王妈打死了。

十四、坟前，日，外

〔李蓝玉和霍掌柜双双跪在王妈的坟前。霍掌柜把三炷香点燃。李蓝玉手撕着供品，一点，一点地撒到王妈的坟头。蓝玉失神地流着泪，一句话也说不出。过了一会，霍掌柜先站起来，拉蓝玉，蓝玉不起。

霍掌柜： 蓝玉，起来吧！王妈最疼你，你跪的时间长了，她会心疼的。

蓝玉： 让我再跪着陪陪王妈。

霍掌柜： 起来吧，王妈走得梗气，她也不希望你跪着，她想看到你站起来，去替她报仇。

〔霍掌柜把蓝玉硬拉起来，蓝玉一步一回头地离开了王妈的坟地。走了没几步，王妈那天救的那两位姑娘和她们的家人也都拿着祭品，走了过来。

姑娘甲： 我们也来看看大妈。

〔蓝玉和霍掌柜同时点头，看着他们走到王妈坟头。

蓝玉： 你再跟我去趟孙家沟，我想把淑媛接回来住。

霍掌柜： 蓝玉，我不同意你现在接，你现在身份不同，接下来，需要你做的工作还会很多、很杂，还是让她在她姨家，你继续出着抚养费为好。

〔蓝玉不语。

霍掌柜： （抚住她的肩）蓝玉，要是你同意的话，我搬到王妈窑内住，陪你。

〔蓝玉点头。

十五、秉恭窑内，夜，内

秉恭老婆： 你到底是回不回太原，你听说了没有，王妈也被日本人打死了，躲到你们这个破碛口有什么用？

秉恭： 那就回吧！反正我父母也都不在了。

秉恭老婆： 你把你们家值钱的东西再变卖点，房子我们也背不走，你爹和娘那一对老糊涂，把那么多钱都捐了，也不知道充什么大头！

秉恭： 我爹和娘都不在了，你还说个没完，你到底有没有个完啊！

秉恭老婆： 没完，怎么了？

秉恭： 好，太原我也不回了，谁爱听你说，让谁听去，我受够了。

秉恭老婆： 倒由了你了，不回也得回，明天就跟我走，东西能带的带，不能带的也不要了。

十六、路上，日，外

〔秉恭背着大包小包，拉着一个孩子，秉恭老婆拉着一个孩子。秉恭老婆嘴里不停地唠叨着。

男孩： （拉紧秉恭老婆的手）娘，你不要骂爹了，你看，前面来了一队穿军装的人。

〔秉恭老婆抬头，看见秉恭从前面跑了回来。

秉恭： 快，躲到一边，前面来了一伙伪军。

〔秉恭边说边招呼老婆和另一个孩子跟着他跑。

秉恭一家躲到山崖后边。

翻译官领着一伙人走了过来。

秉恭老婆： 秉恭，咱们不用藏了，你看，那个领头的翻译是咱同班同学张少义。

〔说着就要往出走，秉恭拉住。

秉恭： 你是不是旧情难忘啊，他现在是汉奸，替日本人做事。

秉恭老婆： 说什么呢，我最终还不是嫁给你，没嫁给他，我去找他，让他给咱开个路条，不吃亏。

〔秉恭老婆放开孩子，一个人走出去，迎在路上。

翻译官领着一伙人走了过来，秉恭老婆笑着迎了上去。

秉恭老婆： 老同学，发迹了就不认识我了吧！

〔翻译官示意跟着他的人停下，他上下打量着秉恭老婆。

翻译官： （恍然大悟地）他乡遇故知，他乡遇故知，原来是文秀，还是那么年轻漂亮，只是看上去有点憔悴啊！

312

秉恭老婆：成天东躲西藏的，能不憔悴吗？哪像老同学你，日本人来了，反倒吃香的喝辣的。

翻译官：你要真羡慕，你可以跟着我啊！在我心目中，你可是永远的女神啊！

秉恭老婆：别开玩笑了，还女神呢，都两个孩子的娘了。（转身招呼秉恭和孩子）

〔秉恭极不情愿地领着两个孩子走了出来。

秉恭老婆：（拉过两个孩子）这是我的两个孩子，快叫叔叔。两个孩子躲到秉恭身后，不叫，也不出来。

秉恭：孩子怕生，不想叫就不用叫了。你不要硬逼孩子。人家张少义现在是忙人，你别说上个没完，你让人家走吧！

翻译官：陈秉恭，这么多年了，你还是老样子，怕见我。

秉恭：都是同学，谁怕见谁呢？不过是想见不想见罢了。

秉恭老婆：（看着张少义）别理他，就是不会说话，我们准备回太原，这一路上少不得要你关照呢，给开个路条吧！

翻译官：行，不要说路上关照，只要你开口，以后能照护上你的地方多着呢。

秉恭老婆：那是最好不过。

十七、一间窑内，夜，内

〔十几个人围坐在炕上听，霍掌柜站在地上讲。

（特写）蓝玉也坐在炕沿上手托下巴，认真地听着。

霍掌柜：这次会议主要是两个事，一是传达我去离石开会的精神，二是讨论为八路军筹集小米以及先藏到哪里的问题。

听众甲：那先说你去开会说了个啥？

霍掌柜：主要是讲了抗日形势，八路军 120 师主力从 3 月 10 日至 31 日连续收复岢岚等七县，粉碎日军第一次大围攻，从而，有力地奠定了晋西北抗日根据地的基础。同志们，胜利的捷报，鼓舞人心啊。

听众乙：就是，我回去后，赶快传达到每一个游击队员的耳朵里。

霍掌柜：对，还有，蓝玉，你也把这些消息，尽快写成快板，组织妇女上街宣传时表演。

蓝玉：行，我会后就去写。

霍掌柜：下面也是一个当紧的事，前段时间，碛口各商号就有主动为八路军捐粮食的，我们要抓紧把筹集到的粮食转移到一个合适的地方先贮藏起来。碛口是日本人扫荡的重点，这些粮食不可以在碛口久放。

听众甲：放到西湾村怎么样，离碛口近，离黄河也近。

听众乙：不行，西湾村要行，那碛口附近随便哪一个村子都行。

蓝玉：要不，放到我娘家李家山村，你们看行不行？

听众甲：这个提议好，日本人一次也没去过李家山。

听众乙：不是不去，是没找到。

霍掌柜：说得对，李家山所有的窑，都依山就势而起，从外面看，很难发现，隐蔽性好，离碛口也不算太远，不足 5 公里，我看就先放到李家山。

听众乙：行，你们准备好后，我们游击队负责往李家山运。

霍掌柜：蓝玉，这个任务你也要多出力，由商会和妇救会协助抗日政府一起完成。

蓝玉：好的。李家山我也熟悉。

十八、山路，夜，外

（闪镜）游击队员一行，担着扁担挑着粮食。妇女排成一行，左手叉在腰上，右手扶着肩上扛着的粮食，往李家山扛。

十九、窑洞，夜，外

（闪镜）窑内粮堆，蓝玉站在粮堆前指挥着人们往上摞。

二十、蓝玉住处，日，外

〔郭教官穿着土布小红碎花上衣，蓝布裤子，头发也挽起来，梳成典型的农妇圆盘头，手里挎着个篮子，一副村姑打扮。快步走进了李蓝玉住处。她在院子里，四处看了看，然后走到一眼窑前敲门。听到敲门声，李蓝玉扒在窗子上往外看。（主观视角）她看到是郭教官，高兴地跑了出来。

蓝玉：（拉着郭教官的手）郭教官，你换上这样的打扮，我都认不出你来了。

郭教官：（把手指放在嘴上，示意李蓝玉小声）蓝玉，到你窑里说。

蓝玉：（指着另一眼窑）我在这眼窑里住。

二十一、蓝玉窑内，日，内

〔蓝玉先是接过郭教官胳膊上挎着的篮子，后又拿起扫炕条帚扫了扫炕，拉着郭教官坐在炕上。蓝玉端出一碗红枣，放在郭教官旁边。

郭教官：蓝玉，你看你，自从我进了门，你就没歇了一下，不用忙了，赶快坐下。

〔郭教官站起来，把李蓝玉拉到自己身边，俩人亲热地坐在了一起。

蓝玉：（拿出一把碗里的枣，递到郭教官手里）郭教官，你怎么现在来碛口，多危险！

郭教官：你上次在妇训班和我说的那个事，我一直记着，这次，我把答案给你带来了。

蓝玉：（沉思半晌）郭教官，如果这个答案，是我不想听的，你就别说了。我现在已经不像当初那么在意了。王妈不在后，他就下来陪我了。

郭教官：你们住在一起了？

蓝玉：（摇头）没有。他住隔壁你刚才敲的那眼窑里。

郭教官：这就怪了，你刚才不是还说你不在意了吗？

蓝玉：不是因为我。

郭教官：那是因为他？

蓝玉：也不是，我也不知道我们两人是怎么弄成这样的。

郭教官：蓝玉，你说的这个，我懂，男女之间的感情，有时候就是说不清，道不明。不要说女人，就是男人，有时候也会心里有，眼里有，就是口里没有。

蓝玉：也可能吧，现在，日本人三天两头来扫荡，他心事也不在这上头。

郭教官：这倒也是。不过，我想这个答案一定是你想听的。前几天，遇到一个同志，他曾在临县国民党宪兵大队做过卧底。我特意问起霍掌柜的事，他说，有过这个事，陕西的那个资料员不是失踪，是被杀害的，他被杀害后，因为文件被抢走，好多做地下工作的同志都因此牺牲了，但临县没事，因为，当时临县管机要的也是我们的同志，他偷梁换柱换了文件。

蓝玉：原来是这样，这就解释通了。郭教官谢谢你，你那么忙，还一直惦着我的事。

郭教官：我爱人被杀害后，我才知道两个人能在一起多好，我能帮你们解开这个疙瘩，真是从心里高兴，也想早一天看着你们心无芥蒂地走到一起。

蓝玉：（点头）你的好意，我明白。

郭教官：另外，我来还有一件事。

蓝玉：什么事？

郭教官：省妇救会让我来实地考察，一是想把你们织的"义居牌"土布当样板布，二是想在全省推广你们的"快机织布"。

蓝玉：（高兴地站起）真的，省里都知道我们织的布了？

郭教官：是。你们碛口妇救会的抗日活动搞得不错，走在了全省拥军支前的前列，上级还特意让我传达对你们的表扬，尤其是你。

蓝玉：（不好意思地）我没干什么，倒是有几个快机织布能手，我要推荐给你，有个叫刘能玲的，是我们碛口妇女的一杆旗，没用快机的时候，她一天就能织二三丈土布，纺13两土纱。用上快机，就更不用说了。对了，她做的军鞋也好，大家称赞她做的军鞋是"保险底"军鞋。

郭教官：这样的人，一定不少。说到底，她们干得好，你组织得也好。我还想看看。

蓝玉：郭教官，你既然来了，就多住几天，再去指导一下我们的妇女识字班和小剧社。

二十二、蓝玉住处窑内，夜，内

〔李蓝玉和郭教官在窑内坐着，一边纳鞋底，一边说话。

蓝玉：郭教官，你睡吧，住的几天，还帮我干活。

郭教官：哪是帮你，你不也是在做军鞋吗？据省妇救会统计，去年，光你们临南县就完成了9万多双军鞋任务，这里边也有你们碛口妇救会的功劳。

蓝玉：那也没有你们省妇救会做的工作多。你到我这，就好好休息，不要再干了。睡吧！

郭教官：不急，我想再等等霍掌柜。

〔正在这时，听到院里有人走动，同时，传来霍掌柜和下人说话的声音。

蓝玉：（站起）说曹操，曹操就到。他回来了，我出去叫他进来。

二十三、蓝玉住处院子，夜，外

霍掌柜：蓝玉，你知道我今天为什么这么高兴，我们兵工厂的工人，自己发明将雷植铸成了铜模子，每天就能生产地雷壳120颗，不简单吧？

蓝玉：是应该高兴，我也有高兴事，快走，到我窑里看看，来贵客了。

霍掌柜：谁啊，让你这么高兴？你二娘来了？

蓝玉：我二娘怎么是客，是我和你说过的郭教官。

霍掌柜：这可真是贵客。

〔李蓝玉开门，霍掌柜走进。

二十四、蓝玉住处窑内，夜，内

〔霍掌柜走进，郭教官赶紧从炕上跳下。

蓝玉：（指着郭教官，向霍掌柜）这是郭教官，（又指着霍掌柜，向郭教官）这是霍掌柜。

〔郭教官伸出手，霍掌柜也伸出手，俩人笑着握手。

霍掌柜：郭教官，常听蓝玉说起你，把你当大姐了。

郭教官：不仅是她的大姐，也是你的大姐啊，我也听蓝玉说起过你。

霍掌柜：蓝玉没有姐妹，把你当知心大姐了。

蓝玉：不仅是知心大姐，也是我的引路人啊，我可是在妇女训练班入的党。

郭教官：在我手上入的党不假，我是妇训班的党支部书记嘛。但引路人可不是我，是霍俊山同志，你是蓝玉最早接触的党员吧！蓝玉是在你的耳濡目染下成长起来的。

霍掌柜：还有老六呢，已经牺牲的游击队长老六也是一位优秀的党的基层干部。

蓝玉：行了，有话明天再说，你让郭教官早点歇息，路上累了一个白天，又等你一晚上。

郭教官：不，蓝玉，你先睡，我去霍掌柜的窑里和他说会儿话。

二十五、碛口街"湫水布庄"前，日，外

〔李蓝玉和郭教官并排走在碛口街上，郭教官仍然是村姑打扮。

路人甲：李会长，来亲戚了。

蓝玉：对，外地来的表姐。

〔走到"湫水布庄"时，李蓝玉指着"湫水布庄"的牌子。

蓝玉：（小声地）郭教官，这个店的掌柜也是我们妇救会的干部，妇救会常在她店里开会。

郭教官：你的意思是说这个店也是我们的地下收购点？

蓝玉：是。在这里收购不显眼。每年秋季，棉农背着一包包棉花，从湫水布庄前开始排队，长龙似的队伍，一直能排到黑龙庙。

郭教官：这个点定得好，大隐隐于市。

蓝玉：你再看，旁边的那个蹄蹄铺？

郭教官：怎么了，不就是个给马蹄上钉钉子的吗？

蓝玉：不是，明的是给马蹄上钉钉子，实际上现在主要是给游击队和民兵修理枪械的。还手工制造了一次打一发子弹的土枪，我们管它叫"独角牛"。

郭教官：（感叹地）真不愧是大碛口。

二十六、义居寺军服厂，日，内

〔李蓝玉领着郭教官走在一台台织布机前，驻足，观看，在一位妇女身后停下。

蓝玉：郭教官，这就是我们的纺织能手刘能玲。（向刘能玲）能玲，这是省城来的老师，专门来看咱们的。

〔刘能玲停下手来，转过脸，憨厚地笑着。郭教官伸出手，想和她握，她不好意思地红着脸，搓着双手。郭教官把手放到她肩上，笑着抚着她的肩。

郭教官：没关系，别紧张，我是来向你们取经的。不耽误你，你先干活，休息的时候，咱们聊聊。

〔刘能玲点头，又转过身，开始在纺车上工作。

（特写）郭教官站在她背后，目不转睛地观看着。

二十七、妇女识字班，日，内

〔哨子声响起，三十几个妇女们陆续坐到自己的座位上，霍掌柜站在讲台上给大家讲课。郭教官和李蓝玉坐在课堂的最后一排。

二十八、教室外，日，外

郭教官：你们识字班上课的时间固定吗？

蓝玉：基本上固定，都是中午，以前鬼子不扫荡的时候，晚上也上。

郭教官：教员一直是霍掌柜？

蓝玉：主要是他，他讲时事政治，讲得有意思，也好懂，妇女们爱听。简单的识字课，我也教。

郭教官：你当识字班的先生，没问题啊。

蓝玉：也不行。不过是有样学样，我把咱们省妇训班讲过的都照搬回来，讲了一遍。

郭教官：这是最好，当时把你们当作骨干培训，就是这个意思，希望你们能做桥梁，把广大妇女都发动起来，她们的思想觉悟提高了，其他工作就好做了。

蓝玉：她们走出来的阻力主要来自家庭，来上课的主要是 17 岁至 25 岁的妇女，30 岁的也有，但是少数。结过婚的人，公婆不愿意让出来，男人倒好，没有太落后的。

郭教官：这牵扯到一个妇女解放的问题，不要着急，要慢慢来。当前的任务，就是尽可能地号召她们加入我们妇女抗日救国会，全力支持抗战。

蓝玉：郭教官，我们这里流传着一首歌谣，我说给你听："妇女一入妇救会，不怕辛苦和受累，会写会念还会算，支援抗战更有劲。"

二十九、蓝玉窑内，夜，内

〔李蓝玉和郭教官，俩人边纳鞋底，边说着话。

蓝玉：郭教官，我想让你和组织请示一下，再在碛口住几天。

郭教官：不用了，还是明天就走吧，住得再长，也总有一别！

〔李蓝玉不再说什么，眼圈红红的。郭教官放下手中的活儿，挨着蓝玉坐下，蓝玉也放下手中正纳的鞋。郭教官搂住蓝玉的肩膀。俩人都沉默着。过了一会儿，郭教官扭头看着李蓝玉。

郭教官：蓝玉，虽然我们是师生关系，但在我心里，我们早就亦师亦友，这次最大的遗憾就是没有能看着你和霍掌柜入了洞房。

蓝玉：王妈刚走，不可能。

郭教官：霍掌柜也是这么说的。

三十、霍掌柜窑内，夜，内

（闪回）

〔霍掌柜开门，做请的手势，郭教官走进，霍掌柜转身关上门。

霍掌柜：（指着椅子）坐吧!

郭教官：不用，就说几句话，站着就行。俊山，不要怪大姐唐突，我就直说了，我这次来就是想把你和蓝玉的事解决了。

霍掌柜：郭教官，我们挺好的啊!

郭教官：你不想说，但蓝玉上次在妇训班快结业时，就都和我说了，这次，我把她心里的疑问也消除了。关于你来碛口的文件，后来被临县宪兵队我们的同志扣下了。

霍掌柜：（感慨地）太不可思议了，如果知道事情是这样，我哪用在新婚之夜莫名其妙地消失。

郭教官：都过去了，当时，组织那样做，也是为了保护你。咱们就不说过去的事了，说眼下，眼下你是怎么想的，能不能趁我在，再补办个简单的婚礼?

〔霍掌柜在地上走来走去，想了一会儿，走到郭教官面前。

霍掌柜：郭教官，你放心，我这辈子非李蓝玉不娶，但这几天办，不行。一来，现在都忙着抗日，我和蓝玉都是干部，这个时候我们办事，不合适；二来，王妈刚走，不仅蓝玉要守孝，我也把王妈当娘待了，就是我要办，蓝玉也不会同意。

郭教官：（点头）这个我没想到，我以为王妈只是佣人。

霍掌柜：不是，她们早认母女了。

郭教官：看来，我这次是吃不上你们的喜糖了。

（闪回完）

三十一、路边，日，外

蓝玉：郭教官，路上一定小心。

郭教官：放心，一路都有人接应。

〔霍掌柜和李蓝玉挥着手，（主观视角）看着郭教官的背影远去。

三十二、郊外，日，外

〔小通讯员扬鞭，催着马，马儿扬蹄，在无人的郊外，奋力奔跑着。（特写）小通讯员焦急的表情，脸上布满了汗水。

突然，天空传来一阵飞机的轰鸣声，两架日本轰炸机在小通讯员头上盘旋着，接着从飞机上扔下了两颗炸弹。小通讯员从马上滚落下来。

（特写）小通讯员年轻的脸庞和永远闭上的眼睛。他的战马也受了伤，慢慢地蹭了过来，倒在小通讯员身旁。

三十三、碛口街上，日，外

〔送炭毛驴和往常一样毫无设防地走在碛口街上送炭。

〔一队日本兵和送炭毛驴擦肩而过，走过几步远之后。突然领头的日本兵转过身来，指着送炭毛驴又笑又叫。

领头的日本兵：（向翻译招手）（字幕）这个毛驴有意思，自己卖炭的干活?

翻译：是，是，我们中国唐朝诗人白居易写过《卖炭翁》的辛酸，我要给你讲的是碛口卖炭驴的幸福，它们一路走来，走到哪个村子，人们买完炭，都要捎带把自家的稀罕吃给它驮上，遇上天气不好，也有人把它当自家牲口一样管起来。总而言之一句话，这是头幸福的卖炭驴。

领头的日本兵：（哈哈大笑）那我今天就结果了它的幸福，你看如何啊!

〔话没说完，领头的日本兵一把推开翻译，叫他手下的日本兵甲追上那只已经走远的送炭毛驴。那个日本兵追上送炭毛驴后，强行牵回。

〔送炭毛驴驯服地站在一群日本兵围成的圆圈中。领头的日本兵命众人七手八脚把毛驴身上驮的炭卸下，倒在地上，点起了火。

三十四、碛口街上店铺，日，内

几个日本兵闯入，看见铁丝，铁棍，就抢，每个人都怀抱铁丝跑出到火堆旁。

三十五、火堆旁，日，外

火堆分成三处，每堆火旁都围着五六个日本兵，他们拿出军刀，走到驴的跟前，把驴身上的肉一片片地割下，然后，在火堆上烤吃。

（特写）驴眼神迷茫，眼睛里流着泪。日本兵每割一刀，它鸣叫一声，扬起蹄子踢一下。

翻译： （笑指卖炭驴）技止此耳！卖炭驴也成了黔之驴了，有意思。

领头的日本兵： 你说什么？

〔翻译对着领头的日本兵耳语着。

领头的日本兵： （狂笑，也指着卖炭驴）技止此耳！技止此耳！

血流了一地，卖炭驴扑通一声倒在血泊中。

三十六、黄河边，日，外

黄河边，站着一排老百姓，距离他们十几步远的地上，架着一架用黑布蒙着的机器。

翻译： 皇军说了，今天能来照相的，都是大大的良民，皇军给你们照了相，再给你们发了良民证，你们以后拿着这个良民证，想去哪就能去哪。

〔牛二跑过去，冲到黑布蒙的机器前。

牛二： 我先照，我先照。

〔一个日本兵跑过来伸出枪对着他。

牛二站住，转身看着翻译。

牛二： 翻译官，你告诉日本人，我先照，照完我也不走，我再帮着你们照，我最爱摆弄照相的机器了。

〔说着，牛二就跑到机器前面，偷看。

（主观视角）黑布下蒙的根本不是照相机，而是一挺机关枪。

牛二： 快跑，里面是枪！

〔牛二话音未落，一个日本兵就冲到这个机关枪跟前，端起机关枪就开始向跑散的人群扫射。牛二则被五花大绑起来。

日本军官： （走到牛二跟前，抬起他的下巴）你的八路的干活？

牛二： 我还九路呢，你们骗爷爷来照相，我本来是当良民的，爷爷现在不当了。我看出来了，我当良民也逃不过个死，死了，你们还要指着我的尸首说，看，这个没骨头的中国人。

〔牛二说着突然冲到日本军官面前，扑上去，一口就把他的耳朵咬下一块。众日本人上，把牛二拉开，推到黄河边。

牛二： （大笑着）我牛二临死也死出了碛口人的骨气，我咬掉了小日本的耳朵！

〔众日本兵开枪，把牛二打死了，之后，又有两个日本兵上来，把牛二的尸体抬起，扔到黄河里。

三十七、郊外，夜，外

〔霍掌柜、蓝玉，身后还有十几个游击队员，站在小通讯员遗体旁，低头、默哀。

〔之后，大家沉默地拿起工具，在地上挖着坑。坑挖好后，霍掌柜抱起小通讯员把他平放在坑里。（特写）霍掌柜把一面鲜红的党旗，轻轻地盖在了小通讯员的身上。

（特写）紧挨小通讯员的旁边，大家挖了一个更大的深坑，然后，一起抬起那匹战马，埋到了小通讯员的身旁。

三十八、蓝玉住处窑内，夜，内

〔霍掌柜走进，身后跟着俩人。

霍掌柜：（特意把门关紧）蓝玉，你看，你认不认识这个人了？

李蓝玉：（打量了一下）这不是宁夏回族大哥马东家吗？

马东家：自从你们帮我成功闯碛后，咱们可是再没见过面，李东家，好记性。

蓝玉：虽然不见面，这么多年，你一直给我们兜揽生意，冲着这点恩情，我也不能忘了你啊！你现在还是东家？

马东家：早不干了，全民抗日嘛，今年1月，我就去了马本斋家乡献县东辛庄，他组建回民义勇队时，我就报名参加了。

霍掌柜：蓝玉，先不忙叙旧，你快给他们打扫出一眼空窑来，让他们先住下。

蓝玉：你们俩人住一眼窑，还是两眼窑？

马掌柜：就一眼窑吧。对了，我忘记和李东家介绍了，这位是我们回民教导队的宣传干事马中诚。马中诚笑着和李蓝玉点头。

蓝玉：看报上知道你们这支队伍很厉害，老百姓夸你们是打不垮、拖不烂的铁军。

马中诚：李东家过奖，铁军也离不开党的领导，我们这次来，就是想从碛口渡过黄河，去陕西，再到延安，向党中央汇报并听取党的指示。

霍掌柜：蓝玉，我们的任务是负责把他们安全送过黄河。不过，今晚你的任务，是先负责把他们安顿休息下。

蓝玉：（不好意思地笑着）我现在就去，你们先坐在这等着。

三十九、李老艄住处院子，日，外

〔霍掌柜走进，李老艄的儿子笑着迎上来。

李老艄的儿子：霍叔叔，你什么时候把我送到部队去？

霍掌柜：不急，再长一长。

李老艄的儿子：（失望地）还长？

霍掌柜：（摸着他的头）还没叔叔高，等个子再往上蹿一蹿，我就送你去。你爹呢？

李老艄的儿子：知道你也是来找我爹的，（手一指）那间窑里。

四十、李老艄窑内，日，内

李老艄：（站起）我早看见你进来了，知道也是我那小儿子又把你缠住了。

霍掌柜：孩子多好，一心想当兵。

李老艄：霍掌柜，他实在麻缠得我们老两口也烦了，不行，今年你就把他送到部队上去吧！

霍掌柜：你舍得，这可是你的老生子，身边最小的儿子。

李老艄：不送，也留不住。那天他听蓝玉她们妇救会宣传，母亲叫儿打东洋，妻子送郎上战场。回来，又和我们闹了一场，还搬来她出嫁的姐姐说情。

霍掌柜：行，对上机会，我把他送到延安。他还小，让他到延安抗大军政大学先读书吧。

李老艄：这个好，我的几个孩子里就供他念过几天书，他有基础。对了，说了半天我儿子的事，你今天来，有什么事？

霍掌柜：你手里还藏着船吧？

李老艄：藏着，要送人过河？

霍掌柜：是，要个大一些的船，这次要过河的人多。

李老艄：你有几个人？

霍掌柜：加上我和蓝玉一共十个人，还有两台车床。要能坐下，把你的小儿子也带上，他们正好都是去延安。

李老艄：行，十几个人的船能找下，什么时候动身，你提前一天通知我就行。你说上的那个什么大学，一准行吧，我可给我小儿子准备了，他长这么大，还没离开过家。

霍掌柜：你准备吧，我写封信让他带上，应该行。

四十一、蓝玉住处窑内，夜，内

霍掌柜： 船已经说好，开船的老艄，马同志，你认识，就是上次闯碛的李老艄。

马同志： 找下李老艄，过河就没问题了，那是大把式。霍区长，什么时候动身？

霍掌柜： 你们能不能再等一天，离石兴隆五金厂的一个工厂主，带着他捐献的两台车床和报名参军的六个熟练工，明天到碛口。

马同志： 他们要去哪？

霍掌柜： 他们也要去延安。

两个马同志： （齐声）那就一起去，我们有枪，路上还好保护他们。

霍掌柜： 我和李蓝玉也一起，我们把你们送到延安。

四十二、蓝玉窑内，日，内

霍掌柜： 蓝玉，有件事，我没和你商量，就替你决定了。

蓝玉： 什么决定啊？

霍掌柜： 我想把你和李老艄的儿子一起送到延安的抗日军政大学，那里有两个教员和我以前是一个部队的，我已经给他们写了信了。你那么喜欢读书，应该会同意吧？

蓝玉： 我去上学，你呢？也去？

霍掌柜： 不，送完你，我就回来，这里的抗日工作，离不开我。

蓝玉： （坚决地）也离不开我，你是抗联主任，我还是妇救会主任呢。我哪也不去，我和你在一起，你在哪，我就在哪。

霍掌柜： 蓝玉，你去吧，多少人向往延安，向往抗大，那里从上海去的女学生都很多。

蓝玉： 女学生是女学生，我不去，别说上海，全世界的女学生都去了，我也不去。

霍掌柜： 蓝玉，小声点儿，让人家听见还以为咱们是吵架。

〔蓝玉不语，生气地坐在炕上，面朝墙，不理霍掌柜。

霍掌柜走到蓝玉面前，往起拉她。

霍掌柜： 蓝玉，要不，咱们到黄河边走走，有话到外面再说。

四十三、黄河边，日，外

〔李蓝玉和霍掌柜走着，边走边说。

霍掌柜： 蓝玉，你不要固执，我真的是为你好。

蓝玉： （站住，看着霍掌柜）你和我说句实话，你是不是嫌弃我，不想和我在一起了？

霍掌柜： 你说呢？

蓝玉： 我要你说。

霍掌柜： 我答应过郭教官，这辈子，除了你我谁都不娶。

蓝玉： 那我也对着黄河发誓，这辈子，我李蓝玉就跟定你了，黄河的水不会倒流，我的心也永远不会变。送完他们后，我们一起再回来。

霍掌柜： 蓝玉，你不能回来，我们这次去了，就在延安成亲。我算过了，再过几天，就是王妈的百日祭，我们也不要再等了，她老人家活着时，那么希望我们在一起。

蓝玉： 我答应你在延安成亲。但我坚决不答应你一个人回碛口，就是死也要死在一起。

霍俊山： 我们不会死，我们都会好好地活着，活到抗日胜利的那一天，活到全中国解放的那一天。

四十四、黄河上，夜，外

〔霍掌柜和李蓝玉指挥着大家，快速上船。

〔李老艄亲自掌舵，李老艄的儿子也要划桨，被霍掌柜阻止。

霍掌柜： 你必须到船舱里，那里安全，我和你爹在外头。

李老艄： 霍掌柜，要不你也去船舱，船舱顶子上护了一层厚铁皮。我一个人就行。

霍掌柜：不行，快开船吧，我和你在外头望风。

〔木船在黄河上航行着。

〔船很快就划到了对岸，船舱里的人都上了岸，第一个上岸的是李老艄的儿子，最后一个上岸的是李蓝玉，李蓝玉招手示间霍掌柜快上船。

〔这时，一枚炸弹正好落在船上。（主观视角）李蓝玉看见炸弹在船中开了花，霍掌柜和李老艄的身体被炸得飞了起来，从霍掌柜的胸怀里飞出一张照片，那是他和李蓝玉曾经的结婚照，之后，这张结婚照和被炸弹炸飞的霍掌柜和李老艄，又从半空落到黄河里，黄河水和天地一片血红……

（特写）霍掌柜和李蓝玉的结婚照，在血红的黄河水里，随风飘着……

（字幕：霍俊山牺牲之后，李蓝玉按照霍俊山的遗愿，去了延安，和李老艄的儿子一起上了抗日军政大学）

（第二十五集完）

全剧终